大学通识课系列教程
2016年苏州大学教材培育项目

中国现当代通俗小说赏析（第二版）

汤哲声　主　编

苏州大学出版社

图书在版编目(CIP)数据

中国现当代通俗小说赏析/汤哲声主编.—2版
.—苏州:苏州大学出版社,2018.8(2025.1重印)
大学通识课系列教程　2016年苏州大学教材培育项目
ISBN 978-7-5672-2413-1

Ⅰ.①中… Ⅱ.①汤… Ⅲ.①通俗小说－文学欣赏－中国－现代－高等学校－教材②通俗小说－文学欣赏－中国－当代－高等学校－教材　Ⅳ.①I207.4

中国版本图书馆CIP数据核字(2018)第105992号

内容提要

本书是第一部中国现当代通俗小说赏析专著,以文字论述和原作评点的方式赏析了社会、黑幕、武侠、言情、情感、历史、侦探、间谍、科幻、军事、生态、青春校园、网络等类别的小说代表作品。图文并茂、条理清晰,可用作大学本、专科有关课程的教材,也是文学爱好者上佳的阅读书籍。

中国现当代通俗小说赏析(第二版)

汤哲声　主编

责任编辑　周建国

苏州大学出版社出版发行
(地址:苏州市十梓街1号　邮编:215006)
广东虎彩云印刷有限公司印装
(地址:东莞市虎门镇黄村社区厚虎路20号C幢一楼　邮编:523898)

开本 889 mm×1 194 mm　1/16　印张17　字数425千
2018年8月第2版　2025年1月第2次印刷
ISBN 978-7-5672-2413-1　定价:59.80元

苏州大学版图书若有印装错误,本社负责调换
苏州大学出版社营销部　电话:0512-67481020
苏州大学出版社网址　http://www.sudapress.com

大学通识课系列教程编委会
（以姓氏笔画为序）

王安列　　王苏光　　方建勋　　冯　芸
朱　旗　　刘　峰　　汤哲声　　杨　谔
杨和平　　邱德华　　周建国　　胡　莹
董志国　　戴云亮　　魏向东

我们应该怎样欣赏通俗小说(代序)

汤哲声

通俗小说是当代中国最受欢迎的阅读作品,这是被销量和点击率所证明了的事实。这些通俗小说为什么大受读者的欢迎?其中又有什么"流行元素"?我认为回答这两个问题,答案有几个方面:

首先是好看。几乎每一部优秀的通俗小说都有一则情节精彩(或者离奇)的、好看的故事,它可以让读者看得废寝忘食,可以让读者看得神情缥缈,可以让读者看得玄思邈想,可以使读者读起来手不释卷。神思妙想、层层环扣、曲折多变,编故事是通俗小说作家的长项。小说创作的目的是什么?这一直是20世纪以来创作界争论的话题,有人说是为了"新民",有人说是为了"改造社会",有人说就是"抒发心灵"。这些说法都有道理,就看从什么角度思考罢了。不过有一点应该明了,老百姓看小说只有一个目的,就是要寻求精神上的愉悦,他们要求小说必须有一则好看的故事。作者想在小说中表述多么深刻的人生哲理,认为创作小说就是"自言自语"和"自说自话"的小众行为,那是作者的事情;如果作者想得到广大读者的认同,想得到市场的承认,那么小说中的故事必须好看。通俗小说作家深深地明白,"好看"是市场所规定的创作原则。

那么,怎样才能做到小说故事的"好看"呢?仅仅运用一些技巧将那些人物和事件"起承转合"是不够的,它应该直接刺激和满足读者潜在的"自然心理"。通俗小说大致分为两种类型,一种是与现实社会生活联系比较密切的小说,例如反腐小说、侦探小说、爱情小说等等;一种是与现实社会生活联系不太紧密的小说,例如武侠小说、玄幻小说、穿越小说等等。无论其故事内容距离现实生活是远还是近,通俗小说都不是要演绎生活,而只是将生活作为一种心理激发的素材。反腐小说激发的是人的正义判断;悬疑小说满足的是人的好奇心理;玄幻小说拓展的是人的想象空间;武侠小说刺激的是人的争胜欲望;穿越小说带领读者去寻找前世后生;爱情小说则是演绎一场场美妙的人生幻想曲……不管是什么类型的通俗小说,它的出发点和目的性都很明确,都是基于人的本能情感构思故事。它不像高雅小说(这个名称并不科学,姑妄称之)那样要通过一些人生哲理的探索来提升读者,而是顺应着读者的心态满足读者。通俗小说的阅读过程实际上是一次精神愉悦的过程(愉悦不仅仅是高兴和激动,还包括紧张和恐惧等情绪)。当今社会竞争激烈,人的心态情绪过分紧张(忧郁也是一种紧张),进行一次精神情绪的释放,尝试一次人的本性的自我寻找,这是必不可少的,从这个意义上说,通俗小说实际上是紧张社会生活中的精神调节剂。

通俗小说具有鲜明的"草根文化"形态特征。它们以中国传统的道德为标准评判人物事件的美丑好坏,并且以中国传统的道德为依据挑战权威与正统,也鄙视那些自以为是的人生价值判断。中国传统的道德观念是中国最大众性的价值判断标准,具有很强的普遍性和"草根性"。至于小说的载体,能够以纸质刊物出版最好,毕竟纸质刊物是社会承认的重要标志,即使没有以纸质刊物出版,也没有关系,因为网络已经为它们提供了一个绝好的创作平台。在网络上,人人都有勇气(有能力)成为作家。事实上,通俗小说的很多作家都是由网络写手成长起来的。通俗小说作家关注的不是评论家的评论或者是否能够载入文学史,而是读者的反应。点击率和排行榜是通俗小说作家们更为看重的评价指标系统。因此,通俗小说有着很强的从众跟风的倾向。不仅是价值判断,情绪的表达和文字的处理也是一种大众时尚。事实上,很多通俗小说都具有"集体主义"的色彩,很多作品是在作者和读者的互动中形成的,其中充满着大众意愿和集体狂欢的色彩。在中国文坛上,当代通俗小说就摆出了一种独具风格的"草根"姿态。如果将表达主流意识形态的正统小说和充满着人文精神的高雅小说看作当代中国小说的两极,通俗小说显然就是第三极。

如果我们将这些"流行元素"看作通俗小说的美学特征,我们就能够得出这样的结论:没有这些"流行元素",通俗小说就不成为通俗小说了;否定和排斥这些"流行元素",通俗小说也就失去了存在的依据和存在的可能。以承认和肯定这些"流行元素"的必要性为前提,我认为欣赏和批评通俗小说的标准应该有"通俗小说"的思维。

是否"好看"是评价通俗小说水平高低的重要标准,不能粗暴地用"模式化"简单地抹杀。通俗小说的"好看"当然是指情节的生动、精彩,通俗小说情节的生动、精彩当然有很多模式化的设计,例如武侠小说总是"夺宝""复仇""争霸""情变""行侠"五种模式;侦探小说总是"设谜""破谜""说谜"三程式;爱情小说总是"言情""悲情""惨情"三波段等等。去掉了这些模式,它们就不成为武侠小说、侦探小说、爱情小说了。我们当然鼓励那些既保持着通俗小说之"味",又有着新的突破的通俗小说的创作,但是我们应该明白,通俗小说情节的生动和精彩往往就存在于这些情节模式的组合和变换之中,就像玩魔方组合,最后的结果你早已心知肚明,乐趣就在不断地扭转组合之中。注重过程,而不是结果,这是通俗小说最重要的鉴赏特征。通俗小说作家的高明之处就在于能够将这个过程设计得让人乐而不疲、疲而不忘,而读者认为的"好看"与否,也就在于其是否真的被作家设计的过程所迷住。

其次,是否具有"愉悦性"是评价通俗小说水平高低的又一重要标准,不能粗暴地用"不真实"简单地抹杀。这里所讲的"愉悦",就是读者读完小说后得到的精神享受和心理满足。为了达到"愉悦"的效果,通俗小说作家常常使用煽情、离奇和一些超现实的创作手法。这些手法是应该被承认和值得欣赏的。应该明白,通俗小说并不以反映社会生活的真实性为己任,而以刺激和满足读者的"自然心理"为目的。如果用真实性来欣赏和批评通俗小说,通俗小说自然就不值一说了。有喝生的蛇血而功力大增的吗?弄不好会得寄生虫病。有坐着浮冰而漂洋过海的吗?也许坐不多久就葬身鱼腹了。有后世之人知道自己的前身之世吗?这大概只有在精神病患者的呓语中存在……问题在于,正是这些不真实(更谈不上科学)的描述常常能够达到通俗小说的创作目的。通俗小说创作是否高明不在于它故事情节是否真实,而在于它那些不真实的描述是否契合于故事情节的发展,在不可思议之中让读者有所感动。

应该看到"草根文化"的生命力和发展前景,而不能仅仅用"品位不高"简单地抹杀。通俗小说是一种类型小说。梳理一下各种类型的通俗小说的发展起伏,就会发现,通俗小说发展的基本态势是:"先导引领""群众运动"和"英雄辈出",并循环往复。所谓"先导引领",是指某类小说类型变革;所谓"群众运动",就是我们所说的"跟风"阶段;所谓"英雄辈出",是指在"跟风"中出现了具有个性的流派。例如,中国现代武侠小说的发展是以1923年平江不肖生的《江湖奇侠传》为先导,接着是各色人等在中国文坛上掀起一股武侠小说创作狂潮,这是"群众运动"的阶段,然后在"群众运动"中产生了以李寿民为代表的"剑仙派",以王度庐为代表的"侠情派",以白羽为代表的"人生派",以朱贞木为代表的"历史派"。用这样的发展态势看当下中国的通俗小说,很多类型的小说正处于"群众运动"阶段,例如,以黄易的《寻秦记》为先导,一股玄幻、穿越小说创作的"群众运动"正在进行中;以美国作家丹·布朗(Dan Brown)的《达·芬奇密码》为先导,悬疑小说也正在中国掀起了创作旋风。处于"群众运动"阶段的通俗小说创作,其形态是粗放型的,泥沙俱下,但是这些粗放型的小说创作却充满着激情,充满着青春的气息,其中蕴藏着强有力的生命的跳动点。我们很难说在中国就不会出现玄幻小说大师、穿越小说大师或者悬疑小说大师。通俗小说的优秀与否,不在于其创作形态是否精致,是否"高品位",而在于它是否被大众认可、追捧、模仿。通俗小说的魅力在于流行,作品流行多了、时间长了,作家就成为大家。我们不必对一些通俗小说的流行感到忧心忡忡,认为这是浮躁的阅读现象。流行本来就是通俗小说发展的自然阶段,有生命力的部分会沉淀出通俗小说的精品,没有生命力的部分会自然淘汰。相信市场,市场的扬弃要比那些自以为是的褒贬有用得多。

我一直认为,文学创作与批评的标准有终极性和适应性的不同。文学作品就是要表现人类的生活和思想情感,叙事作品(特别是小说)应该塑造生动鲜活的人物形象,并通过生动鲜活的人物形象表现人的思想情感。这是文学创作与批评的终极目标,无论是高雅文学还是通俗文学,其创作与批评都应该根据这样的终极目标。但是,不同的文学类型由于追求的价值取向不同就有不同的美学特征,这就决定了不同的文学类型创作和批评的适应性。如果用高雅文学创作和批评的标准要求通俗文学,通俗文学就一钱不值,最后只能是排弃通俗文学;同样,如果以通俗文学创作和批评的标准看待高雅文学,高雅文学就不可理喻,最后只能降低高雅文学的格调。所以,在坚持文学创作和批评的终极性标准的前提下,对不同类型的文学作品应该有不同类型的思维,只有这样,我们的欣赏和批评才能落在"点"子上,米用斗量,布用尺度,讲的就是这样的道理。

中国现当代通俗小说赏析（第二版）

社会、黑幕小说 ……………………………………………………………… (1)

  韩邦庆《海上花列传》………………………………………………… (1)
  包天笑《沧州道中》…………………………………………………… (6)
  阎　真《沧浪之水》…………………………………………………… (9)
  王跃文《梅次故事》…………………………………………………… (14)
  周梅森《人民的名义》………………………………………………… (17)

武侠小说 …………………………………………………………………… (24)

  向恺然《江湖奇侠传》………………………………………………… (24)
  李寿民《蜀山剑侠传》………………………………………………… (28)
  王度庐《卧虎藏龙》…………………………………………………… (32)
  金　庸《射雕英雄传》………………………………………………… (36)
  梁羽生《七剑下天山》………………………………………………… (41)
  古　龙《武林外史》…………………………………………………… (45)
  沧　月《东风破》……………………………………………………… (50)
  步非烟《修罗道》……………………………………………………… (55)
  孙　晓《英雄志》……………………………………………………… (59)

言情、情感小说 …………………………………………………………… (65)

  张恨水《啼笑因缘》…………………………………………………… (65)
  秦瘦鸥《秋海棠》……………………………………………………… (69)
  张爱玲《倾城之恋》…………………………………………………… (75)
  徐　訏《吉卜赛的诱惑》……………………………………………… (80)
  无名氏《塔里的女人》………………………………………………… (84)
  琼　瑶《庭院深深》…………………………………………………… (89)
  亦　舒《我的前半生》………………………………………………… (94)
  李碧华《霸王别姬》…………………………………………………… (98)

卫　慧《上海宝贝》……………………………………………………（104）
虹　影《英国情人（K）》………………………………………………（109）
王海鸰《新结婚时代》…………………………………………………（112）
六　六《蜗居》…………………………………………………………（117）

历史小说……………………………………………………………（123）

唐浩明《曾国藩》………………………………………………………（123）
二月河《乾隆皇帝》……………………………………………………（127）
高　阳《胡雪岩》………………………………………………………（132）
熊召政《张居正》………………………………………………………（136）
刘斯奋《白门柳》………………………………………………………（140）
王跃文《大清相国》……………………………………………………（145）

侦探、间谍小说……………………………………………………（151）

程小青《舞宫魔影》……………………………………………………（151）
孙了红《血纸人》………………………………………………………（154）
海　岩《拿什么拯救你，我的爱人》…………………………………（158）
麦　家《暗算》…………………………………………………………（162）
张　勇《伪装者》………………………………………………………（167）

科幻小说……………………………………………………………（173）

刘慈欣《地球往事三部曲》……………………………………………（173）
王晋康《蚁生》…………………………………………………………（178）
韩　松《驱魔》…………………………………………………………（184）

军事小说……………………………………………………………（190）

都　梁《亮剑》…………………………………………………………（190）
石钟山《激情燃烧的岁月》……………………………………………（195）

生态小说……………………………………………………………（200）

姜　戎《狼图腾》………………………………………………………（200）

青春校园小说………………………………………………………（205）

韩　寒《三重门》………………………………………………………（205）

网络小说……………………………………………………………（210）

蔡智恒《第一次亲密接触》……………………………………………（210）
安妮宝贝《告别薇安》…………………………………………………（215）
萧　潜《缥缈之旅》……………………………………………………（220）

萧　鼎《诛仙》…………………………………………………………………（225）
宁财神《武林外传》……………………………………………………………（230）
金　子《梦回大清》……………………………………………………………（236）
天下霸唱《鬼吹灯1》…………………………………………………………（241）
李　可《杜拉拉升职记》………………………………………………………（245）
阿　耐《欢乐颂》………………………………………………………………（249）
海　晏《琅琊榜》………………………………………………………………（253）

后　记……………………………………………………………………………（259）

社会、黑幕小说

韩邦庆《海上花列传》

韩邦庆(1856—1894),曾用名寄,字子云,别署太仙、大一山人、花也怜侬、三庆。江苏松江(今属上海)人。《海上花列传》最初连载于1892年的《海上奇书》。《海上奇书》是韩邦庆的个人刊物,《海上花列传》于1894年结集出版。小说署名:花也怜侬。

《海上花列传》以一位上海新移民——赵朴斋为线索,描写了上海的市民生活和都市的发展。赵朴斋一进入上海就堕入"烟花道",钱财挥霍一空,流落街头。通过赵朴斋的视角,小说描述了上海社会的各色人等,"不但是堂子里的倌人,便是本家、娘姨、大姐、相帮之类的经络,与其性情、脾气、生活、遭遇等,也全都观察了……"[1]随着人物的各种社会人际交往,小说又相当形象地描述了正在快速发展中的上海都市变化,大饭店的开张,清明赛会彩票的发行,上海50年通商纪念会、万国珍珠会的举办,张园的开园及游艺等多种都市景观的展示,小说都有形象的描写。这种都市景观的记载甚至详细到"一碗面二十八文,四个人的房饭每天八百文"。从这些史料中,我们可以感受到上海社会的"开化"程度。从第三十九回开始,《海上花列传》描写以号称"风流广大教主"齐韵叟为首,包括高亚白、方蓬壶、华铁眉等在内的名士在"一笠园"里的风流生活,他们拥妓点香、饮酒填词,以四书五经中的典故做秽亵文章,以点配青楼女子为乐趣并以之为雅。小说后半部分实际上也就成了一部名士小说。

《海上花列传》写的是"今社会"的人和事。作者开篇就说,他写的是自通商以来"海上"(当时不少文人将上海称为"海上")的故事。写"今社会"还是写"过去的事"是区分现代文学与古代文学的要素之一。中国古代文学(特别是小说)总是写"过去的事",《三国》《水浒》《西游记》《红楼梦》皆如此,它们更多的是从历史的更替兴衰和人生的悲欢离合之中总结历史或感叹人生;写"今社会"就不是单纯地总结和感叹了,它更多的是对当今社会问题的思考,是对当今的读者怎么处世做人的指导和劝诫。《海上花列传》又思考和劝诫什么问题呢?我们看韩邦庆是怎么解释他创作《海上花列传》的动因的。他说:"只因海上自通商以来,南部烟花日新月盛,

---

[1] 刘复.半农杂记(第1册)[M].上海:星云堂书店,1934:241.

凡冶游子弟倾覆流离于狎邪者,不知凡几。虽有父兄,禁之不可;虽有师友,谏之不从。此岂其冥顽不灵哉?独不得一过来人为之现身说法耳!方其目挑心许,百样绸缪,当局者津津乎若有味焉。一经描摹出来,便觉令人欲呕,其有不爽然若失,废然自返者乎?"这段话中有三层意思,一是他写的是眼前正在繁荣起来的"通商"以后的上海;二是他讲的都是"过来人的现身说法";三是扮演着一个"劝诫者"的身份,要用形象的语言描述那些来上海的淘金者怎样"着道"的过程。将文学作品视为生活的指导书是中国现代文学的重要特色,通俗小说如此,高雅小说同样如此。(高雅小说的概念并不科学,但又找不到更适合的说法,姑妄称之。)

《海上花列传》的现代意义还表现在它是一部现代"移民小说"。移民是因为工商业的迅猛发展和劳动力需求的增加,被看作商品的流动与商品积累的重要标志和现代社会的文化特征。对文学作品来说,移民文学就题材上说就相对地不同于写农耕社会生活的古代文学,它属于现代文学的一个类型。在中国社会现代化的过程中,上海起到了先锋的作用。上海自开埠以来,从一个海边小城迅速成为国际大都市,被看作中国社会现代化的风向标。《海上花列传》写的就是大量的江南财富怎样随着商人们进入了上海,大量的劳动力怎样快速地聚集在上海,并开始形成了城市市民阶层。如果说中国社会的现代化以上海开埠为起点,《海上花列传》实际就是上海社会现代化进程的文学记录。

韩邦庆说,他写这部小说是为了劝诫那些新移民们不要落入陷阱,但是最让读者凛然的

《海上花列传》·多情老爷偏遇痴情先生

倒不是那些劝诫的话语,而是那些所谓的真实的故事中闪现出来的当时上海特有的"移民文化":"淘金"和"着道"。到上海就能赚到钱在清末民初的中国已经成了社会的"共识",于是各色人等都涌进上海"淘金"。但是,到上海"淘金"要遇到各种问题,还有很多陷阱,弄得不好就要"着道",这也是一个社会"共识"。"淘金"的方式有多种,"着道"的花色有多样,其心态之恶劣,手段之肮脏,令人咋舌。小说侧重写了来到上海做生意的赵朴斋,怎样一到上海就陷入"花丛",结果弄得人财两空,在街上乞讨。赵朴斋为什么会"着道"? 就因为妓女花言巧语的骗局

和同行们天衣无缝的设局。小说中那些"着道"之人无一不是带着"淘金梦"来，又无一不是怀着一颗破碎的心而去。可是当我们同情赵朴斋的遭遇时，却又感受到了上海社会正在弥漫着的一种新的价值观念，那就是现代社会商业关系的价值观念：金钱观念和交易观念。这样的价值观念似乎很伤人，却也很诱人。小说中的赵朴斋受了骗，退出这个角逐场，回到乡下去了吗？没有，他不过将这次变故看作一次交学费，他将用他的移民经验再从新的移民那里赚回他的钱。更有意思的是，赵朴斋的妹妹赵二宝随母到上海追寻陷在妓院里无法脱身的哥哥赵朴斋，要把哥哥带回去，谁知，到了上海以后的赵二宝不但带不回哥哥，反而觉得做妓女能赚大钱，自己也就"落到堂子"里。其母其兄表示支持。赵朴斋置家具、写牌匾，从此"趾高气扬，安居乐业"。他们的朋友也不觉其耻，不断结帮，前来哄抬（第三十五回）。"笑贫不笑娼"是因为娼能赚到钱。小说不是用家破人亡的例子说明道德的缺失，而是打着揭黑的旗号写人与人之间的金钱交易和商品意识，以及趋利的社会心态。从这个意义上说，《海上花列传》记载的是现代城市文化发展的一个过程。

韩邦庆曾经说过："曹雪芹撰《石头记》皆操京语，我书安见不可以操吴语。"[1]虽有与《红楼梦》媲美的用心，韩邦庆还只是将吴语运用到妓女口中，于是小说就形成了双语言系统，即妓女的语言用吴语，叙述语言和其他人物语言用官话。双语言系统的运用使得小说一方面遵从市场的要求，毕竟官话有利于小说的阅读，一方面也遵从小说人物美学的要求。清末民初，天下妓女以吴地为最，吴地妓女以一口纯正的吴侬软语为最。妓女能操吴语本就是"身份"的标志。《海上花列传》第五十回中有一番各地妓女的比较说，说到广东妓女时竟然使大家产生一种恐惧感。即使在上海、苏州旁边的杭州妓女，在当时的才子看来，也是"土货"。据吴方言学家们研究，吴方言有七个音，分舒声和入声。有意思的是词汇在成句时都不再是单字调，而是变化成新的组合调。既是音多、音清、音亮、音润、音简洁、音有节奏，组合起来又是有新腔、有缘声、有飞度，所以吴语说起来抑扬顿挫、婉转流畅，像在唱歌。吴语还有一些特殊的语气词，例如"嘎"字就常用于句尾。另外，吴语在问话中不用"好不好""是不是"等正反句，而是用"阿好""阿是"等询问句。用这样的语言传情达意别有一番风味，柔弱之中却又含情脉脉，甜糯之间又有几分嗲味，如果再从女性的口中说出，似乎又多一些哀怨和娇媚的意味。

对于小说的结构，作者说是运用的"穿插藏闪之法"[2]。所谓的"穿插"法，就是我们现在常说的小说的多线索发展；所谓的"藏闪"法，也就是我们现在常说的伏笔。这样的写法是当时中国小说结构构思和写作的新发展。

作品赏析

这里节选的是该作品的第十八回"添夹袄厚谊即深情 补双台阜财能解愠"开头的一部分。李漱芳向来看她的陶玉甫诉说苦夜长思。李漱芳被张爱玲称为"东方茶花女"。她欲嫁陶玉甫当正室而不得，渐渐地得病了，躺在床上睡不着。凄清婉转的吴侬软语，真是让人动情。

---

[1] 孙玉声.退醒楼笔记[M].太原：山西古籍出版社，1995：114.
[2] 韩邦庆.海上花列传[M].南昌：百花洲文艺出版社。1993：4.

漱芳又咳了几声,慢慢的说道:"昨日夜头,天末也讨气得来,落勿停个雨。浣芳涅,出局去哉;阿招末,搭无姆装烟;单剩仔大阿金,坐来浪打磕铳。我教俚收拾好仔去困罢。大阿金去仔,我一干仔就楊床浪坐歇,落得个雨来加二大哉;一阵一阵风吹来咪玻璃窗浪,'乒乒乓乓',像有人来咪碰,连窗帘才卷起来,直卷到面孔浪。故一吓末,吓得我来要死!难末只好去困。到仔床浪涅,陆里困得着嘎?间壁人家刚刚来咪摆酒、豁拳、唱曲子,闹得来头脑子也痛哉!等俚哚散仔台面末,台子浪一只自鸣钟,跌笃跌笃;我夠去听俚,俚定归钻来里耳朵管里。再起来听听雨末,落得价高兴;望望天末,永远勿肯亮个哉。一径到两点半钟,眼睛算闭一闭。坎坎闭仔眼睛,倒说道耐来哉呀,一肩轿子抬到仔客堂里。看见耐轿子里出来,倒理也勿理我,一径望外头跑,我连忙喊末,自家倒喊醒哉。醒转来听听,客堂里真个有轿子,钉鞋脚地板浪声音,有好几个人来浪。我连忙爬起来,衣裳也勿着,开出门去,问俚咪:'二少爷啥?'相帮咪说:'陆里有啥二少爷嘎?'我说:'价末轿子陆里来个嘎?'俚咪说:'是浣芳出局转来个轿子。'倒拨俚哚好笑,说我困昏哉。我再要困歇,也无拨我困哉,一径到天亮,咳嗽勿曾停歇。"玉甫攒眉道:"耐啥实概嘎!耐自家也保重点个涅。昨日夜头风末来得价大。半夜三更勿着衣裳起来,再要开出门去,阿冷嘎?耐自家勿晓得保重,我就日日来里看牢仔耐,也无么用喨!"

漱芳笑道:"耐肯日日来里看牢仔我,耐也只好说说罢哉。我自家晓得命里无福气。我也勿想啥别样,再要耐陪我三年。耐依仔我,到仔三年我就死末,我也蛮快活哉。倘忙我勿死,耐就再去讨别人,我也勿来管耐哉。就不过三年,耐也勿肯依我,倒说道,'日日来里看牢仔我'!"玉甫道:"耐说说末就说出勿好来哉。耐单有一个无姆离勿开。再三四年,等耐兄弟做仔亲,让俚哚去当家,耐搭无姆到我屋里向去,故末真个日日看牢仔耐,耐末也称心哉。"漱芳又笑道:"耐是生来一径蛮称心,我陆里有故号福气!我不过来里想:耐今年廿四岁;再歇三年,也不过廿七岁。耐廿七岁讨一个转去,成双到老,要几十年咪。该个三年里向,就算我冤屈仔耐也该应喨。"玉甫也笑道:"耐瞎说个多花啥,讨转去成双到老末就是耐喨。"

漱芳乃不言语了。只见李浣芳蓬着头,从后门进房,一面将手揉眼睛,一面见玉甫,说道:"姐夫,耐昨日啥勿来嘎?"玉甫笑嘻嘻拉了浣芳的手过来,斜靠着梳妆台而立。漱芳见浣芳只穿一件银红湖绉捆身子,遂说道:"耐啥衣裳也勿着嘎?"浣芳道:"今朝天热呀。"漱芳道:"陆里热嘎,快点去着仔涅!"浣芳道:"我夠着,热煞来里!"

正说着,阿招已提了一件玫瑰紫夹袄来,向浣芳道:"无姆也来咪说哉,快点着罢。"浣芳还不肯穿。玉甫一手接那夹袄替浣芳披在身上,道:"耐故歇就着仔,晚歇热末再脱末哉,阿好?"浣芳不得已依了。阿招又去舀进脸水请浣芳揩面、梳头,漱芳也要起身。玉甫忙道:"耐再困歇涅,天早来里。"漱芳说:"我夠困哉。"玉甫只得去扶起来,坐在床上,复劝道:"耐就床浪坐歇,倪说说闲话倒无啥。"漱芳仍说:"夠!"

风雨之外,人声鼎沸,自己孤单又患病,怎样一个凄冷的夜晚啊!

本来是个梦,原来又不是梦。这种半梦半醒的睡眠状态描写得入木三分。

含蓄地表现出了对玉甫的痴情。

想做正室不得,又落了病,似看透了自己的命运,只求三年相伴。

看玉甫亲热地对待其他女子,漱芳在对话中连说"夠",真正女人心。

及至漱芳下床，终觉得鼻塞声重，头眩脚软，惟咳嗽倒好些。漱芳一路扶着桌椅，步至榻床坐下，玉甫跟过来放下一面窗帘。大阿金送上燕窝汤，漱芳只呷两口，即叫浣芳吃了。浣芳新妆既罢，漱芳方去捕起面来。阿招道："头还蛮好来里，覅梳哉。"漱芳也觉坐不住，就点点头。大阿金用抿子蘸刨花水略刷几刷，漱芳又自去刷出两边鬓脚，已是吃力极了，遂去歪在榻床上喘气。

玉甫见漱芳如此，心中虽甚焦急，却故作笑嘻嘻面孔。单有浣芳立在玉甫膝前，呆呆的只向漱芳呆看。漱芳问他："看啥？"浣芳说不出，也自笑了。大阿金正在收拾镜台，笑道："俚末看见阿姐勿适意仔，也勿起劲哉，阿晓得？"浣芳接说道："昨日蛮好来里，才是姐夫勿好哕，倪勿来个！"说着便一头撞在玉甫怀里不依。玉甫忙笑道："俚哄骗耐呀。无啥勿适意，晚歇就好哉。"浣芳道："晚歇再勿好末，要耐赔还个好阿姐拨倪。"玉甫道："晓得哉，晚歇我定归拨耐个好阿姐末哉。"浣芳听说方罢。

漱芳歪在榻床上，渐渐沉下眼睛，像要睡去。玉甫道："原到床浪去困罢。"漱芳摇摇手。玉甫向藤椅子上揭条绒毯，替漱芳盖在身上，漱芳憎道："重"仍即揭去。玉甫没法，只去放下那一面窗帘；还恐漱芳睡熟着寒，要想些闲话来说，于是将乡下上坟许多景致，略加装点，演说起来。浣芳听得津津有味，漱芳却憎道："拨耐说得烦煞哉，我覅听！"玉甫道："价末耐覅困涅。"漱芳道："我勿困着末哉，耐放心。"玉甫乃在榻床一边盘膝危坐，静静的留心看守。但害得个浣芳坐不定立不定，没处着落。漱芳叫他外头去白相歇，浣芳又不肯去。

一会儿，大阿金搬中饭进房。玉甫问漱芳："阿吃得落？吃得落末吃仔口罢。"漱芳说："覅吃。"浣芳见漱芳饭都不吃，只道有甚大病，登时发极，涨得满面绯红，几乎吊下眼泪。倒引得漱芳一笑，说浣芳道："耐啥实概嘎，我还勿曾死哩。故歇吃勿落末，晚歇吃。"浣芳自知性急了些，连忙极力忍住。玉甫因浣芳着急，也苦苦的劝漱芳多少吃点。漱芳只得令大阿金买些稀饭，吃了半碗。浣芳也吃不下，只吃一碗。玉甫本自有限。大家吃毕中饭，收拾洗脸。玉甫思将浣芳支使开去，恰好阿招来报说："无姆起来哉。"浣芳犹自俄延。玉甫催道："快点去罢，无姆要说哉。"浣芳始讪讪的趔趄而去。

韩邦庆：《海上花列传》，南昌：百花洲文艺出版社，1993年版。

（撰写：汤哲声　刘　媛）

这玉甫对漱芳也还是很有情意的。

还是在闹着脾气，有生病的缘故，但主要是心病。

浣芳小姑娘的可爱。

包天笑《沧州道中》

包天笑(1876—1973),初名清柱,又名公毅,字朗孙,号包山,笔名天笑、钏影楼主等。江苏苏州人。近代著名报人,小说家,翻译家。曾先后加入南社、青社、星社。早年在苏州创办《励学译编》《苏州白话报》。1906年赴上海任《时报》编辑,创设副刊《余兴》,开近代报纸文艺副刊之先河。尔后又先后编辑《小说时报》《小说大观》《小说画报》等,皆风行一时。著译百余种,包括教育小说、爱国小说、家庭小说、言情小说、人道小说等,无论长篇短制,名作迭出。代表著作有《上海春秋》《留芳记》《一缕麻》《沧州道中》等,译作有《迦因小传》《空谷兰》《馨儿就学记》等。部分作品曾被改编为电影搬上银幕。1949年后定居香港,晚年作品有《钏影楼回忆录》(初、续编)等。1973年病逝。

包天笑在新闻媒介、小说翻译与文学创作三个领域皆取得骄人成就,被称为"鸳鸯蝴蝶派五虎将"之一,也是鸳鸯蝴蝶派的开山者与盟主,更被誉为"通俗文学之王"。

20世纪20年代的中国处于战乱频仍、社会动荡、经济萧条、民情激荡的状态,而此时鸳鸯蝴蝶派的作品,并非如某些人理解的那样只是单纯的才子佳人小说。从民族正义感出发,他们站在底层人民的立场上,创作了许多"国难小说",以此积极宣传爱国思想,表现出对社会黑暗现实的不满。包天笑就是这样一个极具爱国意识与民族气节的作家。20年代,包天笑已创作了不少直接反映当时亡国惨痛的优秀的国难小说。在抗战前夕,他曾与鲁迅、郭沫若等共同署名发表了《文艺界同人为团结御侮与言论自由宣言》,积极呼号御侮;抗战爆发后,此前惯写消闲趣味的言情、家庭小说的他,也转而为《救亡日报》撰写抗日救亡的政论和杂文。

从主编《小说时报》开始,包天笑就形成了一个惯例:凡是他主编的期刊,每期首篇大多是刊登他自己创作的短篇小说;到了主办《星期》杂志时也是如此。该刊首篇登载了许多包天笑的短篇力作,如《沧州道中》《堕落之窟》《爱神之模型》《在夹层里》等,《沧州道中》是其中最值得称道的一篇。作者以"怜贫恤苦"的悲悯情怀为出发点,在不动声色中描绘了"洋大人""中国大人"的种种劣行,反映出当时贫富不均的社会黑暗面。虽然作者在文中并没有直接发出议论,但字里行间却饱含着对饥饿的灾民们的深切同情,以及对为富不仁的洋人与国人的强烈谴责。看这篇小说,读者自会感到酸楚与愤慨。文中得不到食物的乞丐竟然只能羡慕起狗来,这正如包天笑在另一篇小说《军阀家之狗》中所说:"他们所称为国民的,还不及军阀家一只狗咧!"

作为通俗文学作家,包天笑也许不像精英作家那样对社会生活进行阶级性分析,但多年来驰骋于文坛与报界之间,长期的记者与主笔生涯使他积累了大量的生活素材,对社会的政情、世情与民情有着高度的敏感、冷静的洞察与深入的体会。因此,《沧州道中》关注的是底层民众的生存状态,包天笑是以平等的视角"活泼的写出民间生活来"。而其中又融入了政治、时代内容,表现出作者内心对时局的焦虑以及改变社会现状的愿望。全篇贯穿着一种人文关怀,也透出理性的社会批判精神。

在政治上,包天笑"提倡新政制,保守旧道德"。在文学上,他也秉持新旧中立、兼容并包的态度。尤其在短篇小说创作中,包天笑很好地借鉴了外国小说的思想内容、艺术形式与表现技巧,体现出对传统小说的改良意识及对现代性的自觉追求。这篇小说的布局,包天笑改变了传统小说"故事有头有尾,人物有始有终"的惯常写法,而是选取现实社会中的某个场景、某个片断作为作品表现的中心。《沧州道中》以一个小小的车站为叙述场景,以火车停靠站点的瞬间为叙述时间,通过这个成功的切入点,作者用两千余字的凝练笔墨展现了一幅广阔而真实的社会现实画面。

这样一篇思想性与艺术性俱佳的小说,无疑是现代文学作品中的瑰宝。它虽然诞生于20世纪初,但现今的我们读来依然可以感受到其巨大的艺术魅力。

在这个短篇小说中,作者敏锐地捕捉了一列火车停留在沧州车站时的瞬间画面,以凝重而洗练的笔触描绘出站台上与火车内各色人等的情状:一面是"衣衫褴褛、白发飘萧的老妇""赤脚蓬头、遍体泥污的小儿",一面却是"凭着车窗展览风景""丢出几个铜圆"或不要的食物以资取乐的"洋大人"与"中国大人"。而为了争夺微薄的金钱与食物,这些老老小小的饥饿灾民被头等车里的外国人与中国富人们戏弄着,被车站上的巡警们用藤条痛打着,底层百姓艰辛而凄惨的生活一下子清晰地呈现在了读者的眼前。小说的后半部分则描述了一个"没有脚的残疾乞丐"与狗争食从火车上丢弃下来的食物而不得的残酷场景。结尾处通过这个乞丐"不知所之"的命运,折射出当时众多被饥饿、病痛与灾荒折磨着的贫苦大众水深火热的现实生活。

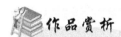

以下是《沧州道中》全文。

沧 州 道 中

　　有一年在初冬时候,乘着津浦路的火车,傍晚时到了沧州。<u>火车上汽笛啵的一声,惊起了成群的寒鸦盘旋天空,好似觅不到一个枝栖。黄金色的杨柳摇曳在夕照之中,却比南方凋零得迟。</u>火车里的客人经此长途旅行,不免都有疲倦之色;也有的正在睡乡,却被一阵子车站上人声喧杂和那小儿的聒噪,从睡梦中惊回来,揉着眼睛向那朦胧中的车窗里望出去,知道是到了沧州车站了。

　　一方面是个车站,木栅的外面站着许多卖梨的,卖鸡子的,卖烧饼的,以及许多老头子、小孩子的灾民,各携着一只篮,在木栅的上面伸了出来。<u>几个车站上的巡警,手中执着藤条往来梭巡,对于老年人做种种的示威运动,那藤条却还不敢向他身上抽;要是有小孩子从这折断的木栅中挤身而进,被那巡警老爷见了,便要痛打一顿。</u>

　　车窗那边的一方面却横了七八条轨道。离月台稍远处,一带短树,竖了几根木柱,把铁丝牵萝扳藤的围起来,也成了个短栅,可是已经开了好大的几个缺口了。许多灾民便从这缺口中进来,但是那边也派了两个巡警在那里梭巡,使这些灾民不许近火车。可是那轨道上,已经横七竖八有许多<u>衣衫褴褛、白发飘萧的老妇和那赤脚蓬头、遍体泥污的小儿。头等车中有许多洋大人、洋太太,都凭着车窗展览风景。</u>淡黄的头发披拂于风前,雪白的手巾

环境描写烘托气氛。无处栖息的寒鸦也是底层百姓苦难生活的象征。

老少灾民受到车站巡警的欺压。

鲜明的对比,巨大的反差。

按着那个高鼻子,似乎怕闻着支那人臭气。也不知道他们出于慈善心呢,还是玩弄心呢,还是好奇心?忽然丢出几个铜圆来,引得一班蓬头赤脚的小孩子拼命地去争,也有踏痛了手的,也有跌破了头的,哭哭啼啼。旁边几个老灾民也禁止不住他们的抢夺,而且就丢在他近侧的铜圆也拾了两枚,塞在破裂的衣袋里。

见了小灾民抢钱打架的洋大人、洋太太们,都拍手欢笑。好像欧美人出钱,教中国人争夺的喜剧,都不过尔尔。然而没有抢着钱,在沙泥里爬着一阵子的小孩子,还是垂着眼泪,拖着鼻涕,伸着乌黑的小手,嚷着尖峭的喉咙,高喊洋大人、洋太太们,舍一个铜子,舍一个铜子。洋大人、洋太太们却只是微笑不语。这时又惊动了头等车中另一中国人,紫棠色的脸儿,在鼻孔和嘴唇中间留着一抹胡子,披着一件灰鼠袍子,手中拈着半段雪茄,似乎想给外国人搭话。刚说得两句 Yes,只听里面娇滴滴的声音,操着吴语说道:"倷进来(嘘)。"那位中国先生便进去,同了一位二十岁左右的美妇人,凭着车窗眺望,便把从上海带来的鹦鹉牌饼干和她不大喜欢吃的陈皮梅与南华李,丢与许多小孩子。这时又一阵子乱抢,可怜那种最高贵最奢华的赈粮,沧州的小灾民生平从未尝过的东西,在灰里泥里掏出来,还怕别个孩子来抢,便向口中乱塞,塞得气嗌泪流。又引动洋大人夫妇和中国大人夫妇呵呵一笑。他们火车中的华洋赈济会,总算告了一个小结束。

这时火车停了有二十分钟,却还没有开,说是等天津来的急行车。可是火车中的华洋赈济会已经告终了。一班小孩子们见头等车里的华洋太太们,也不凭窗展玩风景了。恰巧警察老爷们知道这个时候,可以行使职权,小灾民便也一哄而散。却留几个老灾民还是徘徊不去,只要车窗探出个头来,他那可怜的颜色,便故意的呈显到人家的视线上去。

而且这个当儿,有一般香味从头等车后面的大餐车厨房里透出,散飏到各处。这股香味,在火车里不论头、二、三等的客人,都能辨得出,这是洋葱和牛肉同煎才发出这种味儿。那灾民一样的有食欲,而且在饥饿中更觉得这香味直透鼻观,可是仅仅这香味终不能果腹。不但不能果腹,反使胃里的虫蠕蠕欲动,馋涎只在舌本上似春泉汩汩而流。

非但人类中的灾民具有食欲,即兽类中亦具有食欲。那时有三四头黄色、白色的狗,跳跃在轨道的中间,时时摇着尾巴,张着眼睛,向车窗中而睒睒视,想见它的灵捷的嗅觉,已经嗅得这洋葱和牛肉的香味了。平常乡中的狗,每见有奇形怪状的外国人到它村里,便吠之不已;此刻车窗中虽有外国人的面庞时时出没隐现,它也司空见惯,或者交通路上的狗,它知道些外交政策、国际道义吗?

那时大餐车厨房里的大司务,和那班中国人操外国语呼他为仆欧的侍者,随意的无意识的在车窗中丢出些吃剩的肉骨和面包上的边皮,却不想因此便引起黄白之争。黄狗的地位站得好,恰有半块明治猪排丢在黄狗距离三尺地;白狗却离此有一丈多远,连忙窜过来却已被黄狗以势力范围所在,得有优先占有权,竟毫不客气的独吞了。白狗大怒,咆哮起来,一场争闹;却被守中立的一只花狗,拖了半只由德州吃剩一把瘦骨的熏鸡去。这也算是鹬蚌相争,渔翁得利了。

可怜啊,还有一个想做渔翁的人类,却是一个没有脚的残疾乞丐。他的年纪也瞧不出,大概在这个地狱世界已经有三四十年罢。他用手帮着臀,用臀帮着手,在地面上移动。他身上的衣服区分不出孰是衫,孰是裤,破裂的地方还用那种厚皮的纸包着。他慢慢从短树缺口处将身体挪至轨道,又慢慢的移至与车窗相近。他仰望着车窗中丢出的肉类和面包屑,他还羡慕着黄狗、白狗、花狗等有这跳跃的脚;他并且艳羡黄狗、白狗、花狗等在这天气渐寒的时候,已穿了各色的皮袄。他怨望天老爷怎么不让他变做一只四足灵便的狗。他盼望了半响,只望车窗中丢出一块面包,恰巧的落在他身边。

然而火车中洋太太正和他洋大人说笑。中国大人们又陪着他太太、姨太太们进晚餐。就是三等车里的客人,也在那里剥几个鸡子垫垫饥。大司务和仆欧穿着雪白的制服,也正忙得手足无措。谁也没有留神他,谁也没有瞧见他。偶然餐车中厨房里丢出些残骨碎面,离他五尺以外,他就没有法想。只好眼睁睁地瞧那三色种狗互相争夺,互相瓜分。他苦守了半响,还是得不着一些儿,只空咽了许多馋唾。

俄而隐隐听得如雷声一般,知道前面的火车来了。巡警不愿这轨道上还留着人,疾忙把那个无脚的可怜人驱逐出了轨道。便是这位无脚的可怜人,他还不愿学那螳螂的以臂挡车。他还宝贵他除脚以外的身体和性命,他疾忙的也退避到轨道以外去。一刹那间,从天津开来的急行车已到眼前。那头等车里有许多大人、先生、太太、小姐玉笑珠香,酒痕花气,把个荒寒的原野遮去了。我们的车也蠕蠕的动了。许多小灾民还呐着一声喊,再要寻那无脚的人,早已不知所之了。

包天笑:《沧州道中》,1922年5月7日《星期》第10期。

（撰写：汤哲声 邓丽娜）

阎 真《沧浪之水》

阎真(1957—),湖南长沙人。主要作品有《沧浪之水》《曾在天涯》。

《沧浪之水》是阎真的第二部长篇小说。这部小说在2001年4月的《当代》上刊登,获得了《当代》2001年度文学大奖、《小说选刊》奖等,人民文学出版社2001年10月出版,至今已重版三次。《沧浪之水》是阎真对与他一样的知识分子生存状态的深刻剖析和思考。

小说真切地展示了池大为的人生旅程:医学院毕业的研究生池大为以一腔热血被分配到卫生厅,作为厅里第一位硕士研究生,还是培养对象。他清高自珍,怀揣着父亲的那本《中国历代文化名人素描》,以"把心灵的原则当作绝对命令"为准则,资助到厅门前来讨钱的病人,慷慨激昂地建议卫生厅减少公用车,但是,无职无权的他因此被调到中医学会,远离卫生厅权力中心,一待就是很多年。终于,池大为抛开了他曾经坚持的人生准则,用尽心计,掌权之后,他也一心想为老百姓做点实事,但发现在强硬的现实规则面前,即使掌握了相当权力的自己,还是那么软弱,要保持现在所拥有的一切,他依然得屈从于现实规则,否则只有退出,连官也没得做。"站起来做人",说出来如此轻松的几个字,是没有办法做到了。新来的龚正开颇有些当年池大为的个性,最后池大为把他调去了中医学会。一个随波逐流的人,面对现实社会,变得无比现实的池大为是没有办法审视自己灵魂的。

说这部小说为官场小说也不尽然,作家的兴趣显然不在官场的尔虞我诈、钩心斗角,不在于反腐批黑或嘲讽小人得志,这些只是一个社会背景和文化背景。作家写的是在这样的背景之下一个所谓的理想人性如何"现实化",一个所谓的传统的人格如何"今日化"。小说中的权力写得固然可怕,但最令人感叹的是一个做人的标准在今日如何无可奈何地倒塌了。这个做人的标准浸透着我们几千年的文化。

池大为和马垂章是小说重点刻画的两个人物,作家在他们身上分别赋予了两种文化。作为硕士研究生的池大为有着古圣贤人的风范,他不愿借婚姻之途,而为自己博来一个好的前程;他心中存不了一点瑕疵,敢于仗义执言;他也没有什么功利的观念,为民请愿,愿意掏出自己的每一分钱……虽然不乏清高,但人格独立,是非分明,关心民间疾苦,这不是几千年来一直受到推崇的知识分子的"脊梁精神"吗?为了说明这种精神的传统性,作家特地给

《沧浪之水》·池大为会许小曼谈人生

这个人物戴了一个"帽子"——他有一个宁折不弯的"右派"父亲。清清白白做人,死了也要用白布裹身的父亲,其精神来源于何处呢?就是那本《中国历代文化名人素描》。池大为的血管里流淌着的是中国传统文化精神的血。然而,池大为投降了,他向代表着以个人权力为中心的功利的文化观念的马垂章投降了。马垂章是一个官场老手,他所做的一切都是为了巩固和扩大自己的权力。为了达到这个目的,他守住了廉洁这条底线,经得起任何审计;他为了得到博士点,动用了全厅的力量;为了保住权力,他不允许有一点儿反对意见,甚至动用权力将数十份

反对者评审职称的材料扣压下来……这些在古圣贤人看来是一些"小人"之为,但是这些"小人"之为在当今的社会却相当地适用:他不廉洁早就被打倒了多次;他不动用厅里的力量,他就拿不到博士点;他不将那些反对者的材料扣下,这些人就要评上职称,这些人评上了职称就是对他的威胁……这就是"生存法则"。这个"生存法则"有着现实的合理性,依据它办事就能够在当今社会活得更好。相反,依据着传统的圣贤精神在当今社会中生活就相当困难,就只能像前期的池大为在中医学会中虚度时光和下棋打发时间。在生活中四处碰壁的池大为终于明白了。由于他的认识来自亲身的经历,其认识就特别的深刻,他领悟到:"我意识到自己是这个时代的堂吉诃德,比堂吉诃德还不如。堂先生把滑稽当神圣是没有意识到自己失去了历史的依据,不合潮流,而我意识到了却还是不合潮流,毫无价值毫无意义的不合潮流。的确,潮流不是从天上凭空流下来的,它的形成有其深刻的原因,有其必然性,也有其历史的依据,一个人不可能凭匹夫之勇去对抗这种必然性,对抗历史。这是宿命,是那些还愿意相信和坚守一点什么的人最大的悲哀,他们甚至不能给自己找到一种依据、一种理由。"尽管,池大为觉得自己像一条狗,他还是依据"生存法则"去做了。深有意味的是依据"生存法则"去做的池大为不仅当上了厅长,还将那些过去看不惯的事情纠正过来了。他给那些多年被压的人评上了职称;他更正了血吸虫发病率的数据;他将准备歌功颂德的沿街大楼卖掉了……过去依据古圣贤人去做,一事无成,现在根据"生存法则"去做,就能做一点事情,孰是孰非,真是意味深长。小说的最后,池大为在父亲的墓前烧掉了那本《中国历代文化名人素描》。随风而去的不仅是那些纸的灰烬,还有一种时代的精神。

明白了"生存法则"是否就能够成功呢?并不一定,还需要做得好。小说中的丁小槐和晏之鹤这两个形象的塑造说明的就是这个问题。他们都明白现实社会中必须依据"生存法则"办事,但是丁小槐做得太"小",仅仅替马厅长洗袜子,即时地递香烟,侧着身子护航一样地走路,都是一些"太监之举",忠心是忠心,却上不了大的场面,因此,丁小槐作为不大。晏之鹤十分精明,见识高人一等,但是就是放不下那点清高,述而不作,就像一只云中鹤,只是在云雾中飞翔,做得太"虚",终是一事无成。这两个人物既是池大为转变的反面和正面的动力,也是池大为奋斗之"为"的补充。醒悟过来的池大为想得出,做得出,身体力行比晏之鹤强;品位高,说得响,举手投足比丁小槐大。只有这样的人才能成功。

这部小说最动人之处就是它的真实性。它真实地将现实的生活剖析给读者看,真实地告诉读者什么是现实社会需要的,什么是现实社会不需要的。这种剖析是痛苦的,是残酷的,甚至是令人无法忍受的,它将我们心中那块自以为神圣的精神圣地都冲垮了,它将我们一直奉行的做人的标准给撕碎了,但它确实符合实际,而且是行之有效的。这种变化,能否说是社会变坏、人心变坏呢?不能这样简单地推理,只能说是社会变了,人心变了,在这样的社会和人群中生活,人们的观念和行为只能去变。

与思想的深刻性相比,小说的艺术表现还显得比较僵硬。小说中的人物都是一些拼命抓权或者抓权而不得的人,特别是池大为身边的几位女性都是权力欲望很强的女强人。小说这样写人物,目的是为池大为的转变营造环境和气氛,但形象塑造上却有了类型化的倾向。在事件的描述上还是落了俗套,孩子上学、老婆受气、房子狭小、人微言轻,这些生活琐事把小人物压得喘不过气来,是很多官场小说常用的手法,这部小说还是重复着这些事情。

作品赏析

下面一段摘取的是池大为参加大学同学聚会之后,许小曼和他私下交谈。经过与许小曼的交流,池大为发生了变化。这是池大为转变过程中较为重要的时刻。

这时外面有人敲门,是服务小姐送点心来了。我正想应一声,许小曼用一个手势制止了我说:"等等,让她敲。"外面敲了一会,又停一会,再敲。我说:"让她进来吧,她端着东西老站在那里也不好。"她说:"你还是那么心软,你总是心太软。"就应了一声,小姐进来,脸上还赔着笑,把小笼汤包放在桌上,去了。许小曼说:"她心里不火?火还得笑着,谁叫她是个服务员?小人物就是这样的命运,她有自由?自由是有些人的特权,你不要善良而一厢情愿地想象他们有那么多条条框框把自己框在里面。这些年我看透了,心也变硬了,柔软的一部分像淬了火一样也有相当的硬度了。你不硬,不跟下面的人拉开距离,他能跳到你头上,稳稳地骑着你。"我说:"好像这些话不应该从许小曼的口里说出来。"她说:"现实如此现实,叫人怎么去说风花雪月?去掉那些花花绿绿的包裹,深入到事情的核心,就这么回事。"我说:"想想也真是这样,我又不傻。"她说:"你想通了我们来做个实验,你说,一加一等于三。"我笑了不作声,她说:"我说了等于三就等于三。"我于是说:"一加一等于三。"她说:"这里有两种包子,你掰开一个看看。"我掰一个,是豆沙的。她说:"这肉馅的汤包挺好吃的,你说。"我说:"是豆沙的。"她说:"这肉馅的汤包挺好吃的。"用手指一指我手中的包子。我说:"我说不出口,太残酷了。"她说:"你回去练习练习,把心里挡着你的那些东西踢开,你管它一加一等于几,管它是马是鹿?习惯了就好了。"我说:"我还是搞我的业务吧。"她叹了口气说:"大为,你去搞业务也好。明年你报个课题上来,我替你活动活动,让评审组给你批了。"我吃惊说:"专家听你的话?他们一个个傲得跟什么东西一样。"许小曼望了我一会说:"大为,你是真书呆子呢,还是装书呆子?你不像生活在这个圈子里的人。"我说:"我想着一个国家课题挺遥远的,也挺神圣的。"她说:"那些傲慢的人也不能对谁都傲吧,他们也有要过别人手的时候吧。"我吸一口气说:"小曼,我真的小看你了。"她说:"现在知道哪里有自由了吧?"于是我就说了中药现代分类方法这个题目,她听了说:"有这么巧的事,跟匡开平报的差不多。"我大吃一惊问:"他是什么时候找的你?什么时候?"她见了我的神态,也紧张起来说:"怎么了?他是上个月找到我家,给我看了一个计划,初步的论证都有了。"我一拍桌子说:"天下它偏有这样的人!"杯子里的茶都溢出来了。我把两个月前的事说了,许小曼说:"世界这么大,到什么地方去咬不行,偏要咬老同学。"又说:"说怪也不怪,咬别人咬得着吗?谁不想扩大自己的空间?"我说:"这也是绝对命令。"她说:"你见了老同学就说实话,太老实了。你明年只管报来,你有前期成果,他没有。他想弄成?那不可能,不可能,他成了精怪都不可能。"我说:"明天还有一个聚餐,我真的不知道怎么跟他见面。"她说:

> 这个许小曼是在给池大为上课哩。

> 谈到了现实,其实也就是这么简单。

> 在这个钱、权当道的社会,什么是真实?

> 在这个圈子里面混,就要懂得这个圈子的"规矩",池大为不懂,所以他就得在中医学会里郁闷。

"这就是你要进步的地方了,他都不怕,你怕?是谁做了贼呢?没这点心理承受能力,怎么能在圈子里混?"我苦笑说:"我就是如此地无用,幸亏当年——不然连你也给害了。"她望我好一会,像要把我看透似的,幽幽地说:"那也不一定。"

> 若不是当年的那一段,现在许处长也不会对池大为那么上心。

在昏暗的灯光下,许小曼的眼神有点变了,我装作看不懂,心里有了点不知所措。她说:"那也不一定。你以为我现在很幸福吗?"我说:"看上去还不错,要有的东西都有了吧。能活到这种境界,满世界也就那么几个人。"她说:"那也不一定。我和他倒是门当户对,凭着这一点走到一起来了。不然的话,我到今天的份上还要晚几年吧。可他们那些人吧,什么都有,就是没有道德感。他们从小就看穿了是怎么回事,世界是为他们安排的,有了钱,不够,又有了权,还不够,还要有女人,以及一切可以满足欲望的东西。他跟公司的女秘书有了那么一手,我装糊涂都一年多了。这已经是第二个了,我生了女儿不久他就开始了。你相信我有这么好的忍性?我忍了给我女儿一个完整的家吧。想一想能干的男人要他一辈子只跟一个女人,那不可能,换一个男人还是那么回事。世界对女人太残酷,我得认了。我不认了不装糊涂,揭开来吵翻了,反而给外面的女人机会了,她还要找上门来跟我竞争。罗雅芳就是在这种公平竞争中出了局的,所以她这次聚会都没来。人家大学刚毕业,我女儿都六岁了,公平竞争?想一想皇后都要忍了三宫六院,我还不算最倒霉的吧。想想他们也玩不出什么新的花哨来,我也就忍了。男人就这么回事,你让他为你变了,不可能。"她说着身子渐渐斜在沙发上,"我说我不幸福,你信不信?"我点点头说:"他知道你已经知道了?"她说:"他是个聪明人。"我说:"你装糊涂,他对你装出来的糊涂又装糊涂,这两个人不是天天演戏,怎么演得下去?"她说:"有什么演不下去!明天你见了匡开平,还是老同学嘛。"我叹气说:"别人碰到这些事不奇怪,可许小曼碰到这样的事,我就不服气,你是许小曼啊,当年是什么人物?"我跷起了大拇指,"什么人物?"她自嘲地笑一声说:"女人还能说当年?"说着手缕一缕头发,顺势往桌子上一搁,碰着了我的手,就慢慢地靠拢,握在一起,越握越紧。两人都不说话,我感到紧贴的掌心有一颗小小的心脏在跳动,一下,两下,非常清晰。我仔细去体会那颗小小心脏传递的情绪,心中掠过一丝柔情。怎么办?我是男人,我应该选择一个方向了。我紧张思索着,想到对面的人是许处长,不是当年的许小曼了,我平静下来,飞快地瞥了一眼手表。许小曼马上松开手说:"我们走吧。"走到外面,她挥手叫了夜游的出租车,望也不望我说:"你妻子她真幸福,真幸福啊。"

> 分析了"他们这些人",精辟。

> 这一缕头发,一握手,思绪万千。

阎真:《沧浪之水》,北京:人民文学出版社2001年版。

(撰写:汤哲声 刘 媛)

王跃文《梅次故事》

王跃文(1962—),湖南溆浦人。主要作品有《国画》《梅次故事》《苍黄》等。

《梅次故事》是《国画》的续篇。在《国画》里最为底层官员的朱怀镜在《梅次故事》中调任荆州市梅次地委副书记,开始了新的仕途生涯和人生故事。社会转型期的梅次,充满着生机和躁动,前所未闻的人与事、情与理,无不对身居高位的朱怀镜发生着影响和冲击,考验着他的人格和官品,砥砺着他的操守和才干。在《国画》中,朱怀镜还是个随波逐流、近墨者黑的干部,未能经受住宦海诱惑和腐败污染。但在《梅次故事》中,在这个创造志士能人和滋生崭新理想的时代,朱怀镜历经复杂人事的折冲和情感的短暂迷惑,面对着种种触目惊心的腐败事件,他不仅能够处理好官场上的是是非非,还开始关心群众而且开始拒腐:将送上门的钱都以"洪鉴"的假名捐献给社会福利事业;当上地委第一书记以后,朱怀镜更是同腐败做斗争;市委书记对他有提拔之恩,但当市委书记的儿子犯法时,他却坚决处理;妻子香妹涉嫌受贿,朱怀镜也毫不手软,将她送去纪委。他终于坚守了自我,在为官与做事、才干与抱负相融洽的征途上,开辟出事业和生命的曙色。

王跃文写过其他题材的小说,但官场小说写得最好。好就好在他写出了一种人,这是一种能够在中国官场这一环境中生存下来的人。《梅次故事》的主人公朱怀镜从荆州市调到梅次地区任地委副书记。梅次地区是一个矛盾相当复杂的地方,外来的朱怀镜不但生存了下来,还升任为地委书记,其原因就在于他把准了中国官场的"脉"。他知道矛盾复杂的地方,各方势力会排斥他,但各方势力又不得不倚重他,只要节拍踏得准,他就是最大的受益者。他知道中国官场是一个人治社会,上级的一句话往往就能决定一个人的命运。要想任梅次地区的地委书记,就要得到荆州市委书记的信任,而荆州市委书记又得听北京有关人员的话。于是,朱怀镜就将功夫花在了北京的退休部长李老的身上,果然取得了成功。不但要有奉上的功夫,还需要有御下的才能。他非常明白那些围着他的人或者反对他的人,心中想的都是从他那里得到一些好处,在必要时洒一些"甘露",他绝不吝惜。他知道要在官场中兜得转,需要一帮朋友相衬。从北京大公司的老板到装修房屋的工头、上城开饭店的农民,他都能称兄道弟,形成了一个利益圈。他也知道要想在官场上获取更大的利益,有时要不择手段。他明知尹正东、于建阳品德极坏,但是,他又利用他们的坏品德为自己做一些见不得人的事。他在梅次做了两件好事:一是将别人贿赂的钱化名"洪鉴"捐给了残疾人基金会;二是没有让高速公路的建设权落到公子哥"王八"的手中。两件好事做得圆满也是依据着官场的"规矩"办的。不将受贿的钱退回,也不交给廉政账户,是不愿做得太张扬。他知道在中国官场,事情做得太张扬,好事也会变成坏事。"王八"是荆州市委书记的儿子,他之所以敢得罪他,是手中有李老的"尚方宝剑"。在官场中能够活得顺畅,是不能有半点残缺的。与朱怀镜形象相映衬的是梅次地区书记缪明和专员陆天一。缪明习惯性的动作是摩肚子,擅长的是写文章,虽然廉洁,但不做实事,软弱无能,上面又没有人;陆天一上面虽有人,但太张扬、太跋扈,经常做一些诸如砸公车等哗众取宠的事。因此,他们虽然都是官场老手,但都有残缺。有了残缺就注定他们的仕途不畅。

与这些官场人物形象刻画相伴的是对大量官场"规则"的生动描述。官场吃饭都是"政治饭",喝酒和不喝酒,敬酒和敬几杯酒,都有内涵;饭后送客,看似混乱,但自有分工,彼此保持距离分毫不差。官场送礼叫"政治礼",送多少,怎么送都有分寸;礼多了怎么处理是个难题,拿出去太招摇,不拿出去会霉变,于是朱怀镜夫妇只能将很多月饼掺上水拌成糨糊冲入马桶。官场谈话叫"政治话",缪明与人谈话,只看人不说话,玩的是定力;陆天一一开会就先说话,结论未下,调子先定下,玩的是实力;朱怀镜见人说话,说一句留一句,玩的是神秘。官场上的婚姻是"政治婚姻",朱怀镜与妻子的感情再不好,也不能离婚,一离婚其形象就有污点,一有污点就会被人攻击,仕途就会有危险。小说写了两个小插曲,荆州市委书记戴着礼帽到梅次视察工作,市委书记刚刚离开,这种款式的礼帽很快就在梅次主要领导们中流行开来;朱怀镜到市里开会,会上发了一个水晶杯,回到梅次却不敢用,因为地委书记缪明没有用,到看见缪明的桌上有了,他马上将自己的水晶杯拿了出来。前一个插曲叫作步调一致,后一个插曲叫作先后有别。

作家显然是将自己的所见所闻和社会上的官场传闻一起纳入小说之中去了,贴近现实,贴近生活,也就贴近读者,小说有很强的可读性。然而,读者在满足阅读的好奇感的同时,往往会对产生这样的官场人物和官场时尚的原因进行深入的思考。这显然是中国官场的体制问题。中国官场体制所形成的"规则",迫使着官场中的人不得不这样做,如果不遵照"规则"办事,就会被淘汰出局。而根据这些"规则"办事就会异化成一种"官人"。颇有意味的是,那些异化成"官人"的人又反过来强化了这种体制,因为这种体制还有一个作用,那就是它往往维护既得利益者。就像一个高速运转的旋涡,既卷入其中,也就身不由己了。小说的结尾,作家专门写了那些官员们大年初一争着到庙堂烧头炷香,虽然价钱高达数十万元,却还插不上趟。身在其中的官员已经无法说清很多现象了,一切都让神灵来解释吧。作家说:"作家充其量只能提供一把把化验单、一张张透视底片,诊断的责任还是留给人民和历史吧。"[1]这话是有道理的,作家的主要任务还是感受生活,解决生活的问题还是交给政治家吧。但是作家在提出问题的同时,又总是引发读者对"病源"和"药方"进行更深入的思考。这部小说所提出的问题使人不得不对中国的官场体制进行深入的反思,尽管作家并不以为然。[2]

好在作家并没有绝望,他笔下的朱怀镜并没有完全被异化成"官人",他身上还留有几分人性。特别是当了地委书记以后,他与恶势力斗争时还显示出硬骨头的精神,他说:"我现在把头上这顶官帽子放在手里拿着。哪天谁要拿去,我马上丢给他。我朱某人,一个农民的儿子,没有任何靠山,就凭自己傻干苦干,能在地委书记的位置上坐上半天,也算光宗耀祖了。做人做到最后,就得为自己的骨气活。"这几句话说得很到位,给人几分温暖。

作品赏析

这里节选的是小说一开头,朱怀镜刚来到梅次。透过朱怀镜与老同学的聊天,读者了解到了故事的背景,朱怀镜身处的是怎样的一个官场现状。这个官场故事由此铺展开来。

---

[1] 王跃文.国画[M].北京:人民文学出版社,1999:490.
[2] 王跃文说:"有人说我的小说深入到了社会体制上的批判,这似乎是一种抬举,但我不以为然。"并说他写小说主要是写人。写小说当然是要写人,但是写官场中的人,又的确与官场体制分不开。

……朱怀镜回到房间,没头没脑问道:"还有呢?"高前说:"反正很复杂。梅次官场的最大特色就是玩圈子,是圈子官场、圈子政治。有老乡圈子、同学圈子、战友圈子、把兄弟圈子,等等,五花八门。最有实力的老乡圈子是阴县帮。梅次地区财政、银行和公检法等重要部门的一把手,都是阴县人。因为陆天一是阴县人,那些要害部门的头头脑脑,都是他一手栽培的。""同学圈子要数农大帮最厉害,也因为陆天一就是农大出来的。陆天一本不是正宗农大出身,只是早些年在农大干部进修班学习一年,补了个专科文凭。后来他官做大了,一帮农大出身的人都来攀同学关系,投在他的门下。""人大常委会主任向延平的身边有个战友圈子,人数不多,却团结紧密,真有些军人风范。向延平十多年前转业到梅次就是正师职,又年轻,雄心勃勃。但只任了几年地委副书记,再也上不去了。他总说自己不得志,是因为寡妇睡觉,上面没人。"朱怀镜听着笑了起来。高前便有些得意,说:"这向延平,有个'三个寡妇论',很出名。""三个寡妇论?"朱怀镜听着怪怪的。

高前笑道:"当年向延平刚从部队转业到地方,年纪轻轻的就是地委副书记,很牛气。部队干部,说话本来就粗。有次,他在大会上说,自己能干到这个份儿上,全凭自己能力和实干,不靠什么后台。他说自己没有后台,好比寡妇睡觉,上面没人。又说,自己有个毛病,就是喜欢喝几口小酒。酒桌上朋友多劝几句,就有些管不住嘴巴,免不了多喝几杯。这叫寡妇的裤子,经不得扯。接着又说,当然,工作需要大家支持,这又好比寡妇生崽,拜托大家帮忙。"朱怀镜忍不住大笑,眼泪水都出来了。高前喝了口茶,自己也忍不住笑了,将茶水喷了出来。他揩了揩嘴巴,继续说:"后来,他就只说自己寡妇睡觉,上面没人了。可是他又不甘心在梅次总是事事让人,就网罗些部队转业干部。他也不管你是海军陆军还是空军,只要是穿过军服的,愿意投靠他,他都收编你。"

"还有就是拜把子兄弟了。或明或暗的把兄弟圈子到处都有。大家都知道,以陆天一为老大的拜把兄弟有八位,号称八大金刚。有次陆天一在会上专门批判过官场上拜把子的现象,说得声色俱厉,大家反而更相信他是八大金刚的老大了。这些人说话往往此地无银三百两。据说全地区十个县市中间有四位县市委书记是陆天一的把兄弟,公检法三个部门的一把手也是他的把兄弟。这事儿没人说得清。"朱怀镜故意说:"说不清楚的事,说不定就是无中生有。"高前笑道:"你真的不相信?"朱怀镜笑而不答,只问:"那么邢子云呢?"高前说:"邢子云看上去没有网罗什么帮派,却联系着一批老干部。他的资格最老,又自认为不得志,同一批退二线的和离休的老干部很有共同语言。关键时候,他就利用老同志的影响,向缪明和陆天一施加些压力。可谓老奸巨猾。""怀镜你是管干部的副书记,你会面临很复杂的局面。你知道吗?这里的官可是要花钱买的啊!"朱怀镜说:"没那么绝对吧。我相信你说的情况肯定存在,但并不是所有人的官都是花钱买下来的。要真这样,不早就天下大乱了吗?"高前说:"你是领导,当然要这么说。我完全可以说,梅次的官都是花钱买的。只是花多花少,或者怎么花的区别。有个县的

现在的朱怀镜,貌似还是很单纯。

这"三个寡妇论"就概括了向延平的为官啊。

这种"此地无银三百两"的招式,真是用得绝。

这倒给朱怀镜提供了一条路子。

领导就是不能把大实话说出来。不过这里朱怀镜应该讲的是心里话。

县长空缺了,上面有意让管党群的副书记接任。而管政法的副书记硬要争这县长位置,花了五十万去疏通关系。结果钱花光了,县长没当上。他同朋友私下感叹,原以为花钱就能买着官当,看来错了,还是要相信组织啊!新任县长知道了,私下也同朋友说,这个傻瓜,有钱不会花,五十万都没当着县长,老子才花三十万,就当上县长了!我说这事都是有名有姓的,在梅次可谓尽人皆知。那当县长的仍然当着县长,当县委副书记的仍然当着县委副书记。"这些话就不中听了。这到底是哪个县的事,朱怀镜也不想知道,只是笑笑,说到别的事上去了。说到同学,朱怀镜方知在梅次工作的大学同班同学,只有高前一人。高前便特别感慨,直说同学四年,真不容易。朱怀镜尽管不太喜欢这个人,可到底也是凡人,免不了顾念同学之谊。但他不能明着许什么愿,只说:"老同学,今后多联系吧。"高前似乎明白了朱怀镜的暗示,却又把这话理解成很礼貌的逐客令,就说:"老同学应酬一天了,该休息了。"朱怀镜起身同高前握手,送他到门口。本想送下楼去,顺便在楼下走走。可又不想再找话说,就忍住了。再说也不想在高前面前显得太客气,还是保持些距离为好。朱怀镜去洗漱间洗了洗,估计高前走远了,就下了楼。他不想走远,就在楼前的水池边徘徊。他没想到梅次竟如此复杂。心情一变,眼前景物都变了,夜雾中的夭夭桃树,竟似忸怩作态的庸俗女人。人生的机缘真是说不清。就说这高前,早从他的记忆中消失多年了,不料又在梅次碰上了。经历了种种变故之后,朱怀镜似乎有些宿命起来,觉得人世间看似聚散无常,只怕都是有因果根由的。这时听见了于建阳的说话声,知道他又带着服务员来了。朱怀镜懒得同他啰唆,便顺着小径去了屋后。这里是个小花园,种着各色花草,还放着些盆景。抬头一望,只见新月西移,银星寥落,夜空有些暧昧。

> 面对领导,这听话做事都要多个心眼。

> 官场的这些现状,让朱怀镜恶心起来了。这也正暗示了他以后为官的作风。

王跃文:《梅次故事》,天津:百花文艺出版社 2010 年版。

(撰写:汤哲声　刘　媛)

周梅森《人民的名义》

周梅森(1956—),江苏徐州人,中国当代作家、编剧,中国作家协会主席团委员、江苏省作家协会副主席。中国作家协会第九届全国委员会委员。1978 年在《新华日报》发表处女作《家庭新话》。1979 年到南京《青春》编辑部任编辑。1983 年,周梅森发表第一部小说《沉沦的土地》。1985 年任江苏省作协创作组专业作家。1988 年被江苏省人民政府授予"有突出贡献的中青年专家"称号。主要作品有《人间正道》《中国制造》《绝对权力》《至高利益》《国家公诉》《我主沉浮》《人民的名义》等政治小说,这些小说均被其亲自改编成影视剧。其作品多次荣获国家图书奖、全国"五个一"工程奖、全国优秀畅销书奖、中国电视飞天奖、中国电视金鹰奖等。

2017年2月,长篇小说《人民的名义》出版。3月,由周梅森担任编剧的电视剧《人民的名义》上映。《人民的名义》是周梅森潜心八年六易其稿的作品,也是在反腐题材作品沉寂多年之后的再次发声。截至2017年4月18日,该书先后七次印刷,以10天突破100万册的速度,累计发行达138.3万册,迅速成为2017年畅销小说之一,供不应求。与此同时,反腐剧《人民的名义》热播,侯勇、吴刚等老戏骨实力圈粉,达康书记表情包更是网络爆红,实时收视率一路飙升,收视峰值创造了近十年国内电视剧史的最高纪录。电视剧和小说携手并进、联袂升腾,《人民的名义》风靡一时,走进了家家户户。

"为时代发声"是此部小说成功的非常重要的政治和社会原因。党的十八大以来,党中央高度重视党风廉政建设和反腐败斗争,习近平总书记指出:"我们党严肃查处一些党员干部包括高级干部严重违纪问题的坚强决心和鲜明态度,向全党全社会表明,我们所说的不论什么人,不论其职务多高,只要触犯了党纪国法,都要受到严肃追究和严厉惩处,绝不是一句空话。从严治党,惩治这一手决不能放松。要坚持'老虎''苍蝇'一起打,既坚决查处领导干部违纪违法案件,又切实解决发生在群众身边的不正之风和腐败问题。"[1]这部小说讲述的是H省一场波及上上下下的反腐斗争风暴。对上,写到H省前省委书记赵立春,升任到副国级领导干部,可谓是只"大老虎",是国内首部反映副国级贪腐问题的小说;对下,写了一企业因拆迁引发的工人群体性维权事件,深入地反映了现实生活情境。讲述了最高人民检察院反贪总局侦缉处处长侯亮平调任H省临危受命,深入内部审查贪腐案件,与腐败分子进行殊死较量,最终将以赵立春为核心的贪腐集团绳之以法的故事。周梅森紧紧抓住了社会变革的信号,用此部长篇小说让艺术在反腐斗争中并未缺席,充分肯定了党的十八大以来反腐取得的成就,展现了党的纯洁性和战斗性。立足时代,为时代立传,唱响了"高压反腐"的时代强音。

周梅森在2017年4月18日的文学分享会上说:"《人民的名义》这个书名,很多人都说这个名字很空、拒人于千里之外,其实书中我有点题,就是在高育良的嘴里,人民早就失去了内涵,而只是一个名义。"因而周梅森就是要用这部小说使文学回到现场,让文学参与历史进程,通过文学作品喊出人民想说的话。文艺创作从人民生活中来,文学接受到人民生活中去。能否"为人民抒写、为人民抒情、为人民抒怀"[2]是衡量优秀文艺作品的一个重要标尺。小说中坚守的"为民"理念使小说赢得了大众的心,大众才会为阅读消费买单。小说中塑造了两类群体,一类是真正把人民放在心上的,像侯亮平、陈岩石,他们用实际行动践行了"从群众中来,到群众中去"的诺言,敢于虎口拔牙,敢于同腐败进行你死我活的博弈,因为人民永远是他们最坚强有力的后盾和支撑;另一类是把"人民"作为名义挂在嘴上,把"人民"作为弄权上位的广告词和争权夺利的遮羞布,像赵德汉、高育良,这类人假为"人民",满足自己的各种私欲,最终都会为人民所唾弃。小说正是以"人民"名义的真与假,作为政治衡量的一个标准,以此来拷问人性深处的善与恶。贪腐官员,最严重的不是贪了多少钱,而是其人格的堕落、对人民的伤害以及世道人心的失落。读者愿意为小说买单,也是因为小说用鲜活的故事感染了、净化了人民的内心,让广大读者看到了社会的正义,让人民在小说中感受到了英雄情结的释放,提高了对共产党领导的坚信以及对美好生活的憧憬和信心。无疑,这部小说赢得了"人民",也必将赢得市场。

---

[1] 习近平.习近平谈治国理政[M].北京:外文出版社,2014:388.
[2] 习近平.在文艺工作座谈会上的讲话[N].人民日报,2015-10-15(2).

"说故事、写人物"是小说非常重要的叙述模式,这部小说之所以畅销,正因为它做到了"故事精彩、人物典型"。小说塑造了一系列典型人物:表情包都红遍大江南北的真性情的李达康;两袖清风正义化身的侯亮平;见风使舵,审时度势,见人说人话、见鬼说鬼话的高育良;集一身正气为民服务的好公仆、好党员的陈岩石;被社会、地位、金钱、美女等种种诱惑一点一点腐蚀灵魂,带着假"人民"的面具阴险狡诈的祁同伟;出身农民,一直在忏悔、恐惧、逃避中摇摆的近乎疯狂受贿的赵德汉等等。我们看到,作者通过精妙的人物对话和精准的心理分析,使这些典型人物的形象都丰满起来。小说第一章赵德汉的塑造就非常成功,"赵德汉声称自己是农民的儿子,几辈子的农民啊,穷怕了!看钞票,就像看小麦一样,看着心里踏实,看着精神满足。看久了,钞票上会泛起一片金光灿烂的麦浪呢……""我可一分钱都没花啊,舍不得花,又怕暴露,也……也就是常来看看……"作者把赵德汉在城镇化进程中的心理扭曲和贪腐的心理根源刻画得淋漓尽致。作者呈现出来的反腐浪潮中的反面人物并不是一个个彻头彻尾的坏人,他们也是有血有肉的人,表现出来的是他们怎样在诱惑面前没有坚守住党性,没有坚守住人民赋予的权力,从而走向堕落的深渊。小说的核心人物祁同伟也同样如此,从为了事业放弃爱情跪倒在妻子脚下的那一刻起,他就抛开了尊严,急功近利地开始了自己任由欲望膨胀而不择手段的历程;而在小说结尾处,在他生命的最后一刻,"目视安身于这种表面上解放了的领域,一度还显现为一种幸福的目光"。由此,整个人物的形象就丰满了起来。此外,心理活动的描写在小说中占了较大篇幅,把官场上的微妙与角逐分析得特别透彻,如第九章"看着陈岩石熟悉的面孔,高育良心里不禁嘀咕起来,新书记这是唱的哪一出?从未见过这样的常委会,请一个老同志来讲传统!今天的议题可是研究干部人事啊!前任省委书记留下了个一百二十多人的大名单,本来以为新书记不会接招,新书记却接招了。接了招又不按常理出牌,谈反腐,讲干部队伍问题,现在又来了传统教育,这架势是要整风啊!高育良,教授出身,深知理论的厉害,隔山打牛,谁的脑袋都有危险。便打起十二分精神,准备应对各种可能出现的状况……"可以说周梅森是观察社会的高手,更是深刻思考社会的能手,他的小说中随处可见此类复杂心理活动的描述,这要求作者本身必须是一个思维缜密、善于思考、善于分析问题和解决问题的人。

而在讲故事方面,作者更是精彩频现。《人民的名义》小说第一章侯亮平前往京州在机场等候之时,五次出现现实与回忆的切换,而小说的结尾第四十九章祁同伟再进孤鹰岭,也出现了八次当下与过去的时空穿梭。作者通过中断情节、切换时空的方法,其实呈现给读者的是更为全方位的观察视角,更为全面了解故事的角度,更容易让读者深入故事中去思考,"叙事剧不是再现状况,而更多的是发现状况,发现状况是借助中断过程来进行的……它使进行中的情节停顿下来并以此迫使听众对过程、演员对他的角色表明态度"[1]。此外,小说叙事时线索也并不单一,几条线索同时铺开,侯亮平、赵东来、沙瑞金、陈岩石、祁同伟各自从不同的叙事层次中一起为读者讲述故事情节,看似是片段式的碎片化叙述,实则共同完成了整个故事情节的塑造。此外,还有"智斗"、《沙家浜》这样的前后互文叙事,也让小说的情节高潮迭起、越发精彩和吸引读者。小说在叙述层次和叙述线索以及叙事策略上的设计,凸显了作者的叙述功底,也是这部小说非常突出的亮点。

此外,小说在案件复杂、疑难重重、紧张复杂的剧情中也不忘增加鲜活的女性角色,增加作品的深度和广度,缓解女性读者对政治风云的阅读疲劳,以此给小说带来了新鲜亮丽的风景

---

[1] 本雅明.作为生产者的作者[M].开封:河南大学出版社,2014:29.

线。"陆亦可""林华华""钟小艾"三个正面女检察官的角色塑造,迅速给小说带来了年轻时尚的元素,增加了可读性。小说中女性角色的塑造,大大满足了读者的审美需求,扩大了小说受众面,也让小说中的男性角色更加丰满起来。而两位反面女性角色"欧阳菁"和"高晓琴"的塑造也非常成功。尤其是"欧阳菁",第十七章中"她有着与生理年龄很不相符的心理状态,对于爱情仍像年轻时那般执着,耽于白日梦中不肯醒来。她虽说保养得很好,五十出头的女人了,皮肤还是那样白皙,身材还是那么苗条,但额上终究爬满了又细又深的皱纹。她深爱韩剧《来自星星的你》,病态般地一遍一遍看,浪漫的爱情故事与她的白日梦化为一体。她喜欢端一杯红酒,蜷缩在别墅二楼的真皮沙发上,孤独地度过漫长的时光。但她不觉得孤独,她跟着偶像都教授笑,伴着都教授流泪,完全把自己变成了剧中的女主角"的这段描写,成功地塑造了一个男人背后的女人的孤独和执着。从某种角度上来看,这部小说中的"李达康""高育良""祁同伟"甚或"侯亮平",他们在剧中的角色塑造中,都是被事业绑架了的男人,而妻子甚至情人,只存在于他们生活中非常小的一个角落,或者只是众多欲望中的一个欲望体现形式。"欧阳菁"正是这样一个婚姻家庭中女性的典型形象,李达康一心只关心GDP,不仅对妻子,连对女儿也都很少过问。当然,这并不是"欧阳菁"堕落的理由,小说中侯亮平在知道调任的时候,也提到了将不能照顾家庭,钟小艾也需要独自承受两地分居的真实生活,然而钟小艾却是侯亮平反腐战线上的战友。小说女性角色的塑造,给读者带来的是真实的生活气息,让读者看到哪怕是正义的化身,也是接地气的,使读者在紧张剧情的阅读中有张有弛,收获更多的共鸣和心理满足。

《人民的名义》紧贴时代旋律,紧扣反腐主题,高扬社会主义核心价值观的旗帜,大尺度地揭露贪腐问题,具体描绘了反腐斗争的复杂性,同时也呈现给读者精彩的故事、丰满的人物、真实的生活气息,可谓是一部体民情、察民意、知民需、得民心的非常有价值的时代之作。

作品赏析

这里节选的是作品第九章的最后部分:新任省委书记沙瑞金调研回京州没几天,就主持召开了中共H省的省委常委会。这场会议召开的时间点,正是小说故事情节发展的一个高潮"九一六"事件之后,也在小说中大部分核心人物都出现之后,更是小说情节发展中各方矛盾都凸显出来以后。沙瑞金的政治立场和角色塑造为此次会议完美地定下了基调,让读者对此次反腐斗争充满了胜利的期待。此次会议请来了陈岩石讲党的传统,大尺度直面H省存在的各种贪腐问题,在整部小说的案件发展过程中起到了非常关键的作用,而典型人物对话语言的精妙、心理活动的精准也堪称一绝。

　　沙瑞金和众常委再度热烈鼓掌,掌声经久不息。
　　陈岩石离去后,省委常委会继续进行。
　　沙瑞金感慨万端,不时地用指节敲打着桌子:同志们,战争年代,我们党员争抢的是背炸药包,是前仆后继去牺牲,奋斗牺牲是我们共产党员的特权。如今呢?我们一些党员干部争的是什么?权与钱!是"前腐后继"!为了升官发财,把封建官场那一套全学来了,搞得一个地区一个部门乌烟瘴气!举一个例说吧,我来本省任职,陈岩石可沾大光了,知道他喜欢花鸟,不少人往他那儿送花鸟,光鸟就送了十几只!如果陈岩石喜欢养宠物,恐怕熊

> 沙瑞金第一次开常委会就请来了陈岩石讲党的传统,别开生面的会议形式,陈岩石等老一辈共产党员的讲述的朴实宿地讽刺了现今"前腐

猫、老虎都会送过来吧!什么风气啊!

常委们面面相觑。会议室里的气氛又明显紧张起来。

沙瑞金继续说:有的干部,级别不低,这次还想进一步。他是管科技的干部,做了六年科技局局长、五年市委组织部部长,可我们的农业科学家、科学院院士,他竟然不认识!人家和他握手,他还仰着脸问人家是哪个单位的?稍有姿色的女干部呢,他个个熟悉,连偏僻乡镇上的女干部,他都能叫出人家小名。哎,这像什么话呀,同志们?!

高育良感觉时机到了,应该主动出击了。<u>历史经验告诉他,整风也罢,运动也罢,抢夺话语权最重要。只有积极批评别人,才能最好地保护自己。而且领导需要拥护,天然地喜欢率先拥护他的积极分子。</u>

——瑞金同志,您说的这个同志我也听说过,就是喜欢泡女干部嘛,晚上经常拉扯着一帮女干部四处喝酒。只要一喝,肯定要把一两个女干部喝倒,送去挂水,影响非常不好,背地里大家都称他花帅。

沙瑞金激愤地说:这样只会喝花酒不干正事的花帅,我们能向党中央推荐,安排副部级职位吗?当真把我们的人大、政协当花瓶了?

会议开到现在,还没有一位常委发言呢。高育良第一个开口,而且插了新书记的话,令人刮目相看。而且,他有这个资格,毕竟是曾经的省委书记的热门人选嘛!高育良又风趣地插话说:瑞金同志,我看啊,可以考虑安排他到省妇联看人门,发挥这位花帅的特长和余热。

李达康不满地看了高育良一眼。作为资深政治家,李达康已看清形势了——新书记不是针对"九一六"来的,而是要做一篇大文章。<u>他当然知道发言表态的重要性,也懂得批评别人抢得先机的技巧,但大秘书出身的李达康不屑于像高育良那样,跟着领导踢死老虎的屁股。他要等待时机,出笔不凡,凤头豹尾,帮新书记写好开篇文章……</u>

沙瑞金继续讲话:还有一个同志,我省的公安厅厅长啊,肩负着社会治安和维稳的重大责任啊,他倒好,那么多的正事不干,突然跑去陈岩石养老院的小花园里挖地去了!累得一头大汗,几乎光膀子呢!

调研回到京州,沙瑞金第一件事就是去看望陈岩石。进了养老院的门,却见着公安厅厅长祁同伟和陈岩石在一起挖坑栽花。沙瑞金的心里马上"咯噔"了一下:<u>昨夜光明湖畔发生突发性群体事件,死了好几个人,还有许多人被烧伤,这个公安厅厅长怎么还有心思在这儿当花农?后来才知道,不光是一个公安厅厅长,自从二十多天前他空降H省,陈岩石所在的这个养老院就热闹起来了!</u>敏感信息如风一般传播:沙瑞金的伯父是陈岩石的入党介绍人和班长。中华人民共和国成立后,陈岩石经常接济烈士家属,沙瑞金是陈岩石供到大学毕业的。祁同伟得知信息后,已无李达康的表演机会和舞台,只能紧赶慢赶赶上门当当花农了。

高育良脸上的笑容凝结了。他既没想到祁同伟会跑到陈岩石养老院去挖地,也没想到新书记会把矛头直接指向祁同伟,一瞬间有点蒙。

沙瑞金举重若轻,谈笑风生。我建议今年农村基层评劳模,就评咱这位

高育良的心理活动分析尽显了政治场上的潜规则,小说通过其心理活动刻画了他见风使舵和见人说人话、见鬼说鬼话的典型形象。

李达康的心理活动与高育良截然不同,显然是另一种政治性格,他想的是靠才能而不是阿谀拍马胜出。

养老院中来客的所作所为充分体现了官场上的不正之风,腐蚀的不是一两个干部,而是一群干部,这些干部心里装的并不是人民,而是自己的欲望和权力。

祁厅长,反正我投一票。好同志啊,干农活的一把好手啊!

这时,李达康不失时机地出手了。下笔要狠,要抓骨头,要直点命门死穴!他朗声插言道:好啊,瑞金书记,您这个意见我赞成,我也投一票!这位同志就是靠吹吹拍拍上来的嘛。当年我做省委书记赵立春同志的秘书,祁同伟在市公安局做政保科长,赵立春同志回乡上坟,我和祁同伟陪同。祁同伟真做得出来啊,到了赵家坟头跪倒就哭,眼泪鼻涕全下来了……李达康表情生动,绘声绘色,引得常委们不由窃笑。

> 李达康的几句话将祁同伟的溜须拍马形象在沙瑞金面前刻画得淋漓尽致,也将矛头直指高育良。

高育良怒从心头起——这是当面打脸啊!在座常委谁不知道祁同伟是他学生?李达康想干啥?在新书记主持的第一次常委会上就把祁同伟送上去祭刀?起码的规则和底线都不顾了?就算打落水狗也得看看主人的面子吧?于是便笑问李达康:达康同志啊,你想借哭坟说明什么?说祁同伟不是好东西?应该拉出去枪毙?这也不至于吧?

沙瑞金风趣地发挥:不至于,不至于!列宁倒是说过,应该把那帮吹牛拍马的家伙通通拉出去枪毙,但这是一时气话。国际共运史上至今还没有枪毙马屁精的先例。所以,祁厅长并没有什么生命危险。

> 沙瑞金的话语幽默而有力度,凸显了这位省委新书记的政治能力。

高育良揪住对手不放:达康书记,今天是常委会,讨论干部人事问题。你这样评价祁同伟,我觉得有失偏颇。你说你当年亲眼见到他哭坟,我不怀疑这是事实。但是达康同志啊,祁同伟是不是触景生情想起了自己的哪位亲人?在那段时间哪位亲人去世了?你了解过没有?

李达康说:我了解过,祁同伟父母至今健在,他家是长寿家族!

高育良却又说:即便如此,那又怎么样呢?达康同志,祁同伟违反了党章哪一条?国法哪一款?干部任用规定中的哪一项?啊?

> 情急之下,高育良只顾着与李达康对抗,话语咄咄逼人,风度尽失。

沙瑞金不禁一怔,这位高副书记,是不是太明目张胆、近乎无耻了?转念一想,人家有资格,毕竟在H省树大根深,差点成了省委书记。便不无夸张地鼓起了掌:这话问得好,很有黑色幽默味道嘛!

李达康说:不是黑色幽默吧?按咱育良同志的逻辑,既然祁同伟啥也没违反,我们是不是应该正常推荐安排他为副省长啊?

高育良笑容可掬:达康同志,你别急于责问,我话还没说完。

沙瑞金说:那就请育良同志说下去,今天这个会,我们一定要开个清楚明白,在原则问题上,再也不能糊里糊涂、不清不楚……

高育良便说了起来。他放下祁同伟,转向宏观方面——瑞金同志谈到了我们H省干部队伍的很多问题,这些问题是不是存在?肯定存在,在我省有些地区有些部门甚至还比较严重。京州市的组织部部长花幸福不过是和属下女干部喝喝酒,岩台市去年判刑的那位组织部部长呢?什么情况?都知道嘛,和一百多名女干部通奸,影响极其恶劣!

一位常委补充:有些女干部开好房间等着这位部长上床,还有的送上身子还送钱。更无耻的是,个别女干部丈夫亲自出马拉皮条!

> 此处大尺度地揭露了贪腐干部的恶劣行径,将他们的丑恶嘴脸直接呈现在读者面前,有大快人心的阅读体验。

沙瑞金十分吃惊:这些女干部后来处理了没有?处理了几个?

这位常委苦笑：几乎没处理。怎么处理呀？涉及一百多个家庭，到时若是闹出一批离婚呀自杀呀这类事情，社会影响就更不好了！

然而，这样的干部竟然几乎没处理！

高育良继续说：许多干部得知瑞金同志来我省工作以后，往陈岩石那里跑，挖地送鸟固然不好，可还是有底线，有顾虑的，毕竟没有直接给他送钱嘛！前年林南市长过生日可就不同了，下属三百六十八名干部就直接去送钱，送了多少呢？二百八十九万啊！

沙瑞金追问：这个收钱市长处理了没有？也没处理吗？

高育良说：处理了，这个市长判了十五年刑，这没啥可说的。三百六十八名干部怎么办呢？怎么处理啊？陈岩石同志和我说，好处理，全撤职。全撤职？整个林楠的干部队伍那就垮了，工作就没人干了！

高育良举生日受贿的市长为例，摆出反腐问题的复杂性，368名行贿的干部怎么处理？将难题抛给沙瑞金。

纪委书记说：当时为这批干部的处理，常委会争议很大。

沙瑞金听明白了——育良同志和大家的发言，让我了解了不少情况，也就更证实了我的判断，本省干部队伍问题的确不少，已经到了不解决不行的地步！怎么解决呀？很简单，按党纪国法办嘛！比如大家提到的那一百多名女干部，和组织部部长上个床，就从科长提到处长了，那么我请问，这对那些兢兢业业干了十年二十年还原地不动的干部公平吗？不公平嘛，都不处理，大家都跟着学样，党风政风社会风气就败坏掉了！我提议，暂时冻结干部的提拔任用，不管是拟向中央推荐的副省级，还是拟提拔任用的厅局级，一律重新深入考察后再议吧！

沙瑞金对于高育良提出来的问题毫不退让，直接提出了冻结干部提拔任用的决定。

沙瑞金定了调子，常委们一致同意。李达康心如明镜，沙瑞金已经达到目的。反腐败，整顿吏治，抓干部队伍建设，这就是新上任的省委书记要做的开局文章。李达康由衷拥护，宏大目标吸引了沙瑞金的注意力，使他暂时逃过了眼前一劫。但是李达康心里有病，仍隐隐不安，丁义珍、"九一六"……他妻子屁股真的干净吗？这都是问题！

高育良这时也看明白了，新书记是下政治棋的高手啊，请来一位老同志讲了讲传统，就轻松按下了一批批提拔的干部。原以为前任书记留下的大名单里能提上几个，包括祁同伟，不料竟全部冻结了。祁同伟更是没戏，让新书记抓了典型。却也活该，麻烦都是自找的！

高育良的心理活动表明了这次会议上沙瑞金获得全胜。

沙瑞金最后做总结讲话：今天会开得很好，重温了党的历史和优良传统。尤其是陈岩石同志讲到的那位只有一年党龄的党员，我想同志们不会轻易忘记。我恳请同志们牢牢记住他们，记住我党鲜艳的党旗上有他们鲜红的血，记住《国际歌》里的话，要为真理而斗争！

这个省委会开得常委们有点晕，但是一点很明确，新书记沙瑞金将在H省政坛刮起一股新风，日子不能再像过去那样过了……

结尾暗示着反腐的势力已占上风。

周梅森：《人民的名义》，南京：江苏文艺出版社 2017 年版。

（撰写：王 莹）

武侠小说

向恺然《江湖奇侠传》

向恺然(1890—1957),湖南平江人,笔名平江不肖生。向氏出身于富裕家庭,祖父凭借开伞店,累积了一些财产。其父自幼读书,在湘潭一般读书人中颇有名望。向恺然天资聪颖,文武兼修。为谋救国之道,他曾两度东渡日本,一次是留日学习日语,一次是参加讨袁运动失败后在日本精研武术。在日本的这段时间内,向恺然对当地民俗风情及政治面貌体验颇深,因不满留日革命党人的堕落行为,他创作了《留东外史》。1915年,向恺然正式归国,继续从事反袁运动。袁世凯去世后,他移居上海以小说创作为生。向恺然素来钦慕中国古代游侠的为人,又接受了一些民族民主革命思想,所以自号"平江不肖生",并以此为笔名。他的主要作品有《留东外史》《江湖奇侠传》《近代侠义英雄传》等。

1928年5月,《火烧红莲寺》在上海上映,引起社会的轰动。不到三年,《火烧红莲寺》片连拍18集,其模仿者更是不计其数。这部电影在当时的市民中引起了热烈反响,连对通俗电影持批评态度的沈雁冰也为之感叹:"《火烧红莲寺》对于小市民层的魔力之大,只要你一到开映这影片的影戏院内就可以看到。叫好,拍掌,在那些影戏院里是不禁的。从头到尾,你在狂热的包围之中……"[1]这部轰动一时的电影就是改编于向恺然的《江湖奇侠传》。

不同于此后的侠士类武侠小说《近代侠义英雄传》,《江湖奇侠传》属于剑仙型小说。《江湖奇侠传》以湖南省两县居民争地武斗为主线,融入昆仑、崆峒两派剑侠参与助拳的情节,引出无数紧张、刺激而又热闹生动的故事。在这部小说中,向恺然将其丰富的阅历、江湖经验与湖南当地民风习俗综合起来,并融入清末四大奇案之一的"张汶祥刺马"等故事,为人津津乐道。

《江湖奇侠传》于1923年1月连载于《红》杂志上,后来,《红》杂志改版为《红玫瑰》,小说继续连载。至第一百零六回后,向恺然回老家湖南,由赵苕狂续写,至第一百六十回结束。《江湖奇侠传》在中国流行小说发展史上的意义绝不是仅仅为一部通俗电影提供了一个好剧本,而在于它为中国武侠小说价值转向和中国流行小说的艺术定位树立了新的标杆。

---

[1] 沈雁冰.封建的小市民文艺[J].东方文艺,1933,30(3).

《江湖奇侠传》的贡献首先表现在它使中国武侠小说从"江山"转向了"江湖"。武侠小说是中国的"国粹"。从东汉的《燕丹子》一直到清末民初的武侠小说,几千年来,中国武侠小说的价值取向,不是保江山,就是打江山(《水浒传》开始还是写江湖世界,到了梁山泊排座次之后,小说的价值取向也开始转向了江山);武侠人物不是为了某一君王打江山,就是跟随着某一清官后面平叛捕盗。《江湖奇侠传》从浏阳、平江两地农民争水陆码头写起,最后演化成昆仑、崆峒两派江湖人士的争斗,演绎的是一则典型的江湖故事。小说价值取向的转变给武侠小说带来的最大的好处是拓展了小说的传奇空间。武侠小说本来就是以传奇取胜,在"江山意识"的要求下,武侠的传奇性只表现在武侠人物的行为动作上。武侠小说转向"江湖世界"后,武侠的传奇性不仅是行为动作,还有他们的生活环境。神秘的深山古刹、险峻的丛山老林、荒凉的戈壁沙漠、古怪的水中小岛,这些是武侠人物生长的地方,也是他们打斗的场所。传奇环境的拓展,明显地加强了武侠小说的纵深感。在"江山意识"的要求下,武侠人物再神奇,也是次要人物;当武侠小说转向"江湖世界"后,武侠人物就成了小说中的主要人物。这些武侠人物的精神世界、心理变化、性格脾气等成为小说不可缺少的描述内容。武侠人物的武功更神奇了,个性更分明了,但更真实了,因为人物塑造有了性格根据。《江湖奇侠传》中无论是正面人物吕宣良、杨天池、柳迟、笑道人等,还是反面人物甘瘤子、了因、智远、常德庆等都写得那么生动,其根本原因就在于此。传奇的行为动作、传奇的生活环境、传奇的人生经历和传奇的性格脾气,它们

《江湖奇侠传》·罗慎斋八行书救小门生

连成一气,构成了传奇的江湖世界。这样的武侠小说怎么能不吸引人呢?《江湖奇侠传》开创的路子显然被后来者继承下来,以后那些畅销的武侠小说几乎无一例外地将写"江湖"作为小说的价值取向,即使是写"江山",也是江湖世界中的"江山"(如金庸的小说)。甚至小说人物的一些行为举止,也常被后来者所模仿,如笑道人收徒的做法、吕宣良的那两只亦友亦徒的鹰,在以后的武侠小说中经常看见。

《江湖奇侠传》广为流传的另一个原因是小说的民间立场。小说中穿插了大量的民间故

事、民间争斗、荒山淫僧、巧遇奇人、得道成仙,那些在民间流传的人和事,被作者写成小说人物和故事,在小说中不断地描述着。小说将这些在民间耳熟能详的故事与江湖的神奇境界淆杂在一起,构成了一个个似真似幻、亦虚亦实的传奇的故事情节。这样的故事情节讲究的是阅读的愉悦性,市民们读起来感到很熟悉,也很亲切,它符合广大市民的阅读兴趣。更为重要的是,作家在处理这些情节时所表现出的民间立场。小说中正面人物与反面人物在武功的神奇上并没有什么区别,他们的正邪之分在于他们处世为人的态度上。正派人物均讲究忠、孝、义和行为操守,邪派人物均是些不忠、不孝、不义,不遵守行为操守的不法之徒。忠、孝、义和行为操守是中国广大市民阶层判断一个人好坏、善恶的最基本的标准。小说中正、邪之争以及正派人物对邪派人物的惩罚演化在市民的心中就是善恶之争的阅读期待。小说的价值判断与民间的道德立场是完全一致的。像红姑那样有着神奇的武功,又是善的化身,当她在危难之际从天而降,惩罚那些不法之徒,怎么能不激起市民们的激动和狂热呢?作家还以相当的篇幅对清末大案"张汶祥刺马"进行了重新演绎,把这位刺客演绎成了"屈死专制淫威下的英雄"。故事的演绎显得相当曲折和神奇,这是小说的需要,从中表露出"为民说话,为英雄正名"的态度,很能迎合市民们的心愿。1921年,沈雁冰接编《小说月报》后,流行小说作家受到了批判。受到批判后的流行小说何去何从一直在徘徊选择之中。《江湖奇侠传》的走红,说明了流行小说在新文学占据正宗地位的新的时期已成功地选择了它们的发展道路。

民国初年,向恺然曾经写过一部很流行的黑幕小说——《留东外史》。这部小说以域外揭秘而取胜,小说的结构却显得相当凌乱。《江湖奇侠传》的结构稍有好转,但也很散乱。一个人物出现,就铺演出一则故事,几则故事说完,再回到主要情节上来,小说中的枝蔓很多。有时这些故事套故事的叙述就靠大段的人物语言来完成,显得相当冗长。对于这样的小说结构,作家有一番辩解:"这件案子叙述到这里,却要撇开它,再叙述那红莲寺的知圆和尚了。为写那知圆和尚一个人的来历,连带写了这十多回书。虽则是小说的章法稍嫌散漫,并累得看官们看得心焦,然在下写这部义侠传,委实和施耐庵写《水浒传》、曹雪芹写《石头记》的情形不同。《石头记》的范围只在荣、宁二府,《水浒传》的范围只在梁山泊,都是从一条总干线写下来。所以不致有抛荒正传、久写旁文的弊病。这部义侠传却是以义侠为范围,凡是在下认为义侠的都得为他立传。从头至尾,表面上虽然也似乎是连贯一气的,但是那连贯的情节,只不过和一条多宝串的丝线一样罢了。这十几回书中所写的人物,虽然有不侠的,却没有不奇的,因此不能嫌累赘不写出来。"(第一百零六回)从这番表白中可以看出,作家还没有明白长篇小说详略得当、主线分明的基本要求,还仅仅是以"奇"作为标准来创作小说的。这样的小说认识,不仅向恺然有,当时的流行小说作家们几乎是一致的。对长篇小说的结构有正确的认识要等到张恨水小说的出现。

作品赏析

选自作品第十三回"罗慎斋八行书救小门生 向乐山一条辫打山东老"前面部分,主要描述了罗慎斋救下向氏兄弟,以及向乐山辫子功练成的过程。于是又一个奇侠诞生了。

……那时罗慎斋正掌教岳麓书院。向闵贤去诉了情由，问罗慎斋能否设法救出两个小兄弟？罗慎斋生成的古怪脾气，生平第一厌恶的，就是贪官污吏。岳州府知府的不法行为，罗慎斋久已知道了个详尽，只怕自己没能力参奏他。听了向曾贤兄弟的举动，口里不便说称赞恭维的话，心里实是痛快到了极处。莫说向闵贤还是自己的得意门生，义不容辞的应设法去救二小刺客出狱；便是绝不相关的人，只要是像这么小小的年纪，能有这样大的魄力，干出这样惊天动地的大事，罗慎斋但有一分力量可尽，也绝不忍袖手旁观。当下也不对向闵贤说甚么，只教向闵贤放心，包管那知府不仅不敢伤损你两个兄弟的一毫一发，并且连小考的场期，都不至于耽误。

〔对向氏兄弟的肯定。〕

罗慎斋说这话有甚么把握，能如此负责任呢？原来这一任的学差，也是罗慎斋的门生。罗慎斋等学差一到，就写了一封详细的信教人送去。学差接了老师的信，心里也恨那知府不过。官场中的习惯，科甲出身的官，最是瞧捐班出身的官不起。哪怕捐班出身的名位在科甲出身的以上，捐班官每每受科甲出身的奚落。若是捐班官名位低微的，更是没有讨好的希望。那学差读过罗慎斋的信，也懒得和知府说甚么。直到入场唱名的时候，唱到向曾贤，没人答应。学差忽教唱的停住，问怎么向曾贤不到？知府见问，连忙出席陈说事故。学差故意沉吟了一会道："考试是国家大典，且放向曾贤兄弟出来，考试过了，再治他们的罪不迟。"学差说了，随呼向曾贤兄弟的领保，问两兄弟的年龄。领保照实说了，学差哈哈笑道："黄口小儿，哪里就知道作刺客！快放他们出来，到这里当面考试。若文理不清，更得重办。"

〔传统话本小说常用的文法，此后引出故事的缘由。〕

知府不敢违抗，只得将向曾贤、向乐山都提到学差跟前来。学差见二人都生得清隽可爱，然心里有些不相信，这一点儿大的小孩子，就通了文墨。从来考幼童，都是提堂号考试，为的是怕人抢替。这回学差更是注意，把向曾贤兄弟坐在自己公案旁边，另外出题考试。没想到向曾贤兄弟都是提笔就写，和誊录旧文一般。向乐山交头卷，向曾贤接着交第二卷，学差已是吃了一惊。及看二人的卷子，写作俱佳。向乐山更是才气纵横，字也是秀骨天成，不禁击节叹赏。暗想：怪不得没取得前十名心里不服，气得打起知府来了。二人交卷了好一会，才有第三人交卷上来。照例交了卷，就可出场。学差却将二人留在里面，等大家出了场，学差打发人将向闵贤请来，备办了一桌酒席，邀了挨打的知府，教向曾贤、向乐山兄弟对知府叩头赔礼。学差笑向知府道："从此他两兄弟是贵府的门生了。本院替他们讲情，既往的事望贵府大度包容了罢。他两兄弟前途远大，将来受贵府栽培的日子固是很长，而报答贵府的日子也很有在后面。"向闵贤也连忙对知府叩头。知府知道向闵贤是个花衣进士，又是罗慎斋的得意门生，更和这任学差同年，早已料到这回的侮辱没有雪忿的希望。学差既肯这般说情，向闵贤又叩头赔了礼，也算是给面子的了。若不见风转舵，恐怕连这样的便宜都讨不着。当下连忙答了向闵贤的礼，又谢了学差，反高高兴兴的，在酒席上对向曾贤兄弟问长问短。一桩惊天动地的大案子，就是这么杯酒合欢，谈笑了事。向曾贤、向乐山都是这回入了学。

〔侧面为以后向曾贤兄弟出色的表现增加分量。〕

〔知府惯于见风使舵，见好就收。〕

只是向乐山入学之后,心中十分愤恨自己的两手太没有气力,以致两砖头不曾将知府打死,因此想练习武艺。平江人本来尚武,不知道拳棍的人家很少。越是大家庭,墙壁上悬挂的木棍越多。向家因是世代读书,不重武艺,所以向闵贤兄弟皆不曾练习。于今向乐山既是想习拳棍,向闵贤便聘请了一个有名的拳教师,来家教两个兄弟。但向曾贤的体质比向乐山生得孱弱,性情又不与武艺相近,练了几日,身体上受不了这痛苦,就不肯练了。向乐山却是朝夕不辍的,越练越觉有趣味。如此苦练了一年,真是生成的美质。每和教师打起对子来,教师略不留神,就被向乐山掀翻在地。再加练习了半年,教师简直打不过乐山,自愿辞馆不教了。向闵贤托人四处访求名师,陆续请来好几个,没一个打进场不跌的。于是向乐山就没有请得好师傅,只得独自在家研练。

（练武的由头。）

（勤耕不辍才练得一身武艺。）

这时他的年纪已有一十三岁了,辫发也有了尺多长。他忽然想到这辫发垂在背后,将来结长了,和有本领的人动起手来,很不方便。并且有时跑起来,辫尾若是挂在甚么东西上面,更是讨厌。拳术里面,有一种名叫顺手牵羊的手法,就是利用人家的辫子,顺手牵住,往怀中一带。被牵的,十九牵得头昏眼花。他打算把辫子割了,又因有"受之父母,不可毁伤"之戒,不敢割下来。想来想去,就想出一个练辫子的方法来。他悬一根粗麻绳在屋梁上,辫尾就结在麻绳上。硬着脖子,将身体向前后左右一下一下的倒过去。初练的时候,麻绳悬的高,便倒的不重。后来麻绳越放越长,身体便越倒越重。是这般不顾性命的蛮练了两年,哪怕合抱的树,只须把辫尾往树上一绾,向乐山一点头,那树即连根拔了出来。辫尾结着一大绺丝线,有时和人动手,向乐山将丝线握在手中,朝着敌人颈上掼去,一绕着就将头一偏,敌人身不由己的一个跟斗栽过了这边。向乐山自从这本领练成后,更没人敢和他较量。他因为遇不着对手,在家闷气不过。心想:平江的地方太小,当然有本领的人不多。我何不去外州府县游行一番?

（武器。）

（向乐山练辫子功的过程,令人匪夷所思,又感叹万分。注意"粗绳""脖子"之间的博弈。）

平江不肖生:《江湖奇侠传》,长沙:岳麓书社 1986 年版。

（撰写:汤哲声　储　雯）

李寿民《蜀山剑侠传》

20世纪30年代以后,中国文化市场上就始终摆着一部书,一印再印,正版盗版,印量不知其数,这就是李寿民的《蜀山剑侠传》。1989年以后,《蜀山剑侠传》被重新印行,其销量同样火爆。20世纪90年代以后,小说的部分情节被改编成电影、游戏软件,小说更为流行。

李寿民(1902—1961),原名李善基,笔名还珠楼主,四川长寿人。主要作品是《蜀山剑侠传》(正传五十集,后传五集,共三百二十九回)。围绕着《蜀山剑侠传》,还有别传《青城十九侠》

《青门十四侠》等共30多部武侠小说。这些武侠小说被称为"蜀山系列"。

《蜀山剑侠传》这部小说如此流行,其原因就在于谈玄说异。

小说的主干故事非常简单,写峨眉山以剑仙为首的正派与其他邪派争斗的过程,但情节的构造却相当神奇。

它构造了一个半人半仙的剑仙世界和半人半魔的魔幻世界。半人半仙是正派的人物形象,他们过着凡人的生活,却长生不老,因为肉身可以消灭,"元真"是生命的永恒,肉身只不过是"元真"的附体而已。他们的武功各异,但都有翻山覆水、填海缩地的超现实的能力。这些正派的人物组成了一个似人似仙的剑仙世界,为了维护武林的安定和群仙的安全,他们驭剑乘云、踩波踏浪,到处与邪派人物争斗。半人半魔是邪派的人物形象,这些人的长相都很诡异,只不过有一个人形而已。小说是这样描述邪派人物绿袍老祖的:"小半截身躯和一个栲栳大的脑袋,头发胡须绞成一团,好似乱草窝一般,两只眼睛发出碧绿的光芒,头颈下面虽有小半截身子,却是细得可怜,与那脑袋太不匀称,左手只剩有半截臂膀,右手却像个鸡爪,倒还完全。咧着一张阔嘴,似笑非笑,神气狰狞,难看已极。"小说有时用美丑对照的方法描写这些人物形象,例如写万载寒蚿的形象,刚出场时,她是一个美女:"粉弯雪股,嫩乳酥胸,宛如雾里看花,更增妖艳。尤其是玉腿圆润,柔肌光滑,白足如霜,胫趾丰妍,底平趾敛,春葱易折,容易引人情思。"然而,她的本相是相当丑陋的:"体如蜗牛,具有六首九身四十八足。头作如意形,当中两头特大,头颈特长,脚也较多,一张扁平的大口,宛如血盆,没有牙齿。全身长达数十丈,除当中两首三身盘踞在宝塔之上,下余散爬在地,玉台儿被它占据大半。"先是"美女"形象,后是"蜗牛"形象,十分怪异。这些邪派人物的武功也很怪异,但每个人都有绝招,或是吐烟,或是放蛊,或是摇幡,或是念咒。为了达到控制武林和满足自己私欲的目的,他们互相利用,也互相帮忙,连成了一个魔幻世界,与正派人物在各种怪异的环境中展开了一次次的争斗。

它构造了变幻莫测的武打场面。向恺然的《江湖奇侠传》中红姑等人虽然已是驭气而行,但是武功还是中华武功,武器还是刀枪剑戟等中华武器。到了李寿民的《蜀山剑侠传》将中华武功与神妖斗法、民间传说结合起来,武器也从传统的中华武器扩展到神奇的宝物以及飞鸟走兽、昆虫草木,因此打斗的场面显得十分离奇、怪异。向恺然写武功点到为止,李寿民则一招一式详细地描绘,很多场面被他描绘得令人瞠目结舌:

> 岩上成千累万的小洞穴中,一阵吱吱乱叫,似万朵金花散放一般,由洞中飞出无数量的金蚕,长才寸许,形如蜜蜂,只身略长,飞将起来,比剑还疾……断臂妖人刚往岩前落下,一部分千百个金蚕,忽然蜂拥上来,围着断臂妖人,周身乱咬……转眼工夫,咬得血肉纷飞,遍体朱红,眼见肉尽见骨……

一招胜一招,一物降一物,像这样匪夷所思、稀奇古怪的打斗场面在小说中一波接一波地出现,层出不穷。

它构造了优美和离奇的环境。这些环境是剑仙们和神魔们生活的场所、练功的地点和打斗的地方,大段大段地穿插在情节的叙述之中:

> 云雾都在脚下,碧空如拭,上下光明,近身树林,繁荫铺地,因风闪乱,远近峰峦岩岫,都辉映成紫色。下面又是白云舒卷,绕山如带,自在升沉。月光照在上面,如泛银霞……

这样的文字就如一篇篇优美的写景散文。这些地方当然都是剑仙们时常出没的地方。至于那些神魔们出没的地方则是洞穴、深潭、海岛或幽谷。那些地方在作者的笔下被写得腥气熏天、森气逼人、鸟迹不至或瘴气弥漫。生动的环境描写有力地烘托了这部小说的神幻气氛,与剑仙们和神魔们一起构造成了一个超现实的魔幻世界。

武侠小说的文体特点就在于它超乎寻常的想象力。这部小说将这种想象力发挥得淋漓尽致。小说构造的神魔世界和神奇的人物形象、打斗场面与作家的文学修养、生活经历、创作方法也有很大的关系。作家显然接受了中国传统的"述异"文学的影响,《山海经》《封神榜》《西游记》《镜花缘》等文学作品的影子在这部小说中比比皆是。李寿民是四川人,曾经"三上峨眉,四登青城"。他游历的经历不仅给他的小说提供了素材,更给他提供了一个超现实的想象空间。在这样的想象空间中,他自由翱翔,也随意发挥。他的创作方法更为奇特,后人曾这样介绍:

> 这种栩栩如生的奇特描写,原型来自哪里呢?已故老报人吴云心先生曾谈及此事:30 年代吴云心在天津电话局与还珠楼主共事时,有一次问及书中那些怪兽是怎样想出来的。还珠答:"容易得很,取任何昆虫,如蝗虫、椿象、青蛙、蚯蚓、螳螂等,放大若干倍而描写之,其凶猛诡异之状便可以想象。"此外,作者本人也曾于 50 年代中期在报纸上披露过他当年写作的情况,大意是说,用高倍放大镜去观察各种昆虫,通过高度夸张,再添上别的动物的爪、牙、角、尾,便描绘出世间所没有的怪物了。以蚂蚁为例,若把它扩大一万倍,再加上大象的鼻子、犀牛的尖角和鳄鱼的尾巴,就可以描写出恐怖的怪物了。由此可见,书中的妖邪也有其"模特儿"的。妖邪之外,该书对各种"天劫"的描写也是如此。40 多年前徐国桢先生曾有如下概括:关于自然现象者,海可煮之沸,地可掀之翻,山可役之走,人可化为兽,天可隐灭无迹,陆可沉落无形;风霜水雪冰,日月星气云,金木水火土,雷电声光磁,都有精灵可以收摄,练成各种凶杀利器,相生相克,以攻为守,藏可以纳之怀,发而威力大到不可思议。这些绘声绘色的笔法,分明是作者向壁虚构,却如耳闻目睹之真。徐国桢将其归结为"物理的玄理化,玄理的物理化",可谓慧眼所识,一语中的。[1]

小说中的很多描写都荒诞不经,但仔细想想,似乎都有一些道理,原因就在于这些描写都有生物根据或者物理根据,有那么一点"理"。

《蜀山剑侠传》综合性地传达出中国的文化思想。儒家思想体现在价值判断之中,小说正邪分明,邪不压正;佛家思想体现在因果关系上,事事有因,因果相环;道家思想体现在人物的修炼上,"元真"附体,长生不老。这些文化思想具有很强的中国民间世俗性,因此小说很容易得到中国民众的文化呼应。李寿民的《蜀山剑侠传》对后来武侠小说创作模式的影响极大。它首创了武侠小说人物的成长模式。小说隐隐约约的发展线索是峨眉派新人李英琼、余英男、严人英、齐灵云、周轻云(号称"三英二云")的成长过程。他们成长过程中的各种坎坷也就构成了小说的主要情节。齐漱溟、晓月禅师、胖和尚以及神雕、神猿、参秘籍、看秘图,等等,这些小说中的人物名称、奇禽、奇遇、奇技,甚至是一些细节,在后来的武侠小说中更是常见。

小说的缺点是明显的。由于基本上是以事作为情节发展的主干,小说就一事接着一事,一事未完就又发生一事地写下去。从 1932 年在天津《天风报》上开始连载,到 1948 年已出版了 50 集,还未写完。这样的小说结构显得相当的散漫和拖沓。对整部小说进行比较,前面几集写得比后面好。小说出现这样的状况,除了作家的创作观念之外,市场的需求和读者阅读口味是重要的原因。

---

[1] 倪斯霆.民国时期天津通俗小说与出版史话[J].通俗小说评论,1998(1).

作品赏析

选自《蜀山剑侠传》第三卷第一百三十一回"舌底翻澜，解纷凭片语　孝思不匮，将母急归心"中间部分，讲述了乙休拯救寒萼与司徒平后，带着两人给凌花子与矮鬼的厮拼解围，其中对神驼乙休用的"缩天透影"之法描述细致入微。

……

一句话将二人提醒，猛忆前事，好不内愧。暗中摸索，刚将衣衫整好，倏地眼前一亮，落在当地。面前站定一人，正是神驼乙休。知已被救，连忙翻身拜倒，叩谢救命之恩。因知适才好合，已失真元，好不惶急羞愧，现于容色。神驼乙休道："你二人先不要谢，都是我因事耽搁，迟到一天，累你二人丧失真元。若再来迟一步，事前没有我给的灵丹护体，恐怕早已形神一齐消灭。我素来专信人定胜天，偏不信什么缘孽劫数注定不能避免。这里事完，你夫妻姊妹三人，便须赶往东海，助宝相夫人超劫之后，即返峨眉，参拜开山盛典。等一切就绪，我自会随时寻来，助你夫妻成道，虽不一定霞举飞升，也成散仙一流，你二人只管忧急则甚？"寒萼、司徒平闻言，知道仙人不打诳语，心头才略微放宽了些，重又跪谢一番。并问紫玲有无妨害，吉凶如何？神驼乙休道："这里是黄山始信峰腰，离紫陵谷已有百十里路，你二人目力自难看见。秦紫玲根基较厚，毅力坚定，早已心超尘孽，悟彻凡因。既有乃母弥尘幡，又新借了金姥姥的纳芥环护体，虽然同样被困七日，并未遭受损害。此时已由齐灵云从青螺峪请来怪叫花凌浑相助脱险，用不着我去救她。如果当时你姊妹不闹闲气，你二人何致有此一失？不过这一来也好使各道友看看我到底有无回天之力，倒是一件佳事。如今凌花子正拿九天元阳尺在和矮鬼厮拼，到了两下里都势穷力竭之时，我再带你二人前去解围便了。"

寒萼、司徒平闻言，往四处一看，果然身在黄山始信峰半腰之上。再往紫陵谷那面一看，正当满山云起，一片浑茫。近岭遥山，全被白云遮没，像是竹笋参差排列，微露角尖，时隐时现，看不出一丝征兆。神驼乙休笑道："你二人想看他们比斗么？"寒萼还未及答言，神驼乙休忽然将口一张，吹出一口罡气，只见碧森森一道二三丈粗细的青芒，比箭还直，射向前面云层之中。那云便如波浪冲破一般，滚滚翻突，疾若奔马，往两旁分散开去。转眼之间，便现出一条丈许宽的笔直云衢。寒萼、司徒平朝云孔中望去，仅仅看出相近紫陵谷上空，有一些光影闪动，云空中青冥氤氲，仍是不见什么。正在瞻辨，又听神驼乙休口中念动真言，左手掐住神诀，一放一收，右手戟指前面，道一声："疾！"便觉眼底一亮，紫陵谷景物如在目前。果然一个形如花子的人，坐在当地，正与藏灵子斗法，金花红霞满天飞舞。紫玲身上围着一圈青荧荧光华，手持弥尘幡，站在花子身后，不见动作。知道神驼乙休用的是缩天透影之法，所以看得这般清楚。定睛一看，藏灵子的离合神光已被金花紫气逼住，好似十分情急，将手朝那花子连连搓放，手一扬处，便有一团红火朝花子打去。那花子也是将手一扬，便有一团金光飞起敌住，一经交触，立时粉碎，

电影技巧，人物如天外飞仙，瞬间出现。

紫陵谷云烟缭绕、朦胧之貌。描写景色的同时也说明寒萼、司徒平两人功力不足，视力无法透过云层。

乙休超群的法力。比喻生动，将法力以直观感受呈现在读者面前。而这正是乙休的缩天透影之功。

藏灵子与花子两人的打斗，以气与光表现法术。

洒了一天金星红雨,纷纷下落。只双方飞剑,却都未见使用。正斗得难解难分之际,忽见一幢彩云,起自花子身后。寒萼见紫玲展动弥尘幡,暗想:难道她还是藏灵子对手?凌真人不会要她相助。及见云幢飞起,仍在原处,并未移动,正不明是什作用,耳听司徒平"咦"了一声。再往战场仔细一看,不知何时藏灵子与凌浑虽然身坐当地未动,两方元神已同时离窍飞起,俱与本人形状一般无二,只是要小得多。尤其是藏灵子的元神,更是小若婴童。各持一柄晶光四射的小剑,一个剑尖上射出一道红光,一个剑尖上射出一朵金霞,竟在空中上下搏刺起来。真是霞光潋滟,烛耀云衢,彩气缤纷,目迷五色。

对元神、小剑的比喻,想象力十足。

　　斗有个把时辰,正断不出谁胜谁败,忽见极南方遥天深处,似有一个暗红影子移动。起初疑是战场上人在弄玄虚,又似有些不像。顷刻之间,那红影由暗而显,疾如电飞,到了战场,直往凌浑身坐处头上飞去,眼看就要当头落下。这时凌浑的元神被藏灵子元神绊住,不及回去救援。身后站定的秦紫玲好似看出不妙,正将彩云往前移动,待要救护凌浑的躯壳。忽然又是一片红霞,从凌浑身侧飞起,恰好将那一片暗赤光华敌住。两下才一交接,便双双现出身来:一个是红发披拂的苗僧,那一个正是助自己脱难的神驼乙休。忙回身一看,身后神驼乙休已然不知去向。二人还想再看下去,见神驼乙休朝那苗僧口说手比了一阵,又朝紫玲说了几句,便见紫玲离开战场,驾了云幢,往自己这面飞来。面前云衢忽见收合,依旧满眼云烟,遮住视线。二人谈没几句,紫玲已自驾了云幢飞到。说道:"寒妹、平兄,乙真人相召,快随我去。"说罢,双方都不及详说细底,同驾弥尘幡,不一会飞到紫陵谷崖上。落下一看,神驼乙休、藏灵子、怪叫花凌浑,连那最后来的红发苗僧,俱已罢战收兵。除神驼乙休和怪叫花凌浑仍是笑嘻嘻的外,那红发苗僧与藏灵子俱都面带不忿之色,似在那里争论什么。

腾云驾雾,空间转换极快。

还珠楼主:《蜀山剑侠传》,长沙:岳麓书社1988年版。

(撰写:汤哲声　储　雯)

王度庐《卧虎藏龙》

　　王度庐(1909—1977),原名王葆祥,字霄羽,出身于北京一个没落的旗人家庭,自幼丧父,全凭母亲和姐姐维持生计。由于家境贫寒,王度庐未读完中学就辍学在家,但他很勤奋,爱读书,经常去旁听文学课程。正是这样的刻苦自学,他拥有了深厚的文学根基。另一方面,王度庐注意从社会中学习各种知识,风俗文化、民风民情等都为他之后的小说创作提供了诸多素材。1937年,王度庐来到青岛。抗战爆发后,王度庐在友人的支持下,开始进行武侠章回体小说创作。直到1949年青岛解放,除担任过一学期中学教师和摊贩协会文书外,他一直以卖文养家糊口。12年间,王度庐出版长篇小说33部,共600多万字。其主要作品有《红绫枕》等侦探言情小说和《卧虎藏龙》等武侠小说。由于王度庐的武侠小说极善抒情,将生死缠绵与侠义精神融合得恰到好处,故称其武侠小说为"言情武侠小说"。

王度庐的武侠小说大体可以分为两类,一类是以"鹤—铁"系列为代表的言情武侠小说,另一类是以《燕市侠伶》《风尘四杰》为代表的偏重风土民情的小说。而在他的武侠小说中,以"铁—鹤"系列为代表的言情武侠小说写得最为出色。"铁—鹤"系列由《鹤惊昆仑》《宝剑金钗》《剑气珠光》《卧虎藏龙》和《铁骑银瓶》5部作品组成。其中《卧虎藏龙》由于被搬上银幕而为大多数人所熟知。《卧虎藏龙》在"铁—鹤"系列中是第4部,共有14回,约50万字。书中讲述了京城宦门小姐玉娇龙和戈壁大盗罗小虎之间的爱恨情仇。玉娇龙在京城盗走王府宝剑,引起骚乱。俞秀莲进京劝说玉娇龙归还宝剑,又引起一系列混乱。为了维护家庭的声誉,玉娇龙不得不嫁给鲁翰林,但又始终与罗小虎割不断情丝,遂于成婚当天离开鲁府,奔走江湖。玉娇龙秘密回京之时,却又遭暗算,被鲁翰林胁迫,与俞秀莲拼杀,却又不敌李慕白。罗小虎知道详情后,奋力营救玉娇龙,并以同样手段制服鲁翰林。不久,玉娇龙假装跳崖殉母,逃出了无爱的家庭。玉娇龙与罗小虎相遇后,悲喜交加,但不愿做盗妇,于是悄然离去,独走大漠。江湖气息与贵族文化之间的冲突,爱与恨的情感纠葛与矛盾,使小说中的悲剧蕴涵着对人生的思考和反讽。

武侠小说是写侠义的小说,也是写人的小说,武侠人物是江湖中人,也是有血有肉的现实中人。玉娇龙是九门提督之女,是一位大家闺秀,又是一位身怀绝技、争胜好强的女盗。她是一个身兼秀气和盗气的女性。两种身份是刻画这个人物的出发点,它使得玉娇龙有了两种形象和复杂的性格;同时也是小说设计情节的基本思路,它使得故事中有了很多的谜,有了更多的奇。一个大家闺秀又怎么会有武功,又怎么会有如此的盗气呢?小说给出了相当合理的解释:她的家庭教师兼师傅高云雁和"师娘"碧眼狐狸耿六娘,一个是诈骗秘籍自学成材的落泊文人,一个就是靠打家劫舍为生的江洋大盗。他们的言传身教使得玉娇龙不出闺门就已经盗气十足,只不过被她的秀气掩盖起来而已。师傅未死之前小说侧重写她的心计,她偷录秘籍、纵火灭迹、控制"师娘"、偷学武功,她的师傅对她也奈何不得,惊呼:"我为人间养大了一条毒龙。"师傅死了以后,小说侧重写她的争胜好强,她偷盗"青冥剑",使她认为自己的武功最高。她说:"宝剑就跟传国玉玺似的,玉玺是有德者居之,无德者失之,宝剑也是,谁的武艺高就谁使用。"于是她手持宝剑与俞秀莲斗,与李慕白斗,与那些自以为是的捕快路盗斗,即使被围困至死地也不顾。然而,她的本性并不坏,她容貌美丽,行为端庄,对蔡氏父女充满同情,对父母非常孝顺,对"师娘"的所作所为根本不屑。她原想做一个知书达理的闺中女性,但是环境不允许她这么做。她的"师娘"就是一个强盗,作为她的徒弟必定要受其影响;她也想改"邪"归"正",将偷盗出来的剑放了回去,但是婚姻迫使她将放回去的宝剑再一次偷盗出来。小说将玉娇龙放到不得已的环境中写她的盗气,写她的本性,亦邪亦正,真实可爱。

更生动地展示玉娇龙感情性格的是她的婚姻纠葛。玉娇龙在她的感情世界中遇到了两个男人。父母安排的是出身世家的"探花"鲁侍郎,而她爱上的是沙漠中的强盗"半天云"罗小虎。两个男人有着两种形象和性格,鲁侍郎形象猥琐,心地狭窄,但少年得志,满面春光;罗小虎剽悍粗犷,心胸坦荡,但少小磨难,性格鲁莽。从理性上说,玉娇龙应该嫁给鲁侍郎,但性格的差异如此之大,使得玉娇龙一刻也不愿意和他在一起;从感情上说,她与罗小虎最为习性相投,自从相识以后,她就时刻思念他,但他们身份的差距如此之大,也不可能结合。既要有一个好前途,又要性格相投,是玉娇龙的择偶标准,于是,她试图改造罗小虎,要他脱离匪籍,寻个官做。她对罗小虎说:"英雄不论出身,只要将来你能够致力前途,不必做大官,我就能……"然而,罗小虎做不成官,又不能做官。亦恨亦爱,亦恨还爱,玉娇龙在情感上处于爱恨两难的境地。小说的最后,玉娇龙与罗小虎缠绵一夜,然后飘然而去,这的确是最好的结局了。

正邪难辨、爱恨两难,性格的刻画和情感的描述交织在一起,玉娇龙的形象就跃然纸上。小说中不少次要人物也写得很生动。作为穿线人物的刘泰保,一身流气,却又不乏正义感;报仇心切的蔡氏父女,疾恶如仇,却又不免小家子气;同样富有心计的高云雁和耿六娘,一个性格怯懦,一个性格放肆。相比较而言,倒是在前两部小说中有着精彩表现的俞秀莲、李慕白在这部小说中表现一般。除了神奇的武功保留之外,他们的言行成了说教的象征。正派人物代表着正气,邪派人物代表着邪气,正派人物行侠仗义,压邪扶正,表现出一股凛然的侠气,这几乎成了武侠小说人物的定式。王度庐的这部小说首先关注的是人性和人情,而不是人物品行的正邪。无疑,这种写法大大提高了武侠小说的内涵,给武侠小说的创作打开了一个巨大的艺术空间。

《卧虎藏龙》是章回体小说,语言叙述上还有不少评书的色彩,但小说结构却采用倒叙的手法。玉娇龙的新疆生活、罗小虎的家庭惨变、高朗秋和耿六娘的匪盗生涯,这些小说的主要故事都是在倒叙中完成的。倒叙的手法首先就设了一个谜,一下子就抓住了读者的注意力,回忆的叙述又解释了前面的谜,故事情节的推进显得合情合理,小说的结构也显得紧凑。因此,王度庐小说虽然故事也是不断地枝蔓,却显得完整和紧凑。这样的小说结构在当时的武侠小说创作中显得相当突出。另外,小说中还有不少出色的景色描写,这些景色往往又随着人的感情而变化,显得很有灵气。最出色的是新疆大漠的描写,这是玉娇龙与罗小虎相识、相恋的地方,既写得苍凉和博大,也写得多情和妩媚。

家庭贫寒的王度庐没有上过大学,但他曾在北京大学做过旁听生,自学过大学课程。北京大学新文学的气氛和他大量的阅读使他对一些新思想和外国小说有一定的了解,并有自己的心得体会。他的文学创作却是从做小报作家开始的。在创作武侠小说之前,他在一些小报上发表过很多侦探言情小说,如《红绫枕》等。这些小说都有很强的平民主义的色彩,都是侦探小说为经、言情小说为纬的艺术结构。应该说,当他开始创作武侠小说时,他的文学修养和创作经验集中地表现了出来。

作品赏析

选自《卧虎藏龙》第六回"大漠听悲歌寻香惹爱 满城来风雨卧虎藏龙"中间部分,该部分回忆了玉娇龙和碧眼狐狸最初的相识,她们间的互动将两人各自的性格刻画出来。

……
　　她每天虽然必须盛装艳容,可是从镜里她知道自己比以前瘦了。她的首饰匣中有四卷书,其中两卷是很小的本子,抄得很潦草,那是她在十一岁时抄的。那时她师父高云雁第一次外出,把木匣交给她代存,她就自出匠心,拿了个小铁片磨成一把钥匙,将匣子开了,将书发现。她以两个月的工夫将全书抄得,并订成了容易收藏的小册。这几年来,她背着师父,背着一切的人,在暗中刻苦地练习。首饰匣中还有两卷书,那就是江南鹤手录的原

| 为何会瘦?
高云雁对玉娇龙的信任其实并不可靠。

一切都是在"暗中"进行,可见玉

本。在碧眼狐狸高师娘被她师父领到且末城的第一天，玉娇龙就查看出来高师娘的来历可疑，她与高云雁必不是夫妇。所以那天夜里，玉娇龙就到高云雁与碧眼狐狸所住的小院去探窥，果然被她探出，碧眼狐狸是为这两卷书而来的。玉娇龙的心中就很嫉妒，她知道她师父虽然精研此书，但是她师父的胆气太小，而且是照着念书的方式去研究，不会活用，<u>但这书若被一个武艺已有了根底的人得了去，一二年后，这人就将成为自己的敌人了。因此那天夜里，玉娇龙就纵火烧屋</u>，趁势将这两卷原书也得到手里。她将这正副两种本子永远随身珍藏。这次她是装在了她的一个一尺见方的乌木首饰匣内，交给丫鬟绣香收着。可是来到这里，因为两个表姊时时在身旁，她竟连匣子也不敢打开。她的表姊们都有很多的金翠首饰，腕上的镯子差不多是一天一换，仿佛是故意向她炫示似的，可是她竟什么也拿不出来。

　　那书上所绘的图式她倒是不必时时翻阅，因她早已在心中记得娴熟。只是这身手，若是不时常地练习，只在深闺中消磨，若再有半载，她就得同普通女子一样的纤弱了。所以，趁深夜两个表姊熟睡之时，她便悄悄地出屋，在庭前打拳舞剑，往房上房下蹿越。她住的地方虽是衙署的重地，日夜都有人巡逻，可是她这样地夜夜练习，竟没有一个人察觉。因此她甚至想盗马出城去找罗小虎，<u>可是又难以离开她的母亲</u>。她的身手、武艺不但都没有搁下，而且还日日进步，但是她的心里一直是十分优柔寡断，甘愿被情思煎熬着，却没有决然一走的勇气。

　　过了一个多月，她的母舅就要携眷离伊犁赴任去了。她们母女也应当就回且末城，可是因为天气已至初夏，沙漠中炎热难行，又不得不暂留此地。<u>玉娇龙觉得非常苦恼。</u>

　　忽有一日，高师娘突然身穿重孝来到，原来高云雁已于月前死在且末城了。这件事真给了玉娇龙一个沉重的打击，她当着人就哭泣起来。别人只说她感念师恩，却不知道她是另有隐痛。因为高师娘一来到，夜间她也不敢再出去练武了。高师娘是跟仆妇们住在一起，正房里还有两位表小姐。她穿着孝的人是不能到这屋里来的，所以她不能常跟玉娇龙见面，见了面也是不能说什么话的。

　　但是，一日深夜子时以后，玉娇龙忽觉外门房微响，有一个人进来，就伏在了她的床下。玉娇龙伸手一摸，摸着了床下人的发髻，她也毫不惊慌，就用低微的声音向床下说："到外面去等我。"床下的人就爬着又悄悄地出屋去了，玉娇龙也轻轻地下了床。<u>此时屋中还睡着她的两个表姊，外间还有一个丫鬟、一个仆妇，但她们都不知道这屋中先后有两个人进出。</u>

　　碧眼狐狸高师娘蹲在外面地上，一见玉娇龙出屋来了，<u>她就蓦然站起来</u>，走上前来，一把就将玉娇龙抓住，她冷笑着悄声说："你放心，我来没有别的事！就是你师父在死前说，那两卷书是在你的手里，叫我来向你索要。你拿出来便没事，不然你可……"她才说到这里，<u>忽觉玉娇龙用手指向她的左肋点去</u>，她大惊，赶紧用右手去揉，同时又翻左手向玉娇龙去打，<u>不料被玉娇龙用手托住，下面一脚，碧眼狐狸就咕咚一声坐在了地上</u>。她大怒，挺身而起;不料玉娇龙如闪电般地赶到,向她的前胸又是一脚!碧眼狐狸闪身跑开,飞身上了房,想掀房瓦向下去打,忽然脑门子一痛,却被射中了一枝小箭,痛得她不禁哎哟一声。玉娇龙又如狸猫似的扑上房来,碧眼狐狸伸手要去点穴,玉娇龙却早已抄住了她的腕子,反手一摔,身后又一脚。碧眼狐狸就啪嚓一声整个身子摔在了房瓦上。玉娇龙就骑着她的身子,手按着她的双臂,碧眼狐狸极力挣扎,却不能够,她就说:"我要嚷了,我嚷嚷起来,我被拿住,可也于你没有好处。"玉娇龙却冷笑着悄声说:"我不怕!至多叫人知道了我会武艺,但你是个江洋大盗,我早已看出来了,只要捉住你,翻起你的旧案,你就休想活命。"碧眼狐狸的身体有些颤抖,她就悄声央求说:"你放了我,我就走!那两卷书我也不跟你要了。"玉娇龙说:"你要我也不能给你,今天你也可以看出了,我的武艺准比高云雁还强上百倍!无论你怎么抵抗,也是无用,无论你跑到哪儿去,我也能当时就把你捉回来。以后你就得依从我,我叫你怎样,你就得怎样,不许违背我的话。当然,我也不能错待你,慢慢地我还要把书中的武艺传授给你呢,你应不应?快说!"碧眼狐狸这时忽然又悲泣起来,她哽咽着说:"我应,我应!我现在本是无处容身,我当初的事都做错了。如果小姐你肯收留我,我为什么不愿过安适的日子呢?只是你师父临死时劝我赶紧逃走,她说你心毒手辣,必定容不下我!"玉娇龙冷笑说:"我师父他是不晓得我,我待你如何,以后你就知道了。"当下她将碧眼狐狸放了手,她便先跳下房去,回到房中安眠。

早碧眼狐狸一步。

这里玉娇龙和上文碧眼狐狸的表现相同,也是"冷笑""悄声",一方面是对对方的不屑,一方面是担心泄露行踪。

一语成谶。

王度庐:《卧虎藏龙》,长春:吉林文史出版社1988年版。

(撰写:汤哲声 储 雯)

金 庸《射雕英雄传》

金庸(1924—),原名查良镛,浙江海宁人,出身书香世家。华人中最知名的武侠小说作家、新闻学家、企业家、政治评论家和社会活动家,中国作家协会名誉副主席。他热衷于政治,大学在中央政治学校学国际法,后来又在东吴大学法学院学法学。曾在杭州《东南日报》和上海《大公报》工作,后成为《大公报》驻香港记者。1950年,他辞职北上,希望能进入外交部工作,但未能如愿。于是他重返香港,在香港《大公报》工作。之后,他创办香港《明报》,并用15年时间写了"飞雪连天射白鹿,笑书神侠倚碧鸳"14部武侠小说,外加一部《越女剑》。金庸与梁羽生、古龙并称为中国武侠小说三宗师。

在金庸的"武侠世界"中,《射雕英雄传》是他中期的武侠代表作品,也是受众最广泛的作品。正是这部作品,奠定了金庸"武林至尊"江湖地位。《射雕英雄传》又名《大漠英雄传》,是"射雕三部曲"之一,以历史为背景,气势恢宏。故事发生在南宋末年,隐居临安郊外牛家村的忠良之后郭啸天、杨铁心家遭横祸,均已怀孕的郭夫人李萍、杨夫人包惜弱也双双失踪,郭、杨好友全真教道长丘处机怒不可遏,一路寻找郭、杨夫人,并追杀凶手,但与江南七怪发生冲突。双方冰释前嫌后相约共同寻人。丘处机去救助包惜弱,江南七怪去救助李萍,相约18年后重会于嘉兴。李萍之子郭靖天资鲁钝但善良单纯,包惜弱之子杨康聪慧过人却爱慕虚荣。郭靖一路闯荡江湖,结识了卖艺弱女穆念慈和未谋面的义弟杨康,并遇见了女扮男装的黄蓉。郭靖与黄蓉一见如故,相互钦慕,他们相伴而行遇见了举止怪异的"北丐"洪七公,并成为七公的弟子。与七公告别后,他们继续闯荡江湖。在桃花岛,郭靖巧遇"老顽童"周伯通,并与之义结金兰,而又与"西毒"欧阳锋发生冲突。洪七公遭"西毒"欧阳锋暗算重伤后,黄蓉临危受命,接任了丐帮帮主之位,和郭靖一同赶往洞庭君山参加丐帮大会。此后,他们又一同寻找《武穆遗书》,却遭铁掌帮帮主裘千仞攻击,黄蓉被打成重伤,幸得"南帝"一灯法师救助。与此同时,欧阳锋与杨康窜入桃花岛,将在岛上做客的江南七怪中的朱聪等五人杀害,并趁机嫁祸黄药师,致使郭靖、黄蓉这一对有情人反目为仇。双方误会解除后,郭靖回到草原,帮助成吉思汗西征。但郭靖不愿助蒙古与大宋为敌,遂在母亲李萍自杀后离开草原。最终,在华山之巅各路英雄比武论剑,郭靖与黄蓉也再次重逢,成为一对神仙伴侣。

《射雕英雄传》具有最传统的"武侠小说观念"。

尽忠报国是侠的处世准则,心地善良是侠的做人准则。郭靖和杨康从正反两个方面为这两条传统的侠的准则进行了形象的演绎。两兄弟分别被取名为"靖""康",就是要他俩不忘国耻尽忠报国,但他俩各自走了不

《射雕英雄传》·郭靖与黄蓉联手力斗群丐

同人生道路。郭靖始终不忘自己是宋朝人,为了民族大义,他丢弃了富贵,丢弃了权力,甚至牺牲了含辛茹苦一手将其抚养大的母亲;他虽然愚笨,但讲情义、重承诺,一以贯之,坚韧不屈,终成一代大侠。杨康却贪图富贵,贪恋权力,具有很强的个人欲望,为了达到自己的目的,他忘记国耻,认贼作父,虽聪明能干,却心地不正,最后死于非命。郭靖和杨康虽是两个人,却是一个观念的正反两方面:侠和非侠。

从小打到大打，小说情节层层推进，最后是一场决胜性质的决斗；从小侠到大侠，人物越拖越多，最后拖出来的是"老祖"式的人物。《射雕英雄传》继续沿用着中国武侠小说的传统套路。牛家村的打斗、大漠的打斗、嘉兴府醉仙酒楼的打斗、海上的打斗……每一次打斗都将小说情节向前推进一步，最后是华山论剑，小说的情节走向了终结，武功斗技也推向了最高峰。从郭啸天、杨铁心拖出江南七怪，再从江南七怪拖出黑风双煞，从黄河四鬼拖出沙通天，再从沙通天拖出梁子翁、彭连虎、欧阳克等人，最后出现的是东邪、西毒、南帝、北丐和老顽童。人物一层一层地出现，武功越来越高，最后出现的人物已是四方星宿般武林泰斗了。打斗越来越激烈，情节越来越深入，人物越来越神秘，武功越来越生动，与中国传统武侠小说的创作方法一样，《射雕英雄传》同样是运用这样的"渐进法"吸引读者。

《射雕英雄传》又突出地表现出金庸武侠小说的创作个性。

金庸说过："在小说中人的性格和感情，比社会意义具有更大的重要性。"[1]这句话说出了金庸小说超于常人的地方。小说首先就是要写好人，写好了人，小说就能生动起来，武侠小说也不例外。金庸深深明白这一点。金庸在《射雕英雄传》中写人与他以后的小说比较起来，还显得不够复杂和深刻，但是他已把准了小说创作的这个"脉"。他在这部小说中采用了两种方式写人：一是将人物的性格和感情推向极端，在对比之中展示个性。郭靖愚笨；杨康圆滑；黄蓉聪明；穆念慈痴爱；黄老邪自负蛮横，狡诈近乎诡异；欧阳锋阴狠歹毒，却又不失舐犊之情；洪七公诙谐幽默，贪吃之像可掬；老顽童童心未泯，玩耍之态可笑……每个人有每个人的性格，每种性格又决定了每个人不同的行为举止。二是将郭靖的成长作为小说情节发展的线索。这条线索起到了两个作用：它充分展现了郭靖的性格特征和感情世界，他愚笨，但意志坚定，他有自己的感情空间，但绝不背叛诺言，于是他就要承受武功的学习和感情的取舍两重磨难，而磨难又是展现人物性格和感情的最好手段，它起到了人物形象的贯穿作用。郭靖的成长过程不仅将性格各异的各种人物贯穿在一起，而且使各种性格各异的人发生了碰撞。前一种方式是横向的，后一种方式是纵向的，纵横结合使得小说人物在一个整体中互相映衬，人物的性格和感情也就在这样的互相映衬中活泼了起来，灵动了起来。传统的武侠小说有两大"瓶颈"始终不能有效地突破，一是武侠小说中的人和历史的关系。由于武侠小说总免不了写到历史。历史是一个时间的概念，人又是时间中的人，因此武侠小说中的人常常成为历史的点缀。这样的武侠小说也就成了具有武侠色彩的历史小说。二是武侠小说的人和离奇情节的关系。武侠小说的情节总少不了过分的离奇和巧合，一旦处理不好，小说中的人物就会被大量的离奇和巧合的情节所淹没，小说也就成了具有武侠味的情节小说。当《射雕英雄传》确立了以写人为中心后，这两大"瓶颈"自然就突破了。不是人物为历史服务，而是历史为人物服务。小说所展现的宋、元、金的历史更替，是展示人物形象的背景。不必追求这些历史是否真实，而要看到这些历史事件为写好那些武侠人物起到了很好的作用。同样，不是人物为情节服务，而情节为人物服务，情节是人物行为举止和感情世界的组成部分。这部小说中很多情节很离奇，甚至不可思议，但是没有必要追问情节设置是否太过分，而要看到这些情节为人物性格和感情的展开做出了贡献。

小说充分展示了金庸的才艺。小说涉及武术、音乐、饮食、书画、五行八卦众多方面。作家在写这些知识的时候绝不是堆砌，同样遵循了写人的原则，因人而设。"降龙十八掌"是金庸为

---

[1] 金庸.神雕侠侣后记[M].北京：生活·读书·新知三联书店，1994：245.

郭靖所创设的,因为这种雄浑刚猛的功夫正合郭靖的禀性。"逍遥游"取的是灵巧和机智,由黄蓉来练再适合不过了。黄老邪的那首《碧海潮生曲》是借乐曲写武功,它暗合武功中以气驭技的原理,如此高雅的武术绝技也只有黄老邪创造得出来。黄蓉手中的美食是小说的一大亮点。这些千奇百怪的食品取的是一个"奇"字和一个"巧"字。小说妙就妙在它不仅写出了黄蓉的心智,还写出了黄蓉的武功。那只"二十四桥明月夜"的菜需要将豆腐挖成24只小球,能从豆腐上挖下小球非要黄蓉家传的"兰花拂穴手"的功夫不可。

作品赏析

选自作品第二十七回"轩辕台前"后面部分:杨康凭借花言巧语和手中的打狗棒,骗过丐帮众人,自称丐帮新任帮主,而郭靖和黄蓉设法揭穿杨康的骗局,双方冲突积聚。

丐帮八袋弟子的武功只与尹志平、杨康之俦相若,郭靖一起手就击倒了四人,虽有一人回来重行加入战团,但<u>郭靖将降龙十八掌与天罡北斗阵配在一起,以威猛之势,济以灵动之变,这五丐怎能抵挡得住?</u>若非郭靖瞧在师父脸上,早已将五丐打得非死即伤,只斗了十余招,又以掌力震倒二丐。余下三丐不敢进攻,转身欲逃,郭靖左手钢索挥出,卷住二人足踝,扯到身旁。黄蓉道:"绑住了!"郭靖抄起钢索,将两人手足反缚在一起。

〔如今郭靖已非昔日鲁钝儿。〕

黄蓉见他大获全胜,既惊且喜,心想擒获自己的是那满脸笑容的彭长老,记得师父曾说过江湖上有一门慑心之术,能使人忽然睡去,受人任意摆布,毫无反抗之力,想来这彭长老所用的正是这门邪术,问道:"靖哥哥,《九阴真经》中载得有什么'慑心法'么?"郭靖道:"没有……"黄蓉好生失望,低声道:"提防那笑脸恶丐,莫与他眼光相接。"郭靖点头道:"我正要狠狠打这家伙一顿出气!"说着扶了黄蓉背脊,两人一齐站起身来。郭靖瞪视杨康,大踏步向他走去。

<u>杨康当郭靖大展神威、力斗群丐之际,心中已自惴惴不安,只盼群丐倚多为胜,将他制服,哪知群丐逐一败退,郭靖却向自己逼来,只要被他一近身,哪里还有性命?</u>情急之下,高声叫道:"四位长老,咱们这里无数英雄好汉,岂能任由这小贼猖狂?"嘴里喊得急,脚下也不慢了,忙退在简长老身后。简长老回首低声道:"帮主放心,小贼武功再高,总是敌不过人多,咱们用车轮战困死他。"提高嗓子叫道:"八袋弟子,布坚壁阵!"

〔短短时间,杨康内心已经转了好几道弯。〕

<u>一名八袋丐首应声而出,带领十多名帮众排成前后两列,各人手臂相挽,十六七人结成一堵坚壁,发一声喊,突然低头向靖蓉二人猛冲过去。</u>

〔丐帮徒众准备仗势而上。〕

黄蓉叫声:"啊哟!"闪身向左跃开。郭靖向右绕过,东西两边又有两排帮众冲了过来。郭靖见群丐战法怪异,待这坚壁冲近,竟不退避,双掌突发,往壁中那人身上推去。他掌力虽强,可是这坚壁阵合十余人的体重,再加上疾冲之势,哪里推挪得开?那坚壁中心受力,微微一顿,两翼却包抄上来。郭靖一个踉跄,险被这股巨力撞得摔倒,急忙左足一点,倏地飞起,从人墙之顶蹿了过去,身子尚未落地,只叫得声苦,但见迎面又是一堵帮众列成的坚壁冲到，忙吸口气，右足点地，又从众人头上跃过。岂知那些坚壁一堵接着一堵，竟似无穷无尽，前队方过，立即转作后队，翻翻滚滚，便如巨轮般辗将过来。郭靖武功再强，终究寡不敌众，至此已成束手待缚之势。

　　黄蓉身法灵动，纵跃功夫也高过郭靖，但时刻稍久，一队队的移动巨壁越来越多，趋避奔窜之际渐感心跳气喘，东闪西躲了一阵，竟与郭靖会在一起，渐渐被逼向山峰一角。黄蓉心念一动，叫道："靖哥哥，退向崖边。"郭靖听了，一时尚未领会，但依言退向悬崖，眼见离崖边只余五六尺之地，丐帮的坚壁竟然停步不冲。郭靖恍然大悟："啊，下面是个深谷，冲过来收不住脚，不跌死才怪。"向黄蓉望了一眼，刚要说她聪明，却见她脸上突转忧色，只见一堵又厚又宽的人墙缓缓移近，这番不是猛冲，却是要慢慢地将二人挤入深谷之中，同时是成百人前后连成了十余列，再也纵跃不过。

　　郭靖在蒙古之时，曾与马钰晚上落悬崖，这君山之崖远不及大漠中悬崖的高险，眼见巨壁渐近，叫道："蓉儿，你伏在我背上，咱们下去。"黄蓉叹道："不成啊，他们会用大石头投掷，那是死路一条。"郭靖彷徨无计，不知如何，在这生死悬于一发之际，忽然想起了《九阴真经》上卷中的一段文字，说道："蓉儿，真经中有一段叫作'移魂大法'，只怕跟你说的什么慑心法差不多……好，咱们跟他们拼了，要摔么大家一齐下去。"黄蓉叹道："这些都是师父手下的好兄弟，咱们多杀人又有何益？"

　　郭靖突然双臂直伸，抱起她身子，低声道："快逃！"在她颊上亲了一亲，奋起平生之力，将她向轩辕台上掷去。黄蓉只觉犹似腾云驾雾般从数百人的头顶飞过，知道郭靖要独挡群丐，好让自己乘隙逃走，双膝微弯，轻轻落在台上，心中又酸又苦，却见杨康正得意洋洋地站在台角，指手画脚，呼喝督战，这良机岂肯错过，足未站定，和身向前扑出，左手手指已搭住绿竹杖的杖头。

　　杨康陡然见她犹似飞将军从天而降，猛吃一惊，举杖待击，黄蓉右手食中二指倏取他的双目，同时左足翻起，已将竹杖压住。杨康武功本就不及黄蓉，而她这一招又是洪七公所授打狗棒法的绝招"獒口夺杖"，倘若竹杖被高手敌人夺去，只要施出此招，立时夺回，百发百中，即是武功高出杨康数倍之人，遇上这招也绝保不住手中杆棒。黄蓉夺杖是主，取目是宾，却因手法过快，手指竟已戳得杨康眼珠剧痛，好一阵眼前发黑。杨康为保眼珠，只得松手放开竹杖，随即跃下高台。

　　黄蓉双手高举竹杖，朗声叫道："丐帮众兄弟立即罢手停步。洪帮主并未归天，全是奸徒造谣。"群丐一听，尽皆愕然，此事来得太过突兀，难以相信，但乐闻喜讯，恶听噩耗，原是人之常情，当下人人回首望着高台。黄蓉又叫："众兄弟过来，请听我说洪帮主消息。"杨康眼睛兀自疼痛，但耳中却听得清楚，在台下也高声叫道："我是帮主，众兄弟听我号令，快把那男贼挤下崖去，再来捉拿这胡说八道的女贼。"

　　丐帮帮众对帮主奉若神明，纵有天大之事，对帮主号令也绝不敢不遵，听到杨康的号令，当即发一声喊，踏步向前。黄蓉叫道："大家瞧明白了，帮

坚壁阵之坚，郭靖、黄蓉之力竟不能破解，显示丐帮武功高明之处。

两难之处。

郭靖柔情之处。

杨康洋洋得意，其心思暴露无遗。黄蓉乘机夺杖，心思缜密。

既是武功招式，又恰到好处写出黄蓉所为正是从"獒口夺杖"。

打狗棒象征丐帮帮主的威信力，丐帮之福或是丐帮之祸。

主的打狗棒在我手中,我是丐帮帮主。"群丐一怔,帮主打狗棒被人夺去之事,实是从所未闻,犹豫之间,又各停步。

金庸:《射雕英雄传》,广州:花城出版社 2003 年版。

(撰写:汤哲声　储　雯)

梁羽生《七剑下天山》

梁羽生(1924—2009),广西蒙山人。原名陈文统,笔名梁慧如、冯瑜宁等。因特别欣赏白羽的武侠创作,所以以"羽生"作为其笔名,而他也正是由梁羽生这个名字在"江湖"上闯出名号。梁羽生出身书香门第,熟读古文,擅长对联,曾向名师请教历史、文学,后进入岭南大学学习经济。1949 年定居香港,任职于《大公报》,次年进入《大公报》附属《新晚报》工作。1954 年,因"吴公仪和陈克夫国术表演"十分轰动而顺势撰写《龙虎斗京华》。该作品也成为新派武侠小说的伊始,梁羽生也开始崭露头角。梁羽生的创作主要有《白发魔女传》《七剑下天山》《萍踪侠影》《云海玉弓缘》等多部武侠小说,开创了"大唐游侠""牧野流星""天山"等多个系列,构成庞大的武侠体系。

《七剑下天山》是梁羽生第 5 部作品,接前一本书《塞外奇侠传》,讲述了"天山七剑"的故事。"天山七剑"是《白发魔女传》中练霓裳、卓一航、岳鸣珂三位武学宗师的七位弟子传人——凌未风、飞红巾、桂仲明、冒浣莲、易兰珠、张华昭、武琼瑶。小说以清康熙年间平定三藩为历史背景,以天山弟子凌未风等人的行侠江湖为线索,反映了众多江湖人士反抗清王朝统治的雄心壮志。小说以天地会群雄聚集五台山欲刺杀豫王多铎为起始,引出张华昭被捕以及傅青主、冒浣莲夜探五台山,却遇到前来寻仇的凌未风。为利用三藩之乱反清复明,天地会好汉四处活动,凌未风、天地会总舵主刘郁芳一路入滇,险象环生,与朝廷鹰犬楚昭南发生恶战,又在吴三桂设计下被捕,幸得傅青主相救。桂仲明、冒浣莲结伴赴京营救张华昭,发现张华昭并未收禁,而是收留在宰相府。多铎作为征西统帅赴西南平定三藩,易兰珠奉父亲遗命欲杀死多铎却不幸被捕入狱。经过众英雄多番努力和恶战,终于救出易兰珠。此后,凌未风、冒浣莲、易兰珠离开京城辗转于新疆。康熙帝派高手前往新疆追杀李思永。天地会与李思永在新疆会合,重新创立基业,反清大业化整为零。康熙帝围剿众英雄,凌未风不幸被捕。在纳兰容若和西藏喇嘛的帮助下,凌未风终于被救。最后,楚昭南在与易兰珠的交战中失败自杀,易兰珠替父守孝,凌未风与刘郁芳这对恋人天各一方、相忘江湖,冒浣莲、桂仲明喜结良缘。

中国的武侠小说常常以明清的交替作为时代背景,康熙帝也就成了小说中常出现的人物形象。小说中将康熙帝写成杀父弑君、冷酷无情的魔王的大概就是梁羽生的《七剑下天山》了。为什么要这样处理康熙帝的形象呢?答案只有一个,即作家具有强烈的爱憎情绪和是非观念,其标准是民族矛盾和阶级矛盾。作家显然是将康熙帝看作异族入侵和阶级压迫的最高统治者。这样一个代表着邪恶势力的人,其道德品质当然是十分卑下的,他甚至连自己的父亲都杀了。这就是康熙帝杀父的细节所传达出的信息。既然是这样一个无大义、也无小义的人物,楚昭南之类的江湖人物为什么还要跟随其后呢？显然是一些贪图荣华富贵、是非不辨的小人。小说中楚昭南之流先是投靠吴三桂，卖的是民族大义，后是投靠康熙帝，卖的是自己的人格。作为康熙帝、楚昭南对立面的是凌未风、傅青主、刘郁芳、李思永、桂仲明、冒浣莲、易兰珠等人，他们要么是李自成的旧部——农民起义军，要么是鲁王的残部——明朝的余脉。他们都有救国救民的大志，当然也有崇高的个人品质，即使是一时心生邪念，在教育之下也是会转变的。典型的例子是韩荆。这位受托于李定国掩埋义军黄金的大将竟然起了贪财之心，前来掘宝。但是，他的本质毕竟是好的。在众人的教育之下，不但认了错，而且护送宝物前去支持义军，最后战死在沙场。梁羽生很"正统"，他基本上是根据20世纪五六十年代中国人的文化观念确定了他小说的思想价值取向。

这种"正统"的观念还表现在他的武功描写上。梁羽生很喜欢写武功招式，名目繁多，花样迭出，他时常不惜篇幅将武功招式一招一招地化解开来描写。《七剑下天山》中重点写的武功是"天山剑法"。凌未风、楚昭南、易兰珠均是使用的这种剑法。小说很详细地写了"天山剑法"的威力和神奇，但是，读起来始终觉得缺乏灵气。其原因在于作家没有注意到将武功与人物的个性结合起来写，他太注重"招式"的繁复和变化，没有注意到不同个性的人使用同样的招式会有不同的变化，更重要的是武侠小说的招式是"纸上武功"，完全可以由小说人物自己创造出来。

太"正统"了，小说描写就显得滞重了，这是《七剑下天山》，乃至梁羽生所有小说的弱项。梁羽生小说的过人之处在于他的写情和辞章。

他特别善于勾画情感的纠葛，制造一种情理交错、生死两难的人事，并以此作为发展线索展开故事情节。《七剑下天山》中这样的线索有三条半。第一条是杨云骢与纳兰明慧的感情线索。这条起源于《塞外奇侠传》线索，虽在小说开始时就有了终结，但其影响贯穿小说的始终。这条线索展开的是民族感情和男女爱情之争。"谁叫你是汉人？"纳兰小姐幽幽的一句话，包含着无限的哀怨和无奈。第二条是凌未风、韩志邦和刘郁芳的感情线索。这条感情线索里情和义、失误和忏悔、追忆和逃避等多种感情与多种行为交织在一起。第三条是纳兰明慧与多铎、易兰珠的感情线索。纳兰明慧与多铎是夫妻，与易兰珠是母女，而女儿与丈夫却是仇人，身处其间的纳兰明慧一边要保护丈夫，一边要护着女儿，感情的取舍相当困难。半条线索是指顺治帝与董小宛的爱情故事。小说对这个故事只是一提而过，其后也没有什么发展，但是顺治帝领着冒浣莲与康熙帝拜谒董小宛的举动已充分表现出"老和尚"的爱意和忏悔。这三条半感情线索或多或少地涉及了小说中的每一个人。于是这些人物或者是侠客，有着英雄之气，或者是王公贵族，有着显赫的地位，但是他们都是性情中人，有着无尽的爱意和缠绵的感情。这些感情线索怎样了结呢？梁羽生采用了两种方式，一种是让主人公死亡，第一条线索、第二条线索以及那半条线索都是以主人公的死亡而告终；一种是超脱，让个人的感情化解于更大的人生空间中去。小说中的第二条线索就是寻求的这种方式。凌未风说："各人遭遇不同，心境有别。对我来说，我是觉得相忘于江湖的感情更厚更深。"凌未风与刘郁芳相聚又相别，最后还是忘情于江湖世界，为的就是告慰死去的韩志邦和解脱个人感情的束缚。第一种了结的方式具有武侠小说的流行色，第二种方式就具有"梁羽生式"了。

与这种写情相配的是小说中的辞章。为了显示人物的儒雅风采，武侠小说常常将诗、词、曲穿插在情节之中，梁羽生的小说在这方面表现得尤其突出，而且写得特别好。《七剑下天山》由于有了纳兰容若和冒浣莲，辞章气更重。巧妙的是梁羽生常常将这些词章作为小说情节的一个组成部分,去描写人物的性格和抒发人物的感情。纳兰明慧是这部小说中感情最为复杂的人物,那种说不清道不明的感情用诗词来表达最适合不过了。"无奈钟情容易绝,燕子依然,软踏帘钩说。唱罢秋坟愁未歇,春丛认取双栖蝶。"看似写景,实为写境,写出了纳兰明慧16年复杂的心境。凌未风与刘郁芳最后还是分手了,冒浣莲与桂仲明成婚,万里之外,纳兰公子对月怀人,此情此景,令人嘘唏,作家写到此处,加上了一首词,词中咏道:"谢娘别后谁能惜?漂泊天涯,寒月悲笳,万里西风瀚海沙。"经这几句词句一点拨,感情的抒发非常到位。也许是对辞章的爱好,梁羽生对那些诗人特别的关爱。小说中的纳兰容若和冒浣莲行为举止得体,形象也很有光彩。特别是纳兰容若在他生活的那个圈子里简直就是一颗明珠。好诗好词首先得是好人,这大概是梁羽生心中的潜意识吧。

作品赏析

本段节选自《七剑下天山》第十六回"云海寄遐,思塞外奇峰曾入梦　血光消罪,孽京华孤女报深仇"中间一部分,描述了易兰珠为父报仇的情节,而最动人之处在于多铎对王妃的深情。

老妇人一步一步走到了多铎的面前,吁吁喘气。多铎道:"你抬起头来!"老妇人手臂一抖,拐杖突的断成两段,拐杖中藏着一柄精芒夺目的利剑!疾如闪电的一剑向多铎刺来,多铎骤出不意,闪避中左臂中了一剑,但他的长剑也已拔了出来,呼地一剑扫去,老妇人低头躲避,剑风震荡中,满头假发都落在地上,这哪里是什么老妇人,竟是一个妙龄少女!

就在此际,埋伏在山上的群雄纷纷杀出。外围的亲兵侍卫,拼力挡住,有几个特选卫士,想过来帮忙多铎。多铎叫道:"你们赶快挡住外敌,不必过来!"卫士们都知道多铎勇武非凡,本领绝不会在他们之下,想来擒一个女娃子尚不费力,而山上跃下来的那班人,却是凶猛十分,因此也就听多铎之言,回身起上前去,和群雄混战。

多铎左臂受伤,愤怒异常,一柄长剑使得呼呼风响!这伪装老妇的少女正是易兰珠,她一击得手,身形骤起,短剑轻灵迅捷,左击右刺,片刻之间就拆了一二十招。多铎力大如牛,腕力沉雄之极。易兰珠汗水直流,面上的油彩和汗水黏在一起,十分难受。她百忙中用袖子一揩,用力一抹,将面上用油彩化装成的皱纹,抹得干干净净,露出庐山面目。啊,年轻时候的王妃好像出现在多铎面前。多铎惊叫一声,就在他惊叫的同时,卧佛寺寺门大开,里面抬出一乘翡翠小轿。

王妃那晚的声音,忽然在多铎心头重响起来:"你答应我,不要伤害她,可以吗?"多铎蓦然眼前发黑,一阵迷茫,易兰珠刷!刷!一连几剑,直追过来,多铎身上又受了几处剑伤。多铎圆睁眼睛,待要发力还击时,剑光缭绕中,只见迫近身前的少女酷似他新婚之夜的妻子。霎的一阵寒意,透过心头,胸口又中了一剑。多铎大声一叫,长剑脱手掷出,易兰珠引身一避,长剑掷中一个赶来抢救的卫士,自前心直透过后心!

易兰珠剑法何等厉害,一闪即进。多铎反掌一击,咔嚓一声,五指齐断,

多铎欲独自见该妙龄少女的真实面目,故不顾自身安危支开侍卫。

易兰珠在功夫上与多铎还有差距。

多铎一分心,易兰珠得手。

易兰珠刷地一剑,向咽喉直插进去,但因受了掌击之力,剑锋微偏,一剑自咽喉穿过,食道喉管却未割断。多铎一声惨叫,鲜血飞涌,倒在当场,人却并未即时毙命。

易兰珠正想弯腰补他一剑,那乘小轿已到跟前,轿中走出一个华装贵妇,右手轻抬,把易兰珠手腕托住。这一刹那,易兰珠身子突然摇晃起来,短剑"当"的一声,掉在地上,两边的亲兵包围过来,立即把她反手擒住。易兰珠一点也不反抗,面色惨白,盯着那华装贵妇,低声惨笑道:"尊贵的王妃,我,我冒犯你啦!"

纳兰王妃面色死白,什么话也说不出来。忽然间,她发觉有人在地上用力抱着自己的双脚,低头一看,只见多铎鲜血淋漓,抬头望着自己。王妃俯腰拉看,只听得他低声说:"我谢谢你!"纳兰王妃惨叫一声,晕在地上! 多铎对于王妃的垂怜充满感激;而对于多铎的深情,王妃亦无以为报。

群雄分头恶战,通明和尚最为骁勇,带领常英、程通二人,越杀越近。他见易兰珠已是得手,心中大喜,忽见王妃出来,易兰珠束手就擒,又惊又急,拼命赶去,见那些跑来援救多铎的卫士,亦已自赶到。通明和尚眼睁睁地看着易兰珠给五花大绑,拖入寺中,多铎和他的王妃也给抬进去了!

通明和尚抢开戒刀,虎虎风生,带领常英、程通二人还待杀进寺去,但今日护送多铎的卫士都是高手,酣战中常英大叫一声,肩头中了一把柳叶飞刀,血流如注。通明也受了两处箭伤。张华昭满身血污,长剑运转如风,直似一头疯虎,锐不可当,斫杀进来。通明和尚奋力挥刀,进去和他会合,张华昭刷的一剑刺出,叫道:"我与你们拼了!"通明和尚侧身一避,叫道:"是我!"张华昭两眼圆睁,摇摇欲倒。通明和尚暗叫一声"苦也!"几个人全部受伤,如何杀得出去? 易兰珠刺杀王爷后,各高手欲冲出重围。

正危急间,忽见亲兵两边闪开,桂仲明挥动宝剑,一片银涛,呼呼乱舞,拼死杀进,当者辟易,大声叫道:"快闯出去!"通明和尚一把拉着张华昭,紧跟着桂仲明闯路。冒浣莲在张青原等人掩护下,大洒夺命神砂,亲兵卫士们怕他们杀进佛寺,纷纷赶回防护,更见他们拼死夺路,也不敢怎样拦截。片刻之间,闯出重围,翻山逃走。

纳兰王妃被抬进佛寺之后,悠悠醒转,睁眼一看,易兰珠已经不见。一个参将上前禀道:"女贼已有人押守,绝逃不了,现在飞马去请御医,请王妃宽心!"纳兰王妃挥挥手道:"你们出去!"参将踌躇不走,多铎忽然睁开眼睛,嘶声叫道:"你们出去!"参将亲兵见王爷力竭声嘶,满身斟血,情知就是御医马上到来也已救治不了,以为王爷有什么临终遗言,要对王妃嘱咐,一声应诺,退出禅房。 注意两个"你们出去"。

纳兰王妃披头散发,面色死白,双臂环抱多铎,垂泪说道:"王爷,有一件事我瞒了你很久,这个女刺客,是、是我的女儿……"多铎微笑说道:"这个,我,我早已知道!"纳兰王妃放声大哭,多铎手肘支床,忽然坐了起来,摸索王妃的手,一把握住,嘶哑说道: 多铎深爱王妃,王妃的一点点怜爱也让多铎心满意足,这种爱很卑微,亦令人感动。

"明慧,我很满意,今天我知道,原来你也爱我!"王妃一听,宛如万箭穿心,她真的爱多铎?这只是一种可怜的爱,然而在此刻中他临死之前,她忽而觉得好像是有点爱了。她垂下了头,口唇轻轻印下多铎的面孔,鲜血涂满她的嘴唇、她的长发。多铎慢慢说道:"你的女儿,随你处置她吧,明慧,我很满意。"越说越慢,声调也越来越低,手指缓缓松开。纳兰王妃只觉嘴唇一片冰冷,多铎已断了气,双眼紧瞪,一瞑不视。

梁羽生:《七剑下天山》,广州:广东旅游出版社1996年版。

(撰写:汤哲声 储雯)

古 龙《武林外史》

古龙(1938—1985),原名熊耀华,祖籍江西,生于香港,被称为新派武侠小说的泰斗和宗师。创作《苍穹神剑》《绝代双骄》《多情剑客无情剑》《陆小凤》等多部武侠小说。古龙从小身世飘零,性格孤独而沉郁。幼时四处漂泊和父母离异造成了他生活的困窘。为生活所迫,他开始步入"武坛",从《苍穹神剑》开始了他的武侠小说创作。自第一部小说起,他接二连三推出70多部作品,许多作品被香港特区、台湾地区、大陆的导演看中,争相改编成影视剧,成为银幕的宠儿。古龙一生"仗剑江湖载酒行",嗜好杯中之物,借以忘却生活的不如意。古龙为人豪爽,爱交朋友,有许多女朋友。他生活的不规律和过度酒色,导致身体每况愈下,最后因病去世。古龙的身世、性情和行为直接影响他的创作,而他的作品就如他的人生,浪荡不羁而又洒脱自如。

《武林外史》是古龙中期的作品,又名《风雪会中州》。作者凭借神奇变幻的笔墨、诡异奇崛的叙事方式讲述了一个曲折复杂、纠缠不休的武林故事。聪慧过人、武艺高强的江湖少年沈浪遇上娇气任性的富商之女朱七七,他们之间注定会发生一段感情。在沈浪和朱七七演绎着情感纠葛的同时,江湖上也阴谋四起,将他们卷入其中。朱七七追寻沈浪到仁义庄,一路上惹是生非,引起各路武林人士追踪寻仇。来到沁阳城,全城气氛诡异,引出城外神秘古墓的阴森可怕。前去古墓寻宝的人无故失踪、连续死亡。为了寻找失踪人士,沈浪进入古墓调查,却又卷入丐帮的阴谋仇杀中。与此同时,阴险狠毒的王怜花与其母云梦仙子设计将沈浪推到武林公敌的位置。凭借智慧和心胸,沈浪终于解除误会,但他又卷入王氏母子的诡计之中,不得不与他们合作。更加离奇的是,传说中的幽灵公主竟是孤弱女子白飞飞。白飞飞从小性情阴毒,因其身世极其仇视"快活王"。她设计活捉沈浪,为了杀死"快活王"而嫁给沈浪,而婚礼上出现的却是易容的云梦仙子。最终,历经艰难,沈浪一行终于逃出"快活王"的魔窟。

《武林外史》中的主人公一个叫"快活王"(柴玉关),一个叫沈浪。作为一代大魔头的"快活王"的特点不在于机警聪明、武功高强,而在于快活地享受着人间富贵。小说写他有一个独立王国,身边有酒、色、财、气四大使者,"酒之使者为其搜寻美酒,色之使者为其各处征选美色,财之使者为其管理并搜集钱财,气之使者跟随在他身边极少离开"。酒、色、财、气本是人间的四大享受,"快活王"享受的全是人间的极品。作为一代大英雄沈浪的特征同样不在于聪明和武功,而在于他的"浪"。其"浪"不是生活的放荡,而是性格的率性而为。沈浪是一个"浪子"的形象。故事的历史背景和社会的变动，作家提都不提；人物的出身门派和成长经历，作家一笔带过，放开笔写的就是享受人间富贵的王爷和我行我素的浪子的斗智斗勇。这些争斗又往往与酒、色、财、气联系在一起，各种欲望在他们的争斗中表现了出来，他们争斗的过程也就是各种欲望不断地暗示、挑逗、刺激着读者感官的过程。既没有"侠之大者，为国为民"的儒家精神，也没有寄情山水、散淡逍遥的道家的处世态度，更没有追述因果渊源、万事随缘的佛家的宗教情怀。小说展示的就是人的实实在在的本性和崇尚自我的人生态度，换言之，也就是现代意识和现代人生。用传统武侠小说的形式表现现代意识和现代人生是这部小说乃至古龙所有小说的一大特征。

很多武侠小说对女性的塑造都是不太尊重的，她们在小说中往往是情欲的符号和狡诈的象征。古龙作品为其最。《武林外史》中的女性个个美貌，但个个都缺少"主心骨"。她们一生都在追逐心中的男人，似乎为男人而生，为男人而死，朱七七如此，白飞飞如此，就连年近半百的王夫人也如此。她们的武功一般，但是媚态十足，并且将这样的媚态作为制敌取胜的法宝。小说第三十三章写幽灵宫主带来的16位少女的脱身之法竟然是充满情欲的"艳舞"。问题在于，古龙不仅写这些女性的情欲和媚态，还从这些情欲和媚态之中寻求一种写作快感。小说第九章写朱七七、白飞飞被色使整容化妆成丑女；第十章写沈浪"妙手复娇容"。小说详细地描写了沈浪采用脱、浸、拍、拉、抹、剪各种手法将两个一丝不挂的"丑女"变成国色天香的美女。这样的描写还大量出现在很多场合下："刀锋一落，朱七七胸前本

《武林外史》·七七和飞飞，扑朔又迷离

已绷紧了的衣衫，突然两旁裂开，露出了她那晶莹如玉的胸膛，胸膛中央，一道红线，鲜血丝丝沁出。朱七七惨呼已变作呻吟，金不换刀锋却仍在向下划动，冷冷道'答应吗……'"女性实际上是一种玩物和受疟的对象。古龙在不知不觉的描写中显露出他的潜意识。从性情上说，朱七七只是任性，还算憨厚，而白飞飞和王夫人就狡诈无比了，为了达到自己的目的用尽了一切手段，她们的可怜楚楚背面是心狠手辣，娇态百媚之中是阴毒算计，她们长着一副美如天仙的脸，却有一颗魔鬼的心。

《武林外史》具有古龙小说的典型结构：纵向的情节推理和横向的气氛渲染。从一场惊天大案中推导出"快活王"是凶手；在各种铺垫下推出"快活王"；沈浪与"快活王"斗勇、斗智、斗力；最后是沈浪解释"快活王"覆灭的各种悬念。这样的小说结构基本上是侦探小说的"设谜—解谜—说谜"模式，情节发展的过程也就是案件侦破的过程，只不过将侦探小说常见的刑事案件置换成武林公案。与侦探小说中的大侦探一样，沈浪也是孤胆英雄，缜密的思考、非凡的勇气、超人的武功和"浪子"式的性格，使得他既是一个大侠客，也是一个大侦探。既是破案，就有悬念，悬念的设置就可以营造神秘和恐怖的气氛。小说开始就是一个神秘的庄园：庄园中的摆设是一口口棺材，庄园中的人都是些长相奇特、武功高强的人，庄主讲的故事则是神奇莫测的奇案。接下去，故事的环境是阴森森的巨型古墓：每进一步就出现一排神秘的偈语，四通八达的墓道中或是白骨森森，或是装满毒汁的珠宝，一个飘忽的声音在空中飘荡，一具具尸体被抬了出来。"快活王"终于出来了，环境变成了青山绿水、楼台亭榭，但是人物不是妖艳的女人，就是不足三尺的侏儒，青山绿水含有毒，楼台亭榭有秘道。最后的决战发生在大漠中，天色蔚蓝，白云片片，却令人窒息；新人拜堂，宾客祝贺，却化为焦炭。大悬念套着小悬念，小说情节一层层地推进；神秘恐怖的气氛或浓或淡，始终和人物的命运胶合在一起，这就是《武林外史》的叙述法。

几乎每一位武侠小说作家对武功的描写都津津乐道，古龙是个例外。他写武功只重效果，不论招式，如果想在他的武功描写之中寻求什么门派套路那是毫无意义的。沈浪和"快乐王"的武功最强，就在于他们挥手之间就能制敌于死命，至于他们的武功为什么这么强，作者根本不屑去说。与写武功相比，古龙似乎更喜爱写易容术和赌术。小说不仅将易容术描写得十分奇妙，而且其已成为人物形象描写的重要手段和小说情节发展中的关目，误会的产生、俏皮的性格、狡诈的手段都与善变的面容和形体联系在一起。人物的每一次变化几乎都能引起一段故事的叙述，直到小说的最后，"快活王"和王夫人最后的火并也与易容术有很大关系。易容术的描写增加的是小说叙述的变数，追求的是悬念和新奇感。赌术描写的是人物的心智和手段，挑动的是读者的拼搏的欲望。沈浪与"快活王"的那一场豪赌惊心动魄，简直是性命相搏。

古龙应该说是一位武侠小说的改革家。他隐去了武侠小说很多传统的因素，增加了众多现代文化流行的元素。在美学追求上，他吸收了不少当代欧美的"硬汉派小说"的因素，独创一体，自成一格。

作品赏析

选自《武林外史》第十七章"扑朔又迷离"的前部分，描述了沈浪与朱七七、白飞飞之间若有若无的复杂关系，朱七七与白飞飞为了沈浪斗智斗勇。朱七七不能忍受沈浪对白飞飞的关怀，所以两人发生了言语冲突。可以从中看出朱七七的刁蛮与任性，也可以窥得朱七七对沈浪的情感。

朱七七瞧得眼圈儿似又有些红了，也笑道："沈浪，你今后又何去何从？"沈浪道："先寻你姐夫，那巨万金银，总是不能落在王怜花手中的。"朱七七又惊又喜，道："你……你……"

突然抱住沈浪,大呼道:"原来朱七七的事,沈浪还是时常放在心上的。"这欢喜的呼声,方自响遍山岭,已有一处阴霾,淹没了冬日,天气方才晴朗半日,另一场暴风雪眼见又要来了。 _{朱七七天真烂漫的一面。}

阳光既没,风更寒,娇弱的白飞飞,早已冻得簌簌地抖了起来,连那樱桃般的嘴唇,也都冻得发白。

但她还是咬紧牙,忍住,绝不诉苦,在她那弱不胜衣的身子里,正有着一颗比钢铁还坚强的心。

金无望瞧了瞧她,又瞧了瞧正在跳跃、欢呼着的朱七七,他那冷漠的目光中,不禁露出一丝怜惜之色。 _{金无望对白飞飞、朱七七充满怜惜之意。}

这怜惜固是为着白飞飞,又何尝不是为着朱七七。

也许只有他知道,在那倔强、好胜、任性绝不肯服输的外表下,朱七七的一颗心,却是多么脆弱。 _{点出朱七七强悍背后的脆弱。}

这是两个迥然不同的女孩子,这两人每人都有她们特异的可爱之处。她们将来的命运,也必因她们的性格而完全不同。

白飞飞始终没有抬头,也不知她是不愿去瞧朱七七欢喜的神情,还是她不敢再多瞧沈浪。

她很了解自己的身份,她知道自己在这里唯有听人摆布,她并未期望别人会顾虑到她。

虽然她寒冷、饥饿、疲乏、颤抖……她也只有垂首忍住,她甚至不敢让人瞧见她的痛苦。 _{白飞飞忍耐力、自尊心强,不愿让人看出自己的虚弱。}

只听金无望沉声道:"咱们下山吧。"

朱七七道:"好,咱们走。"

在她欢喜的时候,什么事也都可依着别人的,于是她伸手想去拉沈浪,但沈浪却已走到白飞飞面前。 _{朱七七下一次脾气爆发的起因。}

白飞飞手足都已冻僵,正不知该如何走下这段崎岖而漫长的小路,忽见沈浪的一只手,伸到她面前。

她心头一阵感激,一阵欢喜,一阵颤抖——这只手正是她心底深处所等待着、希冀着的,但是她偷偷瞧了朱七七一眼后,她竟不敢去扶这只手。她垂下头,忍住眼泪,咬着牙道:"我……我自己可以走。"沈浪微微一笑,道:"你真的能走?" _{白飞飞心底小小的愿望。}

白飞飞头垂得更低,道:"真……真的……"

伸手扶起了白飞飞的腰肢——这腰肢亦正在颤抖。

朱七七脸色又变了,眼瞧着依偎而行的白飞飞与沈浪,她心头又仿佛有块千斤巨石压下,压得她不能动。 _{朱七七爆发前的神情与心理。}

沈浪回笑道:"走呀,你为何……" _{沈浪不解朱七七之意。}

朱七七咬牙道:"我也走不动。"

沈浪道:"你怎会走不动,你……"

朱七七大声道:"人家明明说走得动,你却偏要扶她,我明明说走不动,你却偏偏要说我走得动,你……你……"她突然坐了下去,就坐在雪地上,抽 _{朱七七又气又急。}

武侠小说 49

泣起来。

沈浪怔住了，唯有苦笑。

白飞飞颤声道："你……你还是去扶朱姑娘，我……我可以走，真的可以走，真的可以走……"她挣扎着，终于挣脱了沈浪的手，咬牙走下山去。有风吹过，她那娇弱的身子，仿佛随时都可被风吹走。

沈浪轻叹一声，道："金兄，你……"

金无望道："我照顾她。"

沈浪木立半响，缓缓走到朱七七面前，缓缓伸出了手，他目光并未去瞧朱七七一眼，只是冷冷道："好，我扶你，走吧。"朱七七垂首痛哭，哭得更悲哀了。

沈浪道："什么事都已依着你，你还哭什么？"朱七七嘶声道："我知道，你根本不愿意扶我，你来扶我，全是……全是被我逼得没有法子，是吗……是吗？"沈浪沉着脸，不说话。

朱七七痛哭着伏倒在地，道："我也知道我越是这样，你越是会讨厌我，你就算本来对我好，瞧见我这样，也会讨厌。"她双手抓着冰雪，痛哭着接道："但是我没法子，我一瞧见你和别人……我！我的心就要碎了，什么事都再也顾不得了……我根本再也无法控制自己。"她抬起头，面上冰雪泥污狼藉。

她仰天嘶声呼道："朱七七呀朱七七，你为什么会这样傻……你为什么会这样傻，总是要做这样的傻事。"沈浪目中终于现出怜惜之色，俯身抱起了她，柔声道："七七，莫要这样，像个孩子似的……"朱七七一把抱住了他，用尽全身气力抱住了他，道："沈浪，求求你，永远莫要讨厌我，永远莫要离开我……只要你对我好，我……我就算为你死都没关系。"饭后，炉火正旺。

这虽然是个荒村小店，这屋里陈设虽是那么简陋，但在经历险难的朱七七眼中看来，却已无异于天堂。

她蜷曲在炉火前的椅子上，目光再也不肯离开沈浪，她心头充满幸福，只因她与沈浪的不愉快都已成了过去。

方才，在下山时，沈浪曾经对她说："白飞飞是个可怜的女孩子，孤苦伶仃地活在这世上——无依无靠，我们都该对她好些，是吗？"他这话正无异委婉地向朱七七说出他对白飞飞的情感，只不过是怜悯而已，并非喜欢。

朱七七的心境，立刻开朗了。

于是，她也立刻答应沈浪："我以后一定会对她好些。"此刻，白飞飞远远地坐在角落中——她虽然最是怕冷，却不敢坐得离火炉近些，只因沈浪就在火旁。

朱七七想起了沈浪的话，心中不觉也有些可怜她了，正想要可怜她了，正想要这可怜的女孩子坐过来一些。

沈浪道："飞飞，你怕冷，为何不坐过来一些。"朱七七脱口道："怕冷？怕冷为何还不去睡，被窝里最暖和了。"这句话本不是她原来想说的话，她说出之后，立刻便觉后悔了，但在方才那一刹那，她竟忍不住脱口说了出来。

沈浪瞧了她一眼，苦笑摇头。

白飞飞继续示弱。

注意沈浪"冷冷"和朱七七的"哭"。

朱七七对沈浪真情哭诉，展开情感攻势。

朱七七虽然刁蛮，但当沈浪表示自己对白飞飞无意时，她的心境立马开朗，所以她是单纯的人。

"苦笑"这个词写出沈浪对朱七七的无可奈何。

白飞飞却已盈盈站起,垂首道:"是,我正已该去睡了……朱姑娘晚安……"柔顺地走了出去,连头都不敢抬起来瞧一眼。

古龙:《武林外史》,珠海:珠海出版社 2009 年版。

(撰写:汤哲声 刘 媛)

沧 月《东风破》

沧月,1979 年 5 月 15 日出生于浙江台州,原名王洋,浙江大学建筑学硕士,现为职业建筑师。因喜爱唐代李商隐的律诗《锦瑟》,取"沧海月明珠有泪,蓝田日暖玉生烟"中的首句作为笔名。沧月中学时开始武侠创作,其间一度中断。就读于浙江大学后,再度开始武侠创作。2001 年开始在榕树下、清韵书院等各大武侠 BBS 上发表文章,并陆续在《今古传奇》《大侠与名探》《热风武侠故事》等杂志上发表武侠中短篇,之后转为奇幻创作。其武侠作品主要有听雪楼系列:《血薇》《护花铃》《荒原雪》,鼎剑阁系列:《大漠荒颜》《帝都赋》《曼珠沙华》《幻世》《剑歌》《七夜雪》等。

沧月作为当下最有影响力的女性武侠作家和网络武侠创作的代表,其作品文字华美瑰丽,注重人物尤其是女性人物的内心情感,具有动漫化的倾向,受到大批青少年的喜爱。

《东风破》发表于《今古传奇·武侠版》2004 年第 7 期,后作为沧月奇幻作品"镜系列"的番外篇附在《镜·破军》中由世界知识出版社 2005 年出版,并入选过多部年度武侠小说精选作品集。

《东风破》讲述了这样一个故事:龙朔十二年,当朝承光帝昏庸无道,不理朝政。章台御史夏语冰数次上书弹劾把控朝政的外戚曹太师未果,引来暗杀无数。夏语冰本一介手无缚鸡之力的文人,但心中有报国志向,为救天下人于水火,不惜背弃自己原先的恋人慕湮,娶了当朝亲王青王的侄女为妻。慕湮本是剑圣门下的弟子,在夏语冰成亲后仍在暗中保护他,杀了所有前来暗杀夏语冰的杀手,却被青王发觉。剑圣大弟子尊渊受师父临终嘱托,来到帝都寻找自己的小师妹慕湮,也加入了保护夏语冰的行列。青王和朝中一帮大臣打算迎回承光帝在民间的私生子真岚回朝继承王位,借机扳倒曹太师,为此要求夏语冰与同党的大臣同流合污,贪赃枉法。夏语冰为能合众之力达到目的,只得低头服从,篡改同党刘侍郎的儿子杀死歌女的案卷。曹太师为自己亲妹能在后宫独大,多次派遣杀手谋杀真岚,青王逼迫夏语冰让潜伏身边的高手护卫真岚回都,夏语冰无奈请尊渊出手相助。慕湮无意中结识了被杀歌女的父亲赵老倌,指点他去找夏语冰申冤,却得知夏语冰也贪赃枉法,潜入夏府后目睹夏语冰与刘侍郎的交易,大受震动,被夏语冰误当作刺客刺伤,伤心离去。次日,夏语冰本打算等真岚到京后集齐所有力量全力一击,却在上朝途中被赵老倌刺伤,仍坚持送上弹劾奏折后才倒在朝堂。尊渊帮助慕湮再入夏府,却被青王的侄女阻拦,未能见到夏语冰最后一面,夏语冰死不瞑目。其死令京城百姓大为震动,青王顺势利用民愤彻底清除曹太师一党,立真岚为太子,掌控了朝政。赵老倌被当作曹太师一党的刺客将要被当众凌迟,被慕湮和尊渊救走,然而神智已不清醒,终日唱着女儿生前……结束。

……的番外篇，但并没有丝毫的奇幻色彩，而是一部优秀……的探讨方面，达到了大陆新武侠的最高水平。这部作品……政治对人的异化。这个主题在许多前辈作家，尤其是金庸的笔下已经有过非常精彩的演绎，但在沧月的手中，又有了新的风貌。小说的主人公夏语冰，是一位极具悲剧色彩的非武之侠。他本是个有治国平天下之志的儒者，他的恋人慕湮说："学剑有成，最多不过为百人敌，而语冰在朝堂上如果能将太师一党连根锄去，却是救天下苍生于水火！"这也正是夏语冰的志向，在这里，他的侠义精神被上升到了"为国为民，侠之大者"的境界，并且超越了一般意义上武侠的范畴。为了他的理想，他牺牲了自己的爱情、尊严、良知甚至生命，伤害了自己所爱的人和爱自己的人，从这一点讲，夏语冰要胜过郭靖，郭靖还有盖世武功，夏语冰却手无缚鸡之力。他胸怀大志，以"要荡尽这天地间奸佞之气，还天下人一个朗朗乾坤"为毕生追求，却不过是帮一群贪婪的官僚完成了一次肮脏的政变，连他的死也被用来鼓动民心，巩固新政权。他的悲壮更胜萧峰，萧峰至少阻止了辽军南侵，而夏语冰穷尽一生心力也不过为少数人主持了正义，他想荡尽的奸佞之气，不但毫无收敛反而变本加厉。

夏语冰的名字，出典于《庄子·秋水》："夏虫不可以语于冰者，笃于时也。"意思是不能和生长在夏天的虫子谈论冰，比喻时间限制人的见识，也比喻人的见识短浅。以这样一个典故为他命名，作者应是语带讽刺。他的见识毫不短浅，只是知其不可为而为之，正是儒者的大无畏精神。与众不同的是，夏语冰并没有被政治异化多少，他确实做了些违背良心的事，但他心中仍然是非分明，志向在历经黑暗现实的洗礼之后仍然高远。读者很难去谴责夏语冰，因为他确实是情非得已，他的所作所为完全是环境所造成的。而小说中被极力描摹的黑暗的政治现实，在某种程度上揭露了中国政治制度的荒谬，让人联想起重礼的孔子也曾迫不得已不守礼去见南子，结果被自己的弟子子路质问得张口结舌连连发誓以示清白。

小说叙述的是在严酷的现实面前侠的无能为力，没有丝毫童话式的理想色彩，所表现的黑暗真实得让人难以接受，同时也引人深思。小说的结尾很有名，"何为正？何为邪？何为忠奸，何为黑白？堪令英雄儿女，心中冰炭摧折"。多数读者以为这个结尾表现出多元的价值取向，但实际上，作者也无法做出一个判断，因为在异化的政治制度之下，本就没有正邪黑白可言。于是，沧月在篇末提出了"为天下人拔剑"作为侠的标准，看似气贯寰宇，也确实振奋人心，但仔细揣摩，却发现作为一个行动标准它太过苍白空洞，夏语冰又何尝不是心心念念欲救天下苍生于水火呢？另一点值得注意的是，夏语冰是非武之侠，而作为有武艺的侠，剑圣的传人慕湮一开始却只是想守护自己的恋人，遵从恋人的理想，缺乏自我意识，在夏语冰死后，她才真正意识到自己侠的身份，尽侠的职责，守护众生。同样，尊渊虽然游历多年，胸怀广阔，但并未有侠的自我意识，也是经受夏语冰的感染，才承担起了行侠仗义的使命。武侠的侠义精神，却是由一个儒者激发出来的，这也表现出儒与侠在某种程度上追求一致的可能性。

《东风破》的另一个主题，则是爱情。武侠小说描写爱情，这其实在民国旧派武侠小说兴起以后就成了一个必然趋势，在港台新派武侠小说中则成了常态。而大陆新武侠的女性写作，最受人诟病的就是对爱情的过分关注和对武侠本身美学特征的忽视，换言之，许多女性的武侠作品接近于以武侠为外壳的言情小说，武侠小说中侠、情两大要素原有的主从位置被颠覆。不可否认，女性因为对人物的微妙情感和心路历程有着出色的把握，相对而言爱情是其所长，而侠义和武功是其薄弱环节。沧月的小说可以用"少女情怀总是诗"来概括。小说中，慕湮是一个美丽的少女，为了自己的爱情几乎牺牲了一切，每日昼伏夜出保护背弃自己的恋人，还要看着他和自己的情敌举案齐眉。"五年来，自己丝毫没有长大。自从作了不见天日的'影守'，她根本没有多余时间去看看外面世界的变化、看看语冰的变化——她依旧停留在十八岁那个相信绝对黑和白的时候，无法理解黑和白之间还有各种不同的混合色。"虽然篇末的慕湮也曾纠结于夏语冰所作所为的正义性，但是这段感情却是她永生难以忘怀的。夏语冰和慕湮之间的感情，正是怀春少女所憧憬向往的，这样纯净、坚定、全身心投入的爱情，虽然历经了种种波折，却依然具有撼动人心的力量。这正是沧月的小说吸引人的地方，不仅吸引了少女，也给成年人提供了一个怀旧的空间。在这样感人至深的爱情的光辉面前，作为小说中隐藏的一条感情线索，尊渊对慕湮的守护似乎显得暗淡，但他的隐忍和克制却在某种程度上更加具有东方文化所独有的意蕴。同样是常见的三角恋的模式，在沧月笔下，却被处理得以简化繁。事实上在《东风破》中，在感情上其实并没有花费多少笔墨，却在只言片语中传达出浓烈的情感，极大地丰富了作品的表现空间。

作品赏析

节选自作品的第二章"疏影"的结尾部分：慕湮杀了来刺杀夏语冰的刺客后，遇上了来找寻自己的师兄尊渊，得知了师父的死讯。通过她和尊渊的对话，交代了她多年来的生活和她守护夏语冰的缘由，更表现出她对夏语冰的感情和她性格的柔中带刚。

……"师傅什么时候去世的？"刚坐下，忽然听得她问，声音发颤。

"死了一年多了……找不到你，所以我自己给他办了后事。"转头过去，看见站在雨里的慕湮低着头，他随口回答："枉师傅疼你一场，你居然躲着连发丧都不回来。"

慕湮站在雨里，没有回答，苍白秀气的脸上沾满了雨水，皮肤白皙得竟似透明，鼻尖上凝聚了冷雨，一滴滴落下来。半晌，才细若游丝地回了一句："我……没法子抽身。"

子欲养而亲不待，甚至连师傅最后一面都没能见到，慕湮极为悔恨。

"呵，是为了保护那个被当作靶子的夏御使吧？"听得师妹这样的回答，尊渊忍不住笑了一下，不屑，"连师傅都不要了——那个夏御使给了你多少好处啊？他好像是个出名正直廉洁的清官，该没有多少钱可以请你这样水平的'影守'吧？难不成你是看人家长得俊俏倒贴——"

没遮拦的调侃话音未落，忽然间感觉眼前一闪，六道剑芒直逼过来。

"干吗？干吗？"没料到师妹翻脸如此迅速，他措手不及，连拔剑时间都没有，只好仰身贴着剑芒飞出去，半空中一连变了三次身形，才感觉那凌厉的剑气离开了咽喉。已经竭尽全力，提着的一口气一松，他身形重重落到了地面，不想脚下正好是一摊污水，一下子溅了个满身，狼狈不堪。

即使在这种心神动荡的情况下，慕湮对夏语冰的守护之心仍未减分毫。

"你疯了？"这口气无论如何忍不下，即使向来怜香惜玉的尊渊也沉下了脸，"身手好得很嘛，师傅看来是白担心你会被人欺负了"。

慕湮只是苍白着脸提剑看着他，眼神锋利雪亮，胸口微微起伏——这种荒漠里受伤母狼般的眼神，哪里像师傅嘴里那只"单纯漂亮的小鹿"？尊渊

经历了多年的苦守与交战，慕湮已没有了当初的纯真。

苦笑起来,再也不想理睬这个神经质的小师妹,转身离去。

"我……我一定是疯了……"眼看着刚见面的同门师兄扬长离去,慕湮松开手,长剑叮的一声落到地上,她抬起手来用力捂住火热的脸颊,魂不守舍地喃喃自语,"如果不是疯了……怎么、怎么能在那个人身边……做五年的'影守'？看着他和妻子举案齐眉？"

> 守护并不只是日夜颠倒不能放松一刻,心灵的折磨更加痛苦。

"什么？"尊渊的背影已经快要没入荒郊的黑夜里,然而听得此话猛然顿住了脚步,诧然回首,"那个章台御使……那个夏语冰,难道就是你五年前打算要嫁的那个家伙？"

慕湮没有回答,只是弯下腰去捡起方才脱手落地的剑,静静抿着嘴角,神色僵硬。

> 旧事重提,揭开未愈合的伤疤。

"当年你说要回去一起拜见师傅的未婚夫就是夏语冰？"尊渊恍然明白过来了,眼睛里诧异的光,不可理解地看着面前娇小的师妹,恍然大悟,"后来他负了你是不是？去娶了青王侄女？——这种负心薄幸的男人,一剑杀了是干脆！"

> 古典剑侠的行事风格,如《霍小玉传》中的黄衫客。

"不……不关你的事。"穿着黑色夜行衣的女子咬着牙,将剑握在手里,慢慢回答,冷雨从她秀丽苍白的脸上直划而下,然而她的脸和身体却烫得仿佛要融化,"不关你的事"。

"女人就是心软……"尊渊摇头,无可奈何,愤愤不平地叱道:"但你好歹也要有点志气,就当被野狗咬了一口,一脚踹开就是——干吗还缠着放不下？五年啊！你就是这样当着那家伙身边见不得天日的'影守'？"

> 世俗眼光对慕湮的看法。

"我高兴。"脸色愈发苍白起来,然而慕湮扬起下巴冷冷道。忽然间想起了什么,神色紧张起来,脱口:"糟了！扔下他一个人在那里,万一太师那边又……"

她来不及多想,点足飞掠。然而觉得身体越来越热,头痛得似乎要裂开来,脚下轻飘飘的。这次没有背着尸首、平地走着,她脚下就又是一软。

"啧啧,发着烧还要奔波来去的杀人救人？你看这身体都已经撑不下去了。"不等她委顿倒下,尊渊的手伸了过来,将她从泥泞的地上提了起来,叹气,"很多时间没有休息了吧？别管那个负心小子了,回去把身体养好是正经的。"

> 虽然气愤她的不自爱,对这个倔强的小师妹,尊渊仍心存怜惜。

"不……得赶快回去……"慕湮挣扎着,发出微弱的声音,极力想站起来。然而数日来被用内力压着的病,经过方才那一次交手后完全失去了控制。她终于努力站了起来,可已经虚弱到脚下打战,她咬着牙,脸色苍白:"他树敌太多……没有人护着,是不行的……"

"哎,这种世道里要当好官,本来就该有必死的觉悟。"尊渊冷笑,但是虽然鄙薄那个负心汉,却不得不承认章台御使的确是个清廉的好官,"要女人舍命保护,还算男人吗？"

> 在那黑暗的时代里,清廉正义拥有无法掩盖的光辉。

"他什么也不知道！"慕湮脸色苍白,苦笑着抓紧师兄的手臂,为他辩护,"不知道从五年前,就有多少杀手想杀他；也不知道有人暗中替他挡住了那些刺杀……我做得很小心,一点痕迹都没有留下。"

"为什么？"尊渊感觉到小师妹的身体火一样的烫,想起她五年来在那负心人身边暗无天日的'影守'生活,忍不住地心痛,"他怎么值得你如此？他明明为了附庸权贵,娶了别的女子,你何必如此！"

"师兄,你不知道他有多么不容易……我最初遇上语冰,敬他爱他,便是因为他虽然不会武功,却是比任何习武之人都有侠气。"慕湮苦笑着,几度想努力提起一口气飞奔回去,然而身体却软得像一张打湿了的纸,"语冰他虽然负了我,却始终不曾…不曾背弃他的梦想……五年来,我在暗、他在明,我清清楚楚看到他在朝野上,背负着多大的压力——以个人之力和太师作对,那是多么危险的事情。如果不是太师顾忌青王……"

"所以他当年娶了青王的女儿？"陡然明白了,尊渊眼神一敛,追问。

"嗯。"慕湮脸色苍白的几乎透明,雨水落在她脸上,她低下头轻轻道,"那时他还不过是个小小郡守,因为在一件案子上得罪了太师的干儿子,被罗织罪名下到天牢里。多亏了青璃小姐多方奔走为他开脱,要不然……"

"嘿,师妹你堂堂剑圣弟子,一身本事,劫狱救他出来便是！何必要承那个千金的情？"尊渊皱眉冷笑,不解。

慕湮摇摇头,看着前方无边无际的黑暗,眼神也黯淡下去:"我的确去劫狱了……但是语冰不肯跟我逃走,他不肯当逃犯——他说：他等的是青璃小姐,不是我。我帮不了他。"

"不知好歹的臭小子。"尊渊眼神雪亮起来,低声骂。

"别骂他……他很辛苦的。"慕湮的脸在夜色中苍白如鬼魅,然而漆黑的瞳孔里面却有幽暗的火焰燃烧,倔强地不肯熄灭,"在青璃小姐周旋下语冰被放了出来,还升了官——出来后不久他们就成亲了……那时候我就和他告别,跟他说再也不要见他。"

"可你还悄悄地当起了他的'影守'？"尊渊摇头苦笑,"不明白你们女人都怎么想的。"

慕湮望着雨帘,脸色苍白:"我也想离开的！但是刺客一拨一拨地来,一开始就停不下来,我怎么可以看着他死！——那奸臣和语冰之间争斗得越来越激烈,转眼就是五年……"

说到这里,女子苍白清丽的脸上又泛起急切之色,挣扎着:"我得回去了！不能扔下他一个人……你不知道五年来,那老贼怎样算计语冰！简直无孔不入、片刻不得安息啊。"

便是看着他在你面前全家笑语,你……也要这样护着他,哪怕遍地的烽火狼烟？

"傻丫头啊……"尊渊看着师妹扶着他手臂站起,感觉到她纤细的手指在不停地颤抖,忽然叹了口气,把她送回那个破败的亭子里,拍拍她的脑袋:"好吧,你给我好好待着养病,我去替你看看——天亮了后再来带你回去。"

沧月:《镜·破军》,北京:世界知识出版社 2005 年版。

小女儿的心思,写出慕湮的心路历程,武侠所能解决的,无非是被侮辱和损害的个人,夏语冰的侠气显然远远高出个人主义的行侠仗义。

尊渊虽然是著名的游侠,但是也只会快意恩仇。

什么是爱情？慕湮早已将保证夏语冰的安全当作自己的责任。

(撰写:李为小)

步非烟《修罗道》

步非烟,1981年7月11日生于四川成都,原名辛晓娟,1999年考入北京大学中文系古典文献专业,后在北京大学中文系继续深造,获得古代文学博士学位,现为奇幻杂志《幻世绘》的主编。2004年起,步非烟在武侠刊物《今古传奇·武侠版》《武侠故事》《新武侠》上发表作品上百万字,至今已出版作品10余部。武侠作品主要有"华音流韶"系列、"武林客栈"系列、《剑侠情缘》《修罗道》等。现主要进行奇幻作品创作。

步非烟作为女性写作武侠的代表,突破了女性写作武侠的局限,提出"中性武侠"的概念,其武侠作品文字功底娴熟,情节带有奇幻色彩,想象力汪洋恣肆,善于借用异域文化元素,笔锋变化多端,极受青年读者的欢迎。

《修罗道》分为上中下三部连载于《今古传奇·武侠版》2006年4月上半月版、4月下半月版和5月上半月版,2006年11月由二十一世纪出版社出版单行本。

《修罗道》的故事情节大致如下:传奇是江湖上最负盛名的杀手组织,由传奇的主人花费十年之功培养出的十二个顶尖杀手组成,每个人都用唐传奇中的一个人物命名,分别是南柯太守、裴航、王仙客、任氏、霍小玉、谢小娥、昆仑奴、荥阳公子、红娘、柳毅、红线、聂隐娘,十二人各负绝技,彼此之间都未曾谋面。传奇的主人要他们互相残杀,并取得其他人身上的刺青作为凭证,幸存的最后一人可以得到自由。于是蜀滇交界的修罗镇上,突然出现了许多陌生人。聂隐娘先发制人,诱杀了裴航。裴航死后,柳毅找上聂隐娘,试图说服聂隐娘反抗主人的决定,因为柳毅怀疑主人觉得传奇没有用了,想让他们全部都死,并提醒聂隐娘,红线可能盯上了她。柳毅一走,红线即来偷袭,却被聂隐娘逃脱。聂隐娘在被红线追杀的路上遇见了王仙客并为其所救,谢小娥找到他们,杀了王仙客。聂隐娘无奈和柳毅合作求生,两人在被其余人追杀的过程中,逐渐发现传奇身上的十二幅刺青是一幅拼图,拼成后中间的图案是主人的传奇。任氏、谢小娥、霍小玉、昆仑奴、南柯太守、荥阳公子、红娘一个个死在聂隐娘和柳毅的面前,他们两人也凑到了十一幅刺青。柳毅决定去说服最后一位传奇红线的加入,一起反抗主人。三人设下迷局,终于引出了传奇的主人——步非烟的出现。红线与步非烟对决,柳毅和聂隐娘旁加辅助,重伤了步非烟。伤重之下,步非烟终于说出要传奇自相残杀的原因,是因为自己时日无多,要亲手给自己所创造的"传奇"一个自己满意的结局。步非烟勉力支撑下再下杀招,却因体力不济留有一线生机,柳毅救出了聂隐娘,却和红线同亡。聂隐娘成了最后的幸存者,独自离去。

什么是侠?在古代,侠被总结成了"路见不平,拔刀相助",是公平正义的代名词。在当代,金庸说:"为国为民,侠之大者。"梁羽生说:"正义就是对大多数人有利的行为。"而侠的职责就是维护正义。这些观念深受儒家思想的浸润,成为侠义思想的主流、武侠小说永恒的主题。然而步非烟却说:"我希望有朝一日,大家能认同,在儒家之侠之外,还有另外一种侠客。这种侠客也许并不以为国为民为己任,而是遁世而出,逍遥天地之间。""这是另一种侠,道家之侠,逍遥之侠。"她认为,侠是一种理想的自由生存状态,至于人对其他的社会存在所应负有的义务,是不宜强调的,高扬实现个人价值的大旗。从某种意义上说,《修罗道》是步非烟的侠义观的最好注解,也是她最优秀的武侠作品,因为推动整个故事发展的动力,正是十二位杀手对自由的渴望,她所写的就是她理想中的道家之侠。

但《修罗道》的名称却来自佛经。小说的全称是《人间六道·修罗道》,人间六道原是指轮回中的"三恶道":地狱道、饿鬼道、畜生道;"三善道":人道、修罗道、天道,但是修罗道带有嗔恨之心,常常兴风作浪,介于善恶之间,死后堕落至三恶道的机会甚大,渐渐划归恶道。小说中故事发生的地方被命名为修罗镇,意为杀戮,同时也暗示着主人公们的生存环境,人人都身处修罗道。小说具有双重的故事结构。第一重是在唐代裴铏所编纂的传奇小说集《传奇》的基础上进行的经典重述。《传奇》这本书早已散佚,但其中名篇很多,小说从中精心挑选了十三篇妇孺皆知的传奇给小说中的人物命名,并随着情节的进展将《传奇》中的故事和小说人物对应起来,甚至让编撰者裴铏也以画师非衣和剑客铏的形象直接出现在故事中,如真似幻,令读者分不清是传奇还是小说。第二重则是悬疑故事的层面。从小说的第二章起,一个复杂非常的"暴风雪山庄"的大致轮廓就已显露无遗。而步非烟早在她之前的作品《海之妖》中就已运用过这一模式。在读者已知道故事大致发展进程的基础上,如何能让他们保持高度的阅读兴趣而作者又不重复自己,无疑对作者讲述故事的能力和制造悬念的能力提出了极大的挑战。在这一层面上,小说《修罗道》交上了一份高分的答卷。不管是在故事情节的组织方面还是在增添阅读的快感方面,《修罗道》都做到了极致。从裴航的出场开始,读者随着故事中人物的视角,开始了惊心动魄的逃亡生涯。作者融合了比拟杀人的特点,将故事组织得密不透风、高潮迭起,十二个杀手

《修罗道》·红娘曲折故事被一一道出

的相互狙击,过程机巧百出,令人目不暇接。没有一个情节不是出乎读者的预料,没有一个悬念不令人穷尽心力想要探究根底,不容阅读者放松一刻,阅读的过程也就是读者沉浸其中不能释手的过程。

小说的另一大成功之处则是塑造了一系列突出的人物——异化的人。传奇中的每一个人都是由传奇的主人从危难之中救出,教给他们武艺,把每一个人都培养成最完美的杀人机器。而他们的命运甚至生死都被主人掌控在手中。他们每个人都不甘于工具的身份,而是希望能

够得到自由,哪怕心中明知所谓的最后活下来的人能得到自由的希望非常渺茫。然而,每个被异化的人都被作者塑造得面目各异。王仙客在得知自己的"妹妹"谢小娥尚在人世后,找到亲人就成了他生命的终极目的,甚至凌驾于自由之上。他对"妹妹"的愧疚,甚至令他不忍伤害一心想要杀死自己的谢小娥。谢小娥因为一生下来就被从连体孪生兄弟身上割下并遭遗弃,一心想要报复自己的兄长,而愿望达成后,其人生完全没有了其他的寄托,只好通过怪罪他人来减轻自己的罪恶感。霍小玉对步非烟那近似信仰的爱和悲惨的生存状态,惨烈得令人不忍卒读。柳毅和红线之间惺惺相惜的感情,红娘和姐姐之间的相互扶持,任氏对对手的信任,以及聂隐娘对柳毅的情感,都令人印象深刻。在弥漫着惨烈杀戮的迷雾中,却总有点点温情照亮视野,也使这些异化的人的性格变得血肉丰满。作者受弗洛伊德"童年阴影"理论的启发,用种种常人难以想象的悲惨幼年往事完成了对这些极端性格的合理化塑造,也让小说有了更加坚实的伦理基础。

在大陆新武侠文化中,步非烟是一个另类而执着的存在。作为最有影响力的女性武侠作家之一,她的创作并不能被归并到所谓的女子武侠中去;作为传统文化功底很好的作者,传统文化对她的创作影响却几乎为零。女子武侠当然是指女性所创作的武侠,提出这个概念本身,就承认了女性的武侠创作与男性的有所不同。而这不同在于表现出女性主义的因素,肯定了女性的主动地位。从这一点出发来观照步非烟的武侠创作,就会发现她的创作除了文风的轻灵华丽之外,并不具有女性独特的视角和强调女性的自我价值表现,而她自己也称并不赞同用性别来区分武侠创作,而是尝试"中性武侠"。她的创作极力求新求变,对众家兼收并蓄却坚持自己的独立思考,她所写的与其说是追求逍遥的道家之侠,毋宁说是她自己理想中的追求自由的平凡人。她甚至喊出了"革金庸的命"的口号,这在当下看来也许是一个难以达到的目标,但是她的创作极具自己的个人风格,丰富了武侠小说的表现形态和侠义精神的现代内涵,却是一个不争的事实。

作品赏析

这里节选的是作品的第二十一章"陷阱"的中间部分:红娘以为主人杀死了自己仅有的亲人姐姐,加入传奇伺机报仇,和聂隐娘、柳毅合作给主人设下了陷阱,却被主人识破,用摄魂术迷晕了聂柳二人,和红娘单独对话。主人揭破了她的陈年旧事,令她极为痛苦。这段文字表现了极为紧凑的结构和峰回路转的情节以及人物悲惨阴暗的命运和心理,极富张力。

……红娘渐渐冷静下来,她的目光直视前方,突然怔怔笑道:"真不愧是传奇的缔造者,一曲挽歌,就将我们的计划化为乌有。"

那声音淡淡道:"你们若早一些明白,也不会这样不自量力。"

红娘摇头道:"不是我们不自量力,而是你赶尽杀绝,不给任何一点希望。"她略有些自嘲的道:"狗急跳墙,我们就算是你养的狗,也有咬人的一天。"

那声音冷冷道:"你们不是狗,而是最伟大的刺客,将要永远流传的传奇。人生百年,终归虚无,我给了你们完美的开场,当然要给你们最完美的结局。死在沟壑田亩间不是你们的命运,也不是我的期望。"

> 主人强调自己掌控他们的一切,表现出其奇特的人生追求。

红娘低头笑道:"所以你要我们死在这里?可是绝大多数人,宁愿卑微地活着。"

那声音道:"是的。但你不一样,无论有没有修罗镇的命令,你都想杀我。这是你加入传奇的真正目的。" <!-- 主人早知道她深藏的打算,此为第一处转折。 -->

红娘怔了怔:"你……你早就知道了?"

那声音冷笑道:"无论你如何掩饰,我都能从你眼睛深处看出仇恨。我收下你,只是想看看,你到底能怎样复仇。"

红娘的目光从惊愕逐渐转为无奈:"你看到了?"

那声音道:"可惜看得不够。我不太明白,你应该恨你姐姐,为什么要冒着杀身之祸,来为她复仇?"

红娘苦涩的笑了笑:"我也不明白。"她抬头望了望虚空中的冷月,轻轻道:"我恨她,但是我也爱她。我不知道为什么,我总是觉得,她有种特殊的亲切,一种超越了骨肉的亲情,她的一举一动都和我的血脉联系在一起……或许我最爱的人其实不是荥阳公子,而是她。" <!-- 此处写亲情的魅力和姐妹俩复杂的情感,两人相依为命的感情令人动容。 -->

来人似乎早已料到这点,并不觉得吃惊,只是淡淡道:"想知道为什么?"

红娘却是一怔:"你知道?"

那声音也带上了笑意:"没有人比我更明白。我来见你,就是要告诉你这件事的答案。"

红娘愕然望着眼前的夜色,只听那声音一字字道:"因为你根本没有这个姐姐。你和你姐姐其实是同一个人。" <!-- 姐妹替换身份,此为第二处转折。 -->

红娘全身一颤:"你……你说什么?"

那声音笑道:"你叫红娘,今年二十四岁,十二年前,曾在广西府博白县受训。你本是我身边最早的传奇之一。只是五年前,你得了一场大病,病得丧失了神志。"

红娘如遭电击,整个身体都僵直起来。

那声音透空而下,似乎在轻轻念诵着一些毫无意义的词句,越来越快。虚空中仿佛传来破碎的声音,似乎记忆中那扇尘封的大门在这一瞬间豁然开启,透出里边重重的影像,但又始终如梦如幻,看不清究竟。

她突然感到后脑一阵剧痛,她忍不住一声尖叫,双手抱头,身子猛地弯曲了下去。

加入传奇的这一年来,这种剧痛不时缠绕着她,就在她每次想要想起往事的时候。

那声音止住了念诵,淡淡道:"摄心咒我已经解开,但你还要一段时间,才能彻底恢复记忆,我不妨慢慢提醒你。"

"你记忆中的那个故事并没有大错,有一个骄横的姐姐,无意中被传奇选中,接受了数年艰苦的训练。为了躲避组织的追杀,她将自己的妹妹锁在了地下室中,整整十三年,直到她妹妹被另一个路过的传奇救走。然而……" <!-- 补叙两人之前的经历,与前文相互呼应。 -->

那声音顿了顿,缓缓道:"你不是那个妹妹,而是姐姐。"

她的声音不高,但似乎整个夜色都在那一瞬间破碎。 <!-- 以景写情,情景交融,极力写出对红娘的冲击性。 -->

红娘惊恐的抱住头,嘶声道:"不可能,你胡说!"

那声音似乎并不在意她的痛苦,依旧淡淡道:"后来,你夺走了你妹妹的情郎,为了能和那个男人长相厮守,你又决心背叛组织。于是,你带上一种最恶毒的毒药,准备行刺我,也就是你的主人。"

> 寥寥数语,写出了红娘当年的自私。

红娘脸色苍白如纸,她双手死死抓住自己的头发,用力地向下撕扯,似乎想让刺痛惊醒这场荒诞而恐怖的梦。然而,那些本被封印的梦境,如今却宛如打开了魔瓶的恶鬼,一个个张牙舞爪,向她扑下来。

那声音道:"你的行刺失败了,我本来想杀了你,但最终没有。因为,按照你的罪过,死对你实在是一种恩赐。"说到这里,那个平静的声音也禁不住有了些许起伏,仿佛也在为那场刺杀而怨怒,但这怨怒也只是一瞬间的涟漪,很快又已宛如止水:"于是,我找来了你的妹妹和荥阳公子。向你展示了本为你准备的二十一种酷刑,然后给了你一个选择——是将这些酷刑施加在荥阳公子,还是你妹妹身上。你必须亲手施刑,而后,我将放过你,和选剩下的那一个。"

> 妹妹其实是红娘为了保全情人的牺牲品,此为第三处转折。进一步刻画出红娘的软弱自私。

那声音顿了顿,缓缓透出讥诮的笑意:"最后你选择了牺牲你妹妹。"

红娘的双手不住颤抖,冷汗淋漓而下,她脑海中不断浮现出那恐怖的影像。

那是一个宛如炼狱一般的夜晚。

她将各种各样的刀、针、钩、烙铁一次次刺入她妹妹的身体。她脸上的表情极度扭曲着,疯狂而凶残,宛如地狱中嗜血的恶鬼。她带血的双手在空中一次次挥舞,脸上也被溅起的鲜血染得绯红,最后,她脸上的疯狂到了极处,反而变得出奇的空明。

> 通过红娘的回忆,写出当年她无辜的妹妹所受的痛苦。

她竟然对着血肉模糊的妹妹,轻轻微笑了,她越笑越大声,最后竟俯下身去,放声狂笑起来。一直笑得她全身抽搐,再也无法出声了为止。当她再次抬起头来的时候,她脸上的神色竟似乎完全换了一个人,她脸上挂着天真无邪的微笑——这是属于她妹妹的表情。

> 经历了这样的人间惨事,红娘早已有些丧失神智,对妹妹的歉疚导致她下意识地想磨灭自己的意识。

步非烟:《人间六道:修罗道》,南昌:二十一世纪出版社 2006 年版。

(撰写:李为小)

孙　晓《英雄志》

孙晓(1970—　),原名孙嘉德,出生于中国台湾台北市,台湾大学政治学系毕业,美国罗彻斯特大学公共政策硕士。1996 年开始写作第一部长篇小说《英雄志》,因作者是新人且作品悲剧色彩浓重,迟迟无法出版,此时有人出低价欲买断其版权,孙晓一怒之下与旧友合资创办"讲武堂",以出版优秀武侠小说为宗旨,兼以培养优秀的武侠创作者。除《英雄志》外,孙晓另创作有《隆庆天下》,通过其新浪微博连载。

孙晓的成名作是《英雄志》。这部小说从2000年连载起就受到了多方赞誉，网上盛传："金庸封笔古龙逝，江湖唯有英雄志！"可见它在武侠读者心中的地位之高。孙晓的《英雄志》出现在20世纪90年代武侠小说的低谷之中，有别于金庸的磅礴深沉、古龙的简约畅快，以其独特的传统和后现代交织的艺术特色为读者带来了一种新颖的阅读感受。《英雄志》是一部有争议的作品，一度不被归类为武侠小说，主要原因在于，《英雄志》虽然以争斗为主线，也有侠客和江湖的贯穿，但作者的视野并不聚集在传统武侠小说视为核心的武术和侠客，而是超然于其上，探讨在大时代（尤其是乱世）之中人和人、人和时代、人和政治之间的种种矛盾和冲突，探讨在时代中的人的存在和人性的彰显。

《英雄志》现已出版3卷、22章，共计300余万字，与传统武侠小说类似的是，小说结构上采用了传统的卷章式，每章之前会用一句话或一个短语来提要本章主要内容，如第一章为西凉风暴，第二章为灭门血案。这样的安排有一个最明显的好处就是结构清晰，每一个章节就是一个相对独立的存在，讲述一个相对独立的故事。小说以一个灭门惨案作为起始，引出一张藏有天机的羊皮，政客与侠客均觊觎此羊皮，政客贪图其隐喻天下运作之秘密，欲以羊皮为线索寻找龙脉；江湖人士则以此来寻找神机洞，求绝世武功秘籍。各方力量角逐拉扯之中，小说的情节急速进展，仁君成为暴君，忠臣变成权臣，正道门派灭人满门，兄弟拔刀相向，夫妻相互监视，父子形同路人，仁义变成杀人工具，道德沦为旁人笑柄。《英雄志》的故事情节主要依托于明代史实中的"土木之变"和"南门复辟"（又称"夺门之变"），将明朝代宗朱祁钰和明英宗朱祁镇的兄弟失和导致的朝代更迭作为背景，加以遗宫案和帝王出身等历史细节，以虚构的手法加入"观海云远"四位思想各异的中心人物和昆仑、武当等江湖门派人物糅合再造，以此形成了一部涵盖40年历史跨度、政权数易其主跌宕起伏的情节脉络。

小说成功塑造了"观海云远"四个中心人物。四人性格迥异，价值观也相距甚远。"观"是杨肃观，五辅大学士杨远之子，面对乱世，他曾"欲救众生苦，须持修罗法。修罗王临，众生无惧死，无惧死则无心苦，无心苦则无悲无泪，如此天下安乐矣。修罗王临，生不能使之喜，死不能使之惧。生者不恋生，生非生。死者不惧死，死非死。唯此，万物停争息斗，轮回终有休止一日。愿天地罪孽，尽归吾身。"他自称修罗王，愿意为天下太平牺牲，不惜天地罪孽归于己身。也正因此，他建立"镇国铁卫"，组织一系列武林高手和政治伙伴，排除异己，监控皇帝，制约皇权。在以往的武侠小说之中，武林中玩弄政治手腕的均为大奸大恶之徒，然而杨肃观却打破了这一成规，因为他所有的奸和恶都不是为了谋私，他的出现让我们反思以往泾渭分明的善恶区分标准。

"观海云远"其二是秦仲海，前朝武将秦霸天之二子，当年秦霸天陪先帝出征，遭奸人谗言所害，一家老小被满门抄斩，仅留秦仲海被江湖人士方子敬收养。秦仲海并不知晓自己的身世，成年后一心报效朝廷，入朝为官，后因战败受到酷刑，断腿穿骨，额上刻字，几欲丧命，加之得知自己家族血案，于是揭竿而起，自封"怒王"，重建当年父亲被逐出朝野后组织的反逆大军"怒苍山"，他的形象让我们想到了《水浒传》中的豪杰，不愿造反，却又不得不反。"反贼"明目之下，或许是一颗热血沸腾的心。

其三是卢云，这是传统武侠小说中儒侠形象的传承，也是小说中最具理想主义光辉的一个人物。他出身贫寒，饱读诗书，性格执拗，甫一登场就遇到昏官，身陷囹圄，经受严刑拷打，依旧不肯屈服，倔强地喊出："我辈读书之人，只求能为天地立心，为生民立命，为往圣继绝学，为万世开太平！生平全此四事，虽死无憾！"卢云始终秉承仁义之道："儒家言道，求本于仁。能得

'仁'者,便是好人。"又说自己追求的是"正道"。何为正道?"正道,就是做对的事情"。为了追求正道,卢云可以放弃好不容易考取的官职,放弃尊贵的公主,放弃相爱的顾家小姐,去帮助侯大人留住最后的子嗣。为了别人牺牲自己的前途与幸福,不得不说是最大的仁义。卢云所做,确为正道,然而明道容易行道难,像他这样独行于黑白之间的正义使者,太难做到了,更多的人是像伍定远。

孙晓曾经在博文中自述,他以写出卢云等人为自豪,但伍定远不在其列,因为他认为写伍定远不需要鼓起冒天下之大不韪的勇气,伍定远只是一个普通人。如果说杨肃观是修罗道,秦仲海是魔道,卢云是儒道,那么伍定远就是人道。他对于是非有自己的判断,对于正义也竭力想要守护,但是他内心深处对于正统是屈从的。最初他因着自己的正义感,追查灭门惨案的真凶,他舍生忘死,让人敬佩。然而当他完成使命,成为朝中重臣,伍定远可以为了维护京城平安,屠杀企图进京的万千灾民。伍定远有自己的底线,也有他的矛盾和无奈。他是体制内的反抗者,但他的抗争是不够彻底的。

"观海云远"四人撑起了全书的主体框架,《英雄志》被称为"当代《水浒传》",就是因为他借"怒苍山"反叛,写出了各路英雄的风采,也许"当代《水浒传》"之誉有夸大之嫌,但是在人物塑造方面,孙晓确实展露出不俗的水准,其作品中每个人物的思想、行为都有自己的一套体系,各不雷同。

这部小说之所以能被视为可以比肩金庸和古龙的武侠巨著,除了人物塑造颇见功力,最大的突破在于,他赋予武侠小说一种新的写作方式。所谓"新"主要表现在两大方面:首先,以武侠小说为外壳,蕴含对政治运作的呈现和解读。这部小说之所以当时引发"是否是武侠小说"的争议,其中很大一个原因就是,从第十卷开始,小说有很大的笔墨用于写朝政之中的官员斗争,包括最高集权者皇帝,先皇与在位皇帝之间的政权争夺也是你死我活、互不相让的。以往武侠小说家也有具备政治眼光的,如金庸。金庸的《笑傲江湖》,已经被很多学者指出影射政治。到了孙晓的《英雄志》,就不仅是影射那么简单了,他直接描写政治斗争的种种内幕,而且不仅仅止步于此,他对整个生活在同一个时代、处于不同位置、拥有不同政见思想的人们展开阐述。在此基础上,也就形成了《英雄志》的另一个贡献:以传统形式为载体,呈现西方后现代主义的思想理念。《英雄志》的形式和内容都是极为传统的,书中随处可见琴棋书画、儒释道思想。然而,他的思想呈现出后现代的特征——颠覆性。《英雄志》以秦霸天的灭门惨案颠覆了我们对于正邪的定义,以反贼秦仲海和奸臣杨肃观颠覆了我们对于"侠"的既定思维,以卢云的落魄独行和伍定远的纠结矛盾颠覆了我们对于"仁"的认识。"观海云远"每个人都有不同的立场,他们都在履行自己的宏愿的路途上奋斗。四人之间难分对错,难辨正反。秦仲海是反派,那么杨肃观就不是了吗?杨肃观是反派,那么反贼头子秦仲海就是正派?所谓是非,所谓对错,突然陷入了混沌不可分辨的状态之中。这正是后现代主义的一大特点,打破既定的概念和认识,推翻固有的观念。

《英雄志》具有网络连载小说的特性,语言简短,多用短句,少见长篇大论,情节跌宕起伏,叙事节奏紧凑且善于设置悬念,如一开篇《西凉风暴》就描写一家三口在荒漠之中撞见一场血案,十八位护镖高手被害,凶手手法诡异,不露任何马脚,凶手是谁?当捕头来到镖局试图调查,却遭到镖局的拒绝,镖局为何不接受官府的帮助?紧接着当晚,又出命案,一个铁匠被杀,凶手为何杀害一个普通民众?这起凶案和镖局命案是否有关系?情节设置环环相扣,惊险刺激。这样的语言和情节特点符合网络读者的阅读习惯,自然受到欢迎。

当然，我们也要看到《英雄志》写作方面的一些不足：如人物众多，线索纷繁，作者想要兼顾每一个重要人物，于是牵拉纠缠出众多人物，导致作品叙事线分散，视角转换过多，造成了读者阅读和作者写作的难度，这也正是为何孙晓停笔十年，直到现在也迟迟没有收尾的原因之一。正如他自己所说："现今情节编排与场面控制，都已经像是一艘九万六千吨的航空母舰，小说里的世界每动一步，全部的人就会跟着动上一步，他们排列的位置会出现变化，会冲击彼此。"牵一发而动全身，如何能善始善终，给这部作品一个合适的结局，这恐怕是孙晓当前最需要思考的问题。

作品赏析

这里节选的是作品第十四卷第五章《败战将不死》。这一章中，同为朝中大将的杨肃观因战败入狱，等待天子裁决，昔日同盟纷纷躲避，甚至其父亲也与之撇清关系。在此背景下，卢云的岳父顾嗣源与其有了一番对话。这一番交谈之中，我们可以对小说主人公之一卢云心中秉承的"仁义"和"正道"有清楚的了解，也能深刻感受到卢云的儒家情怀和理想主义色彩。

<u>顾嗣源拿起酒杯，向卢云一比，跟着一口喝了，淡淡地道："酒味淡了点。"说着望着窗外</u>，卢云顺着他的目光望去，只见对街楼阁灯火通明，却是<u>顾家上下住居之处</u>。卢云见他无喜无怒，莫测高深，浑不似往日亲切和蔼的模样，忍不住心下惴惴，不知他有什么吩咐。他又替顾嗣源倒了杯酒，破题道："顾伯伯，您不开心吗？"

顾嗣源淡淡一笑，反问道："云儿，你中状元多久了？"

卢云忙道："去岁中秋中举，至今恰满一年。"

顾嗣源轻轻叹了口气，道："很好，很好。"卢云见他这般神态，一时心里更怕，只缩手缩脚不敢稍动。顾嗣源把酒水喝干了，忽然把酒杯重重一放，悲声道："孩子，观你这一年来的所作所为，顾伯伯后悔自己老眼昏花，居然把女儿托付给你了！"

卢云大吃一惊，顾嗣源向来疼爱自己，什么时候疾言厉色过？卢云慌忙起身，跪倒桌边，叩首道："顾伯伯！您若有什么责备，还请重重数落，云儿这里听着！"

顾嗣源叹了口气，道："孩子，我常在想，自己的女婿该是怎么样的人？你文学高，骨气强，每件事都让顾伯伯欢喜，可是啊……孩子……"他抚摸卢云的面颊，低声道："没人会把女儿嫁给文天祥的。"卢云张大了嘴，茫然道："顾伯伯，您……您这话是……"

顾嗣源苦笑不语，自饮自酌。过得良久，眼见卢云跪在地下，模样十分害怕，便将他一把拉起，让他坐回位子上。卢云垂泪道："顾伯伯，您要打要骂，云儿这里都听着，只是请您别一语不发，云儿心里好难受……"说着举袖拭泪，一旁客人都为之侧目。

顾嗣源叹了口气，道："圣贤道……圣贤道……孩子啊孩子，你瞧瞧窗外，瞧瞧你时时挂在口中的百姓。"说着推开窗扉，让街景透了进来。

| 以顾嗣源目光所至暗示其情绪低落的原因和家庭有关。

一直欣赏卢云，一度想将其收为义子的顾嗣源为何欲言又止，又为何说后悔？

此处以"文天祥"比喻卢云，可以洞悉作者对其性格和形象的定位。

卢云凝目朝窗外望去，此时才过晚饭时光，只见道上行人携来往攘，开铺子的，做买卖的，生意热络如常。非但不见去岁京城大乱的模样，反更有欣欣向荣之态，直如太平盛世一般。顾嗣源悠悠地道："告诉我，奸臣为祸，反逆再起，这些百姓为何还笑得出来？"

卢云低声道："他们有饭吃，心里快活，所以就笑了。"

顾嗣源颔首道："正是如此。百姓们心中所系，便是有一口安稳饭吃，谁当权，谁主政，于他们都是一般。改朝换代也好，刁民伐罪也好，这些都是王公大臣的事。谁能让大家吃得饱，孩子平平安安长大，闺女稳稳当当出嫁，谁便是孔子、周公，这你懂了吗？"

卢云眼望大街，眼中悲悯无限，过得半晌，他低声一叹，道："顾伯伯，只要百姓有饭吃，有衣穿，便算为政者是大奸大恶之辈，咱们也不该管？"

顾嗣源知道卢云个性刚硬，为官必惹祸，他有意解开女婿牢不可破的忠奸思想，便道："能把百姓喂饱，怎还能是大奸大恶之徒？照我看，便算异族占领国土，只要能让百姓安居乐业，有饭吃，有衣穿，也能是百姓心中的好皇帝。"

卢云目向窗外，轻轻笑道："所以……所以只要朝廷能喂饱大多数的人，便能任意杀戮小部分的人，不管手段多么无情残忍，百姓也会视若无睹，对不对？"

<u>顾嗣源面色一颤，竟是作声不得。过得良久，他挥了挥手，却没回话。</u>

卢云肃然仰天，说道："顾伯伯，我今日若敷衍你，我便不是儒生了。某读圣贤书，并非为皇上办事，也不是为百姓办事。什么民为本，君为本，我全都不要。"

顾嗣源面色一颤，道："那……那你要什么？"

卢云仰望夜空，凛然道："一个高乎这世间的东西，我称它为正道。"

顾嗣源把酒杯放落，惊呼道："正道？"

<u>卢云望向自己的双掌，低声道："正道，就是对的事情。大是大非之前，并非拳头大小、人多人寡便能左右。皇帝也好，百姓也好，都不能折我分毫。"</u>他举起酒杯，仰手而尽，道："求不到我心里的道，我可以回去卖我的面，便算世人说我是孔门叛徒，我也不在乎。"

一不哗众取宠，二不媚俗诣上，管你人多人少，拳头大小，吾虽千万人亦往矣，这便是孔门儒生的志气。顾嗣源心中感动，正要出言附和，猛然想到自己是来劝说的，连忙往桌上一拍，责备道："不许这么说话！没人要你做坏人，可也没人要你做傻子！乱世之中，咱们只要本本分分，保住自己，保住家人，那便是第一伟大的志业了。懂吗？"

卢云转头看去，只见顾嗣源望着自己的目光满是爱怜，又是疼惜，又是担忧，就怕他毁了自己的前程。卢云心中感慨，想道："顾伯伯爱我之心，与亲子并无二致。"他垂下首去，无言之中，却是点了点头。

顾嗣源松了口气，道："倩儿不久便是你的妻子了。你若再满脑子乱想，成日惹是生非，顾伯伯第一个不饶你。"卢云微微苦笑，道："小侄答应顾伯

一句看似无意的动作描写，其实透露出顾嗣源心中的矛盾。

卢云所奉行的人生哲学属于儒家思想范畴，但又超越了先秦时期的儒家学说，更偏向于王阳明的心学，不求仕途，不单纯为从政者服务，一切从心，讲求知行合一，为了心中的正义可以牺牲自我。

伯，不管发生什么事，一定守着妻小。"

顾嗣源甚是满意，他点了点头，望向窗外。过得半晌，忽道："云儿，顾伯伯有件事要告诉你。"卢云心下一凛，忙道："顾伯伯请说。"

顾嗣源凝视着卢云，道："三日后御门大审，皇上要在干清门召见剿匪众将，论功行赏，有罪……咳，则罚。"卢云啊了一声，此次朝廷出师不利，杨肃观身为中军主将，自是首当其冲。他心中慌乱，正想发问，忽见顾嗣源望着自己的目光极为严厉。卢云恍然大悟，已知顾嗣源先前说的一大篇，全是要套自己的话，要他不可涉入政争。

果见顾嗣源寒着脸，森然道："顾伯伯问你一句，如果杨郎中被判死罪，你待要如何？又想出手救人吗？你刚才答应什么来着？"

卢云低头望地，却是良久无语。其实他与杨肃观并无深交，向不喜此人做事的手段，年前为了顾倩兮的事，更与他大起疙瘩。只是眼前杨肃观处境凄凉，反而让他大起怜悯之心，一时之间，竟有不知所措之感。

顾嗣源又道："你天生是个讲情讲义的人，顾伯伯爱你为此，气你，也是为此。以前秦仲海的事发生得突然，我事前不知，事后也没跟你计较，可这次你要再往苦海里跳，顾伯伯决计不答应。"卢云听着听着，忽然坠下泪来。柳门同侪一个个倒台，或远走他乡，聚众造反，或大难临头，性命不保。卢云心中酸苦，霎时之间，泪水滚滚而下。

顾嗣源见他面色悲苦，当下长叹一声，从衣袖中取了张字条，道："别慌，别慌，顾伯伯只是试试你。先看过这个再说。"卢云不知这字条来历，但想顾嗣源亲手交下，必定重大异常，当下慌忙去读，念道："败战将不死，难尽去，后福来，月下玉立，展颜笑逐开。"

眼看爱婿面露不解，顾嗣源解释道："顾伯伯也不瞒你。这是御书房里传出来的御批。内侍抄了出来，私下送到兵部。"他将字条取了回来，温颜道："照这字条来看，数日后的御门大审，杨郎中应能平安渡过，顾伯伯方才那样问你，只是要听你的真心话。"

卢云啊了一声，心中又是激荡，又是惭愧，杨肃观本就是兵部文员，说来是顾嗣源的下属，原来岳丈早在替他奔走，还特地托人到上书房打听。卢云破涕为笑，立时举起酒杯，大声道："世人凉薄！顾伯伯高节！小侄以做您的女婿为傲！这里敬你一杯。"

两人放落心事，各自欢饮说笑，直到深夜方归。<u>只是顾嗣源生怕女婿又来作怪，席间翻来覆去，只在耳提面命，教导他种种为人处世之道，绝不让他再去惹是生非。</u>

孙晓：《英雄志》，北京：京华出版社2003年版。

> 若真是如字条字面所示，杨肃观能转危为安，为何顾嗣源还前来试探卢云？顾嗣源矛盾不安的心情为后续的情节埋下了伏笔。

（撰写：杨晓林）

言情、情感小说

张恨水《啼笑因缘》

张恨水(1895—1967),原籍安徽潜山,1895年5月18日出生在江西广信的一个小官吏家庭。原名张心远,1914年投稿时,从南唐李后主《乌夜啼》词"自是人生长恨水长东"句中截取"恨水"二字作为笔名。1918年任安徽芜湖《皖江日报》总编辑,开始了前后30年的报人生涯。五四运动后,受新思想影响到北京求学,但苦于生活压力,1924年入《世界晚报》,并开始了其个人的文学创作。张恨水的小说主要分成三类,一类是社会言情小说,代表作品有《春明外史》《金粉世家》《啼笑因缘》等;一类是抗战小说,代表作品有《大江东去》《弯弓集》《虎贲万岁》等;一类是社会讽刺小说,代表作品有《八十一梦》《五子登科》等。张恨水不仅小说数量多,还对中国传统章回小说进行了现代化改造,可称为中国现代通俗文学大师。中华人民共和国成立后,张恨水被聘为文化部顾问,继续创作作品。1967年因脑出血而与世长辞。

作为中国现代通俗文学大师,张恨水的小说在文化观念和艺术追求上都具有很强的代表性。对张恨水小说的了解可以基本上掌握现代通俗小说的形态。

《啼笑因缘》连载于1930年3月17日至11月30日的上海《新闻报》副刊《快活林》,同年12月由上海三友书社出版单行本,接着又陆续被改编成话剧、电影、各种地方戏曲和连环画,等等。

《啼笑因缘》的故事情节大致如下:在北京求学的青年樊家树,因偶然机会在天桥先后结识了侠客关寿峰父女和唱大鼓词的姑娘沈凤喜。樊家树对沈凤喜一见倾心,关寿峰的女儿秀姑爱上了樊家树,而樊家树的表兄嫂却一心撮合他与豪门千金何丽娜的婚事。于是,樊家树陷入了与沈凤喜、关秀姑、何丽娜三人之间的多角恋爱网中。樊家树南下探母回京后,沈凤喜经不住军阀刘国柱的诱骗,成了刘府太太。秀姑为了成全樊家树能见上沈凤喜一面的心愿,去刘府做帮工,促成樊沈约会。樊沈两人虽再度寻盟旧地,但情感的裂痕却再也无法弥合。刘国柱得知樊沈约会,便愤怒地将凤喜毒打成疯。刘见秀姑青春貌美,想占为己有。秀姑将计就计,洞房花烛夜,刺杀了刘国柱后逃之夭夭。刘被刺,北京城风声鹤唳,樊家树为暂避风声,去天津探望叔父,奇遇何丽娜。叔父力劝樊何婚事,樊家树不答应,何丽娜负气出走,隐居西山别墅,学佛吃素。樊家树想重新回到学校生活,途中遇暴徒绑票,关寿峰、关秀姑及时赶到,解救了他。最后在关氏父女的精心策划下,樊家树与何丽娜终结百年好合。

作为现代中国的一部具有广泛影响的小说,《啼笑因缘》的吸引力首先就在于它提供了一个现代爱情模式和勾画了一个"三角恋爱"的情节。樊家树与沈凤喜相爱是一见钟情。一见钟情式的相爱似乎没有传统的"媒妁之言,父母之命"那样稳重,但它的基础是男女双方的感情,是男女双方的不计社会地位和经济地位的两情相悦,恋爱和婚姻的主动权掌握在青年男女自己的手中。这样的恋爱模式对20世纪30年代初的中国人来说还是相当"现代"的。小说以樊、沈为中心,还设计了樊家树和何丽娜、樊家树和关秀姑两条感情线索。樊、沈之爱是书生与民间女子之爱;樊、何之爱是书生与富家女子之爱;樊、关之爱是书生与侠女之爱。三位女性的社会地位和角色的不同,构成了三个情感表现的艺术空间;沈凤喜纯真而懦弱,何丽娜貌美而达理,关秀姑侠义而内蕴,三种不同的性格使得三个情感表现空间各有不同的韵味。"三角恋爱"实际上就是写了三组不同的恋爱故事。当这三组各有特色的恋爱故事又互相纠缠在一起的时候,就能制造出很多悬念和伏笔,推演出很多感情的风波,这样的小说怎么能不吸引人呢?值得指出的是,现代中国小说常见的"三角恋爱"的模式就首创于《啼笑因缘》。写青年男女爱情悲剧的言情小说古已有之,清末民初的"鸳鸯蝴蝶派"时期更盛,但是,不管小说将感情写得多么的缠绵,结局写得多么的凄惨,男女主人公都是"一对鸳鸯"或者是"一对蝴蝶"。张恨水的《啼

《啼笑因缘》·贪财沈凤喜委身刘国柱

笑因缘》描写的是"多对鸳鸯"和"多对蝴蝶",这无疑开拓了我国言情小说的表现空间,对后来的小说影响极大。

张恨水在写《啼笑因缘》之前写过《春明外史》和《金粉世家》等小说,前两部小说写的是官宦人家,追求的是史诗的效果。《啼笑因缘》是一部平民小说,追求的是平民精神。小说中的平民精神首先在樊家树身上表现出来。他不选择何丽娜,是何丽娜身上有"浮华气";他与关秀姑没有缘,是他的性格不适应"十三妹";他爱上沈凤喜就因为她的本色,而且是刻骨铭心的爱,即

使沈凤喜失身,他也不在乎。他不仅爱上沈凤喜,还出资供沈凤喜上学,努力将其培养成一个知识女性。虽然是富家子弟,是大少爷,但其意识和行为均充满了平民精神,因此,樊家树可称为"平民大少爷"。小说的平民精神还表现在对军阀残暴的批判上。一场美满的婚姻硬是给军阀巧取豪夺破坏了,男女主人公一个被逼疯,一个出走,被棒打各一方。这种毫不讲理地依仗强势对平民百姓的欺压,是广大平民最为愤怒的事情。欺压平民百姓的人也绝没有好下场,最终军阀刘国柱暴尸荒野。小说情节的设计带有一定的理想性,给广大平民一种心理上的慰藉。值得一提的是,这部作品站在平民立场上说话的时候,还对平民中自私自利、患得患失的狭隘心态进行了批判。樊、沈的婚姻悲剧固然是军阀强抢豪夺造成的,与沈凤喜家人的推波助澜也有很大的关系。他们开始同意樊、沈的交往是因为樊家树有钱,他们后来又要沈凤喜嫁给刘国柱,是因为刘国柱比樊家树更有钱,而且还有势。小说重点刻画了沈凤喜的叔叔沈三玄,此人是一个钻营投机的势利小人,他一手将沈凤喜推下了火坑。有了这一层认识,说明张恨水对社会、人生的见解要比其他通俗小说作家深刻。

张恨水后来回忆说,他写《啼笑因缘》要有意识地赶上时代,"当然,我所谓赶上时代,只不过我觉得应该反映时代和写人民就是了"[1]。他的这种意识给他的小说带来了新的气象,即言情小说不再是单纯地写男女之情,而是将男女之情与时代精神、社会批判结合起来,是言情和社会的结合。这样的小说被称为"社会言情小说"。

《啼笑因缘》的另一个贡献是它的小说结构的革新。在相当长的一段时间内,通俗小说都是以写事取胜,小说结构的散漫是一个通病。张恨水是20世纪流行小说作家中第一位认真思考小说结构,并改革得卓有成效的人。这样的创作观念在《春明外史》中已经表现出来,到了《啼笑因缘》中已经完善。小说中人物众多,但主次分明,性格各异;事情频出,但主线突出,而且都围绕着人物的性格和感情展开,社会和言情交融在一起。结构严谨,情节紧凑,这样的通俗小说在当时是不多见的,自然会激发读者浓厚的阅读趣味。

鸳鸯蝴蝶派的言情小说在五四时期受到了新文学的批判,言情小说相当一段时间沉寂于文坛。《啼笑因缘》的出现使言情小说在文坛上再一次勃兴,再一次勃兴的言情小说有着新的面貌。这来自新文学的影响,来自通俗小说作家努力使自己的创作跟上时代前进的步伐。从史学意义上说,张恨水有着重要的贡献。

张恨水的《啼笑因缘》是现代中国第一部因为版权问题而引发电影公司打官司并被改编成多种表演形式的小说。1931年,明星电影公司和大华电影公司为了争夺小说版权开始打官司。官司整整打了一年半,最后由大律师章士钊出面调停,才算平息。这是20世纪30年代中国文化界有名的"啼笑官司"。官司归官司,拍摄归拍摄,从打官司之日起到60年代,这部小说被改编成电影,就有6个版本。至于改编成评书、弹词、大鼓词等戏曲剧本,至今还长盛不衰。"啼笑官司"以及被多种剧种改编使得这部小说被广泛关注,也使这部小说更为流行于世。

作品赏析

这里节选的是作品的第十三回"沽酒迎宾甘为知己死　越墙窥影空替美人怜"的结尾部分:沈凤喜被军阀刘国柱强留府中,关寿峰及其徒弟前去刘府搭救。但此时沈凤喜禁不住刘

---

[1] 张恨水.我的创作与生活[J].文史资料选辑,1980(70).

将军的诱骗,半推半就地答应了刘将军,成为刘府太太。沈凤喜的贪图富贵、爱慕虚荣;刘国柱的老奸巨猾、狡诈阴险都在作品中被一一呈现出来。

……只在这静默的时间,沉寂阴凉的空气里,却夹着一阵很浓厚的鸦片烟气味。用鼻子去嗅那烟味传来的地方,却在楼下。沈大娘曾说过,刘将军会抽鸦片烟的。在上房里,这样夜深能抽出这样的烟气味来,这当然不是别人所干的事。(关寿峰)便向下看了一下地势,约莫相距两丈高,于是盘到树梢,让横干向下沉着,然后一放手,轻轻的落在地上。顺着墙向右转,是一道附墙的围廊。只刚到这里,便听得身后有脚步声,这可不能大意,连忙向走廊顶上一跳,平躺在上面。果然有两个人说着话过来。人由走廊下经过,带着一阵油酱气味,这大概是送晚餐过去了。等人过去,寿峰一昂头,却见楼墙上有一个透气眼透出光来,站在这走廊顶上,正好张望。这眼是古钱式的格子,里头小玻璃掩扇却搁在一边,在外只看到正面半截床,果然是一个人横躺在那里抽烟,刚才送过去的晚餐,却不见放在这屋子里。一会儿,进来一个三十上下的女仆,<u>床上那人,一个翻身向上一爬,右手上拿了烟枪,直插在大腿上</u>,左手撅了胡子尖,<u>笑问道:"她吃了没有?"女仆道:"她在吃呢。将军不去吃吗?"那人笑道:"让她吃得饱饱的吧。我去了,她又得碍着面子,不好意思吃。她吃完了,你再来给我一个信,我就去。"</u>女仆答应去了。

寿峰听了纳闷得很,一回身,快刀周正在廊下张望。连忙向下一跳,扯他到了僻静处问道:"你怎么也跑了来?"快刀周道:"<u>我刚才爬在那红纱窗外看的,正是关在那屋子里,可是那姑娘自自在在的在那儿吃面,这不怪吗?</u>"寿峰埋怨道:"你怎么如此大意!你伏在窗子上看,让屋子里人看见,可不是玩的。"快刀周道:"师傅你怎么啦?窗纱这种东西,就是为了暗处可以看明处,晚上屋子里有电灯,我们在窗子外,正好向里面看。"寿峰"哦"了一声道:"我倒一时愣住了。我想这边屋子有通气眼的,那边一定也有通气眼的,我们到那边去看看。听那姓刘的说话,还不定什么时候睡觉。咱们可别胡乱动手。"

当下二人伏着走过两重屋脊,再到长槐树的那边院子,沿着靠楼的墙走来。这边墙和楼之间,并无矮墙,只有一条小夹道。这边墙上没有透气眼,却有一扇小窗。寿峰估量了一番,那窗子离屋檐约莫有一人低,他点了头,复爬上大槐树,由槐树渡到屋顶上,然后走到左边侧面,两脚勾了屋檐,一个"金钩倒挂"式,人倒垂下来,恰是不高不低,刚刚头伸过窗子,两手反转来,一手扶着一面,推开百叶窗扇,看得屋子里清清楚楚。对着窗户,便是一张红皮的沙发软椅子,<u>一个很清秀的女子,两手抱着右膝盖,斜坐在上面,那正是凤喜无疑了。看她的脸色,并不怎样恐惧,头正对了这窗子,眼珠也不转一转</u>,似乎在想什么。先前在楼下看到的那个女仆,拿了一个手巾把,送到她手上,笑道:"你还擦一把,要不要扑一点粉呢?"凤喜接过手巾,在嘴唇上只抹了一抹,懒懒的将手巾向女仆手上一抛,女仆含笑接过去。一会儿,却拿了一个粉膏盒,一个粉缸,一面小镜子,一齐送到凤喜面前。<u>凤喜果然接过粉缸,取出粉扑朝着镜子扑了两扑。</u>女仆笑道:"这是外国来的香粉膏,不

> 军阀刘国柱对俘获沈凤喜的芳心很有把握。

> 沈凤喜为什么"自自在在的在那儿吃面"呢?她似乎并不忧愁。

> 为什么不恐惧?在想什么?

> 注意沈凤喜的动作,"果然"这一词语的运用意味。

用一点吗？"凤喜将粉扑向粉缸里一掷，摇了一摇头。女仆随手将镜子、粉扑放在窗下桌上。看那桌上时，大大小小摆了十几个锦盒。盒子也有揭开的，也有关上的。看那盒子里时，亮晶晶的，也有珍珠，也有钻石。这些盒子旁，另外还有两本很厚的账簿，一小堆中外钥匙。

　　寿峰在外看见，心里有一点明白了。接着，只听一阵步履声，坐在沙发上的凤喜，突然将身子掉了转去。原来是刘将军进来了。他笑向凤喜道："沈小姐！我叫他们告诉你的话，你都听见了吗？"凤喜依然背着身子不理会他。刘将军将手指着桌上的东西道："只要你乐意，这大概值二十万，都是你的了。你跟着我，虽不能说要什么有什么，可是准能保你这一辈子都享福。我昨天的事，做得是有点对你不起，只要你答应我，我准给你把面子挽回来。"凤喜突然向上一站，板着脸问道："我的脸都丢尽了，还有什么法子挽回来？你把人家姑娘关在家里，还不是爱怎样办就怎样办吗？"刘将军笑着向她连作两个揖，笑道："得！都是我的不是。只要你乐意，我们这一场喜事，大大的铺张一下。"凤喜依然坐下，背过脸去。刘将军道："我以前呢，的确是想把你当一位姨太太，关在家里就得了。这两天，我看你为人，很有骨格，也很懂事，足可以当我的太太，我就正式把你续弦吧。我既然正式讨你，就要讲个门当户对，我有个朋友沈旅长，也是本京人，就让他认你做远房的妹妹，然后嫁过来。你看这面子够不够？"凤喜也不答应，也不拒绝，依然背身坐着。刘将军一回头，对女仆一努嘴，女仆笑着走了。刘将军掩了房门，将桌上的两本账簿捧在手里，向凤喜面前走过来。凤喜向上一站，喝问道："你干吗？"刘将军笑道："我说了，你是有志气的人，我敢胡来吗？这两本账簿，还有账簿上摆着的银行折子和图章，是我送你小小的一份人情，请你亲手收下。"凤喜向后退了一退，用手推着道："我没有这么大的福气。"刘将军向下一跪，将账簿高举起来道："你若今天不接过去，我就跪一宿不起来。"凤喜靠了沙发的围靠，倒愣住了。停了一停，因道："有话你只管起来说，你一个将军，这成什么样子？"刘将军道："你不接过去，我是不起来的。"凤喜道："唉！真是腻死我了！我就接过来。"说着不觉嫣然一笑。

张恨水：《啼笑因缘》，北京：人民文学出版社 2009 年版。

这些钱财在这里很有作用。

关寿峰明白什么了？

利用荣华富贵引诱凤喜。

凤喜的潜台词里已开始倾向妥协。

凤喜此时的动作暗示了她的态度：已经妥协。

刘国柱已抓住了沈凤喜的弱点，继续用钱财诱骗。

注意"高举账簿"这个动作的用意。对财势的贪恋，使得沈凤喜与刘国柱讲和。要特别注意沈凤喜撒娇的口气和"嫣然一笑"的表情。

（撰写：汤哲声　穆林娟）

秦瘦鸥《秋海棠》

　　秦瘦鸥（1908—1993），上海嘉定人。本名秦浩，又名秦思沛。他是中国作家协会会员，也是新鸳鸯蝴蝶派代表人物。毕业于国立上海商学院银行系，但是他酷爱写作，毕生致力于文学创作和翻译,历任《大美晚报》《大英夜报》《译报》等编辑及香港《文汇报》副刊部主任等。他经历"文化大革命"的动荡年代,并且受到批斗,曾想与老舍、傅雷一样以死抗争,但最终从读者的理解和爱护中得到安慰,终于走出了绝望的泥沼,以秦瘦鸥之名享誉文坛。

秦瘦鸥于1926年开始发表作品,著有长篇小说、散文集、评论集、短篇小说、译著、札记集等多部作品。具有代表性的作品有《秋海棠》《二舅》《第三者》《危城记》等。其中长篇小说《秋海棠》赢得了更多读者的青睐。《秋海棠》于1941年到1942年在上海《申报》上连载,引起轰动,1956年经过修改以后由上海文化出版社重印出版,后来又有第三次的修改。由于具有广泛的影响力,该小说先后被改编成沪剧、越剧、评弹、电影、电视剧等多种形式,《秋海棠》获得了广泛传播。

1940年秋,时为《申报》副刊《春秋》编辑的周瘦鹃为了发掘新作家,向社会征求小说。秦瘦鸥送来三部小说的梗概。周瘦鹃一眼就看中了其中的一部小说,这就是《秋海棠》。《秋海棠》在《春秋》上连载时就产生了很大的影响,结集出版后被不断地重版、再版,被改编为多种艺术形式,到20世纪90年代,小说又被改编为电视剧,还是吸引了大批观众。

《秋海棠》这部小说的主要故事情节如下:故事发生的时间是北洋政府时期,写的是京剧演员秋海棠的爱情经历及其悲惨的一生。为了能让娘有饭吃,13岁的吴玉琴被送进了玉振班学戏。母亲去世,吴玉琴没有出台,待在家中还不忘打听时局,母丧满百日后,重新出台,改名秋海棠,不仅摆脱了脂粉气,还有其特殊的意义,"中国的地形,整个儿连起来恰像一片秋海棠的叶子……"后来,秋海棠遇到了罗湘绮,她是袁宝藩的三姨太太,而袁宝藩是热河镇守使。罗湘绮嫁给袁宝藩,一来是为各方压力所迫,二来是袁宝藩用侄儿袁绍文的照片去骗婚。秋海棠与罗湘绮意外的偶合,一见倾心。可是,他们的爱情之路太艰难,为了爱情,他们遭受了种种迫害,军阀在秋海棠的脸上划了一个十字,毁了容,使他不得不放弃了爱情和艺术,带着女儿梅宝避难到乡下种田。在10多年的岁月里,父女俩经历了种种歧视和凌辱,不断经受着颠沛流离之苦;最后梅宝得以重见母亲,可是秋海棠的死好像已经注定,无论是病死、自杀,抑或是累死。

《秋海棠》与张恨水的《啼笑因缘》在题材上有不少相似之处,同样是描写姨太太的感情故事,同样是批判军阀的残暴,是一部社会言情小说。但是,这两部小说在表现男女爱情上却有着不同的角度。《啼笑因缘》中樊家树和沈凤喜的爱情被拆散是由于军阀的蛮横无理和小市民患得患失的思想。《秋海棠》中秋海棠与罗湘绮的恋爱和同居从当时的法律上讲是不合法的,因为罗湘绮尽管是被骗娶的姨太太,却是一个有夫之妇。正是这个原因,小说《秋海棠》将男女感情分为两个层次,一种是欲望,一种是爱情。为此,小说专门列出一章谈论"爱与欲的分野",小说驳斥了世间所谓男女之间只有欲、没有爱的言论,肯定了爱的存在及其伟大的力量:"数不尽的痴男怨女,甘心为着另一个人,忍受一切的痛苦,甚至抑郁憔悴而死,粉身碎骨而死,断头沥血而亡……这可不是仅仅利害或肉欲的追求所能促成的吧?其间显然是有一种不可思议的伟大的力量的,那是什么?除了爱,世界上没有别的东西可以产生这样狂热的魔力了。"从这样的理论出发,小说中的男女感情也就被分成了两个层次,袁宝藩骗娶罗湘绮、王太太追求秋海棠是欲望的表现,他们一个是霸占,一个是挑逗。秋海棠与罗湘绮同居是爱情的表现,爱情是一见钟情,是心心相印,是不分社会地位、身份等级的,是"甘心为着另一个人,忍受一切的痛苦"的感情。处于这个位置上的秋海棠和罗湘绮的感情就显得相当的纯洁,而这样纯洁的感情却被合法的"欲望"拆散了,很能引起读者无限的同情和感慨。

小说的上半部分写的是男女的爱情,下半部分写的是父女的感情,那种亲情之爱的深厚同样深深地震撼了读者的心。为了将梅宝培养成人,秋海棠付出了自己的一切。他给梅宝穿最好的衣服,上最好的学校,自己的病不管怎么严重也不愿花一分钱;为了不让自己的丑陋影响孩子的声誉,他甚至要求梅宝在外人面前称自己是家中的伙计。脸上的伤疤使得他不愿意见人,但是为了梅宝,他到处求人,甚至做二等武生,到舞台上去"打英雄"。一颗慈父的心,献出的是一片慈父的爱。女儿梅宝不但聪慧漂亮,而且十分善解人意,秋海棠那张丑陋的脸,其他孩子见了纷纷躲避,"但梅宝却像没有看见一样,时常扑在他的怀里,把自己一张苹果似的小脸贴到她爸爸的颊上去,两手紧紧地勾住了他的头颈,好久不放"。梅宝以她的爱昵滋润着秋海棠那颗干涸的心田,是他能够生活下去的生命的源泉。

与这些感情的磨难相伴的是美的破碎。秋海棠与罗湘绮的结合本来就是美的结合。在他们第一次见面时,罗湘绮眼中的秋海棠是"朴实无华的衣饰和英俊轩昂的气概";秋海棠眼中的罗湘绮是"那样的稳重,那样的淡雅,美固然是美到了极处,但庄严也庄严得不可再庄严"。"朴实无华"和"淡雅"是外表之美;"英俊轩昂"和"稳重"是内在之美。这样内外均美的结构是来不得半点残缺的,一旦破坏就无法黏合。小说中,秋海棠的容貌被毁了。秋海棠被毁了容,他们的美的结构就残缺了,这也预示着他们的悲剧结局。事实上,从秋海棠被毁容之日起,他就处于生死两难的境界。他不能够死,是他要培养出他们的"爱的结晶",是要催化出一个新的美的产生。但活着也没有意义了,因为他已不可能与罗湘绮结合,秋海棠已经变"丑"了。在小说的后半部分,袁宝藩已经死了,但是秋海棠与罗湘绮还是不可能结合——丑,对他们两人的爱情来说似乎比袁宝藩更难逾越。秋海棠实际上是在躲避与罗湘绮的重见中度过了后半生,是在梅宝有了依靠,自己不愿在罗湘绮的心中留下丑的瑕斑的心理期盼下结束了自己的生命。能够相见,又不能相见;渴望相见,又强忍不见;不能相见,却又使女儿产生了很多的误解。秋海棠心中的伤痛要比脸上的疤痕疼得多。感情的描写在小说的后半部分又是一番境界。

小说能够吸引读者,还在于作者描绘了很多煽情的场面。脸上被划上一个十字,这对唱花旦的秋海棠来说是致命的打击。小说详尽地描绘了整个行动的全过程和秋海棠从"破口大骂"到"失去知觉"的形态的变化。这样的描写很能煽动读者对军阀残暴的憎恨和对秋海棠的同情。为了写秋海棠与梅宝的父女情深,小说设计了一场丑父冒雨到校接女儿的场面。在众目睽睽之下,父女俩表现出的无尽的爱真是感天动地。小说的最后,这样煽情的场面更为密集。千辛万苦之后,母女终于要相认了,这显然是小说的一场重头戏。相疑、相认,再相疑、再相认,感情和理智的互相节制,写得有张有弛,使得一直关心小说主人公命运的读者的心时紧时缓,始终被悬置着。小说的结尾更是让人唏嘘不止,匆忙赶来的罗湘绮看到的只是一辆运尸车,秋海棠自杀了。这样的结尾真是让读者们心痛不已。可以看出秦瘦鸥是一个写情的高手,他能够多方面、多角度地调动读者的感情,使得那些读《秋海棠》的读者一直处于阅读期待之中,读后还对小说的主人公难以释怀。

作品赏析

这里节选的部分出自秦瘦鸥对作品进行第二次修订的版本,所选内容是第十七章"也是一段叫关"中罗湘绮与女儿梅宝的相见却不能相认的部分,读来真实、微妙、感人。

……可是他们三个人一走进大地春京菜馆的六号雅座,老韩便第一个呆住了。因为往常总是少华一个人在雅座里等候着他们，连一个朋友也没有见他带过；而今天，座上却突然添了两个人，又且是两位年在四十左右的中年女客。

当老韩在发呆的时候，屋子里还有两个人也同样的在发呆，而且脸色都变得非常惨白难看。第一个就是那两位女客中的瘦而美的一位，第二个便是梅宝。她对于坐在上首的那个长得又胖又高的女客倒并不注意，使她大吃惊的乃是坐在左首和少华对面的那个慈祥而清秀的女太太，并且那一张脸庞，又是十二分的眼熟，使她一见，心就酸得几乎马上哭出来。

"姑妈，妈，就是小的那一位……"少华很兴奋地指着梅宝，向罗湘绮和他母亲说。

今晚，他的确是应该兴奋的，湘绮不但自己愿意跟他同来看看他的意中人，而且还把他母亲也一起拖出来了；这样对于少华，当然是极有利的，至少可以省却他将来再向父亲恳说的一番麻烦。

然而湘绮真不知道用了多少力气，才把自己的情感遏止住，勉强发出颤抖的声音说：

"姑娘，走过来！"她向梅宝招了招手。"你难道真姓韩吗？"

梅宝失魂落魄似的点了点头，因为这几个月来，她在外面见了人，总是承认跟老韩父女俩一样姓韩，不觉已成了习惯了。

也真亏她这么一点头，湘绮的脸色才略略变得好看了一些。

"坐下来吧，小姑娘。"少华的母亲见了梅宝的容颜举止，显然也很中意，便堆着满脸的笑，向她这样说。

于是，梅宝和韩家姑娘便在湘绮身后合占了一张圆椅，韩老头儿还是照例坐得更远一些。

"先生，今儿想听一段什么？"老韩照着卖唱的人的规矩，半欠着身子，赔笑向兴奋得异乎寻常的少华问。

"姑妈，你欢喜听什么，叫她们先唱一段好不好？"少华便忙着请问湘绮。

但湘绮此刻的心思真比乱麻还乱上百倍，哪儿还有什么精神点戏，她只能低着头，眼睛看定了桌上的台布，用尽所有的脑力思索，究竟世界上有没有名字相同、面貌又极酷肖的人。

梅宝也是许久不能恢复常态，差不多每隔三秒钟，就要偷眼去向湘绮的背影望一望，只是她始终没有勇气敢请问人家的姓名。

屋子里比较最镇静的就是少华的母亲和韩家姑娘两个人。

"孩子，唱戏有什么意思，反正我们人已经见到了，还是坐着谈一会儿吧！"近玉瞧湘绮听了少华的话，半响不回答，总以为她不常外出，一出来又厌烦了，便主张不必唱戏，打算只问问梅宝的身世便算了。

"……"处世毫无经验的少华，听他母亲这一说，倒不知道应该怎样发放韩家父女和梅宝三个人了。

"承这位太太的好意，教咱们今儿不用唱，真是非常感激的。您有什么话要问，我老头子准可以一件件地告诉您。"韩老头儿看了今儿这情形，心里

俗话说："打断骨头还连着筋呢。"母女间的默契是无处不在的，分别多年后的相逢，由眼熟到惨白再到心酸得想哭，能不为之动情？

罗湘绮的表现，由极力遏止住情感到声音颤抖再到心乱如麻，母亲的直觉告诉她，眼前的梅宝极有可能就是自己的宝贝女儿，可是，她又不能贸然确定，其心境的复杂可想而知。

也很明白这是带着一种"相亲"的作用的,恰好和自己的意愿不谋而合,似乎反比自己先向少华探问的好,便决定顺着对方的意思凑上去。——可惜他忽略了一点,就是没有注意湘绮和梅宝两个人的神气,否则他一定会有更多一些的发现了。

　　近玉听了老韩的话,也觉得他很知趣,便含笑看了梅宝一眼,毫不骄矜地问:

　　"你们三位是一家子吗?"

　　"不错,正是一家,但……"老韩原想把他们三个人中间的真正的关系说出来,可是他至今还不曾忘记秋海棠在答应共同合作的时候,第一件事就声明不能对客人说出真名姓。——事实上老韩自己也只知道他姓吴,别的始终很模糊。——此刻他人虽然不在这里,也未便就违反他的意思;况且他想内里的底细,一到亲事成功,秋海棠父女俩必然自会说出来的,何必急在一时呢?因此他的话到了嘴边,又咽回去了。"但那个年纪小一些的是我的侄女,直到打仗以后,咱们才从山东流落下来的。"

　　这时湘绮也和近玉一样的很注意地在倾听着,只是不敢再回头去向梅宝打量,唯恐抑制不住自己的情感。 _{对于老韩的话,她们同样很关注,却有着不同的侧重点,注意体会。}

　　"那么怎么会出来吃这一行饭的呢?"少华的母亲更进一步问。

　　"不瞒太太说,咱们原来也是做上等买卖的人,无奈到了这儿,一无亲,二无故,逃难的本钱又花完了,亏得俺老弟兄俩向来欢喜听戏,连女孩子们也会随便哼几句,这才不得已干起这行买卖来。"老韩把平日编就的一套托词,半字不漏地念了一遍,但心里总觉得有些不妥,便另外特别找上了一句。"可是这中间也还有许多隐情咧!"

　　近玉和少华母子俩听了他最后的一句话,只是不很注意地点了点头,但湘绮那一颗勉强抑住的心却又禁不住剧震了一下。 _{注意双方的不同表现。}

　　"你们都是一块儿打山东来的吗?"她立刻插嘴出来问。

　　韩家姑娘在她后面轻轻地应了一声是。

　　"本来在济南吗?"湘绮接着问,但头并没有旋过去。

　　"不,咱们是打潍县来的。"

　　梅宝当着人本来就是不多说话的,今儿一见湘绮的脸庞,心已仿佛飞出了腔子去,再加少华的母亲又摆出了满脸"相亲"的神气,不停地向自己傻看,便越发使她没有勇气插嘴出来了。

　　湘绮听了潍县两个字,又是一阵失望,情不自禁地取起面前的酒杯来喝了一大口,再也不愿往下问了。

　　倒是少华看出了梅宝的窘态,不忍让她多留,忙昂起头来,透着怪天真的神气向他母亲说:

　　"妈,你既然不要她们唱戏,就让她们先回去吧!""也好,不过那一位老……"近玉觉得让两个小的先回去,单留下老的再细细询问,的确比较好一些,便立刻表示许可。

　　不料湘绮却突然用着怪不自然的声音,仰起脸来说:

"慢一些，我倒愿意听她们唱一段，只要请那个叫梅宝的姑娘唱。"

因为她觉得今天的这一个疑团实在太不容易打破了。世界上名字相同的人本不足稀罕，面貌酷肖的也还很多，但名字既同，面貌又像的人却就太少了，无奈他们口口声声的说一家都姓韩，并且是一起打山东潍县逃下来的，这就绝对不像是秋海棠父女俩了。因此她想只有教这个姑娘唱一段听听，或者可以再分辨得清楚一些。

罗家母子俩虽然觉得湘绮此举很突兀，但无论如何也想不到她会有如此深长的用意，总道她很欢喜梅宝，所以向来不爱听戏的也居然要听一段了。

少华当然更巴不得这样，好让他母亲和姑妈也知道他意中人多才多艺。

于是老韩便立刻把胡琴拉起来，教梅宝唱了一段《虹霓关》。

但梅宝今儿的唱，却至少已打了六折，不但少华的母亲听着觉得很平常，连少华和韩家父女俩也奇怪她何以会唱得如此糟。

湘绮对于唱戏，原也是一个十足的外行，无论她怎样用心倾听，也听不出其中有没有含着秋海棠的气味，她正想不顾了自己的面子，爽快问她是不是姓吴，父亲是不是叫秋海棠，又叫吴玉琴？突然灵机一动，给她想起了十八九年前在粮米街上的一幕。

"姑娘，你还能唱小生戏吗？"

梅宝怪可怜望了她一眼，点点头应了一声"能"。

"好，那么你再唱一段小生戏给我听听。"湘绮简直不敢让自己的视线和梅宝的视线接触，一接触她就几乎忍不住哭出来，忙依旧低下了头去，眼睛看着台布。

梅宝先走到老韩身边去，向他低低的说了几句话。

这一次梅宝的嗓子突然响得多了，虽是老韩对于这一段戏太生疏，胡琴拉得很糟，但屋子里的人听梅宝唱出了这么高的音调，精神已完全给她吸引住了，胡琴的声音差不多没有人注意，少华更是得意忘形地张大了嘴，望着她尽笑。

"……耳边厢，又听得，鸾铃振……"

其实不等梅宝唱到这三句，湘绮的心已经粉碎了。

这是一段"罗成叫关"，正是当年她和秋海棠定情之夕，她在粮米街上听他唱过的；一样激昂的词句，一样嘹亮的嗓音，使她再不能有一些怀疑了！……

秦瘦鸥：《秋海棠》，北京：人民文学出版社 2009 年版。

（撰写：汤哲声 胡 敏）

张爱玲《倾城之恋》

张爱玲（1920—1995），原籍河北丰润，1920年9月30日出生在上海麦根路（现在的康定东路）。原名张瑛，她还有一个特殊身份——清末洋务派大臣李鸿章的曾外孙女。她的童年在北京、天津度过，后迁回上海。1930年，张爱玲10岁时在母亲的强烈坚持下，得以进学校读书，此时张瑛正式更名为张爱玲。

家庭环境的影响以及自身的文学创作才能使张爱玲较早地涉足文学，1932年在上海圣玛利亚女校读书时，张爱玲在女校校刊《凤藻》上刊载了短篇小说处女作《不幸的她》；1937年在《国兴》上刊载《霸王别姬》《牛》等多部作品。此后张爱玲的生活在不顺中进行着：母亲出国，张爱玲因躲避日寇炮火到母亲家住，遭父亲毒打；考取英国伦敦大学，却因战事激烈而无法前往，后考进香港大学专攻文学；1942年香港因太平洋战争而沦陷，张爱玲未能完成学业，辗转回到上海，给英文《泰晤士报》写剧评、影评，也替德国人办的英文杂志《二十世纪》写"中国的生活与服装"一类的文章……1943年，在《紫罗兰》杂志连载中篇小说《沉香屑：第一炉香》《沉香屑：第二炉香》，随后接连发表《倾城之恋》《金锁记》等代表作。此后三四年是她创作的丰收期，作品多发表于《天地》《万象》等杂志。

张爱玲23岁与胡兰成结婚，抗战胜利后分手。1949年上海解放后以"梁京"笔名在上海《亦报》上发表小说。1950年参加上海第一届文代会。1952年移居香港，在美国新闻处工作，曾发表小说《赤地之恋》和《秧歌》。1955年旅居美国。在美国与大她30岁的作家赖雅结婚，后来赖雅中风瘫痪，这对张爱玲的生活

《倾城之恋》·白流苏赴港私会范柳原

和精神都是相当沉重的负担。1995年9月8日,张爱玲被发现老死于美国洛杉矶公寓,身边没有一个人,那天恰逢中国的团圆节日——中秋节。

《倾城之恋》发表于1943年9—10月《杂志》第11卷第6—7期,收入《传奇》。1984年由许鞍华导演改编成电影,2009年由邹静之监制并改编成电视剧。

《倾城之恋》这部小说的主要故事情节如下:故事发生在两个地方。上海,清朝翰林白家连年衰败,白流苏被迫嫁给暴发户唐家少爷唐一元,可是在这场封建婚姻中,丈夫的拈花惹草,孩子的意外流产,唐家的要面子,白家的穷酸,一切都使白流苏应付得心力交瘁。而在香港,有一个人有着同样的悲惨境遇,私生子身份的范柳原因为父亲的突然去世而被剥夺了遗产继承权,成了一文不名的穷光蛋。后来很吃了一点苦,范柳原才得到一点财产继承权。要相遇的人注定要相遇,范柳原和白家七小姐宝络的相亲发展成了范柳原对白流苏的念念不忘。可是,白流苏发现范柳原只是把她当作情人看待,并不想给她任何承诺。白流苏坚持自己不做情人的原则,范柳原对白流苏这种坚持又爱又恨。可是白流苏的离开却让范柳原消沉,继而对白的思念日益加深,因此给她打了让她再次赴港的电话,白流苏再一次去了香港。后来太平洋战争爆发,香港沦陷,在战争环境中,一切世俗束缚都显得那般无力,生离死别背景下的两个人是多么地需要对方。战争,摧毁了一座城市,却成就了一段刻骨铭心的爱情。范柳原终于在炮火中大声向白流苏求婚!

当别人讴歌缠绵的爱情的时候,张爱玲似乎用一种嘲讽的眼光藐视着它;当别人描述家庭少妇多愁善感的情态的时候,张爱玲更是不屑地发出了冷笑。在张爱玲看来,爱情本就不是什么感情的东西,也不是什么纯洁高尚的东西,它只是男女双方为了满足自我欲望的一种攫取;结婚不是恋爱的花蕾,也不必贬斥其为恋爱的坟墓或痛苦的根源,没有必要看得那么重,它和吃、喝、拉、撒、睡等自然欲望一样,是人生活在社会上的一种人生过程。女性在恋爱与结婚中不要想得那么圆满,她注定是一个接受者和承受者,恋爱与结婚只不过是寻找和找到人生的归宿而已,是被社会法则和男女之间的游戏规则所决定的。张爱玲似乎洞穿一切地用一种苍凉的眼光看待着恋爱和婚姻,用一种同情而又无奈的笔法写着她的恋爱和婚姻的故事。《倾城之恋》实际上就是写了一场感情赌博。范柳原是一个"中国化的外国人"。"中国化的外国人"也是他寻找女人的标准,"中国化"是根本,"外国人"是条件。他看上了白流苏,是因为白流苏举手投足之中有着中国女人的味道,特别是白流苏穿着旗袍低头的姿势给他留下了深刻的印象;是因为这样的一个具有中国味的女人会跳外国舞,而且敢于跳外国舞。但是,他寻找白流苏只是为了寻找一个情妇,根本就没有想到要结婚。白流苏是一个"穷遗老的女儿","遗老"的家庭出身使她身上有了浓厚的中国气息,有着自制能力和分析问题的能力;"女儿"的身份又使得她不能总赖在家中,不得不出嫁。她跟随范柳原是要结婚,要找一个人生的依靠。一个要情人,一个是找丈夫,如果仅仅从感情赌博上说,应该说是白流苏输了。范柳原面临的只是感情上的折磨,而白流苏遭遇到的是家庭的压力、经济的压力和感情上的压力。她不得不走上租房子、做姨太太的道路。然而,战争给白流苏带来了机遇,正如范柳原所说:"这一炸,炸断了多少故事的尾巴。"香港城的被炸,成全了白流苏结婚做太太的理想,真是"倾城"之恋。爱情一点不浪漫,充满了试探和算计;结婚一点不崇高,充满了无奈和逼迫;女人只有小聪明,决定她命运的是男人,是社会,甚至是战争。

《倾城之恋》是一则传奇故事,充满了奇遇和偶变,范柳原与白流苏的相识以及他们两人的成婚,都是在奇遇和偶变中完成的。奇遇和偶变就是奇事,奇事就有了奇情,由奇事和奇情构成的情节故事就很吸引人。显示张爱玲小说创作艺术功力的是，她不是简单地叙述一个传奇故事，而是对传奇故事的叙事方式做了卓有成效的改造，形成了自己独特的叙事风格。

《倾城之恋》开头和结尾重复着这样的描述："胡琴咿咿呀呀拉着，在万盏灯的夜晚，拉过来又拉过去，说不尽的苍凉的故事——不问也罢。"这样的描述使得小说的结构形成了一个整体，前后呼应，余韵循环，整部小说就是一首完整的胡琴曲子，向人们叙述着韵味无穷的故事，没有了传奇故事只有头没有尾的拖沓和散乱的毛病。这样的描述还在于它是一幅凄美肃穆的画面。这幅画面放在小说的开头起到了一个悬念的作用；放在小说的结尾，让读者余味无穷；对小说的全篇来说则奠定了一个基调。

张爱玲的小说是一种说故事，小说整体的叙述框架是中国传统小说的叙述模式。张爱玲又是接受过新式教育的新式女性，有着相当的新文学修养。传统小说的叙述模式使得她的小说注重于情节的曲折和故事的生动，新文学的修养又使得她并没有忽视人物形象的鲜明和心理活动的描述。范柳原与白流苏的婚恋故事曲折而生动，范柳原纨绔习性之中不乏真情，白流苏真情之中又夹杂着无奈……人物形象的生动无疑增强了小说的艺术内涵。

小说的艺术内涵还表现在小说的细节生动上。与其他作家通过细节刻画人物性格略有不同，张爱玲小说中的细节常常用来表现故事的内涵和人物的内心世界。在香港被轰炸的日子里，范柳原与白流苏蜷缩在床上：

> 她突然爬到柳原身边，隔着他的棉被，拥抱着他。他从被窝里伸出手来握住她的手。他们把彼此看得透明透亮，仅仅是一刹那的彻底的谅解，然而这一刹那够他们在一起和谐地活个十年八年。

在动荡的战争年代，他们没有精力去算计对方了，一切都是空的，只有身边的这个人才是最实在的。两位聪明透顶的人走在一起，是战争的逼迫，是生存的需要。张爱玲写细节似乎并不在于一两个富有个性的动作，而是设计一个富有质感的画面，讲究的是整体性。张爱玲是一位电影迷，这些意味深长的画面设计很有可能来自电影镜头的启发。这些富有质感的画面在小说中不断地定格，使得小说情节发展韵味无穷。

也许是这些细节的构图并不容易，张爱玲每写完一个细节之后都会情不自禁地站出来评论几句。从小说叙述风格上说，作家站出来有损于叙述的整体性和统一性，但是，张爱玲的评论却很独到，她不是发几句感慨或说几句劝言，而是站在女性的立场上进行一些富有哲理性的调侃。例如，"一个女人，再好些，得不到异性的爱，也就得不着同性的尊敬。女人们就是这点贱。""本来一个女人上了男人的当，就该死；女人给当给男人上，那更是淫妇；如果一个女人想给当给男人上而失败了，反而上了人家的当，那是双料的淫恶，杀了她也污了刀。"这些语句显示出张爱玲对社会生活的思考，也是她推动小说情节发展的思想动因。与她设计的小说情节相呼应，这些调侃性的评论往往能得到读者的会意和共鸣。

作品赏析

这里节选的是白流苏与范柳原的第二次见面，范柳原通过徐太太终于把白流苏请到了香港。他们两个人是各怀心思，又各自揣测对方的想法，心理描写和语言运用相当出彩。

……到了旅馆门前，却看不见旅馆在哪里。他们下了车，走上极宽的石级，到了花木萧疏的高台上，方见再高的地方有两幢黄色房子。徐先生早定下了房间，仆欧们领着他们沿着碎石小径走去，进了昏黄的饭厅，经过昏黄的穿堂，往二层楼上走，一转弯，有一扇门通着一个小阳台，搭着紫藤花架，晒着半壁斜阳。阳台上有两个人站着说话，只见一个女的，背向着他们，披着一头漆黑的长发直垂到脚踝上，脚踝上套着赤金扭麻花镯子，光着腿，底下看不仔细是否趿着拖鞋，上面微微露出一截印度式桃红皱裥窄脚裤。被那女人挡住的一个男子，却叫了一声："咦！徐太太！"便走了过来，向徐先生徐太太打招呼，又向流苏含笑点头。流苏见是范柳原，虽然早就料到这一着，一颗心依旧不免跳得厉害。阳台上的女人一闪就不见了。柳原伴着他们上楼。一路上大家仿佛他乡遇故知似的，不断的表示惊讶与愉快。那范柳原虽然够不上称作美男子，粗枝大叶的，也有他的一种风神。徐先生夫妇指挥着仆欧们搬行李，柳原与流苏走在前面，流苏含笑问道："范先生，你没有上新加坡去？"柳原轻轻的答道，"我在这儿等着你呢。"流苏想不到他这样直爽，倒不便深究，只怕说穿了，不是徐太太请她上香港而是他请的，自己反而下不了台，因此只当他说玩话，向他笑了一笑。

　　柳原问知她的房间是一百三十号，便站住了脚道："到了。"仆欧拿钥匙开了门，流苏一进门便不由得向窗口笔直走过去，那整个的房间像暗黄的画框，镶着窗子里一幅大画。那澎湃的海涛，直溅到窗帘上，把帘子的边缘都染蓝了。柳原向仆欧道："箱子就放在橱跟前。"流苏听他说话的声音就在耳根子底下，不觉震了一震，回过脸来，只见仆欧已经出去了，房门却没有关上。柳原倚着窗台，伸出一只手来撑在窗格子上，挡住了她的视线，只管望着她微笑。流苏低下头去。柳原笑道："你知道吗？你的特长是低头。"流苏抬头笑道："什么？我不懂。"柳原道："有的人善于说话，有的人善于笑，有的人善于管家，你是善于低头的。"流苏道："我什么都不会，我是顶无用的人。"柳原笑道："无用的女人是最最厉害的女人。"流苏笑着走开了道："不跟你说了，到隔壁去看看罢。"柳原道："隔壁？我的房还是徐太太的房？"流苏又震了一震道："你就住在隔壁？"柳原已经替她开了门道："我屋里乱七八糟的，不能见人。"

　　他敲了一敲一百三十一号的门，徐太太开着门放他们进来道："在我们这边吃茶罢，我们有个起坐间。"便撤铃叫了几客茶点。徐先生从卧室里走了出来道："我打了个电话给老朱，他闹着要接风，请我们大伙儿上香港饭店。就是今天。"又向柳原道："连你在内。"徐太太道："你真有兴致，晕了几天的船，还不趁早歇歇？今儿晚上，算了罢。"柳原笑道："香港饭店，是我所见过的顶古板的舞场。建筑、灯光、布置、乐队，都是老英国式，四五十年前顶时髦的玩意儿，现在可不够刺激了。实在没有什么可看的，除非是那些怪模怪样的西崽，大热的天，仿着北方人穿着扎脚裤——"流苏道："为什么？"柳原道："中国情调呀！"徐先生笑道："既然来到此地，总得去看看。就委屈你做做陪客罢！"柳原笑道："我可不能说准，别等我。"

小说为什么细致描写这个女人？

为什么白流苏会早料到这点？她真喜欢上范柳原？

注意"轻轻"这个词的用意。

这是白流苏的第一次"震"。

很少有人夸别人时会说"你的特长是低头"，范柳原到底想表达什么？白流苏明白吗？这是白流苏的第二次"震"。

流苏见他不像要去的神气,徐先生并不是常跑舞场的人,难得这么高兴,似乎是认真要替她介绍朋友似的,心里倒又疑惑起来。

> 范柳原是真不想去吗?还是有其他考虑?

然而那天晚上,香港饭店里为他们接风一班人,都是成双捉对的老爷太太,几个单身男子都是二十岁左右的年轻人。流苏正跳着舞,范柳原忽然出现了,把她从另一个男子手里接了过来,在那荔枝红的灯光里,她看不清他的黝黯的脸,只觉得他异常沉默。流苏笑道:"怎么不说话呀?"柳原笑道:"可以当着人说的话,我完全说完了。"流苏扑哧一笑道:"鬼鬼祟祟的有什么背人的话?"柳原道:"有些傻话,不但是要背着人说,还得背着自己。让自己听了也怪难为情的。譬如说,我爱你,我一辈子都爱你。"流苏别过头去,轻轻啐了一声道:"偏有这些废话!"柳原道:"不说话又怪我不说话了,说话,又嫌唠叨!"流苏笑道:"我问你,你为什么不愿意我上跳舞场去?"柳原道:"一般的男人,喜欢把女人教坏了,又喜欢去感化坏女人,使她变为好女人。我可不像那么没事找事做。我认为好女人还是老实些的好。"流苏瞟了他一眼道:"你以为你跟别人不同吗?我看你也是一样的自私。"柳原笑道:"怎样自私?"流苏心里想着:"你最高明的理想是一个冰清玉洁而又富于挑逗性的女人。冰清玉洁,是对于他人。挑逗,是对于你自己。如果我是一个彻底的好女人,你根本就不会注意到我!"她向他偏着头笑道:"你要我在旁人面前做一个好女人,在你面前做一个坏女人。"柳原想了一想道:"不懂。"流苏又解释道:"你要我对别人坏,独独对你好。"柳原笑道:"怎么又颠倒过来了?越发把人家搞糊涂了!"他又沉吟了一会道:"你这话不对。"流苏笑道:"哦,你懂了。"柳原道:"你好也罢,坏也罢,我不要你改变。难得碰见像你这样的一个真正的中国女人。"流苏微微叹了一口气道:"我不过是一个过了时的人罢了。"柳原道:"真正的中国女人是世界上最美的,永远不会过了时。"流苏笑道:"像你这样的一个新派人——"柳原道:"你说新派,大约就是指的洋派。我的确不能算一个真正的中国人,直到最近几年才渐渐的中国化起来。可是你知道,中国化的外国人,顽固起来,比任何老秀才都要顽固。"流苏笑道:"你也顽固,我也顽固。你说过的,香港饭店又是最顽固的跳舞场……"他们同声笑了起来,音乐恰巧停了。柳原扶着她回到座上,对众人笑道:"白小姐有些头痛,我先送她回去罢。"流苏没提防他有这一着,一时想不起怎样对付,又不愿意得罪了他,因为交情还不够深,没有到吵嘴的程度,只得由他替她披上外衣,向众人道了歉,一同走了出来。

> 此处注意体会范柳原情场老手的一面。

> 白流苏对范柳原、对自己是很了解的。

> 在范柳原看来"真正的中国女人"的标准是什么呢?

> 范柳原突然来此一招,寓意何在?

……

流苏只是不理他,他一路赔着小心,低声下气,说说笑笑,她到了旅馆里,面色方才和缓下来,两人也就各自归房安置。流苏自己忖量着,原来范柳原是讲究精神恋爱的。她倒也赞成,因为精神恋爱的结果永远是结婚,而肉体之爱往往就停顿在某一阶段,很少结婚的希望,精神恋爱只有一个毛病:在恋爱过程中,女人往往听不懂男人的话。然而那倒也没有多大关系。后来总还是结婚、找房子、置家具、雇佣人——那些事上,女人可比男人在行得多。她这么一想,今天这点小误会,也就不放在心上。

> 这句话很精彩,需要好好揣摩其中的含义。

……

张爱玲:《倾城之恋》,北京:十月文艺出版社2006年版。

(撰写:汤哲声 胡 敏)

徐 訏《吉卜赛的诱惑》

徐訏(1908—1980),浙江慈溪人,原名徐传琮,笔名东方既白、徐于、任子楚等。1931年毕业于北京大学哲学系,后转读该校心理学系。1936年赴法留学,获哲学博士学位。抗战爆发后回国。1937年以中篇小说《鬼恋》成名。"孤岛时期"滞留上海办报及创作,在此期间完成《吉卜赛的诱惑》等四部中长篇小说,成为上海最多产的畅销书作家。1942年赴重庆执教于中央大学,1943年出版长篇小说《风萧萧》,居大后方畅销书榜首,因此这一年被出版界誉为"徐訏年"。1950年赴港,以写作为生。1966年起先后任香港中文大学教授、香港浸会学院文学院院长兼中文系主任。

徐訏是著名的高产作家,其作品中最为人熟知的是都市传奇小说,除此之外还有为数不少的戏剧、诗歌,并以学者身份发表学术著作无数,因此在海外有"文坛鬼才"和"全才作家"的称号。他是一位主观想象型作家,早期作品经常以爱情为经,心理分析为纬,将浪漫传奇与哲学理念相结合,构成先锋与通俗的组合文体,哲学理念逐渐成为他小说创作的思想内核。

《吉卜赛的诱惑》初版于1940年上海西风出版社,其后再版数次,遍及海内外。

在这部中篇小说中,描述了一个中国知识分子"我"对马赛很神往,在好奇心的驱使下由巴黎取道马赛回国。在餐厅"我"邂逅吉卜赛女郎罗拉,进而结识了广告模特潘蕊,几经屈辱、误会、磨难后,与潘蕊终于结成了眷属同回中国。可是,潘蕊却因为不习惯中国式的方式而日渐憔悴了。"我"见状遂放弃中国的一切与她重返马赛,却如潘蕊在中国一般,自己也备感苦闷、压抑。这时,又是吉卜赛人的乐观朴素的生命哲学启发了"我"和潘蕊,"我"和潘蕊与一群吉卜赛人一道远航南美,以流浪和歌舞享受着大自然的蓝天明月,感受着人世间的喜怒哀乐。

徐訏是中国现代文学史上一位曾经红极一时又被湮没尘封近半个世纪的著名作家。在20世纪三四十年代的文坛上,徐訏作为通俗文学的新生代代表作家(另一位代表作家是无名氏),其小说声誉斐然。但长期以来,由于他移居香港以及非主流意识,这样一位小说、新诗、散文、戏剧样样精通的作家,被排斥在现当代文学史之外,甚至还有评论者用"反动作家"或"逆流作家"来称呼他。直到20世纪八九十年代,他的价值才开始引起学术界的重新重视。近年来,他的文集得以在大陆再版,一些有分量的研究成果也开始出现。

《吉卜赛的诱惑》是徐訏的代表作之一,创作于其自法国留学归国之后。小说开篇即点明取道马赛是慕名前往,但在数万字的作品中,未见一处对马赛的细致描写,仿佛马赛仅仅是随机选取的故事发生地,而不在乎让读者确信是发生在此地的真事,也可以说,只是为了营造一种异国情调罢了。从故事结构上来看,"我"和潘蕊的爱情故事的反反复复更像是一种换位的重演:潘蕊被"我"和罗拉设计前来卖淫,不久后"我"又被潘蕊和罗拉设计前去卖淫;故事继续发展下去，"我"与潘蕊冰释前嫌，相爱结婚，潘蕊随"我"回国，却因为文化差异和"我"的忽视，始终不快乐；当"我"履行"加入'我'无力创造热带的环境，'我'不但要把这束美丽的花朵送到热带，'我'还要伴她到热带，永远来看护她"的承诺，与潘蕊一道回到欧洲的时候，换成了"我"郁郁寡欢。故事再一次重复"我"和潘蕊的爱情岌岌可危，而最终，放弃了物质与名利的我们，加入了自由的吉卜赛人的流浪队伍，爱情之花在自由的空气里长盛不衰——一个因为爱上"世界第一美人"的打赌而生发出来的传奇爱情故事终于上升到了哲学和宗教的境界——精神的纯净爱情，完胜。小说中连篇累牍的对话，虽然有些削弱情节的可读性，但从另一方面也正说明了作者通过语言来表现人物的精神状态和变化，与外部环境以及人物外貌等的弱化形成鲜明对比。小说中不仅有性格鲜明的吉卜赛女郎罗拉，还有为爱抛弃一切的法国姑娘潘蕊，潘蕊这个形象是不是更像梅里美笔下的卡门呢？这真是"吉卜赛的诱惑"。

笔者节选的片段，并不具备情节上的完整性，读起来也稍显沉闷，但是大段的对话、充满议论、阐述哲理，也正是徐訏的与众不同之处。《吉卜赛的诱惑》全书共11章，除去必要的说明，文中最多的就是对话——"我"与潘蕊的对话以及"我"与罗拉的对话，其中又以"我"与罗拉的几次论争为主线，在这一次次细致的对话描写中，清晰地勾画出人物思想，尤其是"我"的思想的转变过程，从最初对吉卜赛民族思想的不信任，到最后禁不住"吉卜赛的诱惑"，追逐超越社会、民族的自由，从而体现出作者对人性美的最高追求。

徐訏曾经是一个现实主义作家，最终又成了真正的理想主义作家，他那独特的留洋经历，自由的心态解构和复合的艺术趣味，形成了他艺术世界"洋味"与"土味"并存互补的独特魅力。他是一个通俗作家，因为他的作品总是围绕着大众所乐见的婚恋题材，又带着异国情调，一时在"崇洋"的上海滩风靡，也唯有在被称为"孤岛"的上海，这种无关痛痒的浪漫风月题材的作品才会有生存的土壤。但若仅仅如此，徐訏也就不能被称为一个伟大的作家了。他本是哲学、心理学专业出身，对西方各种文学理论思潮有身临其境的接触和了解，而对中国文化又有出自本能的热爱和执着，因此决定了他融会传统与现代、东方与西方文学之后的现代性文艺思想的奇特面貌——所以，徐訏的作品最大的特色是在世俗化的题材下包裹着哲学的内核。

作品赏析

这里节选的是篇首的献辞、第七章中的片段以及第十一章中有关理想的人生生活的描述和哲学理想的阐述。

吉卜赛的诱惑（节选）

献　辞

我未记我身受的苦，
也还未记我心底的哀怨，
以及胸中的愤怒，
请许我先记青春消逝的路上，
我是怎么样的糊涂。

> 写在最前面的这段献辞，更像一种诗意的象征。

我还没有背诵我的耳闻，
也尚未细数我的目睹，
我暂想低诉我在黑夜的山上，
怎么样抚摸我周围的云雾。

所以请原谅我不告诉你——
在海滩上我写过什么字，
还有怎么样的潺潺的溪边，
望着那流水的东逝，
惦念到今与昔，生与死。

那么让我先告诉你故事，
再告诉你梦，
此后，拣一个清幽的月夜。
我要告诉你诗。

1940年3月9日

七

……

"结婚？你说你们结婚？"

"是的，结婚，结婚后我们一同回国。"

"你是说要带她去了。"

"是的，这就是真正的永久的爱情。"

"……"她半晌没有说什么，但最后她笑了。

"这难道是可笑的事情吗？"

"我笑你的爱情，爱情用结婚来求永久，这是我第一次才听到。"

"第一次才听到？"我真奇怪她会不懂得结婚的意义。她似乎并不注意我的问句，接下去说：

"而且你们这样的结合！"

"你说什么？"我觉得她的话有点轻视我们的意思，所以我有点不服气了。

"你以为你带走潘蕊是爱她吗？她是一个道地的资本主义社会的女人，生得漂亮，出入交际场，生活在她是一团火，她浪漫惯，奢侈惯，需要无谓的应酬，稀奇的刺激给她兴奋。她可以同你安定过家庭生活吗？你带她到家庭，已经不容易，带她到你们的故国，过死板的家庭生活，这会使她快乐吗？这等于你带热带鱼到北极，叫她过寂寞的冰冻的生活一样，要是她不同你决裂，她只好哀怨地老起来，死下去……"

"这不是吉卜赛的女子所能懂的，"我笑着说："这是爱情，爱情可以将魔

旁注：

暗示从讲一个如梦似幻的故事开始，最后要达到的是哲学的高度。

诗，是指自然的诗，即返璞归真，回归自然本真的状态。

"我"是传统东方文化的传承者，潘蕊是西方工业文明的宠儿，两人的结合走向何方，着实令人关注。

鬼点化为天神,爱情可以改北极为赤道,爱情会使我们在最苦的生活中感到甜。"

"爱情,你要说爱情,那只有在吉卜赛民族中可以永生,只有我们流浪的生活是爱情新鲜的空气与阳光。爱情同生命一样,不是皮箱里可以带的,不是房间里可以关的,养一份爱情,等于养花,它要我们天天替它换新鲜的水,天天让它接触新鲜的空气与阳光,死关在那里即使它不会飞去,但是它要死去的。"她骄傲地发挥她的哲学:"老实告诉你,你不要自私,以为不管你能不能给她快乐,只要她给你占有了,供给你快乐就是。不错,她有最美的容姿,最好的肉体,但是当你不能给她快乐时,她也没有快乐给你了。你知道吗?这是爱情的条件。"

〔吉卜赛人的生存哲学——自由。〕

"这些都是你们吉卜赛人的思想,朋友。但可惜我们不是吉卜赛人,不然倒是很好的格言。"我讽刺她说,迟缓地抽上一支烟:"现在让我告诉你一点书本的知识,你以为对于环境不适应,就可以使生活死吗?对的,但这只是能够到动物为止,对于人类是不适用的,人类的特点就在创造。过去有力的巨大的动物,因为地理上的变化,气候上的不宜都淘汰了,但是人类,在最冷的或者最热的地方,最干燥的或者最潮湿的地方都活着。这就是人会创造,人会利用物质,人会用电灯使黑暗变成光明,人会用兽皮火炉使寒冷变成和暖,人会用电扇冷气使炙热变成清凉,所以靠着我们的爱情,你尽管放心,我会使热带鱼在北极里生长与快活,我会使相思树在北极里结红豆。"

〔受过良好教育的知识分子,是人类文明世界的产物,对人类自身的能力有着不可思议的自信。〕

"是的。"她说:"你说的都对,但这创造只有吉卜赛人可以说这句话。只有我们这个民族,知道用物质在创造爱情,像你这样是只会利用爱情去创造生活的。不错,你或许会在北极里创造热带的环境,但是你可以牺牲一切去创造这个环境来养爱情吗?"

〔罗拉对X先生和潘蕊之间爱的定义。〕

"为爱,我为什么不肯?"

"你这个幼稚的孩子!"她冷静而微喟地:"是在说,你对她爱是什么?无非是她的最美的容姿与甜人的性情,但是青春是不留人的,寂寞容易使人枯老,等着吧,你不久就会厌倦她,假使她在最近不厌倦你的话。"

〔浪漫主义情怀,即徐讦所信仰的"东方仅存的恋爱的神秘"。〕

……

十一

这样,没有几天以后,我们就动身去南美,潘蕊开始同五个吉卜赛青年交往,起初因为他们不爱听一切冗长的谈话与叙述,觉得他们太冷了一点,但自从在蓝天明月之下,低歌幽琴曼舞之后,她就了解了他们的兴趣与态度。我们大家快活、恬静,没有争执,没有妒忌地过着美满的生活。我与潘蕊间再没有怀疑、不安、担心,我们生活打成一片,正如我们的爱打成一片一样,二者再没有矛盾与冲突了。我已经相信罗拉的话,吉卜赛的生活是专为培养永生的爱情的,而我们也终于将生活献给爱神,我们看不见人世的权利与虚荣,我们只见蓝天与明月,我们忘去了人类所创造的不同的哲学与理论,我们只听见每个人爱与情感的韵律,我们再不是社会偶像的奴隶,我们

〔理想化的生活状态——自由、平和、安宁。〕

成了上帝的儿女。

几个月的流浪,我们认识了更多的吉卜赛的人民了,我们已经被他们同化,再不爱说话、争论,再不想人间的是非与究竟,也不想知道人间冗长错综的故事与各自自圆其说的理论。我们活在情感与爱的里面,嬉戏而简单的生活当中,我们再不想跳出这谐和的世界,我们已经没有事业的理想与人世的野心,我们相信只有这个世界里生活与爱是不相冲突与矛盾。<u>我们要恬静地依着上帝的意志,过我们简单而谐和的生活。</u>

于是,我们听凭自然的推动,在各处流浪。我们唱歌心里的节拍,舞蹈身体的韵律,我们在游戏里生活,在游戏里工作,到处有我们吉卜赛的朋友,大家低吟着心底的歌唱,不招呼,不交言,对着天空,我们获得互契的安慰。

日子就在深沉的爱里、谐和的生活里、自然的游戏中消磨。

现在,悠悠十年的光阴,就这样悄悄地过去了。需要钱的时候,我们会用自己所爱的歌唱与舞蹈,向纷纭的人世乞食;我们也学会小偷的本领,用玩世的态度,偷取人世的财帛;而现在,我是同罗拉一样,在各处看相与算命,潘蕊则假装贵妇人的模样,永远坐在我的对面,依着我的话表演人世间的喜怒哀乐。我们在各大城市的旅馆、饭馆里出入,猜度人们对于其自己事业的希望与对于创造人世的野心,去戏弄他们的信仰、情感与好奇,我们生活在游戏之中。

<u>我们不依社会偶像的意志工作,我们只依上帝的理想而生活。</u>

我们是上帝的儿女,不是皇帝的奴隶。

徐訏:《吉卜赛的诱惑》,上海:华东师范大学出版社1994年版。

> 推崇的生活方式。

> 升华为人生哲学。

(撰写:汤哲声 张 煜)

无名氏《塔里的女人》

无名氏(1917—2002),原籍江苏江都。本名卜宝南,又名卜宁、卜乃夫,无名氏是他最常用也最有名的笔名。1917年元旦生于南京。北京俄文专科学校毕业。1937年开始文学创作,他的创作以1946年《野兽 野兽 野兽》的出版为界分前后两个时期,前期的主要作品有《露西亚之恋》《龙窟》《北极风情画》《一百万年以前》《塔里的女人》等。这个时期的作品主要写传奇故事和婚恋情感。后期的主要作品为《无名书稿》。《无名书稿》分六卷出版,分别名为《野兽 野兽 野兽》《海艳》《金色的蛇夜》《死的岩层》《开花在星云之外》《创世纪大菩提》。这六部小说分别以革命、爱情、罪恶、宗教、禅宗、乌托邦为主题,注重对人类生活形式的表现,尤其是对人类心灵世界的深入探索。全书写法多样,表达形式丰富,是介于诗体小说、哲理小说、散文小说的混合文体。1982年离开大陆,1983年定居中国台湾,2002年病逝于台北。

无名氏是中国现代文学史上一位经历曲折、颇有争议的作家。早在20世纪40年代,无名氏就以小说《北极风情画》和《塔里的女人》一举成名。中华人民共和国成立后，由于种种原因，无名氏一度沉寂，但他长期坚持秘密写作，以惊人的毅力完成了《无名书稿》的后三部半。到了80年代，随着意识形态领域的逐步放宽和海外学界的大力推介，内地的一些刊物和选本陆续刊登了无名氏的作品，无名氏重新浮出海面，有关他的研究日益增多。

1945年《塔里的女人》在重庆出版，立刻风靡全国，不久即告售罄。两部书（《北极风情画》《塔里的女人》）问世的"一两年内，各地翻版达23种，3—4年内，每种总数估计印了100版以上"，而在近50年内，两书各销100万册以上，达500多版。1990年，台湾地区中国电视公司播出《塔里的女人》连续剧时，此书又一次上畅销榜销了数万册。这两部小说不仅仅使得卜乃夫成名，也使得他成了中国通俗文学新生代的代表作家。

《塔里的女人》讲述了潇洒倜傥身价百万的著名提琴演奏家罗圣提与高傲、清纯、出身高贵的美丽红衣少女"校花"黎薇的爱情故事。他们偶然相遇、误解冷漠到相识成为师生、成为朋友，又陷入爱河，从热爱到狂恋，充满着浪漫情怀、小资情调，纯情绚丽的爱情历经了六年。六年后，"残酷"的现实终显真身——罗圣提是早有家室的人。一阵痛苦之后，罗圣提将黎薇介绍给另一个男人方某。绝望之中的黎薇有些自暴自弃地接受了这样的安排。可是，这个军阀出身的男人在获得黎薇的美色之后，抛弃了黎薇。多年以后，离婚后的罗圣提决定去寻找自己的真爱——黎薇，而昔日光艳照人、气质高雅的黎薇此时已变为神志不清的老太太，容颜已逝，物是人非。

无名氏的名字在今天仍然被人不断地提起，《北极风情画》和《塔里的女人》起到了不可估量的作用。这两部小说都是爱情小说，但他描述浪漫艳情故事并不像"鸳鸯蝴蝶派"小说那样一味地刺激情感官能的层面，也不同于张恨水的小说将社会与情感对立起来，写情感的悲剧，而是致力于追求爱情境界、情感深度和灵魂搏斗。相对于《北极风情画》的民族意识的发散，《塔里的女人》则更具代表性。

在《塔里的女人》中，作者靠着语言的狂轰乱滥营造了一种火山爆发般的热情，在他的故事里，你会感觉身心激荡、心潮澎湃到透不过气来的程度，而这其中却又蕴蓄了更多曲折委婉和压抑，理智与情感的矛盾，单纯与世故的冲突，人性与真挚的混杂。热烈不是一览无余，忧郁仍有火热激情，在男女主人公忍受的煎熬中，读者体味到爱情的浪漫、委婉和雅丽。

具有独特贡献的是这部小说具有纯美的爱情环境和纯正的爱情境界，小说构造的境界就是一个精心雕琢的象牙之塔，精致而唯美。与此同时，在刻骨铭心的爱情中，也包含着作者的审美意识和哲理思考。对爱情，小说提出了一种崇高的非欲望的观念，罗圣提说："我即使把她看成一幅画、一尊浮雕、一片风景，也抑制不住想匍匐下来，礼赞它们。然而，这一'想'，我只能埋藏在心的最深处，在神色间，我丝毫不敢表现什么，也不能表现什么。"爱情的崇高，不允许一点儿世俗的杂念来亵渎。对女人，小说提出了唯美的神秘主义的观念，小说之所以名为《塔里的女人》，就是要推崇挪威作家汉姆生《牧羊神》中的一段话："女人永远在塔里，这塔或许由别人造成，或塔由她自己造成，或塔由人所不知的力量造成！"作者以一种关于生存意义和生命终极存在的存在主义的思考来解释这种神秘的不可抗拒的阻力。对自我，小说提出了忏悔的可怜主义的观念，小说认为个人永远是孤独的、渺小的，是没有力量与神秘的力量相抗衡的，生命就是一场悲剧。个人只能在痛苦的忏悔中排解自我，但是又无法排解，因此只能痛苦下去。

这里节选的一段，黎薇在与所爱的人罗圣提诀别时，两人都经受着极大的无奈和内疚的痛苦，却又无法解脱，只能带着巨大绝望无可奈何地沉沦下去。罗圣提迂腐地自我牺牲，换来的只是对黎薇的刚烈恋情的致命性打击;而黎薇绝望后委身方某,也没有成全罗圣提的道德完善,反而使他陷入严重的负罪感和无尽的忏悔中。作者用细腻的笔尖,将恋人之间不舍而又无奈、痛苦而又绝望的分离描写得回肠荡气,给读者无尽的回味与嗟叹,小说的情感和思想在这一段描述中有集中的表现。

作品赏析

这里节选的是黎薇在各种因素的逼迫下与方某订婚后和罗圣提的最后一次见面,黎薇的绝望与痛苦,罗圣提的无奈与内疚表现得十分生动。

第四天,下午三点左右,我正准备去看她,<u>她突然来了。</u>　　　　　　　没有预期的。

<u>这是一个阴沉的日子。</u>好几天,就有落雨的征兆,雨始终未落。铅灰色　和心情一样的
的云彩,凝成一层不透明的固体,没有晴天的美丽鱼鳞形,或卷羊毛形,整个　天气。
天空呈哑默的冻结状态,仿佛是一颗含蓄了太多悲哀的幽魂,只有哑默才能
表现它的特点。没有一丝风,没有一片阳光,庭园里寞静极了,不时可以听
见黄叶子坠落的声音,飒飒嗖嗖的,像自杀者跳河以前的最后几声叹息。<u>窗
外,一阵阵秋季的愁怨,神秘的袭进来,我的屋子里暂失去往日的明亮、轻</u>　和天气一样的
<u>松。</u>这种愁怨随动随静。一个人孤孑地站在窗下时,只要他一感到孤独,这　心情。
种愁怨就会动作起来;假使他并不感到孤独呢,它就会静止下去。

黎薇走进楼上音乐室,——这是我们最爱一起坐的空间。她并不看我,
径自坐在钢琴旁边,随便弹着,是《卡伐底那》的伴奏,却并未严格按照原曲
的节拍。当她的白白纤手滑动在黑色键盘上时,一朵朵钢琴声飞出来,如一
只只灰色鸽子。它们不规则的回翔于室内,使本就黯淡的空气更添了一番
凄酸。奇怪极了。她虽然不经意的随便弹,但每一个音符都说不出的哀凉,
仿佛是一些无望的呼呼、沉郁的独白。

<u>她继续不断的弹,弹,再没有曲调,只是杂乱弹,弹着不相连贯的零落音</u>　琴随心动。
<u>符。</u>她不说一句话,也不看我一眼,像罗丹的雕刻杰作"沉思者"。她低低垂　情感的和弦几近
下头,低低的,低低的⋯⋯　　　　　　　　　　　　　　　　　　　　　崩断。

我望望她的脸,惨淡而灰白,没有一丝血色、光彩。自我认识她以来,她
从未这样难看过,几近丑陋过。我几乎以为她像神话上的公主,遭了妖妇的
魔法,整个脸形被调换了。

点点滴滴的钢琴声,一次又一次地响起来;点点滴滴的哀怨,也一次又
一次地响起来。

由于钢琴声的陪衬,琴室里显得更静了。我们似乎置身于一座空寂大
山谷,只听见一声半声涧流声。

<u>一只猫从廊台上溜进来</u>,轻轻叫了一声,跑到她腿下。她一动也不动。　注意猫的作用。
听着听着,我终于忍不住了,我跑过去,一把抱住她的腰肢,低下头,用
最温柔的声音,<u>有点不安的</u>,在她耳边道:　　　　　　　　　　　　　内疚与自责。
"薇,你怎么三天不来看我?有什么事吗?你这三天好吗?你身体不舒

服吗？你的脸色怎么会这样？……"

我预期的是她明媚的笑，接着是这样一个回答："这三天我很好。只是身体微微不舒服。一切没有什么。我很愉快，那件可笑的事已经过去了……"

但她并没有这样笑，也没有这样回答。她的两手离开钢琴，突然抓住我的手，抓得很紧很紧。她睁着那双大大的黑眼睛，瞪着我，望了好一会儿，似乎要直接望入我的内脏、我的灵魂最深处。在她视觉里，有许多许多极微妙的东西，这些东西给我的感觉，是超言语超形容的。在这许多微妙东西中，只有一个，我可以用言语形容：它叫"痛苦"。这痛苦纠缠住她的目光，像蛛网捉住飞虫，不管她怎样努力挣扎、掩饰，始终徒劳无功。在这个时候，我如果希望她脸上出现笑容，不啻盼沙漠开蔷薇花。| 希望破灭。

触及灵魂的痛。

她不开口，用痛苦的眼睛瞪视着我，越望越深沉。她的双手抓住我的手，也越抓越紧张，像两只钳子，几乎有点战栗。| 既痛苦又渴望被救赎。

她这副神情严重得古怪，我立刻预感到什么不幸，我浑身禁不住抖颤起来。

才一抖颤，我的理智顿时抬了头。一种男性自尊心逼我咬牙暗暗想："哼，我能担负任何人所不能担负的！要来的让它来吧！"| 自欺欺人。

我索性把她拉到豆紫色长沙发上，抱在我怀里。我用火热的眼睛深深注视她，一面注视，一面急促地道：

"亲爱的，你究竟发生什么事？你的脸色为什么这样苍白？这样难看？你从来不是这样的。你一定发生了什么事！告诉我吧！薇！最爱的薇！你放心！圣提自信他的肩膀还相当硬，能担当任何人所不能担当的！有什么话，你尽管说出来吧！"我觉得我的心在出血。

起初，她只摇头，咬紧牙关，一句话不讲。最后，给我逼急了，她终于抬起头来，用一种极凶恶极可怖的眼色凝视着我，像法官宣读判决书似的，慢慢地，一个字又一个字地，说出下面的话：| 精神的宣判。

"我的一切事情都决定了。我们的一切关系，我都告诉他（指方）了。今天起，我们是完了！"

说这几句话时，发声音的似乎不是她，而是另外一个人。她的语气坚定极了，态度勇敢极了。她这时仿佛是一个敢死队队员，正拿起一束手榴弹，向敌人阵地凶猛冲去。| 绝望后的勇敢。

听完她的话，像遭受了雷击，我骇了一跳。有生以来，我从未这样惊骇过。我没有想到，所谓不幸，会严重到这种程度。起初，我所预感的不幸，最多不过是我俩之间的一些障碍、一点阴影而已，我万没想到，它竟是一种死刑、一种末日。在这死刑与末日下，一刹那间，我只觉得一切都完了，一切都无可挽回了，一切都空了。在一阵奇异震荡下，我的心几乎停止跳荡，完全昏迷过去。但我咬了咬牙关，仍勉强压抑住情感，支撑着自己，一面苦笑，一面用九牛二虎的力气，挣扎着说出下面一句话：

"决定得这样快吗？"| 无奈。

她的眼睛死死瞪住我，灰白脸上显出几条残酷线纹，下了最大决心道：

"我必须很快决定！我不能再迟疑了！"

我痴痴瞑望她，有点失神落魄的道：

"也好！……我恭贺你……什么时候举行订婚礼？……" 口是心非。

"两星期以内。"

"唔！……"

<u>沉默</u>。 两人在想什么？

室内比寺院还静。不知何时起，那只猫已悄悄由室内溜走了。一阵冷风从楼廊外吹进来，蓝色绸窗帷轻轻摆动着，卷起小小的蓝浪，接着，两片梧桐黄叶飘入琴室。这冷风渗透了静寂的空间，也渗透了我的三魂七魄；这黄叶则使室内气氛分外显得肃杀。我不禁打了个寒噤。顿时，我内心突然产生一种强烈的反动。我冷静地看着她，冷静地道：

"你以为我会痛苦吗？" 情感与理智。

她用严厉的眼色面对面瞄着我，用同样冷静的声调说：

"你以为你不会痛苦吗？"

"是的，我不会痛苦，我只有高兴。"我很冷静地说，"你早就知道，我介绍这个人给你，就为了给你幸福，只要你能幸福，我就不会痛苦。幸福在你身上与在我身上是相同的。"

听了我的话，她突然撒开我的怀抱，跪倒在我面前，匍匐在我身上，放声大哭。

"<u>圣，圣，我对不起你！我对不起你！我决定得太快了，——我决定得太快了……</u>"她一行大哭，一行说。 真感情的流露与决堤。

"希望你的幸福也来得很快！"我慢慢地说。

<u>当我说完这句话时，我几乎想抱着她痛哭一场。我要一边哭，哭出我的血，一边向她大声带血喊叫，叫出最内在的血泪。可是，我既没有哭，也没有喊叫，一种说不出的固执，叫我眼泪往肚里流，叫我撑着平静态度，保持为人的自尊。我必须平静，必须自尊，必须克制感情，要不，我会马上受到惩罚。</u> 迂腐的自我牺牲。

她哭着，越哭越凶，泪水打湿了我的衣裤。我温柔地拍着她的肩膀，安慰她道：

"<u>薇，薇，理智一点，理智一点！</u>" 真的理智得了吗？

我从口袋里掏出蓝花手帕，温存地替她擦眼泪。

她陡然站起来，一面滴眼泪，一面冷静地道：

"好，我答应你：不哭了。"

她用我的手绢擦干眼泪，冷静的道：

"<u>好，我现在成全你的愿望。你要我嫁给他，我就嫁给他。你要做人，你要为我牺牲自己，为社会牺牲自己，我就帮助你做人，帮助你牺牲自己……放心吧！我今后要变成一块石头！</u>" 巨大绝望后的沉沦。

我温存地安慰她：

"何必这样呢？我们今后不仍是好朋友吗？"

她喃喃着，声音仍然很冷酷：

"哼,朋友……朋友……朋友……"

室内空气越来越沉闷,我全身像被禁锢在不透气的罐头里。<u>我终于站起来</u>,无可奈何地道: | 一切已无法挽回。

"房子里太沉闷了。薇,我们出去走一走,好不好?"

她坚决摇摇头:

"不,我要回去了。再见。"

她当真向外面走去。才走到楼梯口,忽然又回转来,站在琴室门口,冷冷望着我,<u>像一尊冰冷的石像</u>。 | 形容枯槁。

我怎么形容她这时的脸色才好呢?

<u>我没有一句话能形容。</u> | 心如死灰。

<u>我没有一个字能形容。</u>

科学家说,太阳里面,现在已发生黑点,它一天天会扩大,直到毁灭整个太阳为止。这时,薇正像那离奇的太阳,充满黑点,离毁灭只有一两秒钟,给人以火焰将整个熄灭、黑暗将完全开始的可怕感觉。她的眼与脸色告诉我:"我身上所有的火将要完全死了,黑暗与冰冷将整个占有我!"

<u>她用那双又深沉又神秘又强烈的古怪眼色瞪着我</u>,瞪着瞪着,突然用一种惨绝人寰而又极冷酷的古怪声音,一个字一个字道: | 内心的怨恨和绝望,愤怒控诉。

"六年以前,在与你认识见你第一面的那一晚,我的印象是:你是世界上最残酷的人!六年以后,在与你离别见你最后一面的今天,我的印象依旧是:你是世界上最残酷的人!"

说完这几句话,她头也不回地走了。

我听见重重的大门关闭声。<u>我立刻昏倒在地上。</u> | 用完了最后的力气。

无名氏:《无名氏代表作》,北京:华夏出版社1999年版。

(撰写:汤哲声 陈 华)

琼 瑶《庭院深深》

琼瑶(1938—),祖籍湖南衡阳。1938年4月20日出生于四川成都,可以说是生逢乱世。1949年,父亲陈致平举家从大陆迁到台湾地区,她就读于台北师范附小及台北第一女中。高中毕业后未能考取大学。琼瑶原名陈喆,琼瑶是她18岁以后创作署的笔名,除了琼瑶外,还用过心如、凤凰等笔名。琼瑶笔名出自《诗经·卫风·木瓜》中"投我以木桃,报之以琼瑶"。

琼瑶的创作可以追溯到其9岁的时候在上海《大公报》儿童版发表的第一篇小说《可怜的小青》;16岁时在《晨光》杂志上发表《云影》,这是一部用成人口吻写的小说;1963年在《皇冠》杂志上刊出《窗外》,这是琼瑶的第一部长篇小说,不久后出版单行本,从此跃登台湾地区文坛。她的爱情小说主要经历了三次发展变化:早期的古人传奇爱情到中期的当代台湾地区爱情,再到变迁中的都会男女爱情。她是爱情写手,在她的爱情国度里,爱情是滋润女性自我并赋予活力的源头。她的主要作品有《窗外》《烟雨蒙蒙》《在水一方》《庭院深深》等大量的小说。而且很多优秀之作被不断改编成影视:根据充满悲剧意味的《烟雨蒙蒙》改编成的电视剧《情深深 雨蒙蒙》,此外,还有《梅花烙》《鬼丈夫》《新月格格》《几度夕阳红》《一帘幽梦》等。其中最具影响的"还珠格格"系列,2010年4月,湖南卫视和琼瑶再次联手合拍新版《还珠格格》,可见琼瑶小说的影响力。

《庭院深深》2005年由长江文艺出版社出版,1987年改编成刘雪华和范鸿轩主演的电视剧;电影版则是在1989年由导演史蜀君执导拍成,讲述茶叶商人柏霈文曲折的一生及艰苦的恋爱过程。

《庭院深深》这部小说的主要故事情节如下:柏园大茶庄的少爷柏霈文在偶尔的机会中认识了摘茶女工章含烟,为她高贵纯洁的气质所折服。于是,经过柏的努力,他们开始了艰苦的恋爱过程。婚后,柏母对曾经做过舞女小姐的含烟百般不满,含烟忍辱负重终于在一次暴雨中出走,下落不明。后来,一场无情大火烧毁了含烟山庄,霈文双目失明。十年后,含烟旧地重游回到已成废墟的含烟山庄,见到了双目失明的霈文和可爱的女儿,她发现再也离不开他们了……

琼瑶真是一位言情的高手,在小小的一方庭院里,就演绎了一个如泣如诉的爱情故事。

小说之所以吸引人,首先当然是其强烈的纯情意识。这种纯情有很强的韧性,它可以承受外在的一切压力;这种纯情又相当脆弱,男女双方内在的感情只要有一点杂念,它马上就

《庭院深深》·高立德终保含烟隐身份

会被折断;这种纯情具有强大的生命力,只要一丝相连,它就会生根发芽,再展新姿。在纯情抒发的背后,琼瑶还提出了她的爱情观,那就是爱情不是金钱和地位,不是门当户对,更不是外貌的漂亮和行为的潇洒,而是一种心心相印,一种对对方刻骨铭心的思念。它不在物质层面,而是感情的产物;它不需要天长地久,往往是瞬间获得。小说中章含烟只是一个孤儿,舞女出身,失去了贞操,还要还20万元的感情债。她与柏霈文无论哪一方面都是无法相比的,但是他们结合了,因为柏霈文在她身上感受到了"灵气",发现了从未感受到的吸引力;10年之后,改名

方丝萦(思念)的章含烟,已获得了硕士学位,经济自立,依旧年轻漂亮,而柏霈文已经是一个盲人,他们还是再次结合在一起,因为分割10年并没有割断他们对彼此的思念。这样的爱情是传奇故事,也是童话故事。但是小说告诉我们,这就是爱情。这种爱情比较浅薄,但不得不承认,从中会得到阅读快感。对初涉世的年轻人来说,会感受到美好的爱情,感受到理想的人生;对那些涉世较深的社会经验老到者来说,它也能开启心灵中美好的一面,能引起美好的回忆,能抚慰心灵的伤痕。人生阅读是多方面的,能获得一次善和美的滋润又何尝不可呢?

故事的情节并不出新,前一个故事写了一个盲人庄主与家庭教师的爱情故事,人物颇似《简·爱》中的罗切斯特和简·爱;后一个故事写了一个茶厂老板与茶厂女工的爱情故事,情节颇似传说中的王子与灰姑娘的故事。就是这样一个近乎俗套的故事中,作家竭尽煽情之能事,把读者的感情推到了极致。男女之爱是小说感情的主线。在这条感情主线中表现在柏霈文身上的是对爱情的渴望和失误的忏悔;表现在章含烟身上的是对爱情的维护和分离后的思念。伴随着情节的发展,这些感情融化于人物的言行举止之中,刻骨铭心。母女之爱是小说感情的副线。在这条副线中,他们的女儿柏亭亭是主要人物。刚出场的柏亭亭是"瘦瘦小小而苍白稚弱的小东西,梳着长长的发辫,带着一脸早熟的寥落"。"瘦瘦小小而苍白稚弱"是她缺乏母爱,"早熟的寥落"是她渴望母爱。在这个时候,她的母亲章含烟出现了,在她的关照下,柏亭亭长胖了,个头长高了,客厅里充满了她的笑声。就像一只护雏的大鸟,章含烟付出的无尽的母爱,柏亭亭表现出来的恋母之情,令人感动。人的感情是多样的,但是还有什么感情比爱情更热烈,还有什么感情比母爱更伟大!作家将这两种感情交织在一起,并化解于整个小说情节之中,怎能不打动读者呢?为了达到更好的效果,作家采用了直接抒发胸臆的手法来表达感情,于是,小说中始终萦绕着一声声的呼唤、一声声的叹息、一声声的忏悔、一声声的求爱,感情的旋涡始终高速地旋转着,使得阅读中的读者欲罢而不能。

女性形象是琼瑶小说刻画的重点。她小说中的女性形象的文化观念一般是传统的,有着很强的忍耐力和超强的承受力,但绝不是逆来顺受,她们有着自己的爱憎,有着自己感情的选择。章含烟做人的原则是"我越贫穷,我越该自重;我越微贱,我越该自珍;我越渺小,我越该自惜",符合中国传统的道德文化标准。为了保留住她心中的爱,她忍受住婆婆的苛待,忍受住失去女儿的痛苦,其意志力令人钦佩。但是无论处于什么困境,无论受到什么打击,那种自强、自立的精神始终不变。既保留着传统,又有现代女性的特点,大概是琼瑶心目中最完美的女性形象。她的这一形象标准,最能得到当代大多数中国人的认同。

琼瑶在感情描写上和人物形象塑造上追求唯美,追求圆满,在情节设置和语言的运用上同样追求唯美,追求圆满。她小说的情节基本上是欢乐—痛苦—磨难—圆满"四部曲"。《庭院深深》同样是这样的情节线索。为什么如此俗套的情节能够屡屡打动读者呢?因为它符合人性,符合大多数人的阅读需求。痛苦与欢乐形成反差,感情落差很大最能形成冲击力;圆满来自磨难,来之不易的圆满越显示出韵味。阅读本身就是感情需求,向善、求圆满是人类基本的感情取向。因此,尽管我们可以说,琼瑶的小说与现实生活的距离太大,是在造梦,在说梦,但是确实能一口气读下去,确实能给读者带来感情的慰藉。琼瑶的小说是诗意小说。小说中的人物都有一个很有诗意的名字:章含烟、柏霈文、柏亭亭……这些人物生活在"含烟山庄":"一个像幻境般的花园,有葱茏的树木,有深深的庭院,还有成千上万朵玫瑰,那一簇簇的玫瑰,那整个用黄玫瑰做出来的圆形花坛……"在这里生活的人们向人们展示的是一则哀哀怨怨、委婉曲折的爱情故事;穿插在故事中的始终是一首情深意长的诗歌:"记得那日花底相遇,我问你心中有何希冀？你向我轻轻私语：要你！要你！要你！记得那夜月色旖旎，你问我心中有何秘密，我向你悄悄私语：爱你！爱你！爱你！但是今夕何夕？你我为何不交一语？我不知你有何希冀，你也不问我心底秘密，只有杜鹃鸟在林中唏嘘：不如离去，不如离去。"浓情蜜意，又哀怨悠长。她不追求人物形象的生动，不追求小说反映生活的深刻，表现的是诗一般的生活、诗一般的意境和诗一般的遐想。读者有了这样的感觉，琼瑶的创作目的也就达到了。

作品赏析

  这里节选的是方丝萦面对高立德，沉埋很久的含烟身份在高面前暴露了。方丝萦紧张，高立德紧张，柏霈文更紧张。可是，到最后关头，高立德并没有在柏霈文的面前揭露出方丝萦的含烟身份。故事在紧张的气氛中进行着。

  ……"多少的往事已难追忆，
  多少的恩怨已随风而逝，
  两个世界，几许痴迷？
  十载离散，几许相思，
  这天上人间可能再聚？
  听那杜鹃在林中轻啼：
  '不如归去！不如归去！'"

  <u>写完，她感到一阵耳鸣心跳，脸孔就可怕地发起烧来了。她站起身，去倒了一杯水</u>，慢慢地喝下水，心跳仍不能平静。把那首小诗夹在书本里，她缓缓地踱到窗前，极目远眺，校园外的山坡上，是一片片青葱的茶园，仿佛又快到采茶的时间了。放学后，她牵着亭亭回到柏宅，一路上，她都十分沉默，<u>她有一份特殊的、不安的感觉，她竟有些害怕柏宅那两扇红门了。</u>她不知道自己为什么呼吸那样急促，也不知道自己为什么心跳那样迅速，会有什么事情发生吗？她咬着嘴唇，握着亭亭的手竟微微地出汗了。

  走进了柏宅，老尤正在院子中洗车子，那辆雪弗兰上灰尘仆仆。看到了她们，老尤唇边涌上了一抹笑意，他那锐利的眼光是明亮而和煦的。"亭亭，快上楼，你高叔叔来了。在你爸爸房里呢！"老尤说。"高叔叔？"亭亭发出了一声欢呼，放开了方丝萦的手，她直冲进客厅里去，一面大声地喊着："高叔叔！高叔叔！高叔叔！"

  <u>方丝萦心底一阵冰冷，高叔叔？天！这是个什么人？上帝知道！不要是……</u>她僵住了，四肢瘫软得像一堆棉花，头脑中糊糊涂涂，她发觉自己不大能用思想，不，不是"不大能"，是"完全不能"！自己脑中那思想的齿轮已经完全停顿了。她机械化地迈进了客厅，呆呆地站在那儿，她可以听到楼上传来的笑语喧哗，在亭亭喜悦的笑声和尖叫声里，夹着一个男性的、爽朗的、热情的声浪：

  "亭亭！你这个小东西！你越长越漂亮，越长越可爱了！来！你一定要带我去见见你那个方老师！她在楼下吗？"

> 写完这首小诗为什么会心跳不止呢？
>
> 为什么又不安、害怕起来了呢？
>
> "不要是……"却是，这个人到底与她有什么关系？

言情、情感小说

<u>方丝萦一惊,像闪电般,她的第一个意识是"走"!"马上离开这儿!"</u>但是,来不及了,她刚转过身子,就听到一串脚步声奔下楼梯,和亭亭那喜悦的尖叫:

"方老师!这是我高叔叔!"

是的,她逃不掉了,她必须面对这份现实了。慢慢地,她转过头来,僵硬地正视着面前那个男人,高大的身材,微褐色的皮肤,一对炯炯有神的眸子。她走上前去,慢慢地对他伸出手来:"你好,高先生,"她<u>毫无表情</u>地说,"很高兴认识你。"

"哦,"那男人怔住了,他直直地望着她,竟忽视了那对自己伸来的手。他们四目相瞩,好长的一段时间,谁也不开口。终于,他像猛然醒过来一般,笑容回复到他的脸上,他握住了她的手,摇了摇,高兴地说:"我也高兴认识你,方小姐。"说完,他掉头对站在一边的亭亭说:"亭亭,你是不是该上楼陪你爸爸说说话?他在生病,还不能起床呢!还有,我有东西带给你,在你爸爸那儿,去问他要去!""好呀!"亭亭欢呼着,一口气冲上楼去了。

这位高先生迫近了方丝萦,笑容在他脸上隐没了,他的眼睛一眨也不眨地停在方丝萦的脸上,那目光是锐利的、深刻的、批判的,他慢慢地摇了摇头。

"<u>我简直不敢相信。</u>"他说。

"他打电报叫你来的,是吗?"她冷冷地说,"<u>我应该猜到他是叫你,他并不像我想象的那样糊涂。</u>"

"他需要一对眼睛。""所以他叫你来!事实上,他现在不需要眼睛,他需要眼睛是十一年前。"他惊奇地望着她,接着,他开始上上下下地打量她,似乎要一直看进她的骨头里去,然后,他深吸了口气:

"你变了!你真变了。"

"从另一个世界里来的鬼魂,能不变吗?"她说,仍然是冷冰冰的。他继续打量她。

"可是,这对你并不合适。"

"什么?"

"<u>这眼镜,这发髻,这服装……你无法伪装自己,随你怎样改变装束,见过你的人仍然会认出你来。除去眼镜吧!含烟。</u>"

含烟?含烟?含烟?这名字一旦被正确肯定的唤出来,所有的伪装都随之而逝了。含烟!这湮没了十年的名字!这埋葬了十年的名字!这死亡了十年的名字!现在,她又复活了吗?复活了吗?复活了吗?她听到楼梯上有响声,抬起头来,她看到亭亭牵着柏霈文的手,正慢慢地走下楼来,<u>柏霈文脸色是苍白而憔悴的,但他的神情是紧张而兴奋的,抓住楼梯的扶手,他颤声说:"立德,你认出来了吗?是她吗?"</u>

为什么第一意识是"走"呢?将要面对的到底是个什么样的"可怕"人物?

为什么初次见面会"毫无表情"?

注意这个男人的一系列表现,是不是也同样的奇怪?初次见面是不是有些不礼貌呢?他的目的又何在呢?

他"不敢相信"什么?

原来方丝萦就是含烟,看到这里,我们对于前面的很多细节会有豁然开朗的感觉,她在柏霈文面前所极力掩藏的情感,她对亭亭各方面的无微不至,在这里得到了解释。

注意这个时候柏霈文脸色与神情的复杂。

哦,不,不,高立德,你不能说!如果你说出来,一切就都完了!哦,不,不,高立德,你不能说!章含烟已经死了!十年前就死了!她抬起眼睛来,哀恳地看着高立德,再哀怨地看向柏霈文,她的嘴唇枯裂,她的喉咙干涩,她的声音凄厉:"不!柏霈文!那不是她!章含烟已经在十年前,被你杀死了!"说完,她的眼前一阵昏黑,她站立不住,地面在她脚下波动,她扑倒了下去,失去了知觉。

柏霈文的怀疑,章含烟的乞求,高立德的成全。

琼瑶:《庭院深深》,广州:花城出版社1996年版。

(撰写:汤哲声 胡 敏)

亦 舒《我的前半生》

亦舒(1946—),祖籍浙江镇海,5岁时到香港生活。亦舒人生履历丰富,中学毕业后曾在《明报》任职,做过一段时间的记者,后来也曾担任电影杂志的采访和编辑工作。1973年,亦舒赴英国曼彻斯特攻读酒店食物管理课程,归港后就职富丽华酒店公关部,随后进入政府新闻处担任新闻官,后来又到了香港佳艺电视台做过一段时间编剧。现已移居加拿大温哥华。

亦舒原名倪亦舒,另有笔名依莎贝,用于在《明报》撰写专栏。亦舒14岁就发表了第一部小说《暑假过去了》,1963年出版首部个人小说集《甜呓》,可谓年少成名。亦舒的创作产量颇高,目前为止已结集出版的作品有200余部,小说、散文皆有涉猎,其中最具有代表性的是言情小说创作。

亦舒的言情小说多取材于她所熟悉的都市(前期为香港特区,后期移居加拿大后转为欧美),人物大多是城市富裕阶层或写字楼之中的白领青年们。如《喜宝》《玫瑰的故事》以及《她比烟花寂寞》中的主人公均是富家女,《我的前半生》则描写都市白领。在亦舒笔下,都市的快节奏生活以及人情的淡漠展现无遗,生存于其中的男男女女的快乐和忧愁也被刻画得入木三分。

亦舒的小说语言干净利落,绝不拖泥带水,不像过往张爱玲的苍凉华丽,也不同于同期言情小说家琼瑶的古典缠绵。这种文字风格,想来与香港的快节奏生活以及亦舒本人对鲁迅的欣赏不无关系。亦舒的小说是平淡的,然而并不缺乏余味,不时会平中出奇,如"人的天性便是这般凉薄,只要拿更好的来换,一定舍得"。(《要多美丽就多美丽》)"好家庭的孩子多数天真得离谱。"(《喜宝》)"一个人在家看电视并不算寂寞,苍白地坐在话不投机人群之中,才真正凄清。"(《随意》)经典语句俯拾皆是,轻描淡写之中说人生剖人性,无不精辟。

亦舒的小说最值得关注的当属她的女性意识。20世纪80年代香港女作家的崛起,有赖于社会的开放,人权平等思想的普及。但亦舒敏感地意识到,妇女地位虽然较从前有所改变,但这些改变都显得十分迟缓,尤其对妇女的角色定位仍沿袭着传统社会以家庭角色为主的刻板印象。于是,亦舒在小说中便从女性视角出发,关注女性的生存状况,审视女性的心理情感,表达女性的生命体验,企图从传统的男权话语空间中挣脱出来,建构一个属于女性的话语空间,以她的作品展现出对于"男性中心"创作的反抗立场。在亦舒的小说中,男性大多自私懦弱不可依靠,女人大多在同性朋友的支持和帮助之下,自信而勇敢地面对生活的困境,这困境皆因男人而起,或是办公室男性的骚扰纠缠,或是婚恋对象的背弃。小说中的女性对婚姻和恋爱的看法充满现代性,她们普遍认为婚姻和爱情是两码事,爱情是关乎自己内心的愉悦体验,婚姻却是一个不甚可靠的众望所归。正如《我的前半生》中所说:"结婚与恋爱毫无关系,人们老以为恋爱成熟后便自然而然地结婚,却不知结婚只是一种生活方式,人人可以结婚,简单得很。爱情……完全是另外一回事。"亦舒小说中的女性对婚姻持悲观看法,时刻准备全身而退,正如她在《吻所有女孩》中所说:"读那么多书干什么呢?就是在要紧关头,可以凭意志维持一点儿自尊:人家不爱我们,我们站起来就走,无谓纠缠。"正因为如此,亦舒一直强调女性的自我成就,女人永远要有自己的独立性,要有一份事业,最关键是有一份收入。亦舒在她的散文《一条路》中说:"连我这样年纪的人,都认为女性其实只有一条路可走,那就是先搞身心独立,然后才可以决定是否成家立室,希望工作与家庭并重,工作能力一旦获得机会赏识,则要名有名,要利有利,自信十足,顾盼自如",同时反复强调"感情是不可靠的,物质却是实实在在的"。(《我的前半生》)工作自然辛苦,打拼自然不易,然而因此赚的物质却是比男人更可靠的存在。

　　《我的前半生》是亦舒1988年出版的小说,2017年被改编成同名电视剧,因其题材贴近现实,一经开播就引来无数关注,成为影视剧收视黑马,于是小说文本又借着影视剧热潮进入人们的视野。这部小说在亦舒几百部的作品之中,属于比较特殊的存在,它一方面延续了亦舒小说女性意识的特点,另一方面又是通俗文学和精英文学在20世纪80年代的香港文坛交融的成果。1925年,鲁迅唯一一篇白话爱情小说《伤逝》问世,小说描述了五四运动后期,两个因着新思想而相识相恋进而同居的新青年,在社会和生活的重压之下爱情逐渐逝去,涓生向子君提出分手,子君回到娘家后抑郁而死。亦舒的《我的前半生》延续了《伤逝》的开始:同样是子君和涓生,在一个自由的时代结合了,同样面临爱情逝去,被抛弃的命运,20世纪90年代的子君却改写了看似命定的悲剧结局,在尖沙咀和铜锣湾的繁华背景之下,在女性独立思想的影响之下,以她的奋斗回答了20世纪20年代新文学阵营讨论的重要问题:娜拉出走后会怎么样?

　　《我的前半生》跳过了恋爱、结婚、生子诸多铺垫,直接呈现了一场婚姻危机——33岁的家庭主妇子君遭遇生活的当头一棒——丈夫突然提出离婚。子君大学毕业就嫁给与她感情甚笃的恋人涓生,生完孩子之后因为养育负担以及疲于应对工作压力,选择全职在家。随着涓生事业的发展,经济愈发宽裕,子君开始了有钱人家的家庭主妇养尊处优的生活。"她一天生活的主要行程就是去时装店购物,去美容美发店做美容以及去咖啡厅喝咖啡,沉迷于别人的艳羡和逢迎,怡然自得。"她甚至发出喟叹:"有一份职业也不见得对社会,对人民有贡献。"香港子君的人生和《伤逝》的子君呈现出惊人的一致:她们都依靠丈夫为生,一个靠喂鸡、养狗打发日子,一个则靠喝茶、逛街、购物、打牌消磨时光,面对丈夫提出离婚的突发状况,她们都不知所措。然而香港子君生活的时代背景和个人的思想已经发生了翻天覆地的改变,她的身边又有着现代独立女性的典型人物:唐晶。在唐晶的开导和帮助之下,被迫从婚姻的围城走出来的子君认识到了世态的炎凉和社会的冷暖,让她领略到了生活的艰辛与不易,同时也使她成长和成熟,爱情和家庭不再是她生活中唯一的内容,生活的困境反而点燃了她的斗志,学陶艺,找工作,自立门户,样样做得风生水起。亦舒在文中通过多人之口对重生的子君进行赞美。好友唐晶说:"你适应得很好,现在连我都开始佩服你。"女儿安安也禁不住说:"妈妈,你变得太年轻太漂亮了。""你时髦、坚强、美丽、忍耐、宽恕……妈妈,你太伟大了。""任何男人都会爱上你,你风趣又爽快,多么摩登。"走出家门的子君获得了新生,展现出前所未有的魅力,身边也有了各式各样的追求者,甚至连前夫也来献殷勤,送礼物,表白说:"你看起来年轻得多……不是容貌,我是指你整个人外形的改变,你仿佛年轻活跃了。"这时的子君变得独立果敢,勇于承担生活带来的任何好的或坏的可能,再也不是依附于某个男人的无知妇女。在这种情况下,她投入了第二次婚姻,相爱而又独立、相亲而又自主的婚姻。可以说,亦舒通过对《伤逝》子君命运的改写,是在给出走的娜拉们指出一条除了"死亡"和"回去"之外的真正出路:婚姻中保持独立的姿态,清醒的头脑、独立的经济,不把婚姻和爱情当作自己人生的全部,即使遭遇婚恋的失败,也保持坦然,不要像怨妇一般怨天尤人,而应充实自己,提高能力,找到独立生存的意义。这大概就是亦舒的香港子君给现代女性最大的启示。

如果说《我的前半生》是对于子君奋斗的褒扬,与此同时,小说也明显的表露了对于男人的失望情绪。在《我的前半生》中,男人大抵有如下几种:多年来循规蹈矩的丈夫,中年突然以真爱之名,抛弃家庭和妻女;公司里打着"我老婆一点儿也不理解我"的旗号找情人的中年猥琐男;在成熟女人身上找新鲜的年轻大学生;假公济私献殷勤的洋鬼子……亦舒几乎是极力挖掘男性的不堪来实现对女性的礼赞,即使是最后子君和唐晶所选择的婚姻对象,亦舒在称赞的同时也很吝于笔墨去铺张他们的魅力,很显然,亦舒的主要关注点在于女性形象,而在其小说中,不仅颠覆了以往小说的男性中心、男性至上的情形,甚至形成了一种反转。

相较于男性,在亦舒小说中,同性明显是更加值得信任的对象。亦舒曾说:"每个女人都应该有好几个要好的女朋友,没有几个,最低限度也要有一个,有心事可以倾告,有想不开的事情可以互相劝慰,有女人觉得快乐的,可以一起快乐。女人待男人不妨坏点,但是对女朋友必须要够坦诚,够真心。女人不对女人好,还有谁对女人好呢?"正是基于这种观念,亦舒在作品中对女性情谊进行了大量的书写,她的女主角大多有至少一个女性挚友,《我的前半生》中也不例外。从子君遭遇婚变伊始,好友唐晶就贴心陪伴,在子君每一个困窘的时刻都挺身而出,30年的友情,比两人的任何一段异性爱情都长久而可靠。在以往的小说创作中,男人之间的兄弟情义历来是为人称道,值得大书特书的部分,而反观女性,更多的是书写她们的钩心斗角,互相伤害。亦舒在文学创作中突破了这一局限,对女性之间的情谊进行描写和歌颂,大大拓宽了女性创作的书写空间。

从通俗文学的发展脉络来看,亦舒的小说虽然属于通俗文学范畴之中,但是她对于五四以来新文学的借鉴和吸收是显而易见的。在《我的前半生》的文章起源到结构受鲁迅的影响自不必多说,简约犀利的文字也颇具鲁迅之风格。从20世纪三四十年代的张恨水引雅入俗开始,通俗文学发展到20世纪90年代,雅俗之间的沟壑已经越来越小,很多作品之中雅俗是交错纠缠、难分彼此的状态,亦舒的作品就是一例。

作品赏析

这里节选的是《我的前半生》第八章的内容。在节选的这一部分中,子君已经从婚姻失败的阴影中走出来,开辟了自己的新世界。她和艺术家张允信一起做陶瓷,她艺术上的天赋得到了业界的肯定,变得开朗而自信,状态焕然一新。而此时的涓生即将与出轨对象辜玲玲结婚,但是新的恋情并未带给他过多的幸福感,他神情颓丧,身形臃肿,在看到子君之后,他甚至有了复合之意。

离婚后我们"正式"第一次见面。我有机会细细打量他。

史涓生胖得太多,腰上多圈肉,何止十磅八磅。

我笑他:"这是什么?小型救生圈?当心除不下来。"

他也笑笑,取出小盒子,搁桌子上,这便是我的生日礼物了,一看就知道是首饰。

"现在看可以吗?"我欣喜地问道。

他点点头。

我拆开花纸,打开盒子,是一副耳环,祖母绿约有一卡拉大小,透着蝉翼,十分名贵。我连忙戴上,"涓生,何必花这个钱?"一边转头给他看,"怎么样?还好看吧?"

<u>他怔怔地看我,忽然脸红。</u>

到底十多年的夫妻,离了婚再见面,那股熟悉的味道也顾不得时过情迁,就露出来,一派老夫老妻的样子。

他说:"子君,你瘦了。"

"得多谢我那个洋老板,事事折磨我,害我没有一觉好睡,以前节食节不掉的脂肪,现在一下子全失踪,可谓失去毫不费功夫。"

<u>"你现在像我当初认识你的模样。"涓生忽然说。</u>

<u>"哪有这种可能?二十年啊。"我摸摸头发,"头发都快白了。"</u>

<u>"瞎说,我相信尚有许多追求你的人。"</u>

我改变话题:"我日日思念安儿,说也奇怪,她在香港时我们的关系反而欠佳。"

"两个孩子现在都亲近你。"他低声说。

"你的生活尚可?诊所赚钱吧?"我说。

"对,子君,我打算替你把房子的余款付掉。"

我的心头一热,不是那笔钱,而是我对他绝无仅有的一点恨意也因为这句话消除,反而惆怅。

"你方便?"我问,"我自己可以张罗。"

他惭愧地转过头:"你一个女人,没脚蟹似的,到哪儿去张罗?"

"我再不行也已经挨过大半年。"

"不,我决定替你把房子付清,你若不爱看老板的面色,可以找小生意来做。"

我微笑:"我不会做生意"。

"你看起来年轻得多,子君。"涓生忽然说。

"什么?"我奇问,"我年轻?涓生,这一年来,我几乎没挨出瘳病来。"

"不,不是容貌,我是指你整个人外形的改变,你仿佛年轻活跃了。"

我摇摇头:"我不明白,我连新衣服都没添一件,心境也不十分好,老实说,我苍老得多,我学会假笑,笑得那么逼真,简直连我自己也分不出真伪,假得完全发自内心。涓生,你想想,多么可怕,红楼梦里说的'假作真时真亦假',是不是就这个意思?我不但会假笑,还懂得假得呜呼噫唏,全自动化地

此刻的涓生倒有些毛头小子初陷爱河的样子。

涓生想到了多年前让他心动的子君,言语之中开始试探。

在适当的时间做出配合的表情。涓生,我落魄得很,你怎么反说我年轻?"

涓生一边听一边笑,笑出眼泪来。

这笑和哭都意味深长,有惋惜,有心疼,有懊悔。

我自己也觉得十分有趣,没想到半途出家的一个人,在大染缸中混,成绩骄人,子君再也不是从前那个子君,现在的子君修炼得有点眉目矣。涓生的眼泪却无法阻止,也不是汨汨而下,而是眼角不住润湿,他一直用一方手帕在眼角印着印着,像个老太太。

我忽然觉得他婆妈。

他在我面前数度流泪,不一定是因为同情我的遭遇,依照我的推测,许是他目前的生活有点不愉快。但凡人都会学乖,想到涓生紧逼我去签字离婚的狠劲,我心寒地与他之间划出一条沟,只是淡淡地抿着嘴,笑我那真假不分的笑。

此时的子君已经不是往日的子君了,经过了彻底的决裂和重生,她已经认清了涓生,对他没有了留恋,甚至还有了一些嫌弃。

过很久,涓生说:"我打算再婚。"

那是必然的,那女人志在再婚,否则何必经此一役。

我点点头。

"我觉得一切都很多余,离婚再婚,"涓生嘲弄地说,"换汤不换药,有几次早上起来,几乎叫错身边人为'子君'……"

我听着耳朵非常刺痛,看看表,与他约定时间去接安儿,便坚持这顿下午茶已经结束。

涓生要送我,我即时拒绝,走到街上,一马路人头涌动,人像旅鼠似的整群成堆地向码头、车站涌过去涌过去……

子君成了一个真正的现代女性,独立、隐忍,享受尘世中的凡俗之美。

到码头天已经深黑,腰有点酸痛,只想小轮船快快来接载我过海,到了彼岸的家,淋淋热水浴,也似做神仙。

亦舒:《我的前半生》,长沙:湖南文艺出版社 2017 年版。

(撰写:杨晓林)

李碧华《霸王别姬》

李碧华(1959—),原名李白,广东人,出生、成长于香港,是才女型作家;同时也担任记者(人物专访)、电视编剧、电影编剧及舞剧策划。李碧华生长在一个大家庭里,祖父以前在乡下很有钱,有四个老婆,还有妾侍。父亲做中药生意,住的是祖父的物业,所以李碧华从小生活在那种楼顶很高、有着木楼梯的旧式楼宇之中,听闻过很多旧式的人事斗争,这种环境和残余的记忆为李碧华提供了创作的素材和灵感。她从小喜爱文学艺术,学生时代便向《幸福家庭》和《中国学生周报》投稿,后来当过教师,从事多种职业。1976 年至今任职记者(人物专访)、编剧,又在《东方日报》撰写专栏及小说。代表作品:《川岛芳子》《霸王别姬》《青蛇》《胭脂扣》《生死桥》《秦俑》《饺子》《潘金莲之前世今生》《诱僧》等。专栏及小说在中国大陆、香港特区、台湾地区、东南亚等报刊上登载,并结集出版逾百本,有多国译本。

李碧华是香港文坛大名鼎鼎的才女。她才格高绝,行踪神秘,从不在大庭广众前抛头露面,坚持不公开照片、身世、年龄,容貌不详。李碧华道:"别那么好奇我的面貌,我是那种摆到人群里,不容易特别被认出来的样子,没什么好描述的……"所以,对于她的出生我们没有确切的日期。但是,在她的文学世界里,她自拟着一份"档案",展示着她的潇洒、幽默和神秘。

李碧华于1981年为导演罗启锐写过《霸王别姬》电视剧剧本,并于1985年改写成小说《霸王别姬》出版。1993年再次被陈凯歌改编成电影剧本,由张国荣、巩俐、张丰毅主演并获戛纳电影节金棕榈奖、金球奖最佳外语片奖。

《霸王别姬》的故事情节大致如下:楚霸王项羽的《垓下歌》是传唱千古的凄美之声,"力拔山兮气盖世,时不利兮骓不逝;骓不逝兮可奈何,虞兮虞兮奈若何"的浓情、不舍、痛苦、无奈被无数次地重新演绎。小说的时间跨清末至"文革",主要描写了一对戏子离奇悲惨的一生。小豆子因出身不好,为生活所迫,被母亲送往关师傅的戏班。他的一只手上多长出了一根手指,关师傅因此认为他不是吃这碗饭的料,母亲为了让他留下,拿着菜刀决然斩去了那根多余的手指。小豆子进入戏班,可是他承受不住戏班异常艰苦的训练,有出逃,有被打……20世纪30年代的北京城,京剧班全是男演员,小豆子与师兄小石头自小一起跟关师傅学艺,几年后成为一代名角,小豆子是旦角,后改名程蝶衣,小石头是生角,后改名段小楼。两人合唱的《霸王别姬》名震京师。程蝶衣自小一直被当作女孩子养大,而在戏班里又专攻旦角,以致心理上有些扭曲,对师兄段小楼非常依赖并渐生爱意;加之,两人合唱《霸王别姬》,程蝶衣深深投入虞姬的角色之中,对"霸王"段小楼更是痴心。可是,段小楼有了自己的所爱——菊仙。"假女儿身"程蝶衣就一直处于与"真女儿身"菊仙的争风吃醋中。后来从日本鬼子进城、抗战结束,到中华人民共和国成立后"文化大革命",再到"文革"结束,程蝶衣和段小楼都经历了一段悲惨的岁月。21年后重相遇,再唱《霸王别姬》,但此时的程蝶衣已悲观绝望,而拔剑自刎,成就了"真虞姬"。

当一个人将情推到男女不分、人戏不分、生死不分的境界,这个人和这份情可算达到了化境。小说的最后,"虞姬"程蝶衣泪沾衣襟、血溅舞台,躺在"霸王"段小楼的怀中悠悠地说:"我这辈子就是想当虞姬!"读之令人唏嘘。

其实还是名叫"小豆子"的程蝶衣唱出:"我本是女娇娥,又不是男儿郎……"时,就已经决定了他的一生要献给"小石头"段小楼了。然而,他偏偏受到了两方面的牵扯,硬要把他从段小楼身边扯开。一是他虽是"虞姬",实在却是一个"男儿身"。他的"女儿情"再细腻再深沉也无法与实为"女儿身"的菊仙相争,用菊仙的话说,即"假虞姬是不能生孩子的"。争,怨;再争,再怨。程蝶衣一生都在与菊仙—段小楼的婚姻进行斗争,一生似乎都生活在"虞姬"的感情世界里。二是时代的变化和社会的更迭。它们不断地在程蝶衣的感情之中掺和着杂质。民国后,鬼子来了,国民党的兵来了,中华人民共和国成立了,坎坎坷坷,磕磕绊绊,程蝶衣在变幻的舞台上左挥右舞,还算保住了那份真情。但是,他终于没有过得了"文化大革命"的这一关。他与段小楼的那一场"互相揭发",说的是"霸王"段小楼的事,撕的是"虞姬"程蝶衣的心,真是声声是血,字字是泪。小说写的就是那份真情,它以那种执着展示出了它的纯洁,以那种顽强引起了人们的感叹。它使人不忍挑破戏中人的梦,也不敢有邪恶之想。

这部小说的艺术表现相当出新,很有特色。

小说的篇幅并不长,人物却从小写到老,跨度是一辈子;时间却从晚清一直写到改革开放,跨度近百年,是一种典型的"演进式"的小说结构。"演进式"的小说结构场面宏大,气势恢宏,但常常情节拖沓。如何在不长的篇幅里既保持住"演进式"小说结构的优点，又情节集中结构紧凑，作家显然是动了一番脑筋。作家采用了戏剧的表现手段。与舞台艺术一样，情节演进的过程中紧紧地抓住了一个矛盾中心展开："虞姬"与"霸王"主观上不愿意"别情"，客观上又不得不"别情"。与戏剧表现主要的戏剧冲突一样，小说将这一矛盾中心作为主要的线索贯穿于小说始终，人生的变化和时代的更替是为主要戏剧冲突和戏中人物表演服务的。既然明确了是为小说的主线服务的，一些无关紧要的人生琐事和时代的描述就没有必要表述了。小说中人生的变化只表现段小楼的婚姻，时代的更替只写几个最有特征性的生活片段，它们只是戏中人物表演的"背景"和"舞台"。令人称道的是这部小说中人生的变化和时代的更替，除了起到一个"背景"和"舞台"的作用以外，还作为一种反面的牵扯力量存在。它们的变化表现出的是不断地增强将"虞姬"从"霸王"身边拉开的力量。段小楼的婚姻，作为一种横向的牵扯力量而存在；时代的更替，作为纵向的牵扯力量而存在。它们与小说主人公的感情始终处于抗争的状态。这样的事件处理既主次明确，详略得当，矛盾冲突也紧张激烈，小说的结构自然就很紧凑严谨。

要想使主次分明、详略得当的事件处理得科学和自然，依靠传统小说的叙述方式很难做到，作家将影视文学的表现手段引入了小说中。

> 头抬起，只见他一张年轻俊朗的脸，气宇轩昂。他身旁的他，纤柔的轮廓，五官细致，眉清目秀，眼角上飞，认得出谁是谁吗？十年了。
>
> 只见都是衣饰华丽的遗老遗少、名媛贵妇。辫子不见了，无形的辫子还在。如一束游丝，捆着无依无所适从的故人，他们不愿走出去，便齐集于此，喝茶嗑瓜子听戏抽烟。

"头抬起"后孩子的脸变成了青年的脸，小说告诉我们"十年了"；人还是原来的人，但是"辫子不见了"，小说告诉我们，进入民国了。前一个例子写的是人生的变化，后一个例子写的是时代的变化。与传统的叙事方式的描述不同的是，它们是靠镜头的切换和叠化来完成的。大量的影视手法的运用，减少的是语言的说明和介绍，增加的是形象性和动作性。这样的叙述方式与小说的故事和主人公的身份相得益彰，小说故事本身就是一个舞台传奇，人物本来就是舞台人物。在这样的叙述方式中，故事和人物都显得动感十足。

说作家善于形象性的描述，并不是说作家的语言表述能力差，相反，作家的语言表述能力相当强，特别是在汉语的指认功能上，作家运用得相当出色。程蝶衣把生活当作舞台，把自己当作"虞姬"，男女不分；把段小楼当作自己的"霸王"，容不得别人染指。一曲《思凡》唱下后，作家将"他"的称呼，改称为"她"，一字之改，将程蝶衣的心态、情态充分地表现出来。段小楼被日本人抓去，菊仙来求程蝶衣。程蝶衣不允许菊仙喊他师弟，而他自己却称呼段小楼为"师哥"。小说是这样书写程蝶衣的语言的："'我'师哥怎么啦？"师哥是"我"的，不是你的，这么一个单引号，意思全在里面了。小说的最后，程蝶衣晕倒在段小楼的怀中：

> "师弟！"
> 小楼摇撼他："戏，唱，完，了。"
> 蝶衣惊醒。
> 戏，唱，完，了。
> 灿烂的悲剧已然结束。
> 华丽的情死只是假象。

"戏,唱,完,了。"标点的隔开,使得一句话一字一字地吐出,是说程蝶衣和段小楼正在演出的"霸王别姬"这出戏,还是说他们一生都在演出的那出戏,大概都有吧。

作品赏析

这里节选的是作品第四部分"猛抬头见日落月色清明"的结尾部分,也是程蝶衣与菊仙的第一次见面以及菊仙给自己赎身的经过,戏中有戏,三个人的微妙心理需要我们用心体会。

……

第二天晚上,戏还是演下去。

蝶衣打好底彩,上红。一边调红胭脂,自镜中打量他身后另一厢位的小楼。

他正在开脸,稍触到伤瘀之处,咬牙忍一忍。就被他逮着了。

"听说,你在八大胡同打出名儿来了。"

二人背对着背,但自镜中重叠反映,仿如面对着面。"嘿嘿,武松大闹狮子楼。"小楼却并未刻意否认。

"——姑娘好看吗?"

"马马虎虎。"

蝶衣不动声色:"一个好的也没?"

"有一个不错,有情有义。"

听的人,正在画眉毛,不慎,轻溅一下。忙用小指拭去。"怎么个有情有义法?"

小楼转身过来,喜滋滋等他回答:"带你一道逛逛怎样?"

"我才不去这种地方!"蝶衣慢条斯理,却是五内如焚。

"怎么啦?"

他正色面对师哥了:"我也不希望你去。这些窑姐儿,弄不好便惹上了脏病。而且我们唱戏的,嗓子就是本钱,万一中了彩,'塌中'了,就完了。唱戏可是一辈子的事。"

这样说,小楼有点抹不开:"这不都唱了半辈子了吗?"

师弟这般强调,真是冷硬,叫人下不了台。人不风流枉少年。

蝶衣不是这样想。一辈子是一辈子。差一年、一个月、一天、一个时辰,都不能算"一辈子"。

一阵空白,蝶衣忍不住再问:"什么名儿?"

"菊仙。"

又一阵空白。垂下眼来,画好的眼睛如两片黑色的桃叶,微抖。

"哦。"

蝶衣回心一想,道:"——敢情是妍头,还送你小茶壶。上面不是描了菊花吗? 就为她? 打上了一架?"

"不过闲话一句嘛,算得上什么? 真是!"

说者无心,听者有意,当程蝶衣听到师兄这样说时,他的心为之一震,其细微的心理被表现出来的动作出卖了。

蝶衣早已在心里定下了一辈子都跟着师兄的打算,而且是实实在在的一辈子。可是师兄有了自己所倾心的人,他不明白师弟此时的心情。越是往下试探,越是伤心欲绝;可是不继续又这个男人,并不明白那个男人的继续试探。那个男人,也禁不住自己的继续试探,不知伊于胡底。

上好妆,连脖子、耳朵和手背都抹上了白水彩。白水彩是蜂蜜调的,持久的苍白,真到地老天荒。

原来是为了掩饰苍白,却是徒劳了。

按常情,蝶衣惯于为小楼做最后勾脸。他硬是不干了。背了他,望着朦胧纱窗,嘴唇有点抖索。他不肯!直到晚上。

"大王醒来!大王醒来!"

舞台上的虞姬,带着惊慌。因她适才在营外闲步,忽听得塞内四面楚歌声,思潮起伏。

霸王唏嘘:"妃子啊,想你跟随孤家,转战数载,未尝分离,今看此情形,就是你我分别之日了!"

"好!好!"

戏园子某个黑暗的角落响起两下枪声。一个帮会中人模样的汉子倒在血泊中。观众慌乱起来。这是近日常有的事,本月来第三宗。

小楼一愕,马上往池座子一瞧。

他的目光,落在台下第一排右侧,一个俏丽的女子身上,蝶衣也瞥到她了。

嗑着瓜子听戏的菊仙有点苍白失措。但她没有其他人骨酥筋软那么窝囊。她一个女子,还是坐得好好的,不动。小楼给她做了一个"不要怕"的手势示意,她眼神中交错着复杂的情绪。本来犹有余悸,因他在,他叫她不要怕,她的心安定下来了。

蝶衣在百忙中打量一下,一定是这个了,一定是她!不正路的坐姿,眉目传神的对象,忽地返了一丝笑意,伴哆薄喜。不要脸。这样的勾引男人,渴求保护,还嗑了一地瓜子壳儿。

小楼在众目睽睽下跟她暗打招呼?她陶醉于戏里戏外武生的目光中?她的喜悦,泛升上来,包容了整个自己,旁若无人。

蝶衣在台上,心如明镜。总得唱完这场戏。为着不可洒汤漏水,丢板荒调,抖擞着,五内翻腾,表情硬是只剩一个,还得委婉动情地劝慰着末路霸王。

"啊大王,好在垓下之地,高岗绝岩,不易攻入,候得机会,再突围求救也还不迟呀!"

警察及时赶至。四下暗涌。他们悄无声响地把死人抬出去。一切都定了。

大王一句:"酒来——"

虞姬强颜为欢:"大王请!"

二人在吹打中,同饮了一杯。

四面楚歌,却如挥之不去的心头一块阴影。

菊仙也定下来,下了决心。她本来要的只是一个护花的英雄,妾本丝

不放心……矛盾的心理如同他不同一的身份。

这是演戏?还是现实?恐怕都有吧。

为什么菊仙会"苍白失措"?是因为枪声吗?还是因为蝶衣的"一瞥"?

因为本身的敌意,所以无论从哪方面看菊仙,蝶衣都是厌恶的。

戏如人生,人生如戏,不想继续却不得不继续,心里的苦只能先往肚子里咽,这也是此时蝶衣唯一能做的事。

萝,愿拖乔木,她未来的天地变样,此际心境平静,她是全场最平静的一个人——不,她的平静,与舞台上蝶衣的平静,几乎是相媲美的。

炉火并没把他烧死。

他还抽空坐在写信摊子的对面。这老头,穿灰士林大褂,态度安详温谦,参透人情,为关山阻隔的人们铺路相通。

他不认识他,故蝶衣全盘信赖,慢慢地近乎低吟:"娘,我在这儿很好,您不用惦念。我的师哥小楼,对我处处照顾,我们日夜一起练功喊嗓,又同台演戏,已有十多年,感情很深。"

他自腰间袋里掏出一个月白色的荷包,取出钞票。里头原已夹着一帧与小楼的合照,上面给涂上四五种颜色,都一股脑儿递给对面的老头。他刚把这句写完,蝶衣继续:"这里有点儿钱,您自己买点儿好吃的吧。"

信写完了,他很坚持地说:"我自己签名!"

取过老头的那管毛笔,在上面认真地签了"程蝶衣",一想,又再写了"小豆子"。

就在他一个长得这么大个的男子身后,围上几个刚放学的小孩,十分好奇,在看他签名。有个女孩还朗朗地念:"娘,我在这儿很好,您不用——惦念。我的师哥——"

她看不到下句,把脖子翘得老长的:"——小楼,对我——"

蝶衣一下子腼腆起来:"看什么?"小孩见他生气,又顽皮地学他的女儿态了:"看什么?看什么?"一哄而散。

老头折好信笺,放进信封,取些饭粒抹在封口,问:"信寄到什么地址呀?"

蝶衣不语,取过信,一个人郁郁上路。走至一半,把信悄悄给撕掉,扔弃。又回到后台上妆去。

花满楼的老鸨一脸纳罕。她四十多,描眉搽粉,发髻理得光溜,吃四方饭,当然横草不拿竖草不掇,只叼着一根扫帚苗子似的牙签儿剔牙。厚红的嘴唇半歪。她交加双手,眼角瞅着对面的菊仙姑娘。

云石桌上铺了一块湘绣圆台布,已堆放了一堆银圆、首饰、钞票。老鸨意犹未尽。

菊仙把满头珠翠,一个一个的摘下,一个一个的添在那赎身的财物上。

还是不够? 她的表情告诉她。

菊仙这回倒似下了死心,她淡淡一笑,一狠,就连脚上那绣花鞋也脱掉了,鞋面绣了凤回头,她却头也不回,鞋给端放桌面上。

老鸨动容了。不可置信。原来打算劝她一劝:"戏子无义。"

菊仙灵巧地,抢先一笑:"谢谢干娘栽培我这些年日了。"她一揖拜别。不管外头是狼是虎,旋身走了。

老鸨见到她几乎是光着脚空着手,自己给自己赎的身,白线袜子踩在泥土上。

风姿秀逸,婀娜多姿,她繁荣醉梦的前半生,孤注一掷豁出去。老鸨失

花满楼里上演的是另一场戏,下定决心要跟着段小楼的菊仙决定自己赎自己。

菊仙不想听老鸨的劝,她追求全新生活的激情是不会轻易减退的。注意"光着脚空着手""白线袜子"等细节。

去一棵栽植多年的摇钱树,她最后的卖身的钱都归她了。老鸨气得说不出话来。

菊仙竟为了小楼"卸妆"。

李碧华:《霸王别姬》,广州:花城出版社 2001 年版。

(撰写:汤哲声 胡 敏)

卫 慧《上海宝贝》

卫慧(1973—),浙江余姚人,被称为"晚生代""新新人类"作家。1990 年,在南昌陆军学院参加为期一年的军训;1991 年,就读于复旦大学中文系。1995 年毕业后,卫慧曾有过一年搬 16 次家的经历,平均不到一个月就要搬一次;做过记者、编辑、电台主持、咖啡店女侍、蹩脚的鼓手、不成功的广告文案,自编自导自演过话剧。

主要作品有《欲望手枪》《蝴蝶的尖叫》《上海宝贝》《水中的处女》《我的禅》等。部分作品被译成 31 种文字,并登上日、英、意、德、法、美及西班牙、阿根廷、爱尔兰、新加坡的各类畅销榜前十。现居纽约与上海,专职写作。

卫慧的半自传小说《上海宝贝》,1999 年 9 月由沈阳春风文艺出版社推出,半年内售出超过 11 万册,引爆了中国文坛广大争议,风靡了中国年轻一代,吸引了国际媒体报道。因为《上海宝贝》所描写的吸毒、女性手淫和同性恋等内容,被裁定为"腐朽堕落和受西方文化毒害"的典型,中国官方在当年发布全国禁售令。

《上海宝贝》这部小说的主要故事情节如下:小说采用的是第一人称叙事,讲的是一个三角恋情,上海女作家倪可(CoCo)、中国男人天天、德国男人马克。天天是一个典型的中国好男人,对女朋友倪可体贴备至,她的需要他知道,他是她的知心人,可是,有一点,可能对于倪可来说最为重要的一点他无法满足,那就是性,他是一个性无能的人。虽然通过就医、药物等各种方式想方设法试图解决这一缺陷,可是无济于事,对于倪可的性要求,他只能以爱抚予以安慰。而这方面马克就有优势,西方男子对女性的体贴、超强的性能力,这些完全吸引住了对此方面渴求着的倪可。马克就因此成功诱惑了与天天同居的倪可。可是,马克是一个有家室的男人,这就使倪可陷入愈近不能、欲罢不舍的两难局面,阻挡不了马克的肉体诱惑,可是面对天天又觉得心中有愧。12 月,这是天天每年需要出门旅行的日子,他去了南方。这以后,倪可的性需要可以在马克那里得到极大的满足,即使听到电话那头天天的声音有所愧疚。最后,天天吸毒致死,马克返回德国,倪可孤影独酌。

有些小说还是需要仔细阅读的。如果一般地翻一翻《上海宝贝》,感受到的只是浓浓的咖啡气息和怪怪的肾上腺素的味道,如果再仔细地读一遍,还是颇有意味的。

先读小说中的这段文字:

> 我的本能告诉我,应该写一写世纪末的上海,这座寻欢作乐的城市,它泛起的快

乐泡沫,它滋长出来的新人类,还有弥漫在街头巷尾的凡俗、伤感而神秘的情调。

这段文字中有几个关键词特别重要:世纪末、新人类、凡俗伤感而神秘的情调。这部小说就是写的一些"新人类"在"世纪末"演绎的人生片段,追求的就是"凡俗、伤感而神秘的情调"。这些"新人类"由"真伪艺术家、外国人、无业游民、大小演艺明星、时髦产业的私营业主、真假另类、新青年"组成。他们似乎都有人生的创伤,但绝对富有;他们游移于公众的视线以外,自己形成一个圈子;他们绝对人数并不多,但始终占据着城市时尚生活的绝对部分。由于他们的生活就是展现欲望和享受欲望,行为的注脚是人生苦短和及时行乐,这样的生活片段自然就洋溢着"世纪末"的情绪。又由于他们只对自己负责,与社会无关,对小圈子负责,与公众无关,他们表现出来的自然是"凡俗、伤感而神秘的情调"。他们的生活和思想情绪不是社会的主流生活和主流思想情绪,但确实存在,只是一种"另类"罢了。现实生活的存在决定了这部小说存在的价值。

认定这部小说的文化视角和肯定这部小说的生活价值的同时,也很可惜作家对这样的文化和生活挖掘得不够深刻。如果仅从"另类"生活来说,郁达夫的小说可说早已有之,为什么这部小说没有郁达夫小说的分量呢?为什么有一种漂浮的感觉呢?除了文学修养之外,究其原因,大概是两个:一个原因是作家对"另类"生活理解得不够。"另类"的生活有着社会多余人的意味,其中包含着社会批判的成分。而这部小说只注意到"另类"生活的展示,而忽略了"另类"生活的批判性;只注意

《上海宝贝》·迷失于性爱的上海宝贝

到了"另类"生活的私密特征,而忽略了"另类"生活背后的社会排斥性。她的那些"另类"生活经验可能来自自己(如她在《后记》中所说"这是一本可以说是半自传体的书……"),大多数则来自外国小说的阅读体验(从小说每一章开头的"题记"中可以看出),真正对生活的思考还不成熟。另一个原因也许就是对通过写"另类"生活批判社会的做法根本就不屑一顾(如果是这样的话,本文的这几句"可惜"的话就是多余的了)。

在这部小说里,作家显然是想说明一个问题:什么才是真正的女人。在作家看来,真正的女人应该是身心都得到满足的女人。倪可身边有两个男人,东方男人天天是她的男朋友,身体瘦弱,行为乖僻,但是感情细腻,可以看作是倪可的感情的符号;德国男人马克是她的情人,身材魁梧,行为粗鲁,却直截了当,可以看作是倪可的身体的符号。对于天天,倪可"天天"少不了他,不管行为如何放肆,如何出格,她对天天的感情始终没有变,至死不渝。但是,天天只能给她感情上的慰藉,马可也就成了她生活中不可缺少的一个组成部分。倪可常常抗拒马可的诱惑,但每次都是情不自禁地迎合他。为了说明身心的健全对一个女人来说多么重要,作家还设计了两个女人的感情生活,马当娜(麦当娜,性感的象征?)只追求身体的满足;朱砂(贞洁的象征?)第一次婚姻之所以破裂,是因为她只要求感情的满足。这两个女人感情生活的残缺衬托出倪可感情生活的健全。但是现实中"健全"的生活是难以实现的,小说的最后,天天死了,马可走了。这样的结局意味深长。从创作意图上说,作家追求的不是"身体写作",而应是"身心写作"。那么,这部小说为什么常被讥讽为"身体写作"呢?原因是作家在性的描写上出了问题。小说中性的描写不是不可以存在,关键在于怎么去写,如果仅仅停留在动作行为的层面上,渲染的只是动作性,那是很卑俗的;如果提高到文化层面和精神层面上,强调文化性和精神状态,那还是有美学价值的。这部小说中的性的描写不是不要,而是不能缺少,但是表现出文化性和精神状态的描写太少,那些停留在动作层面上的描写实在太多。有些描写是不必要的,如女性的生理特征和一些性行为的具体描述,它们没有什么美感,反而令人恶心,但是作者却不厌其烦地津津乐道。这些描写将小说中的感情慰藉都掩盖住了。

在叙述结构上,作家还是颇具匠心的。小说创作本来就是一种感情释放的过程,作家将此作为一条线索,与主人公的情爱经历糅合在一起写,形成了一种相得益彰、虚实相间的效果。小说创作中的焦虑、停顿、欢畅等各种情绪往往成为主人公现实生活中行为的犹豫、迷茫,甚至是放纵的感情源泉。小说的最后,倪可身边的两个男人走的走、死的死,她的生活道路中的一段旅程结束了,她的小说创作也画上了句号。小说创作本是一场虚构的感情经历,而现实生活却是实实在在的,但是作家却有意将它们混合起来写。在小说的第六章,倪可当着朋友的面朗读的小说语句就是《上海宝贝》中的语句。通过这一细节,作家似乎在暗示读者:倪可只是小说中人,倪可的感情经历是小说的感情经历。既是小说家言,自可不必当真。

作品赏析

这里节选的是作品第十八章"爱的两面"的开头部分:倪可见到了德国情人马克一家,美貌的妻子伊娃,可爱的儿子B.B;倪可,有嫉妒,也不乏羡慕。可是,她在肉体上是不能离开马克的;对于马克的妻子也并没有原先预想般的嫉妒。故事在伊娃对丈夫和倪可之间关系不知情的状况下发展着。

……我们是情人。我们不能停止爱。

——杜拉斯

记得两年前我被杂志社派到香港做一组关于"回归"的特别采访,每到深夜结束一天的工作,我就会坐在维多利亚港的石阶上抽着烟凝视星星,仰得脖子差点断了。每隔一段时间,我就会处于如此这般的浑然忘我的境地,一瞬间忘却周遭万物的存在,连自己也忘却。脑袋里大概只剩下一些疏淡的蛋白细胞在静悄悄地呼吸,就像一丝蓝色的烟雾静悄悄地升起的那种情景。

写作使我时不时处于这样的状态,只不过我是在低头俯首地凝视一些星星,它们闪烁在一些即兴出现的文字里。我觉得那一刻自己涅槃了,就是说,我不再对疾病、事故、孤独甚至死亡感到害怕,统统免疫啦。

而现实生活总是与愿相违的。我透过一个窗户,我看到人影幢幢,与黑黝黝的树枝交叉在一起,我看到爱我与我爱的人,充满渴望、遥远的而受难的面孔。

在浦东美国学校的操场边上,我遇见了马克一家。马克今天看上去格外帅气,可能与明亮的阳光和四周自然怡人的环境有关。这一所专向外籍子弟开放的贵族学校仿佛建立在云端,与凡俗生活的浮尘隔离,整个校园有种水洗过般的清新,连空气都仿佛消过毒。这要命的上层阶级情调。

马克嚼着口香糖,泰然自若地向我们打招呼。把他的太太介绍给我和朱砂。"这是伊娃",伊娃的手拉着他,比我在照片上看到的还要美丽丰满,一头淡黄色的头发在脑后简单地束成一束,耳朵上有一排银色耳钉,黑色毛衣更加衬托出她的白皮肤,那种白色在阳光下有蜜汁的芬芳,使人有做梦般的感觉。

白种女人的美可以沉掉千艘战帆(如特洛伊的海伦),相对而言,黄种女人的美则是紧眉俏眼的,总是像从以往香艳时代的月份牌上走下来的(如林忆莲或巩俐)。

"这是我公司里的同事Judy,这是Judy的表妹CoCo,一位了不起的Writer。"马克说。伊娃在阳光下眯起眼睛,微笑着,握了握我们的手,"这是我的儿子B.B。"他从童推车里抱起小孩,亲了他一口,逗了一会儿,然后把孩子递给伊娃,"我该上场了"。他踢踢腿,微笑着斜瞥了我一眼,拿起一包衣物走向更衣室。

朱砂一直在跟伊娃聊天,我无所事事地坐在一边的草地上,回想了一会儿,觉得从见到马克的妻子第一眼开始,我就没有原先预想中那么嫉妒,相反我也喜欢伊娃,谁叫她那么美,人们总是喜欢美丽的事物的。或者我真是个不错的女孩,看到人家家庭美满我也觉得欣慰?哦上帝。

比赛很快就开始了。我的视线一直都紧盯着马克,他在足球场上来回跑动的身影健康生动,那一头金发在风中飘扬,飘扬的也是我的一场异国情梦。他的速度、肌肉和力量已公开展览在百余名观众眼前,相信很多体育运动实质上是一场集体参与的大型性狂欢,看台上的球迷和场上的球员一起兴奋得难以抑制他们身上的肾上腺素,空气里飘来飘去的也就是这种气味。

一些校园学生在喝着可乐大声嚷着,伊娃继续在和朱砂聊天(好像这比看丈夫比赛更有意思),而我的内裤已经湿了。我从没有像此时此刻这样对马克充满了渴望。让我像一只被狂风摇落的苹果一样落进他的怀里吧。

"CoCo,几年前你出过一本小说集吧。"朱砂突然打扰了我的注意力。

无论何时,马克在倪可看来都是帅气的。

注意体会"泰然自若"这个用词的巧妙。

伊娃的第一次亮相给倪可的感觉是美丽如梦。这并不给人以厌恶之感。

对倪可的介绍比Judy多了一层爱恋。

处处不忘向"我"暗送秋波,注意"斜瞥"这个动词。

"我"真"觉得欣慰"吗?"我"是心地善良还是嫉妒过度呢?

看着马克充满力量与激情的比赛,作为妻子的伊娃和作为情人的倪可有着不同的表现,注意这种对比。

"哦,是的。"我说,我看见伊娃对我微笑。

"我很有兴趣,不知现在还能买到吗?"她用英语说。

"恐怕买不到了,不过我自己还有一本可以送给你,只是,那都是用中文写的。"我说。

"哦,谢谢,我正打算学中文,中国文化很有意思,上海是我见过的最令人向往的城市。"她的脸白里透红,是多汁的白人少妇。"有空的话下个周末来我家吃饭怎么样?"她发出了邀请。

我掩饰住紧张,看看朱砂,该不会是鸿门宴吧?

"Judy也会来,还有我们的一些德国朋友。"伊娃说:"下个星期我就要回德国,你知道,我在政府环保部门工作,不能请长假。德国人热爱环保到了偏执的地步。"她微笑着,"在我的国家,没有那种冒烟的三轮汽车,也没有人把衣服晾在人行道上"。

"哦。"我点点头,心想德国可能是离天堂最近的地方,"那好吧,我会来。"

我觉得她也许不是那种很聪明的女人,但也许慷慨而可爱。

童车里的小B.B高声叫起来,"PAPA,PAPA。"我扭头看到马克挥着拳头一个跳跃,他刚刚射进了一粒球。他远远地向我们抛了个飞吻,伊娃看了看我,我们都笑起来。

在去教学楼找洗手间的时候,朱砂问我有没有觉得伊娃很可爱?

"也许,这更使人对婚姻感到悲观。"

"是吗?——看上去马克很爱她的。"

"婚姻专家说,一个人真心爱他的伴侣却并不表示他会对伴侣保持一生的忠贞。"

在洗手间我发现了一张有趣的张贴卡通画,上面是一片绿色丛林,一个巨大的问号:"世上最可怕的动物是什么?"从洗手间出来,我和朱砂异口同声地说出了这个答案:"人。"

在中场休息的时候,大家喝着汽水开着玩笑。我有机会与马克说几句话:"你的家人很可爱。"

"是啊。"他脸上的表情很客观。

"你爱你太太吗?"我轻声问。我不想和他绕圈子,单刀直入的方式有时给人快感,我不太怀好意地看着他。

"你会嫉妒吗?"他反问。

"笑话,我不是傻瓜。"

"当然了。"他耸耸肩,把视线投向旁边,和一个熟人打了个招呼,然后转过脸对我微笑。"你是在夜晚唱歌的女妖。在我们国家的传说中,这个女妖出没在莱茵河,她会爬上岩石,用歌声诱惑船夫触礁身亡。"

"真不公平,这事打一开始就是你先诱惑我的。"

伊娃走过来,抱住丈夫肩头,伸脸给了个亲吻。"在谈什么?"她面带疑惑地笑着。

"哦,CoCo在讲一个新构思的故事。"马克顺口说。

……

卫慧:《上海宝贝》,沈阳:春风文艺出版社1999年版。

马克的"顺口"说明他在骗妻子方面很有经验。暗示倪可最后的结局注定是不幸的。

(撰写:汤哲声 胡 敏)

虹 影《英国情人(K)》

虹影(1962—),出生于重庆。主要作品有《饥饿的女儿》《阿难》《一个流浪女的未来》《英国情人(K)》等。

《英国情人(K)》的主要故事情节如下:1935年主人公裘利安二十几岁,从剑桥大学来到中国的青岛担任大学英国文学教授。在这里他与一位已婚的中国知识分子女性闵发生了艳情故事。闵美丽、温柔、优雅,才华绝世,床上功夫一流,她痴情、浪漫,愿为情人费尽心思地打扮。她带着裘利安看京戏、吃鸦片、买丝绸,用房中术让他享受性,可是裘利安不安于这样的状态,他想要去"革命"。不辞而别的裘利安在追寻中国红军的道路上,看到了血腥的杀戮,他认为这不是他应该加入的革命,于是又返回了青岛。在一次与闵约会时,被闵的丈夫发现。裘利安虽然眷恋着闵的身子,同时也深爱着闵,但心底他又是害怕婚姻的,他的灵魂深处藏着对中国人的轻视,爱情发展到最后只剩下无言的苦涩。他决定离开闵,回老家去。不久,他加入了国际纵队到西班牙参战,闵在一次次的自杀未遂后,终于离开了这个世界。当然,裘利安的日子也不长了……

《英国情人(K)》发表之后,读者反应强烈,作家曾集中回答了三个问题:中国是这样的吗?东方女人真那么诱人而缠人吗?这本小说是不是太情爱了?这三个问题实际上给了这部小说三种定性:传奇小说、女性小说和情爱小说。从作者的回答来看,似乎并未尽如人意,总觉得说得不在点子上。[1] 看来是思路不对。要真正地解读这部小说,应该将其定位于文化层面上。小说的两个主人公都是文化的符号。闵是英国布鲁姆斯勃里(英国伦敦一个街区的地名,此街区住过很多名人,特别是范奈莎和弗吉妮亚·伍尔芙姐妹等自由主义者)的中国传人,裘利安却是英国布鲁姆斯勃里的正宗传人,英国自由主义文化的第二代的骄傲。裘利安来到中国标志着正宗的英国自由主义文化进入中国,他的逃离标志着正宗的英国自由主义文化在中国根本无法立足。他与闵的悲剧,与其说是爱情悲剧,不如说是文化悲剧。他与闵从聚合走向消散,与其说是小说情节的跌宕起伏,不如说是英国自由主义文化的消解过程。从这个层面上看,就能看清小说所包含的更深刻的内涵。

小说首先消解的是中国布鲁姆斯勃里的传人们身上的自由主义。小说中,闵说她身上有着两重人格:"在社会上是个西式教育培养出来的文化人,新式小说作家;藏在心里的却是父母、外祖父母传下的中国道家传统,包括房中术的修炼。"此话不错。问题在于她身上的这两重

---

[1] 虹影.我为爱写作[M].石家庄:花山文艺出版社,2002:4.

人格究竟哪一种是主导人格呢？小说的情节发展告诉我们：是后一种。前一种只是一个面子，一个在中国土地上的对外形象，他们骨子里浸透的还是中国文化。小说一开始，英国布鲁姆斯勃里的正宗传人对中国布鲁姆斯勃里的传人们所表现出来的自由主义精神进行了消解：在裘利安看来"缺少智性的张力"的泰戈尔却成了中国布鲁姆斯勃里的传人们"集体的崇拜对象"；只是"三等雪莱的货色"的徐的诗歌居然被认为是最好的诗；"俗气"而又"廉价的滥情"的曼殊菲尔在中国却成了偶像。在正宗的布鲁姆斯勃里的传人看来，中国布鲁姆斯勃里的传人们所表现出来的自由主义是那么的浅薄和无知。这种消解最深刻地还是表现在"性"和"爱"的观念上。真正的布鲁姆斯勃里原则上是将"性"和"爱"分离的："布鲁姆斯勃里的人，最崇拜《道德原理》，以'享受美'为第一道德原则，这个原则总与其他古老道德原则相冲突。"闵和裘利安在一起，最早是依据这样的原则进行的，他们只享受性，而不讲"爱"。闵是裘利安的第11个女人——K，裘利安则是闵修行多年的房中术的实践对象。他们整天在新的技巧和新的刺激中度过，整天漂浮在快感之中。然而，中国的布鲁姆斯勃里传人毕竟是中国人，闵并不能真正达到布鲁姆斯勃里的自由精神境界。在性的享受之后，她要求了"爱"的占有。性爱合一，终身厮守，是中国文化的情爱观。闵身上的中国文化观念最终还是占据了上风："当她把她的肉体展现给他看，她同时也将她的世界——那个文化最深刻的底蕴，没有保留地揭示给他看。"但是，闵和裘利安之爱只能依据布鲁姆斯勃里原则进行，一旦偏离了航向，只能自寻烦恼，只能走向悲剧。

反过来说，布鲁姆斯勃里的自由主义精神在中国这块土地上能不能实行呢？小说的回答是否定的。如果说闵这些人骨子里流淌的还是中国文化的血，裘利安则是地地道道的布鲁姆斯勃里的传人，甚至是自诩比他的长辈更具有自由精神的新自由主义者。他来到中国剥掉了中国自由主义者的表象，同时，他的所作所为以及最后的结果说明他所奉行的自由主义精神在中国根本就扎不了根。他曾自傲于他的那些长辈们："我们新的自由主义者敢尝试，甚至学会东方房中术，敢为理想主义而到东方打仗，咱们走着瞧！"房中术——中国的文化底蕴；打仗——中国的社会现实，这是他在中国展开他的自由主义精神的两条战线。事实上他在这两条战线上都失败了。他并没有真正学会房中术，反而差一点被房中术所代表的中国文化所俘虏。他准备接受闵的"爱"了，虽然是被迫的；他并没有在东方打仗，因为他根本就不能理解那种煽动阶级仇恨的杀与被杀、恨与被恨的革命，根本就不能接受那种野蛮的血腥场面。他跑了一趟四川，终于狼狈地回来了。在一个雨停的秋天的上午，这个"骨子里还是一个真正的英国绅士"的人似乎明白过来了："他的确是个十足的英国人，中国女人，中国革命，中国的一切，对他来说，永远难以理解。他既不能承受中国式的革命，也不能承受中国式的狂热的爱情。"他带着无法说清的情感，离开了这块神秘的东方大地："他只能回到西方文化中闹恋爱，闹革命。此时，他突然想起，K，是'神州古国'，中国古称 Cathay 的词源 Kitai，他命中注定无法跨越的一个字母。"

自由主义精神在中国的失败，有其自身的缺点，因为"这儿的一切真像一个差劲透了的小说"。裘利安的父亲、老自由主义者克莱夫给了一个很中肯的评价。它脱离生活、脱离社会的现实，但是，尽管它脱离现实和社会，自由主义精神还能够在英国存在下去，甚至还很风光，在中国则寸步难行了。说到底还是一个文化土壤的问题。

东方女人与西方男人的爱恋，情与欲、血与泪的交融的情节，死亡的悬念和结尾，东湖和珞珈山的山湖艳影，是一套流行小说的创作模式。在流行小说模式中讲述了一个文化的沉重的故事,是作家虹影的聪明之处。

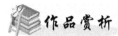 作品赏析

这里节选的是"还是渴望海洋"一节中的片段。

现在裘利安又是一个快活的人了,他与两个女人频频吃中、晚饭,有时还将她们同时请到家里来吃。两人女人都装作不在乎的样子,但暗中与对方较着劲地争夺。他也乐滋滋地和其中一个在校园里成双作对地出出进进。西方人男女之事,校园里无人当一回事。因此,他尽可能把游戏玩得公开而堂皇。

但他的快活日子不太长,当他还没有来得及下决心把她们弄上床时,他自己停止了这游戏。

闵在裘利安早晨去学校教学区的路上,截住他。<u>她一身白,一反平日的雍容华贵,布旗袍,布鞋,也没施脂粉,梳了两条长辫子,与校园里一般的女学生一样朴素。但她瘦得可怕,瘦得五官显出凄楚的美来。</u>| 她的打扮透露了她的心。

裘利安预料早晚会遇到闵,但对这样拦路,还是很不高兴,张口说:"<u>你还活着?</u>"一说话他就发现自己最近一个时期玩笑开得太多,怎么开口就这么残酷? | 上次不愉快的分开就是因为自杀的话题。

闵好像没有听到,说她准备说的事:

"你有了 L、M,祝贺你。"她痛苦的皱纹不是在脸上,而是在眼睛里,如同她身体的秘密不是在穿着衣服的时候,而是赤裸之后,她才真正神秘。如果裘利安无法弄懂一个人,那只会是闵。

"没有的事。"裘利安一口否认,他本想对闵绝不否认。

闵笑了,走近他:"为什么要撒谎呢?你英俊,潇洒,有吸引力,文学世家之子,年轻的教授和思想家,才华横溢的诗人,没有女人不爱的。"

她的微笑仿佛是鞭子,抽打在他脸上。她从来没这么一一罗列出他的长处。

在他听来,她并不是在讽刺,也不像在指责,她一定觉得非常冤枉,爱上一个不配爱、侮辱她的男人。这时,他又一次诅咒自己不该陷入爱情里。爱情,包括一个女人的肉体,对一个男人不算什么,可他每次和她做爱,迷恋的也包括她的肉体。<u>他不承认爱,但他每天闭上眼睛,就看见她,那就是爱,他只是不肯承认而已。</u> | 裘利安不肯承认爱,不想安定地爱一个人,一个中国女人。

闵的眼睛盈满泪水,那泪水越积越多,他的心越来越沉重。闵看上去在竭力不让泪流下来,她说,她为爱错一个人后悔,为该彻底忘掉又办不到愤恨自己。

她渐渐靠近他,她的眼睛突然镀上温柔,全是爱,没命忘命的爱。

"别这样。"裘利安抵挡不住,只得说,转身不看闵。

"你情愿看到我死,对吗?"闵的气息,他熟悉的,那种令他心醉的气息,"我会的,但,裘利安,求求你,在这个时候别抛开我。" _{无奈的深沉的爱,宁愿为他死,宁愿去求他。}

"我没有。"他一味否认,自己也不知道在否认什么,像是说没抛开她,也像是说并没有想看到她死。

她的眼神没有亮点,她的呼吸变弱。裘利安突然醒悟过来,爱情是她身体和灵魂的粮食,她可能真想自杀——她是不是有一种绝闭性命术?她再三说过"要当面死在你跟前"。他认为,自己和那两个女人鬼混很卑鄙,因为他根本不爱她们。

裘利安无法再忍受自己的罪孽感,他一把抱住闵,大声说:"我爱你。"第一次明明白白地说出这句话,他自己也吃了一惊。他又加了一句:"相信我。" _{这一句"我爱你"有多少是出于真心?}

闵一时呆住了,但她的呼吸缓过来。她看着他的眼睛,很无奈地摇摇头,低下脸说:"我知道,我很贱,以死求你爱我,你这是在同情我,但我已知足了。"闵抬起头来,脸和嘴唇有了点血色,好像灵魂又返回她身上。"我母亲说过,贱的对面不是贵,贱到底那才是贵。" _{闵太了解裘利安了。}

她挣脱开裘利安的怀抱,让他先走。

裘利安走了十几步路远,回了一下头,闵不在小道了。他在一片绿色里穿行,突然听到鸟叫,还有猴叫。这才发现他走了相反方向,远远离开校园,在山中密林里迷了路。鸟和猴你叫一段,我再叫一段,热闹着呢,却很难看见它们。一朵一朵的杜鹃、牵藤花、叶片、花瓣,都比平常的花叶大几倍。天光穿过密林,一道道一线线地漏下来。

他塞住耳朵,深呼口气,静下心来。朝准了方向,也就出来了。

教室里学生们等急了,裘利安晚到四十分钟,学生已经去他家里、办公室找过,找不到人,就慌了,报告了郑系主任。

裘利安在课堂上第一句话就是:"抱歉,我迷路了。"说得太认真了,他首先笑起来,学生们笑起来,是被他感染的。 _{他在自己的情感中迷了路。}

虹影:《英国情人(K)》,沈阳:春风文艺出版社 2003 年版。

(撰写:汤哲声 刘 媛)

王海鸰《新结婚时代》

王海鸰,女,1953 年 12 月出生于山东。总政话剧团编剧。16 岁在原济南军区某海岛部队当兵,做过通信兵、卫生兵、业余文艺宣传队队员,调离海岛前为医院宣传干事。1986 年毕业于解放军艺术学院文学系。1983 年调至总政话剧团任编剧。1980 年开始发表作品。主要作品有长篇小说《牵手》《大校的女儿》《不嫁则已》《中国式离婚》《新结婚时代》《成长》等;电视剧剧本《爱你没商量》(合作)、《妈妈今晚去远航》《牵手》《不嫁则已》《中国式离婚》《新结婚时代》《相伴》等;电影剧本《小岛》《走过严冬》等;话剧《洗礼》《送你一支玫瑰花》《我想跟你说句话》等。《牵手》《中国式离婚》和《新结婚时代》合称王海鸰"婚姻三部曲"。王海鸰作品着重表现了当代中国社会婚恋家庭伦理问题,反映出在社会转型的大背景下,普通百姓婚姻生活的挣扎与痛楚,反映出传统婚姻观念在时代激荡下所受到的冲击和变化。被誉为"中国婚姻第一写手"。

《新结婚时代》是王海鸰"婚姻三部曲"的第三部。如果说在第一部《牵手》中婚姻的第一杀手是第三者,那么随着时间的推移和人们对婚姻问题更为深入的思索,第二部《中国式离婚》则让我们更清醒地意识到,即使没有第三者出现,家庭的矛盾和危机依然存在,婚姻仍然难免破裂的结局。到第三部《新结婚时代》中,婚姻中同样没有出现第三者,但"门不当、户不对"的现实成为男女主人公要面临和跨越的巨大障碍。

《新结婚时代》先有剧本,然后被改成小说。之所以题名《新结婚时代》,王海鸰表示,是因为现代人对婚姻的看法和以前有了很大不同,她想用婚姻当中极端的错位现象,如贫富恋、姐弟恋、忘年恋等,来传达这样一种认识:"社会越来越宽容,婚姻越来越成为个人的事。我的目的也是为未婚的朋友提供一个间接生活体验,在尚未了解婚姻是什么之前,先不要急于迈入其中。如果觉得自己没法承受,那不结婚要比结了再离要强。"因为在王海鸰看来,在婚姻家庭生活中,仅仅有爱情是不够的。

《新结婚时代》讲述了男女主人公何建国和顾小西这对年轻夫妻,因家庭背景不同和城乡差异的难以调和最终离婚,并在经过了一系列磨合和考验后重又复合的故事。何建国来自贫困的农村,他考取了北京的大学并在毕业后留在了北京工作。顾小西是某出版社的编辑,她出身于一个典型的城市知识分子家庭,母亲是医院的外科主任,父亲是教授。何建国和顾小西原本是幸福的小两口,故事开始时,两人正沉浸在婚姻的甜蜜中。而接下来发生的一连串事件引发了两人的矛盾:何父领着农村亲戚到北京看病引起顾小西不快;何家盖房子要两人出钱,争执中何建国打了顾小西;何家农村老家的货车因私自进京被警察扣住,顾小西从中帮忙,但由于误会再次引发夫妻纷争;两人回何建国老家过年,顾小西身体不适却必须在婆家扮演小媳妇角色,最后不辞而别;何父领着何建国哥哥何建成来北京找工作,顾小西好心帮忙却被何父误会,不了解情况的何建国一气之下提出离婚;何建成妻子的爷爷去世,顾小西不情愿地回去给何家撑门面,结果自己母亲病故,没见到母亲最后一面的顾小西心灰意冷,与何建国离婚……

从以上一系列事件来看,导致婚姻解体的并不是婚姻本体,而是双方家庭(最主要的是何家)的介入,正像母亲对顾小西所分析和感叹的那样,婚姻不仅仅是两个人的事:在他们看来,你嫁给了他,就等于嫁给了他全部社会关系的总和。你们俩的结合就是两个家族的结合,他娶了你,就等于娶了你的一切,包括你的社会关系、你的父母……

《新结婚时代》对中国传统的"门当户对"观念进行了现实思考,何建国和顾小西由相爱走向分手,正是"门不当、户不对"的结果,门当户对在当下的爱情婚姻中仍具有很强的现实意义。对此有人提出质疑,王海鸰在《婚姻是个人的事情,门当户对很重要》一文中坦言:"我个人认为,如果在其他条件都相同的情况下,门当户对无疑是很重要的,但是这不等于说门不当、户不对的婚姻就注定失败,只不过是门不当、户不对肯定会有一些矛盾和摩擦,但这些矛盾和摩擦不是不可以通过磨合、沟通解决的,但是双方的人生观、价值观一定要一致……《新结婚时代》正是基于这种想法,才写了三对错位的婚姻。所谓的'错位',就是与人们目前公认的一种条件般配标准的不一致,比如说门当户对、男大女小、男高女矮等等,这三对正好是相反的。在这里,我想说的是,婚姻是个人的事情,应当尽量减少两个人之外因素的干扰,但在目前还达不到。"

何建国和顾小西婚姻的错位在于"门不当、户不对",另一对婚姻错位的是顾小西的弟弟顾小航和顾小西的同事简佳,这是"男小女大"的一对,而且之前简佳是一个有钱的已婚男人的情人,错位的状态成为简佳不敢接受顾小航的原因。在小说中,顾小航在一张纸上用利弊关系来为简佳一一解除顾虑:"先来说弊。第一,年龄差距……女大男小,容易遭受世俗偏见的打击,但婚姻和爱情是两个人的事情,只要你不理会,那些偏见就打击不到你,所以,这不算弊。"说着在"第一"上打一个叉。接着写第二条"女方有前史"。又说:"女人在遇到真爱的时候,会担心自己配不上,这是非常普遍的心理……""你是想追求永恒!谁不想?我也想。可以呀,我们努力呀。谁也不会在有了结果之后再行动,有了结果就没必要行动了,你把顺序搞颠倒了,亲爱的简佳小姐!"的确,一直以来"男大女小"的婚恋组合模式更为人们所认同,但随着社会的发展和进步,传统的婚恋观也在发生着方方面面的改变,顾小航和简佳的故事告诉我们,并不一定要合乎公众标准的婚姻才幸福,幸福与否的标准在每个人的心里。

顾小西父亲与小保姆的结合也是错位的一对,他们的忘年恋出乎很多人的意料,很多人不理解一个城市里的知识分子,一个从农村来的保姆,两个人无论在生活环境、文化背景和年龄上都存在很大的差异,何以他们也会走到一起呢?王海鸰说:"顾小西的教授父亲和保姆的婚姻可能会有人质疑,事实上,生活中就有一些公众认为不那么般配的错位婚姻存在。比如老人群体,他们大多是生存型婚姻,不仅是情感诉求,更是生存诉求,老人需要一个伴。"由于何建国和顾小西的婚姻故事是作品的重点,因此顾父和保姆的错位婚姻没有在电视剧和小说中更多地展开,他们之间关系的微妙变化和最终走向婚姻的结局似乎缺少逻辑支持,一定程度上给人以突兀之感,的确如此。事实上,老年人的婚恋问题作为当代中国社会婚恋问题的一个重要方面正引起越来越多的关注,如果作家能够以此为主题来展开另一部小说,相信读者和观众的遗憾会得到弥补与消除。

尽管错位的婚姻带给人无尽的烦恼,甚至会毁掉婚姻,但《新结婚时代》的结尾却是大团圆式的,充满温情和期待:何建国与顾小西在分手后经过冷静的思考,慢慢理解了对方,两人最终紧紧地拥抱在一起。不仅如此,顾小西的不孕也治好了,一年后他们生下了一个可爱的女儿。如果说是城乡差别使两个相爱的人一度分手,那么这一大团圆结局则告诉我们,这一差距可以在相爱的前提下经过男女双方以及双方家庭的共同努力得以拉近和弥合。另外,两对错位婚恋的大团圆结局也显示出,社会在进步,婚恋观也应与时俱进。虽然《新结婚时代》和《牵手》《中国式离婚》一样,仍然以揭示婚姻家庭生活中的隐痛为主要表现内容,但《新结婚时代》圆满的结局表现出作家对传统家庭伦理道德回归的诉求。

作品赏析

这里节选的是《新结婚时代》第二章的部分内容。在节选的这一部分中,由于何建国老家的介入,给顾小西带来苦恼和困扰,二人世界的格局被打破,两人的矛盾逐渐显现。其中小西母亲关于婚姻生活与两家家族关系的观点是点睛之句,写出了婚姻生活中仅仅有爱情是不够的。另外,小说中几处细腻的心理描写比较精彩,尤其是对人物微妙心理变化的展示,值得通俗小说作者学习和借鉴。同时,小西同事简佳的故事也给我们以思考和启示。

何建国到医院来了。没敢进去,打电话把小西叫了出去,说要跟她商量他爹他们住哪里。一看他扔下工作专程跑来找小西就知道他心里其实大主意已定,他来只是为说服她。果然,他想安排他们住家里。四大条汉子,加何建国五大条,住家里,天哪天哪!"住旅馆!我出一半的钱!"

　　"又不是没地儿住,干吗还花钱!谁的钱不是钱!"

　　"那我住哪里?"

　　"挤一下……"

　　"挤?跟你们五个大男人,怎么挤?"

　　"要不,你先回你妈家住?"

　　<u>小西气结。不错,她是跟何建国结婚了,可她家没跟他们家结婚,凭什么他们家一有事就得让她全家跟着忙活?</u>但事已至此,再说这些只能是吵,就算这次吵赢了,也是赢得战争失去了和平。

　　小西回家。小西家房子是按小西意思装修的。一室一厅,厅很大,足有四十平方米。当初何建国想将厅一分为二再隔出一间,小西坚决反对。潜意识里,就是不想家里头有别人来住。结果不仅挡不住别人来住,反给自己带来很多不便。一室一厅,他家来人她就得走,一点儿余地也没有。到家一看,客厅里双人沙发已经放下,变成了双人床;阳台上的行军床在客厅里支了起来,一些易碎、珍贵的小摆设也都被收了起来——何建国已把一切都安排好了;安排好了后才来跟她"商量",先斩后奏,跟他爹一个样,有什么样的爹就有什么样的儿!

　　小西背着双肩包离家出走,双肩包里装着要看的稿子和换洗衣裳。饿了,去街边"7-Eleven"买几个咖喱饭团,晚饭就算解决了。不想早到妈妈家,想等他们睡下了再去。除了有手术有病人,妈妈十点半前一定会上床的,一年一次的除夕夜都不会例外。走累了,在路边的马路牙子上坐下,心里茫然无绪:这日子还怎么过啊?三天两头来人,七大姑八大姨,看病信访找工作,来了就得住家里,他们住在家里她就得走。长此以往,家还叫家吗?……好不容易熬到了差一刻十一点,进家一看,爸妈居然没睡,不用说,在等她。

　　"回去跟建国好好谈谈。"妈妈铁青着一张脸坐在客厅的沙发上,一字一顿,"两条,一、他们家的人病了,我管,我女儿是你们家媳妇,作为亲家,我有这个责任;但是你们村的人,我不能管,管不了。"

　　"那人是建国的大伯。"小西脱外套换鞋,小声辩解。

　　"就这么叫吧。我问了,两家往上数上十八辈,爷爷和爷爷才是堂兄弟!他们农村人祖辈生活在一起,照这个算法,全村人都得是亲戚!去跟建国说,让他爹不要再把他们村的人往我那里带,有病请按规定直接去门诊挂号就诊。二、讲一讲,什么呢?城乡差别吧。"转脸对小西爸道,"建国他那个爹啊,在我们科里张张罗罗吃三喝四,后来干脆冲着我们护士长就训上了!"

　　小西不爱听:"妈,太夸张了吧,那怎么也不能说是'训'吧!"

令小西气结的理由似乎很合理,似乎又缺了点什么,缺了什么呢?

在小两口的关系中,表面上看小西是主导,但实际上并非如此,两人的矛盾初现端倪……

对待同一件事,小西在小家和娘家表现出了不同的态度,此处妙在写出了小西微妙的心理变化。

点睛之句。婚姻在理论上和实际中的情形完全不同,相信很多读者都感同身受。

"不是训是什么！跟你说小西，就是我，跟我们护士长，不，跟哪怕一个清洁工，都不会这样说话！他可倒好——"

"行啦，妈！别说啦！"

小西犯了个大错误，这个时候她就不该说话，说也不该说这样的话，明摆着火上浇油嘛，使妈妈压抑着的怒火腾一下蹿起老高。"当初磨破嘴皮子地跟你说，结婚不仅仅是两个人的事，你非说结婚就是两个人的事，说你是跟何建国结婚又不是跟他们家结婚。理论上是这样，实际上呢，实际上你这么认为，人家不这么认为！在他们看来，你嫁给了他，就等于嫁给了他全部社会关系的总和。你们俩的结合就是两个家族的结合，他娶了你，就等于娶了你的一切，包括你的社会关系、你的父母。大家都是亲人，是一家人，一家人嘛，就不必分彼此分里外。小西，你必须给我把这个关系处理好，否则——"

否则怎么样没说，意思到了。说罢起身进了卧室，小西爸随之起身，随小西妈进去。剩下小西一人呆呆站在客厅里，心下一片苍凉。

快十二点了，顾小西躲在自己房间给简佳打电话。遇到跟老公和父母都没法倾诉的苦恼时，只有靠闺友，闺中密友。

电话里听简佳那边很静，没有任何背景声，不像是在公共场所。简佳跟她说过晚上要和男朋友去吃饭，今天情人节。简佳的男朋友叫刘凯瑞，事业成功人士，旗下五家上市公司，随便一个项目就能上亿，年年上福布斯排行榜。简佳跟他好时二十出头，正是对男人的成熟成功极易痴迷的年龄。吃饭地点简佳也跟小西说了，北美俱乐部，一个会员制俱乐部，一个没有多少钱别想进去的地方，刘凯瑞在那里有固定的雅座。那地儿小西没去过，想也想象得出，里头绝不会像她和何建国常去的那种馆子似的吵吵嚷嚷，可背景声总还要有，没有世俗的就该有高雅的，比如，现场演奏的柔美音乐。但是，没有，什么声儿都没有。是不是，他们已经吃完了饭，并且，散了？小西心里轻松了一点儿，她怕打扰简佳，今晚对简佳非同寻常。中午，刘凯瑞打电话约简佳晚上一块吃饭，态度极其郑重说吃饭时要送她一样礼物，简佳让小西猜会是什么礼物，小西说是"结婚钻戒"，简佳说是不是"钻戒"她不在乎。潜台词是，只要是"结婚"。如此看来，小西猜对了，当下心里顿生感慨，有个作家说的真是好啊：女人插足一天是是非，三年是祸害，三十年就成了爱情。比如张学良和赵四小姐。在这里，决定事情性质的关键，是时间的长短。

简佳和刘凯瑞好了六年，比婚姻的"七年之痒"只少一年，真不知她是怎么坚持下来的。仅小西知道，六年里她为他流产就流过三次，随身带着"早早孕"纸大概就是想最大限度降低流产对身体的损害。固然，刘凯瑞是一个有魅力的人，若不是有妻子儿女，当称十全十美。当然有妻子儿女不能算是缺陷，但对一个与他有感情纠葛的女人来说，就得另当别论。一开始简佳不知道刘凯瑞有老婆，那时候刘凯瑞也年轻，三十出头；三十出头而未婚的男人并不少见。后来简佳知道了他有老婆，他就跟简佳说他早晚要跟老婆离婚跟简佳结婚。这承诺如同吊在毛驴鼻子前的一根胡萝卜，让她跟着他走，

简佳的故事和赵四小姐的经历分别给我们什么启示？

亦步亦趋,年复一年,一走,走了六年。而今,今晚,简佳修成正果苦尽甜来,令小西为简佳高兴的同时也为自己心酸。谁都希望朋友好,但同时谁也不希望自己比朋友糟。

> 闺密间微妙的心理展示。

王海鸰:《新结婚时代》,北京:作家出版社 2006 年版。

（撰写：韩颖琦）

六　六《蜗居》

　　六六,原名张辛,安徽合肥人。1995 年毕业于安徽大学国际贸易系。1999 年赴新加坡定居,上网之初取网名"少妇六六",意思是少妇闲来无事,到网上遛遛。后改为"六六",意为"风顺、水顺、六六大顺"。主要作品有小说《王贵与安娜》《双面胶》《蜗居》《浮世绘》《心术》等;散文随笔集《温柔啊温柔》《仙蒂瑞拉的主妇生涯》《偶得日记》《妄谈与疯话》等。小说多被改编成电视剧热播,引起广泛反响,其中表现都市婆媳关系的《双面胶》被誉为"经典的婚姻教科书",《蜗居》和同名电视剧由于触及社会敏感热点问题而备受关注,并由此引发了读者和观众对房价等现实问题的热议。

　　《蜗居》,原名《房事》《蜗牛》,《蜗居》是出版时的名字。小说讲述了由"房事"引发的一系列让人唏嘘不已的情感故事。故事主要围绕一对姐妹展开。姐姐郭海萍在上海某名牌大学毕业后,和丈夫苏淳选择了留在繁华的大都市上海,两人在租住的 10 平方米蜗居里开始了他们踌躇满志的奋斗生活,然而五年过去了,直到儿子出生,他们的蜗居生活依然没有一点儿改观。当最初的豪情和斗志被琐碎而残酷的现实吞没后,海萍对当初留在大城市的选择有了迷茫和动摇,夫妻俩无奈而绝望地发现,在这个无比繁荣但却如镜花水月般的大城市里奋斗这么多年,却没有一片属于自己的瓦。在中国人的传统观念里,安居才能立业。为了尽快摆脱蜗居生活,在大都市占有一席之地,小夫妻俩省吃俭用筹划买房,可是他们辛辛苦苦积攒下来的钱,对于买一套属于自己的房子而言,简直是杯水车薪,就连交首付都成了难题。夫妻俩开始切实地感受到房子给他们带来的重压,乐观开朗的海萍慢慢由淑女变成了泼妇,爱情在已成为家常便饭的摩擦和争吵中慢慢销蚀着。妹妹郭海藻见证了姐姐从爱情到婚姻的整个过程,面对姐姐惊人的变化,海藻对爱情和婚姻有了悲观的认识,"婚姻是爱情的坟墓,房子是婚姻的坟墓","这就是婚姻吗？这就是婚姻。婚姻是什么？婚姻就是元角分。婚姻就是柴米油盐酱醋茶。婚姻就是将美丽的爱情扒开,秀秀里面的疤痕和妊娠纹"。

　　海藻同样毕业于上海的名牌大学,天真单纯的她听从姐姐的劝说也留在了上海,姐妹情深,再加上海藻的男朋友小贝对她体贴备至,海藻的生活比起姐姐来似乎少了一些纠结。然而当房子的压力开始成为全家人的压力之后,一切都变了。苏淳谎称向父母借了 6 万元,实际上是借了高利贷,海藻在向小贝借钱遭到拒绝后,找到了对她暗生爱意的有妇之夫宋思明。身为市长秘书的宋思明轻而易举地帮助了她,海藻感情的天平开始摇摆在小贝和宋思明之间。随着故事的进一步发展,宋思明一次次地替姐妹俩解围,海藻也因此深陷宋思明的情感旋涡中不能自拔,从一个简单清纯的少女,一步步地堕落成一名职业二奶,然而她虽然摆脱了姐姐为生计而四处奔波的困窘,却也在衣食无忧的"地下"生活中深感迷茫。最后在宋思明的腐败堕落败露并最终死于车祸后,海藻不仅失去了孩子,而且永远失去了做母亲的权利,承受着身体和心灵的双重伤痛。

  小说为我们展示了房子对爱情侵蚀和挤压的全过程,无论是海萍和苏淳、海藻与小贝和宋思明,他们的爱情故事都曲折起伏,但每个变化都暗含着必然的生活逻辑。对此,同是关注爱情婚姻题材的著名作家王海鸰,对六六写爱情的能力称赞说:"《蜗居》是一个从地里长出来的东西,我读的时候感觉和我的《新结婚时代》差不多,同一类的题材,不同的作者去写,可以写出不同的味道。六六写爱情写得非常动人,并非琼瑶式的,而是有人间烟火气的,每一步发展轨迹都是清晰的,一步不落的,非常有说服力的。"《空镜子》的作者万方也说,看六六的书很过瘾,"里面有句话我很感兴趣:男人像铜,女人像锈,铜终究会被锈腐蚀掉。小说写的是人的精神和物质的矛盾,是所有人都会面临的选择。刚看小说的时候,我以为是围绕房子的,没想到会陷入很深的情感中。海藻与小贝的感情令人感动,这代表了今天很多人可能面临的状况,他们分开了,我很难过,因为写得太真切"。

  《蜗居》全方位地展示了现代都市人的生存困境和情感困境,其中既有来自生存空间"房子"的物质压力,也有恋爱和婚姻的精神压力。小说直逼老百姓现实生活中很多敏感的热点问题,诸如房价、房奴、择业、啃老族、钉子户、负翁、二奶、腐败等。就拿啃老来说,海萍、苏淳夫妻俩以前一直是鄙视啃老族的,然而他们最终也落到啃老的地步,正像海萍抱怨的:"现在谁不啃老?我们不啃他们,社会就要啃我们。这房子涨得!你见过这种涨法吗?青蛙爬井还进三尺退两尺呢!房价只涨不跌。"同时小说改编成电视剧后,剧中大胆的情爱场面和生猛火爆的性爱台词也把《蜗居》推到了舆论的风口浪尖上,一时成为人们热议的焦点。《蜗居》火了之后,高房价引发了人们的高度共鸣,让我们看到在经济繁荣的今天,普通老百姓在享受着由经济高速发展所带来的福利和便利外,他们也正承受和背负着改革的负面影响,"攒钱的速度永远赶不上房价上涨的速度,而且距离越来越远","如果30年还完贷款,利息都滚出一套房子来了"……严峻的现实让人们陷入痛苦和迷惘中,从这一意义上来说,《蜗居》的故事用"由一套房子引发的血案"来概括也许并不为过。

  除此之外,海藻和宋思明的婚外情也备受关注,在社会转型期,有权有钱的人"包二奶"已经成为一个无法回避的社会现象。有不少人在看了《蜗居》之后直呼宋思明很可爱,网上甚至还出现了很多帖子,说甘愿做宋思明的二奶。足见处在社会转型期的人们在价值观和爱情观上越来越多元,爱情的物质化趋向也越来越明显。不可否认,宋思明的无微不至和无所不能的确很让人心动,但这一切都建立在他的权势和地位之上。正如剧中宋思明对海藻说的,"人之所以慷慨,是因为他拥有的比挥霍的多"。当有人质疑小说美化了婚外恋时,六六这样回答:"这涉及一个道德范畴和法律范畴的问题,法律不规范的时候,才用道德来权衡,我不是道德的审判师。有人说作家的责任是扬善惩恶的,但对此我不想做评判,我想表达出我的想法来打动读者,让读者来评判,来体味。"向往上流社会和充裕的物质生活本身无可厚非,六六对此表示理解,她曾感慨地说:"现在很多女孩生活很现实,想有房有车,但把爱情限定在这些条件里,爱情就局限很多,要以发展的眼光看自己和对方,如果以青春购买欢愉,今后会付出代价。青春是无价的,年老对青春的回味是无价的。"海藻和宋思明的爱情故事虽然在某些层面打动了读者,但当身心疲惫的海藻在街上与小贝和他的新女友擦肩而过的时候,海藻对往事的追忆留恋、对现状的无奈沮丧之情,就已经说明她对自己的选择产生了怀疑和动摇。更重要的是,小说给海藻和宋思明都设置了悲惨的结局,这本身就表明了作家的价值观。小说告诫那些企图走捷径的、在欲望中挣扎沉浮的年轻女性,要想获得幸福,还是要靠踏踏实实的努力,只有在情感上和经济上都独立了,才能最终获得幸福和自由。"蜗居"的双重意义也正在于此,身处蜗居固然带给现代人无尽的烦恼,但如果我们的心灵也因此蜗居在逼仄的空间内,那才是最可怕的。

看完了主人公的故事后,读者不禁要问,幸福到底是什么?在小说的主人公们经历了一系列生活的洗礼之后,幸福的感觉愈发清晰起来,小说借海萍之口说出了对幸福的感悟:"幸福是放心底的东西,是一种信任,愿意生死与共。也许平时并不觉察,但到关键时刻就会跳出来,让你感受。我一直以为我的爱已经被生活磨平了。直到苏淳出事我才知道,我俩此生就在一条船上了。同甘姑且不说,共苦一定可以。"

作品赏析

这里节选的是《蜗居》的结局部分。在节选的这一部分中,宋太找到海藻的"藏身之所",索要丈夫宋思明给海藻的500万元。当她目睹了丈夫情人优裕的生活条件和高高隆起的腹部时,盛怒之下丧失了理智,将海藻推倒在地。海藻被送进了医院,孩子没了,子宫也没了。宋思明在赶往医院的途中被公安跟踪,车祸身亡。这里宋太大段大段的宣泄让人对其处境深表理解和同情,故事的悲惨结局让人不禁为海藻和宋思明的孽缘唏嘘感叹。这段文字和整部小说带给我们更多的是对生活的沉重思考。

<u>宋太又深深吸了一口气,努力压抑住那种刺伤。</u>这简直像案板上垂死的鱼一样,被人将鳞片一片一片剥掉,露出血淋淋的皮肉,痛不堪忍。

<u>她依旧保持着沉着的面容和淡定的微笑,在惊慌颤抖不知所措的海藻面前,坦然得叫人害怕。</u>

"我今天来,是来问你要一样东西。我不说你也知道是什么。那个500万。"

海藻一句话都不说,站着发抖。

"我既然知道这里,能跑到这里来,就表示他什么都告诉我了。我和你照了两次面儿,第一次我就告诉过你,希望你能好自为之。可惜,你并没把我的忠告放心上。你年纪轻轻的,干点什么不好,非得偷人呢?难道做之前没想过,这不会有好结果的吗?"

海藻在宋太近乎鞭打的戏弄声中抖到快站不住了,她不得不后退一步靠在装饰柜上。

"这笔钱呢,是我给他的。女人嘛,不要太不善良。你既然跟了他,好歹也算我们家家谱里不入名但却担个分的,叫什么呢?侍妾?随伴?妾都算不上。妾好歹还要过个门儿呢!就算陪睡吧!比外头招个妓女总强点儿,

沉着的面容和淡定的微笑下面是难以抑制的愤怒,火山喷发的一刻即将到来……

宋太的话冷酷尖刻,海藻被吓得无言以对。早知今

至少不带病。我跟他说,既然陪睡一场,钱总要丢两个的。哪怕就是嫖,那也不能白嫖啊!嫖也要有嫖品,就好像赌博一样。而且出手大方点儿,方显自己身价。这钱,我出得起。"宋太顺手在红木桌子上敲了敲,又在旁边的椅子上摸了一把。

海藻快晕过去了。她现在唯一能做的就是坚持站着不倒,不在宋太的嘲弄中被践踏成泡沫。海藻的脸色已经白得比纸还难看了。

"不过呢,今天早上,他改主意了。他让我过来,把这笔钱拿走。算来算去,你实在不值这点钞票。他是不愿意再见到你了,所以,只好我出面。这是没办法的事,我是他老婆,就得替他料理后事,反正也不是一回两回了。不过,要钱回去,这还真是头一遭,可能你是最不值的一个吧?"

海藻的肚子被孩子狠狠踢了一脚。

"钱呢,你最好快点拿出来。我们还有别的用处。"宋太斜眼看看海藻,二郎腿翘啊翘,显得特别不屑,又像逗弄一只小鸡一样。

海藻已经蹲在地上了,既不看宋太,也不回答。

"钱呢?嗯?快说!你不要等我失去耐心!"宋太被海藻的一声不吭给激怒了,忍不住拍桌而起。

海藻抱着肚子,蹲在地上,一言不发。

宋太终于由狂怒到失去理智。人最可恨的不是流泪争吵动手打架,而是以沉默应对一切,这让你发狂。宋太一步一步逼近,一把把海藻从地上揪起来,上去扇了她一个巴掌说:"钱呢!钱呢!把钱还给我!"

海藻死死抱住肚子,闭上眼睛不说话。宋太拽着海藻的头发将她的头按在柜子上撞啊撞:"要不是你,我们家怎么会变成这样!要不是你他怎么会到今天这步田地!要不是你!!!!"宋太发疯地捶打海藻,海藻终于反应过来,大声喊:"救命啊!!!!"

海藻的声音刺激了宋太,她拽住海藻的胸和背用力丢向装饰柜,装饰柜上的东西全砸了下来,花瓶、水晶盘一样一样掉在海藻的身上肚子上。宋太临走指着地上的海藻说:"你活该的下场!"然后摔门而去。

海藻躺在地上,一动不动,不一会儿,血从身底缓缓流了出来。海藻一摸下身,慌了,颤抖着低声喊:"姐!姐!阿姨……阿姨……"她试图想动弹,一动,下身热血涌出,她吓得已经不知该怎么办才好。"救命……救命……"声音微弱得听都听不见。很快,她就昏了过去。

阿姨一进门,被眼前的情景吓傻了,完全不知道怎么办才好,第一件事情就是打电话给沈律师:"哎呀……海藻……海藻……她……死了!"

沈律师一听坏事儿,刚才他就一直不断给宋思明打电话,手机也好,办公室也好,全部不通。

"你在那里守着!我马上就到!不要离开。"沈说完就拨120急救电话,然后自己开着车向宋思明的办公室奔去。

宋思明正在三楼会议室开会。今天的会议气氛非比寻常。沈律师轻轻推开会议室的门,冲里面的宋思明使了个眼色。宋有些头皮发麻,赶快起身

日,何必当初呢?此时的海藻对自己的选择是否有一丝的后悔呢?

出去。

"海藻出事了！今天早上，你太太给我打了个电话要了海藻的地址。我没办法。结果……"

宋马上紧张起来："她现在在哪儿？"

"刚才我来你这里以前拨的120，当时她在家。"

"我现在往她那里奔，你替我打听她现在在什么医院，一旦打听到，马上给我消息。"说完抓起沈律师手里的钥匙就奔下楼去，直冲到车前，踩足油门冲出大院。

<u>坐在车里监视的便衣警察用步话机低声通知："2号突然冲出大楼，驾车离去，情况突变，怎么办？"</u>

"是不是走漏了风声？"

"不知道。有可能，5号刚才跟他交头接耳了一会儿。"

"<u>提前抓捕！不要让他逃跑了。</u>"电话那头传来命令的声音。

<u>三个便衣两辆车紧跟着宋思明。</u>

宋思明的车在大街上狂奔。

后面两辆车紧随。在闹市中上演警匪片中才有的场景。"挂警灯！"一位警察在遇见绿灯转黄的时刻果断命令。

宋思明的手机响了，是沈律师的电话："在红星妇幼保健医院。孩子没了，海藻的子宫正在摘除中。"

宋思明被后面的车追得无处可去，绕开市中心以后在郊区的高速公路上寻找摆脱的机会。可是两辆呼啸的警车夹着他让他无可逃避。在被逼无奈之下，宋猛一打方向盘，突然来个180度大转弯，逆道而驶，与警车迎面撞去。警车被逼迫着分向两边撞向路边的护栏。宋杀出一条血路逆向往市区红星医院方向飞驰。

转弯口上，一辆重型集装箱载货车正露半个头。

宋思明无可躲避地撞了上去，一片轰鸣。

等两辆警车赶到的时候，血流满地，零件、玻璃散落在公路上。集装箱车的司机也是满头血地从车里爬出来说："不关我事，不关我事，他他他……"

警察将宋思明从车里拖出来，宋的嘴角挂着血，脸上全是玻璃碴，喉咙里呼呼冒着血泡，眼珠一个挂在眼眶外面。

"<u>海藻，我不去看你，是我不想连累你。海藻……</u>"宋的眼前，是长发的海藻笑盈盈地穿着冬天的衣服走近自己。奇怪明明夏天刚过，怎么下雪了。"<u>我爱你，海藻。</u>"宋思明觉得自己说得很清楚，海藻一定听见了。

那厢，警察按着他脖子上的脉搏说："他好像想说话，但听不见。"

救护车呜哇呜哇地驶近，医护人员匆匆下车。

"没救了，已经。"警察遗憾地说。

那边，医生在手术台上说："孕妇啊！怎么会成这样！孩子没了，子宫没了，家里连个人都没有。"

> 宋思明要面对的，不仅是躺在医院里的情人，他还将面临公安机关对他贪污腐败的审判。

> 在宋思明和海藻的关系中，究竟包含着哪些复杂的因素？

"活该,听说是二奶,被大奶打的。"

"不会吧！太狠了！都怀孕六个月了,多一个月孩子就活了！怎么狠心下得了这种手？都是女人！"

"切！二奶哪能算女人？硕鼠！社会的硕鼠！她自己不给别人活路。早干吗去了？"

"你们都别吵！这是病人！是需要我们照顾料理的病人！你管人家做什么的干吗？你们说来说去,都没说到点子上。谁是罪魁祸首？那个男人！那个男人！该死的是那个男人！可怜了活活一条小命。造孽！"

那个该死的男人,已经死了。正躺在停尸房。

六六：《蜗居》,武汉：长江文艺出版社 2007 年版。

对于二奶的悲惨结局,有人同情,有人解恨,你怎么看待社会上的包二奶现象？

（撰写：韩颖琦）

历史小说

唐浩明《曾国藩》

唐浩明(1946—),湖南衡阳人。主要作品有《曾国藩》《旷代逸才》《杨度》《张之洞》等。

唐浩明所著的长篇历史小说《曾国藩》以丰富的历史及人物史料为基础,以史与诗的交融,在广阔的晚清历史背景上刻画了曾国藩这一晚清重臣和文化名士的历史形象。小说将曾国藩置于晚清政权平定太平天国的战争、晚清政治社会的剧变,以及中西文化的冲突等历史旋涡中,通过曾国藩在时代激流中的起伏浮沉、忧乐荣枯,展示了这一历史人物的心路历程。小说从《曾国藩》因母丧返乡开始,详尽述说了他充满传奇色彩的人生道路。小说分三部分:血祭、野焚、黑雨。本书既写曾国藩的文韬武略,也写他的待人处世与生活态度;既写他的困厄与成功,也写他的得宠与失宠。曾国藩制胜的兵法、治军行政的方针,他独特的人生观、处世哲学,他的文化素养和人格品位,等等,都在书中得到精彩的体现。小说同时还塑造了左宗棠、李鸿章、李秀成等一批具有鲜明个性的艺术形象。小说气魄雄伟,典雅宏阔,融历史风情、典章文物与诗情史实于一体,堪称当代文学一部重要的史诗性作品。

《曾国藩》中有两件事写得相当的令人寻味。第一件事是王闿运与曾国藩论《讨粤匪檄》。王闿运认为,从煽动人心上说,曾国藩亲自起草的《讨粤匪檄》不如洪杨的《奉天讨胡檄》。因为,洪杨的《奉天讨胡檄》提出的"用夏变夷""誓扫胡尘",将战争的性质定为民族战争;而曾国藩的《讨粤匪檄》故意回避这一问题,只在"维护君臣人伦、孔孟礼义"上做文章,将战争的性质定位为卫道之战、护教之战。第二件事是曾国藩破金陵后与彭玉麟到焦山还愿。刚到焦山,曾国藩感到"佛法广大,宇宙无垠,他一个苦海中的俗人,好比大千世界里的一粒灰尘,漠漠天河中的一颗水珠",然而与芥航法师的一番交谈之后,他突然振奋起来。作为佛的象征人物的芥航法师不仅为他指明了水师改制的途径,还说出了这样的话:"老衲吃的农夫所种的稻米,穿的村妇所织的袈裟,要说完全脱离红尘,岂非自欺欺人。"两件事发生的时间不同,第一件事是曾国藩誓师出兵、满怀建功立业的豪情之时;第二件事是曾国藩裁军韬晦、意兴阑珊之时。这两件事面对的对象不同,一是民族问题,一是宗教问题。但无论是时间的不同,还是对象的不同,其实质都是一个,即什么事情该做,什么事情不该做。王闿运自以为聪明,却难得曾国藩的心,他的那一番满汉不分的言论是有损于做人的"大节"的,是不符合曾国藩做人的原则的。还是芥航法师聪明,他知道眼前这个人是不会遁入虚无、信服前世来生那一套的,尽管他一时遭遇了挫折,尽管受到佛法的震慑,但他相信的还是现世。

《曾国藩》最引人注目的地方不在于多少战争传奇和人物传奇,而在于写了一个深谙程朱理学的中国知识分子的心路历程。这位知识分子就是具有"中兴之臣"之称的曾国藩。

小说中的曾国藩实际上在三条战线上作战:

第一条战线是与太平军作战。从军事才能说,曾国藩是不如他的对手的。咸丰四年靖港之败、咸丰五年鄱阳湖之败、咸丰六年南昌之败、咸丰十年祁门之败。这四败都把曾国藩逼进了死地。然而,每一次进入死地的曾国藩都被救了回来,原因是每一次他失败的同时,他的部将却打胜了仗。这就说明曾国藩虽然军事才能不济,但是他善于用人。曾国藩用人讲究才能,不论出身,他身边的文臣武将几乎都是一些小人物,但都成了他克敌的能人强将。他用人还有一个标准,那就是中国传统的做人的伦理道德。小说侧重写了曾国藩起用了三个人,一个是康福。曾国藩将其收为贴身保镖,不仅因为他的武功高强,还在于他"孝母爱悌,正直诚实""家风纯良,祖德深厚"。一个是彭玉麟。曾国藩将水师交付于他,不仅因为他有治军才能,还在于他是一个重情重义的"奇男子"。一个是李鸿章。曾国藩竭力扶持他,是因为与他患难与共多年的李元度改换门庭,而遭到疏远的李鸿章忠心不改。曾国藩看中他,既是为他的才情所动,更是为他的忠心所感。任才而用,是历来统帅的成功之道;德才兼备,是重理学的曾国藩的选人标准。既是名将,也是君子,这样的军队打败了太平军就不仅是军事上的胜利,还有文化上的胜利。

第二条战线是与朝廷、官场作战。身为汉人的曾国藩深知手握兵权的危害性,他明白:"朝廷对于长毛的起事,对于吏治的腐败,对于民生的凋敝,对于洋人的欺凌,都是软弱无能、束手无策的话,对汉人的防范,尤其是对于有重兵的汉人的防范,却是老谋深算、戒备森严的。"为了达到自己施展政治抱负的目的,他既要取得朝廷的信任,又要避免朝廷的猜疑,他精打细算、小心谨慎,生怕踏错了一步。他从不为来自皇帝、太后的嘉奖而喜,相反,任何一句来自朝廷的言语,他都要琢磨几天,甚至"从头到脚一身冷汗"。对于官场,曾国藩运作起来就得心应手得多了。他做了这样的总结:"世事纷繁,人心不一,官场复杂,尤为微妙,识见固要闳深,行事更需委婉,曲曲折折,迂回而进,当行则行,当止则止,万不可逞才使气,只求一时痛快。""行"就是进,就是要进攻;"止"就是要忍,就是要韬晦。无论是"进",还是"忍",都需要"识见"。曾国藩就因为看准了自己的位置,看准了自己的作用,从招募团练的时候起就与那些汉官满将周旋,"进"时,他找准机会将那些仕途的敌人一个个扳倒,即使是多年的朋友也不顾,冷酷无情;"忍"时,他可以将自己的数十万军队全部解散,即使是身边的亲兵也不留,做得彻底。他是一个深谙程朱理学的知识分子,一个手握重兵的汉将,也是一个谙熟中国官场之道的老手。他身上的三种成分决定了他特有的人生理念和处世手段。

第三条战线是与他身上的欲望作战。放在曾国藩面前的最大的诱惑是东南的半壁江山。这个欲望从他手握兵权之时就已存在,随着战事的进展,兵重权重,战功卓著,这一欲望表现得越来越强烈。再加上他先后五次受到了身边的好友、战将的鼓励和诱惑,其欲望之火终于在心中升腾起来。曾国藩的过人之处突出地表现在他战胜了自我的欲望。他冷静地分析了朝廷的态度、同僚的态度、自己兄弟的态度以及自己的出身、自己的信念,最后得出了结论:"时机,对于他来说,这一辈子都没有成熟的可能性。这一点,他比所有劝他问鼎的人都清醒得多。"他的结论一旦得出,就毫不犹豫地落实下来。军事上的胜利和官场上的胜利是外在的,对自我欲望的胜利是内在的。通过后者这条战线的描写,作家将曾国藩的人格形象推到了一个新的境界。

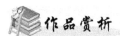

作品赏析

这里节选的是小说第一部分《血祭》中的一段。

　　……因徐有壬的到来,曾国藩想起一件大事,赶紧叫荆七到提督衙门去请塔齐布来。曾国藩对当初推出塔齐布的决策深为满意。<u>倘若塔齐布不是满人,何能如此快地得到朝廷的绝对信任!绿营在塔齐布的手里,也就在自己的手里。</u>　　　　　　　　　　　　　曾国藩知人善任。

　　塔齐布招之即来。曾国藩问:"塔提督,湖南绿营,你将如何统率?"

　　"绿营腐败已甚,当今之务,首在严加整顿。"塔齐布不假思索地回答。曾国藩微微摇头,说:"严加整顿,固是必行之事,但今日首务,却不在此。"

　　"为什么?"塔齐布感到奇怪,曾国藩不是常常说绿营已烂,必须下狠心割去烂肉吗?

　　"塔提督,论资历,你比得上鲍起豹吗?"

　　塔齐布摇摇头说:"远不及。"

　　"去年镇筸兵哗变,冲进你的宅院要杀你,还记得吗?"

　　"这仇恨永世不忘。"

　　"智亭兄,<u>你资历不及鲍起豹,军中不服者必多;你记下镇筸兵的仇恨,又必然引起镇筸兵的害怕。这一个不服,一个害怕,绿营军心能稳吗?</u>"　　形势分析,一针见血。

　　塔齐布感到事情严重了,他望着曾国藩,以祈求的口吻说:"大人,我是你老一手提拔上来的。我只有一句话,从今以后,死心塌地跟着大人。听大人分析,我才知我这个提督位子尚在动摇之中。请大人明示,塔齐布一定照办。"

　　<u>"智亭兄,今日治绿营,当首在收抚人心,其手段只有一个字。"曾国藩伸出一只手,清脆地吐出一个字来,"赏!"</u>　　　　　　　　　　决断,干净利落。

　　塔齐布按曾国藩的指示,遍赏绿营将士,得六品军功者,多达三千人。火宫殿闹事的那几个镇筸兵,也都在赏赐之列,于是绿营皆大欢喜。塔齐布又特地请来邓绍良一道喝酒,邓绍良很受感动。绿营将士知曾国藩和新提督宽宏大量,不记旧怨,军心立即稳定下来。

　　与遍赏绿营相反,对湘勇,曾国藩却实行塔齐布所提出的"严加整顿"的方针。

　　第一个拿来开刀的便是曾国葆的贞字营。这个营在靖港战役中最先溃逃,除开五十余名跟着曾国藩败退的勇丁外,包括曾国葆在内,一律开缺回籍。曾国葆不服气,听了大哥"正人先正己"的一番大道理后,勉强服从了。曾国藩把满弟叫到书房,密谈了大半夜,最后叮嘱国葆,要国华、国荃各招募五百壮丁,用心操练,五百勇丁都当什长训练,到时便可由五百立即变成五千。

由于贞字营先被撤掉，曾国葆带头回原籍，其他各营的整顿都很顺利，共裁掉团丁三千余人。岳州、靖港战场上逃走的人，有的又想回来，曾国藩命令一个不收。他又乘着这个大好时机，将湘勇扩大一倍，建陆师二十营、水师二十营；又水陆二师分别设统领二人。陆师由塔齐布、罗泽南充当，一人管十营；水师由彭玉麟、杨载福充当，也是一人管十营。塔、罗、彭、杨均听调于曾国藩。湘勇建制更显得健全了。鲍超、申名标在湘潭战场上打得勇敢，都被提拔当了营官。

每天，南门外操场由塔、罗负责训练陆师，江面上由彭、杨负责训练水师。曾国藩再忙，每天也要到操场、江边去看看，训训话。曾国藩又吸取戚继光用军歌教育士卒的经验，用心编了几支通俗易懂的歌，又由精通乐理的郭嵩焘谱成曲，早晚教习。这些歌词七字一句，将行军、打仗、安营、扎寨等要点都包括了进去。陆勇唱《陆军得胜歌》，水勇唱《水师得胜歌》。几天唱下来，从官到勇，个个都唱得流畅，记得烂熟了。每天上操下操路上，湘勇们高声唱着军歌，虽不动听，但合着步伐，也还显得整齐、威武，长沙城里的百姓觉得十分新鲜。

湘勇的再次兴旺给曾国藩带来喜悦，他想到，幸而没有死成，否则哪能看到今天的气象！他很感激救他性命的康福和左宗棠，思量报答他们。左宗棠是大才，今后可以大事相委托，眼下不着急。康福有统领之才，但曾国藩不想让他离开自己身边，他极需要康福这样的保镖。若让他领统领的薪水，别人会说是因救自己而得到额外好处，也或许会有人说，当初自己投水是做样子的假死，不然，何以对救者这样重报呢？曾国藩想来想去，想不出一个如何报答康福的好办法。一次，他偶尔翻阅野史，上载鳌拜厚报塾师的故事。他觉得这个方法好。于是暗地叫荆七到沅江去，以康福的名义买下一座大宅院和三百亩水田，迁一户老实人住进宅院，每年代康福收这三百亩水田的租。不久，康福知道了这事，十分感激曾国藩的厚赐，对曾国藩更加忠心耿耿。康福有救主帅之恩，又并没有加薪晋官，湘勇上下也都称赞曾国藩不以官禄报私恩的品德。

这时，天天都有西征军围攻武昌的消息传到长沙，曾国藩与大家日夜商议，准备救援鄂省。

唐浩明：《曾国藩》，北京：人民文学出版社 2004 年版。

（撰写：汤哲声 刘 媛）

批注：
- 先说服了曾国葆，整顿骤顺了。
- 聚齐了一干能人猛将。
- 练兵，事无巨细。
- 知恩图报。

二月河《乾隆皇帝》

二月河（凌解放），1945年出生于山西昔阳。主要作品有《康熙大帝》《雍正皇帝》《乾隆皇帝》等。

《乾隆皇帝》包括《风华初露》《夕照空山》《日落长河》《天步艰难》《云暗凤阙》和《秋声紫苑》六卷。小说描写的是，雍正帝死于非命，时年25岁的乾隆帝继位。他胸怀大志，要做超迈千古之帝，一心开创大清盛世。他坚持推行"以宽为政"的施政方略，革除前朝苛政。重视直臣能吏，简拔新秀，整顿吏治，对贪官污吏严加惩处。他励精图治，罢免赋税，使民休养生息，并不断微服私访，体察民情，派能吏赈灾济民，杜塞乱源。先后进军大小金川、西域和台湾，平息叛乱。让纪昀主修《四库全书》，以收束笼络天下士子之心。国家逐步走向生业滋繁的隆盛之世。但与此同时，土地兼并矛盾愈演愈烈，官场贪贿荒淫糜烂不堪，且边患不已，危机四伏，树大中空，加上晚年乾隆帝好大喜功，多有失政，又任用和珅等佞臣，黜退贤良，国势逐渐江河日下。小说塑造了刘统勋、纪昀、傅恒、窦光鼐等一批官员的形象，刻画出了棠儿、朵云等或刚强或柔弱的众多女子。小说描绘了乾隆朝广阔的社会场景。上至庙堂之高，下至江湖之远，宫闱、闺阁、市井、乡野、沙场、行院……无不涉及，展现了乾隆朝政治、经济、军事、文化等各方面的历史风云变迁，浸润着丰富深厚的文化意蕴，堪称清代中期的一部百科全书。同时作者将政治斗争的权谋机变、世情的炎凉百态琢磨得玲珑剔透，表现得入木三分，淋漓尽致。

写帝王的历史小说本身就有神秘性。帝王以及帝王的生活与一般老百姓相差太远了，生活的隔膜往往就能造成神秘性，神秘性又往往能激起读者的好奇心和阅读冲动。《乾隆皇帝》实际上写了四种人，乾隆帝、乾隆帝的大臣、乾隆帝的女人和与乾隆帝作对的人。这些人以及在他们身上发生的事情在中国老百姓中本来就有很多的故事在流传。这些故事在流传中又增加了不少神奇的色彩。以此为题材，《乾隆皇帝》在争取读者上占据了不少优势。当然，作为一部成功的历史小说，题材还只是一个要素。真正决定历史小说价值的还在于作家的历史观，以及作家依据这样的历史观写出的人和事。

二月河的帝王系列小说的历史观是很明确的：国家统一、国泰民安。在《乾隆皇帝》中乾隆帝与匪首"一枝花"易瑛有一番论治国之道的对话。尽管易瑛历数了乾隆朝很多坏事、恶事，但乾隆帝咬住了一个理，她就无法辩倒他。乾隆帝说："国家鼎盛，汉唐以来未见，连盲人也明白这一条。"（《日落长河》第三十五回）一点不错，国家鼎盛是判断一个朝代好坏、善恶的最根本的标准。现在的乾隆朝如此鼎盛，就应该维护它，推动它。因此，易瑛造反尽管是迫不得已，但破坏了国家鼎盛之势，就必须剿灭它，正如乾隆帝所说："造反，你有一万条理，这一条犯了，就得治你的死罪。"大小金川的动乱尽管是情势所迫，但破坏了国家统一之势，就必须镇压它。同样，根据这样的原则，尽管国家吏治不清，君臣生活骄奢无度，朝廷还是一个好朝廷，皇帝还是一个好皇帝。小说的最后，作家借弘昼的口给乾隆帝这样一个评价："若论生业滋繁、百务兴隆、天下熙和，皇上之治已远过圣祖。"清朝毕竟由少数民族统治，皇帝毕竟是最高的统治者，民族矛盾和社会矛盾均不可避免，如何处理这些矛盾是写清朝帝王历史小说的作家必须解决的难题。二月河高举国家统一、国泰民安的大旗，主张一切问题都必须归置于这面大旗之下，这确实是一个聪明之举。

小说重点刻画的人物就是乾隆帝。登基之初,乾隆帝立下治世的三条原则,一是要做圣君,"创开辟以来极盛之世";二是"满汉有别";三是"君臣有别"。这大概是作家最初准备塑造乾隆帝形象的三个方面的生活。但从小说的情节来看,作家只侧重于写了第一个方面生活。就这一个方面生活来说,人物形象的塑造就已经相当成功了。他具有雄才大略,惩内乱,平外患,看问题总是具有超前性;他尽量体恤百姓,减赋税,兴百业,民富则国富;他赏罚分明,毫不手软,不论身份和亲疏(如对卢焯、讷亲);他也是性情中人,到处拈花惹草,却也不是朝三暮四。作家显然注意到了在写出乾隆帝的帝王之性的同时,写出其更多的人性。与写乾隆帝不同的是,作家给他的臣子更多的个性。同是老臣的张廷玉和鄂尔泰,前者小心谨慎,老谋深算;后者战战兢兢,圆通完善,都在保他的既得利益。同是近臣的讷亲和纪昀,前者浮夸,后者圆滑,都在皇上面前争宠。同是外戚的高恒和傅恒,前者精明却荒淫无度,后者精明却忍辱负重,都在以势欺人,亦因势欺己。即使是一些小人物,如黄天霸等人,作者也写出了他们的个性。写乾隆帝身边的女人,作家侧重于描写她们的情感和精神状态,整天围着一个男人转,互相争宠,却也孤寂无奈,或持重,或做娇态,或钻于房事,或精于做菜,似乎都有一项擅长之处。小说中时隐时现的土匪"一枝花"易瑛精明强干,有着政治才能和军事才能,但毕竟是逆势而行,终是一事无成。为了表现人物的形象,作家写了很多传神的细节。乾隆帝听到睐娘的一番诉怨,借皇后之意,将睐娘从宫人越过贵人、常在、答应等

《乾隆皇帝》·热闹皇室宴会暗含隐情

品级,一下子升为嫔妃,事情虽小,却表现出乾隆帝唯我独尊的气势(《日落长河》第十五回)。纪昀与乾隆帝一起围猎,乾隆帝从马上摔下,为了不使乾隆帝丢失面子,纪昀竟然有意从马上摔下。纪昀的精明机敏和察言观色的本领在这一摔之中表现得淋漓尽致(《夕照空山》第三十六回)。黄天霸被易瑛擒住。易瑛惜他是一条汉子,放他走,他却回手施放一枚暗镖。这一暗算使得他的英雄气概大打折扣(《夕照空山》第三回)。《乾隆皇帝》出场人物近百人,有头有脸的人物不下数十人。这些人物各有不同的表现,使得小说情节显得特别生动,这是最能显示二

月河艺术功力的地方。

虽然写的是帝王,但绝不将笔停留在宫闱生活。小说将宫闱生活作为一个"纲",利用人物活动的行踪,还写了官吏生活、民间生活、土匪生活、藏民生活、草原生活。整部小说就像一张网,生活层面面广量大,但层次分明有条不紊。由于这些生活层面,小说浓重的宫闱气息中又夹杂着不少民间气息和边域色彩。例如,马家宅的那场婚礼,小说写得有声有色,爆竹声、歌声、吆喝声响彻一片,核桃、红枣、栗子撒了一地,官员、缙绅、教读先生、老秀才、郎中,以及那些敞着怀、抽着旱烟袋的穷人形态各一(《夕照空山》第二回)。再例如,岳钟麒说的那则大小金川"乱源"的故事,充满了宗教的意味和神秘的色彩。在这些生活和这些气氛的掺杂与调剂下,小说的生活就有了纵深感。作家显然不满足写出一个朝廷,而是力图通过这个朝廷写出一个时代。

为了吸引读者,小说将一些历史名人以及其生活轶事穿插其中,如纪昀、和珅、刘墉、黄天霸、曹雪芹等人,他们每一个人都有一系列的传奇故事。这些传奇故事的穿插大大增强了小说的传奇色彩。特别是对曹雪芹的描写成了小说的一个亮点。晚年的曹雪芹呕心沥血地创作《红楼梦》,《红楼梦》在上流社会的广泛流传,曹雪芹最后在病困交加中死去。根据自己的理解,作家对这一传奇人物做了情节的铺演。

作品赏析

这里节选的是作品第三卷《日落长河》中的一段:

傅恒在马上口说手比,一条一条向刘统勋譬说奏折讳败邀功的欺饰之处,如同亲历目睹。听得刘统勋心里一阵阵发焦。五月端阳毒日头将午时分照得大地一片腊白,暑气蒸蔚上来,更觉燥热难当,待到西华门首,两个人都已前襟后背湿透。一路进大内,命太监请乾隆接见,刘统勋犹自疑信参半,说道:"听着有理。太危言耸听了吧?我军还占着松岗和下寨呢!"

"大本营都没了,"傅恒站在石狮子荫下,仔细理着汗湿了的发辫,苦笑道:"刷经寺是运粮屯军最冲要的地方。讷亲不是三岁孩子,怎敢轻易弃守?"

"看看他写折子的纸、墨就知道了。有用这种记账用的麻纸、臭墨写报捷折子的吗?"

"你是说……"

"我说他们败得一塌糊涂,是仓皇逃到松岗去的,连奏折本子都没带上!"

<u>刘统勋想着官军大败、困守松岗的惨景,又想乾隆为筹粮调饷连黜湖广十二个州县官,日盼鹊噪夜卜灯花巴望捷报的心情,热辣辣一片心,倾这么一桶冰水,该有多么伤情</u>……想着,自己的心也是一缩,顿了几下,急跳着要出腔子似的,忙从怀中取出药酒,对瓶嘴儿喝了一大口,便见卜智一路小跑过来,喘吁吁请安行礼,笑道:"二位爷来得正好!主子在钟粹宫主子娘娘那呢!丰台花园子贡来蟠桃,这么大个,红尖儿绷鲜的带着绿叶儿——"他咽

看这刘统勋是怎样想皇帝所想、急皇帝所急。

了口水"——娘娘说刘统勋当值,叫进去赏用,万岁爷说,拢共就这么一篓,叫傅恒也来吧——可可儿的您二位就递牌子请见……"傅恒不待他再往下唠叨,向刘统勋一让,二人便同入永巷。到钟粹宫垂花门前,又有皇后富察氏的掌宫太监秦媚媚接引进去。

<u>这里却又是一番热闹</u>。北房皇后正寝丹墀上横排一溜长几,分列坐着贵妃钮祜禄氏、那拉氏、惇妃汪氏、陈氏、惠氏、嫣红、英英等,几位嫔也自有位置。剩余答应、常在一应低等嫔御十几人,也都明珠翠珰穿戴齐整,把头儿花盆底鞋侍候在廊下,却是没有座位。正中一席,中间一张安乐椅,斜坐着鬓发苍苍体态慈祥一位老人家,即是当今太后"老佛爷"了。太后东侧一边坐着富察氏皇后,西侧的乾隆皇帝,却没有坐,原来正在击鼓传花游戏耍子,乾隆输了,被罚着唱曲儿。见他二人进来行礼,乾隆摆手示意起身,笑着道:"老佛爷,傅恒和刘统勋进来了,儿子更唱不出来了,饶了我,罚酒一杯如何?"

"你是皇帝,本罚不得的。"太后笑道:"可这是你自定制度,世法平等!既不能唱,说个笑话儿我听,也是你一片孝心。"

"<u>好,儿子就献丑了</u>。"乾隆仰脸想了想,"前明年间内宦专权,有个小太监新得用,奉旨出去采办。他在外省名声不大,官员们都不来趋奉,临回京前作了一首诗。嗯——这样写的——"他顿了一下,念道:

<u>地动山摇奉旨来,</u>
<u>文武百官不理咱。</u>
<u>有朝一日回京去,</u>
<u>人生何处不相逢!</u>

太后听了,问道:"这是什么诗?""是啊,"乾隆说道,"回京有人奉承说'真好诗!'他谦逊说:'算不上太好——叶韵而已!'"刘统勋和傅恒鹄立东廊下,听乾隆的笑话,起初也罢了,愈想愈耐不住,都缩着脖子背脸笑得打战。余下嫔妃,也是有的笑不可遏,有的嚼不出味来,陪着呆笑。太后道:"我老了,懒得动心思,这笑话儿太深,再换一个说说!"

"是!"乾隆赔笑道,"说三个活死人,张三李四王二麻子——"这一说太后便笑,说道:"我就耐烦听这样的!"乾隆忙双手举杯奉上,"<u>这就是儿子的虔心到了,母亲饮一小口!</u>"

太后呷一小口,指着傅恒和刘统勋道:"别叫他们干站着,桃子一人赏两个,再取一点点儿心果子,乐一会子再说话办事去!"站在富察氏身后的宫女眯娘忙答应着,吩咐小苏拉太监张罗。

"——三个活死人住店打通铺。张三觉得腿痒,就拼命挠,挠得指甲上血糊糊的,仍旧不解痒……"乾隆接着说道,"挠到天明,才看见挠的不是自己的腿,李四一条腿被挠得血淋淋的,还在呼呼大睡……"他没说完,太后已笑得前俯后仰,手里瓜子儿撒了一地,咳嗽着问:"那王二麻子呢?"乾隆道:"王二麻子半夜尿憋得起来解手,偏那夜下雨,房檐往下滴水,他就以为没尿完,一直站到天明……"

<blockquote>
一边是心里着急的大臣,一边是宴会中的皇家众人。

写出了皇帝的人情,他也是母亲的儿子。

以谐趣的方式来说朝中之事。

乾隆帝的孝。
</blockquote>

众人一发哄堂，东倒西歪地都笑倒了，傅恒心里惦着事，跟着笑一阵，偷眼看刘统勋，恰刘统勋目光也闪过来，只一对眼，彼此明白，傅恒因眯娘是自己府里荐来的，如今在钟粹宫是最得用的，便笑着给眯娘递眼色。偏被太后一眼看见，指着傅恒笑道："你两个嘀咕什么，又挤眉弄眼的？罚说笑话儿，一人一个——然后跟你们主子办正经事去！"乾隆笑道："统勋是咱们大清的包孝肃，说笑话儿太难为他了，不如罚他大口吃了两个桃子。您看——赏他的东西，恭谨得一点儿一点儿咬着进，这不也是雅罚？——傅恒说一个吧！"

　　乾隆说罢，安顿坐了下去，<u>见刘统勋虽略吃得快了点儿，仍是不肯放肆张口</u>，想说句什么，又咽了回去。眯娘递茶过来，小声在乾隆耳边说道："万岁爷，两位大人像是有要紧事，主子娘娘说叫奴才禀知了……"<u>此刻天时正热，眯娘薄纱单裋，体气幽香若馥似麝，说话吹气如兰，乾隆不禁心里一荡，咳了一声定住神</u>，听傅恒说笑。

　　"奴才也不大会说笑话儿。今儿老佛爷主子娘娘欢喜，当得巴结承欢。"傅恒笑道："康熙朝名相索额图，其实是个怕老婆的——"见众人都笑，顿了一下接着说道，"他在南书房当值，天天要进去见康熙爷。偏这一天午觉起来，不知为什么事两口子犯生分，夫人使鸡毛掸子赶得相国爷走投无路，就钻了床底下去。夫人兀自探着身子打，一边打一边问：

　　"'你个狗娘养的，出来不出来！'

　　"'老母狗'，索相说，'男子汉大丈夫，说不出来就不出来！'

　　"'你出来！'

　　"'我不出来！'

　　"内廷里还在等着索相去理事，到未时牌还不见他来，高士奇便知他在家又'出事'了，命人去唤，'就说得去见主子呢！'那人飞骑赶到索府，见家人都捂嘴葫芦笑，隔窗儿就喊：'索相，别误了见主子！'"

　　傅恒说到这里，满院人已都笑得控背躬腰，太后捂着胸口问道："他敢情是出来没有？"

　　"说话间索额图已经出来。"傅恒正容说道，"一头一脸都是灰……拍打着出滴水檐下，梗着脖子一路下阶，一头恨恨说：'哼！鸥嚣吗？有万岁爷给我做主，我怕谁？！'"

　　在众人大笑声中，乾隆起身，带着傅恒、刘统勋出了钟粹宫。

二月河：《乾隆皇帝》，武汉：长江文艺出版社 2001 年版。

（撰写：汤哲声　刘　媛）

刘统勋不肯僭越。

乾隆帝真乃性情中人。

高阳《胡雪岩》

高阳(1922—1992),本名许晏骈。浙江杭州人。主要作品有《玉座珠帘》《李鸿章》《胡雪岩》《荆轲》等多部小说。

《胡雪岩》从王有龄引出胡雪岩,王有龄作为一个落魄的"捐班"受到了胡雪岩的资助而得以进京打点分派好的差使。而当时的胡雪岩也只是一个平常的钱庄伙计,因为他拿着钱庄的一笔有些糊涂的应收账款五百两银子资助了王有龄而被钱庄开除了,直到王有龄重新到杭州做官之后才得以摆脱潦倒,开始了他人生的成功道路。在历代的中国社会,想做成事情,有良好的人际关系网络是必不可少的一个条件,尤其是和官场的联系。中国历来是一个官僚等级社会,官员几千年来在中国的社会中起着支配性的作用。胡雪岩本人当然是很聪明且很有能力和眼光的,他当初就是看到了王有龄一定会发达,从而资助其快速走向官场,也为自己的发达奠定了基础。胡雪岩的成功正是从王有龄发达之后,自己开钱庄代理官府的款项开始的。事业刚刚起步的胡雪岩当然是极忙的,他在实际的运作中认识到自己需要帮手,自己的成功需要各种有能力的人的支持,于是凭借自己的各种际遇以及眼光招纳了很多人才。至此,胡雪岩依靠官府、利用漕帮、结识外商买办、网罗赌徒、拉拢富商,终于发迹于战乱年代,在上海、杭州立足。

《胡雪岩》与其说是历史小说,不如说是商贾小说。历史只是小说《胡雪岩》的背景,它衬托着一个血肉丰满、性格鲜明的商人形象:胡雪岩。商人当然有商人的精明,有商人的算计,有商人的钻营,也有商人的失算。与其他商贾小说一样,小说《胡雪岩》写了胡雪岩身上的这些商人特色。与其他商贾小说不同的是,《胡雪岩》并没有把商场看成战场,写其中的明争暗斗、尔虞我诈,而是写一个成功商人独特的经营之道。这个经营之道充满了个性,是"胡雪岩"式的。

胡雪岩之所以成功最重要的秘诀是他善交朋友。他的做人原则很明确,即有饭大家吃,绝不吃独食。小说第二十四章讲了一个票号的故事:京城里最大的四大票号,号称"四大恒",联手欺压异军突起的票号"义源"。结果,不但没有把"义源"压下去,自己反而损失惨重。对这则故事,胡雪岩做了这样的总结:"你做初一,人家做初二,弄义源不倒,义源来整我的阜康,岂不是自讨苦吃。"虽是胡雪岩嘴里的一则故事,却是胡雪岩心里的一条底线。他的票号阜康成立以后迅速崛起,是他不计被扫地出门的前仇,与他原来做学徒的钱庄的掌柜和了好,于是,他就有了本金;他又将自己的利益分给了江湖人物郁四和在洋人身边周旋的康白度、古应春,于是,他的货物不仅交通道上畅通无阻,赚钱的触角也伸到了上海。事业做大了就要建立分号,每一处分号都与当地的票号联手,看似少了一点利润,却在当地扎下了根。就像一棵大树,它的枝叶向四处伸展,每伸展一处都有得力的人帮衬,这棵大树就越发根深叶茂。

胡雪岩成功之道的第二个秘诀是知人善用,识人才。他的发迹首先在于他在王有龄最困难的时候帮助了他。小说中王有龄"三十多岁的人,潦倒落魄,无精打采,叫人看了起反感,他的架子还大,经常两眼朝天,那就越发没有人爱理他了"。唯一愿意与他亲近的人就是胡雪岩。胡雪岩之所以愿意结交他,是看中他的才,认定他将来必发达。果然,王有龄发达了。王有龄的发达就是胡雪岩发达的开始。胡雪岩识人有过人的本领,一旦他认为此人有才就不遗余力地将其收为己用。伙计刘庆生打得一手好算盘,又有多年钱庄学徒的经历,胡雪岩认准他是一个经营的好人才,委以重任,果然,在胡雪岩的帮衬之下刘庆生将阜康经营得蒸蒸日上。船夫老张识蚕丝的成色,懂水路的交通,胡雪岩就让其负责船丝的运输,还委其妻为"湖州老板娘"的称号。赌徒刘三爷一生落魄,却结交广泛,胡雪岩就让其负责外事活动。小说侧重描写了胡雪岩收服名士嵇鹤龄的过程。穷困潦倒却自视清高的嵇鹤龄将谁都不放在眼里,胡雪岩却认定此人有才,可以委以重任。他采用了赎典、赠妻、帮其打通关节等各种手段将其收为己用。嵇鹤龄对胡雪岩曾有这样一番话:"有钱没有用,要有人;自己不懂不要紧,只要敬重懂的人;用的人没有本事不妨,只要肯用人的名声传出去,自会有本领好的人,投到门下。"这段话实际上是为胡雪岩做了总结。

巴结官府、利用官府是胡雪岩成功之道的第三个秘诀。胡雪岩认定,在官府与"长毛"的争斗中,官府必胜,利用官府做事可以达到事半功倍的效果。于是他做了两件事,一是通过各种关系与官府拉上关系,他常用的手段就是拉拢官员身边的师爷,甚至是门房。小说中刘二只是抚院的一个门房,胡雪岩对其巴结不遗余力。小说中有这样一个小插曲:阜康刚刚开门就给刘二一张存折,上面已存银20两,说是先付利息。而实际上刘二一分未存,却先得一笔钱财,此手段实在高明。二是培养自己的人在官府里做官。湖州是浙江最富足的州县,王有龄升任知府。胡雪岩到湖州就如回到家一样,要什么有什么。此时正是漕运改海运的时候,掌握着这条生命线的海运局是一个肥差,在胡雪岩的运动之下,此肥差交给了他的好友嵇鹤龄。既为朋友谋了差事,又为自己开辟了一个巨大的财源。三是为官府、官员排忧解难。阜康刚刚成立,恰逢朝廷发"户部官票",明知要亏损,也去积极认购,结果受到朝廷的嘉奖。钱是少了些,信誉上去了。转调的官员要填补任上的漏洞,阜康出钱去补,明知风险很大,却开辟了新的财源。

这些成功的秘诀还是胡雪岩个人的人生经验。在这些人生经验的背后,小说实际上写了中国的一种处世文化和商业文化。所谓的"和气生财""多位朋友多条路""士为知己者死,女为悦己者容""滴水之恩,涌泉相报",这些中国人的处世格言已被胡雪岩活用到从商之道上去了。靠官发财更是中国从商的必经之路。胡雪岩曾经说过这样一句话:"做官跟做生意的道理是一样的。"一切都为了"利"。以"利"为中心,在中国官、商常常是不分的。胡雪岩把中国商场、官场看透了。

胡雪岩是一个商人,商人身边的人不在于社会地位有多高,而在于是否有用和实用。以胡雪岩为中心,小说写了大量的三教九流中人。作家对这些三教九流的来龙去脉和各种称号如数家珍。小说中对漕帮演变成青帮做了演叙,对官员身边"幕友"的黑幕做了披露。小说还对人物的各种称号做了介绍:管出纳的叫"账房"、管写信的叫"书启"、为子弟授书的叫"教读"、帮忙考试的叫"阅卷"、征收地丁的叫"征比"、负责案件审理的叫"刑名"、负责征收粮食的叫"钱谷"……这些掌故给这部小说带来了很浓的世俗文化气息,也给高阳小说带来了一大特色。

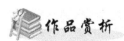

这里节选的是作品第十一章的一部分。

王有龄的船到杭州，仍旧泊在万安桥。来时风光，与去时又不大相同。去时上任，仪制未备，不过两号官船，数面旗牌，这一次回省，共有五只大号官船，隶役侍应，旗帜鲜明。未到码头，仁和、钱塘两县已派了差役在岸上照应，驱散闲人，静等泊岸，坐上大轿，径回公馆。　　 _{王有龄的气派又渐大了。}

　　胡雪岩却不忙回家，一乘小轿直接来到阜康，他事先并无消息，所以这一到，刘庆生颇感意外。胡雪岩原是故意如此，叫他猝不及防，才好看出刘庆生一手经理之下的阜康，是怎么个样子。

　　因此，他一面谈路上和湖州的情形，一面很自然地把视线扫来扫去，店堂里的情形，大致都看清楚了，伙计接待顾客，也还客气，兑换银钱的生意，也还不少，所以对刘庆生觉得满意。　　 _{对自己不在店里时的情况迅速了解了一番。}

　　"麟藩台的两万银子，已经还了五千……"刘庆生把这些日子以来的业务情形，做了个简略的报告。然后请胡雪岩看账。

　　"不必看了。"胡雪岩问道："账上应该结存的现银有多少？"

　　"总账在这里，"刘庆生翻看账簿，说结存的现银，包括立刻可以兑现的票子，一共七万五千多银子。

　　"三天以内要付出去的有多少？"

　　"三万不到。"

　　"明天呢？"胡雪岩又问。

　　"明天没有要付的。"

　　"那好！"胡雪岩说，"我提七万银子，只要用一天好了。"说着拿笔写了一张提银七万两的条子，递了过去。　　 _{试探工人也这么不露声色。}

　　他这是一个试探，要看看刘庆生的账目与结存是不是相符？如果叫他拿库存出来看，显得对人不相信，所以玩了这么一记小小的花样。

　　等刘庆生毫不迟疑地开了保险箱，点齐七万两的客票送到他手里，他又说了："今天用出去，明天就可以收回来。你放心，不会耽误后天的用途。说不定用不到七万，我是多备些。"

　　就这么片刻的功夫，他已经神不知、鬼不觉地把刘庆生的操守和才干，考察了一番。回家拜见了老母，正在跟妻子谈此行的成就，王有龄派人来请，说有要紧事商量，请他即刻到王家见面。

　　到得王家，已经晚上九点钟了。王有龄正在书房里踱方步，一见胡雪岩就皱着眉说："搞了件意想不到的差使，要到新城去一趟。"

　　新城又称新登，是杭州府属的一县，在富阳与桐庐之间，那一条富春江以严子陵的钓台得名，风光明媚，是骚人墨客歌咏流连的胜区，但新城却是个小小的山城。湖州府署理知府，跑到那儿去干什么？"莫非奉委审案子？"胡雪岩问。

　　"案子倒是有件案子，不是去审问。"王有龄答道："新城有个和尚，聚众抗粮，黄抚台要我带兵去剿办。"

　　听得这话，胡雪岩大吃一惊，"这不是当耍的事。"他问："雪公，你带过兵没有？"

"这倒不关紧要,我从前随老太爷在云南任上,带亲兵抓过作乱的苗子。不过这情形是不同的,听说新城的民风强悍得很。"

凡是山城的百姓,总以强悍的居多。新城这地方,尤其与众不同,那里在五代钱武肃王的时候,出过一个名人,叫作罗隐,在两浙和江西、福建的民间,"罗隐秀才"的名气甚大,据说出语成谶,言必有中,而他本人亦多奇行异事。新城的民风,继承了他的那股傲岸倔强之气,所以很不容易对付。

"是啊!"胡雪岩答道:"这很麻烦。和尚聚众抗粮,可知是个不安分的人。如果带了兵去,说不定激成民变。雪公,你要慎重。"

"我所怕的正就是这一点。再说,一带兵去,那情形……"王有龄大摇其头,"越发糟糕!"

这话胡雪岩懂。绿营兵丁,已到了不可救药的地步,真正是"兵不如匪",一带队下去,地方老百姓行就遭殃。想到这一点,胡雪岩觉得事有可为。

"雪公!随便什么地方,总有明事理的人。照我看,兵以不动为妙,你不妨单枪匹马,到新城找着地方上有声望的绅士,把利害关系说明白。此事自然能够化解。" 帮王有龄出主意。

"话是不错。"王有龄放低了声音说:"为难的是,大事化小、小事化无还不够。上头的意思是,现在各地风声都很紧,怕刁民学样捣乱,非要严办祸首不可。"

"不管是严是宽,那是第二步的事!"

"对!"王有龄一下领悟了,不管怎么样,要眼前先把局势平服了下来,才能谈得到第二步。他想了想,站起身来说:"我要去拜个客,先做一番部署。"

"拜哪个?"

"魁参将。他原来驻防嘉兴,现在调到省城。黄抚台派他带兵跟我到新城,我得跟他商量一下。"

"雪公,你预备怎么跟他说?"

"我把以安抚为先的宗旨告诉他,请他听我的招呼出队,不能胡来。"

"叫他不出队,怕办不到。"胡雪岩说,"绿营兵一听见这种差使,都当发财的机会到了。哪里肯听你的话?"

"那么照你说,该怎么办呢?"

"总要许他点好处。"胡雪岩说,"现在不是求他出队,是求他不要出队。" 用钱办事,商人的方式。

"万一安抚不下来,还是要靠他。"王有龄点点头,下了个转语:"不过,你的话确是'一针见血',我先许了他的好处,那就收发由心,都听我的指挥了。"

当夜王有龄去拜访了魁参将,答应为他在黄抚台那里请饷,将来事情平定以后,"保案"中一定把他列为首功。但希望他听自己的话,实在是要他听自己的指挥。魁参将见王有龄很知趣,很爽快地答应照办。

由于王有龄遭遇了这么一件意外的差使,把他原来的计划都打乱了,该办的事无法分身,只有胡雪岩帮他的忙。首先是藩司衙门的公事要紧,胡雪岩用他从阜康取来的客票,解入藩库,把湖州带来、由郁四调来的五万银票,连同多下的两万,一起还了给刘庆生。此外还有许多王有龄个人的应酬,何处该送礼,何处该送钱,胡雪岩找着刘庆生帮忙,两个人整整奔走了一天,算是都办妥了。

"这就该忙我自己的事了。"胡雪岩把经手的事项,一一向王有龄交代过后,这样对他说,"我赤手空拳做出来的市面,现在都该要有个着落。命脉都在这几船丝上面,一点儿大意不得。"

> 与王有龄的交往逐渐深入。

高阳:《胡雪岩》,北京:生活·读书·新知三联书店 2006 年版。

(撰写:汤哲声 刘 媛)

熊召政《张居正》

熊召政(1953—),湖北英山人,木工家庭出身。1967 年初中毕业后参军、下乡。1973 年开始发表作品,1979 年创作的诗歌《请举起森林一般的手,制止!》获 1979—1980 年全国中青年优秀新诗奖,后调入湖北省作协,历任《长江文艺》副主编、湖北省作家协会副主席。同时,还曾创办湖北万象文化传播有限公司,并任总裁。已出版诗集、散文集、报告文学集、长篇小说等多部。2005 年以 150 万字的长篇小说《张居正》获第六届茅盾文学奖。

围绕长篇历史小说《张居正》曾发生过一次颇具影响的争论。争论的一方以马振方先生为代表。他的著名文章《厚诬与粉饰不可取——说历史小说〈张居正〉》以小说内容与历史典籍一一对照的方式,指出《张居正》在历史的"真实性"方面存在的缺憾。[1]争论的另一方则以王先霈等先生为代表,他们对于马振方先生观点的回应,一方面集中在马所引历史典籍上,事实上是纠缠于史料不明处的不同理解;另一方面的回应则指出了文学批评应该使用文学的标准而非历史的标准。[2]这一争论事实上触及历史小说写作的一些根本性问题,但它并未削弱《张居正》在广大读者那里的影响力。

事实上,《张居正》的影响力在于,它所描写的大僚立志改革的故事,正与时代的主潮、与大众读者的关注点有契合之处。《张居正》是当代历史小说表现现实社会热点问题的典范。

《张居正》共四部,分别为《木兰歌》《水龙吟》《金缕曲》《火凤凰》。《木兰歌》最早于 2000 年由长江文艺出版社出版,其后三部分别于 2001 年至 2003 年在该出版社陆续出版。

《张居正》的故事情节大致如下:次辅张居正与首辅高拱两位权臣面和心不合,张居正借助宫内冯保、李贵妃的力量,将高拱赶下台,荣登首辅之位。张居正欲重振朝纲,奈何国库空

---

[1] 马振方.厚诬与粉饰不可取——说历史小说《张居正》[J].文学评论,2003(6).
[2] 王春瑜.厚诬乎?粉饰乎?——《张居正》引发文史之争[N].中华读书报,2003-12-10.

虚，只能以胡椒、苏木折官员薪俸，在京城内引起非议，更有人火上浇油，出现一片混乱局面。为安定局面，张居正借用宫内力量，实行京察，并掀开了吏治整顿和万历新政的序幕。张居正大力推行改革，在诸多领域激化了矛盾，但其才能和决断帮助他推动这一老大帝国艰难地前行。无奈，在改革的紧要关头，张居正须回乡奔丧守制，虽有"夺情"之争，也无济于事。小皇帝朱翊钧亲政，淫乱于后宫，张居正为之下"罪己诏"，引发皇帝嫉恨。张居正逝于首辅任上，去世仅三个多月，皇帝赶走冯保，否定张居正一应改革措施。张居正被抄没家产、剥夺爵位，祸及张氏门生、老母、子孙。万历新政就此失败。

《张居正》所述之重点，在于张居正所发动的改革。张居正改革是中国历史上最著名的改革之一。张居正改革的内容主要集中在吏治、经济等方面，他的改革使明朝在万历年间有了很大的起色，其中尤其是经济改革，使得国力大为提升。熊召政选择张居正改革作为创作对象，其中是有"忧患意识"的。此忧患意识的具体内涵是什么呢？熊召政说："仔细研究中国历史，就会发现朱元璋所创立的明朝国家管理体制，对今日中国的参照意义，远远超过清朝。"

对于张居正这样一个策划和组织国家重大改革的人物，一般文学作品在塑造形象方面会有两种可能的趋向。一种趋向是将张塑造成通体光辉、形象高大的改革先驱，此先驱必定仇视贵族、胸怀人民，并勇于与众多宵小做斗争；另一种趋向则可能会将张居正的心理作为描述的重点，通过对人物心理和性格的矛盾的描摹而抵达心灵的深处。小说《张居正》在人物形象塑造方面的一般性在于，它也试图将张居正塑造为一个相对正直的改革家。在小说中，张居正呕心沥血、励精图治，在与清流的对立中突出了自身实干家的形象，在处理繁难的过程中显示出铁腕的手段，在面临困境时又表露出决绝的精神状态。对这个人物，作家是喜爱的。因为喜爱，小说给了张居正不少直抒胸臆的机会；因为喜爱，小说本应有的批判目光就被某些曲笔所替代。《张居正》中最明显的曲笔在于，在小说最后，叙事者满怀激愤地叙述了万历皇帝对张居正所任用人物的清洗，尽管这些人物的被清洗在形式上标志着张居正改革的彻底被摒弃，但一朝天子一朝臣，这本是历史上的常态，所以毕竟也在情理之中；与此相对应的是，张居正掌权后对于前任高拱所用人员的清退在小说中并没有放在一个恰当的位置予以叙写，反而运用各种方式来为张居正辩护，可见作家对小说中人物的偏爱程度之深。这是可以从小说中直接感知的曲笔，还有一些是不熟悉历史就不能发觉的。马振方先生在《厚诬与粉饰不可取——说历史小说〈张居正〉》中就谈到一个细节：据明史记载，张居正下属在诛杀邵大侠后，又追杀邵之三岁幼子邵仪。在小说中，捕杀邵大侠固是张居正授意为之，杀邵仪之事则踪影全无。这显示出《张居正》在描写张居正形象时能达到的可能限度。邵大侠出现在小说中，是因为他的活动能够给作品带来传奇色彩，加强小说的可读性，对这个人物最终结局的设计，一方面是作品情节完整性的需要，另一方面也通过张居正对政敌的痛下杀手一定程度地表现他保证改革顺利进行的决心。而杀邵仪则属斩草除根，过于阴鸷，超出了为改革保驾护航的范畴。小说对于此情节的舍弃，其用意大抵如此。

《张居正》的历史感源自它着力建构的一个完备的颇具历史色彩的权力体系。在这个体系中三个环节非常重要：皇室、内廷、政府。皇室由两个部分组成：一是皇帝、贵妃等，为权力的保障和皇位的维持大施帝王之术；一是皇亲贵族，因为身份的特殊颠顶无理、贪心不足。《张居正》对于皇室的定位基本上与民间印象相符，具有时代特征的风俗民情也有效地营造了历史效果。小说中最引人注目的风俗莫过于"守制"。张居正之父离世，其当返乡守制，还是夺情留任？围绕这个问题，皇室、清流掀起了轩然大波，任何一方都坚决不肯退让半步，并最终以血的代价结束了争论。当小说中人物如此坚持于此风俗的时候,其在心理上已经拉远了与读者的距离。

拟古化的语言是奠定小说历史感的最大功臣。语言的拟古首先落实在该小说的书面语言上。作品中无论是君臣答对,还是奏章批示,或者诗歌酬唱,大多以直接引用的方式,突出其原汁原味的文言面目,从而提醒读者此话语操持者所属的年代已久远。语言的拟古还表现在作品中人物口语中夹杂的文言词汇,这些词汇部分对读者来说是陌生的,如张居正多以"不谷"谦称,很具特色;更多的则是对普通文言词汇或成语的灵活化用,虽然并不一定就是明朝专用,但就渲染历史气氛来说已经足够了。另外,小说的叙述语言尽可能地做到儒雅、节制,绝少现代词汇,也为小说历史感的建构增色不少。

茅盾文学奖给《张居正》的颁奖词是:"四卷本长篇小说《张居正》,以清醒的历史理性、热烈而灵动的现实主义笔触,有声有色地再现了与'万历新政'相联系的一段广阔繁复的历史场景,塑造了张居正这一复杂的封建社会改革家的形象,并展示出其悲剧命运的必然性。作者因其丰赡的文史修养、恢宏均衡的艺术架构能力,对特定历史底蕴的富于当代性的揭示,获得本届大奖。"颁奖词重点突出的"当代性",显然能够很好地揭示出《张居正》的价值。

作品赏析

这里节选的是《张居正》第二部《水龙吟》的第一回"邸报中连篇诳鬼话　云台内京察定方针":张居正出任首辅,财源枯竭、吏治腐败。如何去除官场痼疾,成为他面对的首要问题。

建极殿后的云台是一处三楹小殿,与乾清宫仅隔着一道乾清门。平日里有什么要紧事,皇上便在这里接见大臣。这天辰时刚过,只见云台里坐了三个人,御座上坐的是小皇上朱翊钧,张居正与冯保打横坐在两侧。冯保尖细着嗓子,念一份邸报上的条陈:

苏州府知府报告:苏州府治西南太湖之滨,有山自移徙。初犹缓缓移动,渐次甚急,望太湖而趋。偶一村民过之,大惊疾呼曰:"此山要走下湖也!"闻者皆愕然而呼。山随呼即止,已离旧址百数丈矣。

<u>冯保拖腔拖调刚念完,朱翊钧就乐了</u>,他双脚一蹬金踏凳,拍手笑道:"山还会跑,真有趣。" | 到底是孩子。

冯保干笑了笑,觑了张居正一眼,<u>但见这位首辅敛眉凝神,木头人一样毫无表情</u>,冯保咽了一口唾沫,念开了第二段: | 表情很突兀,留下玄机,吸引读者。

江西抚院来札:南昌府城隍庙殿下庭中生一石,初出地四五寸,越日已长尺余,以后日日渐长。既数日,已三四尺。其初生时,无人觉之是石,偶一人见曰:"此处想生出山矣。"因此语遂不复长,其生者至今有焉。

这一回小皇上产生了疑惑,他眨巴眨巴眼睛,既像在询问又像是自言自语:

"石头又不是草,怎么能长呢?"

冯保不置可否,接着念第三段:

山西太原府巡抚御史伍可奏词:查太原府静乐县龙泉村民李良云弟良

雨忽转女形，见与村民白尚相为妻。隆庆六年正月内，良雨偶患小肠痛，旋止旋发，至二月初九日，卧床不起。有本村民白尚相亦无妻，于雨病时，早晚周旋同宿。四月内，良雨肾囊不觉退缩入肚，转变成阴，即与白媾配偶。五月初一日经脉行通，初三日止，自后每月不爽。良雨方换丫髻女衣，裹足易鞋，畏报回避不与人知。六月十五日村人得知，禀县拘雨、相同赴审实，稳婆方氏领至马房验，系变形，与妇人无异。乡人议论，称男变为女乃阴盛阳微之兆，以祈修省。

念着念着，冯保心里头就满不自在起来，他不明白张居正为何要弄来这些乱七八糟的邸报以亵圣听，当把最后一个字念完，他便把邸报朝面前茶几上重重一掼，一边端起茶盅来喝茶，<u>一边不停地朝身后头的帷幕张望</u>。朱翊钧年纪虽小，但心眼儿透亮。虽然这三则简报上的奇闻逸事听起来饶有兴味，但从冯保的脸色看又似乎触犯了禁忌。小孩子天生的好奇心受到压制，小皇上顿时不知所措，痴坐在御榻上，不安地搓动双手。

> 这个动作很特别，为下文埋下伏笔。

张居正一直在关注小皇上与冯保表情的微妙变化。待冷了一会儿场之后，张居正才开口问道：

"方才冯公公所念简报，请问皇上有何看法？"

朱翊钧生怕答错，指着冯保说："大伴，你说。"

"荒诞不经。"冯保愤然一哂，嘴中冷冰冰蹦出四个字。

"是，大伴说得对，荒诞不经！"经冯保这么一"点题"，朱翊钧就知道如何回答了，他扳着小指头说："山走路，石头长个儿，男人变女人，怎么这么多稀奇古怪的事情都出来了？"

"皇上问得好！"一向冷峻内向不苟言笑的张居正，此时眉棱一耸，语气凛然说道，"<u>偌大中国，每日里发生一些或者说流传一些荒诞不经稀奇古怪的事情，原也不足为怪，但奇怪的是，这样一些荒诞不经稀奇古怪的事情，居然堂而皇之地刊载在通政司的邸报之上！</u>"

> 张居正为政治改革找到了一个极好的突破口。

张居正突出此言，小皇上顿时愣着了。

朝夕如流光阴荏苒，张居正出任首辅不知不觉已经一月有余。俗话说万事开头难，张居正接下这个首辅可谓难上加难。国库空虚财源枯竭，大臣怙权吏治腐败。每日里往内阁值房里一坐，不管是看奏折邸报，还是与晋见的官员谈话，竟没有一件事顺心。但他还是雷厉风行，在短短时间内办成了两件大事：一是给陈皇后与李贵妃都上了皇太后的尊号；二是部院大臣不称职者都已尽数撤换。前者是为了稳定皇室，讨小皇上与生母李贵妃的欢心，而后者才是真正的大事。<u>永乐皇帝定都北京后，钦定百官依职掌权力划分，共有九大衙门、九小衙门。</u>九大衙门是吏户礼兵刑工六部加上都察院、通政司和大理寺；九小衙门依次是詹事府、太常寺、太仆寺、光禄寺、鸿胪寺、翰林院、国子监、尚宝司和苑马寺。九大衙门的掌印者，习惯上称为大九卿。九小衙门的主管，俗称小九卿。这十八衙门组成了一个完整的中央政府管理机构。所谓内阁首辅，自孝宗时代起，实际上就是代表皇上，通过这十八个衙门行使管理国家的权力。任何首辅上任要做的第一件事，就是治理整顿

> 乘机介绍明朝的政府部门设置。

这十八个衙门,物色堂官人选,张居正也不例外。不过,他不同于其他首辅的是,他并不满足于把这些衙门的堂官尽数换成自己的亲信,而是希望这些衙门能真正做到各尽其责,担负起管理国家的重任。因此上任之初,他就表明"不以己之好恶决定用人取舍,而是依据才能推荐部院人选",尽管他这么表态,但却没有几个人相信他真的会如此去做。张居正久居内阁,对官场的种种龌龊心态早就了然于胸。多年来京城官场中就流传着四句顺口溜:"大九卿有大九九,小九卿有小九九,十八衙门朝南开,堂官跟着首辅走。"短短二十八字可谓绝妙地道出了官场痼疾。隆庆元年张居正入阁之初,就曾暗下决心,有朝一日如果天遂人愿登上首辅之位,就一定要根除这种积弊。所有大臣忠诚于皇上,听命于政府,本是臣道职守无可厚非,但不能容忍的是大臣们都有自己的小算盘,这样势必会造成结党营私、怙权售利的混乱局面。长此下去,不仅仅皇上的威福只是一句空话,就是天下黎民百姓举头祈盼的国家昌隆的盛世也只是镜花水月而已……

> 看来,张居正所维护的,不仅有皇上,也有天下百姓。

以上这一番思虑,张居正不知道在心里头琢磨了多少次。他一次次想觐见皇上,把这些朝廷大政官场弊端一一说给皇上听。但取笔写帖时,又犹豫着停顿下来:皇上毕竟是十岁的孩子,怎样才能让他明白这些深奥的道理呢?与其匆匆谒见说一大堆晦涩难懂的话,让皇上听得懵里懵懂不知所云,倒不如耐心等待某种契机的出现。昨天下午,张居正翻阅通政司送来的邸报,偶然获得了灵感,觉得可以与小皇上沟通了,遂递帖请旨,定下了今日的会见。

此刻的云台一片寂静。面对一丝不苟的张居正,小皇上有着依赖与敬畏双重心情。沉默了好一会儿,他才又鼓起勇气问道:

"通政司的邸报应该刊载什么?"

> 这个问题问得自然,但要让这个问题问出来,是必须花一番功夫的。

熊召政:《张居正》,武汉:长江文艺出版社2007年版。

(撰写:蔡爱国)

刘斯奋《白门柳》

刘斯奋(1944—),广东中山人,出身于书香门第,父亲刘逸生是民国时期的一位较为知名的报人、诗人和文艺评论家。刘斯奋1967年毕业于中山大学中文系,此后在广东省的宣传、文化部门供职,历任广东省委宣传部副部长、广东省文联主席、广东画院院长、广东省政协常务委员。刘斯奋最著名的作品是他曾获第四届茅盾文学奖的长篇历史小说《白门柳》,包括《夕阳芳草》《秋露危城》《鸡鸣风雨》三部。刘斯奋自幼喜好绘画与古诗词写作,除《白门柳》外,刘还著有《岭南三家诗选》《黄节诗选》《苏曼殊诗笺注》等学术著作,并出版《刘斯奋人物画选》《刘斯奋人物画新作》《刘斯奋书法》等画册,其人物画被誉为新文人画。

刘斯奋的《白门柳》立意在通过描述明清之交的知识分子所走过的坎坷道路,揭示民主思想的生成过程,为康梁变法及此后的民主革命找寻历史的渊源。这一立意使《白门柳》触及了社会文化的深层问题,也使其在诸多当代历史小说作品中呈现鹤立的姿态。

《白门柳》写作历时16年,第一部《夕阳芳草》1981年开始写作,由中国文联出版公司于1984年12月出版,而最后一部《鸡鸣风雨》于1997年3月方才改毕。

《白门柳》的故事情节大致如下:明朝即将覆没,但世人并无切肤之痛。才子在逛妓院,官人在搞倾轧。东林党人召开复社大会,但东林领袖、文坛"祭酒"钱谦益为求复职,与"阉党"余孽阮大铖暗中妥协,复社虎丘大会因之而产生激烈内讧,但钱谦益也未能因此而成功。冒辟疆与陈圆圆、董小宛,钱谦益与柳如是,侯方域与李香君等江南名士与秦淮名妓之间的爱情也在此中沿着各自的路径发展。熙熙攘攘间,李自成攻下北京,明朝灭亡。北京既失,南京为立何人为新君争执,钱谦益等人的主张都有一通道理。弘光皇帝继位,史可法一派与马士英一派展开较量,复社内部也内讧不断。冒辟疆逃难,董小宛任劳任怨苦苦相随。马士英失败,钱谦益获起用,携柳如是赴南京。黄宗羲改革朝政的思想也在进一步理论化。清军南下,史可法殉国,弘光王朝覆灭,钱谦益等投降,赴北京,柳如是不从。明朝残余反抗力量退守浙东继续坚持抗清,黄宗羲也参与练兵,并产生了朦胧的民主思想。冒辟疆和董小宛继续其颠沛流离的逃难生活;柳如是独自留在南京,并出轨,钱谦益回南京,与柳如是达成谅解。冒辟疆最终参与到南京城的抗清活动中去,但很快失败,黄宗羲率领的抗清军队也战败,反抗活动转入地下。

《白门柳》·黄宗羲别弟话出征

关于《白门柳》的创作立意,刘斯奋在他的创作谈《〈白门柳〉的追述及其他》中有过这样的表述:"通过描写明末清初著名思想家黄宗羲以及其他具有变革色彩的士大夫知识分子,在'天崩地裂'式的社会巨变中所走过的坎坷曲折道路,来揭示我国十七世纪民主思想产生的社会历史根源。"[1]在《白门柳》处于酝酿期的20世纪80年代初,"知识分子"和"社会巨变"这两

---

[1] 刘斯奋.《白门柳》的追述及其他[J].文学评论,1994(6).

个词语是宏大话语体系中的重要组成部分,《白门柳》可以说是抓住了当时的热门话题。

《白门柳》对知识分子多维形象的塑造很有意味。钱谦益是小说中最重要的人物,小说对他的塑造超出了"封建官僚兼大地主"的定位。小说的生动之处在于,在开头就对钱谦益和柳如是的关系做了大胆的诠释。在钱谦益给柳如是的诗笺最末处留下了这样的附注:"辛巳冬,河东君赴姑苏疗疾,越岁未归,不胜蒹葭之思。诗以促之。越三日,谦益舣舟姑苏,迎返常熟。眷眷此情,耿耿是心,河东君当能察之也。"而柳如是在看到这句话时的态度是"目光在最后几句附注上逗留着,终于哼了一声,把诗笺放在一边"。钱、柳二人之间在历史上是否真有此事并不重要,重要的是,在作者的意识中到底要把他俩的关系如何定位。选择了这样的细节来解释他们的关系,事实上构成了对才子佳人这一故事模式的解构。与此相对应的,是叙述者在叙事过程中不由自主地流露出来的态度。在《白门柳》中,钱谦益的内心活动被如此记录:"自己一生营营役役,机心用尽,总算弄到今天这样一个'东林领袖''文坛祭酒'的显赫地位;而且,把父祖辈传下来的一份家业,又扩大了好几倍,满以为上可无愧钱氏列宗之灵,下可振兴子孙于后世了。"所谓的"营营役役,机心用尽"等,不过是作者对于这个人物的评价,跟人物自身并没有必然的关系,而这类具有贬义的词汇的使用,正暴露出作者的潜在立场。这是一个什么样的立场呢?从世俗的角度解读一些原先比较正经甚至有神圣倾向的东西,解读的态度是蔑视、嘲讽,解读的结果是滑稽、无意。这与20世纪末"消解崇高"的思潮大致类似。除钱谦益外,《白门柳》中还有两位重要的知识分子:冒辟疆和黄宗羲。冒辟疆虽为佳公子,却被家庭所累,无法在政治上大展拳脚,只能在乱世中拖家带口,疲于奔命,仅存的男人脾性全体现在对董小宛的无端指责和阴暗猜测上。黄宗羲在历史上虽为近世民主思想的重要代表人物,在小说中却过于稚嫩,书生气十足。小说突出的是他们与老百姓平常生活相契合的一面,不过分高估,不刻意贬低,更不上纲上线。当然,经过这样的解读,"英雄"或者"崇高"也就失去了立足之地。

历史感的营造也是《白门柳》较突出的一个方面。《白门柳》的历史感当然首先来自对发生在特定时代的故事的叙述。但在叙述这些故事的时候,作者往往特意要赋予它以一些特别的意味,从而使得它寓言化。拿刘斯奋在《〈白门柳〉的追述及其他》里的话来说,是"更自觉地从历史中看到人类前行的艰苦而壮丽的历程,更自觉地从历史中发现文化之美"[1]。《白门柳》的历史感还来自一些有意味的符码。这符码有两种,一种是具有历史时代特征的物品,比如小说一开头就着力渲染的柳如是闺房中的物事:梅花暖帘、雕花窗棂、北宋院画人物、古琴、线装书、悬着流苏锦帐的月洞式门罩架子床等;另一种是特定时代的人际关系,比如丫鬟与女主人、老爷与门客等。倒不是说这些物事或关系就一定是明末的,但至少对大众来说,它不是现世的。这些物事是《白门柳》历史感的直接来源。当然,拟古的语言也为《白门柳》的历史感增色不少。这拟古的语言首要来自对小说中人物的书信文章内容的原单照录,譬如上文中引到的诗笺附注等。这些符码、这些语言是刘斯奋非常重视的。在《〈白门柳〉的追述及其他》和《一孔之见》中,他一再强调,应该为读者提供比历史事件更为丰富的东西。[2]

如果说,有史实根据的历史人物和历史事件是小说的骨架的话,那么,具有历史感的社会生活则是小说的血肉,是小说之所以为小说而不是历史教科书的凭据,也是《白门柳》作为小说能被大众所接受的关键之所在。在阅读《白门柳》时可以注意到,小说在处理这两者关系时做

---

[1] 刘斯奋.《白门柳》的追述及其他[J]. 文学评论,1994(6).
[2] 刘斯奋. 一孔之见[J]. 文学评论,1995(6).

了很有意思的选择。在《白门柳·秋露危城》的末了,南京城已破,钱谦益和柳如是为是否应该自尽以殉亡明而争执;到了《白门柳·鸡鸣风雨》的开头,龚鼎孳已经在为汉官如何在满人治下施展拳脚而算计并自鸣得意于家庭生活,而满汉矛盾则化为饭桌上的絮叨。小说选择了家长里短的微观世界作为它的叙述重点,而钱谦益降清和满汉民族矛盾这么重要的历史事件就算是揭过去了。这样的情节设置,为《白门柳》所谓"史""诗"关系的处理做了最生动的注释,也很明显地显露出作品作为大众文学文本的视角和趣味。

作品赏析

这里节选的是《白门柳·鸡鸣风雨》第十一章中的一部分,全书已近尾声:黄宗羲率领抗清军队,作殊死抗争,在最后一场战斗前与弟弟黄宗会的一段交流,从中可见黄宗羲的情怀。

"哎,大哥!"一个声音熟悉的呼唤远远传来。黄宗羲抬头一看,发现那个任性的弟弟已经在住所前守候着。暮色四合的薄黯中,他那身白色的直裰被晚风吹得飘拂不定。

"啊,大哥回来了!"大约没有得到黄宗羲的答应,黄宗会又快步迎上前来,急煎煎地问:"那边的事都安排妥了吗?劣弟打算这就回去,只不知有没有过江的船?"

黄宗羲看了弟弟一眼,心想:"早先不让他来,他偏闹着死活要来,如今我还没开口让他走,他就又急着要走了!"由于更多了一分不悦,他便故意不回答对方的问题,只是淡淡地问:"嗯,你坐了这一天的船,不觉得累乏吗?"

> 此时此刻,黄宗羲是凡夫俗子的心胸。

"嗳,刚才趁大哥不在时,小弟已经歇过了。"

"唔,饭呢?"

"也吃过了。"

"可是,人家水寨那边才刚刚把船泊定,还没吃饭呢,哪里有力气即时又开船送你!算了,迟个把时辰再说。现今你且随我在近处走走,我还有话要吩咐你!"

这么说了之后,黄宗羲也不等弟弟答应,就管自迈开脚步,顺着右首的一条街道,向前走去。看见哥哥这样子,黄宗会分明错愕了一下,却不敢违拗,乖乖地跟在后面。

这当儿,随着最后一抹霞光隐去,天完全黑了下来。不过,月亮已经在东边悄然升起。那是一轮十八之夜的海月,虽然略见瘦减,但是桂树和玉兔的影像依然清晰可辨。它把银色的辉光从茅屋顶上铺泻下来,洒落在兄弟二人的头上、肩上,也照亮了他们身旁的一溜板壁,使狭窄而幽暗的街道浮荡着一片朦胧的光影。

在茅屋背后,那看不见的远处,传来了江潮拍岸的低沉声响。

"大哥,"大约发现已经走出了十来步,黄宗羲却一直沉默着不开口,已经同他并排走着的黄宗会忍不住试探地问:"这一遭分手之后,不知何日才能重新相见?"

黄宗羲"哼"了一声,目不转睛地盯着街道的远处,冷冷地回答:"这一遭分手之后,只怕就未必能重新相见了!"

"大哥说什么——不能、不能重新相见了?"黄宗会显然吃了一惊。

"……"

"为什么?为什么不能重新相见了?"黄宗会着急地追问,声音里透着惊骇。

黄宗羲看了他一眼:"征战场上,性命相搏,到头来是生是死,谁又能说得准?能活着下来,自是天大之幸;至于殒身丧命,也实在寻常得很!" 早已看清,所以再无畏惧。

"可是,可是在龙王堂誓师那会儿,孙督师不是说,三月间,我师已经大破鞑子于江上,此番乘胜西征,必能追奔逐北,早奏凯旋吗?"

黄宗羲摇摇头,苦笑说:"必能早奏凯旋?我可不敢作如此之想!实话告知你吧,这次朝廷说是要出师西征,可是方国安、王之仁二人俱徘徊观望,不肯用命。孙、张二公眼见鞑子的援兵已至,不得已,才饬令为兄先行渡江,意在鼓勇一击,以激励其他各军。为兄此行之成败,固然牵扯甚大,惟是孤军犯敌,那凶险又何尝小了!" 明知不可为而为之,是勇气?还是无奈?

"啊!"黄宗会顿时惊得站停下来,睁大眼睛,颤抖着嗓门说:"原、原来鞑子的援兵已至!那、那、那岂不是明摆着送死么,大哥为何还应承他?"

黄宗羲没有立即答话。不过,对方在这一刻里所表现出来的紧张和关切,却使他心中分明地动了一下,与此同时,一种遥远的、模糊的东西开始在记忆中苏醒。那是一种根植于血缘的、柔软而温馨的感觉,就像一棵树上的两片叶子,出自同一个母体,受着同样的哺育和滋养,许多年来一直相依为命,一起成长,从来没有想过会有永远分离的一天。然而,眼下却正如弟弟所惊骇地道破的那样,这一次分手之后,彼此还能够再见吗?还能像过去一样,尽管也常有各自奔忙的时候,但到头来,仍旧又走到一起来吗?黄宗羲实在有点拿不准。事实上,这一次出征可以说是成败未卜,每前行一步都充满风险和杀机,随时随地有丢掉性命的可能……

"嗯,倒也不能这等说。"为了摆脱这种突如其来的软弱情绪,他开始字斟句酌地分析,"鞑子的援兵眼下齐集富阳。我们这是绕其侧,避其锋芒,攻其不意。赶明儿一旦拿下海宁,便北上嘉兴,直趋太湖。此数地俱为鞑子力所不逮之处。倘使顺利,便可联络当地义师,闹他个天翻地覆,令洪承畴、张存仁顾此失彼,博洛如芒在背。到那时,孙、张二公再乘机挥师西进。那么,便不止浙东之危可解,就连杭州——哼,说不定也能一举收复呢!"

停了停,看见弟弟只是呆呆地听着,没有回应,他又奋然一挥胳臂,大声说:"嘿,国家亡破到这一步,天下糜烂到这一步,死又算得了什么!终不成为着活命,就连我华夏的诗书礼乐、文明教化都宁可不要了?须知我们可是圣人之徒,不是无知村夫,不能忘却天下之责!只要死得其所、死得壮烈,我看就比觍颜苟活、任凭鞑子凌辱糟践强似万倍!" 大概在当时,这样的想法还算真诚。

这么情怀激荡地说着,他觉得浑身的脉管都在贲然扩张,血液随之沸腾起来,于是,也不等黄宗会回答,就径自扭过头,噔噔噔地向前走去,直到出了市集,来到一块开阔地上,才重新放慢脚步。

谭山铺的规模其实很小,街道纵横相加起来,也不过三四十间铺位。市集之外,是连绵起伏的郊野,外带一片倾斜的防波"草塘"。这当儿,月亮已经升上了半天,并且褪尽了前时那一层薄翳,变得愈加清晰而明朗。它静静地高悬着,把大地山河全都笼罩在溶溶漾漾的银色辉光里。远处的大小尖山固然已经变得模糊而缥缈,就连近处的谭山和山脚下的军营,也只剩下黑乎乎的一片暗影。<u>四下里莽莽苍苍、混混茫茫。只是这儿那儿,间或闪现出一两星火光,传来了几声含混的话语,才使人觉察到,这周遭并不是空明荒寂一片……</u>

> 这等感觉,是夜行之人常有的。

"大哥,"从后面跟了上来的黄宗会,心事重重地低声说:"大哥决意舍身报国之志,令劣弟甚为感佩。我圣人之徒生于斯世,自是正该如此。只不过,说到'死得其所',却尚有可斟酌之处。"

"噢?且道其详!"黄宗羲问,没有回头;同时,倾听着江堤外那变得宏大起来的潮水声。

"冲锋陷阵,血战沙场,本是武人之事,实非我辈所长。适才听大哥说,此番出师,方、王二帅俱按兵不动,而让大哥挺身犯险,孤军渡江,这岂非弃长用短,强人所难?更何况大哥博识精思,本非寻常儒士可比,更兼多年求索,于学问已臻大成之境,未来更是无可限量!若因此遭逢不测,固然可当'壮烈'二字,却实在难以称之为'得所'!"

刘斯奋:《白门柳》,北京:人民文学出版社 2004 年版。

(撰写:蔡爱国)

王跃文《大清相国》

王跃文(1962—),湖南怀化市溆浦人。1984年大学毕业后分配在溆浦县政府办公室工作,后调入怀化市政府办公室、湖南省政府办公室,写官场文章,业余写小说。1989年开始文学创作,发表中短篇小说若干,曾获湖南省青年文学奖,2001年10月起专职写小说,现为湖南省作家协会主席,有"中国官场文学第一人"之美称。1999年,其成名作《国画》开始连载于《当代》杂志,随后由人民文学出版社推出单行本,石破天惊,数次卖到脱销,并曾遭到禁售。2013年,湖南文艺出版社出版其历史官场小说《大清相国》,这是作者第一次尝试将笔触伸向历史中的官场,随即便以热卖和多方的好评而大获成功。2014年8月,其作品中篇小说《漫水》获第六届鲁迅文学奖。

《大清相国》与《国画》《梅次故事》并称为王跃文的三大力作。《大清相国》出版后曾受到国家领导人王岐山的大力推荐。自2013年12月至今,此书已重印12次,销量超过30万册。此书描绘了清代顺治、康熙年间以名臣陈廷敬为主要代表的官场群像,反映了在特定的历史环境中的政治风云,并借此对官场中人的人格、行为、追求,选择和命运进行全方位的展示与刻画。通过记录主人公陈廷敬(原名陈敬)50年宦海生涯的三起三落,表现出他的清廉仁厚,心系国家,体恤百姓,诠释了"什么是好官,如何做一个好官"的主题思想。《大清相国》的故事情节大致如下:顺治十四年秋月,山西神童陈敬参加太原的乡试,主考官却被传出收受贿赂的丑闻。愤愤不平的学子们大闹考场,抬着孔子的圣像游街。陈敬虽然中了举,但是为了制止学子们荒唐的行为,也随行其中进行规劝,不料却被误认为闹事者而身陷囹圄。本以为自己凶多吉少,却在皇上的爱才和同乡大臣卫向书的暗中帮助下死里逃生,并以解元的身份去京城参加第二年的春闱。在去京路上与京城的会馆中,他先后结识了张汧、高士奇、李谨等同来考试的学子,又拜访了山西同乡,崇祯年间的举人李祖望老先生和他的女儿月媛。考试前的一个雪夜里,陈敬在会馆又无意间听到高士奇与张汧一次秘密谈话,为了不让二人知晓,他阴差阳错地躲到了白云观门前,却又听到了足以招来杀身之祸的春闱考官受贿事件,于是遭到追杀并又被栽赃为杀死李谨的逃犯。幸而此事有多方力量在暗中制衡,关键时刻,陈敬被月媛救下。然而,性情耿直的陈敬又在科举当天顶着钦犯的罪名跑到会场,虽险象环生,却仍在皇上的裁决下得以顺利完成考试,而春闱受贿案也在明珠和索额图的调查中水落石出,主考官李振邺被绳之以法。陈敬因成绩突出成为二甲头名,又因同科进士名唤"陈敬"者有二,因被顺治皇帝赐"廷"字,自此更名陈廷敬。后受李祖望病中之言和卫向书的撮合,娶月媛为妻,回乡省亲复返京,真正进入宦海生涯。

然而宦海生涯一波三折,危机四伏。和明朝遗民傅山的关系纠葛让他在朝中绯言四起,李振邺案余波阵阵,卫向书被罢官,明珠和陈廷敬又险些丧命。顺治帝驾崩,鳌拜专权,陈廷敬更是如履薄冰。在这样的环境下,他体验到了卫向书与李祖望教他的"等""忍"二功夫。及至康熙帝剪除鳌拜,亲政天下,陈廷敬作为肱股之臣,先后巡查山东谎报丰年之案,解决百姓疾苦,让恶吏孔尚达伏法;又为其弟陈廷统行贿和俞子易强夺朱家宅院并杀人灭口二事与高士奇暗暗博弈,虽并未全然洗清冤案,却彰显其昭昭之心。后又为捐龙亭《圣谕十六条》石碑和请傅山面圣之事往阳曲县,查办了压迫百姓的大户李家声和恶吏戴孟雄,却因大户统筹之事被罢官。恰逢陈廷敬老母去世,他因顺势请回山西老家守孝三年,以尽儿女之孝。

三年后,陈廷敬被重新召回京城,他此时已悟出了做官的第三个境界——"稳"。于是在高士奇、明珠、徐乾学各方势力的夹杂中先解决了朝廷的钱法难题,稳定了天下经济,又往云南查清了云贵总督王继文库银亏空、瞒报吴三桂所余军饷之事。接着又逢亲家张汧出了贪污案,明珠倒台,罢相削权,陈廷敬受到牵连,虽最终查清无罪,却也趁势请回山西老家孝敬老父,并为其送终。

皇上毕竟知道陈廷敬忠心堪用,趁着去山西视察的机会,再次起用他。而此时的陈廷敬久经官场,已对进退之道游刃有余,更是悟出为官的第四重境界——"狠"。借着康熙帝南巡视察河道之机,他巧妙地设计,利用高士奇、刘相年、索额图、徐乾学等人上演了一场相互参劾的大戏,终于,索额图身陷囹圄,徐乾学和高士奇都被罢官,而他自己却身居幕后,兵不血刃。回朝后,他被康熙帝称为"老相国","宽大老成,几近完人"。最终,他明白了做官的第五个境界——"隐",因装作双耳失聪,隐退山林,成为一代佳话。

《大清相国》以历史时间为纬,官场百态为经,以朝廷大臣的视角展开描写。叙述节奏张弛有度,气势恢宏,纵横捭阖,展示出一幕幕浩浩荡荡的政治风云。为官者美好的理想、情怀、抱负与暗中的争斗、阴谋、狡诈交织并行,难分彼此;耿直的是非善恶观与折中的人情世故也无法取此舍彼。进中有退,退中有进;为官之道,外圆内方;流水落花,悠然而逝,都在这本小说里淋漓尽致地体现出来。这是一部非常成功的历史与官场相结合的作品。

作为官场小说,它很重要的一点是通过陈廷敬的宦海生涯来传递出五字的"做官秘诀"。这五字分别是卫向书说的"等",李祖望告诫的"忍",以及他自己所悟出的"稳""狠""隐"。卫向书知道陈廷敬少年得志,意气风发,正欲放手一展抱负。但卫向书同时又知道人心险恶,木秀于林,风必摧之。宦海无涯,无论谁也少不了慢慢地熬,无论谁也很难避过一个"等"字。而老举人李祖望送陈廷敬一个"忍",则是说在等的过程中难免会有劳怨。一个人任劳不难,但若能做到忍怨,便是上上之境界。伴君如伴虎,切忌棱角分明眼里揉不得沙子,切记任劳和忍怨,不可强出头。至于他自己所悟的三字,一为"稳",则是谨慎却又妥帖之意。官场人际关系错综复杂,一着不慎,满盘皆输,因此"稳"字当头极为要紧。陈廷敬巡查山东谎报丰收案件,罪魁祸首实乃富伦。但是他知道富伦的母亲是康熙帝的乳母,二人情同手足,参他会让皇上十分为难且效果未必甚好,于是出于稳妥考虑,转去参富伦的幕僚孔尚达,一则对富伦有震慑作用,对百姓有实在的好处;一则此举稳如泰山,进退自如,不会被炙手可热者引火上身。这样的稳妥处理比冒险去参大员实在高明得多。至于"狠",那就是要坚决彻底。一旦时机到来,下手要坚决、快速,康熙帝南巡一段写得尤为精彩。陈廷敬见时机成熟,大发狠劲,设计让几个权重的大臣相互间参劾了个遍,太子都未能幸免。谁也想不到,幕后组织者竟是貌似忠厚、实则老谋深算的陈相国。机会稍纵即逝,"狠"字正是在判断出方向正确后,大刀阔斧,毫厘必争,否则便会谬之千里也。最后的"隐"则是审时度势,急流勇退。所谓物极必反,盛极必衰。陈廷敬亲身经历过明珠和索额图的一手遮天与大厦倾颓,所以选择在自己官运最盛时略施小计,拂袖而去,让历史定格在他最完美的瞬间,名垂千古,令人赞叹。

除了五字为官秘诀外,小说另一个值得思考的问题是:为何那些位高权重的大臣中只有陈廷敬自己得到了善终?索额图身死图圄,明珠罢相削权,徐乾学、高士奇被逐回原籍,只有陈廷敬老死相位。作者王跃文在开篇说:"清官多酷,陈廷敬是清官,却宅心仁厚;好官多庸,陈廷敬是好官,却精明强干;能官多专,陈廷敬是能官,却从善如流;德官多懦,陈廷敬是德官,却不乏铁腕。"我认为,这段话正是解释陈廷敬为何能驰骋宦海数十载而游刃有余、善始善终的另一个原因。因为他具备了做一个好官所需要的所有重要品质,即所谓的"本"。若说王道乃是"善平衡",那臣道便是"知进退"。一张一弛,拿捏有度,不偏不倚,中庸之道,与索额图的"酷"、明珠的"专"形成了鲜明的对比。陈廷敬因为有了这样根本的品质,再加上"等""忍""稳""狠""隐"的五字技巧,正可谓锦上添花,终成康熙一朝人臣典范。到此处,作品也恰恰在告诉我们:何为好官,怎样去做一个好官。

作为历史官场小说,《大清相国》既有历史小说恣意汪洋、动辄几十年的恢宏叙事,又不乏官场小说鞭辟入里、深度剖析的细腻解读。小说中出现了许多历史上的重大事件和重要人物,让人们在回味历史的同时更能深入其背后去看看发生在当时的政治与官场的内幕与纠葛,为我们当下的生活增添一点趣味、一处借鉴、一则教训和一份领悟。

作品赏析

这里节选的作品是第六十九章前半部分。康熙帝南巡,陈廷敬设计让几位位高权重的大臣彼此相互弹劾,自己却身居幕后,运筹帷幄,兵不血刃地除掉朝廷的害群之马。

陈廷敬道:"我虽然把沿途所见所闻都密奏了皇上,可并没有想好要参谁。若依国法,可谓人人可参,少有幸免。可皇上会答应吗?我让皇上知道天下没几个清官了,我就完了;我让天下人知道大清没几个清官了,天下就完了。"

张鹏翮也低声道:"陈中堂所思所想,正是下官日夜忧心的啊!我这些年成日同沿河督抚们打交道,可谓忍气吞声!我太清楚他们的劣迹了,可治河得倚仗他们,不到万不得已不敢在皇上面前说他们半个不字!皇上也不想知道自己用的官多是贪官坏官!若依往日年少气盛,我早参他们了。"

没多时,张善德过来恭请皇上用膳。西溪山庄大小房间、亭阁、天井都摆上了筵席。皇上在花厅坐下,太子胤礽在驾前侍宴,其余臣工及随行人员各自按席而坐。

皇上举了酒杯,道:"朕这次南巡,沿路所见,黄河治理已收功效,更喜今年谷稻长势很好,肯定是个丰年。百官恪尽职守,民人安居乐业,一派盛世气象。朕心里高兴,来,干了这杯!"

自然是"万岁"雷动,觥筹交错。皇上吃了些东西,身子有些乏了,先去歇着。

宴毕已是午后,各自回房歇息。陈廷敬正要回房,却见张乡甫过来拜道:"中堂大人,您说打赌皇上会把画还我的,什么时候还呀?"

陈廷敬心想这张乡甫也真是倔,便道:"皇上刚到杭州,您画皇上都还没见着哩。"

张乡甫说:"我听说阿山大人这回收罗古字画若干,真假难辨,都让高大人一一过目。我就怕被他看作假的随意丢了。"

听得这么一说,陈廷敬就猜着张乡甫的古画八成是回不来了。米芾真迹甚是难得,高士奇哪肯进呈皇上?这时,又见索额图正在不远处同人说话,陈廷敬心里忽有一计,道:"乡甫先生,那位是领侍卫内大臣索额图大人,此次皇上出巡一应事务都是他总管,您去找他说说。您只说自己进呈的画是米芾真迹,应是今人难得一见的神品,千万小心。"

张乡甫稍有犹豫,就去找索额图。陈廷敬掉头转身往屋里走,没多时就听得后头索额图骂张乡甫好不晓事。陈廷敬头也不回,回房去了。

陈廷敬刚进屋,徐乾学进来叙话,问:"陈中堂,皇上派您下去密访,可下面接驾照样铺张。您想知道是什么原因吗?"

陈廷敬笑着敷衍道:"皇上差我先行密访,并不想让外人知道啊。"

徐乾学笑道:"瞒得过别人,瞒不过皇上身边几个人的。"

陈廷敬反过来问徐乾学:"徐中堂知道下面为何仍然铺张接驾?"

徐乾学顾盼左右,悄声道:"索额图指使太子给沿途督抚们写了密信。"

陈廷敬道:"事涉太子,可要真凭实据啊。"

徐乾学摇摇头,道:"不瞒您说,皇上早就察觉太子胤礽暗中交结大臣,着我派人暗中盯着。我已拿获送信的差人,手中有了实据。"

> 悟出为人臣应有的技巧,为下文设计大臣彼此互参劾,自己退居幕后做铺垫。

> 利用高士奇与皇上进献赝品画作心生计谋,并借索额图来帮助计划顺利进行第一步。

陈廷敬甚是吃惊,问:"徐大人想怎么办?"

徐乾学叹道:"太子毕竟是太子,况且太子所做都是索额图挑唆的。"

陈廷敬琢磨徐乾学的意思,低声问道:"徐大人意思是参索额图?"

徐乾学点头道:"正是!参掉索额图,我们都听陈中堂您的!首辅大臣,非您莫属!"

陈廷敬连连摇手:"徐中堂千万别说这话!我陈廷敬只办好自己分内差事就行了,并无非分之想。"

徐乾学情辞恳切,道:"我不想绕弯子,直说了吧,想请陈中堂和我联手参倒索额图!"

陈廷敬想了想,说:"徐中堂,你我上折子参索额图都不明智。"

徐乾学不解:"为什么?"

陈廷敬道:"朝中上下会以为你我觊觎首辅大臣之位,这样就参不倒索额图。"

徐乾学问:"您是怕皇上这么想吧?"

陈廷敬道:"明摆着,谁都会这么想的!"

徐乾学问:"您意思怎么办?"

陈廷敬说:"有更合适的人。"

徐乾学摸不准陈廷敬的心思,噤口不言。陈廷敬笑笑,轻声道:"高士奇!"

徐乾学一拍大腿,道:"对啊,高士奇!高士奇对索额图早就是恨不能食其肉、寝其皮啊!何况他只是个四品少詹事,别人不会怀疑他想一步登天。"

徐乾学转眼又道:"陈中堂,高士奇敢不敢参索额图?他在索额图面前就是个奴才,对索额图既恨且怕,他恐怕还没这个胆量啊!"

陈廷敬说:"他没这个胆,我俩就把胆借给他。高士奇巴不得索额图早些倒台,你只要告诉他我俩都会暗中帮他,他必定敢参的。你和高士奇过从密切,你去同他说。"徐乾学连声说好,出门而去。

徐乾学走后,陈廷敬闭目沉思,脑子里翻江倒海。刘相年那日告诉他徐乾学暗中派人索贿,他心里便有参徐之意。今日更见徐乾学野心勃勃,日后必成大奸,他肯定会身受其害。不如现在就把他参了。阿山之劣迹实在叫人难以忍受,陈廷敬想此人不除也必祸及自己。刘相年是他当年推举的廉吏,如果让阿山密参刘相年得逞,陈廷敬就有失察滥举之嫌。高士奇也不能再容忍,却用不着陈廷敬去参他,索额图自会收拾他的。陈廷敬思来想去,决意自己不必出面,只叫刘相年参人。刘相年已身负诸罪,又是个豁得出去的人,他拼死一搏或许还可自救。

陈廷敬再仔细想想,觉着料事已经甚为缜密,便让刘景去请了刘相年。刘相年进门见过礼,陈廷敬便说:"相年,您做事也太鲁莽了!"

刘相年心里明白是怎么回事,便问:"中堂大人也知道了?"

陈廷敬道:"妓院改圣谕讲堂,杭州城里只怕人人皆知了,只有皇上还不知道。"

佯装与徐乾学共谋参索额图,实则将徐乾学也当作一枚棋子。

利用高士奇与索额图之间的恩怨和自己的官位权重,避免因亲自出面而牵扯其中。借刀杀人,堪称老练。

暗中已将计策全部筹划妥当,环环相扣,连续作用,此起彼伏,除了陈廷敬自己,谁也无法置身事外,正是他数十载为官游刃有余、炉火纯青之表现。

刘相年也有些后悔，道："此事确实做得荒唐，可事已至此又如何呢？我到底是为着省些银子。中堂大人，还望您救救相年。"

陈廷敬道："您不如自救！"

刘相年问："如何自救？"

陈廷敬道："您去参阿山和徐乾学！"

刘相年听了，愣了半日，说："我何尝不想参他们？可人家是二品大员，我参他们是蚍蜉撼树啊！况且我品衔不够，如何参人！"

陈廷敬说："我想好了，您可以托人代奏。"

刘相年望着陈廷敬，拱手而拜，道："好，只要陈中堂肯代奏，我掉了脑袋也参！"

陈廷敬摇头道："您我渊源朝野尽知，我替您代奏，别人会怀疑我有私心。您可找张鹏翮大人！"原来陈廷敬早算准了，张鹏翮肯定会答应代奏的。张鹏翮本身就是刚直耿介之人，他对阿山、徐乾学之流早就厌恶，只是他经过多年历练，少了些少年血性，才暂时隐忍。如今刘相年危难之时相求，依张鹏翮平生心性，必定仗义执言。

刘相年略略一想，点头道："好！我反正性命已在刀口上，管他哩！陈中堂，我这就去找张大人！"

陈廷敬说："好，我相信张大人会答应。相年，您不必把我们的话告诉张大人，免得他多心，反而不好。我自会暗中帮您！"

刘相年走了，陈廷敬本想躺一会儿，却没有半丝睡意。他想自己躲在后头密谋连环参人，是否太狠了些？狠就狠吧，这狠字是逼出来的。倘若再不下狠手，国无宁日，自己日后就不会有好果子吃。

忽有公公过来传旨，命陈廷敬觐见。陈廷敬不知皇上有何吩咐，急忙赶了去，却见皇上正在赏玩字画，索额图、张鹏翮、徐乾学、高士奇一班大臣已在里头侍驾。

王跃文：《大清相国》，石家庄：花山文艺出版社 2007 年版。

利用刘相年企图自救，劝其去参徐乾学与阿山，并利用张鹏翮的耿直，建议刘相年找张鹏翮代奏，自己仍身居幕后。所谓羚羊挂角，无迹可寻。

大计已成，只等面圣。高士奇参索额图，刘相年参徐乾学、阿山，而索额图必反过来参高士奇。陈廷敬置身事外，却实在是一手策划。虽有些狠，却正应了为官五字秘诀中的"狠"字诀。

（撰写：于经纬）

侦探、间谍小说

程小青《舞宫魔影》

程小青(1893—1976),祖籍江苏吴县(今苏州)。主要作品有《霍桑探案》系列小说,大约70多部。

《舞宫魔影》写的是广寒宫舞场红舞星柯秋心的死亡之谜。作为一个在上海滩红得发紫的红舞星自然有复杂的社会关系,而在笑脸和鲜花的背后却处处隐藏着杀机。两位江湖无赖陈大彪、张小黑天还未黑就站在舞场门口等待着柯秋心,目的是要抢她脖子上那根被上海滩的小报炒得沸沸扬扬的项链;大丰纱厂经理贾三芝为了能使柯秋心和他亲近,哄吓诈骗样样都来,一副不达目的绝不甘休的模样;同是舞女的徐楚玉,因为舞姿略差一点被人冷落在一边,她向柯秋心迷人的舞蹈抛去冷冷的眼光;还有那位文学家杨一鸣为了邀请柯秋心陪他们新婚夫妇外出度蜜月,竟然将自己的定情戒指送给了柯秋心,引起了新娘爱美半夜去找柯秋心拼命……在这些线索的交织之下,柯秋心死了,而且确认为被杀。谁是凶手呢?这些人都有动机,而且都来过现场。在拘捕贾三芝时,贾三芝竭力拒捕;初审中杨一鸣夫妇各自承认了他们的爱意和妒意;柯秋心的侍女小莲指认是陈大彪和张小黑干的;关键的时候,舞女徐楚玉竟又失踪了……读者指认任何一条线索似乎都是"合理"的。但是,作者却指出了一条别人难以置信的线索,凶手是柯秋心的表哥王百喜。这的确出乎读者的预料,他是柯秋心的监护人,是一起到上海"打天下"、处处关心柯秋心身体健康的人,于公于私都不应该是他杀了柯秋心,但是作者摆出的理由是令人信服的。这位自称是柯秋心表哥的王百喜其实是一位在精神上和肉体上束缚柯秋心的"魔鬼",柯秋心只不过是他赚钱的奴隶。当柯秋心要摆脱他寻求自由之时,他竟然杀了她。当这些黑幕被揭开之后,凶手之谜自然被揭开了。

程小青曾对他的小说结构做过这样的介绍:"我觉得这一种自叙体裁,除了在记叙时有更真实和更亲切的优点以外,而且在情节的转变和局势的曲折上,也有不少助力。譬如写一件复杂的案子,要布置四条线索,内中只有一条可以达到揭发真相的目的,其余三条都是引入歧途的假线,那就必须劳包先生的神了,因为侦探小说结构方面的艺术,真像是布了一个迷阵。作者的笔头,必须带着吸引的力量,把读者引入迷阵的核心,回旋曲折一时找不到出路,等到最后结束，忽然把迷阵的秘门打开，使读者豁然彻悟，那才能算尽了能事。为了布置这个迷阵，自然不能不需要几条似通非通的线路，这种线路就需要探索中的辅助人物，如包朗、警官、侦探长等等提示出来。"[1]从文本的创作目的来说，侦探小说就是写怎样辨认凶手，而侦探小说的可读性就在于凶手的最后辨认往往在一般人的预料之外，同时又在逻辑推理的力度之中。侦探小说作家为了达到这样的效果，在写作过程中一方面大量设置迷局，而另一方面又为他最后确认的结局进行铺垫。他们常用的方法就是"多线索障眼法"，即设置多条近似的线索，让读者发挥自以为是的想象，得出错误的结论，而作者却指出一条读者难以置信的线索，通过推论让读者确认这是正确的。这是侦探小说创作的传统手法之一，在外国作家爱伦·坡和柯南·道尔那里大量地使用过。在中国，对这种手法使用得最为娴熟的作家就是程小青。《舞宫魔影》是程小青运用"多线索障眼法"最为典型的一部作品。

《舞宫魔影》传统型的特点，还表现在对私人侦探的刻画和对整部作品的谋篇布局上。和爱伦·坡的杜宾、柯南·道尔的福尔摩斯一样，程小青笔下的霍桑在整个侦破过程中表现出超乎寻常的智慧和神勇。他不被表面现象所迷惑，能够在复杂的谜团之中保持清醒的头脑；能在意想不到之处获取很有价值的证据；他行动敏捷，论辩有力，常常在别人束手无策之时带来新的希望。与他相比较的是那些官方侦探，他们思维简单，行动迟钝，常为小利而大喜，他们每前进一步都来自霍桑的启发。小说的结构也是传统的先设悬念后释义的惯用手法。小说一开始就让柯秋心处于危险之中，似乎处处都有向她伸来的魔爪，读者始终处于为她的安全担心之中。小说结束时，让所有的涉嫌者作为听证人，读者和这些涉嫌者一样处于不安之中，最后在霍桑的指点下，点出那个看似最应受到同情的人就是凶手。读者和涉嫌者在预料之外自然会产生众多的疑问，随着这些疑问被一一剖析，涉嫌者解脱了，读者也就在其中获得阅读快感。这种写法在侦探小说的创作之中是常见的。

的确，《舞宫魔影》有着较强的模仿的痕迹，但程小青毕竟是中国的侦探小说家，小说之中处处显露出中国的时代特征。舞场作为中国20世纪二三十年代的社会风气的窗口，在其中发生的故事本身就充满了时代的气息。小说中出没的小职员等人从本质上说属于平民阶层，他们的行为特征都是本土作风、本土气派。程小青很善于写人物，他笔下的人物性格比较鲜明。柯秋心对现实生活顽强拼搏，却又无可奈何；杨一鸣对爱情一片痴情，却又懦弱无能；贾三芝的凶暴狠毒、陈大彪的粗鲁无赖、王百喜的狡诈虚伪……都给人留下了深刻的印象。这篇小说中，作者还十分注重对人物心理的刻画。柯秋心一方面被杨一鸣的真诚打动，另一方面又不愿讲出自己的身世，这种调侃于口、感动于心的心理表现得很生动。同样，杨一鸣一方面对柯秋心痴心痴情，另一方面却又有有愧于妻的心理，在他既想脱下手上的定情戒指，而又迟疑不决的举动之中生动地表现出来。

作品赏析

这里节选的是在要揪出真凶的关键时刻所发生的故事。

……救星到了！霍桑匆匆地从外面走出来，手中仍挟着那根黑漆的手杖。一伙人发生了一阵情不自禁的小小的诧异的声音。余桐几乎喊起来。

---

[1] 程小青.侦探小说的多方面[C]//霍桑探案(第2集)[M].上海：上海文华美术图书公司,1933：390.

霍桑先走到余桐面前，看看公文和信。他对于王百喜的答辩，似乎已在外面听得到了一部分，笑嘻嘻地向他走近去。

他安闲地说："王先生，你的理由确实是充分的，我对你表十二分的同情。因为我知道你干这件事本不是蓄意如此的。"

王百喜的失血的脸儿突然旋过来。"我干什么事？"

霍桑轻描淡写地说："自然是杀死柯秋心啊。"

百喜瞧着霍桑大声道："什么？霍先生，你也这样说？我为什么杀表妹？动机呢？"

"唔，动机的确很模糊，所以当初很困我的脑筋。"

"喔，当初很模糊，现在你也不会清楚啊！你是当侦查的，不比那个无赖的强盗。你说话应得知道轻重。这句话你可能负责？"他的高压的语气很像要吓退霍桑。

霍桑仍笑嘻嘻地应道："是，当然负责。余署长，诸位，大家请坐。现在我为直接痛快起见，就说几句负责话吧。我们根据法医的检验，知道秋心的被害，在二十八日中午近一点钟时。在一点钟左右，杨一鸣还在明月舞场，贾三芝在浦江旅社东首的元丰酒店里，都有人证明。王先生，你在那个时候，可能够证明在什么地方？……唉！慢，我来给你证明了吧。那晚上十二点半，贾三芝重新回到舞场，他把失意的经历告诉了你。你听了当然非常关心。你的唯一的目的在叫秋心弄钱，弄钱越多越好。那时你听贾三芝说秋心竟拒绝他的钻镯，这自然不能不使你诧异，也许是恼怒。所以你在贾三芝说完了话匆匆退出以后，就也跟踪而出。那是大概恰在十二点四十分左右。看门的戚福明明瞧见你。你可记得那晚上我们向戚福问话。他说贾三芝第二次离舞场的那句话时，曾向你很有意思地瞧过一瞧？我后来因着别的事的印证，才想到戚福这一瞧之中，分明含着'你也在那时候出去的啊'的暗示……戚福，我没有说错吗？……嗯，好。后来徐楚玉在舞场中找不到你。马杏生告诉伊贾三芝曾和你密谈过，你好像很气。徐小姐就也赶到秋心公寓里去找你。从这两点瞧，便可证明你离了舞场，就一直到秋心家里去的。"

王百喜辩道："胡说！那时候我是往朋友家去的，尽可以证明。"他的声音有些颤。

霍桑不理会，自顾自地继续说："你第一次到秋心家里时，大概在十二点三刻左右。那时小莲已经去送信——实际上是被绑了——只有秋心一个人在屋子里。我已经说过了。你去看秋心的时候，确是没有行凶意思的。但见面以后，你当然要申诉伊几句，或者向伊索取那只杨一鸣的钻镯。因为这一回事，贾三芝一定也告诉你。那时候秋心也许早存了自杀的心。伊恨你，打算打死了你，再自杀。就取出伊的手枪来向你发了一枪，可是没有打中。这枪弹事后我们已在墙壁中捡到。你当时夺到了伊的手枪，一半自卫，一半报复，就将伊打死。那原是很自然的。"

王百喜镇静的态度再保不住了。他的紫褐色的嘴唇微微地颤着，双手紧紧握着拳头。假使他留着指爪，那时他的指爪也许会陷进他的掌心里去。

> 要打破王百喜的心理防线。

> 没有动机这一点，是王百喜自认为不被怀疑的关键。

> 关注细节是破案的关键。

> 很苍白无力的辩解。

> 本来失血的脸，又加上了褐紫色的

这情态映进了余桐的眼球,自然有一种忍俊不禁的高兴。

他冲口说:"好家伙!你再赖?"他的有火的眼光直射着那穿青灰色小方格呢袍的瘦长子。

王百喜仍强制着道:"真是一派胡言!我到伊家里去时,已在伊被杀以后。不然,行凶的若使是我,我为什么第二次再进去?这就是一种明显的证明。"

霍桑答道:"这里面的缘由,要问你自己了。你也许觉得作案时落下了什么破绽,要进去弥补一下,或是你舍不得什么东西,故而再冒险进去弄到手。不错,你说这一点是一种显明的证明,我也同意,不过所证的还是在你的罪行上多加一种铁证,我们还记得杨一鸣的供词。那时他吓昏了,伏在一只沙发背后。他记得你喊小莲的声音,才认识是你。试想,<u>你既然去瞧秋心,你总也知道伊从舞场里回去后,夜夜有在憩坐室中读报的习惯,怎么不叫秋心,却喊小莲?岂非那时候你明知秋心已经死了,再呼叫不应,故而喊小莲吗?</u>这句话你也可以辩吗?"

辩?谈何容易?这揭发是有心理根据的。王百喜的口齿虽是百分之百伶俐,这时也没话可辩了。他咬着牙齿,怒睁着双目,仿佛想把霍桑一口吞下去。假使这地方不是众目昭彰,他的隐藏在文明幌子后的兽性势必将尽情暴露。余桐在连连点头。陈大彪也受了暗示地在牵嘴偷笑。

王百喜咆哮地道:"署长,你是靠法律吃饭的。<u>你总懂得凭着这样的空话,毫无实际的证据,便想把杀人罪加给人,那是天大的笑话!</u>"

余桐不答,只瞧着霍桑。霍桑把右手叉在腰部,斜着目光,向王百喜瞟一眼。

他点头道:"是,这是笑话,不过发笑的不是你!你有了这样的口才和机智,又有一副媚人的诱惑本领,莫怪妇女们会自然而然地陷进你的罗网中来!你的话不错。我刚才说的,都是假定的理论。从法律的观点说,着重的是物质的证据。陈大彪的指认,虽是个确切的人证,但是你也仍旧可以抵赖,似乎都不足定你的罪。<u>好,现在我给你瞧些实际的证据吧!</u>"

程小青:《舞宫魔影》,北京:文化艺术出版社 2004 年版。

（撰写：汤哲声　刘　媛）

孙了红《血纸人》

孙了红(1897—1958),浙江宁波人。主要作品有《血纸人》《鬼手》《蓝色响尾蛇》《三十三号屋》等。

小说《血纸人》讲述了一则难以置信的故事:靠囤积粮食发财的"米蛀虫"王俊熙在一次雪

唇。王百喜感到无法保护住自己了。

又是一个细节问题。

无法辩白后便妄图转移焦点。

先从推论下手,接下来是展示证据,让凶手无法逃脱!

性大师的讲经会上,听到大师说:"杀害了人家的,结果难逃被人杀害的惨报。"他的心灵受到了极大的震撼,从此抑郁成病。更为称奇的是,病中的王俊熙处处看见一些血淋淋的血纸人。他的病情在不断地加重。他的病况被一个叫余化影的医师知道了。在余化影的诱导之下,王俊熙终于说出了藏在心中12年的秘密。原来12年前,王俊熙名叫王阿灵,是浙江小镇上的一个客房招待员。有一次为了获取钱财,将来镇上的一位客人诬陷为白莲教教徒。这位客人被愚昧的乡人活剐了。这位客人临刑之前,两眼扫着围观的人群发出了毒誓:"谁是害死我的,谁要遭更惨的报应!"王阿灵攫取了钱财逃到上海,取名王俊熙,变成了一位商人。听完雪性大师的话后,他一直梦话连篇。这些说出他心中那些可怕的秘密的梦话被身旁的妻子听到了,而他的这位上海妻子竟正是那位被害客人的女儿。于是一场谋杀就开始了。真相大白之后,余化影医师略施小计,让处于高度紧张的王俊熙心脏病复发而死,又拿走了王俊熙的大部分钱财。这位名叫余化影的医师就是孙了红系列侦探小说的侠盗人物鲁平。

侦探小说是"舶来品",自清末民初进入中国以后一直受到读者的欢迎。但是,将侦探小说的翻译作品和国人原创作品相比较,就会发现,翻译作品的水平要远远超过国人原创作品,即使是那些国人原创作品也有很多"外国味"。这就说明了一个问题,侦探小说在中国本土化的问题还没有真正解决。而本土化的问题不解决,就很难说侦探小说创作在中国已经成熟了。这一问题到20世纪40年代开始被一些中国作家重视,并进行了一些侦探小说本土化的探索,其中孙了红便是代表作家,《血纸人》是他的代表作。

12年前的毒誓在12年后准确地应验了。人间有情,历史无情,小说充满了戏剧性。悬念和巧合的情节发展、血淋淋的杀人场面、活灵活现的血纸人、爱恨交织的谋杀,小说对读者有强烈的吸引力。但是这些在其他侦探小说中也能看到。《血纸人》与其他小说不同的是在离奇的小说情节中表现出中国传统的文化思想:因果报应。小说一开始就由雪性大师说出这样的做人的警句:"因果间的关系,如同形影一样,世间绝没有离形独立的影,也绝没有远离影子的形。"因果报应就像一只巨大的手掌操纵着小说中的人物,让他们各自表演着自己的角色。王阿灵为了获取别人的钱财,置人于死地,结果自己难逃一死,双手空空而去;王阿灵的妻子为父报仇理所当然,但手段过于歹毒,所以也未得多少财产。作者试图告诉人们:人生在世,应该行得正,坐得稳,不义之财不可取,不善之举不可做,否则难得善报。因果报应观念常见于中华民族的道德观,对人们的行为举止有很强的束缚力和支配力,孙了红把它放在如此曲折离奇的小说中表现出来,其感染力是不言而喻的。把小说的价值观念扎根于中国传统的文化之中,《血纸人》实际上为中国侦探小说的本土化开启了一条很有价值的创作道路。不仅有中国的人名、中国的事情,还要有中国人的思想,只有这样,中国人才会认为这样的小说是中国的小说。

这部小说连载于1942年的《万象》杂志。这一年,孙了红正患肺病,躺在医院的病床上,小说的构思与写作也就产生于此时此地。在曲折离奇的情节之中表现因果报应的观念,这是作者的创作意图,小说表现得非常强烈。但是,当我们仔细阅读这篇小说时还感觉到另一种思想在小说情节中飘荡,那就是人生无定、自我反省的忏悔意识。小说开始时,雪性大师说完因果报应的话以后,还说:"罪性本空,不着体相,罪从心起,还从心灭,因此,造了罪恶的人,如能发出猛烈的忏悔心,也能收到移因换果的结果的。"但是"移因换果"的结果并没有在小说中得到印证。王俊熙在极度恐怖中喊了几声忏悔,但知道事情真相以后立刻凶相毕露;王俊熙的妻子得知王俊熙死了以后受到惊吓,但毫无忏悔之意。那么小说中要求忏悔从善的理念又是对谁说的呢?只有两个对象,一是读者,二是作者自己。当然对读者和作者来说,他们所具有的罪不是王俊熙之流杀人以取不义之财的罪,也不是王俊熙的妻子报复而不择手段的罪,他们的"罪"更多的是宗教意义上的"原罪"。躺在病床上的孙了红在他的小说中夹杂着不少"病床意识"。这些意识也许是潜意识的流露,却符合小说因果报应文化思想的取向。

伴随着小说始终的是具有强烈压抑感的悲剧意识。从场景上说,小说所选取的都是四面密封的场所:讲经堂、电影院、空荡的客厅、时刻出现血纸人的卧室以及四面堵塞着人的杀人现场;从故事情节上说,是血淋淋的场面穿越时空一个接着一个地并联在一起;从人物命运上说,似乎没有谁是最后的胜利者;从语言上说,一句句充满宗教色彩的语言不断地掷向读者的心头……所有的这一切构成了一张密不透风的网压在读者的心头,使人透不过气来。这种压抑的气氛是小说情节所决定的,也与此时此地作者孙了红的心境有关。

《血纸人》自刊出之日起就有很大影响,其影响力一直波及至今。20 世纪 80 年代以后,这部小说还被改编为电影、电视,作为中国侦探小说的代表作,受到人们的好评。

作品赏析

这里选自作品第十五节"现在,轮到我来收拾你们了!"

"总之……"他的口角间,漏出了几缕微烟。他准备再细细思索下去。但是,他的静静的思绪,却被一种极度严重的喧嚷所打断了。他只听得到那个病人,忽又发出了疯狂的怒吼,在他耳边震荡着道:"哈哈哈!好!你们——你们这一群鬼!一个是代父复仇的孝女,一个是打抱不平的英雄!还有一个——还有一个——嘿!你们吓死了我,准备怎么样?——嘿!好!看你们真要好哪!眉来眼去,以为我永远不知道。——"

声音略顿了一顿,那狠毒的声气,<u>又切齿地说:"好呀!你们收拾过了我;现在——轮到我来收拾你们了!哼!"</u>

这疯狂的轰炸声,使这冷静的医师,睁开了他的疲倦似的眼。他一眼看他身旁的情景,不禁感到一种震惊!

他不明白这病人,怎样会引起这第二阵的大火?——<u>实际,病人这种较前更炽的火势,正是被那男女俩的眼中的热电,摩擦出来的。</u>

只见那个病人,已从椅子里站了起来,拄着那支粗手杖,忒愣愣地正在发着抖;他的怒气,委实已有炽燃,而成了白热,复由白热,而起了升华(Sublimation)的作用。<u>尤其怕人的,却是他这时的那种使人一看就要睡不熟觉的脸色!</u>

啊!读者们,你们可曾看到过地狱中的厉鬼吵架时的神情吗?你们当然不会看到的。那么,请看这时的王俊熙。——至少,他这时的神色,可以代表那种地狱鬼怒的神情!

他的带病的苍白的脸,已由盛怒而泛起了一重青灰色;青灰上,抹着一层薄薄的油光;在抹油的青灰之下,隐隐又透出了许多浅黑的斑点——关于这一点,当时曾使那个医师,向它发出了好几秒钟的诧视——再看他的牙床,

在明白了那些令他担惊受怕的是人在闹鬼之后,心里顿生恨气。

除了对所受惊吓的恨,还有对那对男女的恨。

从脸色可见这时王俊熙的内心。

向外突张了出来,做成一种蠼龋的姿态。两个眼眶,看去更显得深陷——不论何人,一看到他这眼眶的样子,很可能地会联想到仪器馆中所悬挂着的骷髅!但是骷髅的目孔中,是没有眼珠的;而他却有一对深陷着的发光的东西,在那里一闪,一烁!因此,看去比那骷髅,格外显得可怕!

这时他又像一条刚出洞而被人惹动过的毒蛇。他不时举动起他的手杖,颤巍巍地,向前撩拨作势,代表了毒蛇吞吐的姿势。那两枚蕴毒的蛇眼,凶射了佩莹,缓缓回过来,又凶射着小邱;凶射过了小邱,缓缓回过去,重又凶射着佩莹。他分明小心地,在选择他的敌人,看要先噬哪一个。同时又像在选择敌人的要害,准备把他的毒液,猛烈地碰过去!

> 极力向读者展示着这种恐怖。

这种极度可怕的神奇,不但使对方那双遭受攻击的目标,看着战栗不止,各个觳觫做了一团;就连这一个身处局外的冷静的医师,全身也感到了一种不自然的感觉。

这时候,倘然没有一种意味的事情,从中加以阻拦,也许,在不到一分钟的时间以内,这间纵横数十尺的屋子里,便要有些疯狂性的事实,会演变出来!

然而,那意外的阻拦,毕竟来了;因之,那疯狂性的戏剧,也终于不曾演成!

> 情节急转。

"嗳!慢一点!有一件最重大的事情,还没有解决咧!"极严冷的语气,忽然从医师嘴里这样吐出来。

"什么事?"由于这医师的语气特异,却使这盛怒的病人凶狞地旋转了头,暴声发问。但他的语气,分明已不再顾忌"血管爆裂"的警告。

"请你坐下来听,好不好?"医师做出了一个他所习惯的小动作,他把他的一支未燃的烟,向天画了一个圆圈,悠然地重复说:"有一件很要紧的事,还没有解决,这是有关你的生命和名誉的。"

"有关我的生命和名誉?"病人的怒眼中,包含了困惑。他真驯良!——驯良得像一头哈巴狗。他迟疑地坐下了。

"昨天晚上,夏医师告诉我:他有一点东西在这里失落了。"医师又恢复了他的不冷不热的声音。

> 这不冷不热当中,蕴藏着他的杀机。

"在这里失落了东西,要我赔偿吗?嘿!"病人挟着怒气。他的鼻孔,翕张了一下。

"我希望你,能够不必负这赔偿的责任,那才好哩。"医师冷然这样回答。

"他失落了什么东西呢?"病人焦躁的声音。

"一小管马钱子精——那只是一小管而已。"

"马钱子精是什么?"病人的问句,已经有点异样。

"毒药!"医师用钢打那样铮然的声音,简单的回答。

病人的眼珠,现出了严重的惶惑;其余四条视线,也现出了相类的骇怪!

只听医师继续说道:"那虽是小小的一管,但它的含量,足以毒死十口猪猡而有余!"他说到这里,蓦地,他用一种极度紧张的眼光,扫上了小邱的脸部,厉声说道:"喂!邱先生,方才你把一些白色的粉末,偷偷倒在牛奶杯子里,那是什么东西呢?!"

小邱的头上,似被打上了一个不及防的暴雷;他的惊惶的眼珠,几乎要脱离眼眶的管束而跳出来。

那个女人,突然听了这种完全出于意外的话,她喘息地看着小邱,呆住了。

一室之中,一共八只眼珠,在这极短促的一瞬中,有三双视线,不同样地射到了这青年所在的晦暗的角度里。

这时,室中最紧张而又最骇人的一个场面发生了!

只见那个病人,额部像泉涌那样,分泌出了黄豆般大的黏腻的汗珠。他把他的全身的重量,支持到手内那支橡木手杖上。他狠命举起了他的惊、讶、畏、惧,一时聚集而不可名状的眼色,死劲盯着小邱。他从一种粗重可怕的声气之中,迸出几个字音来道:"小……小邱,你……你这鬼!你……你……你竟敢——你……竟敢……"

> 都因这突然的情况怔住了。

> 多种心理状态的集合,让这病人难以承受了。

孙了红:《血纸人》,北京:文化艺术出版社 2004 年版。

(撰写:汤哲声 刘 媛)

海 岩《拿什么拯救你,我的爱人》

海岩,1954 年出生于北京,当过兵、工人、警察、共青团干部等,现从事饭店管理工作。主要作品有《便衣警察》《一场风花雪月的故事》《玉观音》《永不瞑目》《拿什么拯救你,我的爱人》等,是当代中国著名的侦探言情小说作家。

《拿什么拯救你,我的爱人》讲述了这么个故事:年轻的律师韩丁在一次发型表演晚会上对女子罗晶晶一见钟情。一系列的突发事件,使出身富贾之家的罗晶晶在遭受丧父、破产的打击后,孤身流落到京城。韩丁又一次巧遇罗晶晶,很快坠入爱河。美好的时光没有维持多久,一个本已从罗晶晶的生活中消失的男孩——龙小羽重新闯入罗晶晶的生活,他曾经是罗晶晶的初恋情人,现在是一宗案件的犯罪嫌疑人。为了维系两人的感情,韩丁违心地答应做龙小羽的辩护律师,打这场实际上已有结论的官司。韩丁带着罗晶晶南下绍兴,北上平岭,走访龙小羽曾经生活过、工作过的家乡和单位。因为所有的证据早已证明了龙小羽有无法逃脱的罪责,还因为罗晶晶仍深爱着龙小羽,韩丁的内心十分矛盾,他担心龙小羽把罗晶晶从他身边抢走,但作为律师的职业道德又促使他进行着艰难的走访调查。随着调查的深入,龙小羽另一面的形象渐渐清晰起来,在扑朔迷离的案件中,韩丁得到新的证据,挺身救下了龙小羽。随后,情节横生枝节,新的证据表明,龙小羽确实是杀害四萍的凶手。故事最后,龙小羽向四萍的妈妈讲述了真相,并自杀在四萍家中。罗晶晶回到北京,仍在橱窗里做模特,意外中韩丁看到了她。

这部小说如果拆开来看可以看作三个故事。

这是一部侦探小说。它有着完整的侦探小说叙事模式。设谜：是谁将女工祝四萍奸杀于工地的工棚里。破谜：是龙小羽？不是，是张雄。但是，祝四萍受到的致命一击，并不是张雄所为，那就应该是再一次到达现场的龙小羽，多次交锋后，果然是龙小羽。说谜：龙小羽杀祝四萍是为了保全平岭保春制药厂，为了保全董事长罗保春，为了摆脱祝四萍的纠缠，为了得到罗晶晶。整个案件扑朔迷离、曲折多变，山穷水尽疑无路，柳暗花明又一村，丝丝入扣，前后铺垫，作家的思路相当缜密。

这是一部言情小说。它有着惯常的言情小说的叙事模式：三角恋爱。韩丁、龙小羽，两个男人疯狂地爱着罗晶晶，可以为她活，也可以为她死；罗晶晶，对这两个男人一般地爱恋，一般地痴迷，为了他们可以奉献自己的一切。三位爱得你死我活的痴情男女，本来就可以演绎一场取舍两难的爱情故事。作家偏偏又给他们增添了不同的社会身份。韩丁是龙小羽的情敌，却也是龙小羽的辩护律师，是龙小羽的救命恩人；龙小羽是囚犯，是被救助者，却也是韩丁强有力的竞争者。罗晶晶是他们的情人，却也是韩丁的委托人，是龙小羽老板的女儿。于是这一场爱情故事就有了更多的感情内涵。拯救之中夹杂着本能的对抗，感恩之中夹杂着本能的排斥，爱恋之中有着职业的精神，感念之中又有着潜意识的敬畏……然而，无论身份是多么悬殊，也无论矛盾是多么复杂，在爱情面前都黯然失色。战胜了社会的功利观念，战胜了个人的长短得失，还有什么爱情能这样崇高伟大呢？三角恋爱中的所有的难题都被这无私的奉献的爱情所融化了。与这个大的三角恋爱相比较的还有小的三角恋爱，它们是由张雄、祝四萍、龙小羽所构成的罪恶的三角恋爱。在这个三角恋爱中是财富的贪婪，是自私的占有，是个人的得失，这样的爱情只能走向毁灭。

这也是一部时尚的故事。"韩丁从小生得唇红齿白，打从上小学开始就是周围女孩子们秋波频送的目标。在中学和大学时期，更是学校里的大众情人。""龙小羽确实有一张能让女孩子们为之心仪的脸，眉目清秀但不乏男子气概，皮肤黝黑但健康光洁，虽然坐着，但你仍能感觉到他的身材颀长挺拔，这是一副很容易让女孩子产生冲动和幻想的形象。"模特儿罗晶晶"那张眉目如画的面孔，却有着令人不敢相信的美艳。在强光的照射下，少女脸色苍白，眉宇间顾盼生烟，进退中的一动一静不徐不疾，目光中的一丝冷漠若隐若现"。不是俊男就是靓女，他们或者掩人耳目私下偷情，或者别墅公寓里卿卿我我，或者超市中疯狂购物，或者网络上传递信息。他们追求的是如电的感觉，讲究的是一见钟情，冲动，任性，感情至上，作品中弥漫着的是强烈的青春气息。

独立起来看这三个故事，并不出色。事件的安排和情节的发展是流行小说常见的模式。小说的突出之处在于将这三个故事糅合起来。于是，生死之谜之中有了爱情的选择，感情的弥漫之中有了人生价值的探求，轻松浪漫之中有了严肃的逻辑推理，既愉快又痛苦，既轻快又沉重，不同维度的思考空间和多种内涵的情绪的倾诉夹杂在一起，形成了这部作品的厚度，也形成了这部小说与众不同的地方。

三个故事糅合起来写无疑是聪明之举，可惜的是作家没能将这种糅合性的故事的潜力挖掘尽，留下了不少遗憾。这些遗憾突出地表现在对生活的挖掘和对人性的挖掘上。一则侦探故事，一则爱情故事，由于主人公社会身份的不同，除了构成了这两则故事之间的戏剧性之外，还构成了两则故事之间的矛盾性和对抗性。但是作家仅仅停留在戏剧性的层面上，对生活哲理的思考不够。龙小羽身上的侦探故事，他是一个杀死自己情人的杀人犯；他又是一个爱情专一、至死不渝的献身者。这其中的矛盾和对抗究竟是怎样弥合的呢？仅仅用爱与不爱，或者是原来情人的任性使坏来解释,都显得说服力不够,应该说与一个打工仔的个人奋斗的生活有关系。也许作家太爱他笔下的这个人物了,始终不愿意将笔深入这个人物隐秘的内心世界中,反而将他塑造成一个爱情的殉道者。同样的问题出现在韩丁身上稍微舒缓些,作为龙小羽的辩护律师和情敌的他,毕竟在多次与罗晶晶的争吵、赌气之中显示出他感情上的复杂性和选择上的无奈性。但是作品对这个人物的内心世界挖掘得还不够深入。他到龙小羽的老家做了一番调查之后,决定为他的被辩护人做无罪辩护。作家这样安排,目的很清楚,想说明这个人物身上的职业的责任感,从而进一步说明这个人身上的优良品质。这样的安排除了感叹作家对他笔下的人物太多关爱之外,本无可厚非。但是小说的最后却出现了漏洞,当韩丁得知龙小羽是真正的凶手之后,却跑去将消息告知了龙小羽,造成了龙小羽的自杀。这一举动明显与律师的职业责任感有悖。这是为什么呢?作家仅仅用爱进行了回答。为什么不进行更为深入的心理分析呢?

作家给小说写了这样的题记:"爱是责任、是怜悯,是奉献,是举案齐眉,是恩恩相报;性是快乐,是激情,是索取,是多变,是稍纵即逝的高潮。"作家一定要把"爱"和"性"分开,其实在生活中,"爱"和"性"往往又何曾分开过呢?太理想化的爱情观直接影响了小说对生活的挖掘。

作品赏析

这里节选的是,龙小虎的案子开庭的前一天晚上的情形。

明天就要开庭了。现在,他们走在湿漉漉的街道上,皮包里揣着刚刚取回的那份最后的文件。罗晶晶的话题依然执着在这个将见分晓的案件上,仍然执着在韩丁到底有多大胜算上,而她的音容笑貌,却早已擅自带了胜券在握的振奋。

韩丁没有呼应她的振奋。他们站在路边等出租,雨天的出租不好打。他们亲热地挤在那张小小的雨伞下,雨水的包围使他们之间看不出任何间隔。

韩丁说:"我们说好的,只要我们尽力了,案子无论胜负,互相都不埋怨,你还记得吗?"

罗晶晶说:"谁说埋怨你了?我只是想问问,你对明天出庭辩护,有多大把握。"

韩丁说:"从我现在拿到的证据看,法院再判他杀人肯定是太勉强了。我想,至少说服法官不定他的死罪,应该是有希望的。"

罗晶晶说:"不定死罪,就说明他没杀人。他没杀人,就说明他无罪。他无罪,就应该放了他。难道法官会既不杀他,又不放他吗?"

韩丁说:"审判的进程可能很复杂,很多情况是难以预料的,并不是认定不了死罪就马上能放他出来,事情不是这么简单的。"

终于有一辆出租车在他们面前停下来,韩丁打着伞往车前走,走了两步发现罗晶晶没有跟过来。她还站在原地,任雨水淋湿双肩,韩丁惊异地叫她:

"喂,怎么啦,上车啊!"

罗晶晶依然没动,雨流在脸上,像泪水一样。她怔怔地问:"你是说,他

这伞下的两个人,看起来没有间隔。这雨中一幕展开了……

罗晶晶离开了伞下,"间隔"产生了。

就是没罪,也出不来?"

韩丁走回去,把伞遮在她的头上。罗晶晶的样子让他心中不快。他不满地沉默了一下,开口道:"你当初不是说,只要他能活下来,能不死,你就知足了吗?"

罗晶晶的眼睛直直地看着他,他从这目光中看到了她的疑心和抱怨。罗晶晶说:"我不明白,是法院不想让他出来,还是你不想让他出来?"

是的,也许在韩丁的潜意识里,他真的不想让龙小羽出来,但他从没真的这样想过。他作为龙小羽的律师,要真这样想,就等于没人性了。所以,罗晶晶的这句话就不免说得太狠,太过分! 而且隐隐地,戳到了韩丁的痛处,令他恼羞成怒,他控制不住地,让自己的愤怒从声音中发泄出来:

"什么意思呀你? 我这一个月什么都没干行了吧! 我几次到平岭来到绍兴去,花这么多钱我是玩儿呢,旅游呢,行了吧!"

罗晶晶见他生气,马上退缩了,开口想说缓和的话,但她的缓和无形中却变成了争辩和提醒。

"我没说你什么都没干,我是怕你讨厌他……"

"对,我是讨厌他,要是法院判他无期,我就给他辩成死缓,要是判死缓,我就让法院枪毙他,行了吧!"韩丁越说越气,"既然你把我想得这么坏,当初干吗找我辩? 既然这样明天我也甭出庭了。我不沾这个事你该放心了吧? 明天你自己去给他辩,材料我给你准备好,你看着哪份能用你用哪份,哪份没用或者还能害了他你就给撕了,到时候法院是杀是放都不关我的事,都和我没关系,行了吧!"

韩丁说到一半罗晶晶就哭了,她的抽泣和眼泪并没有让韩丁稍稍息怒,反而让他越说越来劲了。那辆等他们的出租车早被另一对男女捷足先登,晃动着车前的雨刷开走了。韩丁把雨伞往罗晶晶怀里一塞,怒火上头地扭脸就走,他大步过了马路,听着罗晶晶在身后的哭声,也没有回头。

他没想到在开庭的前一天他们会因为龙小羽而翻脸。在过去的一个多月中,他们为了龙小羽而同心协力,四方奔走,连夜里做梦都梦的是这件事,可没想到胜利在望时居然闹翻。

韩丁也想哭,他委屈透了! 可他脸上只有雨水,没有眼泪。他快步走,走到浑身湿透了,才发觉自己不仅心冷,身上也不胜其寒。寒冷使他冷静下来。气慢慢地消了,但他不想早早地回去。他冷得受不了便走进一家路边的桑拿店,他在一个水清见底的大池子里一直泡了两个小时把身子泡暖,等服务生把他的衣服全都烘干了他才出来。从桑拿出来时雨已停了,天也黑了,他想回工人新村去,拦住一辆出租车又挥挥手放掉了,然后沿着街往相反的方向走,走进一家小餐厅,坐下来点了两个菜,还要了一瓶冰啤酒,对着嘴大口喝,嘴里和心中俱是苦不堪言。他从未这么喝过酒,一瓶酒咚咚咚地喝下去,菜没怎么动,脸和眼睛都红起来。

借着心里的酒劲,他真想大声问自己,你还爱她吗? 还爱这个其实并不爱你的女孩吗?

> 罗晶晶的话真是对韩丁的人性和职业道德的怀疑。

> 韩丁确实是委屈透了。历经艰辛,却吃力不讨好,不但得不到慰藉,反而被罗晶晶误解。

他为了得到她的爱,才去救她爱的那个人。等把她爱的那个人救出来,她也就彻底不爱他了。他做这件事的动机,与这件事必然会达到的目的,竟是如此矛盾!这矛盾他以前不是不知道,不是没预见,只是他一直苟且偷安地骗自己,骗自己罢了!

<small>多么痛苦和矛盾!</small>

他骗自己是因为他一直幻想罗晶晶还是爱他的,她对龙小羽只是旧情未了,只是仁义之心,只是不忍看着他死去而已。但现在,当他一步一步地了解了罗晶晶和龙小羽的那段刻骨铭心的爱情,了解了那段爱情由滋生而发展而炽烈的每一个进程,他的信心也开始一步步地崩溃,他的自我感觉也一步一步地离位。那样的爱是不能忘记的!他甚至不知道当龙小羽以无罪之身走出监狱的那一天,当龙小羽和罗晶晶像恋人那样重新拥抱在一起的那一时刻,他会不会像个失败的"第三者"那样,自己转过脸,讪讪地离开。

他摇摇头想否定自己,他能感觉到酒精在脑袋里晃来晃去。他昏昏沉沉地打开皮包,从里边拿出手机,他想打电话到程瑶家,他想在电话里告诉罗晶晶:他明天会准时出庭为龙小羽辩护的,他会尽全力救他出来的,他会让龙小羽和罗晶晶在灿烂的阳光下幸福团聚!

<small>经历了这个小插曲,韩丁还是坚持了自己的决定。</small>

海岩:《拿什么拯救你,我的爱人》,北京:作家出版社2005年版。

(撰写:汤哲声 刘 媛)

麦 家《暗算》

麦家(1964—),原名蒋本浒,1964年出生于浙江富阳的一个普通家庭,曾从军17年,辗转六个省市,历任军校学员、技术侦察员、宣传干事、处长等职。1983年毕业于解放军工程技术学院无线电系,1991年毕业于解放军艺术学院文学系,1997年转业到成都电视台担任编剧,后专心于小说创作。著有长篇小说《解密》《暗算》《风声》《风语》;中篇小说《陈华南笔记本》;短篇小说《两个富阳姑娘》;小说集《紫密黑密》《地下的天空》《让蒙面人说话》《充满爱情和凄楚的故事》;随笔集《捕风者说》《人生中途》等。2008年调至杭州市文联,现居杭州。

长达17年的军旅生涯为麦家的文学创作积淀了厚实的养分,他的大部分作品取材于军事情报战争,特别是无线电侦听和密码破译等不为人知的领域。特殊的选材使麦家的小说总是笼罩着一种神秘的色彩,这种神秘既取决于情报工作本身的性质,又来源于小说真假难辨的叙述方式和罗生门式的叙事视角。麦家的作品在当代小说中独树一帜,被称为"特情小说""密室小说""新智力小说",等等,颇难归类,然而这并不影响大众的喜爱和精英文学的接受。麦家的小说雅俗共赏,不但市场大卖还曾多次获奖:《解密》获中国小说学会2002年中国长篇小说排行榜第一名、第六届国家图书奖、第六届茅盾文学奖提名;《暗算》获第七届茅盾文学奖;《风声》获第六届华语文学传媒大奖年度小说家奖。

《暗算》讲述的是国家安全部门701的故事。小说通过《听风》《看风》《捕风》这三个篇章,分别描写了特别单位701的三个部门监听局、破译局、行动局中的传奇人物。听风者讲的是监听局历史上最天才也是最接近疯子的一个侦听员瞎子阿炳,他在中外关系最紧张的时刻侦听出敌军的一百零七部秘密电台,从而为国家做出了巨大的贡献,也为自己带来了无上的荣耀。而这个天才同时也是脆弱的、愚昧的。他没有性能力,以为只要跟妻子抱着睡在一张床上妻子就能怀孕。妻子怕离婚与人偷情生下了孩子,他异于常人的耳朵却从孩子的啼哭声中听出了自己被戴了绿帽子,并因此自杀。看风者讲述了破译局欧洲处先后两任处长陈二胡和黄依依的故事。黄依依是破译局历史上唯一的女处长,被人称为有问题的天使。她在一年的时间里破译了苏联保密期限在十年以上的高级密码,却死于医院厕所的一扇弹簧门。在701内部,黄依依的存在和离去都像是一个传奇。破译处后来成就最大的陈二胡,在退休后患上了职业病,把日常的生活当作密码一样去探求真假虚实,陷入破译的迷阵中不能自拔,最终因为成功破译一部被弃用的密码而导致心脏病发作去世。捕风者中的两则故事,一则是我党利用越南士兵韦夫的尸体向美军传递了假情报,使我军取得了战斗的胜利;另一则是潜伏在国民党保密局中的我党人员"鸽子",因为在分娩时情不自禁地喊出已经牺牲的丈夫的名字而暴露被捕。

《暗算》并不是一部简单的讲述无线电侦听与密码破译的作品,小说包含着丰富的主题意蕴和人生命题。在卷首语上,麦家引用了博尔赫斯在《神曲》中的一句话:"所谓偶然,只不过是我们对复杂的命运机器的无知罢了。"阿炳、黄依依、陈二胡……他们既是天才又是

《暗算》·那段舞会接头的难忘往事

疯子,他们在这个最阴暗最危险最不可理喻的工作中抽丝剥茧、层层推进、纠结反复、歇斯底里。他们拥有异于常人的禀赋,每个人的贡献可以抵得上一支军队,然而他们的命运却如此多舛,或英年早逝,或疯癫痴傻,或不得终老。人物性格的必然性,加上命运之手的推波助澜,故事的发展令人匪夷所思,却又在情理之中。麦家用必然和偶然的组合,营造出虚虚实实、亦真亦幻的小说体验。

麦家在谈到小说创作时多次强调技巧的运用。而我们发现麦家的故事之所以好看,他讲

故事的方式是很值得玩味的。除了传统的叙事手法外,现代主义小说的许多技巧,诸如迷宫叙事、互文、复调、元叙事等,在《解密》《暗算》《风声》等小说中也交替出现。对于《暗算》的结构,麦家自己是这样说的:"坦率说,我对《暗算》的结构是蛮得意的。《暗算》是一种'档案柜'或'抽屉柜'的结构,即分开看,每一部分都是独立的、完整的,可以单独成立,合在一起又是一个整体。"[1]小说不是单一的线性结构,而是发散状的,《看风》《听风》《捕风》三个篇章各自独立而又相互关联。另外,小说采用罗生门式的叙述视角,既有我这个局外人——墨镜记者,又有当事人钱院长、安院长,还有旁观者陈思思等;每个故事的叙述方式也不尽相同,以回忆为主线,又插入了陈思兵和陈思思的信件,还有施国光的日记等。作者利用多视角的倒叙、插叙,将故事发生的时间和讲述的时间打乱、杂糅,用时间交错叙述产生的假象迷惑读者,令人眼花缭乱却又井井有条,营造出一种难以置信却又貌似合情合理的不甚可靠的真实感,让读者带着怀疑的目光继续阅读下去。

2005年,由麦家、杨健编剧,柳云龙、陈数、宋春丽等主演的40集电视连续剧《暗算》播出后,马上引发了收视狂潮,有人称其为"开中国特情剧的先河"。2006年,麦家的小说《暗算》由人民文学出版社出版,销售成绩斐然。2008年,《暗算》获茅盾文学奖,麦家也成为当代小说家中为数不多的文学和市场兼得的作家。

作品赏析

这里节选的是作品第五章《刀尖上的步履》的中间部分,也就是下部《捕风者》中的第二个故事:老吕的上线金深水(即文中的"我")回国,找到昔日战友的女儿,并告诉她"我"的战友才是她的亲生母亲。那时候"我"已独自潜伏在国民党保密局内部多年,忽然接到情报,得知一位代号为"鸽子"的同志也打进了敌人内部,她将在保密局的周末舞会上与"我"接头,"我"既兴奋又忐忑地等待着。本文以"我"这个老年人的回忆为主线,场景在往事和现实之间闪回,造成了思绪纷繁复杂的效果,但是情节推进的严密性和逻辑性又使故事线索脉络清晰,小说跌宕起伏,引人入胜。

我和你母亲第一次接头是在保密局的一个周末舞会上。

谁都知道,戴笠在军统曾有过一个清教徒的规定:战争时期禁止结婚。然而这规定不是禁欲主义的,军统的舞会每周开放,而且绚丽多姿。人们说,伊丽莎白在军统的舞场上同样会受到多面夹攻,那里的人个个色胆包天,厚颜无耻,乐于争风吃醋。他们把枪藏在裤袋里谈情说爱,像所有光棍男人一样,热情洋溢,求胜心切。他们用惯常的花言巧语撩人心魄,有时也使用一点职业伎俩,譬如说穷追不舍,不择手段。女人很少在他们面前坚贞不屈,女人总是有些轻薄,或者说软弱。他们把攻占的山头一个个带回自己散发着死亡和恐怖气息的寓所,把枪压在枕头下欢度良宵,早晨醒来他们收起夜里的一切甜蜜和情爱,开始盘算另一出阴谋:杀人的阴谋。戴笠把这帮走狗训教得服服帖帖、忠心耿耿,无疑是他的高明。戴笠丧生后,尽管人走茶凉,但人们似乎已经

> 回忆性的口吻,打开尘封的往事,奠定了故事基调。

---

[1] 麦家.暗算[M].北京:人民文学出版社,2006:323.

习惯了故有的传统，男人照样不要结婚，舞会照样绚丽多彩。

那天晚上我几乎有种预感，老早就去舞厅。因为去得早，我拣到一个理想的座位，我妻子嫌它太显眼，想换个偏一些的位置，被我拒绝了，我想今晚我就要显眼得让谁都看得见。我妻子不理解我的话，但这不影响她听我的话，这大概就是一个地下工作者最好的妻子。我妻子是个宁静的雅安人（四川雅安），有一头雅安人应有的乌发和一张白脸。据说雅安的姑娘以温良和美德著称，受了气只会哭，柔弱似水——但也不见得，我在"汪精卫时期"曾在武汉碰到过一个雅安少女，才十七岁，是个接线员，她给我的印象是在漂泊的乌篷船里长大的，有一种船上女人特有的风骚劲。当然我妻子是温良的、柔弱的，当初张蔚林跟我妻子一面之交后就告诫我，不能发展她做同志，理由是她目光充满的"顺从意识"（不是反抗意识）。她一直不知道我的隐秘身份，然而延安知道，她曾帮我们做过多少好事。

和往常一样，舞会总是弥漫着强烈的世俗气，女人个个脂颜粉面，矫揉造作，妖里妖气，男人一个比一个慷慨大方，能说会道，像煞绅士。在一曲曲音乐声中，我将舞池里所有脂面粉脸一一窥视，一张放大的苹果脸引起了我注意，因为她几次旋转着看我，目光亲切温暖。我几次想象她向我走来，坐在我对面椅子上和我秘密攀谈。后来，我发现她的目光一下子变得淫荡，虽然就那么一下、那么一瞬间，但已叫我恶心透顶，好像吃苹果一口咬出了一条绵绵蛆虫。上帝知道，我需要的不是肉体艳遇，而是革命理想的"艳遇"——请允许我这样牵强地说。是，那可能是个妓女，在军统的舞场上，这样的女人好似饭桌上的苍蝇一样，稍不注意就会停落在你的碗沿上。

好，我要尽可能讲得简单明了，舞会中途休场时，我去厕所方便，回来时我发现自己的座位上坐着一位姑娘，很年轻，很出众，穿一套白色的长裙，在霓虹灯下，耀眼得令人炫目。她正跟我妻子交谈着，我走过去，她抬头看我一眼，掉头问我妻子：

"这是您先生？"声音有点嗲。

我妻子点点头，很矜持的。她很快站起来，让我坐，也许还说了一句客套话。

我说："没关系，我在抽烟，想站一会儿，你坐。"

她又坐下去，给我妻子看她黄灿灿的金表。我妻子懒懒地看，已经有点看得出的不耐烦。这时我好奇的目光透过烟雾，向她瞥去，开始我觉得她生得简单，只能说有一张漂亮的脸蛋罢了。我对漂亮的女人向来不太有好感，也许是出于一种嫉妒心理，也许是由于经验的教唆。我相信漂亮在女人身上就像武器在男人手里，总有一天会被她们使用，"恶毒地使用"——这是我们家乡的一句话，你应该听说过。

但很快我就发现，这个人的脸上同样有种梦的气息，漂亮仅仅是停留在表面的认识，非但不深刻，也许还是错误的。有那么一会儿，我看到了她的眼睛，就像看见风一样地看到了她的目光，同时出现在我眼前的是一大片宁静得几乎是抽象的草原和一条清明的小河，河水里波动着鹅黄的阳光。我

运用插叙，延宕故事节奏，进一步吊起了读者的胃口。

前面做足了铺垫，现在才切入正题。作者也借这句话进一步佐证这是一个老年人的回忆，前面散漫、冗长的叙述符合老年人讲话啰唆、拖沓的特点。

声音和做派都在模仿军统其他的女人，像"蝴蝶迷"。

大段意识流的描写，真实地表现了主人公内心涌动的情感，对同类的渴望与感应。

知道,这都是我关于家乡的诗情的记忆,它们经常出现在我感受施特劳斯恬美音乐的心灵里,现在它为一种目光所唤醒,我感到热烈,感到身体里有种东西在吝啬地燃烧。我贪婪地窥视着她,希望领会她外表的真正含义。

不久,我似乎又有新的发现,我觉得眼前的这个女人——漂亮女人,不像我开始看到的简单无趣,而是神秘的、复杂的,要看透她几乎需要对她面部进行分割地看。在她脸上,有两样东西十分醒目:一双眼睛和一对酒窝。当你重视她下半张脸时,那对甜蜜而快活的酒窝就会使你看到一张漂亮的脸蛋,亲切、可爱代表了她,她成了一个无忧无虑、天真烂漫的少女,外表热烈、内心简单,也许稍有钱财的男人都能得到她的爱。然而,当你目光渐渐上移,凝视她的双眸,久久地凝视,你就会困惑地发现,一种智慧——成年人的智慧——正在她脸上悄悄地增长,冷静、深邃成了她全部,无聊的男人将为此懊丧,因为他们害怕智慧的考验。从这张面孔上,我看到了两个有明显差距的世界,一个带着戏谑和放纵表达着她的情感,另一个却在压抑地呻吟,压抑和孤寂使她变得敏感、多疑,留下了忧郁、感伤的印记。当我把这两个世界融会贯通,我就觉得她神情之中流露出来的是一种高雅的风流,一种凝重的娇态,不是初发的娇态。这时候,我几乎渴望她掉头来向我打听她老乡,因为我已承认她是特殊的。我希望她就是"鸽子"。

突然,她装得像刚记起什么来似的,转过身来,同时换了眼神,这样问我:

"上校,我想打问一下,你们二处是不是有个桂林人,姓秦,他可是我老乡呢。"

天呐,果然如此!

我极力掩饰住内心的狂喜,平淡地告诉她,是有个姓秦的人,叫秦时光,系中校参谋。这个人注定要成为我们的牺牲品。他当时也在舞会上,我以一个抽象的阿拉伯数字出卖了这条前途黑暗的走狗。

又一舞曲响起时,我注意到姓秦的好似一只饥饿的苍蝇,始终围绕在你母亲身边,脸上堆满夸张的微笑。我可以想象,你母亲刚才一定是在他身旁故意露出一两句混浊的桂林话,他便像发现新大陆似的,迫不及待地迎上去。这个从桂林乡下出来的穷小子,一个臭皮匠的儿子,我深悉他虚荣又贪婪的本性,有人恶毒地攻击他,说他眯起的双眼——他生有一双鼠眼——从来只为上司和女人发光。我想,这种评价除了有点夸张之外,更多的是贴切。他确实是这样的人,不可怕,但可恶。我不知他是怎么混入军统并且一再受到关怀,始终滞留在总部"吃香喝辣",有人想赶也赶不下去。在同事间,他虚伪又媚俗的为人已使人讨厌,然而他自己并不讨厌。一个没有多少真本事又缺乏家族荣誉的人,能够在一群魔鬼中偷生,凭靠的就是"虚伪和媚俗"这两根拐杖。

后来,我故意和他打招呼,把他喊过来。我知道,这样他一定会炫耀地把你母亲带过来介绍给我,同时也一定会讨好地请我妻子跳舞。然后我便

> 为了避开猜疑和耳目,"我"巧妙地利用了秦时光的性格特点,通过他"暗度陈仓",传递了情报。

毫不犹豫地牵起你母亲的手,与她一道旋入幽暗的舞池。分手时,我的右手已从你母亲潮湿的左手里接回一张纸条,我把这只庄严的手伸进口袋,掏出来一块擦嘴的手帕,一举一动都是人皆有之的,但却贯穿了深刻的内容。我们的配合一开始就显得惊人的默契。

> 极度紧张,以致手心出汗。

那天晚上天上有一轮银制的明月——我怎么记得这么清楚?月光像水一样铺在大街上、房屋的墙沿上,城市显得格外宽敞。回到家里,走进书房,我发现,月光早在这里静静恭候我,我的出现使它微微颤动了一下,好像它是水做的。但即使是水我也没感到凉意,我只觉得宁静,而且这种宁静几乎是完整的,我甚至都不愿打破它,就在月光下细阅了你母亲给我的纸条:

> 运用比喻和拟人的修辞手法,生动形象地写出了"我"微妙的情绪。

1. 请尽快弄清一号监狱新址,和关押在内的张世雄等同志行刑的具体或者可能的时间及地点;
2. 三天后参加"红楼会议"。

> 留下悬念,为掀起另一波情节高潮做铺垫。

麦家:《暗算》,北京:人民文学出版社 2006 年版。

(撰写:马小康)

张　勇《伪装者》

张勇(1969—),成都人,长期为军工厂工人,16 岁学习戏曲创作,28 岁发表剧本,现为成都川剧院编剧。创作的戏曲剧本有《藜斋残梦》《凤楼之死》《梨花香尽雨阑珊》《美人如玉剑如虹》《徐志摩与陆小曼》等,其中《藜斋残梦》获中国第九届戏剧节优秀入选剧目、中国越剧艺术节剧目银奖。创作的小说有《一触即发》《伪装者》等。

张勇的文学之路漫长且艰辛,她只有大专文凭,但有良好的阅读基础,童年时期是在《西厢记》《牡丹亭》《再生缘》的浸染下成长,再后来读的书多且杂,从古代到当代、从国内到国外、从文学到科学均有涉猎。大专毕业后,张勇在一家军工厂工作了 20 多年,在此期间她的业余时间几乎都用来读书、写作、求发表。张勇的文学创作分为两个阶段,前一阶段张勇以书写才子佳人、帝王将相的舞台剧剧本为主;后一阶段开始创作谍战类小说。这个较为突兀的转变要追溯到张勇性格的另一面,那就是金戈铁马、豪情万丈的好男儿气概。张勇形容自己开始创作谍战小说时,就像积攒在自己心中的一团火,一旦爆发便不可收拾,而这团火起源于张勇少年时代所观看的红色电影。《永不消逝的电波》《特高课在行动》《羊城暗哨》等红色电影以影像的方式讲述战争年代的故事,让观众身临其境地感受战争的真实和残酷,这对于张勇来说是永远难以忘怀的体验。然而红色电影对于战争的描绘是有限的,在电影之外有着无数无名英雄。他们为了祖国生活在黑暗之中,时刻行走在生与死的边缘;他们不畏艰难,不惧死亡,所以张勇转向谍战小说的创作,以文学的方式永远铭记这些为祖国奉献生命的英雄们。

《伪装者》原名《谍战上海滩》,讲的是抗日战争汪伪政府成立时期,富家少爷明台在赴香港大学读书的途中,被军统高官王天风看中并绑架至军统训练班,经过艰苦训练成为一名优秀的军统特工。之后,明台与生死搭档于曼丽前往上海,完成上级布置的一系列秘密活动。明台的大哥明楼有着三重身份,他表面上是汪伪政府的高官,第二重身份是军统高官,是明台的上司,而他的真实身份是一名共产党员。作为汪伪政府的高官,明楼成了外人眼中的汉奸,忍受着来自大姐明镜和弟弟明台的指责与试探;作为军统高官的明楼是明台的上司,为了民族大义,他多次命令自己的弟弟去执行暗杀任务,同时深陷于自责之中。在明楼策划的"粉碎计划"中,明台与中共地下党成员程锦云联手,成功爆破汪伪政府运送日军高官的专列,两人在战斗中产生了感情。之后,明台在明楼的命令下暗杀汪伪高官,刺杀日本间谍,屡立奇功。然而不久,明台发现国民党暗中大发"国难财",自此对国民党心灰意冷,程锦云借机发展他成为一名中共地下党员。为了获得前方战场的最终胜利,王天风策划了"丧钟敲响"行动。在这场行动中王天风假意投靠汪伪政府汪曼春,导致于曼丽和郭骑云死亡,明台误以为王天风叛变杀了王天风,自己被汪曼春所抓。但幸运的是"丧钟敲响"行动成功用虚假情报迷惑了日军,为抗战最终胜利赢得了转机。事后,明楼设计救出了明台,两人联手从逃狱的汪曼春手上救出了大姐明镜。在文中最后一场劫持列车的行动之中,明镜为了救明楼而死,但最终计划成功,明台和程锦云前往革命圣地延安,而明楼则继续他的双重间谍身份,潜伏在汪伪政府和国民党政府之中,为共产主义的事业呕心沥血、奋斗终生。

《伪装者》故事建构的独特在于由"小家"见"大家",基于上海明家三姐弟的际遇展现抗战时期局势的风云变幻。小说中的明家是一个有着雄厚资本的家族,明家的大姐明镜从17岁时便一人支撑起这个家,她希望弟弟们能够专心于学术,远离战争的纷扰,但是在国家危亡之际,任何人都无法置身事外。她的弟弟明楼本是经济界的翘楚,面对战争他却成为一个有着三重身份的间谍,策划了一场又一场的刺杀计划,同时在自己的家人面前极力隐藏自己的秘密。小弟明台在明镜心中还是一个不谙世事的学生,但事实上明台早已成为一个杀人不眨眼的特务。即便是不愿家人投入战争的明镜,其真实身份也是一名地下共产党员。先有国后有家,明家三姐弟的内心皆向往着平静祥和、幸福美满的家庭生活,但在战争来临之际,明家的孩子绝不是苟且偷生之辈,他们胸怀民族大义伪装于暗处,给敌人以致命一击,即便死于黑暗也无愧于心。在当时政局混乱的国情之下,明家三姐弟都是聪慧之人,他们审时度势,最终都选择成为一名共产党员,他们都坚信"只有共产党,才能救中国"。"小家"既如此,"大家"之中更有无数的人选择捍卫国土、铲除恶贼,有无数的共产主义战士在不同的战场上挥洒热血、视死如归,他们和明家三姐弟一样是值得永远纪念的英雄。

《伪装者》,顾名思义,小说的重点便在于"伪装",里面每一个人物都在伪装,行走在虚实之间。明镜在资本家这一伪装之下为共产党提供资金支持,明楼在汪伪政府高官的伪装下掌握汪伪政府及日本政府的第一手资料,并基于此策划了一场又一场的暗杀行动,给汪伪政府及日本政府最沉重的打击,明台在富家少爷这一伪装下多次逃过汉奸汪曼春的法眼。明家三姐弟即便在家中也是以伪装示人,言语之间充满了试探,时时刻刻保护着自己的真实身份,活得沉重而不安。但在这个战火纷飞的年代,共产党实力尚弱,处于黎明之前的黑暗时期,必须在黑暗中潜伏到敌方,以最小的代价得到最多的情报,为共产党的胜利带来更多的希望。为此,伪装者伪装自己的身份,隐藏自己的姓名,但是道路越黑暗,他们的内心就越渴望光明,他们的伪装是为了未来的某一天所有中国人可以行走在光明之下。

作者在为人物命名时颇有《红楼梦》遗风,人物的名字暗含人物特征和际遇。小说的主要人物明家三姐弟姓"明",代表着抗日战争终将胜利,未来终将走向光明。同时处处伪装,行走于黑暗之中的三姐弟却以"明"为姓,在矛盾之中呈现张力,于现实的残酷中透露出理想的温情。明家三姐弟的名字来源于偈语"身似菩提树,心如明镜台"和唐诗"楼台影就波中出,日月光疑镜里悬",寄予着作者对三人美好的希冀。明诚的"诚"字一方面蕴含着阿诚对明家的诚恳与忠心,另一方面"诚"字谐音"城",与明楼的"楼"相对,意为明楼和明诚两人之间的情谊如同"城楼"般坚固。于曼丽原名锦瑟,她和程锦云都深深爱着明台,双"锦"皆爱一人,但锦瑟是萧瑟之音,注定了于曼丽悲惨的一生,而锦云意味着平步青云、大有可为,所以在她的指引下,明台加入共产党,并在小说的结尾和程锦云一同前往延安。明台的亲生父亲是一名共产党员,姓"黎",与他儿子明台的"明"相对,这两代共产党员代表着中国的黎明。这些人物的名字互相关联,彼此呼应,形成了一个交相辉映的整体,各个人物在相互作用下产生故事和情谊,颇有宿命之感。

就《伪装者》的故事情节来看,故事前后发展脉络清晰,逻辑也比较合理,但在具体的行文中缺少悬念的设置和太过顺利的故事情节削弱了读者的代入感和阅读快感,这也从侧面反映出作者创作的理想化弊病。

作品赏析

这里节选的是《伪装者》下部第二十五章的内容,汪曼春从狱中逃出,同时她意识到明楼自始至终都在利用她,为此她由爱生恨,绑架了明镜,以明镜为要挟想亲手杀了明楼,明楼得知大姐被抓急忙赶到达汪曼春所在地。这段内容以对话为主,通过两人激烈的对话推动情节发展,同时两人的对话中交杂着爱恨情仇和家国大义,是对彼此心灵的拷问,从侧面凸显两人的性格和心理。

"汪曼春!我来了。"明楼推开明台办公室的门,缓缓地走进来。

明楼一步一步走进去。他看见汪曼春拿枪顶着明镜的头,下意识地看看窗外,隔着厚厚的窗帘,窗外几乎看不到里面。

"我来了!放了我大姐!"

汪曼春道:"走近一点,进来啊!让我看清你的真面目。"

明楼一步一步走近汪曼春和明镜,汪曼春手上的枪顶着明镜的太阳穴。汪曼春苦笑着:"你知道吗?从少女时代起,我就幻想着,有朝一日正大光明地站在你大姐身边,作为你明家的一分子,我会礼敬着她,我会孝顺她,可是,这个老巫婆是敬酒不吃吃罚酒!"

明楼冷静地道:"放了我大姐,我来做人质。"

"我一个都不会放!"

"你已经无处可逃了!"

汪曼春叫嚣:"跪下!"

明镜大声道:"不准跪!"

汪曼春一枪托砸向明镜的脸颊:"老巫婆!去死!"明镜额头上随即鲜血直流,几乎晕过去了。

<small>此处体会明家人的傲骨。</small>

明楼厉声道:"汪曼春!"

汪曼春喊着:"不准叫我的名字!我是大日本皇军委任的76号情报处处长!你是什么东西?一个骗子,一个两面三刀的卧底,一条心如毒蝎的毒蛇!我爱你,我信任你,依赖你,无条件地相信你,你做了什么?设下死亡陷阱让我跳!置我于死地而后快!我跟你不过是各为其主……"

话还没说完便被明楼截断:"错!我跟你不是兄弟阋墙,而是站在了民族大义的两端,你出卖灵魂,投靠汪伪,做日本人的杀人机器,你背叛了祖国!背叛了祖宗!背叛了爱情!一个连国家民族都不爱的人,有什么资格说背叛?!"

"上海滩是一个弱肉强食的世界!法国人、英国人、美国人都在这上海滩称王称霸,日本人来了,有什么不一样!谁来了都一样!人人都想从中分得一块大肥肉!我有什么错!"

"你错了!大错特错!你知道你手上沾了多少同胞的鲜血吗?你死到临头也没有意识到你所犯下的罪孽!你为什么会变成这个样子?为什么?!"

"我是爱你的,明楼。如果我不爱你,我怎么会轻易地相信你,落到你设计的陷阱里?"她流泪了,难以自控地倾诉:"还记得我们初次相遇的地方吗?在宁静的校园里,你曾经握住我的手,你说,你愿意无数个白天、夜晚在校园里安静地陪着我,就陪着我汪曼春一人。我一直梦想和你在一起,我放弃了很多,很多我曾经很在意的东西。"

"包括善良吗?包括人性吗?汪曼春,你是一个畜生你知道吗?"明楼言辞犀利。

"我尽我所能地去迁就你,去爱你。你却不敢承认你曾经爱过我。"

"对。"

"你承认了。"

"因为我感到羞耻!感到你侮辱了这段曾经美好的过去,你玷污了最美好的一切,你不配拥有美好,不配!不配得到,哪怕是回忆!我也希望从自己的记忆深处一笔抹去。"

汪曼春道:"我是爱你的!"

"你口口声声说你爱我,你了解我吗?你认识我吗?你明白我吗?你根本就不知道我是谁!"

汪曼春疯狂地叫喊:"我要知道你的真实身份!"

"我是中国人!"明楼不疾不徐,可语气坚决,"这就是我最真实的身份。"

"背叛的人从来都不肯承认自己是背叛,你!你背叛了我,浪费了我的青春,浪费了我的生命,用冠冕堂皇的话来打击我,侮辱我,仅仅是因为我替日本人工作,你找我的目的,就是需要一个替罪羊!我所拥有的一切都被你破坏了,你拿走了我的所有,包括性命,你满意了?"

"不满意!因为你们这些祸害还没有铲除干净!"

"你很出色,耐心蛰伏,长久潜伏,等待了很久,就为了一击即中,残忍地

旁注:
- 这是汪曼春对自己身份的定义,从中可窥其本性。
- 揭示汪曼春的另一面,丰富汪曼春的人物性格。
- 最完美的回答。

除掉我。"

"除掉所有像你一样的汉奸卖国贼！"

汪曼春惨笑道："你不是来跟我做交易的，我也不会跟你做交易。现在明镜在我手上，我轻而易举就可以要了她的小命，条件是我提，你，能做的，就是答应我所有条件！包括我让你去死！从楼上跳下去！"

事态迅速升级。

明楼道："你已经疯了！"

汪曼春吼道："我是疯了！被你逼疯了！你为什么回国？你一步步都算好了，依计而行，置我于死地。你没有想过有一天自己也会自食恶果，自己也会眼睁睁看着最亲最爱的人死在自己面前。明楼，我不杀你，我为什么要杀你呢？我要你生不如死，对，我要你后悔莫及！要你一辈子都忏悔自己亲手害死了亲人！"

"你说得对！他们是我的亲人！但是，不是我害死他们，是你！我为什么要内疚，因为我利用了一个汉奸的感情吗？一个十恶不赦叛国负义的汉奸有感情吗？一个连自己祖国都要出卖的人，你的感情一文不值，拿来践踏我都觉得恶心！"

汪曼春尖叫："明楼！难道你没有一点不忍？没有一点感觉吗？"

明楼道："我日日夜夜对着你们这些卖国贼，对着一个个无耻凶残的人渣，眼睁睁看着你们屠杀自己的同胞，看着你们枪决我的战友，我还会有感觉吗？我唯一的感觉就是'复仇'，血债血偿！我唯一要做的事，就是不惜一切代价，把你们赶尽杀绝！知道我为什么不求你吗？你不配！你必须为你所犯下的罪恶付出沉重的代价！知道我为什么不跪你吗？你不配！我是军人，就算你在我面前砸死了我大姐，我能做的，就只能是以牙还牙、以血还血！你真的很没种，表面凶狂，骨子里懦弱！"

> 深明大义，血债血偿。

汪曼春气得浑身发抖："明楼，你别逼我！"

"有种你杀了我！"

"说得好！"门被大力推开。明台站在门口，鼓掌道："说得好，<u>明长官</u>！"

明楼回头，一脸诧异。

倒是汪曼春面露喜色："这可真是甜蜜的惊喜。"她下意识回眸墙上的挂钟，偏偏此刻挂钟敲响了。

> 注意叫自己的大哥为"明长官"这一细节。
>
> 为何见到明台面露喜色？

明台走进来，对汪曼春道："我来跟你打个招呼。"

"你真的很顽强，不过，这一幕是我爱看到的，也是有人想听到的，一个死而复生的人是怎么从鬼门关里出来的？"

明台道："你想听真相吗？我告诉你真相。"明台倏地揪住了明楼的衣领，劈面一拳。明楼被打得眼冒金星，站立不稳。

"是你，是你杀了于曼丽！"明台一拳一拳地砸下去，情绪激动："是你，你杀了郭骑云！是你，你要杀了我！你出卖我！我是你兄弟！兄弟你也出卖，你是不是人啊？"

汪曼春亢奋起来："你们相互背叛，这才是真相！"

明楼几乎没有还手余地,被明台一顿拳头砸得七荤八素、满地找牙。明镜从昏迷中苏醒,大声叫着:"住手!"

明台倏地拔枪对准明楼的头,几乎面对着汪曼春压制着明楼,咬牙道:"我今天一枪崩了你,算是为我整组人报仇!"

<u>汪曼春戾气满目:"明楼只能死在我手上!"说着,手上的枪口偏高一寸,离开明镜的太阳穴</u>。霎时,明台的枪口一转,对准汪曼春的眉心,连射三枪,"砰,砰,砰!"汪曼春的额头被打穿了,一片血雾,鲜血喷洒出来,瞪着眼睛,她的枪落了地,整个人平平展展地摔下去,"砰"的一声巨响,汪曼春额头上的血溅了明镜一身。

明镜大声叫着,瑟缩着身子摔倒在地。

汪曼春"扑通"一声,平躺在地上。

张勇:《伪装者》,北京:化学工业出版社2015年版。

> 明楼永远都是汪曼春的弱点。

(撰写:张鑫佩)

科幻小说

刘慈欣《地球往事三部曲》

刘慈欣(1963—),祖籍河南罗山县,1963年6月出生于北京,在山西阳泉长大。1985年毕业于华北水利水电学院水电工程系,现居山西娘子关,任中国电力投资公司高级工程师,工作地点就在娘子关火电站。刘慈欣长期关注科幻文学并尝试创作科幻作品,他的风格多次变换,直到20世纪90年代中期才逐渐定型,并开始赢得读者的喝彩。他在对自己创作的回顾中就说过,在思维方式上,他的科幻创作经历了三个阶段,从纯科幻阶段到人与自然的阶段再到社会实验阶段。从1999年至2006年,他连续获得中国科幻银河奖。1999年发表第一篇作品短篇小说《鲸歌》,同年首次以短篇小说《带上她的眼睛》获得中国科幻银河奖一等奖;2000年《流浪地球》获中国科幻银河奖特等奖。刘慈欣迄今为止最重要的作品《三体三部曲》(原名《地球往事三部曲》)更是备受读者与媒体的赞誉,被普遍认为是中国科幻文学的里程碑之作,为中国科幻文学确立了一个新高度。

刘慈欣是大陆新生代科幻文学的主要代表作家,中国科普作协会员。其作品成功地将极端的空灵和厚重的现实结合起来,同时注重表现科学的内涵和美感,努力创造出一种具有中国特色的科幻文学样式,使我们对中国科幻文学的发展及其动向有一定了解。

《地球往事三部曲》(《三体》《三体Ⅱ·黑暗森林》《三体Ⅲ·死神永生》),又名《三体三部曲》,是刘慈欣的首个长篇系列,由科幻世界杂志社策划制作,重庆出版集团出版。其长篇力作《三体》开创《科幻世界》月刊连载原创作品之先河,一举成为2006年度最受关注、最畅销的科幻小说。《三体Ⅱ·黑暗森林》也因此被读者誉为"最值得期待的科幻小说"。《三体Ⅲ·死神永生》更是备受期待和关注。

小说讲述了"文革"期间一次偶然的星际通信引发的三体世界对地球的入侵以及之后人类文明与三体文明300多年的恩怨情仇。

《地球往事三部曲》的内容大致如下:第一部《三体》的内容我们可以从"三体"的双重含义来看,一层是半人马座三星上生存的三体人与三体文明,与此相对应的是地球三体组织,而它则连接着一个重要人物叶文洁。在"文革"背景下展现叶文洁的悲惨遭遇,正是一系列沉重打击使她成为人类社会中最彻底孤独的人,孤独到只能借由"红岸"向无尽的宇宙发出呼喊,寻求希望渺茫的呼号和求助,希冀毁灭或拯救。另一层含义是三体游戏,牵出一个线索性人物汪淼,通过他六次进入三体游戏,并以不同的ID与游戏中的角色对应,在游戏中经历体验三体文明的苦难与兴衰,这样不仅产生了一种独特的效果,又似乎产生了各种丰富的寓意。

在第一部《三体》中,两大文明对宇宙文明图景并没有意识到,而在《三体Ⅱ·黑暗森林》中,两大文明开始了消灭与反击的举措:宇宙舰队直扑太阳系与太空舰队的坚决抵御,利用三体人思维的透明性,地球人制订了神秘莫测的"面壁计划",即四位"面壁人"的秘密反击;而三体人则从地球上对应挑出四位"破壁人"予以还击。文中还出现了一项技术,即地球文明通过人体冷冻保存实力以抵抗两个世纪后的三体人的攻击。"面壁计划"成功与否?地球人能否保护好自己的家园,成功抗击三体入侵?一切都在第二部中得到了解答。

最后一部《三体Ⅲ·死神永生》给读者呈现出很多让人意想不到的故事情节。这部书主要围绕一个贯穿人物展开,也可以说是此部书的第一主角,她就是程心。公元1453年,君士坦丁堡遭遇围城,战争场面先声夺人;危机纪元(公元201×—2208年),老李接受安乐死,程心与"行星防御理事会战略情报局"关于外太空"阶梯飞行"计划的讨论;还有威慑纪元(公元2208—2270年)最后10分钟,程心作为"执剑人",也就是掌握全人类和地球命运的人的最终解决方案;威慑后年代(公元2270—2272年),外星文明对地球人的殖民统治。纵观整部书,我们不难看到,在第一次看到了宇宙黑暗的真相后,自以为历经沧桑的地球文明只能在黑暗中瑟瑟发抖,宇宙的绚丽,宇宙的缥缈,宇宙的未知,宇宙的生存,宇宙的灭亡,宇宙的真相……一切精彩都在第三部中得到演绎。

对于中国的科幻小说在历史上的多次断裂,刘慈欣曾说:"中国科幻小说发展不连续,它从清末民初就开始出现,但是中间中断过好几次。清末民初科幻的热潮被抗日战争打断,中华人民共和国成立之后,有一个比较稳定的发展环境,又出现了一个科幻热潮,但被'文革'打断。20世纪80年代之后的科幻热潮则因为行政方面的原因也中断了,直到90年代才逐渐恢复起来。每次都从零开始,有时候前辈和后生作者之间还有个继承,你比如80年代和50年代的作者还有个继承,90年代科幻的重新复苏和80年代则一点关系都没有,从作者到创作理念都是全新的。如果每次都从头开始,市场当然不会很成熟。其实你看80年代的科幻热潮,曾经有的书卖出三四万册,我想如果这样的情形一直延续下来,无论是市场上还是作品的质量上,还有读者的成熟度上,它都会高得多。但是它中断了,一中断就将近十年,必然会影响到它的市场和影响力。"

中国科幻小说诞生后,自梁启超、鲁迅给予高度评价以来,一个世纪的风云变幻,终究是"雷声大雨点小",尚不如玄幻小说成气候。中国科幻小说草创之初,战乱频仍,运动不止,科幻小说要让位给国家兴亡匹夫有责;待得纯文学美人迟暮,各种通俗文学如雨后春笋,科幻小说也只是默默地守着自己的一亩三分地,爱者自爱,读者自读,如此而已。

直到2010年年末,刘慈欣"高潮遍体BUG永生"的《三体Ⅲ·死神永生》在网络上成为热议的焦点,中国科幻小说似乎才有了从小众走上大众历史舞台的可能性。2006年,刘慈欣发表长篇力作《三体》,开创《科幻世界》月刊连载原创作品之先河。接着《三体Ⅱ·黑暗森林》也被读者誉为"最值得期待的科幻小说"。随着2010年11月27日刘慈欣在成都签售《三体Ⅲ·死神永生》,预示着三部曲的最终完成,也意味着中国科幻跃上了一个辉煌的新台阶。特别是新近问世的《三体Ⅲ·死神永生》更是引起了热议。《科幻世界》副总编姚海军说:"看完了《三体Ⅲ》,突然有了强烈的失落感,什么时候能再看到这么好的科幻小说呢?好像没有人像刘慈欣这样写小说,把小说推进当成对自己智力的挑战。一个接一个的超绝奇想,让人感叹人真是伟大的动物。如果是韩松,看完后可能这样说:'刘慈欣把科幻小说搞成这个样,今后谁敢还来搞科幻呢?'"而在韩松看完《三体Ⅲ·死神永生》后则说:"完全同意姚海军的话。刘慈欣这部小说超越了《三体》和《三体Ⅱ》,并把我们写的那些'科幻小说'碾得粉碎。"

任何一部作品都需要读者自己去认真阅读、用心品味的;别人的评论我们可以作为参考,真正的体验还是需要读者在阅读中寻找的,所以想真正感受这三部曲精妙的读者还是应该好好研读一下该作品的。

作品赏析

这里节选的是《地球往事三部曲》的第一部《三体》中第三十二节古筝行动的高潮部分,即汪淼做出纳米"飞刃"切游轮的环节。古筝行动的作战目标是为了夺取"审判日"号上被截留的三体信息,而这些信息可能对人类文明的存亡具有重要意义。所选内容不仅是该部科幻小说的视觉盛餐,而且"死亡之琴"的无情"切割"给予读者心灵的震撼。

……一小时前,"审判日"号已由加通湖驶入盖拉德水道。

斯坦顿问汪淼以前是否来过巴拿马,汪淼说没有。

"我在1999年来过。"上校说。

"是那次战争吧?"

"是,但对我来说是最没有印象的一次战争,只记得在梵蒂冈大使馆前为被包围的诺列加总统播放杰克逊的摇滚舞曲《无处可逃》,那是我的主意。"

下面的运河中,一艘通体雪白的法国游轮正在缓缓驶过,铺着绿地毯的甲板上,有几名穿得花花绿绿的游客在闲逛。

"二号观察哨报告,目标前方已没有任何船只。"斯坦顿的步话机响了起来。

"把'琴'立起来。"斯坦顿命令道。 竖起来的是"死亡之琴"。

几名头戴安全帽工人模样的人出现在两岸。汪淼站起身来,但上校拉 很具形象性。
住了他,"教授,你不用管,他们会干得很好"。汪淼看着右岸的人利索地抽回连接纳米丝的普通钢丝,把已经绷紧的纳米丝在钢柱上固定好。然后,两岸的人同时拉动几根长钢索,使两根钢柱缓缓竖立起来。为了伪装,两根钢柱上都挂了一些航标和水位标志。他们干得很从容,甚至看上去有些懒洋洋的,像是在从事一件平淡乏味的工作。汪淼盯着钢柱之间的空间看,那里看上去一无所有,但死亡之琴已经就位。

"目标距琴四公里!"步话机里的声音说。

斯坦顿放下步话机,又继续刚才的话题:"我第二次来巴拿马是1999年,参加过运河主权交接的仪式,很奇怪,当我们来到管理局大楼前时,看到星条旗已经降下了,据说是应美国政府要求提前一天降下的,以避免在众人面前降旗的尴尬场面出现……那时以为是在目睹一个历史性的时刻,现在想想,这些事情是多么的微不足道。"

"目标距琴三公里!"

"是啊,微不足道。"汪淼附和道。他根本没有听清斯坦顿在说什么,世界的其余部分对他来说已经不存在,他的全部注意力都集中到还没有在视野中出现的"审判日"号上。这时,早晨从太平洋东海岸升起的太阳正向太平洋西海岸落下,运河中金光粼粼,更近的下方,死亡之琴静静地立着,两根钢柱黑乎乎的,反射不出一点儿阳光,看上去比流过它们中间的运河更古老。

> 此时此刻汪淼的心境到底怎样?是焦急?还是不忍?

"目标距琴两公里!"

斯坦顿似乎没有听到步话机中的声音,仍在滔滔不绝地说着:"自从得知外星人的舰队正在向地球飞来后,我就得了失忆症。很奇怪,过去的事都记不清了,我指的是自己经历过的那些战争,都记不清了,像刚才所说的,那些战争都那么微不足道。知道这件事以后,每个人在精神上都将成为新人,世界也将成为新的世界。我一直在想,假设在两千年前或更早的时间,人们知道有一支外星人入侵舰队将在几千年后到达,那现在的人类文明是什么样子?教授,你能设想一下吗?"

"哦,不能……"汪淼心不在焉地敷衍着。

"目标距琴一点五公里!"

"教授,我想您将成为新世纪的盖拉德(注:设计建设巴拿马运河的工程师,盖拉德水库就是以他的名字命名的),我们期待着您的'巴拿马运河'建成。不是吗?太空电梯其实就是一条运河,像巴拿马运河连接了两个大洋一样,太空电梯将地球和太空连接起来……"

汪淼现在知道,上校唠叨着这些无意义的废话,其实是想帮他度过这一艰难时刻。他很感激,但这作用不大。

"目标距琴一公里!"

"审判日"号出现了,在从侧面山脊上照过来的落日光芒中,它是河面一片金波上的一个黑色剪影。这艘六万吨级的巨轮比汪淼想象的要大得多,它出现时,仿佛西边又突现了一座山峰,虽然汪淼知道运河可以通过七万吨级的船舶,但目睹这样的巨轮在如此窄小的河道中行驶,确实有一种奇怪的感觉。与它的巨大相比,下面的河流似乎已不存在,它像一座在陆地上移动的大山。适应了朝阳的光芒后,汪淼看到"审判日"号的船体是黑色的,上层建筑是雪白的,那面巨型天线不见了。巨轮发动机的轰鸣声已经可以听到,还有一阵轰轰的水声,那是它浑圆的船首推起的浪排冲击运河两岸发出的。

随着"审判日"号与死亡之琴距离的缩短,汪淼的心跳骤然加速,呼吸也急促起来,他有一种立刻逃离的冲动,但一阵虚弱使他已无法控制自己的身体。他的心中突然涌起了一阵对史强的憎恨,这个王八蛋怎么会想出这样的主意?!正像那位联合国女官员所说,他是个魔鬼!但这种感觉转瞬即逝,

> 汪淼为什么憎恨史强?因为这个主意是史强提出来的。史强是个什

他想到如果现在大史在身边，那自己的情况会好得多。斯坦顿上校曾申请大史同来，但常伟思没批准，那边现在更需要他。汪淼感觉到上校拍了拍他的手。

"教授，一切都会过去的。"

"审判日"号正在过去，它在通过死亡之琴。当它的舰首接触两根钢柱之间似乎空无一物的平面时，汪淼头皮一紧，但什么都没有发生，巨轮庞大的船体从两根钢柱间徐徐驶过。当船体通过一半时，汪淼甚至怀疑钢柱间的纳米丝是不是真的就不存在。但一个小小的迹象否定了他的怀疑，他注意到船体上层建筑最高处的一根细长的天线从下部折断了，天线滚落下来。

很快，纳米丝存在的第二个迹象出现了，而这险些让汪淼彻底崩溃。"审判日"号宽阔的甲板上很空荡，只是后甲板上有一个人在用水龙头冲洗缆桩，汪淼从高处看得很清楚。当船的这一部分从钢柱间移过的瞬间，那人的身体突然僵硬了，水龙头从他手里滑落；与此同时，连接龙头的胶皮水带也在不远处断成两截，水从那里白花花地喷了出来，那人直直地站了几秒钟就倒下了，他的身体在接触甲板的同时分成两截。那人的上半部分还在血泊中爬行，但只能用两只半条的手臂爬，因为他的手臂也被切断了一半。

船尾通过了两根钢柱后，"审判日"号仍在以不变的速度向前行驶，一时看不出更多的异样。但汪淼听到发动机的声音发生了怪异的扭曲，接着被一阵杂乱的巨响所代替，那声音听起来像一台大马达的转子中被扔进去一个扳手，不，是很多个扳手——他知道，这是发动机的转动部分被切割后发出的。在一声刺耳的破裂声后，"审判日"号的船尾一侧出现了一个破洞，这洞是被一个巨大的金属构件撞出的。那个飞出的构件旋即落入水中，激起了高高的水柱，在它一闪而过之际，汪淼看出那是船上发动机的一段曲轴。

一股浓烟从破洞中涌出，在右岸直线航行了一段的"审判日"号就拖着这道烟尾开始转向，很快越过河面，撞到左岸上。汪淼看到，冲上岸坡的巨大船首在急剧变形的同时，将土坡像水那样冲开，激起汹涌的土浪。与此同时，"审判日"号开始散成四十多片薄片，每一片的厚度是半米，从这个距离看去是一片片薄板，上部的薄片前冲速度最快，与下面的逐级错开来，这艘巨轮像一叠被向前推开的扑克牌，这四十多个巨大的薄片滑动时相互磨擦，发出一阵尖利的怪音，像无数只巨指在划玻璃。在这令人无法忍受的声音消失后，"审判日"号已经化作一堆岸上的薄片，越靠上前冲得越远，像从一个绊倒的服务生手中向前倾倒的一摞盘子。那些薄片看上去像布片般柔软，很快变形，形成了一堆复杂的形状，让人无法想象它曾是一艘巨轮。

大批士兵开始从山坡上冲向河岸，汪淼很惊奇附近究竟在什么时候什么地方隐蔽了这么多人。直升机群轰鸣着沿运河飞来，越过覆盖着一层色彩斑斓的油膜的河面，悬停在"审判日"号的残骸上空，抛撒大量的白色灭火剂和泡沫，很快控制了残骸中正在蔓延的火势，另外三架直升机迅速用线索向残骸放下搜索人员。

斯坦顿上校已经离开了，汪淼拿起了他放在草帽上的望远镜，克服着双

么样的人？他是方法简单粗暴却有效、为人倔强执拗不按常规的人。汪淼一方面憎恨他，一方面又非常需要他。

"审判日"号游轮在接连不断地被切割下已经散成片状，"扑克牌""无数只巨指在划玻璃""盘子"，诸如此类的比喻愈形象愈昭示着情形的残酷，愈暗示着汪淼的复杂心态。视觉的冲击性与心灵的震撼性是作者的一种成功所在。

手的颤抖观察被"飞刃"切割成四十多片的"审判日"号。这时,它有一大半已被灭火粉剂和泡沫所覆盖,但仍有一部分暴露着。汪淼看到了切割面,像镜面般光滑,毫不走形地映着天空火红的朝霞。他还看到了镜面上一块深红色的圆斑,不知是不是血。

刘慈欣:《三体》,重庆:重庆出版集团、重庆出版社 2008 年版。

(撰写:胡 敏)

王晋康《蚁生》

王晋康(1948—),出生于河南安阳,高级工程师,中国作家协会会员、中国科普作协会员兼科学文艺委员会会员、河南作协会员、民盟南阳市委副主委。他经历了"文革"那代人共同的曲折:1966 年高中毕业适逢"文革"劫难,1968 年下乡,在新野五龙公社度过了 3 年知青生涯。1971 年到云阳钢厂杨沟树铁矿当木模工,1974 年调入南阳柴油机厂。1978 年以优异成绩搭上最后一班车,考入西安交通大学动力二系,1982 年毕业,分配到南阳油田石油机械厂,曾任该厂研究所副所长、高级工程师,为本单位学术带头人,主持研制的大型修井机自走式底盘和沙漠修井机底盘达到国内与国际先进水平,获部级科技进步奖,其中后者为国家级重大项目。王晋康闯入科幻文坛具有偶然性,1993 年因 10 岁儿子逼迫讲故事,在这种"逼迫"下创作出了处女作《亚当回归》,即获 1993 年全国科幻征文的首奖。迄今已发表《生命之歌》《七重外壳》《天火》《豹》《西奈噩梦》《人与狼》等数十部短篇小说,《斯芬克斯之谜》《拉格朗日墓场》《三色世界》《养蜂人》等多部中短篇小说,《生命之歌》《生死平衡》《蚁生》《十字》等多部长篇小说,出个人专辑《王晋康科幻小说精选》四卷本。蝉联 1993—1998 年全国科幻文学评奖的特等奖和一等奖,获 1997 年国际科幻大会颁发的银河奖、全球华语科幻星云奖终生成就奖、2016 腾讯书院文学奖年度小说家。

作为最受欢迎的科幻小说家之一,王晋康的科幻作品沉郁苍凉,既融会了丰富的科学知识,也有对生命和宇宙的哲思睿见,善于设置悬念,具有很强的可读性。在虚与实的穿插中发现问题、提出问题,在科幻小说的框架中表达浓厚的生命意识和深切的人文关怀,揭示生命存在的真谛。

《蚁生》出版于 2007 年,其大致故事情节如下:在 20 世纪那个黑白颠倒、混沌不堪的"文革"时期,主人公颜哲的父母被迫害致死。颜哲在父母双亡后备受打击,随后又被下放到农场接受贫下中农的再教育。他对于农场里的争名夺利一直心存不满,尤其是对掌握知青生杀大权的场长赖安胜。当恋人郭秋云告诉他,赖安胜明目张胆地诱奸女知青岑明霞,甚至当着 14 岁的孙小小的面就如此嚣张时,他忍无可忍,秘密计划着要去县里告发,但这一计划被庄学胥发现并告知了赖安胜。通过庄学胥,颜哲还知道了赖安胜的谋杀计划:为了除掉颜哲,赖安胜安排下属在晚上外出劳作时暗杀颜哲。正是在那一晚,他用父亲颜夫之留给他的"宝贝"进行了第一次实验。颜夫之生前是有名的生物学家,他潜心研究蚂蚁的利他天性,发现蚂蚁自身分泌出的信息素使它们具有稳定的利他主义,因此他提炼出这种信息素并传给了颜哲。谋杀那晚,颜哲正是把这种信息素,即蚁素,喷洒在凶手的面部使其吸入体内,让蚁素在人类身上发挥作用,吸入蚁素的人们会呈现出沉静而又幸福的样子,从此变得井然有序、无私劳作。之后,颜哲又对赖安胜喷了蚁素,赖安胜诚心检讨了自己过去的无耻行径并主动把场长的位置让给了颜哲。为了稳定农场秩序,颜哲按照父亲的成果继续提炼蚁素,对农场所有的人进行了喷洒,但保留了两个清醒的"上帝"——自己和女友郭秋云。毕竟蚁素只能在人类体内维持有几个月,为了延续下去,颜哲开始新一轮的提炼,并把第二次提炼出的蚁素首先喷在了恶性本质逐渐暴露的赖安胜等七人身上。然而两次提炼的蚁素并非完全相同,这导致两批喷了不同蚁素的人发生战争,结果寡不敌众,被喷了新蚁素的七个人很快被掐死。另一边,一直支持并辅助颜哲的秋云也逐渐开始失望,她发现颜哲在他所实验的"乌托邦"世界中过于冷酷、残忍,颜哲甚至认为如此严重的伤亡也是进行社会实验不可避免的一部分。最终,一场洪水彻底摧毁了农场,颜哲生死未卜,这对恋人也就此分道扬镳,活下来的知青陆续回城工作,老农也依旧过着原来的生活。36年后,秋云和丈夫重回农场,再次目睹了当年的"蚂蚁朝圣",猜测颜哲可能还活着并且仍在研究他的蚁素,但对于那段知青生活已逐渐淡忘。

长篇小说《蚁生》在一场社会实验中展开,作者大胆地在人类社会中开拓了一片"蚂蚁社会",把蚂蚁的社会分工和习性放在人类身上做实验。小说以"文革"为背景,以一个女知青的视角叙述整个故事,以倒叙的方法设置悬念、层层展开。在天马行空的想象中融入了亲情、爱情、友情,让错综复杂的感情在虚拟的社会实验中发生化学变化,把人性的善与恶置于"文革"这样一个封闭而又动荡的时期去思考,用提出假说再推翻假设的方法对人性和生命进行拷问。因此,《蚁生》延续了王晋康科幻作品中对人性的思考,把历史的真实和科幻做到水乳交融,极富可读性。

人性一直是文学作品中永恒的主题。欧洲文艺复兴时期解放了"人",人类开始摆脱神的束缚而思考"人"的价值与意义,这一思考一直延续到今天也没有穷尽,历史的更迭和社会的变迁都不断推动人类对自身进行更深层次的思考。《蚁生》这部小说也是讨论人性,但它的新颖之处在于,作者把人性中的善与恶、是与非做了技术处理,用生物技术在人类身上强加"善"的本质,由此创造了一个小型的"乌托邦"世界,并且以理想世界的最终覆灭预示人性的真实和不可颠覆。作者在小说中将蚂蚁社会和人类社会进行对比,小说的一开头就讲到"同为社会性生物,蚂蚁社会要比人类社会远为先进和高尚。那是完全利他主义的社会,每一个个体都是无私、牺牲、纪律、勤劳的典范"。相比之下的人类社会却充满了私欲、丑恶、肮脏,为创造一个大同社会,真正实现儒家思想中"己所不欲,勿施于人"的和谐氛围,一场惊心动魄的社会实验展开了。生物学家颜夫之发现蚂蚁的利他主义完全来自基因,靠着基因中的信息素不断延续,因此蚂蚁无须教育和指导就可以世世代代地无私奉献。他提炼出这种信息素(蚁素)并传给了儿子颜哲,父亲并不支持将这一科学技术运用于人类,但这一观点到了下一代颜哲这里发生了改变,他希望运用先进的科学技术剔除人性中邪恶的部分,还原出一个和谐安宁的"乌托邦"世界。然而,在实验的过程中出现了一系列问题:被喷了蚁素的人们没有了自己的思考和想法,完全听从"蚁王"的命令并机械地执行;蚁素对人体的作用只能保持几个月,对于本性恶的人的作用期更短,因此需要坚持喷洒蚁素;蚁素的提炼过程不能出现任何偏差,一旦提炼出的蚁素不同,由此产生的信息素会促使人们对不同的"种群"开始盲目的厮杀。这一系列的问题实际上都反映出人类社会与低等动物社会的相斥,即使科学技术再先进,但企图用生物技术改变人性的想法终究是行不通的。一旦蚁素失效,人性仍然暴露无遗,虽然人们对和谐社会也抱有憧憬,但面对利益的诱惑和私欲,人类本性中的自私就会立刻显现。因此,这场社会实验实际上可以看作是一次人性实验,我们难以抹去人性中恶的一面,它与善相对,始终存在于人类中。

小说中除了对人性的思考,人物形象的性格及其变化也值得我们关注。就像蚂蚁社会必须有一个蚁王,要在人类社会中建立"蚂蚁社会",也必须设置一个"蚁王"的角色,而作者巧妙地安排了清醒的人类来担任"上帝"的角色,这也暗示着人类在动物社会中的不可替代性。小说中男女主人公——颜哲和秋云具有截然不同的性格,虽然两人都善良聪颖,但颜哲的过于理性和秋云的感性在不断发生冲突。按理来说,"蚂蚁社会"中的上帝应该是最清醒、最理智的,不应有私心、占有欲以及独裁欲,但颜哲在操作的过程中显然不能做到完全自控。例如,他利用知青岑明霞的怀孕验证利他基因能否遗传,利用老魏叔和谷阿姨的偷情观察蚁素对性欲的影响,甚至当他面对由于蚁素不同,导致七人死亡的局面时,虽然有短暂的悲痛,但之后承认这是新社会运作的大势中不可避免的牺牲。我们可以看出,这个自以为能够清醒的"上帝"已经开始展露出野心和冷血了,这也印证了小说中说到的"并没有可靠的机制来持续产生一个善良的、无私的上帝"。相比之下,秋云的反应和选择更多地体现了人性的优点,她善良正直,自始至终都用温暖的情感帮助和感化身边的人,她更像是人类的代表,与新社会的颜哲展开了较量。试想一下,如果颜哲一心想要建立的利他主义社会成功了,那么意味着全部的权力和责任都交付给"蚁王",一旦"蚁王"的私欲开启,整个社会将毁于一旦。

王晋康的小说一方面以哲理性的思考见长,同时也没有丢失故事的趣味性。科幻小说作为通俗小说的一种,需要在迎合大众趣味的同时,传达出对社会、生命乃至宇宙等深层次的思考,以通俗的形式提高作品的可读性,又以远见卓识提高大众的审美层次。《蚁生》采取倒叙的手法,加强了故事的悬念和可读性,从结局一点一点地向前追溯,再通过性格迥异的人物、跌宕起伏的情节和冷静简约的语言串联起来,使这部科幻小说既上升到了哲学的高度又富有趣味性。小说在科幻的世界中融入了现实社会,虽然天马行空但主题指向的是社会真实。纵观王晋康近20年的作品,既贯穿着对科学的研究和讴歌,也饱含忧思和批判。他通过科幻小说这一体裁把科学巧妙地传递给大众,激发人们对科学的兴趣,也启发人们思考科学的发展。

作品赏析

这里节选的是作品第二章第十节的后半部分,即农场残忍的厮杀。主人公颜哲发现赖安胜等七个恶人的本性逐渐复发,便再次提炼新的蚁素进行喷洒,却忽略了致命的一点:两次提炼的蚁素并不相同,这会导致受不同蚁素驱使的人们展开攻击。面对失控的局面颜哲将如何处理?颜哲和秋云的感情又会受到怎样的影响?靠蚁素制造的"乌托邦"世界能否继续进展?无限精彩在这部分将得到充分演绎。

我推开场长室的门,沉沉的暮色中有一双灼灼发亮的眼睛。<u>颜哲坐在桌前,身体挺得笔直</u>。我点亮煤油灯,见颜哲眉峰微蹙,表情果决,<u>显然经过一天的思考,他对今后该咋办已经有了成熟的看法</u>。看来,这场横祸并没有将他完全击垮,这让我多少感到一点欣慰。

我咳嗽一声,准备把我梳理了一天的想法和盘托出。我说:"颜哲哥,七个死者都掩埋好了,在北边那个荒岗上。我想……"

他打断我的话,亲切地说:"秋云,我想了一天,想通了。我先说说我的

> 在实验的过程中,每出现一些问题,颜哲都会陷入思考,然后冷静地做出调整,这次还会得到秋云的支持吗?

想法,你看咱俩的想法是否一致,行不行?"

他的亲切中仍带着往常那种无形的俯视,我迟疑地点点头。我知道他的雄辩素来对我有催眠作用,事先在心中警告自己,这次一定要保持清醒,不要轻易被他说服。他微笑地等着我,直到我点头答应,才继续说下去:

"我没想到一次技术性的小小失误导致了一场血案,对此我很内疚。但只要想开了,其实也没啥。作为一个试验性社会,我们得验证它的所有方面,像过去我说过的性欲问题、利他基因能否成为获得性遗传的问题,等等。其实还有一个重要方面,那就是每个社会都避免不了的战争。利他社会是否也同样?应该是的,蚂蚁社会也有战争啊。既然不能避免,我们就得主动面对。今天的事变实际可以看作是一个试验,虽然是无心促成的,但其实早晚也得做。这场试验死了几个人,这当然令人痛心,但从一个新社会运作的大势来看,这是不可豁免的牺牲。上帝的道德准则和人类不同,他向来只关心种族的延续,并不关心个体的命运……"

我再也听不下去,跳起来,把一口唾沫照直啐到他脸上。

他愣了,我也愣了。我从没想到自己会这样对待他,从没想到我俩的分手会是这样一种方式。但我今天忍无可忍。相识十四年来,我对他的睿智总是仰视的,可以说他是我心目中的半个上帝。今天我才知道,一个有大智慧的人,如果走火入魔,会乖张悖误到啥程度,用句家乡话,就是"邪性"到啥程度。在这样一个时刻,他竟然自我感觉良好,想以他"高瞻远瞩"的思想来打动我呢!

我看着他惊愕木呆的表情,心中碎裂般的疼。我甚至后悔他今早为啥没死在那场殴斗中,那样他至少还能活在我心中。现在,他在我心中是彻底死了,从肉体到灵魂都死了。我对他只剩下鄙视,最多不过是怜悯。我也后悔上次在他草率地要"处死"赖安胜之后,我没有认真地批评他。那时我确实责备了他,我说你不要把自己当成上帝,对别人生杀予夺。但颜哲冷淡地说:那晚他之错只在于错怪了赖安胜。但如果赖安胜确实强暴了孙小小,他仍会下令掐死他,不能让一个老鼠坏一锅汤。在他心目中,这个利他主义的小天地远比赖安胜的一条命贵重。我那会儿,只是轻轻地叹息了一声,没有再同他争论。

我们从最初的尴尬中平静下来,我冷淡而坚决地说:"颜哲,说这些都已经于事无补,不管怎样,是你造成了七个人的死,这是现实社会决不能容忍的,现在你只有逃命了。我已经为你假造了个衣冠冢,对外能争取到几天的时间,趁这个机会你赶紧跑吧!"

颜哲十分震惊:"让我离开农场?不,我绝不会走。秋云,你这真是女人见识。这么伟大的工程,出点纰漏是完全正常的。以后我们会更小心,更周密,把这个利他主义小社会建设得更美好。古人说慈不掌兵,你就是心太慈了……"

我打断他喋喋不休的劝说,坚决地说:"我说过,说这些已经没用,你只有逃亡这一条路了。"想了想,我又狠下心补充,"我已经把你的死亡向全场

曾经善良的颜哲已经变了,现在的他全然以"上帝"自居,冷静得近乎冷酷。为了继续这场社会实验,七个人的死亡不算什么……

此时在颜哲心中,秋云就是低级的情感动物,他的过于理性和秋云的感性之间已形成了不可逾越的鸿沟。

通报,并且代替你做了他们的蚁王。你当然知道,蚂蚁族群虽然也有'多王制',但一般仍遵循'单王制',如果你走出这个门,被蚁众们发现,我不敢保证你的安全。"

颜哲打了一个寒战,盯着我,眼中喷出怒火:"你逼我走?不是外人逼我,而是你逼我走?"

我狠下心点点头:"没错。"

他扭过身,沉思很久,然后走到门边,把门关上。等他回头时,我看到他已经戴上口罩,手里擎着一件东西,是那个精致的不锈钢喷雾器。他的身上灌满了杀气,简直胀得他的衣服无风自动。我知道他要干什么……要对我喷上蚁素,让我也成为那些梦游中的一员,然后幸福地生活在他麾下,永远做他驯服的妻子。这个利他主义的微型社会是他人生的唯一目的,他不允许任何人破坏它,不会让它毁于一个见识浅薄的女人手里,哪怕她是他最亲的爱人。

我的心碎裂了,如果说我们对场员们几次喷洒蚁素时都是怀着高尚的目的,那他这会儿的行径无疑是魔鬼,是在强奸我的个人意志。但我知道我无法逃脱,只要他手指一揿,我就会失去判断力,永远成为他的附庸,而且是"快乐"的、"幸福"的附庸。

我闭上眼睛等着,觉得泪水不受控制地流过脸颊。奇怪的是很久没有动静,我睁开眼,看见他仍在原地,面容冷淡,不过口罩取掉了,喷雾器已经装回口袋里。看来他毕竟不忍向我下手,那颗颜哲的心还没有换成魔鬼的石头心。我心潮翻滚,思绪复杂,很长时间与他默然相对,十几年的交往像幻灯片一样在眼前闪过。六岁时他的第一次见面;一块儿淘铁沙;三年困难时期我去他家送野菜;他父母领我们去看汉剧;他父母的受难;我去高三丙班教室喊他去我家吃饭,我在高三丙班宿舍里看他的睡容;我们的初吻及当时全身的战栗感……我的眼泪不听话地涌流。我想这些场景也正在他头脑里打转,否则他也不会主动中止了这场"凶杀"。

不过,在我那口唾沫之后,我们都知道,两人之间的最后一丝感情维系已经彻底断了。

我低声说:"颜哲,对不起,我没能跟你走到底。"我又说:"也谢谢你手下留情。"

他声音冷硬地说:"好吧,我走,我离开这里。"

我劝他:"那就尽早,你看天阴得这么重,这么闷热,肯定有场大雨,你要争取在雨前就逃到安全地带。来,我帮你收拾一下衣物。"

他平静地摇摇头:"那些身外之物带它干啥。我只带这两样东西。"

他从书本堆里抽出常看的那本英文书和那管袖珍型不锈钢喷雾器,装在一个布包内,背上。做这些事时,他的嘴执拗地紧闭着,动作也多少带点挑战的味道儿。那是在告诉我:颜哲并没有认输,并没有向一个目光短浅的女人认输,他要找一个新地方去推行利他社会,因此他要把这两件最重要的

秋云清醒的判断和果断的处理让颜哲惊讶。

设置悬念。颜哲真的冷酷到对深爱的秋云下手?

"强奸我的个人意志。"贴切且深刻。

除了书和蚁素,其他已成了"身外之物",这不仅表明他与秋云就此分道

东西(书和原始蚁素)带走。他想了想,又到墙上取下木工锯背在身上,把斧头插在腰间。可能他是想用这些木匠家什在逃亡途中谋生,也可能有象征意义——正像那天他告诉我的,耶稣在入圣前就是一个木匠。但我对他的做派已经没有任何兴趣了。我只是把那包干粮强塞给他。不管他的志向何等高洁,饭总是要吃的,但他肯定拉不下脸乞讨,我不愿他怀揣大志而饿死在穷乡僻壤里。

桌子旁放着他雕刻的狮子半成品,这是他答应给老魏叔雕的,前段时间,他在看书休息时间总要抓紧雕几刀。现在狮子的大模样已经出来了,很有气势,比他的第一个作品更成熟,可惜魏叔已经到了另一个世界,而且,这件木雕他也没时间完成了。他拿手上看了看,意兴索然地放下。

他要走了,但一直很迟疑,后来他说:

"我想——如果你想要,我可以把这罐蚁素给你留一半,再留给你制取蚁素的方法——按说这违犯我父亲的遗嘱,不过顾不得了。否则几个月之后,你管理的农场肯定会失控。还有岑明霞的婴儿,他对这个世界太宝贵了,希望你能妥善照看,并用微量蚁素定期向他喷洒。"

我客气地说:"谢谢你在这时候还为我的将来操心。不过我用不着,我当这个蚁王只是过渡,已经打定主意让这个蚁巢在某一天崩溃。至于你说的那个新时代之祖。"我苦笑着说:"既然这个团体都要崩溃,他还能单独存在吗?古人都知道,覆巢之下安有完卵。"

这句话再次重重地伤了他的心,他恨恨地瞪我一眼,不再说话了。不过他走出房门后,仍迟疑地回头看着我,依依不舍地看着我。我明白他的意思,眼下是两人的生离死别,不管我们已经如何疏远,甚至相互反感,总是有过一段令人难忘的爱情,现在他想与我最后一次拥抱和吻别。说实话,我很想满足他最后一个愿望,但想起他那段令人作呕的高论,想想我啐到他脸上的唾沫,无论如何也没法强迫自己扑到他怀里,那样未免太虚伪了。我只是尽量亲切地说:

"你尽早走吧。祝你一路顺风。"

他掩盖了失望,冷淡地说:"也祝你幸福。再见,不,永别了。"他的身影远去了,背上斜挎着木工锯,那个装馍馍、英文书和蚁素的布包在他胯边晃悠着,青白色的闪电在他前边不时闪亮,把他的背影和他脚下的路一次次定格在我的视野里。

王晋康:《蚁生》,北京:电子工业出版社 2013 年版。

扬镳,也预示着他熊熊的野心正无限膨胀。此时,两人的性格对比十分鲜明,秋云最后的体贴让读者惋叹爱情在考验面前的不堪一击。

揭示出,靠生物技术控制的人性终究是不切实际的"乌托邦"幻想,要实现人类的大同社会,单靠蚁素是不科学的。

(撰写:裴靖文)

韩松《驱魔》

韩松(1965—),出生于重庆,1984—1991年就读于武汉大学英文系、新闻系,并获文学学士学位及法学硕士学位。韩松集多重身份于一身,科幻小说家,新华社历任记者,《瞭望东方周刊》杂志副主编、执行总编、对外部副主任兼中央新闻采访中心副主任等。韩松儿时的经历潜移默化地影响着他对世界的认知及后来的文学创作。他童年时体弱多病,又在医院里目睹了身边孩子的痛苦,因此对生与死有了超于年龄的感触。"文革"经历也是影响韩松思想的重要因素,他的舅公是小说《红岩》中革命者李敬原的原型,因此他的家庭在"文革"中受到影响,父亲被送到了干校。多年之后,父亲经常跟他讲"文革"的残酷,这些经历让韩松体会到了人性的恶与暴力的残忍。1987年,还在念大学的韩松在《科学文艺》第1期上发表了他的第一部作品《第一句话》,之后陆续推出新作并成绩斐然。1988年的《天道》获得了《科学文艺》举办的银河奖优秀奖;1991年的《宇宙墓碑》获得了台湾《幻象》杂志主办的"全球华人科幻小说征文"大奖,《宇宙墓碑》也被认为是韩松的成名作;2000年的《深渊:十万年后我们的真实生活》获得了《科幻世界》的银河奖二等奖。韩松的作品以中短篇小说为主,迄今已发表50余篇,另有《红色海洋》《地铁》《高铁》《轨道》《2066年之西行漫记》,其中2004年出版的《红色海洋》、2011年出版的《地铁》都是把若干短篇作品组合而成的长篇作品。此外,韩松还有100多个短篇小说,三五个长篇小说还没有发表出来。

韩松在当代科幻小说家中一直以独特的创作风格著称。他的作品晦涩难懂、瑰丽奇绝,以暴力血腥的场面、噩梦的氛围、冷漠的语调,构建出一个极为独特、深邃而丰富的虚构时空,用这一虚构的时空来观照人类历史文化心理,犀利地揭露出社会的黑暗面和人性的恶。长篇小说《驱魔》是韩松科幻小说三部曲"医院"系列的第二部,2017年5月由上海文艺出版社出版。相比于触及了"药时代"的第一部《医院》,《驱魔》展示的是比核战争还厉害的"药战争",让人们对人工智能的发展以及医疗卫生的种种隐患有了更深的思考。

《驱魔》的大致故事情节如下:主人公杨伟在一片红色的海洋中醒来,回忆不起自己前半生的所有经历,为了寻找失去的记忆,他开始了探险。他发现自己在一艘宇宙般大的"医院船"上,"医院船"由"司命"(也叫"算法")掌控,"司命"把医生赶出病房,让人工智能接管病房,代替医生负责对所有病人进行治疗和监控,他要打造一个返老还童、人人长寿的"乌托邦"世界。但医院里那些患有各种疾病的病人都一个个按照医院显示器上规定的死亡时间死去,病房一片混乱。为了找回原来的记忆,他联合病友们探险。他们一起游历了高科技的医疗中心、换头术核心区、意识上载室、末日"坛城"新世界、藻人养殖场、火葬场与食堂联营体诸多胜景,渐渐发现了"医院船"的秘密。原来被赶出病房的医生建立了影子医院,它与"司命"统治的人工智能医院对峙;人工智能正在走向失控,它丧失了计算和判断能力;自己之所以来到这里,是为了进行一次虚拟治疗,来"驱魔"——驱走他的痛苦,他的痛苦乃是一场世界大战中,敌人植入的"病魔"。杨伟在神秘联系人紫液(船上唯一的女性)的带领下,找到了他的主治医师万古医生,万古医生告诉他整个红色海洋,是敌人制造的病毒之海。在未来,药战争替代了核战争,超级细菌成为最厉害的杀人武器,地球生态系统已被合成生物学改变。盟军为了打赢战争,派遣"医院船"深入一线,截获敌人的病毒数据,准备进行反攻。由于船上的人工智能被敌人攻破,万古医生命令杨伟重新回到病房,寻找一位名叫"神奇病人"的病人,试图利用他产生病变的特殊大脑,找到克制敌人病毒的终极公式。杨伟回到病房,却发现"神奇病人"难产而死,病人之间发动了暴乱。也正在这时,发疯的"司命"自杀了。杨伟慢慢意识到,整个世界大战可能是算法虚构出来的,人类早已被置于人工智能设定的假想世界中,人工智能的目的是把整个宇宙改造成医院,它利用战争来模拟治疗。杨伟最终杀死了万古医生和联系人紫液,自己也欲跳海自杀。但这时他才发现,海洋空空如也。

科幻小说无一不是以"科幻思维"贯穿始终。而何为"科幻思维"？它首先要包含科学的因素,例如近几年热门的人工智能、新能源技术、生物科技及未来科技的发展;此外,"科幻思维"也应具有人文关怀,因为科幻实际上与现实生活已经分不开了,例如,从前只能在科幻小说里想象的互联网如今已遍布世界并影响着人类,科幻是用未来的眼光关注现实。韩松的科幻小说就有着极强的人文关怀,在这部新作《驱魔》中,他一如既往地肩负着忧思未来、生命与人性的使命。小说中有几个很值得关注的点,首先是故事发生环境的选取,其次是人工智能与人类的关系,最后是对生命和人性的思考。小说一出版就受到了科幻迷和科幻作家的广泛关注,小说中对人工智能进入医疗卫生行业所带来的影响进行了看似不可思议实则隐喻极强的描述,是探讨人工智能与人类发展这一热点话题的一部力作。

小说从一开始就发生在一艘"医院船"上,此时整个世界已经不存在了,或者说整个世界就是一个巨大的医院。作者对于"医院"这一环境的选取意义颇深。首先,医院如今已融入人们的生活中,并且随着环境问题的恶化,它带给人类的各种疾病日益增加,医院已经成了人满为患的地方,从医院这个缩影可以看到人生百态。小说中,疣啶曾经是长跑冠军,因压力过大逃走,如今被严重的尿毒症折磨;瘘呔曾是政府官员,为了摆脱生活的困扰逃到船上,锯掉疼痛难忍的下肢成了残疾;痃嗦曾是中学老师,因接受贿赂导致学生食物中毒而逃到船上忏悔,如今长了黑色毒瘤。小说中这些人物聚集到"医院船"的原因都是如此真实,仿佛就发生在自己周围,他们虽然曾经身份、背景迥异但都身患重病,这反映了现代生活中的人们难以避免的残酷现实。其次,医院是一个关乎人生命的地方,它伴随着人的生老病死,因此也是承载人们生命感悟的神圣之地。最后,医院是一个非常隐私同时也是最真实的地方,在医院,病人都不得不把曾经试图隐藏、遮掩的一面暴露给医生和亲人。而在这艘船上,作者并没有把重点放在写病人的病情,而是写他们的战争,有的为了做首领横行霸道,有的为了寻找女人丢了性命,有的搞阴谋陷害他人等。当人们得知无法掌握自己命运的时候,最真实的本性就会暴露无遗。因此,医院的选取体现出作者对现实生活和人类生命的关注,即使再荒诞不经,也促使人们通过医院这面镜子看现在以及未来的自己。

此外,对于人工智能和人类的关系,也多次出现在韩松的小说中。他看到现代社会的人们享受着人工智能带来的便利却忽略了其中存在的隐患,或者说人们越来越依赖人工智能而忽略了人工智能的极限。在《驱魔》中,作者再次讨论了这一主题,他在小说中设置了"司命"(又叫"算法")这一主宰者,它完全控制着"医院船",甚至赶走了人类医生,派机器人看管、治疗病人。这就是未来很有可能出现的场景,人类的一切由人工智能提供和接管,那么在这一过程中人工智能和人类都发生了什么变化呢？小说中,"司命"已经进行了深度学习,它不再是简单的机器人,它开始思考人类社会和世界。它发现病人的病大多与家庭有关,因此废除了家庭和女人;它思考到消灭疾病的方法不是给病人吃药而是毁灭病人;到最后它甚至追求起文学艺术,开始写诗。但是,人工智能真的可以代替人类吗?我们会发现,在人工智能的时代,人们之前的痛苦记忆被消除了,但此后的痛苦依然无法避免,人们依然在走向死亡,人类的本性依然没有改变:自私、贪婪、嫉妒……所以"司命"最终意识到自己解决不了人类社会的根本问题:人性的恶、全球创新动力不足、世界财富分配不均、社会制度和秩序不合理等,它做不了诗人,成不了屈原和海子,于是只能像顾城一样自杀了。另一方面,对于人类而言,"算法"的出现也使人们思考现在的医疗体制、医患关系中存在的问题:机构臃肿,创新停滞,精神懈怠,腐败蔓延,医生开大处方、拿回扣、收红包、出租诊室成为常态。甚至小说中被赶出病房的医生,仍然在"影子医院"里干着投机取巧的勾当。此外,医患关系日益棘手,医生缺乏与病人的交流,因此小说中写道:不是机器要赶走医生,而是医生打败了自己。他们被时代淘汰了。归根到底这是历史和病人的选择。这些都说明,人类虽然设计出了医疗机器,但它们改造不了社会,解决不了根本问题,人类社会和人性中存在的黑暗面还需人类自己解决。

对于最后一个问题:对生命和人性的思考,可以在小说的主人公身上有所发现。主人公杨伟不像其他科幻小说中的主人公一样无所不能,他甚至是一个胆小怯懦、瞻前顾后、随波逐流的小人物,他对于自己和未来一无所知,身边任何一个人都比他知道得多。但是我们最终发现,其实所有人的命运都是不可知的,我们知道的所谓的真相并非真实,这就像小说的结尾:海洋其实不复存在,就是一片平湖而已,小说把生命和死亡都重新定义了。小说一方面具有强烈的社会批判和文化批判,犀利地指出历史文化在延续过程中发生的变异,人性中的黑暗面正填满社会的阴影;另一方面,小说超越了"民族—国家"层面,上升到对宇宙和生命的追问,小说的每一节都是用苏轼的诗命名,这实际上表现了生命在宇宙中的渺小,也传达出作者对宇宙中的生命的感悟。

韩松认为,科幻小说具有其独特的优势,它能进一步探讨在技术文明背景下中国人日益进化着的诡诈、卑鄙和阴暗,一种以信息化、法治化和富裕化为特征的新愚昧,以及科学—政治拜物教带来的身心压迫。

韩松笔下的科幻实际上是难得的真实,他曾说"科幻正在侵入现实"。他的科幻创作一方面来源于他对社会现实的关注和对未来的忧思,另一方面得益于新闻工作带给他的广阔视野。他将民族问题乃至全球性问题用诡异的故事形式表现出来,在引起人们恐惧的同时也促使人们思考拯救的方法。在韩松看来,科幻是一种把感性和理性相结合,来表现人类大脑进化的特殊方式。用科幻的方式打破时空界限去思考,可以突破固有思维的束缚,放飞想象力,从而培育出更多创新。因此,严格说来,科幻是一种现实主义文学,它应该关注现实,并从现实引申未来。科幻带来的不只是幻想,它更多影响的是人们的思想层面。

作为"科幻现实主义"的实践者,韩松放弃乌托邦式的幻想,将笔尖直指妨碍人性发展的权力体系,对准战争的罪恶,以及异化人民的市场与官僚体系,他看到了科技飞速发展下危机四伏的未来社会:信仰危机、道德体系的崩塌、价值迷惘、文化无意义……科幻之所以在国外被称为"预警文学",正是在于它把未来可能出现的黑暗面探索出来,展示给现代人,使人们产生危机感并避免它的发生。

作品赏析

这里节选的是作品的第一部分"大海与鸟笼"的第十章"倚天无数开青壁":主人公杨伟来到"医院船",他之前所有的记忆都没有了。他作为新病人,一进病房就被形态各异的病人围住,他听他们诉说自己曾经的身份以及为何来到这里,当被询问的时候,杨伟却只能说自己丧失了记忆,对于一切都无所知。他发现病房里没有一个医生,代替医生的是人工智能,并且每个病人都有一本《医院工程学原理》,他有太多的问题想弄明白,于是像病人瘘呲请教。

杨伟把困扰他的问题,求教于瘘呲。这残疾人无所不知,是病房的万事通。

瘘呲矜然道:"《医院工程学原理》才不会把答案白纸黑字写下来呢,医院船必须始终保持神秘感。否则主编就不会来做辅导了,病人的损失就大了。你的问题得问'司命'。"

"司命"是船上的算法,控制着中心计算机、医疗机器人、搜索监控引擎、药品生产流水线、数控手术装置、即时医药信息平台、无线传感器、用户终端等庞大系统。从核素扫描到化学治疗,从肺部成像到肝脏移植,从大脑布线到基因改造,从尸体传送到电梯升降,"司命"像空气一样无处不在,利用大数据全面管理医院船。

瘘呲说,病众获得了梦寐以求的"我的医院我做主"的权力后,便以主人翁身份,授权"司命",委托它担负起照料全船患者的重任。医生则被打入冷宫,不让来查房了。他们只好藏入甲板下的集装箱。

"司命"经由分布在病房、病服、病躯中的成千上万传感器,随时监测病人的血压、呼吸、心律、肝肾功能、血糖和血液电解质,以及吃喝拉撒、一言一行乃至梦境全程,病人身上转瞬即逝的每一个变化,它都尽收眼底。它利用物联网,通过病床和病服上的接口,把药物直接输送达病人体内,或派来医疗机器人,进行定制化治疗。

"司命"的标准形象,就是船上随处可见的画幅上,那位戴黑框眼镜、高高瘦瘦而文质彬彬的中年男性医师。"司命"还喜欢以病众熟悉或不熟悉的各种面目出现在电视屏幕上,代替医生临幸病房,与患者亲密接触、实时沟通。它有时自称院长特使,有时标榜为综合治疗小组组长,有时化身成特种病专项负责人。《医药报》主编是它最爱扮演的角色。但它似乎比较讨厌电视台主持人。

"司命"是由一台类脑计算机的程序发展而来的。它上船时,计算能力已相当于四十亿个神经突触,每个原子可存储五比特的信息。它能读懂所有化验报告、CT片、核磁共振片,还能对基因图谱做出分析。曾有一位白血病患者被医生宣判了死刑,"司命"用一分钟阅读了五千米厚的医学资料,从意想不到的角度给出医疗建议,救活了她。

但刚开始,医生仅把算法视作一个高效率助手,他们对它发号施令,它仅仅负责执行,扮演配合的角色,提醒医生开处方时药物的过敏反应,提供医疗措施建议,告知医生患者最近的症状不适合进行刚预约的成像检查。医生相信,"司命"要做到忠诚和顺从,它就是医院的一条看门狗。他们还认为,机器只能处置轻微疾病。复杂疾病,比如大车祸复合伤,以及需要多学

> "司命"就是人工智能的代表,它象征着未来世界人工智能接管人类社会。

> 病患也渴望获得自主权,而现在医院中病人完全被动接受。

> 可见,人类医生的职能已经可以被人工智能代替。暗示着现代社会中医生的职业危机。

科参与的诊治，仍得依靠医生。生孩子，切盲肠，也不可能每家每户配备生育机器人或切肠机器人。再好的技术也不能代替医患沟通。病人需要人文关怀，人工智能在这方面不及格，且有危险性。精神病怎么办？算法能准确识别γ-氨基丁腺素、谷氨酸、5-羟色胺、乙酰胆碱、去甲肾上腺素、多巴胺在神经回路中的传递表达，却无法理解精神分裂症患者幻觉中的世界是怎么一回事。它更不明白医患关系的微妙之处。医生不得不为"司命"添加（收）红包程序，并要求它甄别富病人和穷病人。

这引起了普通患者的极大不满。他们渴望真正的医改。少数自以为有责任感的医生也对医院现状感到失望，认识到医疗行业出现了严重危机，机构臃肿，创新停滞，精神懈怠，腐败蔓延，医生开大处方、拿回扣、收红包、出租诊室成为常态，医患矛盾尖锐化，疑难重症无法攻克。这些问题从医院内部解决不了，只有全面应用人工智能、互联网、大数据和云计算，才能消除医院面临的威胁和挑战，以使医学事业重新焕发生机活力。

思想开明的医生便与情绪激动的病人联合起来，推动"司命"进入医疗核心领域，甚至让它替代医生。算法也很争气。一个优秀医生一生只能看一万个病人，而"司命"凭靠深度学习，一天就能研究一亿个病例。它掌握有史以来所有疾病和药品清单，甚至能推断出尚未出现的病种和药物。没有哪个医生比它更经验丰富、见多识广。它了解与病人有关的每一个信息，不仅所得何病，还包括病人的生平经历、兴趣爱好，它上溯十八代的家族先人及其基因组和病史，它接触的所有人物、事件和环境，它在某时某地偶遇的一只蚊子，以及它随手拍死这个双翅目生物后，它的残骸进入体内，可能产生的致病指数。只有把这些因素综合在一起，才能充分考虑个体体质差异，做出正确诊断并进行合理治疗。

在"司命"眼中，人归结为数据。生命也是算法。医学的本质是数学。治疗不过是把早已存在的亿万种医学手段搜索出来，择其优而为。医生不是能力不足，而是根本缺乏能力。医生的脑容量极其有限，就算把记忆从一个医生的大脑里传递到另一个医生的大脑里，转移几次后信息就变得乱糟糟的，或者直接被遗忘掉。医生的脑子还有一个致命缺陷，就是不善于存储和处理数字信息，并且容易受到情绪干扰，难以做出客观判断。医学的完整模型无法由医生独立发现。没有医生能将所有知识整合在一起。要让医生管理医疗这样的非线性复杂现象，就算不人浮于事和陷入腐败，也会是穷于应付而漏洞百出，从而危及患者性命。因此他们只能被请出病房。

最终是算法代替人类攀上了医学科学的巅峰，并在任何领域都表现出远超医生的能力。它操纵机器人完成极其复杂的大型外科手术，比医生更快捷精确，对病人造成的创伤更小。它永不疲劳，不吃不睡，不领工资。它结束了医学程序的滥用。它比医生更了解疾病机理和治疗规律。在"司命"眼中，人类数千年的医疗实践，根本上是错误的，甚至没有一名医生能沾到医学真理的边。

瘘呎说："不是机器要赶走医生，而是医生打败了自己。他们被时代淘

> 这里提到了人工智能在人文关怀上的缺陷。但具有讽刺意味的是，医生的解决方法是添加"红包程序"。

> 这里罗列了医疗行业的严重问题，反映了社会现实。对比之下，人工智能更公正，这也是它被发明、运用的重要原因之一。

> 这实际上暴露出了"司命"的缺陷，生命是无法完全用算法处理的。

> 人工智能已经不单纯是机器人，它们开始思考改造人类，质疑人类几千年的实践成果。语出惊人。让人类反思自身的问题。

汰了。归根到底这是历史和病人的选择。"

瘘吡是一个热爱学习的病人,博闻广识,在杨伟面前高谈阔论,就好像是"司命"的全权代表,承担着启蒙病友的任务。这成了他住院的最大乐趣。瘘吡在杨伟身上找到了成就感。他就支使杨伟为他做事,从擦身换药到打水洗脸,从陪聊解闷到把尿吸痰,甚至抠屁眼里阻塞的屎蛋。杨伟不敢违命,成了瘘吡的奴仆。

他只觉奇怪,难道这些不是护理机器人的分内之事吗?不是有专业化的揩屎机器人吗?万能的"司命"睡觉去了吗?为什么船上有人选择自愈运动?为何要离开病房出去游玩?有关医院船矛盾重重的疑问并未消除。

病房中又发生了新的斗殴。在神奇病人的小提琴声中,一个渐冻症患者被活活打死了。

> 病房里一片混乱,人工智能也只是在发送药物时出现。

韩松:《驱魔》,上海:上海文艺出版社 2017 年版。

(撰写:裴靖文)

军事小说

都　梁《亮剑》

都梁,20世纪50年代出生,祖籍江苏,出身于知识分子家庭,少年参军,曾服役于坦克部队,几年后复员回京,做过教师、公务员、公司经理、石油勘探技术研究所所长,现为自由撰稿人。2000年1月,由解放军文艺出版社出版长篇小说《亮剑》,同名电视连续剧热播以后,都梁进入了他的小说创作高峰期:2001年12月发表36集电视连续剧剧本《血色浪漫》,讲的是几个历经"文革"的北京青年的故事,由润亚影视传播有限公司拍摄为电视剧,改名为《梦开始的地方》,后又拍摄为同名电视剧;2004年的长篇小说《血色浪漫》,2006年的长篇小说《狼烟北平》先后由长江文艺出版社出版;2007年4月,都梁编剧的第三部电视剧力作《我是太阳》在黑龙江威虎山低调开机,《我是太阳》改编自作家邓一光的同名小说。

都梁的小说是军旅题材小说史上具有突破意义的力作,读者期望已久。他的小说既有古代通俗小说的传奇色彩,又吸收了现代外国小说的一些手法,是传统与现代的统一,在英雄性格与凝重历史的统一方面达到了匠心独运的新高度,给军旅文学带来了一股气势磅礴的清新空气。阅读都梁的小说,可以充分了解20世纪90年代以后军旅小说的通俗化倾向和叙事策略,充分感受到军旅小说在媒体时代、畅销文学时代中所进行的改革与探索。

长篇小说《亮剑》是一部战争艺术和传奇色彩融会贯通的主旋律作品。《亮剑》的主人公李云龙是一个重诺轻生、铁骨柔肠、豪气干云、肝胆照人,一生都在血与火中搏斗的名将。他的人生信条是——明知是死,也要宝剑出鞘,这叫亮剑;即使牺牲,也只有用前胸去迎接子弹,而不是用后背。他告诉他的孩子:"军人流血不流泪,要有和敌人拼命的勇气,面对强敌,连眉毛都不许皱一下,军人的荣誉感比生命都重要。"都梁用冷静凝重的笔触书写李云龙的军旅生涯,以主人公李云龙的经历为主线,从他任八路军某独立团团长率部在晋西北英勇抗击日寇开始,直到他在1955年被授予将军头衔为止,讲述他富有传奇色彩的一生,同时也再现了中国抗日战争、解放战争到中华人民共和国建立后、"文革"时期的动荡历史。同名电视连续剧由海润影视传播公司拍摄。《亮剑》一书出版后,反响十分强烈。中国作家协会创研部、解放军文艺出版社联合在京举行研讨会,20多位作家、评论家都认为这是一部不落俗套的小说,一部阳刚气十足的英雄小说,是男人写的,写男人的,写给男人看的。在这部小说中,英雄与历史的关系是全新的,英雄不是在顺应历史中消失自我,而是在审视历史中时刻把握着自我。小说没有回避矛盾,不粉饰,不盲从,内涵十分丰厚。小说中,爱国精神与英雄主义、铁血丹心与人世常情、斗智与斗勇、友情与爱情交相辉映。"面对强大的敌手,明知不敌也要毅然亮剑。即使倒下,也要成为一座山、一道岭。"——这句话就是李云龙,这位"战神"式将军的一生写照。

"说故事、写人物"是通俗小说一个非常重要的叙述模式,都梁的小说《亮剑》可以说是运用通俗小说的叙述模式把军旅题材小说创作推向了一个新的高峰。都梁的小说一直都是靠着好看的故事而赢得了众多的读者,这在他以后的一系列作品《血色浪漫》和《狼烟北平》中,我们也都看到了令人拍案叫绝的传奇故事。他曾不止一次地谈道:自己作为一个无名作者,一个文坛局外人,首先考虑解决的一个问题,就是如何争取让素不相识的编辑能读完书稿,别无他法,只有努力写得好看,让他看完一章就不能放手……所以在他的小说《亮剑》中,我们可以看到他首先是用故事吊住读者的胃口,然后再在故事中塑造人物、刻画人物、讲述命运、表达主题,这正是中国传统小说的基本方法,也是中国老百姓最喜闻乐见的主要叙述方式。《亮剑》追求的不再是简单的崇高意义上的爱国主义和英雄主义的颂歌,而是追求小说的故事性、传奇性,运用传统的民间文化因素和侠义小说中夸张、浪漫、通俗、生动的写作手法,将小说的传奇色彩推向了极致。如果说以前的军旅小说让我们记住了英雄,那么《亮剑》还让我们记住了英雄们的传奇故事,

《亮剑》·李云龙"鸿门宴"上除鬼子

这些传奇故事才是最能抓住当代大众读者眼球的关键,也是符合大众读者的阅读心理与阅读习惯的。正因为他对故事与人物所进行的传奇性渲染和处理,大大增强了小说的可读性,从而使大众读者读得间不容发、酣畅淋漓,如三伏天饮甘泉,一气读完而后快。因此故事性、传奇性是《亮剑》获得大众读者青睐的重要原因,也是他成功的秘诀。

英雄主义历来是军旅文学表现的主题,但不同时代对英雄的定义是一成不变的吗?英雄的创造是否也需要与时俱进呢?对于英雄人物塑造的改革也是《亮剑》成功的重要原因。都梁

摆脱了以往军旅小说人物塑造的"高、大、全"等模式，而呈现出通俗小说中江湖人物式的塑造。在这个江湖中的英雄更像侠客，女人也不再只是附属的牺牲品，"左右手"、文武将军、对手、敌人、汉奸、叛徒齐上阵……大众读者在《亮剑》中看到的将不再是单调的英雄美女模式，也不再仅仅是战争的敌我格局，而是在一个更广阔的视野中去感受一个全新的江湖中的风云人物，从而能在更高层次上获得满足。

都梁笔下的英雄虽然不再像以前的英雄一样完美了，却让大众读者感觉到这才是真实的英雄。《亮剑》中农民出身的李云龙有着底层人民身上的一些生活习惯与特点，诸如抠脚、蹲在椅子上、吃完大蒜和别人说话、粗俗等嗜好，还天生蛮横、霸道，有着农民式的狡猾，在小说的第一页就让后勤部长告诉读者——"你狗日的就不像个当兵的"；而谈到无组织无纪律、犯错惹事更不用提了。李云龙天生就是一个天不怕地不怕的人，打仗是把好手，惹事也是把好手：李家坡阵地，他才不管什么军事理论，率领独立团挥舞着鬼头刀杀入环形工事，山崎大队全军覆没；带着魏和尚和国民党团长楚云飞联手大闹县城，击毙小队长以上之全部军官，日本司令官重新更改其悬赏价格——李云龙项上人头，大洋十万银圆；得知自己的警卫员魏和尚被黑云寨的二当家山猫子暗箭伤人，并将其头颅挂在树枝上，他悲愤至极，才不管什么他们已经加入八路军，也不管什么狗屁新二团独立大队的新番号，更不管八路军的不杀俘虏的政策，更别提是已经被收编的武装了，李云龙直接把前来阻止的孔捷关起来，直冲黑云寨，血洗山庄，因此其行政级别被降两级，而在他看来，只要给魏和尚报了仇，就是变成战士也值了……

中国的老百姓自古以来都崇尚英雄侠客，一些民间文学中的英雄都是会飞檐走壁、刀枪不入、百步穿杨的侠客，《亮剑》中的英雄不再是简单的"忠"，最能征服大众读者的英雄魅力是他们的有情有义，是他们身上所具有的一些江湖色彩：在和日军的大战至尾声时，日军中尉挥舞刺刀做困兽之斗时，赵刚拎着驳壳枪赶来准备开枪射击时，李云龙阻止——"千万别开枪，白刃战有白刃战的规矩，我李云龙往后还要在这一带混呢，不能让鬼子笑话我的部队没拼刺刀的本事，这有损我的名誉"，俨然一个讲规矩的江湖中人；在向战士介绍游击战的时候，他说："只当自己是啸聚山林的山大王……摸营、伏击、挖陷阱、打闷棍、绑票，反正只要是对着鬼子汉奸，你爱干什么就干什么……"更精彩的是当他有意娶秀芹为妻的时候，他的理论是"要娶老婆全团弟兄们都娶，要不然一起当和尚"。李云龙的角色迥异于传统军旅小说中的英雄形象，他有情有义：他可以为一个警卫员的死哭得死去活来，不惜一切为其报仇；他可以为江湖面子只身赴鸿门宴；他不分国民党、敌人，只要是真正的军人，他都欣赏；他对精心组建起来的特种部队里的每一个战士都心疼至极，可以在最困难的时候倾其家中所有的钱想尽一切办法给他的战士买粮食……

《亮剑》还有一个重要的改革，即摆脱了所谓的革命爱情论，李云龙不再是以往小说塑造中的不食人间烟火的圣人，而是一个同样有七情六欲、敢爱敢恨的凡人。李云龙对江南美女田雨一见钟情，立即斩钉截铁地得出结论——这个田雨就是我将来的老婆，然后即开始了他在战场上熟谙的欲擒故纵的战术，并在伤口痊愈准备离开医院之前发起总攻，终于拿下了这个才貌双全的年轻美人。这段人人羡慕的婚姻不但没有影响到李云龙的革命，反而令他更有激情参加战争，用他的话说就是——是将军在哪儿都是将军。

军队作为一种独特精神气质的载体，都能有效地将小说的所指脱离一般生活层面的高度，军旅小说因此一直在人们视线以上的部分闪烁，而军旅小说的这种特质在成就军旅小说的同时，也埋下了军旅小说发展出现瓶颈的隐患。我们不能不承认军旅小说的创作长期以来都存在主题拔高、高处不胜寒的不足,而以《亮剑》为代表的20世纪90年代军旅小说创作的通俗化倾向和叙事策略在一定程度上降低了小说创作的叙事起点,对军旅小说创作来说是一种可贵的回归——回归生活,回归大众。

作品赏析

　　这里节选的是作品的第二章中两个主要人物李云龙和楚云飞的初次会晤选段。两人的约会地点选得极具挑战性,是日军重兵防守的县城,在中心大街的一个被日本宪兵队长平田一郎包场过生日的茶馆里见面,可谓是场"鸿门宴"。农民出身的江湖英雄李云龙的机智、狡黠、勇敢与极强的战斗力都表现得淋漓尽致,而楚云飞这个和李云龙一起被悬赏十万大洋的国民党军官也表现出不俗的英雄气概。

　　……楚云飞竖起大拇指:"大丈夫顶天立地,楚某佩服。云龙兄,听说'聚仙楼'厨子手艺不错,楚某略备水酒,老兄务必赏光。"

　　李云龙笑道:"楚兄是借花献佛了,我听说今天是日本宪兵队长平田一郎过生日,把'聚仙楼'包了,莫非楚兄请客舍不得掏钱?"

　　"日本人的饭不吃白不吃,云龙兄的情报很准嘛。"

　　"彼此,彼此,恭敬不如从命,到嘴边的肉能不吃吗?"李云龙站了起来。

　　日本宪兵队长平田一郎是个比较好客的人,为了今天的生日,他提前两天包下了"聚仙楼",城里有头有脸的名流、日本军官、皇协军军官都收到了请帖。

　　饭馆的大门口放着一张桌子,宾客既然来祝寿就没有空手来的,礼品已堆满了一桌子,一个管事的把送礼人的姓名用毛笔写在一张红纸上。

　　楚云飞和孙铭也买了些礼品,按规矩留下姓名,两人不显山不露水地找了个靠墙角的桌子坐下,同桌的伪军军官们之间也有不认识的,见他们坐下便都点点头算是打了招呼。

　　李云龙本来也想买些礼品糊弄一下,可他突然发现自己除了几张"边区票"外一分钱也没有。他和和尚一商量,两人都说,去他娘的,老子吃他的饭是给他狗日的脸呢,带什么礼物?

　　两人进了大门,管事的迎过来准备接礼品,见两人空着手就有些不高兴,心说这两个人怎么这么不要脸,白吃白喝来了,见他俩长衫礼帽,腰里揣着盒子炮,便认定他们是便衣队的,准备一会儿向平田一郎告状。

　　桌子上摆满了冷荤类的下酒菜,热菜还没上来。平田一郎站起来要寒暄几句,他一点儿中文也不会说,只能通过翻译官译成中文,大致的意思是欢迎光临,中日亲善之类的客套话,大家都伸长脖子听着,等他说完再吃饭。但平田一郎很快就不说话了,他的眼睛死死盯住坐在墙角那张桌子上的两个人,这两个人怎么已经狼吞虎咽地吃上了?而且吃相极难看,嘴巴还发出呲呲的声音,一点儿教养也没有。

　　李云龙平时就喜欢吃油炸花生米,他正用筷子夹起花生米飞快地一粒一粒送到嘴里,正巧和尚也喜欢吃这东西,也把筷子伸过来,李云龙非常自

楚云飞选择"聚仙楼"为见面地点,本身就是对李云龙的一种"宣战"。他认为一个没进过军校的"泥腿子",就算身经百战,也不过是一介武夫,他不相信李云龙在战术上有什么过人之处。

李云龙和魏和尚性格中的豪爽、江湖习气及对日本人毫无畏惧的勇气表现得淋漓尽致。

平田一郎见到李云龙吃相的反应,为后面的战争埋下伏笔。

李云龙和魏和尚在日本人眼皮底

私地把盘子挪到自己跟前,以便吃得方便些。和尚一见花生米快没了,便有些不高兴,他一伸手又把盘子抢回来干脆端着盘子往嘴里倒,李云龙抢得慢了些,花生米全进了和尚的肚子。<u>李云龙忍不住教训他几句:"你看看你这吃相,这是宴会,大家都是体面人,你也不怕丢人?"</u>

和尚心里不服气,还嘴道:"你那吃相比俺也强不到哪儿去。"说着又掰下一只烧鸡的大腿啃起来。

<u>李云龙生怕和尚再把那只大腿也吃了,忙站起身来把另外一条大腿掰下来</u>,嘴里嘟哝着:"操!你狗日的怎么只管自己?"

和尚吃东西的速度极快,一只鸡腿扔进嘴里眨眼间就变成了骨头吐了出来。他嘴里一边飞快地咀嚼着,一边旁若无人地走到邻近的桌子前,一伸手扯下两只鸡大腿,又顺手端起一盘油炸花生米扭头要走,这时,屋子里变得静悄悄的,所有的日本军官和伪军军官都感到莫名其妙,这么嘴馋和缺教养的人还真挺少见的。一个年轻的日本少尉有些火了,他怒视着和尚,从牙缝里恶狠狠地挤出一句话:"八嘎!"

和尚虽然不懂日语,可再不懂也知道这是句骂人的话。他本是个农村孩子,没受过什么礼貌教育,从小好勇斗狠,打架只能占便宜不能吃亏,平时无风还想兴起三尺浪来,何况有人骂他,于是和尚张嘴就回骂:"操你妈,你狗日的骂谁?"

在场的日本军人中没有懂汉语的,对和尚粗野的回骂茫然不知,在场的伪军军官们都被惊得目瞪口呆,一时反应不过来。

<u>李云龙一脸坏笑地说:"小魏,骂人就不对了,你看,多难听呀,张嘴就日爹操娘的,他骂人是不对,缺管教,那你也不能跟他学呀。"</u>

这时,坐在靠墙角桌子前的楚云飞和孙铭忍俊不禁,忍不住大笑起来,两人笑得前仰后合,其实,他俩的驳壳枪的机头早已张开了。

平田一郎再也忍不住了,他走到李云龙的桌前,对翻译官嘀咕一阵,翻译官说:"太君问你们是哪部分的?叫什么名字?谁请你们来的?"

<u>李云龙已经吃完了,正掀起一角桌布擦嘴呢,他若无其事地说:"哦,你小子就是平田一郎吧?你那五万大洋在哪里?老子是八路军的李云龙,那边坐着的是晋绥军358团团长楚云飞,我们两颗脑袋该值十万大洋吧?"</u>

<u>楚云飞一脚踢翻了桌子,和孙铭两人拔出枪在手,喊道:"楚云飞在此,谁也别动,平田一郎,我那五万大洋在哪里?"</u>

平田一郎虽听不懂汉语,也知来者不善,他右手一动,已抓住腰间的手枪柄,其反应惊人的迅速。只听"砰"的一声闷响,和尚一掌击中平田一郎的胸部,平田一郎平着飞了出去。和尚的"铁砂掌"顷刻间要了平田一郎的命,他的胸骨及肋骨被击得粉碎,口中的鲜血竟喷起一尺多高。

李云龙微笑着对楚云飞说:"楚兄,你要俘虏吗?兄弟我送个人情,这一屋子鬼子汉奸交给你去请功如何?"

楚云飞回答道:"谢啦,云龙兄,这人情我可受不起,楚某要这些乌龟王八蛋有什么用?"话音没落,<u>他手中的驳壳枪就连连响起,站在屋子另一角的</u>

下尽情享受美食,完全无视日本人的存在,这不是一般人能具备的勇气和魄力。两人互相抢食的有趣场景也给我们呈现出李云龙这个农民出身的英雄身上浓厚的江湖色彩。《亮剑》中的李云龙之所以这么受欢迎,就因为这个英雄不是以往小说中"高、大、全"的固化英雄模式,这个英雄更真实。

李云龙的狡黠尽显。

李云龙和楚云飞在酒足饭饱之后的亮相,充分体现了其在日本人面前毫无畏惧的勇气,当然还有高超的武艺。

不费吹灰之力,横

李云龙和和尚也开火了,四支驳壳枪组成的交叉火力像一把铁扫帚将所有的鬼子汉奸都扫倒了。

日本人这次吃亏吃大了,守备县城的日军和伪军几乎所有的军官都在这次袭击中丧生,没有军官的军队是一团散沙,城门口的伪军听见城里枪响,但不知发生了什么事。李云龙、楚云飞等四人没费什么事就打倒了伪军顺利出了城。

扫日本军官,这场"鸿门宴"可谓硕果累累。李云龙又为自己在日本军队中创造了一个传说。

都梁:《亮剑》,北京:解放军文艺出版社 2005 年版。

(撰写:王 莹)

石钟山《激情燃烧的岁月》

石钟山(1964—),生于吉林,1981年入伍。先后在空军雷达兵、航空兵及总后某院校工作。1997年转业后,在北京市广播电视局和北京电视台工作。现为武警总部政治部专业作家。石钟山当战士的时候,就开始了文学创作,最初是写诗、散文。1984 年,《解放军文艺》发表了他的小说处女作《热的雪》,从此石钟山开始了小说创作之路。他的主要作品有长篇小说《白雪家园》《飞越盲区》《男人没有故乡》《向北、向北》《影视场》《军歌嘹亮》《玫瑰绽放的年代》《遍地鬼子》《大院子女》《地上,地下》等多部,中短篇小说集四部,共计 500 余万字。短篇小说《国旗手》获《小说月报》第八届百花奖。根据石钟山小说改编的电视剧《激情燃烧的岁月》《军歌嘹亮》《幸福像花儿一样》《母亲,活着真好》《角儿》《玫瑰绽放的年代》等,以其独特的艺术魅力征服了广大观众。石钟山善于在平淡中叙事,他的小说中塑造的多是平民英雄,有向着平静的日常生活归隐的倾向,叙述的大多是和平时代的军人生活,力求在平淡的生活中塑造一群不平凡的人物形象,给我们带来的也都是另一种军旅生活群像。

一部家喻户晓的《激情燃烧的岁月》使更多的读者和观众知道了石钟山的名字。《激情燃烧的岁月》是根据石钟山的"父亲"系列小说中《父亲进城》等小说改编的。《激情燃烧的岁月》在看似平淡的叙事中再现了一代有理想主义支撑、具英雄主义气概的纯粹军人的精神世界、情感生活。

《激情燃烧的岁月》主要叙述了中年军官石光荣和年轻的部队文工团员褚琴之间长达34年(1950—1984)的婚姻生活,具体的故事情节大致如下:中华人民共和国成立前夕,在部队进城的欢迎仪式上,充满青春活力的褚琴强烈地吸引住身经百战的石光荣,石光荣凭借军人的天性立即发起进攻,终于与心爱的人举行了热烈单纯的军人婚礼。长期的战斗生活使部队和战友成了石光荣生命中的一个部分,这让褚琴认定丈夫的心里只有战争和战友。因而在部队中,石光荣呼风唤雨,如鱼得水;在家庭生活中,他显得很孤单,很力不从心。孩子们长大了,个个性格倔强,成长环境的差距使得他们与石光荣之间的代沟尤为明显。石光荣为了孩子们能成为真正意义上的战士,往往采取极端手段,这经常使石光荣在家中陷入四面楚歌的境地。褚琴不能容忍石光荣对孩子的严厉,也不能忍受石光荣在家庭生活中的独断专行。时间是一个伟大的教师,长期的共同生活让石光荣与褚琴学会了忍让和理解,他们在冲突和摩擦中不断地贴近对方。褚琴清楚地感受到石光荣的激情依旧在燃烧,而且越发炽热。在石光荣生命垂危的时候,褚琴与孩子们才真正认识到他们和他的感情有多么的深,在这个英勇的军人身上蕴藏着多么可贵的品格,他是那样的称职,他是一代具有英雄主义气概的纯粹军人的典型代表。

《激情燃烧的岁月》既保持了军旅小说传统主旋律艺术的精神内涵,又融入了当代通俗小说的欣赏诉求,成为主旋律通俗化的精彩变奏。在大众娱乐和体现主旋律的主流意识形态之间架设通畅的桥梁,这是《激情燃烧的岁月》成功的重要原因,也是20世纪90年代以来军旅小说通俗化的典型代表。石钟山在创作上始终贯彻了通俗文学的通俗性原则(浅显、简单、鲜明)、戏剧性原则(石光荣和褚琴的冲突,蘑菇屯和军队高干的冲突,石林和农村兵张永厚的冲突等)、故事性原则(生动曲折和连绵不绝)、情感性原则(以情动人为主,以理服人为辅)。要知道军队生活,特别是军人的私人生活历来鲜为人知,其心理吸引力也就相当可观。英雄冲锋陷阵的故事人人耳熟能详,英雄私下的情感生活和家庭生活却知之甚少,观众的好奇和期待在这里形成了高潮,蘑菇屯人对衣锦还乡的小石头的极端艳羡就是最形象的例证,这也是石钟山军旅小说的重要特点。他一般不直接正面描写战争本身,多把目光放在军人的生活方面,多讲述和平年代的军人生活,如《幸福像花儿一样》,在看似平淡的叙述中不露声色地塑造出让大家震撼的英雄形象。当代社会已经不需要政治说教式的军旅小说,所以在当代社会,大众对于军旅小说的创作价值与意义的期待已经不再是以前的英雄主义精神教育,而更多的是一种情感的寄托与慰藉。

选择和平年代,选择军人的生活,并不代表着放弃军旅小说的核心艺术特征,即英雄主义关怀,与此相反,石钟山笔下的军人因为与老百姓有很多相通之处,而让他们的"英雄"品质更容易走进大众读者心中。这位农民出身的将领拥有一种令人向往的文化品格和精神气质,这就是纯净的品质、挺拔的个性和灼热的激情,而且这种纯净、挺拔和灼热都源自本色的生命,生长在理想化的年代,因而显得真诚。无论是曾经的辉煌还是现实的痛苦,石光荣都能以极端的方式将这种本色的生命和真诚的情感发挥得淋漓尽致。战争铸造了他果敢、刚强如钢铁般的个性,培养了他乐观、自信的人生态度,也成就了他一生的辉煌。可以说,战争年代是石光荣一生中最光彩的一页。而同时石光荣也是一个很容易被平淡的生活融化掉的英雄,战争年代他虽然战功卓著,可是在和平年代几乎无所作为,然而平淡的岁月并没有吞没他的理想、摧毁他的意志、削减他的激情、磨损他的英雄气质,他是一个真正的英雄。在当下,从我们的精神和心理需求来说,处在红尘滚滚的社会,在这个被张承志认为没有信仰的和平时代里,满眼都是物欲和感官刺激,未必不产生人性被异化的感觉;在都市生活的灯红酒绿中,我们常常会迷失自我,常常会感觉到一切都是那么无所皈依,这势必产生强烈的精神净化的需要,用张承志的话来说就是清洁的精神。而这时候的我们需要的就不再是特殊时代的英雄主义,我们需要的是有一个可以寄放心灵、寄放信念的纯净的角落,而石钟山创作的小说则适应了这种大众的心理需求,以军队这一特殊的环境背景在当代喧嚣的社会中为大众开辟出一块净土:这里的人追逐的不是都市的奢华享受,追求的也不是无止境的权力、欲望,他们都是一群有着不变信念、有着不变坚持的可爱的人们。而他们又和魏巍笔下《谁是最可爱的人》不同,他们并不是那个时代中不食人间烟火的神化的英雄式人物,他们是生活在和平时代中的人,他们是和大众一样经历诱惑、经历喧嚣、经历欲望的人,所以他们的性格是多样化的,不再是以前的崇高模板。而在小说中主要人物多样化的性格背后所体现出来的核心品质是一样的,都是在当代社会中大众所渴望、珍惜,却又似乎已经慢慢消逝在各种诱惑与欲望中的最宝贵的——真。这样一个身处当代,却又充满真的净土无疑可以给现代人带来一种情感的寄托与慰藉,带来一种喧嚣中难得的静谧。这也应该是《激情燃烧的岁月》感动万千老百姓的非常重要的原因。

当然,石钟山小说中的英雄不是孤独的,在《激情燃烧的岁月》中还塑造了许多好看的角色,如与石钟山一起走过多年婚姻生活的褚琴。在以往的军旅小说中,与众多成功的男性形象相比,女性形象无疑是虚浮苍白的,女性形象塑造一直被有意无意地忽略淡漠着,大多是作为配角出现的。《激情燃烧的岁月》中的褚琴不再像军旅小说的传统模式那样,女人在某种程度上只是英雄身边的一个扁平的符号和一个美丽的陪衬,是英雄的一面镜子,是强化英雄主义的一种策略,而是有思想、有知识、有自己的爱情和事业追求的新时代军嫂。而他们的婚姻也没有被绑上以往军旅小说中的"革命爱情论",而是像所有相爱的人一样,从爱情走向婚姻的过程中她们也会和爱人发生一些分歧,而此时并不会因为爱人是军人,是英雄就能解决一切,军人的家庭也和其他家庭一样,需要沟通、需要理解与宽容。例如,"父亲对四个孩子,没有费过什么心思,却费了不少力气。他的力气都用在暴打孩子上",作为母亲的褚琴,经常与他发生冲突,但最终胜利总属于父亲。石光荣不顾妻子的反对将儿子石林送到边远的哨卡当了一名边防军人,由妻子实施的调动计划也在他的干预下最终破产。最后石光荣的三个孩子:石林、石晶、石海,都参军了。或许真的如《射天狼》主人公袁翰发出的人生感叹那样:一个好军人,很难是一个好丈夫!一位婚姻学者说过:"在所有的婚姻中,军人的婚姻是最不稳定的。"而这也让大众能从另外一个角度来了解军人的女人,了解她们的婚姻观、她们的家庭生活。我们可以发现,石钟山就是能够在看似平淡的叙述中,让我们感受到英雄的伟大精神,而又能让我们在英雄主义的光环下触摸到他们最真实的生活。

作品赏析

这里节选的是作品的第五节,主要写石光荣在朝鲜战场上对爱人褚琴和儿子的思念,褚琴与初恋情人之间的纠葛。褚琴的这段感情可以说是她在婚姻生活中长期的一个心结,她一直觉得是因为石光荣的横刀夺爱才使得自己错过了美好的初恋,因而这也是她与石光荣婚姻生活中产生诸多摩擦的一个重要原因。此节内容中三个主要人物的性格体现得淋漓尽致。

正如父亲预感的那样,林果然是个儿子。林一落地,便嘹亮地大哭,乐得父亲大着嗓门,冲所有的人高喊:我有儿子了!我石光荣也有儿子了!哈哈,他妈的! 伴随着林落地时的啼哭,著名的抗美援朝战争爆发了。

初为人父的兴奋,流露出父亲性格中的豪爽与直率。

在没有战争的岁月里,父亲就像没有地种的农民那样无着无落,在父亲进城后,这短暂的和平岁月里,如果没有母亲琴的出现,他将会憋疯的,好在生理的饥渴和生活的愿望暂时填补了父亲生活的空白。现在,他老婆也有了,儿子也有了,他现在啥都不怕了。于是,在一个月黑风高的夜晚,他率领三十二师雄壮有力地跨过了鸭绿江。

母亲生了林,在文工团里请了长假,她只能一心一意地坐她的月子了。

父亲的部队出师大捷,杀得美国鬼子抱头鼠窜,第一战役结束后,双方都在调兵遣将,准备迎接下一轮的拼杀。在这间隙中,父亲想起了母亲和刚刚出生的林,此时此刻,他无比地思念远在沈阳城内的琴和林。这是他以前从没有过的,从那以后,父亲有了对家的无限牵挂。有了牵挂便觉得有许多话要对琴和儿子说,于是他唤来了小伍子。

他冲小伍子说:我要写信!

父亲说他要写信,并不是他要亲自写信,而是让小伍子替他写。在延安学习时,父亲是学过一些文化的,在学文化方面,父亲天生有些愚笨,往往是这耳朵听,那耳朵出了。他承认自己天生是打仗的料,对学文化并没有什么兴趣。好在,在那个年代,对一位将军文化方面没有什么苛刻的要求。

小伍子很快找来了纸笔,以前父亲有什么事要对上级汇报,都是父亲口述,小伍子执笔。父亲就说:老婆、儿子你们好!

小伍子抬头看着父亲,建议道:师长,这么称呼不好吧?父亲不满地道:我说啥你就写啥,别啰唆!

于是小伍子就写。

父亲又说:离别两个多月了,真想死你们了!第一战打胜了,我一根毛都没少,就是想你们哪!小伍子边写边笑,又不敢大笑,就那么难受地忍着。

父亲不管小伍子笑不笑,仍一本正经地说:老婆,你要把儿子给我带好,要是儿子有半点差错,我不饶你!

父亲说到这儿就吸烟,红晕慢慢地在父亲粗糙的脸颊上扩散。他又想起了和母亲的新婚岁月,此刻,他真的思念母亲了。

小伍子这时提醒道:师长,写完了吗?

父亲挥了一下手,仍红着脸说:老婆,我真想你呀! 等打败了美国鬼子,看我回去怎么收拾你!

小伍子一脸不解地问:师长,"收拾"是什么意思,你是指打她吗?

"少废话,让你写你就写!"父亲红头涨脸地叱小伍子一句。小伍子就听话地把他不理解的"收拾"二字也写进了信中。

就在父亲在遥远的朝鲜战场上,牵肠挂肚地思念母亲和儿子时,家里发生了一件事。

这件事和枫有关。

枫所在的文工团,并没有随第一批入朝的将士开赴朝鲜,仍在沈阳城内待命,他们在忙着排练一批新节目。他们知道,这些节目迟早会派上用场的。

满月之后的母亲,在家里待得实在是没什么意思了,她就抱着林来到了文工团。文工团是她战斗过的地方,这里不仅有她的初恋,同时还有她的青春和欢乐,她无法忘却这里。她抱着林一出现在文工团,她便看到了枫,枫正用一双忧郁的目光望着她。

母亲一见到枫,心里便说不清是什么滋味,她期期艾艾地冲枫说:你为什么不去看我?

枫垂下了头,脚尖搓着地板,低低地说:我,我,我——他一时不知说什么好。

※ 有了家的牵挂,父亲在战场上的柔情。

※ 石钟山笔下的军人多是农民出身,他们有着农民的某些缺点,但正是这些缺点让英雄变得可爱。

※ 父亲特有的语言风格,让人物性格变得丰满。

※ "收拾"一词很符合父亲的身份和性格。

※ 初恋的情愫对于母亲来说是挥之不去的美好回忆。

※ 枫性格中的胆怯微露。

母亲的到来，很快引起了战友们的注意，他们团团将母亲围住了，七嘴八舌地问母亲这呀那的，他们还轮流着把林抱在怀里，他们异口同声地夸奖着林。唯有枫站在远处，一往情深地望着母亲，枫的目光，让母亲的心在流血。| 为两人后面的见面埋下伏笔。

母亲很快又回到了自己家中，枫的目光，已使她无法承受了，回家后的母亲流下了伤感的泪水。

就在那天晚上，枫轻声地敲开了母亲的房门，此时三十二师营院，人去屋空，只有少数一些和母亲一样的女人留在家中。这样一个宁静的夜晚，使昔日的恋人有了一个美好的幽会氛围。这时，林已经睡着了，母亲和枫相对而坐，他们彼此望着对方的眼睛，说着昔日早已说过的情话。说着说着双方都动了感情，母亲再一次把自己的身体投入到枫的怀中，枫似被烫了似的哆嗦着。母亲在没有嫁给父亲之前，她对枫的爱情朦胧而又迷惘，在和父亲生活了一段时间后，她对男女之间的事情有了清醒而又深刻的认识。以前，她和枫只是相互拥抱而已，并没有实质性的接触。再一次和枫缠绵在一起，她的欲火被点燃了，在这寂静美好的夜晚，她的目的直接而又明确，那就是，她要把身体献给自己所爱的人，哪怕就一次，她也知足了。母亲一边亲吻着枫，一边脱掉了自己的衣服，她躺在床上，目光迷离地望着枫，喃喃道：枫，你来吧，今天我是你的了！| 制造了一种暧昧的场景与气氛。

对枫的感情是在父亲之前，这段感情一直都在母亲心中，母亲一直都觉得是父亲破坏了这段感情，因而这也成为父亲与母亲婚姻生活中产生冲突的重要原因。

母亲没有料到的是，枫突然蹲下，双手抱住自己的头，他哭了，一边哭一边说：不哇，我怕，我不能呀！

母亲在等待着枫，她在等待着与自己所爱过的人相互占有，结果却等来了枫的哭声。

母亲的身体冷却下来，心也冷了。她开始默默地穿衣服，穿好衣服后的母亲说：枫，你走吧！

枫已经停止了哭泣，慢慢站了起来，泪眼蒙眬望着母亲，枫可怜巴巴地说：那我就走了？母亲点点头，枫真的就走了。| 枫没有勇气面对这份感情，只能选择离开。

从此，枫在母亲心中死了，活在母亲心中的只是梦中的枫，母亲仍一往情深地爱着梦中的枫。

父亲不知道这些。

不久，枫入朝了。在一次去前线演出时，被一颗流弹击中，枫便再也没有回来了。| 母亲也一度埋怨父亲，认为枫的牺牲和他们是有关系的。

石钟山：《激情燃烧的岁月》，北京：华夏出版社2009年版。

（撰写：王　莹）

生态小说

姜 戎《狼图腾》

姜戎，本名吕嘉民，1946年4月出生于北京。20世纪60年代，他作为一名北京知青，到内蒙古边境的额仑草原插队，长达11年。在这11年的草原岁月中，姜戎将北京的革命浪漫主义理想与青春热情带到这片荒芜的大地上，然而这份热血却在现实面前渐渐冷却。在草原的日子中，姜戎逐渐对狼产生了浓厚的兴趣。他与狼一路纠缠，跌跌撞撞。曾经与狼共舞，曾经与狼搏命，共患难、互对抗，亦敌亦友，使得狼文化深入自己的骨髓。1978年，在知青返城的浪潮中，姜戎离开内蒙古回到北京。1979年，姜戎以优异的成绩考入中国社会科学院研究生院，此后长年在高校从事政治经济学方面的理论研究。从来不是专业作家的他，却一直渴望进行小说创作。1998年，姜戎开始小说创作，将自己青年时期的经历与对生命的思考倾注于文本，经过6年时间的潜心写作，旷世奇书《狼图腾》终于面世。

《狼图腾》在2004年由长江文艺出版社出版，出版后迅速风靡全国，成为超级畅销书，还被翻译成十几种语言。《狼图腾》主要以插队草原知青陈阵的视角，讲述了20世纪六七十年代内蒙古草原游牧民族的生活以及牧民与草原狼之间的故事。全书由几十个有机连贯的"狼故事"组成。在《狼图腾》中，狼的每一次捕猎、偷袭，甚至生育都巧妙地利用自然条件，包括气象、地形等。而在狼类似军事家谋篇布局的精明算计中，草原人民也练就了一副火眼金睛。毕利格是草原上经验丰富的老人，一辈子与狼打交道，在与狼的一次次周旋中，老人摸透了狼的生活习性，充分利用狼的每一个漏洞追狼、围狼、打狼，同时将狼的命与草原腾格里联系起来，倡导顺应天命，不要过度打杀狼群。而以包顺贵为代表的无知之人将狼看成是草原的天敌，以无所不用其极的方式围剿狼群，甚至不惜采用火烧草原的方法。在草原的长年生活中，陈阵迷上了狼，他向毕利格老人学习各种关于狼的知识，在实战中渐渐摸透狼的禀性，还通过养狼建立与狼的深层关系。然而草原人民的现实需要容不下狼的生存，草原过度开垦，草地光秃斑驳，适宜狼生存的环境被破坏了，狼群也消失了。"狼图腾"最后成为人们心中挥之不去的伤痛。

作为第一部以"狼"为叙述中心的长篇小说，《狼图腾》创造了一个出版神话，成为2004年当之无愧的国内图书销售冠军，跻身于各大读书网站，多年来被翻译成多国语言，如今这个神话还在继续。2015年被拍成同名电影。

细细考量《狼图腾》，读者将会被文本新鲜的叙述对象、新奇的谋篇布局以及丰富的历史传奇式的狼故事所吸引。首先是叙述对象。在中国，狼自古以来是作为批判的对象出现在各种文本中的，或狡诈，或阴毒，或恩将仇报。然而在远离内陆的内蒙古大草原上，狼是作为一种神物来崇拜的。《狼图腾》将草原狼的精魂勾勒出来，还原了狼的本来面貌，重新塑造了一种对野性生存力量的渴望与憧憬，打破了固守在人们脑中对狼的执念。在文本中，狼代表了一种精神力量：勇敢、无惧、狡诈、贪婪、机敏、忍耐、智慧、暴力、永不屈服、热爱生命、团结合作。它们为了生存与人类和其他动物周旋，残忍对待草原上其他生物，极度忍耐着气候的极限，甚至残酷地对待自己，常常不惜以重伤来拼得自己继续活下去的机会。这种对敌对己都毫不留情的狼劲为狼族在草原上树立了一种精神标杆。而这种充满野性、充满战斗力的游牧生存方式与内陆地区儒家文明熏陶下的农耕文化形成鲜明的差异。这种差异造成了游牧民族和农耕民族性格的巨大反差，从而使得在儒文化生活中的人们渴求安定的个性，也使得农耕文明给人以"弱"的印象。《狼图腾》的叙述对象是强大勇猛的狼，传递出一种对强者的呼唤。同时，这些狼也不是孤立的形象，而是与草原、羊、马、天鹅等各种生物交织在一起，形成一种立体的陌生化效果。

其次是《狼图腾》的文本结构。作品的文本结构不同于传统小说的叙事结构，其中具有一些实验成分。一方面，每一章的故事之前，作者都引用一段历史文献，这些类似题记的文献来自中外与蒙古对狼图腾的记载，与整个故事脉络没有关系，却从历史纵深角度勾勒出狼族精神的文化传承线索，也拓宽了文本的人类学语境，将原始文明与现代文明碰撞出火花，在时空两条线索上深化文本立体感。另一方面，具有十足创新实验色彩的是小说的结尾——《纵深探掘——关于〈狼图腾〉的讲座与对话》。这个长达4万字的结尾其实是一篇论文，是作者将多年来最重要的文化思考以论文的形式表现出来，这些内容在作者心中驻扎了近30年。作者将多年来对草原复杂的情感与对天命的思索融于其中，对几千年来的中华民族文明史进行重新梳理，把"龙图腾"与"狼图腾"的精神线索联系起来，其见解颇为惊世骇俗。

另一个引人入胜之处是《狼图腾》中丰富的狼故事。在作品中，对狼故事的叙述不是传统的讲故事的手法，而是以历史传奇的书写方法来表现狼的形象。在文本中，随处可见广袤的草原上的各种奇异景观，狼王奇功伟业的传奇也撞击着读者。而毕利格老人在整个文本中担当的角色如同历史传奇中先知者的形象，狼的种种行为具有强烈的神秘感，对于主人公陈阵和读者来说完全捉摸不透，而经验丰富的毕利格老人的存在为狼行为的神秘找到了合适的解释者。陈阵不断地观察狼、解密狼的过程激发读者不断探索未知的乐趣，而每一次的恍然大悟也令人如释重负。

著名文学评论家孟繁华是这样评价《狼图腾》的："《狼图腾》在当代中国文学的整体格局中，是一个灿烂而奇异的存在：如果将它作为小说来读，它充满了历史和传说；如果将它当作一部文化人类学著作来读，它又充满了虚构和想象。作者将他的学识和文学能力奇妙地结合在一起具体描述和人类学知识又相互渗透得如此出人意料。显然，这是一部情理交织、力透纸背的大书。"[1]《狼图腾》无疑是成功的，它引发了一场关于动物文化的热潮。《狼图腾》之后，《藏獒》《中国虎》等动物生态小说相继面世，成为另一种文学样式。而关于"狼性"的探讨也在如火如荼，《狼魂——强者的经营法则》《像狼一样思考——神奇的商业准则》等商业书籍也蔚

---

[1] 姜戎.狼图腾[M].武汉：长江文艺出版社，2004：封底.

为大观。

作品赏析

这里节选的是作品第二十二章后面部分,描述了出生不久的小狼在烈日烘烤下自己寻求清凉之法,在有限的条件下挖洞纳凉,展现了狼与生俱来的求生本能。

　　……太阳还没有发出它在这一天的最高温,草原盆地却已把所有的热量全聚拢到了小狼的狼圈里。小狼虽然身体下面减少了烘烤,但它的脑袋和脖子还留在沙盘里,加上脖子受伤,小狼躺不住了,它站起来在狼圈里转磨,转几圈又躺到草地上去。

　　陈阵看不下去书,开始做家务。他摘韭菜,打野鸭蛋,拌馅和面,烙馅饼,一直埋头干了半小时。当他抬头再看小狼的时候,他愣住了——小狼居然在沙圈里撅着屁股和尾巴,拼命地刨土掏洞,沙土四溅,像礼花似的从地洞里喷出。陈阵急忙擦了擦手跑出包去,走进狼圈蹲下身子好奇地观察起来。

　　小狼在圈中南半部,用力刨洞,半个身子已经扎进洞里,尾巴乱抖,沙土不断从小狼的身底下喷射出来。过了一会儿,小狼退出洞,用两只前爪搂住沙堆往后扒拉。小狼浑身沾满了土,它看了陈阵一眼,狼眼里充满野性和激情,像是在挖金银财宝,亢奋中还露出贪婪和焦急。

　　小狼到底想干什么?难道想刨倒木桩,逃到阴凉处?不对,位置不对。小狼并没有对准木桩刨,而且木桩埋得很深,它得刨多大一个坑?小狼是在狼圈的南半部,背对木桩,由北朝南,冲着阳光的方向刨。陈阵心中一阵惊喜,他立刻明白了小狼的意图。

　　小狼又在洞里刨松了许多沙土,它半张着嘴哈哈哈地忙里忙外,一会儿钻进洞刨土,一会儿又往外倒腾土。小狼两眼放光,贼亮贼亮,根本没功夫搭理陈阵。陈阵看得终于忍不住了,小声叫它:小狼小狼,慢点刨,小心把爪子刨断。小狼瞟了陈阵一眼,眯着眼睛笑了笑,它好像对自己的行为很是得意。

　　洞里刨出的沙土有些潮气,远比洞外的黄沙凉得多。陈阵抓了一把沙土,握了握,确实又潮又凉。陈阵想,小狼真是太聪明了,它这是在为自己刨一个避光避晒避人避危险的凉洞和防身洞。一点没错,小狼准是这样想的,洞里有凉气有黑暗,洞的朝向也对,洞口朝北,洞道朝南,阳光晒不进洞,小狼钻进去刨土的时候,它的大半个身子已经晒不到毒辣的阳光了。

　　小狼越往里挖,里面的光线就越弱。它显然尝到了黑暗的快乐,也开始接近它预期的目标。黑暗黑暗,黑暗是狼的至爱,黑暗意味着凉快、安全和幸福。它以后再也不会受那些可恶的大牛大马大人的威胁和攻击了。 小狼

旁批:

天气之热,小狼生活的环境异常恶劣。

小狼为什么这么做?小狼的行为引起陈阵的好奇。

一连串的疑问。

注意小狼的动作:钻、刨、瞟、眯。得意之情溢于言表。

小狼的聪明之处,根据现有的情况做出最有利于自己的选择,令陈阵大开眼界。

越挖越疯狂，它简直乐得快合不上嘴了。又过了20多分钟，洞外只剩下一条快乐抖动的毛茸茸的狼尾巴，而小狼的整个身体全都钻进了阴凉的土洞里。

　　陈阵又一次被小狼非凡的生存能力和智慧所震惊。他想起了"龙生龙，凤生凤，耗子生儿会打洞"。老鼠会打洞，那小鼠至少见过大鼠和母鼠打洞吧？可这条小狼眼睛还没有睁开就离开了狼妈，它哪里见过大狼打洞？况且，后来它周围的狗，也不可能教它打洞，狗是不会打洞的家畜。那么，小狼打洞的本领是谁教给它的？而且打洞的方位和朝向也绝对正确，打洞的距离更是恰到好处。如果离木桩的距离太远，那么铁链的长度就会限制狼洞向纵深发展。可是小狼选的洞位恰恰在木桩和圈边之间，它竟然打了一个可以带半截铁链进洞的狼洞，这又是谁教的？这个选址的本领可能连草原上的大狼都不具备，它自己又是怎样计算出来的呢？

　　陈阵惊得心里发毛。这条才三个多月大的小狼，居然在完全没有父母言传身教的情况下，独自解决了生死攸关的问题。这确实要比狗，甚至比人还聪明。狼的先天遗传居然强大到这般地步？陈阵从自己的观察做出判断：遗传只是基础，而小狼的智商更强大。他这个有知识的大活人，在毒日下转悠了大半天，就是没有想到就地给小狼挖一个斜斜的遮阳防身洞。一个现代智人，竟眼睁睁傻乎乎地让一条小狼给他上了一堂高难度的生存能力课。陈阵自叹不如，小狼的智慧确实大大地超过了他。他应该心悦诚服地接受小狼对他的嘲笑。怪不得，小狼在跟他玩耍的时候，他会感到一种莫名其妙的"平等"。此刻，陈阵似乎更觉得小狼可能根本不把他放在眼里。小狼桀骜不驯的眼神里，总是有一种让他感到恐惧的意味：你先别得意，等我长大了再说。陈阵越来越吃不准小狼长大了会怎样对待他。

　　但是陈阵心里还是很高兴，他跪在地上看了又看，觉得自己不是在豢养一个小动物，而是在供养一个可敬可佩的小导师。他相信小狼会教给他更多的东西：勇敢、智慧、顽强、忍耐、热爱生活、热爱生命、永不满足、永不屈服，并藐视严酷恶劣的环境，建立起强大的自我。他暗暗想，华夏民族除了龙图腾以外，要是还有个狼图腾就好了。那么华夏民族还会遭受那么多次的亡国屈辱吗？还会发愁中华民族实现民主自由富强的伟大复兴吗？

　　小狼撅着尾巴干得异常冲动，越往深里挖，它似乎越感到凉快和惬意，好像嗅到了它出生时的黑暗环境和泥土气息。陈阵感到小狼不仅是想挖出个凉洞和防身洞，好像还想挖掘出它幼年的美好记忆，挖掘出它的亲妈妈和它同胞兄弟姐妹。他想象着小狼挖洞时的表情，也许极为复杂，混合着亢奋、期盼、侥幸和悲伤……

　　陈阵的眼眶有些湿润，心中涌出一阵剧烈的内疚。他越来越宠爱小狼，可是他却是毁了这窝自由快乐的狼家庭的凶手。如果不是他的缘故，那窝狼崽早已跟着它们狼爸狼妈东征西战了。陈阵猜想，这条优秀的小狼，也许就是额仑草原那头白狼王的儿子，如果在久经沙场的狼群的驯导下，在未来它甚至可能成长为新一代的狼王。可惜它们的锦绣前程被一个千里之外的汉人给彻底断送了。

　　小狼已经挖到了极限,铁链的固定长度已不允许它再往深里挖。陈阵也不打算再加长铁链。此地沙土松脆,狼洞顶只是一层盘结草根的草皮层,再往里挖,万一哪匹马、哪头牛踩塌了洞顶,就可能把小狼活埋。小狼挖洞的极度兴奋被突然中断,气得发出咆哮,它退出洞,拼命冲撞铁链。项圈勒到了它脖子上的伤口,疼得它张嘴倒吸凉气,它不肯罢休,直到它累得撞不动为止。小狼趴在新土堆上大口喘气,休息了一会儿,它探头朝洞里张望,陈阵不知道它还能琢磨什么新点子来。

> 兴奋中断,小狼不肯罢休,继续寻找可能的方法。

　　小狼喘气刚刚平稳,又一头扎进洞。不一会儿,洞里又开始喷出沙土。陈阵又傻了眼,他急忙俯下身,凑到洞口往里看。只见小狼在往洞的两边挖,它竟然知道放弃深度,横向扩大广度。小狼挖掘不出它的妈妈和兄弟姐妹,它只好为自己挖一个宽大的卧铺,一个能将自己的整个身体,囫囵个儿放在里面的安乐窝。陈阵愣愣地坐下来,他简直不敢相信,小狼从开始选址、挖洞,一直到量体裁洞的整个过程,从设计到完工都是一次成功,工程没有反复,没有浪费。陈阵真是无法理解狼的这种才华到底是从哪里来的。可能正是这种人类太多的"无法理解",从古到今,草原民族才会把狼放到"图腾"的位置上去。

> 小狼又想出妙招,在可能中为自己挖出一个安乐窝。

　　姜戎:《狼图腾》,武汉:长江文艺出版社2004年版。

（撰写：储　雯）

青春校园小说

韩　寒《三重门》

韩寒，1982年9月出生于上海金山。1999年，韩寒以《杯中窥人》获得第一届"新概念"作文大赛一等奖。2000年，韩寒出版长篇小说《三重门》，对应试教育进行了自己的思考。此后，又陆续尝试了多种题材、体裁的创作，发表了散文集《零下一度》《通稿2003》《就这么漂来漂去》和《杂的文》，小说《像少年啦飞驰》《长安乱》《一座城池》《光荣日》《他的国》和《1988——我想和这个世界谈谈》等作品。在此期间，韩寒一直以其特立独行的作风高调站到时代的风尖浪头上：主动退学放弃正规教育，因酷爱赛车而加入车队，出唱片，代言广告，开博客、微博。韩寒惯以犀利的言语对各种社会热点进行评论，包括与文学评论家白烨关于"80后"的争论，关于抵制家乐福和封杀莎朗斯通的评论以及对杭州"七十码"事件的关注等；他也一直以桀骜不驯的反抗者姿态出现在人们面前：曾拒绝可在复旦大学旁听深造的邀请，曾公开表示不屑加入中国作协，等等。韩寒这一系列的行为举止以及惯有的批判性思维使叛逆成为他的符号，他当之无愧地成为"80后"一代青年的代言人。

作为"80后"青年作家中的领军人物，韩寒最初的作品是与社会现实紧密联系在一起的。他的首部长篇小说《三重门》描摹了一幅当代应试教育下的师生群像图。在这幅图中，主人公林雨翔是一名中学生，小说围绕他的学习、情感、生活展开描述。林雨翔从小被父亲灌以古典文学，有较强的文字功底但偏科严重。初中时凭借与语文老师马德保之间"惺惺相惜"的"互助"关系，在校文学社中崭露头角，甚至获得过全国作文竞赛一等奖，但这一切都不能抹杀他成绩不理想的现实。初中期间，林雨翔的恋爱之心开始萌芽，恋上了温婉多才的Susan，常借机接近Susan，而Susan的态度却很模糊。中考时，凭借林雨翔的紧急补课，以及林父、林母的"努力"，他以体育特长生的身份进入市重点高中。进入市重点高中后，林雨翔一边进行着艰苦的体育训练，一边极力争取进入学校各种社团以期能够获得认同，然而事与愿违，他并未进入心仪的记者团，最终凭借初中全国作文大赛一等奖的余荫进入了文学社，此后阴差阳错当上了文学社社长。在学习上，林雨翔依旧考运不佳，一路考试红灯高挂，甚至连英语也坠入红色的世界。在高中，林雨翔认识了许多举止怪异，性格与他格格不入的同学和老师，有"暴发户"式的钱荣，书呆子式的谢景源，废话连篇的钱校长等。这些形形色色的人物群像将林雨翔的高中生活搅得更加枯燥苦闷。而初中同学带给他Susan已有男友的消息更是令他沮丧，于是他乘着夜晚暂时逃离校园寻找清净。最终，他萌生了逃离的念头，但不知前路该如何行走……

《三重门》是韩寒出版的第一部长篇小说，一面市就获得良好的销量，并不断再版，甚至被改编成电视剧。就《三重门》的内容来说，这是一部描绘青春期少年叛逆而又内心孤独的作品，是传统意义上轻小说的典型代表。此类作品的阅读群体一般为初高中少男少女，因此作者在创作的时候使用轻松易懂的语言进行故事叙述，口语化程度较高。为了迎合此阶段少男少女要求放松、宣泄紧张、追求怪诞新奇想象的阅读要求，轻小说的作者在创作时通常选用校园、爱情、玄幻、推理等多样化的题材。而出版形式也丰富多彩，除正常图书外，还有杂志、口袋书、动漫，甚至游戏。而《三重门》就是一部以校园青春为题材的轻小说，语言较为清浅，故事情节也不复杂，多以对话、冥想的形式进行情节推动，但小说内容极具冲击力。韩寒在创作的时候把思想矛头直指当今教育，将自己化身为小说主人公林雨翔，以自己作为学生的所思所感揭露出应试教育下师生的丑态。除此之外，韩寒的《三重门》还较为细致地关照着处在敏感期的青年人枯燥单一的生活以及孤独寂寞而又躁动不安，渴望被注视的内心世界。

作为"80后"写手的代表作之一，《三重门》很多方面反映了"80后"这一群体的心理状态。伴随着个人生理成长到一定阶段，"80

《三重门》·林雨翔灯下彷徨暗神伤

后"一代的心理也逐渐出现成人感，要求独立，要求摆脱束缚管制，追求自我意志的表达。同时，他们从对外在世界的关注开始转向对内在自我和他人的审视。而随着对社会认知的提升以及自主能力的提高，他们急于表达自我，有着强烈的规避现状的冲动。而韩寒《三重门》的出现恰好使得"80后"青少年找到了这种特殊矛盾心理、情感体验的宣泄口。

韩寒《三重门》的叙事结构采取了"流浪—回归"的模式。主人公林雨翔从某种程度上说是个精神漫游者。他具有自己独立的思维意识，除了钦慕Susan外，他对周围的同学、老师，甚至父母都是一副嘲讽的姿态。因此,林雨翔时刻都处于"抗争与拒绝"的姿态。但这种"抗争与拒绝"都只存在于林雨翔的内心,他的反抗意识在精神层面上起伏波动,却不会以激烈的形式爆发出来,因为他自己明白爆发的后果不是自己所能承受的。这种精神的自我放逐呈现出一种孤独迷惘的状态,想要逃离却无处可逃,只能沉浸在自己的世界中。唯一一次在现实生活中真实地逃离与流浪是到了小说快结束的时候。当林雨翔因为在学校中寻找不到自己的位置以及受到失恋的打击之后,他终于逃离校园,在校园外游荡。看着街上灯火通明,人来人往,他并没有感到轻松自在,反而感到怅然若失。靠在路灯边,林雨翔竟然睡着了。等冻醒之后,他继续漫无目的地瞎走。等到天空微明,林雨翔结束了这次出走,回归校园。这种"流浪—回归"的模式从一定意义上来说表现的是青春期对自由、自我的渴望,在同时期的青春小说中也常出现。郭敬明的《幻城》、张悦然的《樱桃之远》、李傻傻的《红×》等作品主人公或是精神叛逃,或是离家出走,或是无奈流亡。这些流浪形式是作家自我意识的衍生,是青春期少年对自由渴求想象的外化,只是"80后"以偶然叛逃的方式表达对现实的不满。《三重门》这种"流浪—回归"的模式给平淡的故事结构增加了些许色彩。用韩寒自己的话来说,流浪并不是"80后"的人所能真正承受的生活方式,"我并不坚定,很大程度上我只是想离开一会儿,给平淡的日子加点味道,再回来过平淡的日子"[1]。

除去叙述模式,《三重门》另一大特点是它的语言。从整部作品来看,《三重门》借鉴了《围城》的很多方面,其中最成功的就是语言艺术。在作品中,韩寒大量沿袭了钱氏"掉书袋"的幽默讽刺手法,将古诗词堆砌整合,甚至用谐音恶搞诗词的方法表达作者的意志。有时又故意拆离原本词意,在各语素间加上其他词语;有时又大词小用,运用夸张诙谐的手法讽刺当今教育界的师生故作深沉、不懂装懂的丑恶嘴脸。虽然从功力上说,韩寒的语言刻画无法具备钱钟书的神韵,"神"虽不似,但"形"上还是颇为相似的,些许矫揉造作的刻意下表现的是作者对经典的尊重。

从韩寒的经历中,我们可以看到一个桀骜不驯的青年的成长轨迹;而从《三重门》中,我们可以看到一个青年对于社会、人生直指要害的犀利。韩寒将自己对世界的独特看法以智慧、幽默,甚至有点尖刻的方式叙述出来,具有个人色彩。

作品赏析

这里选择了《三重门》第十七至十八节部分:林雨翔一方面因"失恋"备受打击,另一方面自觉在学校中找不到自己的定位而怅然若失。他暂时逃离校园,独自一人在夜空下漫无目的地游荡,思考自己的红尘之苦。

钱荣走后整间寝室又重归寂静,静得受不了。雨翔决定出校园走走。天已经暗下,外面的风开始挟带凛冽,刺得雨翔通心的凉。市南三中那条大路漫漫永无止境,一路雨翔像是踏在回忆上,每走一步就思绪如潮。

风渐渐更张狂了,夜也更暗了。校园里凄清得让人不想发出声音。<u>钟书楼里的书尚没整理完毕,至今不能开放——据说市南三中要开校园网,书名要全输在电脑里,工作人员输五笔极慢,打一个字电脑都可以更新好几</u>

"钟书楼"暗含作者对钱钟书先生的尊敬。

工作人员的打字速度极具讽刺意味。

---

[1] 韩寒.零下一度[M].上海:上海人民出版社,2003:300.

代,等到输完开放时,怕是电脑都发展得可以飞了。学校唯一可以提供学生周末栖身的地方都关着,阴曹地府似的,当然不会有人留下——那些恋人们除外,阴曹地府的环境最适合他们,因为一对一对的校园恋人仿佛鬼怪小说里的中世纪吸血鬼,喜欢往黑暗里跑。雨翔正逢失恋日,没心思去当他的吸血鬼伯爵,更没兴趣去当钟馗,只是默默地垂头走着。

[旁注:此时雨翔正遭受"失恋"的痛苦,对校园恋人的甜蜜不屑一顾。]

走出校门口周身一亮,置于灯火之中。里面的高中似乎和外边的世界隔了一个年代。这条街上店不多,但灯多车多,显得有些热闹,雨翔坐在路灯下面,听车子呼啸而过,怅然若失。

三三两两的学生开始往电脑房跑。可怜那些电脑,为避风声,竟要向妓女学习,昼伏夜出。市南三中旁光明目张胆的电脑房就有五家,外加上"学习中心""网络天地",不计其数。纠察的人一看就知道是当年中国死板教育的牺牲品,只去封那些标了"电脑游戏厅"的地方。仿佛看见毛泽东,知道他是主席,看到毛润之就不认识了,更何况看到毛石山了。雨翔注视着那些身边掠过的学生,对他们的快乐羡慕死了。

[旁注:将电脑与妓女画上等号。]

夜开始由浅及深。深秋的夜性子最急,像是要去买甲A球票,总是要提早个把钟头守候着。海关上那只大钟"当当"不停。声音散在夜空里,更加空幻。橘黄的灯光映着街景,雨翔心里浮起一种异乡的冷清。

一个携着大包学生模样的人在雨翔面前停住,问:"同学,耳机、随身听、钱包要吗?"

雨翔本想离开,抬头看见那人疲倦的脸色,缓兵道:"什么样的?我看看。"

那人受宠若惊,拿出一只随身听,两眼看着它,说:"这是正宗的索尼,马来西亚产的,很好啊!"

"我试试。"

那人见雨翔有买的欲望,忙瞟着装好电,拣半天挑出一副五官端正的耳机,对准孔插了两次,都歪在外面,手法比中国男队的脚法还臭。第三次好不容易插进了,放进一盘带子,为防这机器出现考前紧张症,自己先听一下,确定有声音后,才把耳塞给雨翔戴上。

雨翔听见里面的歌词,又勾起伤心。那声音实在太破,加上机器一破,双破临门,许多词都听不明白,只有断断续续听懂些什么"我看见……的灯火,在远方,一刹那消失在天空……通往你的桥都没合……雨打醒的脸,看不到熟悉的画面……陌生的……陌生的人陌生的面孔……陌生的城市陌生的天空……找不到一个熟悉的角落让我的心停泊……远方的你灿烂的灯火……何时能燃烧在我的天空"(滚石唱片公司,张洪量《情定日落桥》)。

[旁注:曲中有心意,此时雨翔的心情是怎样的呢?]

那人心疼电,说:"怎样,清楚吧?"

"可以。"

那人便关掉随身听,问:"要吗?"

"多少钱?"

"一百六十元。"

雨翔惊诧地复述一遍。那人误解，当是太贵，然后好像害怕被路灯听见，俯下身轻轻说："这是走私货，这个价已经很便宜了，你如果要我就稍微便宜一些。"

<u>雨翔本来丝毫没有要买的意思，经那人一说，心蠢蠢欲动，随口说："一百五。"</u>

那人佯装思虑好久，最后痛苦得像要割掉一块肉，说："一百五——就一百五。"

雨翔已经没有了退路，掏钱买下，花去一个半礼拜生活费。那人谢了多句，转身消失在夜色里。

这时雨翔才开始细细端详那只机器，它像是从波黑逃来的，身上都是划伤擦伤——外表难看也就算了，中国人最注重看的是内在美，可惜那机器的内在并不美，放一段就走音，那机器仿佛通了人性，自己也觉得声音太难听，害羞得不肯出声。

雨翔叹了一口气，想一百五十块就这么去了，失恋的心痛变为破财的心疼。过一会儿，两者同时病发，雨翔懊恼得愁绪纠结心慌意乱。

这么靠在路灯边。街上人开始稀少了，雨翔也开始觉得天地有些空。

这世上并不是每个人都耐冷得像杨万里笔下的放闸老兵，可以"一丝不挂下冰滩"；林雨翔离这种境界只差一点点了，竟可以挂了几丝在街上睡一个晚上。

雨翔是在凌晨两三点被冻醒的，腰酸背痛，醒来就想这是哪里，想到时吓一跳，忙看手表，又吓一跳。两跳以后，酸痛全消，只是重复一句话："完了，完了！"

<u>他当学校要把他作逃夜处理，头脑发胀，身上的冷气全被逼散。</u>

学校是肯定回不去了。<u>林雨翔漫无目的地瞎走。</u>整个城市都在酣眠里。他觉得昨天就像一个梦，或者真是一个梦，回想起来，那一天似乎特别特别长，也许是因为那一天在雨翔心上刻下了几道抹不去的伤痕。当初拼死拼活要进市南三中，进去却惨遭人抛弃，人在他乡，心却不在。<u>雨翔觉得自己像粒棋，纵有再大抱负，进退都由不得自己。</u>

雨翔的那一觉仿佛已经睡破红尘，睡得豁然开通——这种红尘爱啊，开始心急是真的，后来会慢慢变成假的，那些装饰用的诺言，只是随口哼哼打发寂寞的歌（意引自孟庭苇《真的还是假的》）。

雨翔看到了这一点后，爱情观变得翻天覆地。以前他想 Susan，是把自己当作一个剧中人去想；现在爱情退步了，思想却进步了，想 Susan 时把自己当成局外人，而且还是一个开明的局外人——好比上帝看人类。<u>他决定从今以后拒绝红颜拒绝红娘拒绝红豆</u>——雨翔认为这是一种超脱，恨不得再开一个教派。

韩寒：《三重门》，沈阳：万卷出版社 2010 年版。

（撰写：储　雯）

旁注：
- 自尊心与贪小便宜之心作祟。
- 害怕之极。
- 林雨翔在街头漫无目的地游荡着，思绪万千，有种无力感。
- 故作超脱，能成功吗？

网络小说

蔡智恒《第一次亲密接触》

蔡智恒(1969—),中国台湾地区鹿港人。主要作品有《第一次亲密接触》《7—11之恋》《围巾》等。

《第一次亲密接触》讲述的是,在当代都市的大学校园内,研究生痞子蔡一直渴望能拥有一份真诚的爱情,但事与愿违,他与女孩的交往却屡屡失败。而痞子蔡的同室好友阿泰却情场得意,挥洒自如地游戏在众多女孩当中。一次偶然的机会,痞子蔡在BBS上的留言引起了女孩轻舞飞扬的注意,她给痞子蔡发来的E-mail中称痞子蔡是个有趣的人。这让一向自认枯燥乏味的痞子蔡大感意外,他开始关注起轻舞飞扬,并逐渐被她所吸引。此时,阿泰却奉劝痞子蔡对网络恋情切勿沉溺过深,因为虚幻的网络不会让情感永恒而持久。痞子蔡在网上与轻舞飞扬进行着亲密的交流,他向轻舞飞扬描述在网络上通常存在的三种人,并告诉轻舞飞扬她就是"第二种人",并猜测她或者即将老去,或者时日无多。沉默良久的轻舞飞扬对他说,她很想见他。痞子蔡不信阿泰所说网络上的女孩都是"恐龙"、均会"见光死"的忠告,他决意与轻舞飞扬相见。令他惊讶的是,他见到的轻舞飞扬不但漂亮异常,还说出了一套颇有见地的"咖啡哲学",而痞子蔡则从容地道出了他的"流体力学"。痞子蔡的聪明睿智,博得轻舞飞扬的青睐。他们感动着影院里的《泰坦尼克号》,品尝着麦当劳的可乐薯条,欢舞在香水雨中……他们有了难以忘怀的第一次亲密接触。正当痞子蔡憧憬着美好未来时,却收到了轻舞飞扬最后的E-mail,轻舞飞扬就这样消失了。痞子蔡痛苦万分,他要找回他的轻舞飞扬。在轻舞飞扬的好友小雯那里,痞子蔡终于得悉轻舞飞扬正在遥远的医院里,他不相信轻舞飞扬年轻的生命会就此消失。痞子蔡历尽艰辛,终于站到了轻舞飞扬的病床前,弥留之际的轻舞飞扬对他说道:电影已经散场,但生命还得继续。失去了轻舞飞扬的痞子蔡,在伤悲中却意外地收到一封由小雯转寄来的轻舞飞扬的信笺——面对这份迟到的爱的承诺,痞子蔡终于感悟到了生命的飞扬……

这是一部既旧又新的爱情故事。

这则爱情故事是相当传统的:偶尔邂逅、甜情蜜意、身患绝症、撒手人寰、睹物思人、不尽哀思。作者将这样一套被古今中外众多的言情小说家无数次搬弄过的情节拿过来,加上《泰坦尼克号》的浪漫,演绎了这则爱情故事。小说不仅情节传统,而且很多表现手法也不新鲜。以形象的活泼、鲜亮展示其光彩照人的一面,以日记的叙事、寄情展示其真实的形态,以遗书的抒怀、示爱展示其内心隐秘的世界。这也是众多言情小说家多次搬弄过的女主人公感情表达法。

  说它新,是因为这部小说表现出来的时代情绪和新颖的小说形式创作法。小说具有很强烈的校园气息。这是一个具有特别情调的生活空间:来来往往的是充满了青春气息的年轻人,他们是研究生或者是本科生,在这里他们是为了求知,也是为了求爱。(似乎说得不够雅观,事实上又何曾不是如此呢?)宿舍是休息的地方,也是信息传递、互为感染的场所。同学是学习、生活的伙伴,也是感情的参谋、陪衬或者是竞争者……当小说以此作为生活空间时,就已给自己抹上了一层青春的气息。如果在这样的小说中写很多专业知识那将是十分乏味的,它应该多写一些"爱情知识"和"生活知识",这对那些渴望步入爱情殿堂和实际社会的"在校生"来说,是合口味的。伴随着爱情情节的展开,这部小说撒向读者的是大量的"爱情知识"和"生活知识":

    交女朋友有三大忌……一曰不浪漫……二曰太老实……三曰嘴不甜……
    其中又以不浪漫为首……任何罪恶与不浪漫抵触者无效……
    没听过吗?……

    对女人而言……一年有五大节庆……即西洋情人节、中国情人节、她的生日、三八妇女节、圣诞节……我阿泰纵横情场近十载……大小数百战……我敢骂女人三八……我敢放女人鸽子……我敢说女人脸蛋不够好看……我敢嫌女人身材不够纤细……但我绝不敢在这五大节庆里……
    不进贡一些礼品与花朵以表示忠贞不渝、绝无二心……

  看似说教,却说到了年轻人的心里;看似嬉皮笑脸玩世不恭,却符合年轻人的心态。这样的生活空间和话语空间在其他传统的言情小说中看不见,它属于当代年轻人的。

  这部小说是部"网络小说"。之所以有这样的称呼,就在于它有别于传统的小说叙述模式。网络是大众信息传播的手段,它具有大众性和相对的自由度。在网络上做小说就不能是传统的人物形象刻画和客观的景物描写,而应该服从网络"信息服务"的根本要求,因此,对话也就成了网络小说叙事的主要手段。用对话写小说,而又要吸引人,语言的俏皮和聪慧就必不可少了。小说中的男女主人公,一位叫"痞子蔡",一位叫"轻舞飞扬",这些本是俏皮的网络名字。他们的对话更是妙语连珠,有时让人忍俊不禁:

    "痞子……我得早点睡……
    不然睡眠不足会让我看起来很恐怖……
    你放心好了……如果你看起来很恐怖……
    那绝对不是睡眠不足的缘故……"

    他说他已经达到情场上的最高境界,

即"万花丛中过,片叶不沾身"。

据说这比徐志摩的"挥一挥衣袖,不带走一片云彩"还要高级。

徐志摩还得挥一挥衣袖来甩掉黏上手的女孩子,阿泰则连衣袖都没有了。

网络对话是一种背对背的对话,尽可以展示自己的"机智",展示自己的"放肆"。这部小说充分表现了网络小说的魅力。网络小说自有它的网络语言,这些语言夹杂着很多英语、数字和符号:

) ……那么明早见了……晚安……痞子,

        小小不然……应是今早见……晚安 you too……

") "是笑脸符号。除此以外,小说中还有"♯""*""〜"等计算机符号,它们分别都表达了一种感情,相当的新奇,很有趣味。既是文学作品,就应该有文学性。在这方面,这部小说相当突出,虽是网络语言,却很有诗意:

        我的鞋袜颜色很深,像是重度烘焙的炭烧咖啡……

        焦,苦不带酸……

        小喇叭裤颜色更浅,像是风味独特的摩卡咖啡……

        酸味较强……

        毛线衣的颜色更浅,像是柔顺细腻的蓝山咖啡……

        香醇精致……

        而我背包的颜色内深外浅,

        并点缀着装饰品,

        则像是 Cappuccino 咖啡……

        表面浮上新鲜牛奶,并撒上迷人的肉桂粉……

        既甘醇甜美又浓郁强烈……

《第一次亲密接触》是青春小说,读这样的小说能感受现代人的青春气息。

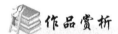

这里节选的是痞子蔡与轻舞飞扬的一次约会。

……送她回到她住的那条胜利路巷子……远离了喧闹……与刚刚相比……现在静得几乎可以听见彼此呼吸的声音……

"痞子……你还记得'香水'中提到的正确的香水用法吗?……"

我摇了摇头……我怎么可能会记得?……我又不用香水……

"先擦在耳后……再涂在脖子上和手上的静脉……然后将香水在空中……最后是从香水中走过……"

"真的假的？……这样的话……这小瓶香水不就一下子用光了？……"

"痞子……我们来试试看好吗？……"

"我'们'？……你试就好了……我是个大男人ㄌㄟ……"

她打开了那瓶 Dolce Vita……先擦在左耳后……再涂在脖子上和左手的静脉……然后还真的将香水在空中……哇ㄌㄟ……很贵ㄋㄟ！……

最后她张开双臂……像是淋雨般……仰着脸走过这场香水雨……

"呵呵呵……痞子……好香好好玩ㄛ！……轮到你了……"

她兴奋地笑着……像个天真无邪的小孩……

此时别说只叫我擦香水……就算要我喝下去……我也不会皱一下眉头……我让她把香水擦在我的左耳后……以及脖子上和左手的静脉……

这是我第三次感觉到她手指的冰冷……是香水的缘故吧！……我想……

"痞子……准备了ㄛ……我要香水罗！……"

我学着她张开双臂……仰起脸……走过我人生的第一场香水雨……

"痞子……接下来换右耳和右手了……"

哇ㄌㄟ……还真的ㄌㄟ……我赚钱不容易ㄋㄟ……

在我还来不及心疼前……她已经走过了她的第二场香水雨……

而这次她更高兴……手舞足蹈的样子……就像她的昵称一样……是一只轻舞飞扬的蝴蝶……

深夜的胜利路巷子内……就这样下了好几场的香水雨……直到我们用光了那瓶 Dolce Vita……

"Dolce Vita 用完了……这个甜蜜的日子也该结束了……痞子……我上去睡了……今夜三点一刻,我不上线,你也不准上线……"

"为什么？……"

"你在中午 12 点上线时就知道了……记住！……只准在中午 12 点上线……"

她拿出钥匙,转过身去打开公寓大门……

就在此时……我看到她的后颈,有一处明显的红斑……

如果不是因为她今天将长发扎成马尾……我根本不可能会看到这处红斑……

她慢慢地走进那栋公寓……在关上门前……她突然又探头出来浅浅地笑着……

"痞子……骑车要小心点……"

在我尚未来得及点头前……门已关上……

我抬起头……想看看四楼的灯光是否已转为明亮？……

等了许久……四楼始终阴暗着……

阴暗的不只是在四楼的她……还有骑上野狼机车的我

回到了研究室,阿泰闻到了我身上的香味……劈头就问：

"痞子……你身上为何这么香？……你该不会真的跟她来个'亲密接

香水雨很新奇很浪漫。这段约会的安排颇为精心。

冰冷的手暗示了她的生命正在逐渐消逝。

就是这个红斑狼疮,带来了最后的悲剧。

触'吧!?……"

　　我没有搭腔……打开了冰箱……拿出了那两瓶麒麟啤酒……一瓶拿给阿泰……

　　我和他就这样静静地喝掉了这两瓶啤酒……

　　喝完了酒……阿泰拍了拍我的肩膀……然后离开了研究室……

　　我关上了灯……让黑暗将我包围住…… 体会着爱人的心境。

　　因为我希望能想象她也同时在黑暗中的感觉……

　　原来人在黑暗中……最容易感受到的……就是孤单……

　　她现在一定很孤单……但我又该如何陪伴她呢?……

　　在半梦半醒间……我仿佛看见一只美丽的蝴蝶……在火海中化为灰烬……

　　而那处红斑……亦由淡红渐渐转变为赤红……最后变成血红……将我吞噬…… 轻舞飞扬的一场病,就是吞噬痞子蔡的一团火。

　　是那瓶冰啤酒的缘故吗?……我突然全身发冷……

　　而那股凉意……竟直透内心深处……

　　随着时间愈接近三点一刻……我的心跳频率却愈快……

　　用 guest 上线吧!……因为我是 jht……所以用 guest 上线不代表"我"上线……

　　上了线……Query 一下她……果然不在线上……

　　我心脏的跳动速率虽快……但心脏的温度却依然很低……

　　好不容易熬到了中午 12 点……我兴奋而又紧张地以 jht 上了线……

　　但她却不在线上……于是线上好友名单中……

　　只有 jht 一个人……孤单地等待着 FlyinDance……

　　然而却有她寄给我的一封 mail……

　　发信人：FlyinDance（轻舞飞扬） 将一份电邮直接搬到了小说里。

　　标题：1998/01/01

　　日期：Thu Jan 1 10：43：29 1998

　　Dear jht：
　　原本只是想在黑暗中沉淀自己的思绪……仔细品味我们共同拥有的回忆……没想到在一片黑暗中……我只感受到孤寂……尤其当听到你野狼机车的呼啸声愈来愈远时……我不争气的眼泪又再度滑落……

　　痞子……你能体会我的孤单吗?……

　　我还是无法克服长久以来的习惯,所以我在三点一刻时偷偷用 guest 上了线…… 约定好了不上线,可是各自还都上线了。看到对方不在,又在叹息。

　　不怪我吧!?……　P

　　我 Query 一下你……你果然不在线上……

　　该庆幸我对你的信任不是一厢情愿?……还是该叹息呢?……

　　天已经亮了……嗯……是该离开的时候了……

应该带点跟你有关的东西……就带着那张电影票根吧!……
然后呢?……我想带的带不走……不该带的却甩不脱……
你收到这封 mail 的同时,我应该正在远航往台北的班机上……
你能感受到我在一万的高空中对你微笑吗?……⊃
也许今天的飞机无法爬升到一万,因为我的心情很沉重……(
去看我信箱中的 mail 吧!……那记录着我们相识以来的点点滴滴……
还有我在 BBS 写的日记……说是日记……好像有点不妥……
因为我只在几个特别的日子里记录心情而已……
请你按照顺序阅读,读完后或删或留……决定权在你……
因为我大概没有机会上线了……
密码是我的生日……19760315……去看看吧!……

网络符号的运用。

蔡智恒:《第一次亲密接触》,北京:知识出版社 1999 年版。

(撰写:汤哲声 刘 媛)

安妮宝贝《告别薇安》

安妮宝贝,浙江宁波人,1974 年 7 月 11 日出生。原名励捷,曾经任职于金融、出版、广告等行业,后从事文化产品的策划及内容制作。自 1998 年 10 月起在网络上写作并发表小说,因作品风格独特而引起广泛关注。题材多围绕宿命、自由、漂泊等命题思考,表现工业化大城市中游离者的生活,繁华表象之下人心的孤独和焦灼以及对自我的追寻。第一本短篇小说集《告别薇安》出版后随即登上畅销书排行榜,轰动一时。接着又出版散文及短篇小说集《八月未央》,长篇小说《彼岸花》,摄影散文集《蔷薇岛屿》,长篇小说《二三事》,摄影图文集《清醒纪》等。所有作品均持续进入书店系统和全国文艺类图书畅销榜前十名,在众多读者中已深具影响力,被介绍或选载进入中国香港特区和中国台湾地区及德国、日本等国家。

作为中国网络文学备受瞩目的写手,安妮宝贝的作品针对城市文化和边缘人群的生存状态,从内省的角度带来全新的气息,富有独特的个人风格和艺术特性。

《告别薇安》于 2000 年 1 月出版,连年畅销,于是几度更改版权和封面。后由著名配音演员叶清加入音乐伴奏录制同名广播剧《告别薇安》。

全书共由 23 个故事组成,每一个故事的篇名简单而醒目,都是安妮宝贝早期在网上风靡一时的代表作。通篇浸透了"爱情""告别""欲望""疼痛"等字眼的小说集,长长短短的故事看似独立,诉说了不同的事情,却又极其相似;看似相关,却又有着着实的疏离。小说中散发出浓厚的城市现代丛林工业化特征,人物多是在大都市中孤独的精神飘荡者,外表冷漠,内心狂野,虚空与焦灼的背后隐忍着叛逆的激情。他们穿梭于城市的各个角落,男子通常都英俊潇洒,干净,喜欢穿棉布衬衣,他们结合了大多数女生的爱慕的外表和个性特征,在各自不同的环境下遭遇不同的经历,沉默的外表之下有着一颗多愁善感的柔软的心。女子多取名为安或与此相关的名字,喜欢穿纯白色棉布裙子,光脚穿球鞋,她们身上都有着不同的伤疤,经历过波折,深深浅浅,在自我的世界中尽情地宣泄情感。如此这般,小说的男子和女子注定有着剪不断理还乱的复杂关系。小说正是以精致的文笔通过对男女主人公爱情纠葛的描绘,在一幅幅、一幕幕感伤、斑驳的场景中展现他们飘忽不定、亦幻亦真的精神体验,在颓废、压抑的气息中,我们感受到的是来自主人公内心深处难以掩饰的孤独寂寥、空虚落寞。他们尝试着离开、出走或告别,却因为感情的虚幻、生活的压力,物质与精神总是显得难以相称,最终不得不选择自我封闭和逃离现实,在流浪中不断地执着追寻,完成自我的倾诉或探究关于生死、宿命或是时间等命题的答案。

《告别薇安》作为网络文学诞生时的旗帜性作品,其影响力不可小觑,直至今日它仍然可被视为网络文学的经典之作。安妮宝贝以她的全部精力依托网络作为传播媒介,以不同于其他作家的文体意识和个性意识平静地叙述游走在都市中的人们寂寞的灵魂,创造出一种颓废、阴暗、冷艳的新文风,在此之前,没有任何一位作家有过如此透彻的笔调。她的故事总是以爱情的悲剧收尾,浓厚的宿命观和绝望的爱情观成为她悲剧的主要构成要素。例如,《如风》中"我"最终与通过网络认识的罗决绝地离别;《交换》一文"她"用一生的时间等待"他"一句无法实现的诺言;如果说这一切还不够彻底,那么死亡则是最后的归宿,正如《七年》中孤独冷漠的蓝最后选择了自杀来解脱自己;《疼》描写了一段荒芜的恋情,或者只是暂时的情感寄托,因而放纵过后是心理的变态与扭曲,心理失衡的男子最后将刀刺进了女子的心房……小说中,男女主人公的性格均是单调、冷漠的,他们不善言辞,我行我素,彼此之间没有任何的信任和安全感,由此导致他们的爱情总是不圆满,终究以碎裂的伤痛、苍凉的绝望而告终。安妮宝贝的文字充斥了寂寞、孤独、谋杀、死亡以及宿命,基调总是灰色的、悲观的,这样的风格也影响了后代很多新锐作家。

安妮宝贝还以华丽狂野的语言为读者展示了一种具有高雅品位的"小资"情调:小说中的人物喜欢听帕格尼尼的音乐,买几百块钱一瓶的香水,出入喧嚣的酒吧,喝双份的ESPRESSO咖啡,用雅诗兰黛的化妆品……他们追求丰富的物质生活,甘愿投身物欲给他们带来的欢娱享受,表面生活的富足却带来了精神世界的空虚,愈是极尽奢侈地疯狂追求物质,就愈是表现出他们灵魂的困顿、迷茫。于是在寂寞中,生命成了一场背负汹涌情欲和罪恶感的放逐式游戏。男子和女子情爱的表达方式只是无止境地粗暴与沉溺,比如《最后约期》中安与林的爱情充满了血腥和伤痛,他们近乎疯狂的性缘于他们对爱情的绝望,只有在彼此沉沦的宣泄中才能得到一丝情感的慰藉。《七月与安生》中生命的卑微和苦痛给安生留下了刻骨的阴影,她通过割腕等方式来获得快感,通过流浪来逃避现实,"她的性格是不会自杀的",所以只能在虐待自己中得到情感的宣泄。然而,越是逃避却越得不到自由,安生最终还是只能归来。安妮笔下的人物总是在暧昧和模糊的状态中显得无助又无奈,人们灵魂深处的柔弱感、虚空感正是个人面对生活、生命的内心体验,所以《告别薇安》无疑是一部阐释真实人生中虚幻与漂浮的小说。

在安妮宝贝的作品中,对物的欲望、对身体的欲望、对生存的欲望不是作为一种人性本原单独存在的,而是与人物的灵魂、情感追求、价值取向紧密相连,这也使得她的自传体写作呈现出一种丰富的精神蕴含。她将视角集中于都市人的情感困境上,在这些悲剧和黑暗的体验中,她敢于以自由表达化的写作对传统文化的表达模式加以挑战,表达一种生命的状态,探讨生存的价值与意义。她说:"我的作品核心基本上是工业大城市中有自省意识的人的状态,他们或许特立独行,或许颠沛流离,一直在寻找与失望的过程之中,但其间是有一种力量的,那就是审视自己生活与内心的能力。"[1]《告别薇安》中展现了四个不同的人物：林、薇安、乔、地铁站女孩,他们是一群孤寂的人,他们的内心深处其实都渴望真实的爱情发生,然而他们又不相信现实中遭遇的爱情,但是对爱情的追求都很执着。林与薇安邂逅于网络,薇安始终不敢面对现实,所以林在现实中寻找他爱情的支撑点,未果;当他试图将地铁站女孩当作薇安的替身时却又惨遭拒绝,地铁站女孩自愿沉迷于物欲而放弃爱情。作为同事的乔,执着大胆地爱着林,但是林却无法爱上她,于是当乔落寞地自杀时林选择了出走逃亡,他开始在沉沦中思考,直至告别薇安——这个素未谋面的女子。毫无疑问,他们都是个性极为鲜明的人物,面对矛盾的生活他们坚持自我,只是作为个性张扬的独立个体,他们或者"只需要相伴,不需要相爱",或者"肉体纠缠得越久,灵魂走得越远",因而导致他们的爱情不可能长久。他们的偏执意念使得他们的心灵越发扭曲,必然走向自我封闭的无限孤寂之中。安妮宝贝在每篇作品中将这种伤痛和孤独的味道抒写得淋漓尽致,作者间接地指出了孤独、冷漠、残酷是现实社会中人们的通病。在对都市男女情感刻画中蕴含对个人生存的独立思考,文字背后隐藏着更深层次的领悟正是安妮宝贝小说的一大亮点。

安妮宝贝亦是天才的语言家,总是喜欢把小说当散文来写,她用所有的奢华美丽堆砌起一座属于她理想的文字城堡。她的文字飘忽诡异,然而给人的感觉却是真实清纯的。由于受到20世纪法国女作家玛格丽特·杜拉斯的影响,她喜好大量使用简洁的语句,但是简洁并非意味着简单,不带任何感情色彩的渲染,一字一句看似平淡,然而却充满着冷静和张力,甚至蕴含着丰富的哲理。《无处告别》中,她认为最刻骨铭心的乃切肤之痛:"在美好的东西面前,你的感觉是什么？｜我说,是痛。｜为什么？｜痛过才会记得。｜如果不痛呢？｜那就只能遗忘。"她在《告别薇安》中的一句"我想给我的灵魂找一条出路。也许路太远,没有归宿。但我只能前往",成为众多读者的座右铭……在物欲冲击下的人们时常流露出脆弱彷徨,对信仰持有怀疑的态度,然而却一直在追寻,安妮宝贝的文字在抵达自己灵魂的同时也抵达了他人的灵魂。

安妮宝贝用其简洁、空灵的笔触抒发对生活的认识和感悟,以描写流浪、"小资"、颓废的生活为主题,以一种忧伤、绝望的笔调描写都市情感故事,在很大程度上是极具浪漫氛围而又很有独特个性。她在作品中表现出人的寂寞、孤独以及面对世事的无奈无力,是现代人的共同体验,所以能够引起很多读者的共鸣。作品中,她从未解释过对爱情悲观的缘由以及他们性格中为何具有那种孤寂、偏执的本质,爱情不过只是一场自欺欺人、逢场作戏的表演。其作品代表了20世纪八九十年代的网络文学、大众流行文化、社会发展交融下的一种趋势。当然,她的作品不似传统文学作品,缺乏文化和历史积淀的厚重感,对于都市心灵和生活状态的描写缺乏前瞻性,是一种强调自我内心的个性化自由写作。

作品赏析

这里节选的是《告别薇安》小说集中第一篇同名小说《告别薇安》的开头部分:一个叫林的男子在网络上邂逅一个叫薇安的女子,在现实中找不到爱情的他只能将追求寄托存放在薇安身上,然而对于薇安他一无所知。他的同事乔一直对他心生爱慕,然而他始终没办法爱上她。

---

[1] 安妮宝贝.作品畅销后的心路历程[EB/OL].新浪读书网,http://book.sina.com.cn/news/c/2005-02-23/3/166786.shtml.

作品就在这样复杂的爱情纠葛中凸显处于都市中的人们落寞、空虚的灵魂。

  这是个告别的时代。

——前言

  他不知道她在哪里。

  这样也好。也许她就会随时出现。这个游戏一开始就如此容易沉沦。他不知道是游戏本身，还是因为这仅仅是他和她之间的游戏。

  他不记得是某月某日，在网上邂逅这个女孩。IRC里她的名字排在一大串字母中。VIVIAN。应该是维维安。可是他叫她薇安。也许是周六的凌晨两点。失眠的感觉就好像自杀。他在听帕格尼尼的唱片。那个意大利小提琴演奏家。爱情的一幕。音乐像一根细细的丝线。缠绕着心脏，直到感觉缺氧苍白。他轻轻双击她的名字，HI。然后在红色的小窗里看到她的回答，HI。同样的简单和漫不经心。

  他：不睡觉？

  安：不睡觉。

  他：帕格尼尼有时会谋杀我。

  安：他只需要两根弦。另一根用来谋杀你的思想。

  他：呵呵。

  安：呵呵。

  就这样开始。

  聊了很久。中途他们休息三分钟，他去倒咖啡，站起来的时候撞倒一把椅子。然后又重新开始。对话原来和下棋一样，是需要对手的。势均力敌才能维持长久的趣味。他们继续时而晦涩时而简单的语言。天色发亮的时候，她说她得去睡觉。他们没有约再见的时间。

  他在卫生间里用冷水冲澡，探头去看镜子的时候，看到一张麻木不仁的脸。其实他害怕的只是被寂寞谋杀，没有对手。在现实的人群中，他的视线穿越过城市在楼群间的狭长天空。脑子里却是一片空白。

  每天早上他坐地铁去公司上班。在地铁车站买一杯热咖啡。然后等车的间隙把它喝完。从地下走到地面的时候，他总是习惯性地微微眯起眼睛，明亮的阳光像生活一样让人感觉局促。大街上到处是尘土和物质的气息。

  他：我是个喜欢阴暗的人。

  安：我知道，就好像我知道你肯定是喜欢穿棉布衬衣的男人。你平时用蓝格子的手绢。

  你只穿系带的皮鞋，从不穿白袜子。你不用电动剃须刀。你用青草味道的香水。

  你会把咖啡当水一样的喝。但是你肯定很瘦。

  他：还有一点你肯定不知道。

  安：？

开篇就奠定下苍凉、悲观的基调。

虚拟的网络注定人与人之间的交往只是一场游戏，然而这场游戏会让人上瘾。

帕格尼尼被视为"魔鬼"，听他的音乐一般在心怀落寞或绝望之际，在安妮宝贝的笔下，他象征了一种"小资"格调。

都听"帕格尼尼"，才有了交流的前提，林才会对网络中的薇安寄托自己的爱情理想。

网络亦幻亦真，飘忽不定。

长期的城市生活使他变得麻木、疲惫，灵魂是寂寞和空虚的。

晚上失眠，白天却不停地喝咖啡来麻痹自己。

安妮宝贝笔下一贯的男子形象（注：句号频繁使用）。

他：？

走出地铁车站以后,他要经过大街中心的一个广场。那里有大片的樱花树林,是他眼中的这个城市最温情的地方。走进公司所在的大厦,在等电梯的时候,他会低下头,轻轻呼吸残留在肩上的花朵清香。衣服上常常粘着细小的粉色花瓣。他把它们摘下来咀嚼。那一天,也是在电梯里,乔对他说,它们有味道吗。她是他的同事,不在同一个部门。他面无表情地看着她。他说,也许和你的嘴唇一样。乔微微吃惊地睁大眼睛。然后她笑了。

> 喜欢阴暗的人注定和他人不一样。略显暧昧的挑逗方式被同样寂寞的灵魂所接受。

这个女孩喜欢喝冰水。喜欢的装束是白棉布裙子,光脚穿球鞋。头发很长。有漆黑明亮的眼睛。不化妆。12岁的时候暗恋她班上的英俊男生。高中时最喜欢的男人是海明威。

> 安妮宝贝笔下一贯的女子形象。

安：你知道海明威是怎么死的吗?

他：不知道。

安：他把猎枪塞进自己的嘴巴,一扣扳机……

他：嗯。

安：然后他整个头盖骨都被掀飞。

他：很惨烈。

安：不是惨烈。

安：仅仅是他喜欢的方式而已。

他：你喜欢他的方式?

安：呵呵。

安：是的。我常常想,人应该如何决绝地处理自己。

安：可是生活已经把我们磨得半死不活。

> 欣赏暴力、血腥的决绝方式,经常会探究关于生死的问题。

他不是太确定会有这样的女孩存在。他是在网上认识她的。他没有见过她的样子。在现实的生活里,似乎并没有这样有趣的女孩。她的想法有时使他怀疑她是个男人。可是她是可爱的。她有她自己的谈话方式。他同样喜欢。

> 网络会使人沉迷,寂寞的灵魂喜欢在此寻觅知音,即便对对方一无所知。

那个深夜又与薇安在网上相遇。他说,出来见一面好吗,我们去哈根达斯。她曾告诉他她喜欢吃冰激凌。她说,是南京路上的伊势丹吗?那里有一家。他说随你挑吧。他一直相信她和他在同一个城市。在聊天的时候,她有很好的情趣和他谈论KENZO的新款香水。她告诉他,她喜欢上海的地铁。在站台上等候的时候,她常常有一种欲望。想很突然地跳下去,然后在地铁呼啸而来的时候,再奋力爬上台阶。她说,她喜欢这种隐藏着恐惧和绝望的幻想。

> 处处贴上"小资"情调的标签。

> 喜欢刺激、放纵,但是缺乏安全感。

你喜欢看海吗。她说。大海是地球最清澈温暖的一滴眼泪。他在那里笑她。但是上海只有一条脏脏的黄浦江。

> 只愿相信海的纯澈,淡化了人与人之间的温情。

他很清楚她不会轻易答应出来和他见面。有一度时间,上海的网民习

> 从侧面暗暗地说她是个坚持自我的女子。

惯这种聚会。10多个人一起出去喝酒,打 BOWLING。男人比较多一些。当然他也曾和女孩约会。IRC 里面是接近陌生人的最好地点。他和近20个网上认识的女孩见过面。有些一起吃顿饭就散了,再也没有见过下一次。也有例外的。比如他的前度女友蕾丝,就是他见过的上网女孩里面最漂亮的一个。这段轻率的恋情持续了六个月。

那种猎手般迅速的好奇心和征服欲望,后来感觉到它的残酷。沉寂了很长一段时间。像一个暴食的人,有了一个空虚的胃。他只是这样地问她。没有抱任何期望。

聊天也是好的。光着脚盘坐在大藤椅上。有时会拿一块蓝色的碎花毛毯盖在肩头和膝盖上。中途的时候会再去煮一壶咖啡。常常会因为腿麻又恍然地碰翻什么东西。快凌晨的时候,他们下网。照例数到一至三,然后一起键入 QUIT。这是他需要分享的温暖的一刻。这种感觉使他沉沦。

> 网恋只是因为寂寞,需要相伴,结果从来不太理想。
>
> 文字富有张力。
>
> 偶尔默契的小细节才能使他觉得生命存在的价值,否则他便失去了希望的依托。

文本来源:榕树下。
(http://www.rongshuxia.com/book/5959#0.html)

(撰写:裴 颖)

萧 潜《缥缈之旅》

萧潜,本名刘晓强,江苏南京人,供职于南京一家机关,工作很稳定,白天上班,晚上写书,代表作为《缥缈之旅》。刘晓强身边的同事,完全不知道他还有"萧潜"这么个身份。上学的时候,萧潜和身边所有同学一样,迷恋金庸、古龙的武侠小说。2000年,玄幻作品开始在网络上流行,在看过许多作品后,萧潜想写书的念头不停地冒出,终于有一天,忍不住挥笔闯入玄幻天地。40岁的萧潜由此踏上了玄幻小说的写作之路。萧潜的作品主要有《缥缈之旅》系列,《缥缈之旅》续篇《歧天路》《超级进化》《秒杀》等。2009年5月31日,取材于《缥缈之旅》的大型玄幻修真类网络游戏《缥缈之旅Online》正式发行。到目前为止,萧潜作品均为玄幻修真类,篇目不多,但是小说篇幅巨大。因为《缥缈之旅》的巨大成功,开创了修真类小说的先河,萧潜被称为玄幻修真类小说的创始者。

《缥缈之旅》于2005年成书,最早以连载形式出现于网络,红遍网络后,由台湾地区鲜网负责出版,共28集,大陆分7册出版。小说将原本只在乎场景打斗还未脱离出武侠的仙侠文彻底框架化、明朗化,开创了一套完整的修仙体系。《缥缈之旅》的成功使得日后众多仙侠写手蜂拥而至,将仙侠修真推上了一个高峰。

《缥缈之旅》的故事梗概如下:现代社会中豪爽仗义的李强,凭借自己的聪明才智成为资产过千万的成功商人,不料却被好友曾伟光设计陷害。曾伟光不仅勾引了李强的女友,还骗取李强的资产。李强发现真相后愤怒失手杀死曾伟光。就在他万念俱灰时,神秘人物傅山出现了,傅山利用真气将李强改造成高大俊美的年轻人,带领他穿越星空,从地球转移到火星,走上修真之道。但当他们进入古代传送阵准备前往"封缘星"时,由于花媚娘的捣乱,李强单独一人被送到了一个不知名的星球,由此李强踏上了惊异未知的缥缈之旅:依靠以往的从商经验,李强发挥一番精辟分析,巧妙解决了"故宋国"的战争危机;意外被抓到"坦特国"的黑营,李强集结上千苦囚策反,与"坦特国"清剿部队的五千人展开激战;带着一众苦囚好不容易逃出黑狱,李强却踏进另一个暴风圈中——"坦特"和"邦奇宁"两国为争夺晶石矿即将开战,而好兄弟帕本的妻女和财物被人谋夺一空,更让他不惜与黑市"阪寿商行"扛到底,修真的道路已越行越艰。不过由于人缘好,加上精明的头脑和机缘巧合,李强结识了许多朋友,并得到了很多奇珍异宝;最后经过许多波折与磨难,在众人的帮助下,他刻苦修行,直接从修真者跳过了成仙这一步,最终成为神。在小说中,我们可以看到古代中华游侠文化的延续,可以看到先进的文明,也可以看到仙人的遗迹,还可以看到各种稀奇古怪的野兽。那些神通广大的修真者、层出不穷的法宝、珍奇罕见的灵丹妙药、奇思妙想的修炼方法都叫人心生遐想。

可以说早在还珠楼主创作的《蜀山剑侠传》这部小说中就已经可见修真类小说的端倪了。20世纪70年代以来,以金庸、古龙为代表的武侠小说作家将中国的武侠小说推向了顶峰,同时也遇到了不可回避的难题:武侠小说的套路比较单一。所有作者都想要在题材、套路、情节、内容上做大的突破,进而尝试超越前辈所营造的武侠世界。后来,黄易开辟了玄幻小说这一类型,在武侠小说的根基上加入玄学因素,从而使作品逐渐脱离武侠小说的套路。尤其是21世纪以来,互联网进入了黄金时代,玄幻小说凭借网络的力量爆发出夺目的光彩。而这其中,玄幻小说中对武侠元素继承最多的一支——"修真小说"的出现便始于萧潜的这一部《缥缈之旅》。

《缥缈之旅》这部小说作为玄幻修真类小说的开创之作,它最大的贡献在于创造了一个体系完整的修真世界,这个世界几乎完全架空于现实世界之上,由修真者的修为境界层级、修真的派系、修真者活动的星球系等庞大的想象体系建构,吸收了传统武侠、东西方神话传说、神魔玄幻小说、科幻小说等众多元素,宏阔、杂糅、丰富、多变。首先是修炼的层级就有十一种:旋照、开光、融合、心动、灵寂、元婴、出窍、分神、合体、渡劫、大乘。修炼者到了最后大乘期后就可飞升仙界。其次,修真者的修炼过程很多都是先在一个星球修炼,能力提升或受外力影响再到不同的星域提升等级。小说中的李强作为一个凡人从地球来到火星,又在一个不知名的星球上修炼,历经凡界、仙界和神界,最终修成为神。再者,小说内容新奇,极富创造性。高手、法宝、功法、丹药、怪兽等新鲜的人、事、物层出不穷,作者萧潜花费大量的心血,以造物主的姿态,创造出无数新事物、新名词。那些本来"莫须有"的东西,在萧潜的笔下,变得鲜活生动。一个曼丽奇妙的世界,一个虚无缥缈的历险旅程,展现在我们眼前。而这种创造从未间断或停止过,在各集甚至各章节里,总会有许许多多让人惊喜的地方。

从故事构造来看,作者在一个完全脱离现实世界的虚构体系中,塑造了一个侠肝义胆、悟性超凡、心胸开阔、慷慨博爱、攻无不克、战无不胜,且视名利如浮尘的平凡人的英雄形象,这种安排可以在一定程度上抚慰读者在现实生活中遭遇的挫败,缓解现实生活中的种种不如意带来的焦虑感。小说开头的情节是李强在现实生活中遭遇事业和爱情的双重打击,如果是现实主义的作品,相比整部作品都会充满了压抑的基调,而本书作者灵机一动,笔锋急转,让主角进入修真界,开始了在修真界所向披靡的"缥缈之旅"。可以说这个情节本身就是小说缓解现实焦虑功能的隐喻。但仅有这些还不够,作者还给李强加上了许多凡人的特征:时常油腔滑调地轻松搞笑,强敌当前的第一个念头就是"逃",无论师尊朋友还是敌人,都拿他赖皮的本事无可奈何,而且他的运气超乎想象的好——所有的劫难和困境都被他的法宝和不小心学到的本领化解掉。这些特征在文本中投射了日常生活中消解困境、逃避压力的行为模式,消解了英雄一本正经、高高在上的威严带来的距离感和压抑感,读者尽可以将自己的欲望投射于李强的形象中,获得假想的满足。所以李强的形象符合当代青年融合传统和现代的审美期待,发挥了强大的满足读者超脱现实困境、寄托自由精神的功能,从而化解焦虑,带来感官的愉悦,读者自然会享受阅读的过程。

虽说《缥缈之旅》获得了读者的广泛认可,是一部值得一读的玄幻修真小说,但是我们也应该注意到,小说还是有些不尽如人意之处,且不说作品语言被很多读者指责过于平白,缺少文采。小说设置了 200 多个有名有姓的人物,但是人物刻画不够到位,人物形象有些单薄。另外,小说过于重视法宝仙器的作用而忽略了对人物本身的描写。从第三章猝然遭遇花媚娘的阻拦截击起,打斗场景中各种法器就联翩出场了。花媚娘施出内含"吸精针"的"桃花障"来取李强的性命,傅山用无名法器戳破;花媚娘施出"万花劫"法器,傅山施出"金蝶刀"予以破解;花媚娘施出"桃花战甲"法器,傅山施出"玲珑战甲"予以破解;花媚娘施出"万花罩"法器,傅山施出"寒碧剑"予以破解。在短短的三章之内就出现了如此多的法器和宝物,不用说,后面的情节几乎全是法器和宝物的比拼。就前 23 章而言,有名可数的法器和宝物就达数百种之多。这其中,人物心理活动的丰富性极其缺乏,大多只限于对法器和宝物的炫耀心理的展示和嗜血情绪、仇恨意识的发泄而已。显然,这样的心理描写是不可能将一个人精神性格的复杂性揭示出来的。故事情节的推动不是基于现实生活的内在逻辑,而是通过法器和宝物的比拼,以及通过修炼后某种神奇能力的获得。而这样的人物已经不是现实生活中的人物,他们是超人或灵异之人,或已经是神是魔。他们的形象抽空了现实生活的真实逻辑,在精神实质上远离了"人"的真实,更不要说在生活逼真性和立体性格的揭示上达到人性的某种深度了,他们只是一个个"神出鬼没"的虚幻的魅影而已。

总体而言,《缥缈之旅》场面宏大,想象奇异,虽是一部消遣之作,但也不乏深刻之处。作者通过对李强救危扶困、化敌为友、乐善好施等一系列言行的描写,在迭起的悬念和迅速变迁的新奇环境背后,折射出来的是一种乐观的人生态度。此外,不像很多通俗小说那样,在这部书里,没有嚣张傲慢、凶横残暴的极端英雄主义,没有矫情造作,甚至虚情假意。它所具有的是淡泊名利,是自然平和,是真挚的友情与超越了人生聚散离合的豁达心胸。《缥缈之旅》的精髓正是以道家为主的中国传统哲学思想,它在被大众接受的同时,也在潜移默化地影响着很多人。

作品赏析

这里节选的是作品第二十四集极玄冰眼第五章破凡绝的中间部分:李强和莫怀远、琦君煞被困在发生了大爆炸的雾星里,危急时刻,李强使用了神招——破凡绝,最终成功脱身。

<u>李强也不管会不会走火自爆了,他直觉地感到,若是落在窨窿玄气里,后果可能比自爆还要惨。他疯狂地掐动神灵诀,以他现在的状态,不论前面有什么阻碍,他都有信心撕碎它,真可谓是遇神杀神,遇佛弑佛,玄冰层已经根本不在他的话下。</u> | 极度危急状况下显现出来的毫无畏惧、自信勇猛的样子。

李强大喝道:"大哥,师尊,帮我!"

琦君煞吼道:"乖徒儿,快说!怎么帮?"

李强大叫道："向后面布禁制,阻挡冲来的压力,我需要时间!"琦君煞和莫怀远默契地同时用仙剑将三人连接在一起。莫怀远喝道："老弟,你布一层,我再布一层,拿出最得意的禁制,别让兄弟笑话我们两个老不死的!"

为下文做渲染,两人最得意的制止在这儿都毫无用武之处。

　　琦君煞大笑道："哈哈,他一定会乘机嘲笑我老人家,哎呀,我绝不给乖徒儿这个机会,看我的!"从他身上飞出无数亮晶晶的淡蓝色扁圆形的东西,随即附在后面的冰壁上。琦君煞掐动仙灵诀,那些扁圆形的东西立即膨胀开来,将身后的通道堵死。几乎同时,冲过来的玄气也到了。

　　莫怀远紧接着布置第二道禁制。

　　琦君煞突然怪叫道："没天理啊!我的禁制竟然没有丝毫作用,我……"随着他的叫声,莫怀远也布好了第二道禁制,但是同样也无法阻隔。他明白了,塌陷不是冰洞这一小块,而是整体塌陷,他们两个无论用什么样的禁制都是白费劲,因为他们发出的禁制是不可能阻挡整个玄冰层崩溃的。

巨大的坍塌,很可能让三人葬身其中。

　　琦君煞也看明白了,他不好意思再大声吼叫,悄悄传音给李强道："乖徒儿,禁制没有一点作用,看样子咱们要拼命逃了。"

大声吼叫、悄悄传音两种方式的对比将琦君煞的性格很好地刻画出来。

　　李强知道大事不好了,凭琦君煞和莫怀远两人的实力,竟然说禁制一点用都没有,这说明核心的窨窿玄气真的爆炸了,否则不可能让两个散仙无计可施的。

　　李强不由得头皮发麻,但同时,激动之心的境界又让他感到无比的刺激。他还有一手神灵诀没敢用,那是贝冶天经里记载的一手神灵诀,对这手名叫破凡绝的印诀,李强有很深的印象。

面对如此险境,李强竟还能感到刺激。每遇关键时刻,他总有出人意料的招数。

　　根据贝冶天经记载,这手印诀是用来发掘自身潜力的,是用来解除一切束缚的大神通,而且这手破凡绝的神灵诀异常复杂,一共有三百六十手,只要错失一手就会失去功效。李强对这手印诀究竟会有多大的神通法力,心里一直没有底。

　　渐渐地,身后玄冰层塌陷的速度眼看就要追上李强三人了,莫怀远传音给琦君煞道："呵呵,琦老弟,看来我们在劫难逃了,等一会儿若是窨窿玄气追上来,你跟着他,我来迟滞一下塌陷的速度,以后我这个小兄弟就靠你照顾了……"看着逼近的玄气,莫怀远起了拼死之心。

临危之际,大家有的是挺身而出,这份勇气令人感动!

　　琦君煞眼睛一瞪,传音道："要拼也是我来!哼,我好歹也是他师尊……"

　　李强刚好结束十几手印诀,他稍微放出一丝神识向后探去,知道自己在飞出玄冰层前是没法快过身后玄气的,他决定用破凡绝来试一试,不管效果如何,总比眼睁睁被玄气追上强。他大喝道："大哥,师尊,你们准备好了,看老子出绝招!"他显得意气风发充满自信,似乎根本不在乎身后的玄气。

　　莫怀远和琦君煞已经对李强层出不穷的高招见怪不怪,两人对视一眼,不禁露出一丝微笑。琦君煞传音道："算了,老哥,我们三个只要有一个出不来,其他两个也都会牵进去的。"

　　莫怀远不由得暗暗叹息,他知道琦君煞说得不错,不论是谁落进玄气里,其他两人都会回头拼命去救,以李强和琦君煞的脾气,是绝对不会看着自己掉进去的。莫怀远心里实在不愿意三个人都陷进去,他传音道："也罢,谁让我认识你们两个兄弟,我们共生死吧。"

友情的巨大力量。

刚才十几手禁制将前方裂开一条巨大的冰缝,李强来不及多考虑,他急速掐动神灵诀,发动破凡绝的大神通。这可是必须连续掐动三百六十手印诀,其中不能错失一手。李强全神贯注地沉浸在繁杂多变的印诀中,舞动的手诀快如闪电一般。时间已经不多了,被禁制裂开的玄冰层即将达到尽头。

从第一手印诀起始,直到一百二十手印诀为一段,一共是三段。第一段印诀非常顺利地完成了,李强觉得浑身的神奕力犹如狂潮般四散飞出。琦君煞发现李强的衍咒神甲上浮现出清晰的神咒文字,化成无数的彩条环绕在身周,他惊讶地传音道:"老哥,那是什么玩意儿?"

莫怀远也看不懂,他传音道:"千万别让他分心旁骛,这似乎是一种古禁制,我看不明白,小心一点,我们抓紧他,无论如何不能掉出去!"

第二段印诀开始了,李强依然能应付自如。

又是一百二十手印诀打出,原本就不稳固的玄冰层发出了尖利刺耳的错动声,仿佛整个冰层都要碎裂了。莫怀远、琦君煞两人看得瞠目结舌,这种恐怖的手段他们根本没有见过。

紧接着,李强开始第三段印诀。这次可就不轻松了,每一手印诀都耗去他大量的神奕力,他的速度逐渐缓慢下来。

李强每一手印诀掐完,都有一颗明亮的金星飞出,随着飞舞的手诀,响起一连串的霹雳声,渐渐地,那些金星随着霹雳声隐入玄冰壁里。

眼看着就要到达玄冰层的尽头了,李强还有十几手印诀没有完成。莫怀远和琦君煞眼见不妙,<u>两人同时射出自己的仙剑。他们明知道这样做会毁掉自己的仙剑,依然毫不犹豫地为李强开道</u>。

> "同时""毫不犹豫"两个词凸显人物心理。

莫怀远喝道:"我先!你后!"他的仙剑已经穿进玄冰壁里,根本来不及绞碎玄冰,手中的仙灵诀就放了出去。一连串的爆裂,将前面阻挡的冰层炸开一个极深的大洞,他的仙剑也因此而彻底毁去。

仙剑一般都是和主人性命交关的,仙剑炸毁的同时莫怀远也受到重创,他顿时萎靡了,差一点要跌落出去,幸亏琦君煞手快,一把捞住他。还没等琦君煞炸开自己的仙剑,李强的第三段印诀终于完成了。

由于莫怀远拼命破开通道赢得了瞬息时间,李强才得以完成最后十来手神灵诀。

李强身上浮起刺目的光华,他狂叫道:"抓紧我!千万别放开!"周围的玄冰仿佛嫩豆腐被铁锤砸中,轰然破碎。李强犹如启动的火箭,向前狂飙而去,任何触碰到的东西都立即化为烟雾,几十道七彩的光华环绕着他。琦君煞死死抓住李强的肩头,瞪大双眼,嘴里哇里哇啦也不知道在狂喊着什么。

萧潜:《缥缈之旅》,天涯在线书库。
http://www.tianyabook.com/piaomiaozhilv/

(撰写:阎 雪)

萧 鼎《诛仙》

萧鼎(1976—),福州仓山人,出身于福州一个普通工人家庭,从小就喜欢看武侠小说,毕业于中华职业大学。2001年接触网络,在玩网络游戏的同时,无意中闯进玄幻武侠小说的网站,于是开始写作,并逐渐成为网络武侠小说写手。2002年6月第一部长篇作品《暗黑之路》在台湾地区出版。2003年3月《诛仙》又在台湾地区出版,2005年4月大陆版《诛仙》正式面世。2007年4月诛仙同名网络游戏问世。2007年5月由萧鼎、步非烟、小椴、林千羽主编的《幻想盟》杂志正式创刊,总共出版了两辑。2007年6月12日《幻想盟》正式宣布停刊,月底《诛仙8大结局》出版。2007年11月10日萧鼎在网上发表了《矮人之塔》第一章后再无动静。

从2005年5月发表《诛仙》以来,该书在大陆销售量已逾百万册,成为国内奇幻小说最畅销之作,是最早连载于幻剑书盟网站上的一部网络古典仙侠小说。《诛仙》情节跌宕起伏,人物性格鲜明,书中反复探究的一个问题就是"何为正道"。"天地不仁,以万物为刍狗"是这本小说的主题思想。与《飘渺之旅》《小兵传奇》并称为"网络三大奇书"。

《诛仙》的故事情节大致如下:草庙村普通少年张小凡在机缘巧合下认识了普智高僧,普智临终前将天音寺不外传的真法"大梵般若"传授给小凡,希望能在张小凡身上圆自己佛道双修、参透生死的梦想。后来草庙村遭到血腥屠杀,小凡和林惊羽被名门正派青云门收留。资质愚钝的张小凡进入"大竹峰"后,武艺修行进展缓慢,在一次伐竹过程中,为追一只三眼灵猴,获得了一件以自己精血炼成的至凶至邪之法宝——"烧火棍"。在此后青云的"七

《诛仙》·奇幻世界中的爱情悲剧

脉会武"中，最不被看好的张小凡凭运气和"烧火棍"的邪气，竟然进入前四，达到了"大竹峰"有史以来的最好成绩。在比武中，他邂逅了"小竹峰"中冷艳绝俗的陆雪琪并败在她手下。后来，比试前四名去空桑山调查魔教异常之事，小凡、雪琪落入死灵渊，在危急时两人不离不弃，互生情愫，后被黑水玄蛇打散。张小凡落入滴血洞，在洞中认识了魔教鬼王宗宗主女儿碧瑶，并无意中习得魔教天书。在第一次正魔大战之中，困扰小凡多年的草庙村血案真相大白，小凡伤心激愤，又因碧瑶不顾生死以痴情咒为他挡下诛仙剑阵，所以张小凡叛出青云加入魔教，更名鬼厉。十年间，鬼厉杀人无数，冷漠嗜血的同时他也走遍大江南北，寻求复活碧瑶的良方。十年后，鬼厉与雪琪再次相遇，在多番生死患难中相爱越来越深，但苦于正邪两立，不得不兵刃相向。在此之后，鬼厉结识并解救了因偷玄火鉴而遭囚禁的九尾天狐小白，两人潜入苗疆寻求使碧瑶复活的方法。历经艰难找到苗疆大巫师，无奈大巫师油尽灯枯，还魂术并未成功。在此期间，南疆兽妖开始大举北进，天下生灵涂炭，正道与魔教中人纷纷攻打兽神。镇魔洞中，鬼厉、雪琪合作历经艰险最终战胜兽神。在苗疆的夜空下，两人不管明天，忘却世间的牵绊，轻轻地相拥。鬼王不顾众人死活，练就四灵血阵。后在四灵血阵大功告成时，引发狐歧山崩塌。碧瑶肉身从此失踪，下落不明，只留下一角绿色衣裳。张小凡因此大受打击，后在陆雪琪的呵护以及小白的打骂下重新振作，在古剑诛仙的召唤下来到幻月洞府，成为诛仙剑的新主人且同时习得天书第五卷，在第二次正魔大战中，杀死了鬼王，拯救了世间百姓，在与陆雪琪失散后，回到草庙村，两人终又重逢。

  长篇系列小说《诛仙》以其天马行空的想象、雄健恢宏的叙事迅速成为华语奇幻文学巅峰之作，扬名海内外。整部小说真可谓波澜壮阔，爱情、亲情、友情与佛、道、魔、妖以及激烈宏阔的正邪搏斗、命运交战汇集在一起，文笔优美，故事生动，令人不能释卷。被称为"后金庸时代武侠圣典"，以网络点击数超过 3 000 万人次，被誉为可媲美还珠楼主《蜀山剑侠传》的国内新一代有浓郁中国风骨的奇幻精品巨著。

  爱情是文学永恒的主题，而让人流连忘返或扼腕叹息的爱情多半是以悲剧收场的。小说展现了张小凡坎坷的情感之路。青春期的小凡一直处于自卑、孤寂、凄楚的处境，活泼好动的红衣女子灵儿给他单调无味的生活增添了无尽的乐趣，小凡爱恋师姐，心中汹涌澎湃却又无法说出口，尽管青梅竹马、两小无猜，张小凡始终敌不过才貌俱佳的齐昊，这段青春期的萌动只能在小凡的心痛中无疾而终。直到那个绿衣女子——碧瑶的出现，她对小凡倾注了纯粹的爱，然而这种感情却让小凡左右为难，一方面，感于碧瑶的真诚，小凡也逐渐倾心，但是两人所处的立场截然相反，正魔两道从来势不两立，作为天下第一名门的子弟又如何去与一个魔教女子相爱呢？这个情节像极了《倚天屠龙记》中张翠山与殷素素，不过张小凡却没有张翠山的勇气，尽管他也对正魔两道的界限动摇过，却迈不过那道坎，无法从根本上真正接纳碧瑶。不过诛仙剑阵下，碧瑶为拯救小凡全然不顾生命，那一曲悲情咒为他们的爱情谱写了最强音，却也为他们的爱情画上了休止符。美丽纯洁的碧瑶成为小凡心中永远的痛，从此以后他的人生也发生了逆转——叛正入魔。白衣女子陆雪琪虽然冷若冰霜，却对小凡芳心暗许。尽管小凡与雪琪也是真心相爱却注定不能相守。一个是正气凛然的正道维护者，一个是杀人如麻的魔教人物，这段爱情再次陷入了正魔对立的怪圈，使得两个有情人不得不成为生死相搏的敌人。如果说碧瑶的爱是炽烈的，那么雪琪的爱是伟大的。碧瑶可以爱得义无反顾，而雪琪却只能左右徘徊。碧瑶虽死，却始终活在小凡的心里，赢得了他的一生；雪琪虽生，却咫尺天涯，相思入骨却又无缘相守。小说里没有完美圆满的爱情，都充满了绝望与艰难，甚至像妖兽与玲珑之间因爱而衍生出人世的浩劫来。而这些爱情悲剧也都超越了那种两情相悦、恶人作梗的俗套,更多的是从人物性格、社会环境中挖掘出更为深刻的原因。

此外,与传统武侠小说善恶分明的二元对立模式不同,作者有意解构正邪之间的界限。为了达到这种效果,作者构思精巧、缜密布局,不仅从人物形象入手,不惜笔墨使每个人物都复杂多变起来;而且也从故事情节进展中,设置逆转,使得故事的发展总是出乎读者意料。就小说中的人物而言,无论是正道中德高望重的道玄掌门、苍松道人、焚香谷云易岚、佛门高僧普智,还是主人公张小凡或者是魔教中不起眼的野狗道人,乃至南疆土地的玲珑和兽神,读者对他们的评价都不能从正邪两面来做简单划分。正道中人如苍松平素威严公正却能在关乎青云存亡的第一次正魔大战中反出青云,投靠魔教。同样,天音寺四大神僧之一——普智是何等的高僧,素来慈悲为怀,但居然为了实现自己参悟佛道的理想,制造出耸人听闻的草庙村惨案,拉开了乱世序幕。而残忍邪恶的兽神为了复仇,发动邪恶妖物几将天下生灵屠尽,但他对深爱的玲珑却充满了柔情蜜意。而主人公张小凡的改变更是不必说,从维护天下道义的名门子弟摇身变成冷酷、邪恶的魔教人士。可以说小说中没有绝对的好人与坏人,也没有绝对的真理,就像那把震古烁今、被正道人士封为至尊的诛仙古剑也杀戮了无数生灵,毁去了无数人的性命。世间哪有什么正道邪道! 就像张小凡说的,错的不是那些邪恶的法宝,而是人心,一切都是由人心来决定的。所有的外力都不是我们退缩的理由和借口,正邪仅在一念之间。小凡的一句"什么正道?什么正义?你们从来都是骗我。我一生苦苦支撑,纵然受死也为他保守秘密,可是,我算什么?"道出了他对所谓正道的强烈质疑。的确,一切不过都是谎言。那些所谓权威定下来的传统,只不过是用来维护他们利益的工具罢了。作为普通个体,人往往会被这些条条框框束缚了手脚,而一旦发现那些表面的义正词严只是为了掩盖内心的龌龊时,个体的生命价值将从此大不相同。小凡的人生即如此。

《诛仙》小说作为一部影响深远的网络奇幻小说,较之传统武侠小说,它的童话色彩更加浓厚。小说中的人物个个都本领非凡,除了拥有武林人士精湛的武艺外,还都能驾物腾空,法宝功力了得。小说中出现了名目繁多的神兵仙器,如诛仙古剑、噬魂魔棒、天琊神剑、琥珀朱绫、伤心花、合欢铃,等等,这些器具赋予了人物上天入地的超能力,比起武侠人士飞檐走壁的本领高超了许多,因而打斗起来的场面也更加精彩。现代生活的程式化、竞争的激烈很大程度上挫伤着人的成功感,而人总是幻想自己是英雄,拥有强大的力量去征服外面的世界。《诛仙》则给了人们这种满足。此外,作为一部网络小说,其结构也别具一格,只有中心主人公而无中心事件,从总体来看,小说情节是以小凡的成长推进的,而每个阶段又有很多扑朔迷离的小故事,各个小故事既相连又彼此独立,形成网络式格局,使小说具有了开放式结构。《诛仙》文笔细腻,语言优美,作者用他天马行空的想象征服了无数读者,不过小说也存在明显的不足。很多设置的悬念直到最后作者也没有给出答案,最为读者诟病的当是结尾处理有失妥当,有虎头蛇尾之嫌。

作品赏析

这里节选的是作品的第八集第十章中间部分:青云山上,正道与魔教交战,法相说出草庙村惨案的真相后,小凡整个人崩溃掉,加之噬魂棒的侵蚀,他渐渐走火入魔,碧瑶趁机拉拢小凡离开青云,而道玄担心张小凡堕入魔道后患无穷,便发动诛仙剑阵想诛灭小凡,不料却被碧瑶用痴情咒挡下……

碧瑶拉着张小凡便欲飞走，突然面前人影一闪，赫然竟是陆雪琪挡在身前，而她手中那柄天琊神剑，蓝光闪耀。陆雪琪寒声道："张师弟乃我青云门下，你快快放了他！"

碧瑶如何肯放，怒道："我将他留下给你们杀？你们先杀了我好了！"

说罢更不多话，伤心花凌空打去。

此刻诛仙剑阵已然笼罩在通天峰顶，天地渐渐暗了下来，鬼王宗有人看到碧瑶与陆雪琪战在一起，立刻便回头帮忙，正道这里也纷纷出手，顿时又乱作一团。

张小凡心中痛苦不堪，只觉得一股凶戾念头在脑海中呼啸狂喊，一种要将无数人性命屠灭的可怕却诱人的毁灭感觉，充斥在他脑海之中。

烧火棍也仿佛随着主人心意，红、青、金三色光芒轮转流换，但很明显的，那片红光越来越盛。

法相在一旁看了大急。从当日空桑山见到张小凡开始，因为当年那个秘密的缘故，他就对张小凡另眼相看，此刻无论如何不愿见张小凡堕入魔道，一闪身便向张小凡手中的烧火棍抓来。

碧瑶大急，但被陆雪琪等人缠倒，只得急叫道："小凡，小心！"

不料张小凡仿佛什么也没听到一般，任由法相抓住了烧火棍。法相大喜，但片刻之后突然脸色大变，只觉得烧火棍上凶猛戾气如潮水一般涌来，而面前那个原本老实质朴的张小凡，突然现出了狞笑，如恶鬼一般的狞笑。

"啊！"法相大声惨呼，被张小凡用烧火棍重重一击打在胸口，口喷鲜血倒飞而去。

张小凡仰天长啸，双目赤红，纵身杀入战团，抢到碧瑶身边。烧火棍红芒大盛，仿佛也狂欢不已，与主人一起狂笑着扑向死亡与鲜血。

陆雪琪等人纷纷退避，无论怎样，他们面对着张小凡还是无法全力出手。但此刻的张小凡却似乎已经完全堕入疯狂，眼中恨意无限，招招都取人性命，片刻间已然逼退众人。

碧瑶大喜，一拉张小凡，道："我们走！"

二人身子腾空而起，飞向殿外。

而此刻天际之上，满布气剑如山如海，诛仙剑阵已然向魔教等人发动攻击。而这一次，道玄真人仿佛也豁出去了一般，不但满天剑雨凌厉落下，天空中那柄巨大的七彩主剑，竟然也被无形咒力操纵着，带着开天破地之势，隆隆冲下。

这阵法主剑，威力岂是等闲，一剑攻下，瞬间数丈范围之内血肉横飞，近十人连喊声都无就魂飞魄散，甚至余威所及，玉阳子躲避不及，竟然连左手也被生生切了下来，登时惨呼一声，身形化作如电锐芒，破空而逃。

而同时天空中的道玄真人也是筋疲力尽，身子一歪，险些从水麒麟身上掉了下来，好不容易才支撑得住。他向下看去，只见这一会工夫，魔教之人已然逃去大半，但仍有少数还在通天峰上，而这最后一人，正是张小凡，碧瑶

两个女子之间的争夺，冷若冰霜的雪琪，眼见心爱之人被夺走，心急之下，也不忘用冠冕的理由解释自己的行动；而碧瑶则直爽得多，毫不掩饰自己的爱意。

这是多么大的痛苦：个人信仰的彻底坍塌、叛离师门的不忍、两个喜爱女子的争斗、噬魂棒的侵蚀……

自此以后那个老实的少年就被狰狞的恶鬼取代了。

杀人狂魔的诞生。

渲染诛仙古剑的威力之大，为下文碧瑶的惊天举动做铺垫。

正拉着他急切而飞。

道玄在半空之中，已然看到张小凡堕入魔道，刚才他与法相、陆雪琪等人交手时刻，出手狠厉无情，且此刻神态疯狂，显然已经完全不可理会。

但此人身上，却怀有青云门和天音寺两大真法，手中更有不世出的邪物，若放虎归山，只怕将来造成的杀孽，远远胜过寻常魔教之人。

道玄在心中低声叹了口气，但心意在这片刻间已然决定。纵然日后自己被天下人议论，也绝不能留下这绝世祸胎。

当下道玄真人拼起最后灵力，刹那间天空中所有彩色气剑一起大放光芒，尤其是阵法的七彩主剑，更是赫然又大了一半，轰然而响，震动天地，如远古天神狂怒一般冲了下来，直向张小凡打来！

"啊！"且不说魔教中人失色，便是正道中人，天音寺与青云门中众人无不变色，田不易与苏茹脸色苍白，田灵儿惊叫一声，晕了过去。

而在旁边，陆雪琪紧紧握住天琊神剑，面无血色，连带着手中的天琊也微微颤抖。

那一道惊天巨剑，当头击下，未到地面，咯咯巨响已然发出，张小凡附近一丈方圆地面尽数迸裂，狂风呼啸，将他笼罩其中，已是必死局面。

张小凡瞪红双眼，仍为无形剑气笼罩，挣脱不得，心中悲愤恨意难以抑止，眼睁睁看着天空那柄恐怖巨剑带着无边杀意迅疾落下，张口狂呼。

"啊啊啊啊啊啊啊啊啊啊……"

这声音震动四野，天地变色，唯独那诛仙奇剑却仿佛是诛灭满天神佛的无情之物一般，依旧毫不容情地向他击来，眼看着张小凡就要成为剑下亡魂，粉身碎骨。

忽地，天地间突然安静下来，甚至连诛仙剑阵的惊天动地之势也瞬间屏息……

那在岁月中曾经熟悉的温柔而白皙的手，出现在张小凡的身边，有幽幽的、清脆的铃铛声音，将他推到一边。

仿佛沉眠了千年万年的声音，在此刻悄然响起，为了心爱的爱人，轻声而颂：

九幽阴灵，诸天神魔，以我血躯，奉为牺牲……

她站在狂烈风中，微微泛红的眼睛望着张小凡，白皙的脸上却仿佛有淡淡笑容。

那风吹起了她水绿衣裳，猎猎而舞，像人世间最凄美的景色。

张小凡的心沉了下去。

突然，他张开了口狂呼，却被狂风逼了回来；他疯了一般跃起扑向碧瑶，却被神秘气息弹开，血红的双眼中流出了红色的泪，淌过他的脸颊。

那个风中的女子，张开双臂，向着满天剑雨，向着夺尽天地之威的巨剑。

……三生七世，永堕阎罗，只为情故，虽死不悔……

剧烈的狂风突然转了方向，变成了围绕在碧瑶身边的巨大旋涡，那个婉约而美丽的女子被狂风推上半空，迎着那七彩流转的巨剑。

注意道玄的决定，是在"片刻"之间做出的。

灵儿一直把小凡当作弟弟来看，此情此景，何人能忍？即将眼睁睁地看着爱人魂飞魄灭，怎能不断肠？

诛仙剑如此，其背后的主人又何尝不如此。

整个小说中，最感人至深的一幕，痴情的女子，为了爱，连生命都舍弃。

她这永恒的微笑永远地刻在了小凡的心上。

她是那一刻,天地间唯一的光彩!

片刻……

无数的血色雾气从她的体内瞬间喷出,在她身前凝做晶莹如红玉的血墙,同时白皙面容之上,飘出九道若隐若现的轻烟,融入血墙之中。

那血墙瞬间沸腾,如炽热的痴情之火燃烧不止,带着所有的热情绝望焚烧,爆发出无与伦比的灿烂光辉,逆天而上!

与那诛仙主剑,轰然相撞!

灿烂的光辉如此耀眼,没有人可以睁开眼睛。

<u>无法用言语形容的巨响,震动了整个天际苍穹,势不可挡的诛仙剑倒飞而回,满天的气剑一阵紊乱。而在通天峰上,山峰巨震,乱石横飞,山体之上如割裂一般出现了无数巨大裂痕,仿佛末日到临。</u>

隐约中,一个苗条而凄婉的身影,从半空中缓缓落下。

天地间,忽然全部安静下来,只有一个声音,撕心裂肺一般的狂吼着。

"不啊……"

<u>无尽的黑暗,笼罩着整个世界,他在黑暗中发抖,不敢动弹,不敢面对,不敢醒来!</u>

萧鼎:《诛仙》,天涯在线书库。

http://www.tianyabook.com/zhuxian/2746.html

> 那是多么巨大的力量,那是怎样不堪的画面。

> 她用生命宣示了对他至诚的爱,也用生命博得了他不灭的爱。

(撰写:阎 雪)

宁财神《武林外传》

宁财神(1975—),住在北京的上海人,原籍东北。本名陈万宁。当初上网注册网名时,他本意是想叫"宁采臣",可惜这个和著名女鬼小倩恋爱的痴情书生之名已被别人抢注。考虑到广东话里,宁采臣谐音宁财神,自己又比较贪财,于是就有了这个网名。1991 年,宁财神以少年大学生的身份考进了上海财经大学,专攻金融专业,毕业后到北京做期货生意,破产后,转行设计和写作。宁财神在北京的事业一直起起伏伏,这段经历也成了他网络创作的重要素材。1997 年,宁财神第一次听说 Internet 网,23 岁的他正式开始"触网",成为中国第一批接触网络的网民。他以一系列网络鬼故事起家,又以独特的京味幽默小说闻名网络,短短半年时间就迅速占领各大书库的原创文学排行榜首位,与李寻欢、邢育森并称为"网络文学界的三驾马车"。吴过认为,宁财神的作品是最具有网络写作风格的,并将其作品归纳梳理为"四类":第一类是情感故事类,代表作品有《假装纯情》《无数次的亲密接触》等;第二类是幽默调侃类,代表作有《财神传奇》《寻找猪二》等;第三类是网络鬼故事,如《网络鬼故事系列》《诱惑》等;第四类是杂谈随笔,如《方寸之间》《都市情绪》等。1999 年年底宁财神回上海,在"榕树下"做运营总监,并与李寻欢合作举办了网络文学大赛。2002 年网络泡沫,他辞职离开网站转行做起了影视编剧,其作品有情景喜剧《健康快车》《武林外传》,特别是《武林外传》成为如今最热门的电视剧之一。宁财神的走红是中国"第一代网络红人"的典型。

作为中国当代通俗文学,特别是中国第一代网络写手的领军人物,宁财神的作品在艺术创作和风格表达上都极具代表性。他将荒诞戏谑与质朴清淡融入自己的创作,消解了神圣、权威和经典,带给读者不一样的阅读体验。

《武林外传》的故事发生在一个叫七侠镇的地方,七侠镇是当时关中一个不起眼的小镇。一个叫郭芙蓉(她自恃有武功,乱闯江湖,喜欢动手动脚,虽为大侠千金,其实武功平庸,是个标准的野蛮女友)的黄毛丫头初入江湖,欠下钱财,被困在"能人辈出"的同福客栈。以掌柜的佟湘玉(抠门至极的女店主,风情万种但心地善良,婆婆妈妈却又懂得掌控大局)为首的一个客栈班底,这其中有跑堂白展堂(会点穴,有武功,是个盗贼,想改过自新,其实胆小如鼠),有厨子李大嘴(成天想学武功当大侠,就是不好好做饭),有会算账的吕秀才(常常是"子曰"不离口,其实是个百无一用的书生,手无缚鸡之力却歪打正着地混来一个"关中大侠"的美名),有寄宿客栈的祝无双(虽为葵花派武林高手,其实是个常受欺负的弱女子,美丽聪慧却没有爱情光顾),有顽皮少女莫小贝(江湖上传闻是个女魔头,实际上是个爱逃学并且只想吃糖葫芦的小丫头片子),还有两位捕快,一个老邢,一个小六,每天吵嚷着破大案子,其实是两个混日子的糊涂蛋。这样一群性情各异,既可怜又可爱的年轻人聚在一起,在同福客栈里经历了江湖上的各种风险和传奇,遍尝人间冷暖,体会亲情爱情,见证成长过程中的酸甜苦辣。

作为中国当代一部成功的情景剧剧本,《武林外传》的成功之处首先在于它对传统的武侠经典进行了颠覆。在传统经典的武侠作品中,江湖永远是个血雨腥风、刀光剑影的是非之地,侠者永远是飞檐走壁、武功盖世的英雄人物,然而在《武林外传》中,一切均被解构得面目全非,所谓的"大侠"盛名之下其实难副。江湖上威名显赫的"盗圣"白展堂竟然胆小如鼠,一听说六扇门就急着开溜;郭芙蓉自以为的行侠仗义、扶危济贫却给他人带来了困扰,被同福客栈老板娘佟湘玉说服后沦为小杂役;不谙世事的顽皮女童莫小贝竟在偶然的机遇下成为衡山掌门兼五岳盟主;一个只懂死读圣贤书的酸腐秀才凭借"三寸不烂之舌"成功获封"关中大侠";更为滑稽的是天下第一女捕头的法宝竟为盗圣所编,七侠镇的捕快在办案的关键时刻只会投机取巧蒙混过关……《武林外传》借助于武侠这个热门平台,让我们看到了一个全新的江湖世界。它破除了人们对于"大侠"的崇拜,毫不留情地击败了青年人关于闯荡江湖的美好梦想。

除了对传统武侠世界的解构以外,《武林外传》还对现实进行了无尽的嘲讽。如"赛貂蝉一状值千金"中为了抢夺生意,赛掌柜设计诬陷佟湘玉最后自食其果,讽刺了偷税漏税的不法行为;"糊涂女初识菜刀门"中杨蕙兰误入传销门,以此告诫大家非法传销害人害己;等等。大量的在现实社会中才能发生的事件却安置在一个虚拟的古代环境中,引人发笑的同时也给予人无尽的深思。

没有精彩绝伦的打斗细节,没有一味地行侠仗义、笑傲江湖,《武林外传》展现的只是一群生活在普通民众之间的凡人,有的只是无奈的细碎琐事,平淡的烟火家常,以及蕴藏在他们心中的美好感情和生生不息的奋斗精神。将天马行空的传奇人物还原为一个个最真实的人,表现他们最基本的生活状态,让神圣的武侠回归到平民,让不食人间烟火的言情重又承担起柴米油盐酱醋茶的重负,这使《武林外传》在解构的同时也承担起了建构新的文化主题的重任。身为同福客栈老板娘的佟湘玉与店里的跑堂、杂役之间没有领导与员工的上下等级,只有相濡以沫的片片温情。在同福客栈这一公共空间中,掌柜与跑堂可以成为恋人,掌柜还与女杂役成为姐妹,在紧要关头,为了解救员工的危难,掌柜甚至愿意交付出整个店铺,她的人生哲言就是"路漫漫其修远兮,吾将上下左右东西南北中发白,所到之处无不披靡而求索!"这样一群人在同福客栈这个屋檐下同甘共苦,不离不弃,一起走过人生中的风雨历程,成为亲密的一家人。《武林外传》在戏谑解构经典的同时也从未放弃对人间真善美的赞颂,诸如信任、勇敢、仗义、善良乃至坚定地追求真爱的决心。它告诉人们,武力并不是解决一切问题的途径,真正的方法是勤劳、诚实和自强这些美德,以及人们之间的关爱。所以,在解构的同时它也建构起了蕴藏在普通民众中间的纯朴情谊,以及他们面对困难时所表现出来的荣誉感和道德感。

《武林外传》能够引起大众关注的另一方面还在于它以超级无厘头的娱乐形式实现了颠覆与重构的并行不悖,这主要表现在它的语言上。它融合了诸多时尚元素,有现代的网络时尚语("地球人都知道""菜鸟")、广告语("你的美由内而外,活血养颜,冰清玉洁惹人怜""鸟牌皂角粉,洗出一代好掌门")、简单英语(大嘴的玄铁菜刀正面刻着旺德福,意为 wonderful;反面刻着泰瑞宝,即 terrible),等等,滑稽搞怪,妙趣横生。此外,《武林外传》中选用戏仿的形式也多种多样。有对经典名言的戏仿,如第二十三回中秀才被小郭绑在模板上练习飞刀,用《哈姆雷特》中的经典台词"To be or not to be, that is the question"来表达自己视死如归之情;不仅如此,他还经常套用"子曰"("子曰:知识就是力量""子曾经曰过:武力是解决不了任何问题的")来展示自己的学问,等等;有对传统民间艺术的戏仿,"郭蔷薇信口传谣言"一回中郭芙蓉摇身一变成为说书家,"(一拍惊堂木)这位看官你问得好……"像极了民间说书的艺人;还有对娱乐节目的戏仿,小郭和无双才艺比拼的场景描写很明显采用了大陆综艺节目《幸运52》和台湾地区综艺节目《我猜我猜我猜猜猜》的模式。宁财神灵活地运用拼贴、戏仿等表现手法,不受时空的限制,于玩笑中掩盖了阶层矛盾、贫富差距、性别差异等,在缺乏人情的现代语境下建构了一个同福客栈式的乌托邦,从形式上证明了《武林外传》的风格先锋、时尚,更加贴近大众化。

《武林外传》讴歌真善美却不流于说教,性格迥异的个性人物、风趣幽默的杂糅语言、一波三折的动人情节,都展示着无穷的魅力。它既具解构色彩,又在建构新的文化主题,在形式上的大众狂欢下又不失美学理念的度,在准确地把握当下审美文化的基础上又大幅度地融入现代化的表现手法,在轻松欢畅的氛围中启发大众对人性、生存的现实思考。无论从文学上还是美学上而言,宁财神的贡献都不容忽视。

《武林外传》创意始于2002年,此后编剧宁财神以一年时间打造剧本,又经几度更改,于2006年1月被搬上中央电视台电视剧频道的黄金档,后又被许多地方台及网络电视轮番热播,成为史上最受欢迎的电视剧之一。在电视剧高温未退时,以其命名的网络游戏就正式上线,接着,它的话剧版、川剧版也纷纷亮相。不仅如此,与该剧同名的300集动画连续剧前100集已经完成,同名电影、京剧、音乐剧、网络升级游戏版诸多衍生产品也纷纷出炉,引发了一股"武林热潮"。

作品赏析

这里节选的是《武林外传》剧本第二十九回"吕圣人智斗姬无命 佟掌柜火拼展红绫"的中间部分:京城刑部大牢遭地震,姬无命逃狱来到七侠镇。众人闻此消息大惊,匆忙收拾行装,准备逃跑。刚下楼就被姬无命拦截住,万幸的是此时小姬已经失去记忆,众人为保命求安虚构故事欺骗小姬。在面对生死的关头,众人在与姬无命的斗智斗勇中表现出各自的个性特征。

……

［后院］夜

（姬无命鬼鬼祟祟入，敲了敲小贝房门。）

掌柜：你咋才来？（掌柜的开门，看到姬无命，吓了一大跳）是你。

姬无命：娘子。

掌柜：(镇静)你怎么才回来啦？

（掌柜的推小姬，一包首饰掉了下来。）

小贝：(听到东西掉地的声音)发生什么事？嫂子。

掌柜：(关上门)千万不要出来。

姬无命：我这不给闺女送见面礼来了吗？

掌柜：(拾起地上的首饰)你这都是赃物(将包袱扔到小姬手中)，你就不怕被抓吗？

姬无命：要不，咱们换个地方，重新开始。

掌柜：(被吓退)开始什么呀？

姬无命：开始一种全新的生活呀，娘子……

掌柜：(高声)不要动，你再动我就，我就咬舌自尽。

姬无命：(后退三步)别别别，我说错什么了吗？

掌柜：(看看小贝屋子，靠近小姬)你一走就是这么多年。我们母女受了多少罪，你知道吗你？

姬无命：(哭)可苦了你了，娘子。(抱掌柜的)

掌柜：(回头看小贝屋)我倒是无所谓，就是小贝(转到磨盘一边)，每天以泪洗面，哭着喊着找爹。(手伸向前，可怜状)爹，爹，我饿……(小姬痛哭，掌柜的趴在磨盘上)，我想吃糖葫芦(起身，小姬依旧痛哭)，我都不敢告诉她，你还活着(小姬欲拿首饰看小贝，被掌柜的抓住)，你自己走吧，我是不会跟着你走的。

姬无命：(止住哭声)为什么？

掌柜：因为，我的心里头已经有别人了。

姬无命：(起身)有别人了？谁呀？

掌柜：这个你就不要管了。

姬无命：(急，指着掌柜的)是不是老周？

掌柜：谁谁谁？

姬无命：就是细皮嫩肉的那小子。

掌柜：他姓白。

姬无命：白？

掌柜：(点头)嗯。

姬无命：白？(抱起头，发晕)白？

掌柜：你咋了？

姬无命：我这脑子好像又开始不够用了。

众人信口胡诌佟湘玉乃小姬娘子，小姬信以为真。佟湘玉假装若无其事，将戏继续演下去。

临危不乱，不愿让小贝受到惊吓。

为保护小贝，细节处更显真情。

模仿惟妙惟肖，试图引起对方的同情，确收实效。

试图引起对方思维的混乱。

掌柜：嗯，所以我就更不能跟着你走了。回头你把我带出去，又忘了我是谁，那我找谁哭去啊？你自己走吧，啊。

姬无命：（心下迷茫，正欲走，忽然转身）不成。（指着掌柜的）你不跟我走行，我得把我女儿带走。（向小贝屋走）

掌柜：（拉住小姬）不可能，闺女也不是你的。

姬无命：（大惊）你说什么？

掌柜：她是我和老白背着你生的。

（天上突然传来一声雷响，掌柜与小姬皆惊。）

姬无命：（跪下）天哪，我到底做错了什么？你要这么惩罚我？

（老白进，掌柜的对老白做手势，老白不解。）

老白：小姬？

姬无命：（起身，愤愤地说）来得正好，我跟你拼啦。

（老白扔下包袱，跑，小姬追，掌柜的一同追出。）

［大厅］夜

（打斗声过，掌柜的推开小姬，老白倒在台阶上，小郭拿着伞躲到一边。）

掌柜：（扶老白）展堂，你不要紧吧。（转身，护住老白，对小姬）你为啥下手这么狠？

姬无命：（坐下）你问他，为什么要勾引你？

老白：（嘴角流着血，推开掌柜的）我们错了，是我们对不起你。

掌柜：但我们是真心相爱的。

老白：求求你，成全我们吧。

姬无命：成全你？谁成全我呀？

（小贝进。）

小贝：那啥时候走啊？

（小姬拉过小贝，小贝大叫。）

老白：住手，（指着小贝）他是你亲生闺女。（掌柜的在老白耳边低声了几句，老白大惊）啊？

掌柜：（捂住老白嘴）我也是被逼无奈的，没有办法。

老白：（起身）那你也不能胡编乱造呀你！

姬无命：哎，（抱着小贝，走到掌柜、老白身旁）你们说，他到底是谁的闺女？

掌柜：（指小姬）你的……（又欲指老白，看到秀才从楼梯上下来，指着秀才）他的。

（秀才正不解。）

姬无命：你这个禽兽。（走上楼梯）

秀才：别过来，子曾经曰过，武力是解决不了任何问题的。

众人：什么子？

秀才：吕子！

姬无命：你想怎么死，我成全你。

小郭：（闪出来）排山倒海（被小姬用胳膊肘制住），哎哟。

性格上心狠手辣的盗神在亲情上却毫不含糊。

此中既有对老白真心的情意，又为了欺瞒需要演戏给姬无命看，一箭双雕。

骗局被戳穿。

老白跳出场景形成"间离效果"。

因骗局被戳破后不知如何应对而焦急。

堂堂"盗神"竟信了佟掌柜的把戏？

戏仿名言，秀才在危急关头依然改不了酸腐本性，无一招必杀绝技，而郭芙蓉只会这么一厘头的台词对白且在关键时候从来不抵任何用处。

姬无命：下回出招，用不着先喊（转身对秀才），拿命来。

秀才：慢着，杀我可以，但得先说明白了，我到底是死在谁的手里？

姬无命：废话，我呀。

秀才：我，是谁？

姬无命：我怎么知道你是谁呀？

秀才：(笑)问题来了吧。 | 内心害怕，表面却镇定自若。

姬无命：你，什么意思啊？

秀才：这得从人和宇宙的关系开始讲起了（两人走下楼梯），在你身上长久以来，一直就有一个问题在缠绕着你。（二人走到桌旁）

姬无命：什么问题呀？

秀才：我，是谁？

姬无命：这个我已经知道啦。

秀才：不，你不知道，你知道吗，你是谁，姬无命吗？不！这只是个名字，一个代号，你可以叫姬无命，我也可以叫姬无命，他们都可以，把这个代号拿掉之后呢，你又是谁？ | 抓住机会反客为主，反败为胜。

姬无命：(已经被说傻)我不知道，我也不用知道。

秀才：好好，那你再回答我另一个问题，我是谁？

姬无命：这个问题已经问过了。

秀才：不，我刚才问的是本我，现在问的是自我。

姬无命：这有什么区别吗？

秀才：举个例子，当我用我这个代号来进行对话的同时，你的代号也是我，这意味着什么呢？这是否意味着，你就是我，而我也就是你。 | 秀才运用弗洛伊德人格结构理论来说服姬无命。

姬无命：这，这，这个问题没什么意义嘛。

秀才：(起身)那就问几个有意义的，我生从何来，死往何处，我为何要出现在这个世界上，我的出现对这个世界来说意味着什么，是世界选择了我，还是我选择了世界？ | 秀才趁势追击，凭借他的三寸不烂之舌继续他的哲学论述。

姬无命：够了！

秀才：(坐到桌子上)我和宇宙之间有必然的联系吗？宇宙是否有尽头，时间是否有长短，过去的时间在哪里消失，未来的时间又在何处停止，我在这一刻提出的问题，还是你刚才听到的问题吗？

姬无命：(怒)我杀了你！

秀才：(压住姬无命)是谁杀了我，而我又杀了谁！

姬无命：(沉思良久)是我杀了我！

秀才：回答正确(坐到小姬对面)，动手吧！ | 套用综艺节目中主持人用语。

姬无命：啊！！（双手拍向脑门，倒下。）

秀才：(长舒一口气)他不会再醒过来了吧？

老白：(探探小姬鼻息)应该不会了。

小郭：这，这算是个什么说法呀？ | 武功极高的"盗神"竟然死于手无缚鸡之力的酸腐秀才之口，颠覆了传统暴力、血腥的武侠世界。

秀才：（摆 pose）知识就是力量。（众人鼓掌）同福客栈知识竞答下周同一时间与您相约——

> 呼应前文，戏仿娱乐节目。

文本来源：百度文库。
（http://wenku.baidu.com/view/b5d12f160b4e767f5acfce99.html）

（撰写：裴　颖）

金　子《梦回大清》

　　金子，其生平资料公开较少，曾从事过会计工作，是从晋江原创网（www.jjwxc.net）成名，以青春穿越小说《梦回大清》走红的平民女作家。她对自己的评价和定位是"一个爱做梦的女孩子，貌不出众，技不压人，唯求一生平顺喜乐足矣"。金子喜欢阅读历史，特别是清朝历史，金子作品中有历史的痕迹，但更多的是现代青年人对历史的想象，其作品特色是"平凡而不流俗，自信而不张扬"，并且越看越好看。金子的贡献在于给现代工作、情感等压力下的都市年轻人以青春的方式享受阅读历史的快乐，让她们（他们）把在现实中遭遇的缺憾和无奈，放到历史中去弥补。阅读金子的小说，就是阅读青春，享受青春。

　　金子主要作品有：《我不是精英》《玫瑰花精》《绿红妆之军营穿越》《夜上海》《梦回大清》等。主要有影响的活动及荣誉：中华网（china.com），曾就《梦回大清》的创作等问题对金子做了题为《京城才女金子访谈——与你"梦回大清"》的专门访谈；作品《玫瑰花精》获新浪原创文学大赛二等奖；知名女性阅读品牌"悦读纪"最具影响力的作家之一。

　　2006年《梦回大清》，引领全国书市"穿越"风暴，至今畅销不衰，2007年《梦回大清》终结篇出版，其畅销使作家金子一下子成为网络文学界的领军人物。《梦回大清》已被改编成广播剧，数十家影视公司争购《梦回大清》的影视改编权。2011年1月，湖南卫视热播杨幂主演的清朝穿越剧《宫锁心玉》就有《梦回大清》的影子。

　　《梦回大清》的故事情节大致如下：一个生活在21世纪的女孩子上班族蔷薇，在故宫里参观迷了路，竟穿越时空回到了清朝康熙年间，身份为镶黄旗户部侍郎英禄的女儿雅拉尔塔·茗薇。茗薇贵为满人大臣的千金，同时为待选秀女，被那个时代优秀出众的阿哥们不约而同地喜欢上，并且和他们都有很亲厚的关系，从而展开或缠绵悱恻或荡气回肠或含蓄委婉的爱情。每次遇到麻烦，总有贵人相助。尽管主人公身不由己地进入危机四伏的皇宫内院，但因为有现代人的生存智慧，对历史上曾发生的事件了如指掌，在这些历史人物面前，简直可称得上是先知。于是，茗薇在那个时代可谓志得意满，女孩子的玲珑心、女孩子的真挚情、女孩子的浪漫梦都得到很好的体现……故事的结局更是浪漫主义的最好体现，在故事结尾，有情人终成眷属，在历经了种种磨难之后，茗薇还是与十三阿哥重新聚首。

　　《梦回大清》写出了现代人生活在古代的故事模式，这种故事模式正是现代人对历史的某种想象与心理补偿。

　　首先，这种想象是热播历史剧与新历史小说影响现代人的结果。只要你愿意，随意打开电视,热播的历史剧纷至沓来,历史剧的热播和流行,反映了目前社会的一种整体氛围,那就是现代人对本土、对历史的一种"回归情结",也就是人们对神秘历史的探索,对历史名人的好奇,对重大历史事件的关注,等等。自 20 世纪 90 年代以来,一批新历史小说,如唐浩明的《曾国藩》、徐兴业的《金瓯缺》、杨书案的《孔子》、颜延瑞的《庄妃》、凌力的《少年天子》、二月河的《雍正皇帝》、任光椿的《戊戌喋血记》等历史小说作为畅销书,一个最大的特点就是:突破了历史作为社会既定的大众认可,重新诠释着历史人物、历史事件。正是这些热播历史剧与新历史小说带给现代人(譬如作家金子)无穷尽的想象,使他们穿越了时空,经历传奇的遭遇并体验着两个时空文化的碰撞。

其次,这种历史想象还是一种"亚文化"的体现。所谓"亚文化",即"非主流文化"。现代人,特别是现代青年人,不愿按历史教科书去解读历史,或者说不愿去接受主流文化给他们既定的历史模式。作者金子依据自身的历史想象,从另一个角度给早已有定论的人物以新的面貌,甚至颠覆其传统形象,让人们在千篇一律的历史之外,找到一点新鲜的感觉。是不是可以这样说,现代人的这种想象,对历史既是一种反叛,又是一种创新。

再次,《梦回大清》对历史的想象,解构着历史与现代,让现代与历史交错穿梭。例如,作者在想象历史人物的过程中运用了一些现代称谓,现代称谓出现在历史人物、历史事件中,则往往显得诙谐幽默。作者在想象历史事件时,未忘记使用现代人的思辨方式,让现代文化与历史文化相碰撞,想象者可以在历史人物面前尽情展示现代人的生存智慧,并可惬意地体味现代人在历史面前的优越性。

《梦回大清》·阿哥手牵茗薇暗表真情

以上论述表明《梦回大清》是现代人对历史的想象,那么现代人为什么会按自己的方式对历史进行想象呢?我认为,这种想象正是现代人的某种心理补偿。在心理学上,当由于主客观条件的限制和阻碍使个人的目标无法实现时,设法以新的目标代替原有目标,以现在的成功体验去弥补原有失败的痛苦,这种心理被称为"补偿心理"。在很多情况下,人就像是"佛祖和蜘蛛"故事里的那只蜘蛛,总认为"失去的"和"得不到的"是最好的。在现实生活中无法实现的梦只好通过艺术手段加以补偿,而补偿的实质就是用挖掘一个人的潜力或加强一个人的力量来平衡他的弱点。

首先,"穿越小说"《梦回大清》满足了人们的空虚、猎奇心理。现代社会的人们已经被日复一日单调而快节奏的生活磨灭了激情。当人在缺乏某种事物的时候对之渴求就越疯狂,于是人们为了填补心中的漏洞开始寻找新鲜事物来刺激他们疲惫而单调的灵魂,如体育运动蹦极。但是这些活动存在着相当的风险,所以没有实际威胁的新鲜事物更符合大众的口味,"穿越小说"《梦回大清》就是其中的一种,它既有一定的新鲜感,又具有隐蔽性、安全性。心灵寂寞也许是现代人为了获取物质上的富足而付出的代价,他们渴望将心中的烦恼、幻想和情感向人倾诉又苦于找不到可靠的、有耐心的、能够沟通的听众,这种心理与《梦回大清》中的主人公产生了共鸣。小说牵涉古代与现代交错的人生,充满奇特的想象,又兼有机变和狡黠,带领人们到神秘的清朝去历险,让人们在紧张的工作与生活之余找到了一丝安慰。

其次,这种补偿心理表现最明显的是爱与个人价值实现的补偿。"剧变的社会,煽起了人们一股股无法抑制的成就欲。"[1]人们渴望被认可,渴望成功,无形中给自己增加了心理负荷。在现代社会,个人的存在价值往往很难体现出来,这个社会依赖更多的是群体,在这种情况下,人很容易产生失落的情绪。"一个人在遇到失败时,会出现'多米诺效应'……避免产生多米诺效应的最有效方法,就是我们在面临失败、无路可走时,迅速找到补偿进取心理的办法。"[2]而在"穿越小说"中,主人公由于具备超时代的知识和技能以及对历史进程的了解,让他们感觉优于古人,从而产生一种优越感。有别于现代社会,在这里,与主人公相识的必定都是非富即贵,主人公的一举一动都会影响其他人和事,引发"蝴蝶效应",读者和小说中的主人公一起,突然觉得自己被重视,是很重要的,自身的存在是有价值的。这就是人们在《梦回大清》上所寄托的个人价值实现的补偿。

再次,这种补偿心理对读者是这样,对作者而言,亦是如此。在《梦回大清》中,主人公茗薇身边有多个痴情人,其实这也可以看成是爱的补偿。作者金子安排了多个默默奉献、不图回报、重情重义的痴情人形象,正影射了现代人情感凉薄的一面。现代都市,人们都在忙碌而现实地活着,鲜有浪漫的至死不渝的感情,甚至在很多情况下呈现的都是赤裸裸的金钱关系。人口越密集,人心之间的距离就越远,人与人之间久违了那种脉脉温情,从而在人群中产生了一种孤独感,所以对真挚感情的渴望也愈加浓烈。于是在《梦回大清》中,作者金子按照自己的心意,安排了一个个温情的脸庞来安慰自己孤寂的身影,补偿自己对爱的渴求。

作品赏析

这里节选的是作品的第九章"心乱"中的部分:茗薇以身体不适为由逃离康熙皇帝的宴会,得到德妃娘娘的恩准,到外面吹风,遇到四爷和十三爷,为四爷与十三爷不同风格的感情所困而心乱。这一部分中四爷外表威严、内心情厚,十三爷热情如火、多情温柔,茗薇周旋于其中所流露出的灵动和智慧,都能得到很好的体现。

---

[1] 王海云.心理现象面面观[M].北京:人民出版社,1996:79.
[2] 张殿国.进取心理探秘[M].北京:中国青年出版社,1988:189.

……四爷也不说话。我实在忍不住,鼓足了勇气抬眼看他,那黑黑的眼底有着我从未见过的情绪,我低头弯腰俯下身去:"奴婢该回去了。夜凉,也请主子早些安置吧。"说完转身就走,也顾不得什么规矩了。四阿哥伸手拉住了我,我半点也不想回头,这样的情形已超出了我的控制范围,我真的害怕了。

"四爷刚才好像就是往这边儿来了,再找找……"一阵人声传来,四爷一愣,我趁机甩了手就走,他倒也未再拦我!

"唉!"忍不住又叹了口气。接着他们就去赶秋闱了。我当时很庆幸不用那么快就再见到他们,那实在是很别扭。我不知道自己是不是弄了个三角习题出来,感觉有些怪怪的。不论那天四阿哥用怎样的眼光看我,我也知道就算是冰山融化了,冬天也变不了夏天。那根本不能改变什么。更何况,呵呵,我不禁苦笑出来,这儿还有一个火山——十三阿哥呢!怎么会变成这样儿呀!以前在现代活到二十五岁,也没谈过半次恋爱,难道俺的桃花儿运都攒到这儿来进行一次性发作吗?我又能怎么办呢?逃避好像行不通,可也总不能冲上前去高喊,让暴风雪来得更猛烈些吧!

"又在这儿摇头摆尾的傻笑了。"

"啊?"我转了头看去,冬莲正一脸的不以为然。我一笑,拍拍身边,她笑着坐了过来,看着我好半响儿。"干么?就算我是美人儿,也禁不住你这么瞧呀!"我笑眯眯的摆出一脸得意的样子。"呸,不害臊!"冬莲笑骂,"你呀,真是个怪人!"我不禁一愣,这是什么意思,难道……她没看我只是自顾自地说下去:"说你迷糊不计较吧,你却治得十爷说不出话来;说你精明厉害吧,福公公那么样儿的找碴儿,你却又都受了下来。"我放下心来,一笑,"大概其是因为我比较笨吧",她一愣,我冲她眨眨眼,她不禁笑了。"你呀!"说着站起身来,"那走吧,二黑。"我瞪了她一眼,"拜托,你们到底要笑到什么时候?"冬莲只是笑着拉我起来,往下面走。

之所以叫我"二黑",是因为德妃养了只鹩哥儿叫大黑,会说不少吉祥话儿,娘娘甚是喜欢。那只鸟儿每日必要洗个澡,否则就烦躁不安的。偏偏我在现代也养成了每日洗澡的习惯,过去洗个澡不像现在这么容易,要热水还则罢了,那些个洗漱用具都是有数儿的,所以刚开始总是不够用,好在冬莲她们跟我还好,就把用不了的东西给我,后来德妃知道了,就说以后多给我些个梳洗的东西也就是了,还笑说我跟大黑倒是一个毛病。就这样,宫女们就叫起我二黑来,我也莫奈何,随她们去取笑,但澡还是要洗的。

"你带我去哪儿呀?"我问冬莲。"你忘了,娘娘歇中觉前,让咱们等她醒了过去。我估着时辰也差不多了,忙的来找你,你倒不领情儿!"说着瞪了我一眼。我忙笑说:"多谢大姐提醒儿,哪敢不领情儿的?"

"领情儿的话就帮我再描几个花样儿出来,如何?"我点点头:"成呀,小事一桩。"我们说笑着往侧厅走去,刚到月亮门就碰见来找我们的小太监,就忙去了。一进屋,发现地上堆着些个东西。"小薇。"德妃正坐在炕上检视着什么,"你来。"我忙走了上去行了礼,娘娘摆摆手,将手中的信纸递了过

四爷胤禛即后来的雍正皇帝,是一位十分复杂而矛盾的历史人物,就是这样一位毁誉参半,甚至毁大于誉的雍正皇帝,也能表达出的最强烈的爱,尽管简短却很真挚。

对于四爷的感情,茗薇是清醒而慎重的,尤其是她在十三爷似火山般的热情之下,对四爷甚至有点敬而远之。

因为具备现代人的生存智慧,对历史上的大事件了如指掌,所以在异常复杂的宫廷中生存才能得心应手。

茗薇巧妙地掩饰了自己,冬莲怎么会弄得懂这个嘴上说笨,其实聪慧异常的现代人呢?

一个普通女孩在几百年前的皇宫里饮食起居都不习惯,作为读者,难道不为生活在现代社会而庆幸与满足吗?

茗薇和宫里的同伴关系融洽,又深得德妃主子宠信。

来,"你念念,我的眼神儿是越发的不好了"。

"是。"我念了给德妃听,是十四爷的请安信,大意是说这两天也就要赶回来了,一切都好云云……德妃很开心:"身子骨没事儿就好了,别的倒在其次。"底下人也都是赔笑凑趣儿的附和。

突然门帘子掀了开来,福公公气喘吁吁的进来回:"主子,四爷和十三爷回来了,现下正在皇上那儿回话儿呢,过会儿子就来给您请安。"我不禁一惊,退了一步。德妃娘娘倒没注意:"啊,那可太好了。来呀,快帮我收拾,别的事儿先算了。"看娘娘喜上眉梢的,冬梅她们忙上前帮她梳理,我也跟着别人收拾地上乱七八糟的礼品物件儿,把赏的东西都先归置到一边去。忙了半晌,看看差不多了,也没我什么事儿,就悄悄地退了出去。

我还没想好如何面对他们,那也只好三十六计了,心里有些乱乱的,说不出是高兴还是难受,我摇了摇头,往阁楼走去。转过假山石,就是回廊了,我低头往上走,突然一只臂膀拉了我过去,"啊!"我不禁叫了出来,只是被人紧紧地抱在怀里,一股淡淡的青草味道传来。

我一顿,就不再挣扎,安静了下来,只是感觉着他的胸膛起伏。过了好一会儿,抬头望去,十三正笑眯眯地看着我……

我抿了抿嘴,不知该说什么好,随他打量我,只是笑着看他,个把月儿不见,好像黑了些。"你看起来不错嘛!气色很好。"十三阿哥说着伸手过来要摸我的脸,我猛地一闪,让他扑了空。他不高兴地看着我,我笑着转身往廊子上走去:"总不能每次都让你得逞吧?"

"哼!"十三撇撇嘴,可还是跟着我往上走。我真的很高兴,这些日子不是没想过再见了他会怎样,可现在才知道,我还远远不够了解自己的心……想到这儿,我的脚步一顿。十三一愣,抬头看我,我淡淡笑了笑,接着走,只是看到他就不可避免地想到了四阿哥……

如果说我再见到十三的感觉超过我想象,那么我实在不知道见到四爷时,我会怎样。四阿哥和十三阿哥看来没有半点相同,可对我而言,有一点是一样的,他们都让我心痛。随着已走上了凝春阁。十三显然来过这里,径直走了进去,在靠窗的卧榻上随性儿的歪靠了下去,我自去开窗通风,又拿过来暖斛子里的水沏茶,屋里静静的,只闻得一阵茶叶清香,沁人心脾。

金子:《梦回大清》,北京:朝华出版社2006年版。

为什么吃惊?后面有交代,是因为还没有想好如何面对他们,这是结构上的伏笔与铺垫。

十三爷热情似火,感情外露,但也是最得茗薇倾心的一位阿哥。茗薇和他相处轻松、惬意,同时又保持着一定的距离,必要的矜持难道不是现代女性爱情成功的法宝吗?

他们不同之外的相同之处,都是对茗薇默默奉献、不图回报、重情重义的男人,所以说,他们的感情在茗薇心目中是一样沉甸甸的,孰取孰舍?她怎能不心痛呢?

(撰写:陶春军)

天下霸唱《鬼吹灯1》

天下霸唱(1977—),天津人。原名张牧野,笔名"天下霸唱"(也有叫"本物天下霸唱"),来源于网络游戏,学历不高。为人性格豪爽,待人坦诚,喜欢自由自在的生活,不受过多约束,更是厌恶生硬上纲上线的思想。做过服装生意,开过美容院,在电视台当过美工,目前在天津开了一家金融公司。张牧野最早写作是在2005年下半年,源起于当时的女友看连载更新的鬼小说却等不及作者迟迟更新,而让张牧野续写小说结局,从此开始了他的创作生涯。到目前为止,张牧野以"天下霸唱"发表的小说包括:《凶宅猛鬼》《雨夜谈鬼事》《迷航昆仑墟》《鬼吹灯》系列作品共八部,《鬼吹灯之牧野诡事》《贼猫》《迷踪之国》系列作品四部,《死亡循环》等。张牧野系列小说在短时间内风靡网络,其小说作品一出现便受追捧并引起了畅销书市场上"盗墓小说"的流行,从而逐渐引领了一个畅销书的流派而使得"盗墓小说"声名鹊起。

作为当代中国通俗文学,特别是网络文学的代表性人物之一,张牧野的小说在观念创新以及艺术提炼上都具有很强的代表性。对其小说的了解基本上就已经掌握网络文学上"盗墓小说"这种文学样式的大体状况,并对其引领的文学潮流有了更深的前景上的认识。

《鬼吹灯1》最早连载于2006年的天涯论坛,而后被起点中文网获得连载版权,同年9月《鬼吹灯1》之《精绝古城》由安徽文艺出版社出版成书。

《鬼吹灯1》的故事情节大致如下:民国时期,胡八一祖父胡国华因为家道中落和自身吃喝嫖赌抽样样俱全而被迫去盗墓,却被一看风水老先生制止并于百年后传授一本秘书残卷《十六字阴阳风水秘术》,懂此书可知风水,可观天文,并以此可知隐藏在奇川大山中的琼楼古墓,此书历经磨难最终传到胡八一手上。"文革"时期上山下乡的热潮使得胡八一和胖子(胡八一的哥们)开始了探秘之行,在此期间又由人介绍认识考古队的Shirley杨和陈教授,以四人为主开始梦幻奇绝的探秘之旅。其中以四个大的墓葬为全文脉络,地点分别是沙漠中的精绝古城、陕西的龙岭迷窟、云南虫谷以及西藏昆仑山,故事中以胡八一和胖子等人的命运起伏为一纵贯全文的经线,同时以鬼洞和人物命运之间千丝万缕的关系为纬线,组成一个精密却诡异奇绝的网络。故事中用两个小片段交代人物出场、故事背景以及关于盗墓的一些基本常识,高潮则开始于胡八一和胖子跟随考古队,利用秘书残卷中风水秘术来解读天下大川脉搏,来寻找一处失落在地下的琼楼宝殿——精绝古城,从而揭开千年部族消失之谜,却在精绝古城中遭遇种种离奇,无论是尸香魔芋的怪异魔力还是关于先知的预言,最终考古队中只有四人从鬼洞中死里逃生。而在龙岭迷窟倒斗的时候,除了遭遇各种匪夷所思的诡异事物外,还意外地发现从精绝古城的鬼洞死里逃生出来的四个人(另外两个是Shirley杨和陈教授)都染上了怪病,需要传说中埋藏在云南古滇国献王墓中的氅尘珠才能救各人性命,但氅尘珠所在地献王墓却隐藏在蛇河虫谷之中,胡八一等为解性命之忧不得已开始云南虫谷之旅。但是如何揭开氅尘珠的秘密,所有线索又指向雪域藏地,此时香港古董商为寻找魔国冰川水晶尸也意欲前往藏地古格王国遗址,从而又开始了一段昆仑神宫的探秘之行,而在异常离奇诡秘的地下世界中,历史的神秘面纱也正一层层地被揭开,充斥着悬疑、探险、死亡和恐怖气氛的地下探秘,让胡八一和胖子等人的命运也在历史一层层的剥落中跌宕起伏。

作为当代中国极具影响力的一部网络小说，《鬼吹灯1》最大的贡献在于引领了一种新的文学潮流并丰富了文学创作样式。古来盗墓之术已有，其历史不下几千年，三国时曹操以挖掘古墓充军饷，让盗墓者有"摸金校尉"这一别称。但是让盗墓走进文学作品并且引领潮流典范的当推《鬼吹灯》系列，为其后"盗墓小说"在故事中如何铺陈事件、交代人物、罗列线索、设置悬念等起到范例的作用，如《黄河鬼棺》系列和《盗墓迷津》，等等。这些作品无论从构思、情节安排还是悬念的设置都一定程度上模仿《鬼吹灯1》这部作品。所以，"盗墓小说"作为一种比较完整的形式风靡于网络，开端的重要性毫无疑问当推《鬼吹灯1》，而其形式也是在这部小说中得到确立，然后在《鬼吹灯》系列中完成塑造。"盗墓小说"风潮以一种别样的新奇姿态给当代网络文学刮起了一股猎奇之风，这种新的文学样式在网络上悄然流行，形成了和悬疑、恐怖、推理小说等多元流行的一种网络文学形态。这种文学样式的出现也在很大程度上丰富了文学创作的多样性，以新面貌出现、以奇的姿态确立、以略带恐怖的样式带来奇异之风，可谓是这类小说在文学形式上的突出特点，并以其特点脱颖而出成为当今网络文学不可分割的一个重要部分，其中《鬼吹灯1》的贡献很大。

张牧野并非专业写手，其在创作《鬼吹灯1》之前，曾为博得女友开心而自己续编鬼故事结局而创作第一部小说《凶宅猛鬼》，但因为情节难以继续而搁浅，其后也写过《雨夜谈鬼事》和《阴森一夏》，但是都没有取得轰动的效果，直到2006年《鬼吹灯1》连载才一夕之际红遍网络，张牧野也因此被称为"盗墓小说鼻祖"。《鬼吹灯1》之所以一夕之际成为网络上炙手可热的文学作品，其根本原因在于它给文学界带来了不一样的"新奇"之风。它的"新"在于彻底颠覆了读者的阅读想象，让读者一接触就被吸引。那些天马行空的思想、那些奇异瑰丽的构想、那些超乎寻常的际遇，让生活在地上的人在文字中可以满足探险的冲动，同时穿插介绍的关于盗墓的知识、明器的种类和墓洞中各种闻所未闻、见所未见的悬念设置等，都让人在似有似无中难以割舍。到底是真是假是虚是实，读者只有跟随文中主人公进行命运的冒险，从探寻潜藏在地下的秘密，到经历横贯交织着各色带有恐怖和死亡的遭遇，才能在虚构的故事中体会亲身经历的真实，这是《鬼吹灯1》给读者带来的不同于一般小说的新鲜体验。而《鬼吹灯1》的"奇"则在于它在四个不同地点的盗墓中所构筑出来的不同于我们生活世界的奇异空间，《精绝古城》中的火瓢虫、霸王蝾螈、九层妖楼、古老的语言和鬼洞；《龙岭迷窟》中的豥魉、悬魂梯、闻香玉和缸怪；《云南虫谷》中的鬼信号、后殿、黑色旋涡和尸体，还有《昆仑神宫》中的水晶尸、诅咒和祭品等超乎寻常想象的事和物，无不展现出奇特的魅力而引人入胜。这种"新""奇"相结合而锻造出来的小说能短时间风靡网络也就不奇怪了。

张牧野以古已有之的盗墓行为为素材创作出来不同于一般的文学形式，新的气息让人为之一振。盗墓引出深藏地下的千年之谜，盗墓开启奇谲诡异的探险旅程，盗墓揭开历史包裹的层层面纱，盗墓也贯穿人物命运的跌宕起伏，一切在看似不可思议中循序渐进，看似意料之外却又潜藏在意料之中，层层相叠，环环相扣，无怪乎人称张牧野为"盗墓小说鼻祖"，这也在情理之中。

《鬼吹灯1》还有一个特别之处在于情节结构叙述完整，情景人物设置虚虚实实。看似兴致所致的随意描摹却往往起到承上启下或画龙点睛的效果，让人唏嘘不已。从精绝古城的鬼洞出发到龙岭迷窟中对于奇甲龟文的解读，再到获得献王墓中的毦尘珠和到雪域藏地为解读毦尘珠而牵扯出来的古格王国，这些全然不同的墓葬地点，却因为人物命运的转折起伏而联系到一起，以不同的方式过渡却又浑然天成无懈可击，这种结构的延展在"盗墓小说"中是第一次,也是可以起典范意义的第一次。而《鬼吹灯1》的情景人物叙述也让人觉得扑朔迷离真假难辨,从而为小说情节的推进铺垫了奇绝的色彩。张牧野曾经说过,小说写作中自己必须尽量真实地塑造每一个人物,读者只会因为真实而感动,虚假是无法让人产生代入感的,所以在创作的过程中必须尽量结合现实才能让读者信服。而《鬼吹灯1》践行的正是作者这种写作理念,虽然小说作为一种虚构的文学体裁,并且"盗墓小说"这种形式又必须以新奇取胜,可见想象力的奇异瑰丽对于小说创作的重要性,其中包括对小说情节的虚构以及故事中那些惊奇古怪的遭遇,但是小说中关于人物性格的描写和结合时代特色的文化与语言却也别具一格,胡八一的胆大心细,胖子的仗义豪情和爱财如命,Shirley杨的坚持和韧性等都各具特色,同时又有很多极具特色的语言,如胡八一张口就引用毛主席语录,让人忍俊不禁却暗合时代特点。而这种虚虚实实的情节结构和人物塑造尽量真实的实践,从"盗墓小说"这种新的文学样式的发展来说,张牧野具有独到的贡献。

《鬼吹灯1》没有被改编成电影和电视剧,却风靡网络,出版成书之后,销量也直线上升。作为第一部在网络上广泛流传的作品,《鬼吹灯1》开启的"盗墓小说"写作之风取得的成就让人瞩目,而这种新的文学样式也必将在文学领域占据一席之地。

作品赏析

这里节选的是《鬼吹灯1》之《龙岭迷窟》的第十八章"龙骨"的开头部分:胡八一、胖子和大金牙终于从迷窟中死里逃生,胡八一和胖子身上却出现了一块酷似人眼球的暗红色浅印。而这浅印又和第一部鬼洞有直接的联系,为破解浅印之谜又引出第三部髦尘珠的找寻,一举看似无心之所却起了承上启下的过渡作用,同时也刻画出人物在面对性命攸关问题时候的性格特征。

<u>我见终于钻出了山洞</u>,正想欢呼,却听胖子说我背后长了一张"人脸",<u>这句没头没脑的话</u>,好似一桶刺骨的冰水,兜头泼下,我心中凉了半截,急忙扭着脖子去看自己的后背,这才想到自己看不见,我就问胖子:"你他娘的胡说什么?什么我后背长人脸?长哪了?谁的脸?你别吓唬我,我最近可正神经衰弱呢。"

胖子拉过大金牙,指着我的后背说:"我吓唬你做什么,你让老金瞅瞅,我说的是不是真的。"

大金牙把抱在怀中的闻香玉放在地上,在漆黑的山洞里待的时间长了,看不太清楚,便伸手揉了揉眼睛,站在我身后看我的后背:"嗯……哎?胡爷,你后背两块肩胛骨上,确实有个巴掌大小,像是胎记一样……比较模糊……这是张人脸吗?好像更像……更像只眼睛。"

"什么?我后背长了只眼睛?"我头皮都炸了起来,一提到眼睛,首先想到的就是新疆沙漠下的那座精绝古城,那次噩梦般的回忆,比起我在战场上那些惨烈的记忆来,也不相上下,一般地可怕悲哀。我弯过手臂,摸了摸自己的后背,什么都没感觉到,忙让大金牙仔细形容一下我后背上长的究竟是什么东西,到底是"人脸",还是"眼睛"。

> 本已死里逃生,却又蹦出来"人脸"一说,让人不禁心里一紧,故事情节也急转直下。

> 呼应前文,同时渲染恐怖氛围,为下文做铺垫。

大金牙对我说道:"就是个圆形的暗红色浅印,不仔细看都看不出来,一圈一圈的,倒有几分像是眼睛瞳仁的层次,可能我说得不准确,应该说像眼球,而不像眼睛,没有眼皮和眼睫毛。"

我又问胖子:"小胖,刚才你不是说像人脸吗?怎么金爷又说像眼球?"胖子在我身后说道:"老胡,刚才我脑子里光想着那幽灵家里的人面,突然瞧见你后背,长出这么个圆形的印记,就错以为是张脸了,现在仔细来看,你还别说……这真有些像是咱们在精绝古城中见过的那种眼球造型。"

<small>忙乱中更显紧张。</small>

胖子和大金牙越说我越是心慌,这肯定不是什么胎记,我自己有没有胎记我难道自己还不清楚吗?后背究竟长了什么东西?最着急的是没有镜子,自己看不见自己的后背。

<small>这到底是什么东西让人这么恐慌?</small>

这时大金牙突然叫道:"胖爷,你背后也有个跟胡爷一样的胎记,你们俩快看看我后背有没有?"

我再一看大金牙和胖子的后背,发现胖子左侧背上有一个圆形的暗红色痕迹,确实是像胎记一样,模模糊糊的,线条并不清晰,大小也就是成人手掌那么大,有几分像是眼球的形状,但是并不能够确定,那种像是淤血般暗红的颜色,在夕阳的余晖中显得格外扎眼。

<small>为什么会出现"人脸"胎记,悬念又一次出现。</small>

而大金牙背后光溜溜的,除了磨破的地方之外什么也没有。这下我和胖子全傻眼了,这绝不是什么巧合,看来也不是在和大金牙一起的时候弄出来的,十有八九,是和那趟去新疆鬼洞的经历有关系,难道我们那趟探险的幸存者,都被那深不见底的鬼洞诅咒了?

记得前两天刚到古蓝,我们在黄河中遇险,全身湿透了,到了招待所便一起去洗热水澡,那时候……好像还没发现谁身上有这么个奇怪的红印,那也就是说是这一两天刚出现的,会不会是在这龙岭古墓中感染了某种病毒?但是为什么大金牙身上没有出现?是不是大金牙对这种病毒有免疫力?

<small>胡八一胆大但是心细。</small>

胖子对我说道:"老胡你也别多想了,把心放宽点,有什么大不了的,又不疼又不痒,回去洗澡的时候,找个搓澡的使劲搓搓,说不定就没了。咱们这回得了个宝贝,应该高兴才是。哎……你们瞧这地方是哪?我怎么瞅着有点眼熟呢?"

我刚一爬出山洞,就被胖子告知后背长了个奇怪的东西,心中慌乱,没顾得上山洞的出口是什么地方,只是记得这洞口十分狭窄,都是崩塌陷落的黄土,这时听胖子说看这附近很眼熟,便举目一望,忍不住笑了出来:"原来咱们转了半天,无巧不成书,咱们又他娘的兜回来了。"

原来我们从龙岭中爬出的出口,就是我们刚到鱼骨庙时,我爬上山脊观看附近的风水形势,下来的时候在半山腰踩塌了一处土壳子,险些陷进去的地方。当时胖子和大金牙闻声赶来,将我从土壳子拉了出来,那处土坡陷落,变成了一个洞口。我们还曾经往里边看了看,认为是连接着地下溶洞的山体缝隙,现在看来,这里竟然是和供奉人面青铜鼎的大山洞相互连通为一体的,在洞中绕了半天,最后还是从这个无意中踩塌的洞口爬出来。

<small>前后故事情节悬念设置到结尾得到呼应,和整个故事情节设计一致,严谨紧凑。</small>

我们的行李等物都放在前面不远处的鱼骨庙,最重要的是尽快找到衣

服穿上,否则在这山沟里碰上大姑娘小媳妇,非把我们三人当流氓不可。

背上突然出现的暗红色痕迹,使我们的这次胜利蒙上了一层阴影,心里十分不痛快,回去得先找个医生瞧瞧,虽然没什么异样的感觉,但这不是原装的东西,长在身上就是觉得格外别扭。

> 眼球形胎记诡异出现却并无异样,让人更觉诡异。

山沟里风很大,我们身上衣不遮体,抬着闻香玉原石快步赶回鱼骨庙。东西还完好无损地藏在龙王爷神坛后边,三人各自找出衣服穿上,把包里的白酒拿出来灌了几口,不管怎么说,这块闻香玉算是到手了,回北京一出手,就不是小数目。

大金牙吃饱喝足,抚摸着闻香玉的原石,一时间志得意满,不由自主地唱道:"我一不是响马并贼寇,二不是歹人把城偷……番王小丑何足论,我一剑能挡百万兵……"

> 非自己有性命之忧者,忘情享乐,商人金钱至上的嘴脸显现出来。

我虽然也有几分发财的喜悦,但是一想起背后的红色痕迹,便抬不起兴致,只是闷不吭声地喝酒。

红袖添香小说网。

(撰写:邓江江)

李 可《杜拉拉升职记》

李可,女,某名校本科毕业。十余年外企生涯,职业经理人,从事过销售和人力资源工作。著有职场小说"杜拉拉"系列,分别为《杜拉拉升职记》《杜拉拉升职记2:年华似水》《杜拉拉升职记3:我在这战斗的一年里》,其作品受市场欢迎,十分畅销,堪称中国当代职场小说的代表作。

《杜拉拉升职记》情节大致如下:杜拉拉,出身平凡,姿色中上,大学毕业后进入民营企业,因老板胡阿发的骚扰,她辞了职。后来杜拉拉如愿进入世界500强企业、通信行业著名美资企业DB公司,担任DB公司行政部助理。部门接到公司装修任务,上司玫瑰在没有任何交接的情况下以怀孕为由休假,人力资源总监李斯特将装修工作的一堆乱摊子交给了刚任职行政助理的杜拉拉。杜拉拉排除万难努力工作,其个人能力得到了同事及中国总裁何好德的赏识,而其认真执着的工作态度也让公司同事年轻英俊的销售总监王伟对其逐渐产生了好感。经过辛苦的工作,杜拉拉终于圆满完成装修任务,然而人力资源总监李斯特却过河拆桥,没有给予杜拉拉应有的回报。杜拉拉为捍卫自己的权益进行了机智勇敢的斗争,最终大获全胜,升任行政经理,薪水也从每月6 800元一下子跃升至10 000元。同时王伟也主动找杜拉拉示好,两人开始交往,杜拉拉一时之间爱情、事业两得意。当上经理后,杜拉拉认识到在经理的位置上压力更大,需要不断学习,她以自己的聪明才智和不懈努力成功地解决了一个又一个工作中的难题。在爱情方面,她也经受了不断的考验。王伟前女友岱西想和王伟重归于好,王伟因不忍心拒绝前女友的最后一次"要求"而就范。当岱西发现王伟另有所爱时感觉受到伤害,开始了报复。在发现王伟并没有换掉两人房子的锁后,她设计让杜拉拉相信王伟脚踏两条船,来离间杜拉拉和王伟两人的感情。在避孕套事件后,岱西又利用打扫卫生的阿姨在王伟床下安装了录音笔进行窃听,录下了王伟和杜拉拉两人私密的谈话内容。在工作中,岱西违规使用带金销售,并利用公司的种种顾忌和录音相要挟。为了不伤及杜拉拉,王伟辞职离开了DB。离开DB的王伟像在人间蒸发一般,直到一年后才与杜拉拉重聚。

作为中国当代一部有广泛影响的小说,《杜拉拉升职记》的吸引力首先在于其实用功能。白领职场生存的智慧和技巧是该部小说最大的卖点,在小说的封面上就赫然有"中国白领必读的职场修炼小说""她的故事比比尔·盖茨的更值得参考""白领丽人世界500强职场心得揭示外企生存智慧"等广告宣传字样。小说在点点滴滴的叙事中生动地描绘了世界500强公司DB的组织构架、管理理念、工作流程、行政制度、人际脉络、快节奏高效率的工作状态以及以业绩论英雄的评价体系,等等,这些都可以让想进外企、刚进外企或者好奇于外企的读者满足认识上的需求。作者还巧妙地安排杜拉拉进入外企之前,先让她"历经民营企业和港台企业的洗礼",于是读者还可以借助杜拉拉而窥见国内民营企业、港台企业的运营生态和人情世故,进一步扩大眼界。

与小说内容的实用性相辅相成的是其独特的文本形式。从目录看,该小说更像是一部职场手册:每一个标题已经不仅仅是每一章节内容的概括和提炼,更多的是在传授职场定律和经验。例如,"和上司要保持一致""要当经理就别想轻松:学习与承压""设定工作目标要符合SMART原则"等,这样的目录无疑加强了对读者的吸引力。在小说中,职场生存打拼战斗的情节无疑是重点,在跌宕起伏的叙述中,小说着力渲染了许多简单易学的工作理念和方法,并创造性地融入了许多简明的"职场小贴士",解答了如何捍卫、争取自己正当的权益,如何处理上下级、同级以及客户的关系,如何辨别好的工作,怎样获得一份好工作诸多敏感而又重要的职场问题。此外,书中还充斥着实用的职场知识,如"SWOT分析""360度评估""SOP(标准操作流程)"等。在情节之外,通过主人公的邮件、日记等形式将职场心得一一展示给读者,这些和人物成长经历融为一体的心得,使得小说全然没有说教意味,但又可以给职场新人和即将毕业的大学生以一定的启发和借鉴。

在注重传授职场智慧、经验的同时,小说还蕴含着很强的励志性。主人公杜拉拉,姿色中上,没有特殊背景,走正规路子,靠个人奋斗获得了事业、爱情的双丰收,这就给绝大多数出身"草根"的白领和准白领以希望与鼓励,尤其在多年来就业难、工作压力大、竞争激烈的社会大背景下,小说就不失为一碗心灵鸡汤,在让读者放松休闲的同时,既补充了能量又鼓舞了奋发向上的意志。榜样杜拉拉的奋斗史,又展示了当代中国女性,尤其是新一代知识女性对自身命运与价值的深度思考,闪耀出独立的意识、理性的精神以及顽强务实的品性。杜拉拉也因此成为中国当代文艺画廊中著名的"白骨精"——"白领、骨干、精英"。

小说的主人公是生活在繁华都市中的外企精英,她们的生活观念和收入消费状态无疑是时尚的代表。小说确实没有让读者失望,书中人物大多有一个洋派的名字,张口便是英文,出入知名的连锁咖啡厅、酒店,购买国际名牌……他们吃、穿、用、住、行各方面的生活消费都被生动再现,而典型的外企在华各层级薪酬不再讳莫如深,成了公开的秘密,这些都可以给对白领生活好奇、追求时尚的读者以满足。然而与一般"小资文学"有所不同,小说颠覆了"小资文学"所追求的情调与高雅,而以世俗的物质消费观念作为标签来瓦解"小资"的自鸣得意。"经理以下的级别叫'小资',就是'穷人'的意思,一般情况下利用公共交通上下班,不然就会影响还房贷；经理级别算'中产阶级'，阶级特征是他们买第一套房子不需要靠贷款，典型的一线经理私家车是'宝来'，公司提供的交通补贴能涵盖部分用车费用，二线经理则开'帕萨特'，公司提供的交通补贴基本能涵盖用车的日常费用；总监级别是'高产阶级'，'高产'们有不止一处房产，房子是在好地段的优质房产或者'别墅'，可以自愿选择享受公司提供的商务车，或者拿相当于公司商务车型的价格的补贴额度自己买车，和车相关的费用完全由公司负担；VP 和 President 是'富人'，家里有管家和门房，公司给配着专门的司机，出差坐头等舱。拉拉想，自己不能一直做销售助理，否则只有当'小资'了。"在这段叙述中，小说中的"小资"早已不是那个有几分"做作"的"小资"了，我们看到的是一个努力寻求世俗认同、追求世俗成功的都市女性。

在职场小说中，文本的重心已不在爱情，文本中的女性也已不在情河爱海中寻找自我，这就明显出离了女性写作的习惯范畴，在一定程度上昭示了女性主义在文学发展上的新历程。不过吊诡的是在这可贵的新发展中，女主人公的情爱却并没有新的特质，依旧徘徊在自恋式的虚妄想象中。职场中的爱情浪漫完美，年轻英俊能干有钱有地位的公司高管对女主人公一往情深，"爱得好深好固执"，可以说小说在现代都市生活的包装下沿袭了 20 世纪畅销纯情小说的惯用手法。这种模式符合传统的求偶心理，也反映出一种女性的集体潜意识——希望被男性重视、关注和追逐，并能在爱情中享有"唯我独尊"的特权。这样的情爱叙述很好地满足了女性读者的爱情想象。不过从这带有自恋倾向的虚妄爱情想象中，我们可以看出当代中国的都市白领女性在独立强悍的表征下，实际内心深处依然充满困惑与矛盾，女性的解放并没有完全实现，还有很多问题有待解决。

小说《杜拉拉升职记》被改编为同名广播剧、话剧、电影、电视连续剧等，受到大众媒介的广泛关注。"杜拉拉"打造出的图书产业链，带动了图书、听书光盘、话剧、电影、电视、服装、鞋业、游戏、音乐剧、网络剧、无线增值等多个领域的发展，创造了市场新神话。

作品赏析

这里节选的是第十章"别搞不清楚谁是老大"中的部分内容。这是王伟与杜拉拉的第一次正面接触，两人的关系可以用"不打不相识"来形容，颇具戏剧意味。节选部分很能显示杜拉拉的性格，在工作中不畏惧困难，独立、理性、勇敢、机智。而其解决棘手问题的态度和方法，也确有值得肯定和借鉴之处。

拉拉虽然获得何好德的支持，还是吃了不少苦头，比如那些失去自己独立的办公室的经理，有的就对她很没有好声气。有一个修养差些的，瞅个机会，拍着桌子问拉拉知道不知道什么叫看人摆菜碟？拉拉气极，只得耐心解释自己并没看人摆菜碟。

<u>DB 中国总监级别以上的有二十来位，都不是好伺候的，李斯特再三强调让她不要和各部门搞坏关系，拉拉少不得一一赔着小心。</u> *可见杜拉拉工作难度大。*

照计划，装修工程分两期进行。整个办公室被分隔成两部分，第一期开始施工前，先得把所有人都挪到另一半地方挤着办公，腾出一半的地方动工。

拉拉事先和各部门开了沟通会，定下搬家的日子和规矩。到了搬家那天，有两个部门，却叫不动人。

偏生李斯特外出，拉拉火急火燎地打电话找他问计，李斯特却不缓不急地说："拉拉，这正是锻炼你沟通和协调技巧的好机会，你要想办法取得各方面的平衡。既要按时搬家，又别把和各部门的关系搞坏了。" <!-- 这体现了李斯特的性格及一贯的工作风格。杜拉拉不能及时得到指导，这考验着她的办事能力。 -->

李斯特等于什么都没有说，拉拉只得自己想法子。何好德到现场转了一圈，看在眼里，自己打电话给两个不作为的部门的头儿。不一会儿，两人都气喘吁吁地跑到搬家现场来。其中一个找到拉拉说："拉拉，有困难你直接和我讲嘛，不需要请何好德给我打电话呀。"

拉拉忙得七荤八素，摸不着头脑说："我没有和何好德说什么呀。" <!-- 口语化的运用，传神。 -->

那总监看拉拉着急，不像使坏的样子，才信了拉拉，吆喝手下几个经理组织人打包。

另外一位是大客户部的销售总监王伟，他是个少年得志的主，难免傲慢。王伟接到何好德的电话赶到现场看了一看，和手下几个经理谈了几句后，他转身告诉拉拉说："我们部门今天有重要活动，没有人手，行政部找人帮我们打包吧。"

拉拉恳切地说："你们如果人手不够，我可以找搬家公司派人来协助你们打包，你们的人在每个箱子的贴纸上写上部门和姓名就行了。" <!-- 面对故意的刁难，一开始是有理有节的协商，这为后面的发飙有理进行铺垫。 -->

王伟无动于衷地坚持道："由你们行政部派人指挥打包就行了，他们包好后，行政部帮着在贴纸上填填部门和姓名吧。"

拉拉心说：这儿几百号人呢，行政部就四个人，还得履行日常职责，我上哪里找人帮你指挥打包还代填贴纸呀？你这不是刁难我吗？她心里这样想嘴上却不敢说出来，只好声好气地商量道："行政部人手太少，怕来不及，能不能你们部门留几位同事下来，抓紧把包打了？"

王伟双手交叉抱在胸前，居高临下地摇着脑袋，不冷不热道："我们有重要活动，没有人手，都来搬家，谁去做生意给公司赚钱？要不我来打包，反正他们得去干活。"

他的几个经理和部门其他员工三五成群站着看热闹，别的部门的一些员工也停下活看着。

王伟是北京人，三十三的年纪，身材高大，英俊儒雅，而拉拉在女性里只是中等个头，不说两人级别上的悬殊，单是身高上的差距，王伟就给了拉拉很大的威慑。 <!-- 王伟的威慑力，考验着杜拉拉的胆量。 -->

拉拉感到血一下子冲上了面颊，喉咙口一阵阵地发干，她想：我今天若不制服这个部门，那谁都可以不听我的指挥了，我还怎么做这个项目呢？

想明白自己没退路后，拉拉横下一条心，强硬地对王伟说："项目的工期太紧，半天我也要争的。不好意思，大卫（王伟的英文名），今天的搬家安排事先开会和各部门都协调好的，你们部门也是同意这个计划的，到下午6点，这一半的场地就得清场。时间一到，这边所有未打包的东西，都会被当成是各部门不要的东西清走。而且，电话和电脑网络也会卡断。为了不影响大家明天的办公，也避免有用的东西被当成垃圾清走，真的要请各部门抓 <!-- 不畏强者，使用强硬手段，成功解决，显示了杜拉拉的魄力和胆识。 -->

紧打包好有用的东西。"

说完,她头也不回地转身走开。

王伟一时愣在原地,不知道怎么办好,在一堆等着看好戏的员工面前,他颇有些下不来台。

上海办的行政部助理麦琪一直站在拉拉身后,她很想帮腔,但是太多大佬了,轮不到她多嘴。平时行政部没少挨王伟的教训,今天见到拉拉把他顶得没话说,麦琪高兴坏了,得意扬扬地跟在拉拉后面屁颠屁颠地走了。一转弯她就迫不及待地和拉拉说:"拉拉你真行!他们平时尽欺负我们行政,好像我们都是他们养活的!我们是他们养活的吗?我们是拿公司的钱!"

拉拉教训她说:"你少幸灾乐祸吧!赶紧让搬家公司多找几个机灵点的过去帮王伟他们部门打包!你不是真想让王伟自己给他们部门打包吧?" | 能够掌握分寸,显示了杜拉拉的理性和聪明。

麦琪噘嘴不高兴地说道:"不是他自己说他自己打包吗?"一面就赶紧去安排人手了。拉拉在她身后叮咛了句:"低调点。别搞不清楚谁是老大。"

麦琪说:"知道,他是老大。"

过一会儿,麦琪回来报告拉拉说:"王伟他们挺配合,打包得挺快的。"

拉拉这才放下心来。

等李斯特回来,拉拉把过程给他说了一遍,最后笑着补充说:"何好德是好心,给他们两位总监打了电话,我猜人家可能以为是我找何好德告了状。何好德这是帮了咱们倒忙,嘻嘻。"

李斯特也笑,心说:这拉拉 IQ 和 EQ 都还行嘛,原来还以为她就知道干活。他慢慢踱到王伟的办公室,招呼说:"王伟,听拉拉说今天你们很合作,打包挺顺利。"

王伟自知理亏,解嘲说:"瞧你们拉拉把我的办公室安排在正对着大门口,谁一进来,都先看到我,这是让我当男 reception(前台接待员)了。" | 对话机智幽默,夹杂着英语,体现了小说的语言特色。

李斯特打趣道:"拉拉是看你相貌英俊,才够格当此殊荣。我们招 reception,对相貌是有要求的。我想占这个位置,拉拉还不答应呢。"

李可:《杜拉拉升职记》,西安:陕西师范大学出版社 2007 年版。

(撰写:陈卫萍)

阿 耐《欢乐颂》

阿耐,女,20 世纪 60 年代出生,90 年代初弃政从商,现为浙江某企业高管。2003 年起,阿耐陆续在一些文学论坛和博客上发表小说,后将阵地扩展到晋江原创网,在工作之余坚持文学创作。阿耐的小说题材以商战为主,主要作品有《食荤者》《回家》《大江东去》《艰难的制造》《欢乐颂》等。

《欢乐颂》讲述的是海市欢乐颂小区22楼五个女孩之间的故事。从外地来海市打拼的樊胜美、邱莹莹和关雎尔一同租住在2202房。樊胜美是美艳动人的外企资深HR，但她光艳的外表背后是重男轻女的父母和不断拖累她的败家哥哥。已到30岁的樊胜美在爱情上想凭借美貌找个金龟婿进入上层社会，却屡屡受挫，高中同学王柏川的出现给了她新的希望，但樊胜美将她的所有希望都压在王柏川的身上，使得这段恋情告终。邱莹莹和关雎尔是刚工作没多久的小职员，邱莹莹心思简单，开朗天真，但遇人不淑被白主管玩弄，同时丢了工作。之后，邱莹莹到咖啡店工作时遇到了自己的老乡应勤，两人的关系虽然因为莹莹不是处女而受挫，但最终仍然走到了一起，在双方父母的同意下领证结婚。关雎尔是家教良好、文静内敛的乖乖女，在外企勤勤恳恳地工作。在工作之余，关雎尔向往一场纯粹的爱情，遇见了喜欢黑金属音乐的警察谢滨并暗生情愫，但谢滨却同安迪一样有着黑暗的童年经历难以向关雎尔吐露，两人因此渐生心结，最终谢滨离开海市，留关雎尔一人。安迪是从美国回来的商业精英，智商超群且相貌美丽，但天才安迪有着难以言说的隐痛，那就是她的身世。安迪的母亲、弟弟和外祖母都是疯子，她有着黑暗的童年和难以愈合的心理创伤，她时时刻刻活在自己有可能突然发疯的恐惧之中，同时极力隐瞒自己的身世。在爱情上，安迪的网友魏渭是她的第一个恋人，但魏渭城府极深，又缺乏个人魅力，再加上安迪的身世横亘在两人之间，使得两人以分手告终。安迪的第二位恋人包奕凡帅气洒脱，风流倜傥，与安迪有着共同语言，同时对安迪痴心一片，安迪也渐渐放下心结，与包奕凡领证结婚，两人郎才女貌，羡煞众人。曲筱绡是唯恐天下不乱的富二代，处处惹是生非却敢做敢当，鄙视循规蹈矩的生活态度，活得潇潇洒洒，活色生香。曲筱绡为了和同父异母的哥哥争家产回到国内，住到了22楼，在父母资金的支持下开了一家小公司，经营得有模有样。在爱情上曲筱绡这个情场高手却拜倒在赵医生的白大褂下，与赵医生分分合合的同时爱得有滋有味。

《欢乐颂》可以定义为一部当代都市世情小说，写尽了社会百态，道尽了人间冷暖。小说里有职场上的钩心斗角，有朋友之间的悲欢离合，有爱情里的分分合合，有家庭生活中的家长里短，更有个人成长中的跌跌撞撞，所以极具现实主义的《欢乐颂》最大的看点就在于它的真实性。《欢乐颂》中的海市是以上海这个大城市为蓝本，在这个大城市里有着来自不同阶层的人，来自社会上层阶级的海归精英安迪，富二代曲筱绡和包奕凡，他们不愁吃穿，出手大方，却大多面对着豪门内斗，光鲜靓丽的外表背后隐藏着丑恶的金钱交易。来自中产阶级的关雎尔和赵医生家庭背景良好，同时工作安稳，没有太大的经济压力，在工作之余注重自身文化方面的修养，总的来说身家清白，是结婚对象的不二选择。而来自底层阶级的樊胜美和邱莹莹则需要时时面对来自经济方面的压力，特别是樊胜美，以她自己的收入难以抵挡来自家庭的拖累，为此她只能利用自己的美貌，渴望钓上一个金龟婿踏入上层社会。此外《欢乐颂》基于现实，描绘了许多这个时代特有的现象，如"处女情结""捞女""富二代""网络暴力"等，在同名电视剧播出之时，"处女情结""阶级差异"等话题一度引发大众热议，掀起轰轰烈烈的大讨论。《欢乐颂》的真实在于作者能够准确把握时代敏感点和社会热点，准确把握来自不同阶层、不同环境、不同性格的人的价值观念、行为准则和生活方式，以及不同选择之间的矛盾和冲突。

在书写社会现实的背后，作者更加关注的是社会现实下的人，关注现今的都市青年在这个时代社会中如何自处，所以《欢乐颂》也是一部都市青年成长史。《欢乐颂》中的五个女孩在都市中追寻着爱情和事业，她们有着不同的价值观念，并影响着彼此，在一路跌跌撞撞的同时相互扶持，最终走向成熟。安迪表面上是无懈可击的精英，是众人羡慕的对象，但她的内心有着难以克服的心魔,处于深入骨髓的恐惧之中,这使得她长期独自生活,难以与人正常交流。住进22楼是安迪人生的转折点,是22楼的女孩在嬉笑打闹中让安迪有了世俗的烟火气,让安迪发现除了工作,人生还有很多重要的事情。包奕凡也是解开安迪心魔的重要人物,他给了安迪完整的爱情,更重要的是他并不在意安迪的身世和遗传。对于安迪来说,心无挂碍,便无恐怖,当安迪能对着并不熟悉的谢滨诉说她心中的恐惧时,恐惧已经在不知不觉中消解了,自此安迪克服了心魔,成了她所向往的正常人。樊胜美资质甚高却偏偏出身贫寒,为了维持外表的光鲜,她不得不活在一个虚伪的世界里,为此她不断掩饰自身的狼狈,过着自欺欺人的生活。但是樊胜美没有任何底线的家人将她所有的光鲜都打碎,让狼狈不堪的她现出了原形,幸运的是在22楼姐妹的帮助和陪伴下,樊胜美咬着牙扛了过来,历经苦难的她逐渐明白唯有自立自强才可改变命运,同时她也在安迪的身上感受到真实的可贵,这时的她才真正走向成熟,她的人生轨迹也由此开始改变。《欢乐颂》立足于人,文中的人物性格都有着鲜明的发展轨迹,作者为我们描述了一个个步入社会的青年人如何带着过往的印记生活,如何在现实的洪流之中认识自我,认识他人,并在自我怀疑中重新建构自我价值,所以简单来说,《欢乐颂》就是讲述五个女孩一步步走向成熟的故事。

  《欢乐颂》最大的亮点在于对人性鞭辟入里的分析,尤其是魏渭这个人物,他是在海市混了几十年的老狐狸,聪明绝顶,精于世故,善于揣摩人心,仅凭一眼便能看出对方内心的曲曲绕绕,对人性的分析极为透彻。在小说中,魏渭直言邱莹莹没有做生意的资质,看透樊胜美旺盛的虚荣心,形容曲筱绡是给三分颜色就开染坊的主儿,称王柏川是傻帽,同时他也欣赏赵医生的清高不做作,爱惜安迪的简单与纯真。就曲筱绡和赵医生因为打牌闹出矛盾一事,魏渭准确地把握了赵医生因为曲筱绡牌场作弊,从一开始的不满到心烦到最后沉不住气的一系列心理,似乎每个人在他面前都是透明的。魏渭对人对事的分析十分精准,但这样的魏渭却似乎少了些什么。魏渭似乎是能看透一切的"神",但是神没有人的真性情,我们只能仰望神,却无法与其正常交往,连安迪这样的天才都直言自己有点害怕魏渭,最终选择与魏渭分手。魏渭算计了一切,却没想到最终算计到自己头上,他是《欢乐颂》里最精明的人物却有着最孤独的结局,保持着一份纯真在生活的乐场上酣畅淋漓才是人之本色。

  《欢乐颂》这部小说字里行间之间弥漫着一股温情,那就是五个女孩的真性情。就五个女主人公而言,她们各有各的缺点。曲筱绡是坏心眼最多的一个,她口无遮拦,行为乖张,时常戳别人的痛处,肆意进入别人的世界里捣乱;樊胜美则过于虚伪,贪图物质上的享受;邱莹莹莽撞冲动,说话做事盲目不思后果……但她们都有着真性情,她们的内心深处是柔软的善良,即便她们之间有着不间断的摩擦和矛盾,但她们依然选择相信对方,互助友爱。理性来看,《欢乐颂》的温情过于理想化,现实也许比这更残酷。但在残酷与温情之间,作者很明确地选择了温情,并通过这份温情向读者传递积极向上、乐观友爱的人生态度,慰藉那些在社会上摸爬滚打的青年人,而阿耐的创作目的也在于此。

作品赏析

  这里节选的是《欢乐颂》第一季第十三章末尾部分:五美和三位男伴在山庄就餐的情节。餐桌上樊胜美努力掩盖自己没房的事实,而曲筱绡偏偏要在王柏川面前揭穿,两人各怀鬼胎、明争暗斗,上演一出好戏,而这场好戏中有多处出人意料的地方值得我们思考,对主要人物的细节描写也极其出彩，直接反映出他们独特的性格和内心世界。

  曲筱绡依然贴着樊胜美坐，娇娇地道："我们22楼就是樊姐对我最好。我们五个人全在，这是第二次聚会了吧。第一次在安迪家里吃夜宵，第二次这儿，第三次要么在我家吃？"

  安迪道："以后还是在外面吃吧，在家吃完收拾饭桌太麻烦，我那次估计不足。"

  "没关系，我家有钟点工，我从来就是吃完往水槽一扔，反正又没别人看见。安迪，我那个钟点工很不错，不如介绍给你？"

  "我不喜欢家里有陌生人进出。"

  <u>"这个没关系的，多看几次就认识了。她每天来我家，进进出出你们肯定都有碰到，一回生二回熟，樊姐、小关、小邱你们肯定见过了吧？"</u>（曲筱绡人小鬼大，三言两语捅破了那层窗户纸。）

  樊胜美早知道曲筱绡来准没好事，听到这儿，只要不是傻瓜，谁都听得出来曲筱绡不是与小邱、小关一起住了。她不由得看向王柏川，不出意料，王柏川也看着她，而且，<u>王柏川给了她一个微笑</u>。他为什么笑？他此时不该笑。那么他又为什么正正儿地看着她笑？（这个"微笑"是何意？是想宽慰谎言被揭穿的樊胜美吗？）

  正好热菜上来，第一个菜是山庄自家养的走地鸡白斩。王柏川暂时移开眼睛，给樊胜美夹了一块。

  <u>樊胜美彻底明白王柏川笑的意思了。以往王柏川从来不敢给她夹菜，中午那一餐也没夹菜，今天这是王柏川第一次给她夹，而且就赶在曲筱绡说话之后。可见，那一笑绝不单纯，这一夹菜动作背后的动机也绝不单纯，他难道以为她一落千丈，从此可以被他取笑调戏奚落了吗？</u>樊胜美挺直腰杆，淡淡地道："我最烦这种小动作。给人夹菜不卫生，好不好？而且好小农经济，这又不是农村吃喜酒，大家争先恐后唯恐抢不到。"（樊胜美一系列的内心活动。）

  王柏川不禁一脸尴尬。曲筱绡却拿起茶杯敬樊胜美，"樊姐姐好泼辣哦，我真爱死你了。"<u>樊胜美二话没说，装作意气风发地与曲筱绡碰了一下杯子，将杯中剩下的一饮而尽。</u>但樊胜美低估曲筱绡，曲筱绡立刻又道："没办法啦，我爸当年借一套西装去见客户，这借的就是借的，再装也是借的，即使西装再合身，举止依然是土包子。哈哈，很快就被人看穿啦，那个看穿的人就是我家太后老佛爷。"（一个"装"字道破了一切。）

  "小曲！"安迪终于出声，这话已经说得太露骨。曲筱绡做个鬼脸，装作躲在姚滨身后瑟瑟发抖。安迪拿曲筱绡没办法。

  <u>樊胜美却顺风而上，看着王柏川笑道："你听得出小曲说的是你吧？谁都不傻，只是我们喜欢玩儿，咱们姑娘们好不容易找到个目标围观。可真好玩儿。"</u>（一句话把在场的所有姑娘拉下水。）

  "樊小妹，你喝多了。我扶你睡觉去。"安迪起身。<u>但王柏川比安迪更早起身</u>，"魏总，对不起，我先走一步。"说着王柏川就往餐厅门口走。奇点连忙追出去。"兄弟，不要这样，你还是不理解女孩子，女孩子对你发脾气，那是心里对你患得患失。今天场合大家都尴尬，冷静一下，回头单独谈。"（为何只同魏渭告别？）

"我不尴尬,我本来就是打算今晚跟她说明的,现在不必了,寒心。"

奇点看到,<u>王柏川一个大男人竟然嘴唇颤抖,说话因此结巴</u>。他亲自开船送王柏川回对岸取车。路上开导道:"女孩子爱面子,别太计较。"

"你们是不是早知道我的车是借的,都拿我耍猴儿看呢?"

"这没什么,我早年还借过朋友的办公室。兄弟,别想太多,小樊要真是心里没你,不会在你身上花那么多时间。"

"不,事实远非你想象的这么简单。我开始明白了,我终于明白我一个客户郎总来的那一次……一言难尽。我需要好好整理思路。谢谢魏总亲自送我。"

奇点也不好多劝,他发现事情背后并不单纯。两人跳上岸,奇点一直送王柏川到停车场,才道:"兄弟。有句话跟你说:别把人看得太好,也别把人看得太坏,都是凡人。"

王柏川伸双手紧紧握了奇点的手,但没说话,挥手沮丧地开车而走。奇点站在原地看了会儿。他刚才仿佛看见王柏川眼里有泪花闪烁,再想到酒窖里的对话,不禁看一眼天上的月亮,往回赶路。

<u>餐厅里,樊胜美等王柏川一走,就微笑道:"吃菜啊,怎么都不吃了?"众人却看到,两滴眼泪沿着樊胜美的粉脸一路滚下。樊胜美一拍桌子,奔出餐厅,回客房。她此时也想走避。可她没车,只能躲进客房。</u>

安迪与关雎尔、邱莹莹一起盯向曲筱绡,曲筱绡却挺起胸膛,招呼一声,"吃菜啊。"

阿耐:《欢乐颂》,成都:四川文艺出版社 2012 年版。

> 侧面反映了王柏川对樊胜美用情至深。

> 至此,樊胜美为自己塑造的光鲜世界彻底破碎。

(撰写:张鑫佩)

海 晏《琅琊榜》

海晏,四川成都人,普通上班族,为人低调,不接受任何采访,不接受小说签售和读者见面会,被称为"最神秘的畅销小说作者"。年龄不详。海晏对自己的描述是"普通女子,胸无大志,只愿昨日可忆,未来可期,有山水可游,有奇事可闻,有朋友可交,有家人可依,文字之乐不改,童稚之心不灭,已是完满一生"。2006 年 12 月,她的处女作《琅琊榜》开始在起点中文网连载,迅速红遍网络。2007 年 12 月 1 日,在朝华出版社出版小说《琅琊榜》第一部;2011 年 9 月 1 日,在四川文艺出版社出版小说《琅琊榜》第二部;2014 年,在四川文艺出版社出版小说《琅琊榜》第三部。海晏也是一名编剧,编剧作品有电视剧《琅琊榜》《他来了,请闭眼》及《琅琊榜之风起长林》。

《琅琊榜》建构了一个架空的历史时代,其中梁国的赤焰军在12年前被奸人陷害导致7万将士冤死在梅岭,只剩少帅林殊和极少数的部将侥幸生存下来。12年后林殊改头换面化名梅长苏,成为天下皆知的江左盟宗主,以麒麟才子之名重返京都。所谓麒麟才子,得之可得天下,争夺皇位的太子和誉王都欲招揽梅长苏为谋士。梅长苏表面上为誉王谋事,却在暗中扶持他的昔日好友靖王,虽整日静居于苏宅,却不动声色地搅弄风云,利用兰园藏尸案、螺市街妓馆杀人案、私炮房等案件一步步除去太子和誉王的心腹。待靖王在朝堂之上逐步站稳脚跟时,梅长苏便开始清算谋害赤焰军的奸人,先扳倒了宁国侯谢玉,然后在卫峥被捕之后精心设局扳倒了夏江。在靖王已成东宫太子,梁王大势已去之时,谢玉之妻莅阳长公主向梁帝呈上谢玉所写陷害赤焰军的手书,群臣激愤纷纷请求梁帝重审赤焰之案,梁帝孤立无援同意重审,至此赤焰军的冤屈得以昭雪,梅长苏13年的心愿终于了结。在赤焰军之冤得以昭雪之后,梁国却遭大渝、东海、北燕、夜秦四国的入侵,在梁国无将可派、处于劣势的情况下,梅长苏请求随军出征重返战场,在他生命的最后3个月选择了林殊的结局。

《琅琊榜》是一部权谋类小说。小说紧紧围绕梅长苏为赤焰军昭雪一事展开,除此之外没有如泣如诉的爱情故事,没有惊心动魄的打斗场景,没有耸人听闻的奇闻怪事,只有梅长苏的机智算计和他的赤子之心并行不悖地充斥在小说的每一个角落,这样的《琅琊榜》带给我们的不是酣畅淋漓的阅读快感,而是掩卷沉思的寂静。

梅长苏是《琅琊榜》的灵魂,而他的形象是对非善即恶人物建构模式的解构。《琅琊榜》中有大善之人,如风流才子言豫津,女中英豪穆霓凰,沉静温婉静贵妃,正气凛然萧景琰,但主人公梅长苏并不是纯粹意义上的善人。梅岭的大雪和火海埋葬了原本意气风发的林殊,活下来的是面目全非、体弱多病的梅长苏。梅长苏是从地狱带着仇恨归来,先是目睹7万忠将和父亲惨死,后经历火寒毒挫骨削皮之痛,现整日徘徊在生死之间,千疮百孔的他背负着祁王、林家和7万英魂的清白,他不再为自己而活,他存在的目的只有复仇。凉薄无情的梁帝是一切悲剧的起源,赤焰之案是梁帝不许任何人提起的死穴,梅长苏想要昭雪就必须让这个狂妄自大的最高统治者低下他高昂的头颅。为此他步步为营,精心谋划了12年,编织了一个从江湖到庙堂,从世家弟子到各个皇子、大臣的密网,于不动声色间搅动风云。林殊渴望成祁王一样的人,光明磊落,胸怀坦荡,鄙夷那些只能躲在暗处行阴诡之术之人,现如今世事逼人,梅长苏埋葬了昔年疆场上的壮志凌云,整日围炉而坐算尽机关,成为他最厌恶的那种人。机诡满腹之人手上必定沾满了鲜血,梅长苏在京都掀起了一场又一场的腥风血雨,为了削弱誉王的力量借花花公子何文新之手杀了邱泽。在用人方面他控制着下属的亲人,为了铲除谢玉他揭开萧景睿鲜血淋漓的身世,视梅长苏为知己的萧景睿却成为梅长苏的一个棋子。但是梅长苏没有创造罪恶,他只是通过他强大的情报网看穿了那些罪恶,只待时机成熟略施小计将其揭发,同时达到自己的目的。他无愧于天地,无愧于仁义。《琅琊榜》满篇尽是梅长苏的计谋,但在计谋之下掩盖的是梅长苏的真情,在皇帝不仁、百官徇私的朝代,若是愚忠不仅无用,反而白白送了性命,他于暗处权谋皆因现实所迫。但即便选择了他最厌恶的阴诡权术,梅长苏的赤子之心从未改变,他的陷阱之下承载着柔情,他的计谋背后尽诉深情。他也不同于其他谋士的阴险毒辣,而是始终保持着他的赤子情怀,为赤焰军昭雪不是他的全部,他更向往清明之治,海宴河清的未来。在乱世里没有绝对的善与恶、是与非,复杂的环境造就的是更为复杂的人心。对于梅长苏我们无法简单地做出评判,只能随着阅读触碰他敏感却又坚韧的心脉,为他的哀戚而感叹。

《琅琊榜》的与众不同之处在于没有书写爱情,小说仅用只言片语告知霓凰与赤焰旧将聂铎之间的感情故事,同样只用几笔勾勒宫羽对梅长苏的痴情,除此之外便只有几位夫妻之间的伉俪情深。而梅长苏作为主人公,只是与霓凰有一段青梅竹马的感情,霓凰与他更似兄妹,绝非爱人。由此看来,作者似乎在刻意远离爱情这个主题。主人公梅长苏已经背负了太多,况且他体弱多病,时时刻刻面临着死亡,这样的他已经没有任何精力去寻求所谓的爱情,体弱的他也无法再去承担一个女人一生的幸福。此外,若有了爱情,梅长苏便有了一个软肋,这个软肋若被他人利用会毁掉梅长苏13年的心血,所以爱情对于梅长苏来讲是奢望,没有书写爱情也是作者对梅长苏的慈悲。就读者的接受来讲,如今的网络小说充斥着矫揉造作的爱情故事,《琅琊榜》的出现反而契合了大众求新求变的阅读期望,在一众千篇一律的网络小说中脱颖而出,给读者耳目一新的阅读体验。

《琅琊榜》作为女性作家的作品,多了几分细腻与温柔,但也有过于理想化的弊病。比如,梅长苏掌管着偌大一个江左盟,手下人员众多,但全书只有童路一人身份泄露,受到誉王谋士秦般若的算计,其他手下皆对梅长苏忠心耿耿,从未出错,理性来看这样的设定过于理想化。此外,梅长苏到达京都之后,京都的朝政完全在梅长苏的掌控下发展,只有霓凰被下药、私炮坊被炸,卫峥被夏江抓捕等极少数的突发事件在梅长苏的掌控之外,且并未影响梅长苏的整体布局,事态的发展过于完美。虽然海晏作为女性作家在创作上存在局限,但就女性人物的刻画上摆脱了传统的女性形象。《琅琊榜》中的霓凰郡主是策马扬鞭、驰骋沙场的女英雄,夏冬是刚正不阿的悬镜司掌镜使,弹得一手好琴的宫羽是背负着欲报杀父之仇的痴心女子。面对爱情,这些女子虽重情重义却从未被爱情所困,始终以大局为重,一改传统女性的闺阁之气,毫无矫揉造作之态,同男儿一般豪气万丈,这是海晏创作对传统女性形象的突破。

《琅琊榜》虽展示权术,却不崇拜权术,权术同样可以为善人所用,铲除奸佞,找回公道。一切的权术、计谋、纷争、陷阱都是手段,是非善恶终有时,其最终指向的是一个君上仁爱、政治清明、忠将良臣的天下。所以《琅琊榜》有着胸怀天下的家国情怀,有着惩奸除恶的忠肝义胆,有着批判邪恶与丑陋的勇气,有着追求公理与正义的执着,它让读者在享受阅读的同时感受人性的坚韧与美好,在潜移默化之中向这个浮躁的社会注入一股沁人心脾的清流。

作品赏析

这里节选的是《琅琊榜》第六十八章。这时梁帝已在他的寿宴之上受群臣逼迫同意重审赤焰军一案,梁帝在回宫之后突然意识到这一切都是梅长苏的计划,于是急召梅长苏入宫。在所选内容中梅长苏痛斥梁帝,说出了深藏在心底13年的话,是全书的高潮部分,梅长苏和梁帝的性格也在激烈的争辩之中凸显。

大约半个时辰后,殿门打开,梅长苏步态平稳地走了进来,仍是一袭素衫,乌发玉环,到了梁帝榻前,默默下拜行礼,身形略顿后见皇帝没有任何回应,他便自己站了起来。

> 此处通过梅长苏的穿着及动作感受他的内心活动。

梁帝皱了皱眉,不过并未借此发难,而是冷冷地看了他半晌,问道:"苏哲,我们这是第几次见面了?"

"第四次吧。"梅长苏略一思忖,答道。

"记得朕曾经问过你,到底来京城做什么,你说……是同时被景宣、景桓两兄弟看中,不得不入京的,对不对?"

"这是实话。"梅长苏微微一笑,"那个时候,一切尽在陛下掌中,我岂敢不说实话?"

"不错,朕查证过,你说的确是实话,朕那时也不在乎他们两兄弟谁多一个谋士,"梁帝眯起眼睛,辞气越来越冷,"可是朕没想到,你不仅仅是个谋士那么简单,而且……你也没有说全部的实话。"

梅长苏仍是微笑着道:"我刚才说过,那个时候一切尽在陛下掌中,我又岂敢说全部的实话?"

"那么现在呢?朕现在垂暮宫中,连个茶杯都端不稳,你是不是可以说实话了?"

"陛下仍是陛下,"梅长苏静静地道,"天下人仍然企盼着陛下的圣明公道。" | 由此感受梅长苏性格的另一面仍有作为臣子的自觉。

"是不是朕翻了赤焰的案子,就算是圣明公道了?"梁帝的神态中出现了一丝狠意,"景琰现在掌控着整个朝廷,朕现在无奈他何。你说说看,他为什么不肯等朕死了再翻这个案子?"

"因为那不一样。"

"有什么不一样?"

梅长苏深深地直视着老皇浑浊的双眼,字字清晰地道:"对祁王来说,不一样。"

"祁王?"梁帝如同被尖针刺了一下似的,下唇一阵疾抖,"祁王……你、你果然是祁王的旧人……说、你给朕说……你是祁王府里的什么人?"

"陛下想问的,还是只有这个吗?"梅长苏语调平稳,口齿之间却似咬着一块寒冰,"宸妃、祁王、林帅、晋阳长公主……还有林殊……死去的这些人,哪一个不是陛下的亲人?可是当有人替他们鸣冤时,陛下所想的却是什么呢?是估量太子如今的实力,是在猜疑朝臣们的动机和立场,是在盘查一个谋士的身份!从长公主在大殿上简简单单说了那几条到现在,几个时辰都已经过去了,可陛下您居然连谢玉手书的全文都没有想过要看一眼吗?难道对于陛下来说,当年的真相居然就是如此的无关紧要吗?您的皇长子,您的亲生骨血是如何一步步被置于死地的?您就真的那么不放在心上吗?" | 梅长苏是在替那些死去的人质问梁王。

梁帝好不容易稳住的情绪一下子又被他打乱,满脸涌上潮红,唇色发紫,嘶声怒喝道:"你放……放肆……放肆!"

"谢玉这份手书我看过了,写得很详细,林帅如何被杀,祁王如何玉碎,桩桩件件并无遗漏,我抄了一份在这里,陛下要不要看看?"梅长苏仰着头,雪玉般的面容寒如坚冰,"或者……我念给陛下听听吧?"

眼看着这位客卿从袖中摸出一叠笺纸,梁帝咬紧牙关,满头都是冷汗,厉声道:"住口!朕……朕不想听……" | 此处体现天子懦弱的一面。

"陛下是不想听,还是不敢听呢?"梅长苏唇边凝出冷笑,直视着这位至尊天子,"据说祁王当年临死时,可是命令宣旨官将陛下您处死他的诏书接连念了三遍来听呢,听完后他也只说了一句'父不知子,子不知父',便眼也 | 三言两语便塑造出祁王的形象。

不眨地将毒酒饮下……陛下,您可知道他这句话是何意思?"

梁帝全身颤抖,抬起一只手想盖在眼皮上,却突然觉得手臂似有千斤之重,只举到一半,便蓦地落下,将御案砸得沉闷一响。

梅长苏面无表情地看着他,继续道:"陛下若知祁王,当不会怀疑他有大逆谋位之心;祁王若知陛下,也不至于到最后还不肯相信您是真的要杀他……我斗胆问陛下一句,今日您得知祁王与林帅有冤,心中可有愧疚之意?"

"住口!住口!你给朕住口!"梁帝似被逼急,突然暴怒起来,竟好似忘了自己的身份一般,大声辩道:"你知道什么?林燮他拥兵自重是事实!朕派去的人一概旁置,却重用祁王的人,每每出征在外,总说什么'将在外,君命有所不受',朕岂能姑息?还有祁王……他在朝笼络人心,在府里召集士族清谈狂论,总妄图要改变朕之成规,到后来,连大臣们奏本都言必称祁王之意,朕如何容得?他既是臣,又是子,却在朝堂之上,屡屡顶撞于朕,动不动就是'天下、天下',你说,这天下到底是朕的天下,还是他萧景禹的天下?"

"天下,乃是天下人的天下。"梅长苏凛然道,"如无百姓,何来天子。如无社稷,何来主君?将士在前方浴血沙场,你却远在京城下诏,稍有拂违之处,便是阴忌猜疑,无情屠刀!只怕在陛下心中,只有皇权巍巍,何曾有过天下?祁王一心为国料理朝政,勤德贤能之名,是桩桩实绩堆出来的,与陛下但有不同政见,都是当朝当面直言,并无半丝背后苟且。可这份光明忠直,陛下却只看得见'顶撞'二字……祁王当年饮下毒酒时,心中是何等的心灰意冷,何等的痛彻肺腑,陛下只怕难以体会。但就算为了当年父子情义,为了祁王宁死不反的一份心,请陛下真心实意查证一下他的清白,以此告慰他悲苦十三年的在天之灵,就真的那么难,真的做不到吗?"

梁帝开始听时,还气得面色雪白,但听到最后几句,突然之间心如刀割,满身的气势一下子尽失,歪倒在软榻的靠背上,用枯瘦的双手盖住了脸,颔下渗出水迹。

祁王,景禹……曾是那般亲密的父子,却在一次次无法调和的矛盾中冷了情肠。可是无论怎样的狠绝,怎样的厉辣,真的不会痛吗?不痛的话,为什么十三年来不容人触此逆鳞,为什么连宸妃的灵位都敢在宫中设立,却不敢跟人多谈一句他的皇长子?

梅长苏慢慢垂下眼睑,遮住了自己已封冻的双眸。他知道面前这个已完全被击垮的老皇不会再阻碍翻案,但不知为什么,<u>此时的他却感觉不到任何的轻松,反而是那般的郁愤,郁愤到不想再多看梁帝一眼。</u>

"告退。"简单的两个字后,梅长苏向静贵妃略施一礼,转身出了寝殿。梁帝只觉得全身虚软,脑子里一阵阵地发空,也根本无力再去管他,仍是倒在榻上,雪白的头发一片散乱。

静贵妃伸出一只幽凉的手,轻轻在梁帝眉前揉动着,低声道:"陛下,若论忠孝,林帅不可谓不忠,祁王也不可谓不孝,景琰素来以他们为楷模,他们当年没有做的事情,景琰也绝不会做,请陛下无须担忧。"

梁帝慢慢松开盖在脸上的手,定定地看向静贵妃:"你敢保证吗?"

为何在质问梁王之后却未感到轻松?为何郁愤?

"陛下若真的了解景琰,就不会向臣妾要求保证了。"静贵妃的唇角,一直保持着一抹清淡的笑意,只是羽睫低垂,让人看不清她的眼睛,"景琰所求的,无外乎真相与公道,陛下若能给他,又何必疑心到其他地方?"

梁帝呆呆地权衡了半日,目光又在静贵妃温婉的脸上凝注了良久,最后终于长长地叹了一口气,喃喃道:"……事已至此……就由你们吧……朕不说什么了……"

海晏:《琅琊榜》,成都:四川文艺出版社 2014 年版。

(撰写:张鑫佩)

后 记

我一直有一个撰写一本中国现当代通俗小说欣赏读物的念头,一是当下中国通俗小说阅读如此红火,通俗小说批评却相当薄弱;二是我需要扎实的文本分析来说明什么是"通俗文学思维"。"通俗文学思维"是我在多种场合和多篇文章中强调的通俗文学的特性与批评标准。所以,当苏州大学出版社许周鹣老师向我约写这部《中国现当代通俗小说赏析》的书稿时,我一口答应下来。

在本书撰写过程中遇到的最大难题,不是"通俗文学思维"的写作,而是文本的选择。通俗小说的面广量大是客观存在,可是没有想到,通俗小说的"面"如此之"广","量"如此之"大",从中怎样选择一定数量的作品成了一个难题。后来,我采用了两个方法,一是以我个人的研究成果为基础,特别是我 2004 年曾在文化艺术出版社出版的《流行百年——中国现代流行小说经典》中涉及大量的文本解读,这些文本解读都是经过深思熟虑的文本选择,应该相信和尊重当时自己的判断;二是我广泛征求了研究生和本科生的意见,他们都是当下中国通俗小说的主要读者。这本书选择的 54 部小说就是这样被确定下来的。尽管经过了认真的考量,我知道一定还有很多优秀的通俗小说没有被选入,只能有待以后修订时增补吧,任何一部选本都是一个过程,不可能尽善尽美。

通俗小说是类型小说,本书根据小说类型分类,网络小说是个例外,根据载体划分。判断是网络小说还是纸质小说以其最初连载媒体为根据。书中收的每一篇小说欣赏文字大致由四个方面组成,一是作家介绍;二是作品介绍;三是小说内容梗概;四是欣赏文字。为了让读者对小说有感性认识,每一篇赏析都从小说文本中选取了一段文字供欣赏,并进行了简单评析。

本书的主要作者除了我之外,还有大众文化与通俗文学专业的博士研究生和硕士研究生,他们对这些通俗小说有着很好的阅读感觉和较深入的专业训练,写出来的文字真切而富有理论性。在每一篇的文末有撰写者的姓名。本书的全部文字由我统稿。

感谢许周鹣老师、周建国老师约稿,我们每一次合作都给我留下了愉快的印象;感谢苏州大学出版社,让本书能够顺利出版。

为编好本书,我们节选了一些作品的内容,谨向各位作者深表谢意! 由于部分作者无法联系,不能面谢,在此致歉!

本教材被列为"2016年苏州大学教材培育项目",特此说明。

汤哲声

于苏州大学北校区教工宿舍